신부

The Bride

줄리 가우드

김은영 옮김

현대문화센타

The Bride
by Julie Garwood

신
부

프롤로그

1100년 스코틀랜드

드디어 장례식이 끝났다.

알렉 킨케이드의 아내는 마침내 영원한 안식에 들어갔다. 날씨는 황량한 산등성이에 모인 얼마 안 되는 유족들의 표정만큼이나 어둡고 음산했다.

헬레나 루이스 킨케이드는 스코틀랜드에서 가장 명망 높은 영주의 아내였지만, 스스로 목숨을 끊은 탓에 황량한 벌판에 버려지듯 묻혔다. 교회에서는 신이 선물한 생명을 인간의 의지로 끊는 행위를 결코 용서받지 못할 죄악으로 여겼기 때문에, 자살한 죄인의 육신을 교회의 신성한 땅에 받아들이지 않았다. 타락한 영혼은 썩은 사과와 같아서 온전한 다른 사과까지 썩게 만들 수 있다고 생각했기 때문이다.

비가 억수같이 쏟아졌다. 킨케이드 부족의 플래드(스코틀랜드인들이 왼쪽 어깨에 걸치는 망토)에 싸인 시신은 빗물에 흠뻑 젖어 관에 누이기도 힘들 정도로 무거웠지만, 알렉 킨케이드는 아무도 죽은 아내의 몸에 손대지 못하게 하고 혼자 시신을 옮겼다.

머독 신부는 사람들의 무리에서 한참 떨어져 어색하게 서 있었다. 적절한 장례식을 치러 주지 못해 불편한 기색이 역력했다. 자살로 인생을 끝낸 영혼에게는 마땅한 기도문도 없는데다, 헬레나 루이스 킨케이드의 영혼이 이미 지옥문을 향해 가고 있음을 뻔히 알고 있는 터에 무슨 위로의 말을 할 수 있겠는가.

자살에 대한 보답은 영원한 불의 지옥뿐이었다.

신부님 옆에 서서 다른 조문객들처럼 슬프고 엄숙한 표정을 짓는 일도 그리 쉽지 않군. 기도나 해야겠어. 물론 헬레나를 위해서가 아니라, 지저분한 일을 끝나게 해주신 하나님께 감사의 기도를 말이야.

킨케이드의 마누라는 죽을 때까지 내 속을 썩였어. 본인도 사흘 밤낮이 고통스러웠겠지만, 그 옆에서 행여 그녀가 정신을 차려 다른 사람들에게 모든 사실을 발설할까 전전긍긍하던 나도 정말 고통스러웠다구. 그 여자는 죽음마저 질질 끌면서 나를 또 한 번 고통스럽게 한 셈이야.

기회를 틈타서 담요로 얼굴을 눌러 버렸지. 몸이 이미 약해질 대로 약해져 있어서 별로 버둥거리지도 않고 아주 쉽게 우리의 고통에 종지부를 찍어 주더군. 아주 만족스러웠지. 발각될지도 모른다는 두려움 때문에 손이 떨리면서도 얼마나 짜릿하던지, 오히려 힘이 솟더라니까. 결국 난 해치우고 말았어! 나의 성공을 큰 소리로 자랑할 수만 있다면!

하지만 단 한마디도 입 밖에 내서는 안 되지. 이 기쁨을 얼굴에 드러내서도 안 되고 말이야.

이제 알렉 킨케이드의 얼굴 좀 볼까? 양손을 불끈 쥐고 구덩이를 들여다보고 있군. 영원히 용서받지 못할 마누라의 죽음 때문에 화가 난 거야, 아니면 슬퍼하고 있는 거야? 저 남자 속은 어떻게 돌아가고 있는지 도대체 알 수가 없단 말이야. 항상 저렇게 무표정하니 그 속을 알 수가 있나. 하지만 지금 킨케이드의 기분이 어떤지는 상관없어. 시간이 지나면 헬레나의 죽음도 잊혀질 테니까. 그리고 내가 내 자리를 되찾을 때까지 필요한 것도 역시 시간이지.

신부님이 또 기침을 하시는군. 가르랑거리는 소리가 몹시 신경 쓰이네. 마치 건드리기라도 하면 울 것 같은 표정인데! 이젠 머리까지 흔들고 신부님이 무슨 생각을 하는지 말 안 하셔도 알겠어. 얼굴에 다 쓰여 있으니까 말이야. 킨케이드 마누라가 여기 모인 사람들을 수치스럽게 하고 있다고 생각하겠지.

오, 하나님, 제가 끝까지 웃지 않고 버틸 수 있도록 해주소서.

1

1102년　잉글랜드

딸들은 그 악마 같은 사내가 자기 부인을 죽였다며 펄쩍펄쩍 뛰었다.

제미슨 남작은 그 부인이 죽어 마땅한 짓을 했을 거라고 말하다가 멈칫했다. 아버지로서 딸들에게 해서는 안 될 말임을 깨달았던 것이다. 재빨리 잘못을 인정하고 실언을 사과했다.

알렉 킨케이드에 관한 흉측한 소문은 이미 모르는 사람이 없을 정도여서, 제미슨의 변명은 딸들에게 전혀 먹혀 들지 않았다. 앨리스와 아그네스, 두 쌍둥이 자매는 언제나처럼 박자까지 맞춰 가며 울어댔다. 그건 이 쌍둥이 자매의 짜증스러운 버릇 중 하나였다. 셋째 딸 메리가, 커다란 맥주잔을 앞에 놓고 죄책감에 고개를 숙이고 있는 아버지 곁으로 다가와, 앞으로 일 주일도 못 돼 이 집으로 들이닥칠 스코틀랜드 전사에 관한 온갖 풍문을 늘어놓았다. 메리는 아주 신중하고도 교묘하게 쌍둥이 언니들을 더욱 큰 공포와 두려움에 몰아넣는 중이었다.

남작은 어떻게든 스코틀랜드 전사를 두둔하려고 애썼다. 그러나 한번도 만나 본 적이 없는데다, 들은 이야기라곤 모두 무시무시하고 잔인한 이야기뿐인 사람에 대해 칭찬하는 것은 남작으로서도 고역스런 일이었다.

남작의 노력은 시간만 낭비하는 꼴이 되었다. 딸들이 아버지의 말에 전혀 귀를 기울이지 않았기 때문이다. 사실 그건 그리 놀랄 일도 아니요, 어제오늘 일도 아니었다. 남작은 한숨을 길게 내쉬며 딸들을 바라보았다. 아버지의 의견에 단 한 번도 귀를 기울여 준 적이 없는 딸들이었다. 이제까지는 이런 막무가내인 딸들을 다독이거나 이해시키려고 해본 일이 없었지만, 지금은 사정이 달랐다. 어떻게 해서든 아버지로서의 위엄을 되찾아야 했다. 스코틀랜드인이든 잉글랜드인이든 간에 다른 사람 앞에서 망신을 당할 수는 없는 노릇 아닌가. 딸들에게 이런 식으로 계속 무시를 당한다면, 다른 사람들에게 시답잖은 위인으로 보일 게 뻔했다.

남작은 맥주를 세 잔째 비운 후에야 술기운을 빌어 용기를 냈다. 일단 주먹으로 테이블을 쿵 내리쳐 딸들의 주목을 끈 다음, 스코틀랜드인이 자기 아내를 죽였다는 둥 어쨌다는 둥 하는 소문은 모두 헛소문에 불과하다고 소리쳤다.

이번에도 딸들이 아버지의 말을 귓등으로도 듣지 않자 남작은 더욱 그럴싸한 이야기를 꾸며야겠다고 생각했다. 만약 소문이 진짜라면 그건 스코틀랜드인의 아내가 그럴 만한 죄를 지었기 때문일 테고, 처음에는 그냥 사소한 손찌검이었던 것이 순간의 잘못으로 불행한 사태에까지 이르렀을 거라고 하면 변명이 될까?

남작이 머릿속에 떠오른 대로 소문의 진상을 꾸며 대는 동안, 딸들은 귀를 쫑긋 세우고 아버지의 말을 경청했다. 하지만 이야기가 끝난 후에는 도저히 믿을 수 없다는 듯 떨떠름한 표정을 지었다.

남작의 기대는 완전히 물거품이 되었다. 딸들은 아버지의 콧잔등에 거머리라도 붙은 듯 얼굴을 잔뜩 찡그리고 있었고, 그 모습은 남작에게 딸들이 자신을 노망 든 늙은이로 보고 있다는 기분을 들게 했다. 순간 치밀어 오르는 화를 참지 못하고, 그 망할 여편네는 자기 남편에게 주제넘게 말대꾸를 해서 그런 일을 당했을 거라고 고래고래 소리를 질렀다. 그것은 버르장머리 없는 딸들도 귀담아들어야 할 교훈이었다.

쌍둥이 딸들의 울음소리가 온 집안에 다시 울려 퍼지자, 딸들에게 아버지에 대한 경외심을 가르치리라 마음먹었던 남작의 의지는 완전히 사라져 버렸다. 골치가 지끈지끈 아팠다. 귀를 막고, 뚫어져라 노려보는 메리의 따가운 시선을 피하기 위해 두 눈을 꼭 감았다. 기세등등하던 태도는 이제 절망으로 한풀꺾였다. 제미슨 남작은 고개를 돌려 충실한 하인 헤르맨에게 어서 가서 막내딸을 데려오라고 명령했다.

머리가 희끗희끗한 하인은 주인의 명에 몇 번이나 고개를 주억거리면서 재빨리 밖으로 나갔다. 남작은 그 늙은 하인이 진작 이 시끄러운 방에서 나갈 핑계를 만들어 주지 않은 주인에게 툴툴거리고 있었을 거라고 추측하며 혀를 찼다.

잠시 후 막내딸 제이미가 조용히 방으로 들어왔다. 남작은 허리를 꼿꼿이 세우며 의자에 똑바로 앉았다. 그리고 막내딸을 뒤따라오는 헤르맨을, 네놈이 얼마나 툴툴거렸는지 다 안다는 표정으로 한동안 노려보고는 그 밉살스러운 얼굴에서 고개를 돌렸다. 막내딸의 모습이 눈에 들어오는 순간, 남작의 입에서 자연스럽게 안도의 숨이 흘러나왔다.

이제 사랑하는 막내딸이 이 모든 문제를 수습해 주리라.

남작은 자신의 얼굴에 웃음이 떠올랐음을 깨달았다. 제이미만 곁에 있으면 항상 기분이 좋아졌다.

제이미는 바라보기만 해도 편안하고, 모든 걱정 근심을 잊게 만드는 매력이 있었다. 제 어머니의 우아한 아름다움을 그대로 물려받아 흑단 같은 긴 머리채와 보랏빛이 도는 푸른 눈동자는 언제나 봄을 생각나게 했고, 피부는 제이미 영혼만큼이나 맑고 깨끗했다. 태도 또한 아름다운 외모만큼이나 당당했다.

남작은 언제나 네 딸을 모두 사랑한다고 자부했지만, 사실은 제이미야말로 자랑이자 기쁨이었다. 제이미가 남작의 친딸이 아니라는 사실을 생각하면 그것은 아주 의외였다. 제이미의 생모는 남작의 후처였다. 결혼한 지 한 달 만에 남편을 전쟁터에서 잃고 아이를 임신한 채로 남작과 재혼했던 것이다.

남작은 제이미를 친딸로 받아들였고, 어느 누구도 의붓딸로 여기지 못하도록 했다. 제이미는 남작의 팔에 안기는 순간부터 남작의 친딸이었다.

제이미는 막내였지만 네 딸 중에서 가장 의젓했다. 쌍둥이 자매나 메리도 찬찬히 보면 매력적이었지만, 막내 제이미는 첫눈에 보는 이의 심장을 멈추게 할 정도로 아름다웠다. 남작은 친구들에게, 제이미의 웃는 모습은 말 탄 기사를 말에서 떨어뜨릴 정도라고 다소 과장까지 섞어 가며 자랑하곤 했다.

그러나 다행히도 네 자매들 사이에 시기 같은 건 없었다. 앨리스나 아그네스, 메리는 모두 조그만 문제라도 발생하면 항상 막냇동생에게 달려가 도움을 청했다. 남작만큼이나 이 세 자매도 제이미에게 의존하고 있는 것이다.

제이미는 어머니가 돌아가시자, 그 짐을 모두 떠맡아 이제 명실공히 이 집의 안주인이 되었다. 그 능력은 일찌감치 증명되었고, 무엇이든 명령만 할 줄 아는 남작은 이제 모든 책임을 제이미에게 떠넘기고 안락한 노후를 즐기고 있었다.

제이미는 한번도 아버지를 실망시킨 적이 없었다. 제 어머니가 죽은 이후로는 우는 모습도 보인 적이 없을 정도로 사려도 깊었고 분별력도 있었다.

아그네스와 앨리스가 막냇동생을 반만이라도 본받았으면 얼마나 좋을까!

남작은 한숨을 길게 내쉬었다. 쌍둥이 딸들에게 봐줄 거라고는 괜찮은 외모뿐이었다. 누군지 모르겠지만 그 성마른 딸들을 아내로 맞이할 남자들이 불쌍했다.

하지만 남작의 가장 큰 골칫거리는 메리였다. 징징대거나 불평이 많은 편은 아니었지만 너무 이기적이어서 어떤 상황에서든 자기 자신이 우선이었다. 형제는 물론이고 아버지도 안중에 없었다. 게다가 집안을 시끄럽게 만드는 일이 취미라면 취미였다.

어디 하나 흠 잡을 데 없을 것 같지만, 제이미에게도 단점은 있었다. 아주 드문 일이지만, 한번 화가 났다 하면 숲이라도 태워 버릴 듯이 화를 냈고, 고집도 아주 센 편에 속했다.

제 어머니를 닮아, 제이미는 아픈 사람들을 치료하는 능력이 뛰어났다. 하지만 남작은 딸의 그런 능력이 탐탁지 않았다. 자신을 위해 일해야 할 시간에 다른 사람들을 돌보러 간다는 사실을 용납할 수 없었던 것이다. 사실 한밤중에 불려 나가는 경우는 아무래도 상관없었다. 그 시간이면 자신은 따뜻한 침대 속에서 깊은 잠에 빠져 있을 터이니 제이미가 곁에 없어도 불편함이 없을 테니까. 하지만 낮에 제이미가 그런 일로 불려 나가는 건 정말 참을 수 없었다. 막내딸이 부상당한 사람이나 병든 사람을 돌보느라 저녁식사가 늦어지는 경우는 특히 더 그랬다.

이런저런 생각에 남작은 땅이 꺼져라 한숨을 내쉬었다. 그러다가 갑자기 쌍둥이 딸들이 조용해졌음을 깨달았다. 제이미의 등장만으로 방 안의 폭풍이 가라앉은 것이다. 제미슨 남작은 하인에게 술잔을 다시 채우라고 손짓하고는, 의자 등받이에 편안히 등을 기대고 앉아 막내딸이 부리는 요술을 구경했다.

제이미가 방 안으로 들어서자, 세 딸은 우르르 동생에게 몰려가 각자 목청을 돋워 가며 이번 일을 설명했다.

제이미는 세 언니의 말을 통 알아들을 수가 없었다.

「자, 잠깐, 먼저 저기 아버지 곁에 가서 앉아요. 그리고 나서 차근차근 얘기를 해봐요.」

제이미는 아버지가 앉아 있는 테이블로 언니들을 몰았다.

「이번엔 그렇게 간단한 문제가 아냐, 제이미. 이건 쉽게 풀릴 문제가 아니라구. 정말이야.」

앨리스가 눈물을 닦으며 징징거렸다.

「아버지가 또 일을 저지르신 거야. 항상 그랬지만 이번에도 아버지가 실수하신 거라구.」

아그네스가 테이블로 의자를 끌어당겨 앉으며 아버지를 흘겨보았다.

「이번 일은 내 탓이 아니다. 그러니 아그네스, 나를 그런 눈으로 보지 마. 이 아비는 그저 왕의 명령에 따를 뿐이야.」

남작은 짜증이 섞인 목소리로 딸에게 애원했다.

「아버지, 화내지 마세요.」

제이미가 눈짓으로 남작을 만류하며 아버지의 손등을 토닥였다. 그러고는 메리에게 고개를 돌렸다.

「메리 언니, 언니가 제일 침착한 것 같으니까 무슨 일인지 설명 좀 해줘. 그리고 아그네스 언니, 제발 징징거리지 좀 마. 도대체 무슨 일인지 들어봐야 하잖아.」

「왕께서 친서를 보내셨어.」

메리는 짧게 대답하고는 어깨 위로 늘어진 옅은 갈색 머리칼을 뒤로 넘겼다. 그러고는 두 손을 테이블에 얹으며 한마디 덧붙였다.

「아버지한테 좀 화가 나신 모양이야.」

「좀 화가 나셨다고? 메리, 왕께선 화가 머리끝까지 치민 거야.」

앨리스가 끼여들었다. 메리는 동의한다는 듯 고개를 끄덕이며 말을 이었다.

「아버지가 세금을 안 내셨대. 그래서 왕께서 아버지에게 본때를 보여 주기로 하신 거지.」

메리는 아버지를 보며 한심하다는 듯이 이맛살을 찌푸렸다.

「계속해 봐, 언니.」

제이미는 피곤하다는 듯이 짧게 한숨을 내쉬었다.

「글쎄, 왕께서도 스코틀랜드 공주와 결혼하더니……, 참, 그런데 그 왕비 이름이 뭐지, 앨리스?」

「마틸다.」

「맞아, 마틸다. 세상에, 왕비 이름도 잊어버리다니.」

「잊는 것도 당연하지. 언제 아버지가 우리를 왕궁에 데려가 주신 적이 있었니? 중요한 손님이 우리를 방문해 준 적도 없었잖아. 우리는 문둥이들처럼 외딴 곳에 버려진 거나 마찬…….」

「아그네스 언니, 그건 지금 문제와는 상관없는 얘기잖아. 메리 언니, 계속해.」

제이미가 말꼬리를 잘랐다. 목소리에 조급함이 묻어 있었다.

「그러니까 왕이 우리더러 스코틀랜드인에게 시집가라고 하는 모양이야.」

「메리, 우리 모두 스코틀랜드인에게 시집가야 하는 건 아냐. 우리 중 하나만 가면 되는 거지. 제이미, 그 야만인이 와서 우리 중 하나를 선택하는 거래. 이럴 수가 있는 거니? 이건 정말 치욕스런 일이야.」

앨리스는 바르르 떨며 제이미를 바라보았다.

14

「치욕스럽다고? 그 정도가 아니지, 앨리스 누구든 그 야만인에게 선택되는 사람은 그 길로 죽는 거나 매한가지야. 한 번 마누라를 죽인 사람이 두 번은 못 죽이겠어?」

「뭐, 뭐라구? 그게 무슨 말이야?」

제이미는 눈을 휘둥그렇게 뜨고 두 언니를 번갈아 보았다.

「그런데 그 부인, 자살했다는 소문도 있어.」

앨리스는 제이미의 놀란 표정을 보며 어깨를 으쓱했다.

「아버지, 어떻게 일을 이렇게 만들 수가 있어요? 세금을 제때 내지 않으면 왕께서 가만히 있지 않으리라는 사실쯤은 짐작하셨을 거 아니에요. 어떤 식으로든 징벌이 있으리라는 생각은 안 해보셨어요?」

메리는 다시 화가 치미는지 씩씩거리며 아버지에게로 획 돌아섰다. 얼굴은 벌건데다 주먹까지 불끈 쥔 모습이 제 아버지를 한 대 치기라도 할 듯한 기세였다.

「언니, 목소리 좀 낮춰. 소리지른다고 해결될 일이 아니잖아. 아버지께서 얼마나 건망증이 심한지 알잖아. 세금을 일부러 안 내신 게 아니라 깜빡 잊으신 걸 거야. 그렇죠, 아버지?」

제이미가 아버지를 두둔하고 나섰다.

「그렇다고 할 수 있지.」

남작은 애매한 어조로 대답했다.

「세상에, 그게 아냐, 제이미. 아버지는 세금 낼 돈까지 다 써 버리신 거야.」

앨리스가 참을 수 없다는 듯 끼여들었다. 제이미는 조용히 하라는 신호로 손을 들어 보이며 말을 이었다.

「메리 언니, 제발 진정하고 이야기 좀 끝까지 해봐.」

「제이미, 이런 기막힌 일을 당한 상황에서 침착하기가 얼마나 힘든지 너도 잘 알 거야. 네가 날 이해해 줬음 좋겠구나.」

메리는 어깨를 쭉 펴고 심호흡을 하며 또다시 시간을 끌었다. 그 모습을 지켜보는 제이미는 속이 바싹바싹 탔다. 메리의 어깨를 잡고 마구 흔들며 빨리 얘기하라고 소리치고 싶었다. 하지만 그래 봤자 무슨 소용이 있겠는가. 메리는 원래 본론으로 들어가기 전에 한껏 시간을 끄는 버릇이 있었다.

「그래, 이해해. 그러니까 얘기나 계속해 봐.」

제이미는 가까스로 화를 참으며 말했다.

「글쎄, 자기 부인을 죽인 그 스코틀랜드의 야만인이 이번 주 안으로 우리 성으로 와서, 우리 셋, 그러니까 앨리스, 아그네스, 나 중에서 한 사람을 고를 거래. 두 번째 아내로 말이야. 하지만 제이미, 너는 이번 결혼에서 제외래. 왕의 친서에 언급된 사람은 우리 셋뿐이라니까.」

「메리, 요리사가 그러는데, 그 부인은 살해된 게 아니라 자살한 거래.」

앨리스가 성호를 그으며 메리의 말에 반박하자, 아그네스가 고개를 쳐들었다.

「아냐, 그 여자는 살해당한 게 틀림없어. 자살을 하면 지옥에 떨어진다는 사실을 뻔히 알면서 어떻게 스스로 목숨을 끊을 수 있겠어? 남편이 아무리 싫어도 말이야.」

「그렇다면 혹시 사고로 죽은 건 아닐까?」

앨리스가 또 다른 가능성을 제시했다.

「그 스코틀랜드인은 괴팍하다고 소문이 난 사람이야.」

메리가 어깨를 들썩하며 말했다.

「그리고 언니는 소문이라면 뭐든지 믿는다고 소문이 났지.」

제이미는 딱딱하게 굳은 목소리로 메리의 말허리를 잘랐다. 그리고 남편 손에 살해됐을지도 모를 여자의 모습을 애써 머리에서 떨쳐 버리며 조심스레 입을 열었다.

「그런데 고른다니, 그게 무슨 말이야?」

「물론 자기 신부감을 직접 고른다는 말이지. 제이미, 지금까지 무슨 이야길 들은 거야? 우리는 이 문제에 대해서 한마디도 할 수가 없어. 우리 쪽에서 잘못한 거니까. 그리고 우리 자매에 대한 혼담은 이번 일이 완전히 결정될 때까지 모두 미뤄지는 거구.」

「우리는 경매에 붙여진 말처럼 그 괴물 앞에서 행진을 해야 해.」

아그네스가 또 징징거렸다.

「참, 잊을 뻔했네. 스코틀랜드 왕도 이번 결혼을 찬성했대. 아버지가 그러셨어.」

「그러니까 이 남자도 자기네 왕의 명령이니까 따를 뿐이지, 결혼을 원치 않을 수도 있겠네?」

메리의 말에 앨리스는 고개를 끄덕이며 심각하게 말했다.

「그렇구나. 그 생각은 전혀 못했네. 만약에 그 남자가 결혼을 원치 않는다면, 집에 도착하기도 전에 새 신부를 죽여 버릴지도 모르겠네. 오, 하나님, 어째서 우리에게 이런 고통을……」

「아그네스 언니, 제발 좀 진정해.」

제이미가 짜증스럽다는 듯이 쏘아붙였다.

「제이미, 그 남자 이름은 킨케이드야. 아주 유명한 살인마지. 아버지 말씀이, 그 남자는 첫 부인을 때려 죽였대.」

마치 새로운 비밀을 알려 준다는 듯 아그네스가 제이미에게 속삭이자, 남작이 고개를 획 돌렸다.

「아그네스, 나는 그렇게 말한 적 없다. 난 그저……」

「에멧이 그러는데, 그 남자가 자기 부인을 절벽에서 밀어 버렸대요」

메리는 아버지를 돌아보며 이렇게 말하고는, 제이미의 반응을 기다리며 손가락으로 테이블을 톡톡 쳤다.

「에멧은 게으른 하인일 뿐이야. 언니는 도대체 왜 그런 사람의 말에 귀를 기울이는 거지?」

제이미는 불편한 속을 가라앉히려는 듯 숨을 깊이 들이마셨다. 그저 헛소문일 뿐이라고 마음을 달래 보았지만, 엄습해 오는 공포를 막을 수는 없었다. 등골이 오싹했지만, 언니들 앞에서 그런 모습을 보일 수는 없었다. 또다시 속이 울렁거렸다.

제이미만 믿고 있는 자매들은 잔뜩 기대하는 표정으로 동생을 뚫어져라 쳐다보고 있었다. 항상 그랬던 것처럼, 그들은 문제를 제이미의 무릎에 던져 놓고선 해결을 기다리고 있는 것이다. 제이미는 가족들을 실망시키고 싶지 않았다.

「아버지, 왕의 진노를 누그러뜨릴 방법이 없을까요? 지금이라도 세금을 보내고 잘못을 빌면 용서가 되지 않을까요?」

남작은 고개를 가로저었다.

「그러자면 세금을 몽땅 다시 걷어들여야 하는데, 너도 알다시피 우리 성의 농부들은 먹고사는 데만도 등골이 휠 지경이잖니. 제이미, 난 도저히 그들에게 다시 세금을 내라고 할 수가 없구나.」

제이미는 고개를 끄덕였다. 아직 걷어들이지 않은 세금이 조금이라도 있을지 모른다는 희망이 물거품이 되어 버렸다. 이해를 못 하는 바는 아니지만, 실망을 감추기가 힘들었다.

「에멧이 그러는데, 세금으로 거둔 돈을 아버지가 몽땅 써 버리셨대.」

메리가 목소리를 낮추고 제이미에게 속삭였다.

「언니, 에멧은 말전주나 하고 다니는 노파랑 다를 게 없는 사람이야.」

제이미는 메리를 흘겨보며 꾸짖듯 말했다.

「그래, 제이미 말이 맞다. 그놈은 항상 제멋대로 말을 꾸며 대지. 그놈 말은 믿을 게 하나도 없어.」

남작은 제이미를 거들고 나섰다.

「아버지, 그런데 왜 저는 제외된 거죠? 아버지에게 딸이 넷 있다는 사실을 왕이 잊으신 건가요?」

「아니, 그렇지 않아.」

남작은 황급하게 막내딸에게서 시선을 거두고 술잔을 내려다보았다. 혹시라도 제이미가 거짓말을 눈치챌까 두려웠다. 사실 왕의 친서에는 '제미슨 남작의 딸들'이라고 쓰여 있을 뿐, 제이미를 제외한다는 말은 없었다. 하지만 막내딸 없이는 단 하루도 살기가 힘들다는 사실을 뻔히 아는 남작으로선 제이미를 다른 사람에게 내줄 수 없고, 그래서 이번 혼사에서 제이미를 제외시키기로 혼자 결정을 내렸던 것이다. 남작은 자신의 계획이 무척 만족스러웠다.

「왕은 오직 '모디의 딸들'만을 거명하셨단다.」

「하지만 그건 말도 안 돼요.」

아그네스가 코를 훌쩍거리며 투덜거렸다.

「제이미가 가장 어리니까 그러셨겠지. 왕의 마음을 누가 알겠어? 제이미, 이번 일에서 빠진 걸 그저 감사하게 생각해라. 하긴 네가 선택되면 앤드류가 가만있지 않겠지.」

메리가 나름대로 그럴듯하게 설명했다.

「맞아, 바로 그 때문이야. 앤드류 남작은 영향력도 있고 평판도 좋은 사람이잖아. 앤드류도 우리에게 그렇게 얘기했고 아마 앤드류가 왕의 마음을 움직인 걸 거야. 앤드류가 제이미를 얼마나 좋아하는지는 모든 사람이 다 알잖아.」

아그네스도 덩달아 맞장구를 쳤다.

「그럴 수도 있겠지. 앤드류 말대로, 그 사람이 그렇게 힘을 가지고 있기만 하다면.」

제이미는 심드렁하게 대꾸했다.

메리가 쌍둥이 언니들에게 고개를 돌렸다.

「하지만 내가 보기엔, 제이미는 앤드류하고 그다지 결혼하고 싶어하지 않아. 제이미, 얼굴 찡그릴 것 없어. 넌 앤드류를 좋아하지도 않잖아.」

「하지만 아버지가 앤드류를 좋아하시잖아.」

아그네스는 아버지를 또 한 번 쏘아보며 말을 계속했다.

「그건 순전히 앤드류가 결혼 후에 여기서 살겠다고 약속했기 때문이지. 결혼 후에도 제이미가 이 집을 위해 노력 봉사할 수 있도록 말이야.」

「아그네스 언니, 또 그 얘기야? 이제 제발 그 얘기 좀 그만 해.」

제이미가 이젠 지겹다는 듯 얼굴을 찌푸렸다.

「결혼한 후에도 제이미가 여기서 사는 게 뭐가 나쁘다는 건지 난 도저히 이해할 수가 없구나.」

남작이 중얼거렸다.

「난 아버지가 제이미를 앤드류 남작과 결혼시키려는 진짜 이유를 알아. 이젠 제이미한테도 그 얘길 해야겠어. 제이미, 놀라지 마. 앤드류 남작은 아버지에게 벌써 결혼 지참금을 지불했어. 그리고……」

「언니 지금 뭐라고 했어?」

제이미는 눈을 부릅뜨고 앨리스를 바라보았다. 도저히 자기 귀를 믿을 수가 없었다.

「앨리스 언니, 언니가 뭔가 잘못 알고 있는 거겠지. 제대로 정혼한 집안끼리는 결혼 지참금 같은 걸 지불하지 않아. 아버지, 앤드류한테 아무것도 안 받으셨죠, 그렇죠?」

제미슨 남작은 아무 대답도 않고 묵묵히 맥주만 마셨다. 맥주 마시는 일이 의무라도 되는 듯이. 남작의 침묵은 제이미를 더욱 답답하게 했다.

「오, 세상에! 앨리스 언니, 지금 언니가 한 말이 무슨 뜻인지나 알아? 언니 말이 사실이라면, 아버지는 제이미를 앤드류 남작에게 팔아넘긴 거라구.」

메리는 믿을 수 없다는 듯이 말했다.

「난 아버지가 제이미를 앤드류에게 팔았다고는 말하지 않았어.」

「그 말이 그 말이잖아.」

은근히 꼬리를 빼는 앨리스를 메리가 다그쳤다.

「난 앤드류가 아버지에게 금화가 가득한 주머니를 건네는 걸 봤을 뿐이야.」

제이미는 순간 아찔했다. 시간이 얼마나 걸리든 이 문제는 확실히 해야 했다. 설사 이 기막힌 문제로 머리가 깨진다 해도 상관없었다. 내가 팔리다니, 생각만 해도 욕지거리가 치밀었다.

「아버지, 정말 저 때문에 돈을 받으신 거예요?」

제이미의 목소리가 심하게 떨렸다.

'만의 하나라도 정말 아버지가 그랬다면, 정말 그랬다면……'

「물론 아니지. 그런 일 없었다.」

「앤드류가 아버지에게 금화를 건네는 걸 내 두 눈으로 분명히 봤어. 맹세할 수 있다구.」

앨리스는 단호했다.

「그 주머니에 금화가 들어 있었는지 언니가 어떻게 알아? 주머니 속을 들여다보기라도 했단 말이야?」

메리가 캐물었다.

「앤드류가 자루를 떨어뜨렸는데, 그때 금화가 몇 닢 땅에 떨어졌단 말이야.」

앨리스가 이래도 못 믿겠느냐는 듯이 앙칼진 목소리로 쏴붙였다.

「그 돈은 앤드류 남작에게서 빌린 거다. 그러니 내가 사랑하는 막내딸을 팔아 넘겼다는 말도 안 되는 소리는 하지도 마라!」

남작은 네 딸의 주의를 끌려는 듯 버럭 고함을 질렀다. 그제야 안심했다는 듯, 잔뜩 움츠렸던 제이미의 어깨가 펴졌다.

「거봐, 앨리스 언니. 그저 빌리신 것뿐이잖아. 별일도 아닌데 괜히 시간만 낭비했어. 자, 이제 처음 문제로 돌아가자.」

「하지만 아버지 표정이 영 석연치 않은데!」

메리가 뭔가를 캐내려는 듯 눈을 게슴츠레하게 뜨고 아버지를 쳐다보았다.

「당연하지. 앤드류 남작한테 돈을 빌렸다는 사실만으로도 지금 아버지는 마음이 얼마나 불편하시겠어. 아버지 상처에 소금까지 뿌려야겠어? 아버지는 그 문제로 이미 속을 많이 태우셨을 거야.」

제이미가 자신을 두둔하고 나서자, 제미슨 남작의 얼굴에 만족스런 웃음이 떠올랐다.

「넌 정말 내 천사다. 그런데 제이미, 그 스코틀랜드 놈들이 여기와 있는 동안에 너는 좀 숨어 있는 게 좋겠구나. 못 올라갈 나무는 쳐다보지도 못하게 말이다.」

남작은 앨리스가 말꼬리를 잡고 공격을 해올 때까지 자신이 무슨 실언을 했는지 전혀 깨닫지 못했다.

「아버지, ‘그 스코틀랜드 놈들’이라구요? 그럼 한 사람이 아니란 말이에요? 킨케이드라는 악마가 또 다른 악마들과 함께 온다니, 하나님, 맙소사!」

「결혼식에 증인 설 사람이라도 동행하나 보지, 뭐.」

아그네스가 대수롭지 않다는 듯 말했다.

「아버지, 앨리스 언니의 걱정은 기우에 불과한 거죠?」

제이미는 말도 안 되는 이번 결혼 문제에 대해 정신을 집중하려고 노력하며 이렇게 물었지만, 머릿속은 여전히 금화 생각으로 가득했다.

‘도대체 아버지는 왜 앤드류에게서 돈을 받으신 걸까?’

남작은 머뭇머뭇 대답을 하지 않았다.

「아버지, 뭔가 숨기고 계신 듯한데 혹시…….」

제이미는 아버지의 눈치를 살폈다.

「아니, 세상에. 그럼 하나가 아니란 말이야?」

메리가 질겁했다.

「아버지, 도대체 뭘 더 숨기고 계시는 거예요?」

「이제 그만 털어놓으세요, 아버지.」

앨리스와 아그네스까지 가세했다.

제이미는 다시 한 번 조용히 하라고 손짓을 했다. 하지만 자신도 아버지의 멱살을 잡고 흔들고 싶을 정도로 속이 부글부글 끓었다.

「아버지, 제가 왕의 친서를 좀 읽어 봐도 될까요?」

제이미는 마음을 가라앉히고 차분하게 물었다.

「새엄마가 제이미에게 글을 가르치실 때 우리도 함께 배울 걸 그랬어.」

아그네스는 짧게 한숨을 내쉬다가 피식 웃었다.

「쓸데없는 생각이지. 숙녀는 글을 배울 필요도 없으니까. 게다가 제이미처럼 게일어(스코틀랜드 고지 사람들이 사용하는 언어)까지 한다고 해도 달라질 게 뭐 있어.」

제이미가 얼굴을 찡그리자, 아그네스는 손을 내저었다.

「제이미, 널 험담하려는 게 아냐. 물론 나도 너와 함께 글을 배웠으면 하고 생각할 때가 있어. 매부리코 아저씨도 우리에게 아저씨의 모국어인 게일어를 가르치려고 했잖아.」

「매부리코 아저씨는 날 가르치길 좋아하셨어. 물론 엄마도 내게 뭔가 가르치길 좋아하셨지만, 엄마는 돌아가시기 전에 오랫동안 병석에 누워 계셨으니까.」

제이미는 침울해졌다.

「그런데 제이미, 넌 스코틀랜드에서 오는 야만인이 우리말을 못할 거라 생각하니? 못 하면 어떡하지?」

다시 걱정이 되는지, 아그네스는 훌쩍이다가 울음을 터뜨렸다. 아그네스가 울지만 않았다면, 제이미는 심하게 짜증을 냈을 것이다.

「그 사람이 우리말을 할 수 있든 없든 무슨 차이가 있어? 신부에게 말을 걸 필요도 없이 그냥 죽여 버릴 텐데.」

「그럼 너도 그 소문이 사실이라고 믿는 거니, 제이미?」

메리가 눈을 동그랗게 떴다.

「아니, 그냥 그렇게 말한 것뿐이야.」

제이미는 생각 없이 말한 걸 후회했다. 인내심이 점점 바닥나고 있었다. 눈을 감고 마음을 가라앉힌 뒤 아그네스를 돌아보았다.

「그렇게 얘기해서 미안해. 짜증이 나서……. 진심으로 사과할게.」

「아냐, 널 이해해.」

아그네스가 풀 죽은 목소리로 대답했다.

「아버지, 어서 제이미에게 왕의 친서를 보여 주세요.」

메리가 갑자기 아버지를 돌아다보며 재촉했다.

「안 된다.」

남작은 소스라치듯 놀라며 두 손을 내저었다. 하지만 거짓말했다는 사실을 딸들에게 들킬까 봐 목소리를 누그러뜨리고 서둘러 변명했다.

「그렇게까지 할 건 없다, 제이미. 별다른 내용은 없어. 다음주에 스코틀랜드인 둘이 와서 각자 신부를 골라 데려갈 거야.」

딸들에게 이 새로운 소식이 반가울 리 만무했다. 쌍둥이 자매들은 마치 잠을 자다가 억지로 깬 젖먹이들처럼 소리를 질러 대며 울어 젖혔다.

「난 도망칠 테야.」

메리가 버럭 소리를 질렀다.

「그 남자들을 단념하게 만들 계략을 꾸미는 게 좋겠어.」

제이미는 이 소란을 잠재울 요량으로 목소리에 힘을 주어 말했다. 아그네스가 울다 말고 막냇동생을 바라보았다.

「계략? 좋은 생각이라도 있어?」

「사기를 치는 거나 마찬가지라 말하기 뭣하지만, 그래도 언니들의 운명이 걸려 있는 일이니 할 수 없지. 방금 생각난 건데, 만약 나보고 신부감을 고르라고 한다면, 난 병든 사람을 우선 순위로 제쳐놓을 것 같거든.」

메리의 얼굴이 환해졌다. 메리는 언제나 제이미의 생각을 가장 빨리 읽어 냈다. 특히 누군가를 골탕먹이는 일에는 더욱 그랬다.

「아니면 쳐다보기 괴로울 정도로 못생겼거나.」

메리가 고개를 끄덕이며 덧붙였다. 눈이 장난기로 반짝 빛났다.

「아그네스 언니랑 앨리스 언니는 병이 난 사람처럼 꾸미면 되겠다. 나는 뚱뚱하고 못생긴 사람처럼 분장하고.」

「병이 나? 아그네스, 메리가 무슨 말을 하는 거니?」

앨리스는 아직도 어리둥절한 모양이었다.

아그네스가 웃음을 터뜨렸다. 하도 콧물을 닦아 내 코는 벌겋고 뺨은 눈물로 얼룩졌지만, 얼굴은 여전히 예쁘장했다.

「그래, 아주 중병에 걸리는 거야. 앨리스, 너는 딸기를 따다 먹으면 되겠다. 딸기 먹고 뾰루지 난 건 몇 시간 안 가니까. 오, 하지만 시간을 잘 맞춰야 되겠는걸.」

「아, 그러니까 그 멍청한 스코틀랜드인들에게 내 얼굴이 항상 끔찍한 뾰루지로 가득한 것처럼 보이라는 말이구나!」

그제야 알겠다는 앨리스는 음흉한 웃음을 흘렸다.

「나는 계속 콧물을 질질 흘려야지. 그리고 온몸에 이가 득실거리는 사람처럼 몸을 벅벅 긁어 대고.」

네 자매는 각자의 모습을 상상하며 깔깔거렸다. 남작도 마음이 한결 가벼워졌다.

「그것 봐라. 내가 뭐라고 하든? 일이 다 잘될 거랬지?」

물론 그렇게 말한 적이 없었지만, 아무도 남작의 말에 상관하지 않았다.

「이 늙은이는 그만 들어가서 눈 좀 붙여야겠다. 너희들은 그 계획이나 더 상의하렴.」

제미슨 남작은 잽싸게 방에서 나갔다.

「하지만 스코틀랜드인들은 언니들이 어떻게 생겼는지에 대해서는 관심이 없을지도 몰라.」

제이미는 언니들에게 쓸데없는 희망만 안겨 주게 되지나 않을까 걱정스러웠다.

「그저 그들이 멍청한 사내들이길 기도할 뿐이지.」

메리가 말을 받았다.

「그들을 속이는 게 죄가 될까?」

「물론이지.」

앨리스의 물음에 메리는 명쾌하게 대답했다.

「그렇더라도 찰스 신부님께는 고해하지 않는 게 좋겠어. 그랬다간 또 한 달간이나 참회의 기도를 해야 할걸. 우리가 속이려는 사람은 스코틀랜드인이니까 하나님도 이해해 주실 거야.」

아그네스는 변명하듯 속삭였다.

제이미는 언니들을 방에 남겨 두고 마구간으로 갔다.

코가 매의 부리처럼 생겼다 해서 매부리코라 불리는 마구간지기는 비록 나이는 많았지만 오래 전부터 제이미와 친하게 지냈다. 제이미는 그를 완전히 믿고 따랐고, 어려운 일이 있으면 무슨 일이든 터놓고 상의했다. 매부리코 역시 제이미의 말을 절대로 다른 사람에게 옮기지 않았고, 제이미에게 필요하다고 판단되는 것은 무엇이든 가르쳐 주었다. 사실 그에게 있어 제이미는 친자식보다 더 소중한 존재였다.

두 사람이 유일하게 의견 일치를 보지 못하는 부분이 바로 제미슨 남작에 관해서였다. 매부리코는 막내딸을 대하는 남작의 태도가 영 마음에 들지 않았지만, 제이미는 아버지에 대해 매우 만족했다. 그렇게 두 사람의 생각이 완전히 달랐기 때문에, 남작의 됨됨이에 대한 이야기는 서로 조심스럽게 피했다.

제이미는 매부리코가 에멧에게 심부름거리를 안겨 밖으로 내보낼 때까지 기다렸다가 조금 전 일을 낱낱이 털어놓았다. 매부리코는 이야기를 듣는 동안 계속해서 턱을 어루만졌는데, 그것은 그가 제이미의 이야기에 완전히 집중하고 있다는 의미였다.

「다 내 잘못이에요」

제이미는 고백하듯 말했다.

「왜 그렇게 생각하시죠?」

「내가 세금을 챙겨야 했는데…… 내 불찰로 애꿎은 언니들만 대가를 치르게 된 거예요」

「세상에, 이 집에서 아가씨 책임이 아닌 일은 세금 거두고 망루에서 망보는 일, 딱 그 두 가지뿐이에요 그런데 아가씨 잘못이라니, 말도 안 돼요! 아가씨는 지금 하시는 일만으로도 눈코 뜰 새 없잖아요 아가씨에게 뭐든지 가르치는 게 아니었는데, 제 실수예요 아가씨가 말도 못 타고 사냥도 못 하면, 그런 일은 아가씨 차지가 되지 않았을 텐데…… 아가씨는 숙녀예요 그런데 기사의 종자들이나 할 법한 궂은 일들을 다 하시다니, 다 제 탓입니다」

매부리코의 절망적인 표정을 보면서 제이미는 웃음을 터뜨렸다.

「하지만 아저씨는 항상 내 재주를 칭찬했잖아요 자랑스럽다고도 했구요」

「물론 아가씨가 자랑스러워요 그렇지만 아가씨가 아버님의 죄까지 뒤집어쓰려는 건 정말 그냥 봐 줄 수가 없어요」

「아유, 또 시작이군요」

「헌데 이번 혼사에서 아가씨만 빠졌다니, 좀 이상한데요?」

「나도 그래요 하지만 왕께서도 나름대로 이유가 있었겠죠 난 왕의 결정에 의문을 제기할 처지가 못 돼요」

「혹시 왕의 친서를 보셨어요, 제이미 아가씨? 직접 읽어 보셨냐구요?」

「아뇨, 아버진 거기까지 신경 쓸 필요 없다고 하셨어요. 아저씨, 무슨 생각을 하는 거죠? 뭔가 이상한 생각을 하고 있는 듯한 눈빛인데요?」

「아무래도 남작님께서 뭔가 일을 꾸미시는 것 같아요. 분명히 꿍꿍이속이 있을 거예요. 저는 아가씨보다 훨씬 오랫동안 남작님을 봐왔어요. 돌아가신 마님께서 여기로 시집오실 때 제가 말을 끌었다는 거, 아시죠? 아가씨께서 걸음마를 배우기도 전부터, 전 남작님에 대해 훤히 꿰뚫고 있었단 말입니다. 그런 제 판단으론, 지금 남작님께서 뭔가 일을 꾸미고 있어요.」

「아버진 날 친딸처럼 키우셨어요. 엄마도 항상, 아버지께서 날 친딸처럼 여기신다고 말씀하셨어요. 그러니까 난 아버지의 따뜻한 마음에 감사해야 해요. 아저씨, 아버진 좋은 분이세요.」

「그래요. 남작님께선 항상 아가씨를 당신의 친딸이라고 말씀하셨죠. 하지만 그렇다고 해서 그 말을 그대로 믿을 순 없습니다.」

바로 그 때 에멧이 어슬렁거리며 마구간으로 돌아왔다.

에멧이 남의 말을 엿듣는 나쁜 버릇이 있다는 사실을 잘 아는 제이미는 재빨리 게일어로 바꿔 말했다.

「아저씨의 충성심을 의심해 봐야겠어요.」

제이미는 매부리코를 흘겨보았다.

「마음대로 하세요. 전 아가씨에게 충성할 뿐이니까. 저말곤 아가씨를 걱정해 주는 사람은 아무도 없어요. 그러니 이제 불평 그만 하시고, 제 동포들이 언제 여기에 오는지나 말씀해 주세요.」

제이미는 매부리코가 화제를 돌리려 한다는 걸 눈치챘다. 항상 그렇게 난처한 문제를 조용히 마무리해 주는 매부리코가 고마웠다.

「일 주일 후요. 그런데 그 사람들이 여기 와 있는 동안 난 숨어 있어야 해요. 왜 그래야 하는지 모르겠지만, 아버지는 내가 그 사람들 눈에 띄지 않는 게 좋겠대요. 사냥도 해야 하고, 매일 할 일이 산더미 같은데 얼마나 숨어 지내야 하는 건지…… 아저씨, 그 사람들이 얼마나 오랫동안 머무를까요? 일 주일? 아무래도 돼지고기를 더 많이 절여 둬야…….」

「전 그들이 한 달쯤 머물렀으면 좋겠어요. 아가씨에겐 쉴 시간이 필요하니까요. 전에도 몇 번 했던 얘기지만, 다시 한 번 말씀드려야겠어요. 아가씨, 매일 그렇게 꼭두새벽부터 오밤중까지 일만 하다간 제명까지 못 살아요. 전 아가씨가 정말 걱정돼요. 마님께서 살아 계셨다면 아가씨가 이렇게 고생하는 일은 없었을 텐데. 오, 주여, 우리 마님의 영혼을 돌보소서. 어릴 적 기억 나세요? 병아리만한 꼬마 아가씨가 얼마나 소동을 피워 댔던지, 성안이 하루도 조용할 날이 없었죠. 참, 망루 꼭대기까지 혼자 올라갔던 일 기억 나세요? 제가 올라가서 엉엉 우는 아가씰 안고 내려왔잖아요. 그때 아가씨는 제 이름만 외쳐 대며 울었죠. 창피한 일이지만, 거길 올라가느라 얼마나 무서웠던지, 아가씨를 안고 내려온 뒤에 전 그날 먹은 걸 다 토했다니까요. 그날 왜 그런 짓을 했는지 기억 나세요?」

제이미가 고개를 설레설레 저었다. 매부리코는 피식 웃으며 설명을 했다.

「두 탑 꼭대기에 밧줄이 연결되어 있었는데, 줄타기를 해서 양쪽 탑을 건널 수 있다고 생각했나 보죠? 탑 꼭대기까지 어떻게 올라가긴 했는데 아래를 내려다보니 무서웠나 봐요. 그래서 목이 디져리 울어대신 거죠.」

제이미는 그때를 떠올리며 피식 웃었다.

「난 아저씨가 내 등을 철썩철썩 때렸던 일만 기억 나요. 한 이틀 동안 어디에 기대앉지도 못할 정도였죠.」

「하지만 남작님께는 제가 아가씨를 때렸다는 얘길 안 했죠. 제 처지가 곤란해질까 봐 그랬던 거죠?」

「만약 그 얘길 했다면 아저씬 정말 곤란한 상황에 빠지셨을 거예요」

매부리코가 너털웃음을 웃었다.

「덕분에 아가씨는 어머님께 또 매를 맞았죠 제가 벌써 따끔하게 훈계했다는 사실을 아셨다면 또 매를 들 분이 아니었는데.」

「하지만 아저씨는 정말 죽을 뻔한 날 구해 주신 거예요」

「솔직히 말하자면 제가 아가씨 목숨을 구한 게 어디 한두 번입니까?」

제이미가 그 동안 지나온 세월을 생각하며 싱긋 웃었다.

「난 이제 어른이 됐고, 해야 할 일도 많아요 앤드류도 그걸 이해하는데, 왜 아저씨는 아직도 그 사실을 받아들이지 못하죠?」

매부리코는 더 이상 제이미에게 상처를 주고 싶지 않아 입을 다물었다. 만약 앤드류 남작을 어떻게 생각하는지 솔직히 말한다면 제이미는 충격을 받을 것이다. 딱 한 번밖에 보지 못했지만, 앤드류가 허풍쟁이에다 맹충맞은 성격임을 한눈에 알 수 있었다. 게다가 속은 밴댕이 같아서, 항상 자기밖에 몰랐다. 자신이 가장 소중히 여기는 제이미가 그토록 졸렬한 인간에게 갇혀 살 거라 생각하면, 속에서 쓴 물이 올라왔다.

「아가씨에겐 강한 남자가 필요해요 아직 진짜 남자를 만나 보지 못해서, 어떤 사람이 강한 남자인지 잘 모르겠지만. 물론 저는 빼고요 아가씨, 아가씨 몸엔 아직도 야생의 기운이 흐르고 있어요 스스로는 못 느낄지 모르지만, 아가씨 마음속에는 자유를 향한 열망이 숨어 있다구요」

「아저씨, 과장하지 마세요 난 이제 천방지축 말괄량이가 아니라 정숙한 요조숙녀예요」

「아가씨가 말 등에 올라서서 초원을 달리는 모습을 한두 번 본 줄 아세요? 그런 위험한 장난을 아직도 자주 하죠?」

「언제부터 날 감시한 거예요?」

「누군가는 아가씨를 감시해야 해요」

제이미는 짧게 한숨을 내뱉고는 화제를 다시 스코틀랜드인들에게로 돌렸다. 매부리코는 더 이상 아무 말도 하지 않았다. 이야기를 들어주는 것만으로도 제이미의 걱정을 덜어 줄 수 있다면 그렇게 해주고 싶었다.

제이미가 자리에서 일어날 때쯤, 매부리코의 마음속에는 새로운 희망이 떠올랐다. 제미슨 남작이 속임수를 쓰려 한다면 자신도 가만히 있을 수는 없었다. 어떻게든 남작의 손아귀에서 제이미를 빼내야 했다. 어쩌면 이번 일이 제이미에겐 좋은 기회가 될 수도 있었다.

우선 스코틀랜드인들의 됨됨이를 살펴봐야 했다. 만약 둘 중에 신을 두려워하고 여자를 보살필 줄 아는 남자가 있다면, 어떻게 해서든 그에게 제미슨 남작에게는 딸이 셋이 아니라 넷이라는 사실을 알려 주리라.

'그래, 불쌍한 제이미 아가씨를 이런 노예 같은 생활에서 벗어나게 해줘야 해.'

오늘 머독 신부가 말하길, 알렉 킨케이드가 잉글랜드인 신부와 함께 돌아올 거라고 했어. 그 얘기를 듣자 사람들이 모두 얼굴을 찡그리더군. 그건 킨케이드가 재혼을 하기 때문이 아니라, 새 신부가 잉글랜드 여자이기 때문이지. 왕의 명령이니 이해해야 한다는 사람도 있지만, 많은 사람들이 분개하고 있지. 아무리 왕의 명령이라 해도 그런 일은 있을 수 없다고 말이야.

킨케이드가 그 잉글랜드 여자와 사랑에 빠졌으면 좋겠어.

그럼 킨케이드는 잉글랜드인뿐만 아니라 우리에게까지 적이 되는 거니까. 일이 점점 재미있게 돌아가는군.

2

알렉 킨케이드는 집으로 돌아가는 길을 서둘렀다. 스코틀랜드 왕 에드거의 명령에 따라 한 달 동안 런던에 머물면서, 잉글랜드 왕궁의 돌아가는 형편도 파악하고 잉글랜드의 왕에 대해서도 많은 것을 알아냈다.

사실 알렉은 이번 임무에 전혀 흥미가 없었다. 잉글랜드의 귀족들은 하나같이 겉치레에만 신경 썼고, 왕 헨리는 지나치다 싶을 정도로 매사에 우유부단했다. 사실 잉글랜드 왕의 폭발적인 잔인성에 한두 번 깊은 감명을 받기는 했다. 몇몇 귀족이 반역을 준비하다 들통난 일이 있었는데, 헨리 왕은 아주 신속하고 잔인하게 벌을 내렸던 것이다.

알렉은 지금까지 주어진 임무에 한번도 불평한 적이 없었는데, 이

번 임무만은 그리 탐탁지 않았다. 거느리고 있는 부족이나 추종자가 많은 그로서는 잉글랜드 왕궁에 와서 한가하게 사람들을 살피는 일이 왠지 쓸데없는 시간 낭비 같았다. 거친 토양에 자리잡은 자신의 영지는 지금쯤 거의 혼란 상태에 빠져 있을 것이다. 다행히 캠벨 부족과 맥도널드 부족이 공격을 해오지 않았다 하더라도, 자신이 이곳에 있는 동안 어떤 자잘한 문제들이 성을 덮쳤을지 모를 일이었다. 그런데 엎친 데 덮친 격으로 시간을 지체할 일이 하나 더 생겼다. 생각지도 않은 결혼을 명령받은 것이다.

알렉은 생면부지의 잉글랜드 여자를 신부로 맞아들이는 일에 대해 별다른 생각이 없었다. 조금 불편하긴 하겠지만 왕의 명령이니 그냥 받아들여야 했고, 그건 잉글랜드 여자도 마찬가지일 것이다. 스코틀랜드와 잉글랜드, 이 두 나라가 아슬아슬하게 동맹 관계를 유지하고 있는 한 이런 일은 비일비재할 것이다.

잉글랜드 왕은 잉글랜드인 신부를 맞이할 스코틀랜드의 영주 중에 알렉 킨케이드가 반드시 끼어 있어야 한다고 요구했다. 알렉도, 스코틀랜드 왕도, 잉글랜드 왕이 왜 그런 요구를 하는지 잘 알았다. 알렉은 아직 풋내기 영주에 불과했지만, 항상 경계하지 않으면 안 될 정도로 힘이나 영향력이 컸다. 작년 말 통계로만 봐도, 그의 녹을 먹는 군사는 8백에 이르렀다. 게다가 믿을 만한 동맹 관계에 있는 영주들의 군사까지 합하면 그 수는 엄청났다. 전쟁터에서 증명된 알렉의 용맹은, 잉글랜드에서는 입에서 입으로 조용히 번져 간 무시무시한 소문이었지만 스코틀랜드에서는 누구나 소리 높여 외치고 다니는 자랑스러운 역사였다.

알렉이 잉글랜드인을 그다지 좋아하지 않는다는 사실을 잘 알고 있는 헨리 왕은, 이번 결혼으로 알렉이 조금이나마 그런 태도를 누그러뜨리길 바란다는 희망을 스코틀랜드 왕에게 내비쳤다. 한 술 더 떠서, 시간이 흐르면 알렉도 부인과 화합을 이룰 거라는 의미심장한 말까지 했다.

그러나 에드거는 잉글랜드 왕이 알고 있는 것보다 훨씬 두뇌 회전이 빨랐다. 그는 잉글랜드 왕이 알렉을 자기편으로 끌어들이고 싶어한다는 걸 바로 눈치챘다. 알렉과 그의 왕은 잉글랜드 왕의 순진함을 은근히 즐기고 있었다. 에드거는 잉글랜드 왕 앞에 무릎을 꿇고 충성을 서약한 이후, 잉글랜드 왕에게 작위를 받고 가신이 되었지만, 그는 여전히 스코틀랜드의 왕이었으며 그에겐 같은 스코틀랜드인이 국경 밖의 사람보다 우선이었다.

헨리는 스코틀랜드인의 결속력을 전혀 이해하지 못했다. 잉글랜드의 순진한 왕은 알렉을 잉글랜드 여자와 결혼시킴으로써 또 하나의 강력한 동맹군을 뒷주머니에 감춰 둘 수 있으리라는 가능성을 탐내고 있었지만, 잉글랜드 왕의 계산은 완전히 빗나갔다. 알렉은 어떤 보상이 있다 해도, 스코틀랜드나 스코틀랜드의 왕에게 등을 돌릴 사람이 아니었다.

알렉의 죽마고우이며, 얼마 안 있어 퍼거슨 부족의 영주가 될 다니엘 역시 잉글랜드 여자를 신부로 맞이하라는 명령을 받은 터였다. 런던에서 지루하기 짝이 없는 한 달을 보낸 것도 알렉과 마찬가지였다. 다니엘 역시 그 임무가 알렉만큼이나 지겨웠기 때문에 집으로 돌아가기만을 학수고대하고 있었다.

하루빨리 집으로 돌아가고 싶은 생각에, 두 남자는 새벽부터 말고삐를 늦추지 않고 계속 달렸다. 제미슨 남작의 영지에서도 한두 시간 이상은 지체하지 않을 작정이었다. 그 시간이면, 저녁을 배불리 먹고 각자 신부감을 고른 다음 사제를 불러 바로 결혼식을 올리기에 충분했다. 그들은 잉글랜드 땅에서 단 하룻밤도 더 머물고 싶지 않았다.

그들은 잉글랜드 신부들이 이 결혼을 어떻게 생각하느냐 하는 문제 같은 건 전혀 신경 쓰지 않았다. 그들에게 여자란 단지 남편의 소유물일 뿐이었기 때문에, 신부의 생각은 말갈기만큼도 중요하지 않았다. 그들은 명령받은 대로 실행만 하면 되었다.

'통나무 던지기'를 한 결과, 알렉이 신부를 먼저 고를 권리를 획득했다. 그러나 두 사람 다 그 경기에서 이겨야겠다는 마음은 전혀 없었다. 이번 결혼도 그저 완수해야 할 임무에 불과했던 것이다.

악마와 그의 종자(從者)는 제미슨 남작의 영지에 예정보다 사흘이나 일찍 나타났다. 스코틀랜드 전사들을 가장 먼저 발견하고 그들에게 걸맞는 이름을 지어 붙인 사람은 바로 매부리코였다.

그날 오후, 매부리코는 낮잠을 즐기려고 다락방으로 올라갔다. 낮잠 자기에도 딱 좋은 시간인데다 첫새벽부터 일어나 봄볕을 받으며 쉬지 않고 일한 터라 몸이 무척 노곤했다. 자리를 펴고 누우려는데 메리가 제이미를 잡아끌고 초원으로 나가는 모습이 보였다. 제이미는 초원에만 나가면 야성적인 성격을 드러내곤 했기 때문에, 또 충동을 억제하지 못하고 사고라도 칠까 걱정이 되었다. 제이미에겐 정말 강한 남자가 필요했다! 제이미는 일단 무슨 일이든 하겠다고 마음만 먹으면 아무도 못 말렸다. 거기다가 메리가 또 그녀를 어떻게 휘저어 놓을지는 아무도 모르는 일이었다.

'좋아, 낮잠은 그만두고 저 망나니 아가씨들을 뒤쫓아가 봐야겠어.'

매부리코는 입이 찢어져라 하품을 하고 나서 사다리로 발을 내디뎠다. 둘째 칸에 발을 내려놓다가 성을 향해 날듯이 달려오는 두 거인을 발견했다. 순간 균형을 잃고 휘청했다. 어미에게 먹이를 받아먹으려고 짹짹대는 제비새끼처럼 입이 있는 대로 벌어져서 다물어지지 않았다. 급히 성호를 그으려다, 그대로 있으면 사다리에서 떨어질 것만 같아 서둘러 바닥으로 내려섰다. 무릎이 심하게 떨려 두 다리가 서로 부딪쳤다. 두 거인이 그 소리를 듣지 못한다는 사실이 천만다행이었다.

가슴이 심하게 방망이질 쳤다. 비록 개명하긴 했지만, 매부리코는 자신의 핏줄 속에도 스코틀랜드인의 피가 흐른다는 사실을 상기했다. 또한 자신은 이제껏 외모만으로 사람을 평가한 적이 없었다는 사실도 떠올렸다. 그러나 질풍같이 달려오는 두 거인을 보며 느껴지는 두려움을 누그러뜨리는 데는 전혀 도움이 되지 않았다.

매부리코는 이제 온몸이 덜덜 떨렸다. 예수님의 열두 제자라 해도 저런 어마어마한 전사들과 마주치면 소름이 끼치리라. 한데 평범한 늙은이에 불과한 자기는 어떻겠는가.

매부리코가 악마의 종자라고 생각한 사내는, 키가 크고 어깨가 딱 벌어진 게 몸집이 아주 억세 보였다. 머리칼은 녹슨 못처럼 붉었고, 눈은 깊은 강물처럼 짙은 초록빛이었다. 눈가의 주름이 그 사람을 더욱 차가워 보이게 했다. 하지만 그도 그 옆의 사내에 비하면 왜소한 편에 속했다.

매부리코가 악마라고 단정해 버린 그 사내는, 머리칼이나 살갗이 모두 잘 그을린 구릿빛이었다. 키는 초록빛 눈동자의 사내보다 머리 하나만큼은 더 컸고, 몸집은 어디 한 군데 군살이라곤 없을 것처럼 다부졌다. 매부리코는 악마의 얼굴을 좀더 자세히 보려고 비틀거리며 몇 발짝 앞으로 나갔다가 곧 후회했다. 악마의 갈색 눈동자에는 금방이라도 비바람이 몰아칠 듯한 차가움이 감추어져 있었다. 그 두 사람이 눈을 부릅뜨면, 한여름의 푸른 초원이라도 당장에 꽁꽁 얼어붙을 것 같았다.

매부리코의 가슴에 절망이 점점 커져 갔다. 제이미를 구하겠답시고 꾀를 내던 자신이 한심했다. 그러나 아직 포기하기는 일렀다. 이 두 남자의 됨됨이가 어떤지는 아직 모르지 않는가.

「저는 이 마구간 책임자로, 매부리코라고 합니다.」

매부리코는 용기를 내 마구간으로 다가오는 두 사람에게 인사를 건넸다. 이 사람들에게 어떻게든 자기와 얘기 몇 마디 나눠도 손해

볼 것 없다는 생각이 들도록 해야 했다.

「좀 일찍 당도하셨군요. 그렇지만 않았다면 우리 남작님이 가족과 함께 나와서 두 분 나리를 직접 맞이하셨을 텐데 말입니다.」

매부리코는 숨도 쉬지 않고 줄줄 얘기하고는 입을 다물었다. 대답을 기다렸지만 깜깜 무소식이었다. 자신의 처지가 곧 파리채에 맞아 죽을 날파리만큼이나 하잘것없이 느껴졌다.

두 사내의 눈길은 정말 사람의 혼을 쏙 빼놓고도 남을 만큼 오싹했다. 그래도 다시 한 번 용기를 내 한마디 더 내뱉었다.

「남작님을 만나시는 동안 제가 말을 돌봐 드리겠습니다.」

「우리 말은 우리가 돌보겠네.」

악마의 종자였다. 목소리가 그다지 즐거운 기색이 아니었다. 매부리코는 고개를 주억거리면서 뒤로 몇 걸음 물러나 두 사내에게 길을 터 주었다.

두 사내는 게일어로 다정하게 말을 칭찬하며 말에서 안장을 내렸다. 매부리코는 두 사람의 일거일동과 말을 눈여겨보았다. 말은 두 마리 다 흠잡을 데 없는 준마였는데, 몸에 상처는 물론이고 채찍질당한 흔적도 전혀 없었다.

매부리코의 가슴에 다시 희망이 싹텄다. 남자의 성격은 자기 어머니를 대하는 태도와 말을 다루는 버릇을 보면 알 수 있었다. 제미슨 남작이 바로 그 증거였다. 남작의 말은 온통 흉터투성이였다.

「병사들은 성 밖에 세워 두고 오셨습니까?」

매부리코는 자신이 친구라는 사실을 알리기 위해 이번에는 게일어로 말을 붙였다. 그러자 악마의 종자가 웃음까지 띤 얼굴로 돌아보았다.

「우린 둘이서 왔네.」

「런던에서 여기까지, 그 먼길을 말입니까?」

악마의 종자는 고개를 끄덕였다.

「등뒤를 호위할 사람도 하나 없이요?」

매부리코는 놀라움을 감추지 못했다.

「우리는 다른 사람의 보호 같은 건 필요치 않아. 그런 건 잉글랜드 사람들에게나 필요하지. 그렇지 않나, 알렉?」

그러나 악마는 아무 대꾸도 하지 않았다.

「그런데, 제가 두 분을 어떻게 불러 올릴깝쇼?」

주제넘은 질문이었지만, 두 사내가 자신을 더 이상 멸시하는 눈초리로 보지 않는다는 것을 깨달은 매부리코는 좀더 용기를 내 본 것이었다. 악마의 종자는 대답 대신 말꼬리를 돌렸다.

「우리말을 썩 잘 하는군, 매부리코 자네도 스코틀랜드인인가?」

「그렇습니다. 지금은 머리가 세어 버렸지만, 저도 한때는 붉은 머리였지요.」

매부리코는 어깨를 쭉 펴며 자랑스럽게 대답했다.

「내 이름은 다니엘 퍼거슨이고, 이쪽은 그 유명한 알렉일세. 킨케이드 부족의 영주지.」

매부리코는 정식으로 예를 갖춰 다시 인사를 올렸다.

「두 분을 뵙게 되어 영광입니다. 오랫동안 스코틀랜드 사람들을 만나지 못하고 살다 보니, 인사법도 다 잊었지 뭡니까. 사실은 스코틀랜드인들이 얼마나 체구가 큰지도 까마득히 잊고 있다가 두 분을 보고 나서야 그 사실을 다시 깨달았다니까요.」

매부리코는 마구간 입구 바로 옆에 있는 말우리로 들어가 여물통과 물통을 살펴보고 나오면서, 두 사내와 좀더 긴 대화를 나누어 보리라 마음먹었다.

「한 사흘쯤 일찍 당도하신 거죠? 두 분이 오신 걸 알면, 아마 안채에서 난리가 날 겁니다.」

둘 다 아무 대답도 하지 않았지만, 매부리코는 그들이 그 문제에 대해 전혀 괘념치 않는다는 사실을 눈치챘다.

「오늘 우리말고 다른 사람이 올 예정이었나?」

느닷없는 다니엘의 물음에 매부리코는 눈을 동그랗게 떴다.

「다른 사람이요? 아뇨, 앞으로 최소한 3일 동안은 아무도 안 올 겁니다.」

「도개교는 내려져 있고, 망루를 지키는 사람은 보이지 않아서 하는 말이네. 그러니 분명…….」

매부리코가 긴 한숨을 내쉬었다.

「아, 그 말씀이군요. 도개교야 거의 항상 내려져 있고, 망루에도 마지막으로 사람을 올려보낸 게 언제인지 까마득합니다. 이미 눈치채셨겠지만, 우리 남작님의 건망증이 좀 심하거든요.」

두 남자는 서로 마주 보며 어깨를 으쓱했다. 믿기 어려운 모양이었다. 매부리코는 자기 주인을 위해 몇 마디 변명을 하기로 했다.

「누가 이렇게 외진 곳을 거들떠나 보겠습니까? 남작님께서도 항상 남에게 빼앗길 만큼 소중한 건 없다고 하시니까 뭐……. 게다가 초대도 받지 않고 여기 찾아올 사람은 없습니다.」

「소중한 게 없어?」

드디어 알렉 킨케이드가 입을 열었다. 매우 차갑고 단호한 목소리였다. 알렉이 매부리코를 향해 고개를 돌린 순간부터 불쌍한 늙은이의 두 다리가 또다시 사정없이 떨렸다.

「그렇다면 딸들도 없다는 말인가?」

'한번 화를 냈다 하면 불같겠군.'

매부리코는 도저히 알렉과 눈을 맞출 용기가 없어서 고개를 푹 숙이고 주뼛주뼛 입을 열었다.

「물론 있지요. 남작님께서 밝히고자 하시는 수보다 더 많은 따님이 있죠.」

「그렇다면 딸들도 보호하지 않는단 말인가? 알렉, 이런 일이 있다는 얘기 들어본 적 있나?」

다니엘은 도저히 믿을 수 없다는 듯이 고개를 가로저었다.

「아니, 없어.」

「매부리코, 제미슨 남작이란 작자는 대체 어떤 위인이지?」

「물론 잉글랜드인이지, 다니엘.」

알렉이 매부리코 대신 나서서 대답했다.

「아야, 그걸로는 설명이 부족하지. 이봐, 매부리코, 혹시 남작의 딸들이 너무 못생겨서 보호할 필요가 없는 건 아닌가? 아니면 행실이 부도덕하다든지……」

매부리코는 그 말에 펄쩍 뛰었다.

「아니, 아닙니다! 아가씨들은 모두 예쁘고 정숙한 숙녀들이죠. 아무렴요, 다들 어디 한 군데 흠잡을 데 없지요. 게다가 아직도 아이들처럼 순수하시구요. 만약 제 말이 거짓말이라면 저를 이 자리에서 쳐죽이셔도 좋습니다. 남작님이 본분을 다하지 못하고 계신 것뿐입니다.」

매부리코는 철부지 같지만 착하고 예쁜 아가씨들에 대해 함부로 얘기하는 다니엘의 언사가 불쾌하다는 듯이 인상까지 찌푸리며 말을 맺었다.

「남작의 딸은 모두 몇인가? 왕에게는 물어 보지도 않았다네.」

「두 분께서 만나실 분은 셋뿐일 겁니다……」

매부리코가 주저하며 사건의 전말을 설명하려는데, 알렉과 다니엘은 벌써 마구간에서 나가려고 돌아서고 있었다. 이렇게 기회가 사라질지도 모를 일이었다. 빨리 결정을 해야 했다.

「두 분은 지위가 똑같으신가요, 아니면 한 분이 다른 분보다 높으신가요?」

매부리코는 깊이 숨을 들이마신 다음 외치듯 물었다.

알렉은 마구간지기의 목소리가 희미하게 떨리고 있음을 눈치챘다. 의아한 생각에 노인을 향해 돌아섰다.

「어째서 그런 주제넘은 질문을 하는 거지?」

「일부러 무례를 범하려는 건 아닙니다. 제가 주제넘다는 건 잘 압니다만, 이런 질문을 드리는 데에는 그럴 만한 이유가 있습니다. 사실은 제가 돌봐 드려야 할 아가씨가 한 분 계신데, 저말고는 그분을 제대로 보살펴 줄 사람이 없습니다.」

매부리코는 기회를 놓칠세라 득달같이 대답했다.

다니엘은 매부리코의 설명에 이맛살을 찌푸렸다. 도대체 무슨 말인지 이해할 수가 없었다.

「나는 일이 년 후에야 영주가 되지만, 알렉은 이미 자신의 부족을 이끄는 영주일세. 이제 대답이 되었나?」

「그럼 알렉 나리께서 먼저 신부를 고르시게 됩니까?」

「그럴 걸세.」

「그럼 알렉 나리가 나리보다 영향력이 있단 얘기겠군요?」

매부리코는 알렉 쪽을 힐끗 보며 다니엘에게 물었다.

「그렇지.」

다니엘은 이를 드러내며 히죽 웃었다.

「그런데 매부리코, 자네도 알렉 킨케이드의 군사에 대한 소문을 들은 적 있나?」

「물론이죠. 여러 가지 이야기를 들었죠.」

다니엘은 매부리코의 목소리가 심하게 떨리자 웃음을 참지 못하고 껄껄 웃었다.

'이 노인네는 알렉에게 겁을 집어먹고 있는 게 틀림없어.'

「그럼 알렉이 전쟁터에서 어떻게 싸우는지도 다 들었겠군?」

「듣다마다요. 그렇지만 전 그 소문을 그대로 다 믿지는 않습니다.」

매부리코는 알렉을 한번 곁눈질하고는 말을 이었다.

「그건 모두 잉글랜드인들이 전해 준 이야기들이니까요. 나리가 잔인 무도하단 말은 과장된 게 틀림없어요」

다니엘은 알렉의 얼굴을 쳐다보며 싱긋 웃었다.

「그래? 하지만 매부리코, 그 소문은 전혀 과장된 게 아닐 게야. 알렉이 자비를 베푼 적이 있다고 하던가? 아니면 동정심이라도 보인 적은?」

「아니, 전혀……」

「그렇다면 그 소문은 모두 사실이야. 그렇지 않은가, 알렉?」

「그래.」

알렉은 무뚝뚝한 목소리로 대답했다. 다니엘은 만족한 듯 씩 웃으며 매부리코를 돌아보았다.

「자네가 무얼 알고 싶은지 잘 모르겠지만, 어쨌든 자네 질문은 재미있군. 우리에게 물어 볼 것이 또 있나?」

매부리코는 아주 천천히 고개를 끄덕이며 알렉을 향해 돌아섰다. 남작의 뻔뻔한 계획을 어떻게 설명해야 하나? 그 계획을 직접 대고 다 얘기할 수는 없는 노릇이었다. 짧은 시간에 매부리코의 머릿속엔 수많은 생각이 지나갔다.

두려움의 그림자가 이제 노인의 목소리뿐만 아니라 눈까지 드리워졌다. 알렉은 매부리코에게 다가가 똑바로 마주 보고 섰다.

「내게 할말이라도 있나?」

매부리코는 알렉 킨케이드의 직관력이 몸집이나 목소리만큼이나 비범하다는 사실을 깨달았다. 떨리는 맘을 진정시키며 가까스로 입을 열었다.

「지금껏 살아오면서 혹시 여인네를 학대하신 적이 있습니까, 알렉 나리?」

알렉의 눈에서 불꽃이 튀었다.

알렉이 불쾌해할 거라고는 이미 예상했지만, 매부리코는 그 모습을 보자 그만 본능적으로 뒷걸음질쳐서 벽으로 쓰러지듯 기댔다.

「자네도 스코틀랜드인이라니까 이번은 참지. 하지만 또 한 번 그런 무례한 질문을 하는 날엔 목숨을 부지하기 힘들 걸세.」

「하지만 나리, 저는 꼭 알아야만 합니다. 나리께서 지금 제가 드리려고 하는 선물의 가치를 제대로 알아보실 만한 분인지 알아야만 하니까요.」

「점점 이상한 말만 하는군. 이봐, 매부리코, 아무래도 자네는 잉글랜드에서 너무 오래 산 것 같네.」

다니엘이 알렉의 곁으로 다가서며 끼여들었다. 그 사람 인상 역시 알렉 못지않게 험악하게 변해 있었다.

매부리코는 이해한다는 듯 고개를 끄덕여 보였다.

「제가 전혀 말도 안 되는 소리를 주절거리고 있다는 건 잘 압니다. 하지만 제가 속을 다 드러내 놓고 얘길 하면, 그건 제 아가씨께 불충을 저지르는 꼴이 됩니다. 그랬다간 아가씨께서 절 가만두지 않을 겁니다.」

「자네 지금 여자를 두려워한단 말인가?」

다니엘의 목소리에 조롱이 섞여 있었지만, 매부리코는 무시하고 말을 계속했다.

「여자를 두려워하는 게 아니라 충성을 지키려는 겁니다. 아가씨는 제게 이 세상 무엇과도 바꿀 수 없을 만큼 소중한 분입니다. 아가씨를 제 친딸보다 더 사랑한다고 감히 말씀드릴 수 있습니다.」

매부리코는 용기를 내어 알렉의 날카로운 시선을 마주 보고자 노력했지만, 헛수고였다.

'내가 상대할 사람이 다니엘 나리였음 얼마나 좋을까? 그래도 저분은 가끔 한 번씩이지만 웃기라도 하니까.'

「나리는 나리 것을 절대 다른 사람에게 빼앗기지 않을 자신이 있습니까?」

매부리코는 가능한 한 문제의 본질에 가까이 다가갈 수 있기를 바라며 물었다.

「당연하지.」

「어쩌면 앤드류 남작이 군사들을 불러 모아 나리를 칠 수도 있습니다. 그분도 지금 제가 나리께 드리려는 선물을 탐하고 있으니까요. 게다가 그분은 잉글랜드 왕과도 절친한 사이랍니다.」

앤드류와 왕의 사이를 강조하려는 듯, 매부리코는 말을 멈추고 두 눈썹을 치켜 올렸다. 그러나 알렉은 전혀 개의치 않는다는 듯 어깨를 으쓱했다.

「그건 나하고 상관없는 일일세.」

「앤드류 남작이 누군데?」

다니엘이 끼여들었다.

「물론 잉글랜드인이죠.」

「그러니까 내가 만약 자네가 주는 선물을 받아들이면 그 잉글랜드인으로부터 도전을 받을 거라는 말이군. 그런 작자는 내 상대가 못되네.」

매부리코의 표정이 부드러워졌다.

「거기에 대해서는 걱정하지 않아도 좋아.」

알렉 킨케이드는 자신만만한 목소리로 한 번 더 못을 박았다.

「혹시 자네가 주겠다는 선물이 말 아닌가?」

「지금 말 얘기를 하는 게 아냐, 다니엘.」

다니엘은 아직도 무슨 말이 오가고 있는지 이해하지 못했지만, 알렉은 매부리코의 선물이 무엇인지 이미 눈치챘음이 분명했다.

'머리가 좀 돌아가는 편이군.'

매부리코는 싱긋 웃었다.

「알렉 나리, 제가 드리려는 선물을 보시면 매우 **흡족**하실 겁니다.」

목소리에 자부심이 가득 차 있었다.

44

「그런데 나리, 혹시 푸른 눈동자를 좋아하십니까?」

「스코틀랜드에 눈동자가 푸른 사람들은 많지.」

다니엘이 끼여들었다.

「그냥 푸른 눈동자야 여기 잉글랜드에서도 자주 볼 수 있죠」

매부리코는 점잔을 빼며 천천히 말했다. 그러고는 갑자기 크게 한 번 웃더니 헛기침을 하고 나서 다시 말을 이었다.

「자, 이제부터 제 얘기를 잘 들으세요 제미슨 남작님은 따님들을 말하고 똑같이 다루십니다. 마구간을 한번 둘러보면 제 말뜻을 쉽게 이해하실 겁니다. 여기 세 마리 말은 세 아가씨들의 것인데, 마구간에 들어오는 사람이면 누구나 볼 수 있지요 그런데 복도를 쭉 따라가다 모퉁이를 돌면, 뒷문 바로 옆에 우리가 하나 숨겨져 있죠 다른 우리와 떨어져서 말입니다. 우리 남작님이 가장 아끼는 말은 바로 거기에 있습니다. 짝지을 날을 기다리고 있는 아름다운 백마죠 한번 봐 둘 만한 가치가 있을 겁니다, 나리.」

매부리코는 두 사내를 숨겨진 우리로 안내했다.

「그 노인네 점점 이상한 말만 하는군.」

다니엘은 알렉과 함께 노인을 따라가며 중얼거렸다.

숨겨진 말우리에 다다르자 매부리코의 태도가 갑자기 바뀌었다. 그는 밀짚 한 오라기를 집어 입에 물고는 벽에 편안히 기대서서, 알렉이 말을 조용히 쓰다듬는 모습을 지켜보았다. 바람결에 쪽문이 들썩일 때마다, 햇살이 은빛 말갈기에 은가루를 뿌렸다. 당당하고 아름다운 암말은 낯선 사내의 손길에 한동안 불안한 기색이더니, 계속해서 다정히 쓰다듬어 주자 이내 온순해졌다.

'제이미 아가씨를 대할 때도 저만큼만 인내심을 가져 줬으면……'

「정말 아름다운 말이군.」

「하지만 아직도 절반은 야생의 성격을 버리지 못했어.」

알렉이 다니엘의 말에 이렇게 대꾸했을 때, 매부리코는 안도의 숨을 내쉬었다. 말투로 봐서, 알렉은 길들여지지 않은 야생의 성격을 그리 나쁘게 생각하지 않았다.

「이름이 '들불'입니다. 녀석 성격하고 딱 맞는 이름이죠 맘에 안 든 사람이 옆에 오면 어찌나 사납게 구는지, 우리 남작님도 그 녀석 근처엔 얼씬도 못 하시죠 결국 유일하게 그 녀석을 다스릴 수 있는 막내 따님이 그 녀석 주인이 됐죠」

그때 기적과 같은 일이 벌어졌다. 알렉이 손을 물려고 덤비는 들 불을 보며 빙긋 웃었던 것이다.

「정말 좋은 말입니다. 혈통 좋은 종마만 만나면, 훌륭한 자손을 낳을 겁니다.」

매부리코는 알렉의 표정과 태도를 찬찬히 살피다가, 벽에 기댔던 몸을 바로 세우며 심각한 표정으로 입을 열었다.

「제가 나리께 드리려는 선물도 바로 그런 숙녀분입니다. 아까도 말씀드렸지만, 남작님은 말을 대하는 태도와 딸을 대하는 태도가 똑같습니다. 세 따님들은 저렇게 누구나 볼 수 있게 하시지만…….」

매부리코는 일부러 말꼬리를 흐렸다. 뒷말은 이 스코틀랜드 사내가 판단할 몫이었다.

「아저씨, 안에 있어요?」

갑자기 밖에서 제이미의 목소리가 들려 왔다. 매부리코는 어찌나 놀랐던지 씹고 있던 밀짚을 삼킬 뻔했다.

「저분이 바로 남작님의 막내 따님입니다. 저쪽에 쪽문이 있는데, 안채로 통하는 가장 가까운 길이니까 거기로 나가세요 저는 제이미 아가씨가 왜 오셨는지 나가 봐야겠습니다.」

그는 목소리를 낮춰 두 남자에게 속삭였다. 그러고는 놀랄 만큼 빠른 동작으로 모퉁이를 돌아 사라졌다. 메리와 제이미는 벌써 마구간 복도에 반쯤 들어와 있었다.

「누구랑 얘기하고 있었어, 매부리코 아저씨? 누군가 얘기하는 소리가 들리던데……」

메리가 매부리코를 보며 물었다.

「들불하고 얘기 좀 했습니다.」

매부리코는 거짓말을 둘러댔다.

「제이미가 아저씬 지금쯤 낮잠 자고 있을 거라고, 우리끼리 살짝 들어와서 말을 끌고 가자고 했는데……」

「언니, 그런 말까지 할 필요는 없잖아.」

「하지만 네가……」

「제이미 아가씨, 창피한 줄 아세요. 전 낮잠도 안 잘뿐더러, 아가씨는 여기서 몰래 말을 꺼내 갈 수 없습니다. 정말 언제쯤 철이 들 건가요?」

매부리코는 제이미를 보며 눈을 흘겼지만, 얼굴에 웃음기가 가득했다.

「하지만 전에도 아저씨가 낮잠 주무시는 걸 본 적이 있는걸요. 그런데 오늘 기분이 좋아 보이네요. 무슨 좋은 일이라도 있어요?」

제이미는 눈을 동그랗게 뜨고 대꾸했다.

「네, 오늘은 기분이 아주 좋습니다.」

사실을 인정하면서도, 매부리코는 들떠 있는 마음을 숨기려고 애썼다. 제이미에게 계획을 들키기라도 하면 큰일이지 않은가. 스코틀랜드에서 온 두 사내가 마구간을 빠져나갔을지 궁금했다. 제이미의 얼굴은 보지 못한다 해도, 저 부드럽고 허스키한 목소리만은 기억하면 좋으련만……

「이 좋은 오후에 우리 두 아가씨께서 뭘 하려고 여기까지 납셨습니까?」

「방금 전에 다 말했잖아. 말을 타러 왔다고. 아저씨, 어디 아파? 제이미, 아저씨 얼굴이 벌겋게 달아오른 것 같지 않니?」

메리는 고개를 갸웃하며 매부리코의 얼굴을 올려다보았다.

제이미는 재빨리 매부리코의 이마를 짚어 보았다.

「열은 없는데!」

「제 걱정은 마세요, 아가씨. 전 건강합니다.」

「그럼, 우리 한두 시간쯤 말을 타고 와도 되겠어?」

메리가 기대에 찬 눈빛으로 물었다.

「오늘은 산보나 하세요.」

매부리코는 팔짱을 끼고 그 자리에 떡 하니 버티고 서서 자신의
말이 농담이 아님을 암시했다.

「오늘은 왜 안 되는데?」

「지금 막 말들을 재웠으니까요. 들불도 지금 재우고 나오는 길입
니다.」

그때 매부리코의 머릿속에 문 바로 옆 우리에서 여물을 먹고 있을
두 마리의 준마가 떠올랐다.

메리나 제이미가 그 말들을 알아보면 어쩐다? 하지만 두 자매는
보통 허겁지겁 마구간으로 뛰어 들어오기 때문에 아직 마구간 안을
훑어보지 못했을 공산이 컸다. 메리와 제이미가 낯선 말을 알아보기
전에 얼른 여기서 내보내야 했다.

「그리고 이제 슬슬 손님 맞을 준비도 해야 하잖아요.」

매부리코는 갑자기 화제를 돌리며 메리와 제이미를 양팔에 끼고
마구간 밖으로 향했다.

「메리 언니가 오늘같이 좋은 날에는 그 불청객들을 걱정하지 않아
도 된댔어요. 아저씨, 제발 이 팔 좀 놔 줘요.」

「그 야만인들이 도착하려면 아직도 사흘은 더 있어야 해. 정말이
야. 제이미가 집안일을 준비해 둘 시간도 충분하다구.」

「그럼 가서 제이미 아가씨 일이나 도우시죠, 메리 아가씨. 좋은 일
좀 하시라구요.」

「아저씨, 언니한테 그렇게 말하지 마세요. 메리 언니는 내가 부탁

하기만 하면 언제든 날 도와 준다구요」

그러나 매부리코는 메리를 두둔하는 제이미의 말을 믿을 수 없었다.

「참, 잊을 뻔했는데, 매부리코 아저씨한테 물어 볼 게 있어.」

메리가 손뼉을 치며 말했다.

「언니, 괜히 아저씨를 귀찮게 하면 안 돼.」

「아니, 나도 너만큼 매부리코 아저씨의 도움이 필요해. 게다가 네 말이 진실인지도 알아야겠어. 아저씨, 제이미가 나한테 스코틀랜드인에 대해서 무지막지한 이야기들을 해줬어. 그래서 도망갈 참인데, 내 계획에 대해서 어떻게 생각해?」

매부리코는 터져 나오는 웃음을 꾹 참았다. 메리가 너무나 심각해 보였기 때문이다.

「그야 어디로 도망을 가느냐에 따라 다르죠」

「사실은 아직 어디로 갈지 정하지 못했어.」

「왜 도망을 가려는 건지 모르겠군요, 메리 아가씨. 제이미 아가씨가 대체 무슨 얘기를 했는데요? 설마 제이미 아가씨 얘기를 모두 믿는 건 아니죠?」

「무슨 말이에요, 아저씨. 내가 왜 언니한테 거짓말을 하겠어요?」

제이미도 웃음을 참는 기색이 역력했다.

「안 봐도 훤하군요 제이미 아가씨, 또 쓸데없는 말을 해서 불쌍한 언니를 괴롭힌 거죠? 아가씨도 스코틀랜드인들에 대해서는 아는 바가 전혀 없으면서 말이에요」

「그래도 스코틀랜드인들이 모두 어리석다는 것쯤은 알아요」

제이미는 메리가 눈치채지 못하게 매부리코를 향해 한쪽 눈을 찡긋해 보이고는 말을 계속했다.

「물론 아저씨는 빼고요」

「그런 사탕발림으로 아첨하지 마세요 이번에는 안 통해요 도대체 무슨 얘길 하신 거예요?」

「난 그저 스코틀랜드인들은 먹성이 좋다고 말했을 뿐이에요.」

「그럼 뭐 별로 무서운 얘기도 아닌데요, 메리 아가씨?」

「하지만 아주 많이 먹는대.」

「그게 나쁜가요?」

「그럼 나쁘지 않아?」

「거봐, 언니, 스코틀랜드인들은 정말 대식가라잖아.」

제이미가 옆에서 장난스럽게 키득거렸다.

「그리고 제이미가 그러는데, 스코틀랜드인들은 항상 전쟁을 한대.」

「언니, 내가 언제 그렇게 말했어? 그냥 대부분의 시간을 전쟁으로 보낸다고 했지. 그건 아주 다른 얘기야.」

「정말 그래, 매부리코 아저씨?」

「뭐가요, 메리 아가씨?」

「항상 전쟁을 하냐구?」

「난 스코틀랜들인들이 갑작스럽게 기습하길 좋아한다는 걸 말해 주고 싶었을 뿐이에요.」

제이미는 슬쩍 발뺌을 했다.

제이미의 관자놀이가 발개졌다. 메리가 자기 말을 그대로 매부리 코에게 털어놓자 당황한 것이리라.

제이미가 또 못된 장난을 친 게 분명했다. 언젠가는 제미슨 남작 이 메리를 수녀원에 보내겠다는 계약서에 서명을 했다고 해서 메리 를 기겁하게 한 적이 있었다. 지금 표정이 그날 거짓말이 들통났을 때와 똑같았다.

누군가를 골탕먹이기를 좋아하는 나쁜 버릇이 있었지만, 제이미는 언제 봐도 사랑스러웠다. 오늘처럼 보라색에 가까운 짙푸른 드레스를 입었을 때는 더욱 그랬다. 웨이브진 긴 머리칼이 가녀린 어깨 위로 물결치듯 흘러내렸고, 콧잔등과 턱에는 어디서 묻혀 왔는지 거무스름한 먼지가 묻어 있었다. 보랏빛에 가까운 제이미의 푸른 눈동자가 오늘따라 유난히 반짝였다. 알렉 킨케이드가 이 모습을 보면 좋으련만……

메리도 아름다운 아가씨였다. 오늘은 분홍색 드레스를 입었는데, 여기저기 먼지로 얼룩져 있었다. 방금 전 마구간 안에서 벌어진 일을 이 두 자매가 알게 된다면 얼마나 시끄러워질까?

매부리코가 스코틀랜드인에 대해 뭔가 물어 보려고 입을 여는데, 메리가 갑자기 또 다른 질문을 던졌다.

「아, 참, 스코틀랜드인들은 원하는 건 어떻게든 갖고야 만다면서? 그리고 특별히 좋아하는 것도 정해져 있고」

「그게 뭔데요?」

「튼튼한 말, 살찐 양, 부드러운 여자.」

「말, 양, 여자라구요?」

「응. 좋아하는 순서도 딱 그대로래. 스코틀랜드 남자들은 여자와 자는 것보다 말하고 자는 걸 더 좋아한다며? 정말 그 사람들은 여자보다 말을 더 좋아하나?」

매부리코는 아무 대답도 하지 않았다. 대신 조용히 제이미를 노려보며 어서 언니에게 사실을 얘기하라고 무언의 협박을 가했다. 제이미의 얼굴에 죄책감이 떠올랐다.

「솔직히 말할게, 언니. 사실은 언니를 골려먹으려고 내가 다 꾸민 이야기야.」

제이미는 웃음을 터뜨리고 나서 거짓말을 실토했다. 그제야 매부리코가 나섰다.

「아가씨들 지금 모습 좀 보세요 천한 농사꾼 딸 같잖아요 도대체 초원에서 뭘 하다 온 겁니까? 이래서야 어디 숙녀라고 할 수 있겠어요? 그리고, 제이미 아가씨는 웃음소리가 왜 그래요?」

「아저씨가 지금 말꼬리를 돌리려나 본데 어림없지. 제이미, 난 우선 네 사과를 받아야겠어. 어쩜 나를 그렇게 속여먹을 수가 있니? 진심으로 사과하지 않으면 찰스 신부님께 일러바칠 거야. 아마 신부님께 속죄받으려면 한동안 잊지 못할 고행을 해야 할걸.」

「하지만 언니, 이건 내 잘못이 아니라 언니 잘못이야. 누가 언니더러 그렇게 금방 속으래?」

메리는 도움을 청하려는 듯 매부리코를 향해 돌아섰다.

「아저씨, 제이미가 이럴 수는 없는 거라고 생각지 않아? 곤경에 처해 있는 언니를 골탕먹일 생각을 하다니, 그것도 자긴 거기서 쏙 빠졌으면서 말이야. 아버지가 숨어 있으라고 해서, 제이미는 스코틀랜드 괴물들 앞에서 벌벌 떨 필요가 없거든.」

「그거야 왕의 뜻이 그러니까 그렇지.」

제이미는 메리의 말을 정정했다.

「왕이 특별히 그렇게 명령하진 않았을 겁니다.」

「아버진 거짓말 안 하세요.」

제이미가 매부리코의 말에 반박하고 나섰다.

「제이미 아가씨의 생각이 옳은지 틀린지는 지금 따지고 싶지 않습니다. 그리고 메리 아가씨, 제이미 아가씨가 스코틀랜드인들에 대해 특별히 나쁜 얘길 한 것 같지도 않은데 뭘 그러세요?」

「아냐, 다른 얘기도 했어. 물론 제이미의 이야기가 좀 지나친 감이 있어서 믿지는 않지만 말야. 제이미가 날 어떻게 생각하든 간에 나도 그렇게 잘 속아넘어가기만 하는 사람은 아니거든.」

매부리코는 다시 제이미를 보며 눈살을 찌푸렸다.

「자, 또 무슨 얘길 했죠, 제이미 아가씨?」

제이미는 살짝 한숨을 내쉬었다.

「내가 약간 꾸며 대긴 했어요. 하지만 대부분 사실이에요, 매부리코 아저씨.」

「그 얘기가 사실인지 아닌지 아가씨가 어떻게 알죠? 어쨌든 소문 중엔 믿을 만한 게 없으니까 귀 기울이지 말라고 항상 말씀드렸잖아요.」

「참, 언니, 스코틀랜드 남자들은 서로 마주 보고 서서 재미 삼아 상대를 향해 통나무를 던진대.」

「통나무? 설마…… 그럴 리 없어!」

메리는 제이미를 흘겨보며 코방귀를 뀌었다.

「아냐, 정말이야. 서로 마주 보고 서서 통나무를 던지다니, 정말 야만적이지 않아?」

「그럼 그게 진짜란 말이야?」

「메리 아가씨, 그 말은 사실이에요. 하지만 사람을 맞추려는 게 아니라, 그걸로 서로 승부를 가리는 것뿐이에요.」

메리는 여전히 믿을 수 없다는 듯이 고개를 가로저었다.

「아저씨, 웃는 걸 보니 아무래도 날 놀리는 거 같아. 난 그 말을 믿을 수 없어! 그럼 스코틀랜드에서는 남자들이 여자들이나 입는 치마를 입는다는 것도 사실이야?」

뭔가 말을 하려고 입을 열던 매부리코는 갑자기 밭은기침을 내뱉었다. 스코틀랜드 남자들이 마구간에서 이미 떠났기를 바랐다. 이 얘기를 들으면 얼마나 화를 내겠는가. 플래드는 그들이 신성시 여기는 의상이었다.

「밖에 나가서 이야기하죠. 이렇게 안에 있기에는 정말 아까운 날이잖아요.」

그러나 제이미는 매부리코의 말은 무시했다.

「언니, 그건 정말이라니까. 스코틀랜드에서는 남자들도 치마를 입는다구. 내 말이 맞죠, 매부리코 아저씨?」

「도대체 그런 얘기는 어디서 들은 거죠?」

「촐리가 그랬어요.」

메리가 옆에서 기가 막히다는 듯 동생을 쳐다보았다.

「촐리가? 촐리 말이라고 미리 얘기했으면, 난 귀담아듣지도 않았을 거야. 그 부엌 따라지가 하루 종일 하는 일이라곤 쓸데없는 말 만들어 내는 것뿐이잖아. 촐리는 분명 주정뱅이일 거야.」

「촐리는 주정뱅이가 아냐.」

「아니긴 뭐가 아냐.」

「제이미 아가씨 말이 맞아요.」

매부리코가 끼여들었다.

「제이미 말이 맞다구?」

「네. 스코틀랜드 남자들은 무릎까지 내려오는 옷을 입어요.」

「거봐!」

제이미는 메리를 보며 우쭐댔다.

「하지만 그건 치마가 아니라 플래드입니다. 스코틀랜드인들이 신성시하는 의상이죠. 그걸 치마라고 부르면 무척 화낼 겁니다.」

「그런데 그들은 왜 항상 전쟁을 하죠?」

이번에는 제이미가 질문을 던졌다. 촐리의 말을 전적으로 믿진 않았지만, 매부리코의 진지한 표정을 봐서는 그 말이 사실인 것 같았기 때문이다.

「맞아, 치마가 벗겨지지 않도록 신경 써야 하는데 말야.」

메리도 맞장구를 쳤다.

「그건 치마가 아니라니까요!」

「제이미, 매부리코 아저씨가 화났나 봐. 우리한테 소리를 다 지르네.」

제이미가 얼른 미안한 기색을 보이며 매부리코의 눈치를 살폈다.

「화나게 해서 미안해요, 아저씨. 그런데 오늘 왠지 좀 불안해 보여요. 누가 뒤에서 목이라도 조를 것처럼 자꾸 뒤를 돌아보고 말예요. 안에 누가……..」

「좀 피곤해서 그래요 아침부터 내내 무척 바빴거든요」

매부리코가 엉겁결에 둘러댔다.

「그럼 안에 들어가서 좀 쉬어요 언니, 우린 나가자. 우리가 아저
씨를 너무 귀찮게 한 것 같애. 기분이 안 좋을 만도 해.」

제이미는 메리의 팔을 붙잡고 밖으로 향했다.

「세상에, 그러니까 스코틀랜드에서는 남자들도 치마를 입는단 말이
지! 나도 졸리 말을 전부 믿진 않았는데, 이제 믿어야겠어.」

제이미는 메리의 귀에 대고 속삭였다.

「어쨌든 난 도망갈 거야.」

메리는 매부리코에게도 들릴 만큼 커다란 소리로 단호히 말했다.
그러고는 갑자기 걸음을 멈추더니 몸을 홱 돌려 매부리코를 바라보
았다.

「하나만 더 물어 봐도 돼?」

「또 뭔데요, 아가씨?」

「스코틀랜드 남자들은 뚱뚱한 여자를 싫어한다던데, 정말이야?」

매부리코는 어깨만 한 번 들썩여 보이고는 아무 대답도 하지 않았
다. 그런 어리석은 질문에 대답하고 싶지 않았다. 메리와 제이미는
치맛자락을 무릎까지 걷어 올리고 뜰을 향해 뛰어갔다. 매부리코는
두 자매의 뒷모습을 바라보며 빙그레 웃었다.

「제이미라……, 남자 이름이군.」

등뒤에서 들려 온 알렉의 목소리에 놀라 매부리코는 뒤로 나자빠
질 뻔했다. 발소리가 전혀 들리지 않았는데, 알렉은 어느새 그의 등
뒤에 바짝 다가와 있었다.

「아가씨의 어머님이 지어 주신 이름이죠 남작님은 아가씨의 친아
버지가 아니십니다, 물론 아가씨를 친딸이라고 선언하셨지만요 그
점만은 남작님이 자비로우셨다고 말해야겠지요 그런데, 아가씨를 자
세히 보셨습니까?」

알렉은 고개를 끄덕였다.

「그럼, 아가씨를 신부로 택하실 겁니까?」

알렉 킨케이드는 한동안 말없이 노인의 얼굴을 들여다보았다. 그러고는 결심을 한 듯 입을 열었다.

「좋아, 내가 제이미를 데려가도록 하지.」

매부리코의 소원은 이루어진 것이다.

3

목동 마린이 허겁지겁 달려와 말을 더듬으며 아버님께서 급히 찾는다는 말을 전할 때까지도, 제이미는 스코틀랜드인들이 예정보다 일찍 당도했다는 사실을 몰랐다. 하지만 마린은 제이미에게 스코틀랜드인들에 관한 이야기를 전하지 못하고 말았다. 사실 그건 그의 잘못이 아니었다. 제이미가 보랏빛이 도는 그 아름다운 푸른 눈으로 마린을 똑바로 늘여다보지만 않았다면 그런 일은 없었을 테니까 말이다. 거기다 빙그레 웃어 보이기까지 했으니……

마린은 바람난 하녀처럼 가슴이 두근거려 도저히 다른 생각을 할 수가 없었다.

'아, 제이미 아가씨가 나만 보고 있구나!'

그렇게 되자 마린의 말 더듬는 증상이 더욱 심해진 건 당연했다.

하지만 별 상관은 없었다. 어찌 됐든, 제이미는 자신의 손길을 기다리는 부상자가 있어 지금 당장 남작의 부름에 응할 수 없었으니까.

제이미를 꼼짝하지 못하게 붙잡아 놓은 사람은 사일러스라는 노인이었다. 몸이 노쇠해 몸놀림도 둔하고 시력까지 나빠진 사일러스는 말안장을 장식할 가죽을 다듬다가 칼에 팔을 베였는데, 어찌나 소리를 빽빽 질러 대던지 제이미 정신을 쏙 빼 놨다. 상처는 그리 심하지 않았지만, 씻고 소독하고 붕대를 감는 데 시간이 꽤 걸렸다. 게다가 잔뜩 흥분해 있는 사일러스까지 진정시켜야 했다.

요리사들과 함께 멀뚱하니 서서 그 소동을 지켜보던 마린은 제이미의 관심을 온통 차지하고 있는 사일러스가 몹시 부러웠다. 제이미에게 더 전할 내용이 없다는 사실이 못내 아쉬웠다.

마침내 제이미는 촐리에게 사일러스를 맡겼다.

「나도 한 번에 한 가지 일밖에 못해.」

마린이 안채에서 난 소동을 떠올리며 다시 재촉을 했다.

제이미는 걱정스러운 표정을 짓고 있는 목동을 남겨 놓고 안채를 향해 뛰었다. 양옆으로 사냥개 세 마리가 호위하며 뒤따랐다. 집안으로 들어설 때까지 쉬지 않고 달렸다.

홀에 들어서는 순간 제이미는 그 자리에 그대로 멈춰 섰다. 벽난로 옆에 비스듬히 기대선 두 남자가 눈에 들어왔기 때문이다. 놀라움을 감출 사이도 없었다. 그토록 덩치 큰 사람은 난생 처음 보았다.

'오, 맙소사!'

제이미는 낯선 두 손님에게 인사할 엄두도 내지 못했다. 무릎을 굽혔다간 그대로 코를 바닥에 처박고 꼬꾸라질 것만 같았기 때문이다. 특히 자신의 무릎께를 내려다보고 있는, 그 중 키 큰 사내에게서 눈을 뗄 수가 없었다.

아무리 기억을 더듬어 보아도 그 남자보다 더 험악한 얼굴은 본 기억이 없었다. 몸이 부들부들 떨렸다.

‘아냐, 진정해야 해. 난 두렵지 않아.’

하지만 그건 두려움이 아니라, 거인의 거만한 시선에 대한 분노 때문이었다. 다리에 힘을 주고 몸을 똑바로 가눌 수 있을 때까지 거인을 마주 보았다. 그러나 거인의 눈을 마주 보면 볼수록 점점 더 몸에서 힘이 빠져나갔다.

홀 안에 묘한 정적이 흐르고 있었다. 고개를 돌려 보니 세 언니까지 모두 모여 있었는데, 마치 무슨 중죄라도 지은 죄수들처럼 겁에 질린 몰골로 늘어서 있었다.

동정 어린 제이미의 시선과 마주치자 아그네스는 울음을 터뜨렸다. 앨리스가 쌍둥이 동생을 위로할 요량으로 어깨를 감싸 안았지만, 곧 앨리스 자신도 울음을 터뜨리고 말았다. 이제 눈 깜짝할 사이 두 자매가 병적인 흥분 상태에 빠질 게 뻔했다.

아그네스 옆에 서 있는 메리 역시 바로 울음을 터뜨릴 듯한 표정이었지만 제이미를 보더니 양손을 가슴에 모아 쥐고 ‘주여, 저희를 보살피소서’ 하고 기도하는 듯한 표정을 지었다. 그러고는 곧 시선을 내리깔았다.

이대로 가만있을 수는 없었다. 쌍둥이 언니들이 스코틀랜드인 앞에서 가족의 체면을 손상시키는 걸 더 이상 두고 볼 수 없었다.

「언니들, 당장 울음을 그쳐요」

쌍둥이 자매는 눈가를 훔치며 울음을 멈추려고 애썼다.

제이미의 눈에 아버지의 모습이 들어왔다. 남작은 테이블 앞에 앉아 잔에 술을 채우는 중이었다.

우선 두 거인에게 인사를 해야 했다. 무엇보다 예절을 중요시 여기는 제이미였지만, 이 무례한 이방인들에게 아무 소식도 없이 예정보다 사흘이나 일찍 당도한 이유가 무엇인지 따지고 싶은 마음이 굴뚝 같았다. 하지만 먼저 의무를 다하는 게 순서였다. 게다가 머리 나쁜 스코틀랜드인들이 자신들의 행동이 얼마나 무례한지 제대로 깨닫고 있을 리 만무했다.

제이미는 천천히 걸음을 옮겨 두 사내 앞에 똑바로 섰다. 그제야 낯선 사내들을 향해 그르렁거리고 있는 사냥개를 발견하고는 손짓을 해서 밖으로 내보냈다. 이 집의 안주인으로서 격에 맞춰 인사하는데, 머리카락 몇 올이 흘러내려 한껏 품위를 지키려는 노력에 방해가 되었다. 손가락으로 머리카락을 쓸어 넘긴 제이미는 억지웃음을 지어 보였다.

「이렇게 누추한 곳까지 와 주셔서 감사합니다. 이렇게 준비 없이 손님을 맞게 되어 죄송합니다만, 예정보다 상당히 일찍 당도하셨군 요.」

두 사내의 신발 끝을 내려다보며 인사를 한 제이미는 고개를 들며 말을 이었다.

「제 이름은…….」

「제이미.」

그 중 키가 작은 사내였다.

제이미는 작은 거인에게 시선을 돌렸다. 큰 거인보다는 인상이 그나마 나아 보였다. 거기다 살짝 웃어 보이는 모습이 아주 귀여웠다. 양 볼에 보조개가 움푹 파였고, 초록색 눈에는 장난기가 가득한 게 꼭 개구쟁이 소년 같았다.

'이런 어색한 상황에, 그것도 앨리스와 아그네스가 젖먹이처럼 훌쩍대고 있는데 저렇게 즐거워하다니, 정말 철없는 남자로군. 저 스코틀랜드인들은 우리가 지금 얼마나 혼란스러워하는지 이해하기엔 머리가 너무 단순한 게 틀림없어. 저 작은 거인도 어찌 됐든 스코틀랜드인에 불과하니까.'

「제가 어떻게 불러야 할까요?」

제이미의 목소리가 차가웠다.

「다니엘이라고 하오. 그리고 이쪽은 알렉.」

작은 거인이 친구를 가리키며 빙긋 웃었다. 스코틀랜드식 억양이 너무 강해서 알아듣기가 쉽지 않았다. 그런 우스꽝스러운 말투가 제이미까지 웃게 만들었다.

'그래도 이 작자가 좀 낫군.'

큰 거인에게는 아무 말도 건네고 싶지 않았지만 그럴 수는 없어, 웃음을 잃지 않으려고 애쓰면서 천천히 큰 거인을 향해 돌아섰다. 하지만 그 사람의 얼굴을 올려다보는 순간, 제이미의 얼굴에서 웃음기가 싹 가셨다. 한여름의 오후 햇살처럼 이글거리는 눈빛이 제이미를 압도했던 것이다. 웃음기 하나 없는 남자의 얼굴은 마치 얼음 조각상 같았다.

제이미의 가슴이 또다시 심하게 방망이질 치며 얼굴이 화끈거렸다. 도대체 왜 그러는지 알 수 없었다. 이렇게 무방비 상태로 서 있기는 처음이었다. 거만함이 가득 찬 남자의 눈이 '넌 내 거야' 하고 말하고 있는 듯했다. 제이미로서는 그런 표정을 도저히 이해할 수 없었다.

알렉의 시선은 탐욕에 가까울 정도로 노골적이었다. 진정한 귀족이라면 그런 행동을 해서는 안 된다는 게 제이미의 생각이었다. 그런데 무례하게도, 알렉은 제이미를 머리끝부터 발끝까지 천천히 탐색하듯 뜯어보았다. 끈적끈적한 시선이 입술과 가슴, 그리고 엉덩이를 훑었다.

제이미의 가슴에 당장 증오심이 끓어올랐다. 마치 실오라기 하나 걸치지 않은 알몸으로 사람들 앞에 서 있는 듯한 기분이 들었다. 알렉의 무례한 행동을 그냥 두고 볼 수만은 없었다. 반드시 받은 만큼 되돌려 주리라.

얼굴이 빨갛게 달아올랐지만, 제이미는 지지 않고 알렉을 머리끝에서 발끝까지 훑어보았다.

그러나 알렉은 눈썹 하나 까딱하지 않았다. 아니, 오히려 제이미의 도전을 반기는 듯 얼굴에 웃음을 띠었다. 뻣뻣하게 굳어 있던 짙은 눈썹이 부드럽게 풀렸다.

약간이나마 따뜻해진 사내의 시선을 보면서 제이미는 마음이 풀렸다. 자세히 보니 그리 험상궂어 보이지도 않는데다 어찌 보면 잘생긴 것 같기도 했다.

'아니, 아니, 쓸데없는 생각! 저 남자는 너무 무뚝뚝해. 게다가 머리도 엉망이잖아.'

알렉은 붉은색이 도는 갈색 머리칼을 옷깃 아래까지 길게 늘어뜨리고 있었다. 곱슬곱슬한 머리가 언젠가 그림으로 본 그리스 전사를 생각나게 했다.

알렉에겐 제이미의 마음을 사로잡을 만한 구석이 전혀 없었다. 그런데도 제이미의 가슴은 심하게 방망이질 쳤다. 알렉과 마주 보고 있을수록 점점 숨이 가빠졌다.

제이미가 그나마 이성을 찾을 수 있었던 이유는, 불쌍한 언니들 중 하나가 지옥에서 금방 빠져 나온 듯한 그 남자와 결혼해야 한다는 사실을 떠올렸기 때문이다. 그 생각이 드는 순간 몸이 떨렸다.

남자가 씩 웃었다.

제미슨 남작이 두 스코틀랜드인에게 테이블로 와서 술을 받으라고 권했다. 재빨리 남작 앞으로 다가가던 다니엘은 메리 앞에 잠깐 멈춰 서더니 눈을 찡긋했다.

그러나 알렉은 미동조차 하지 않았다. 제이미도 마찬가지였다. 웬일인지 그에게서 시선을 뗄 수가 없었다. 알렉 역시 제이미에게서 시선을 거두지 않았다.

「이곳에 신부님이 있소?」

목소리에서 다정함이라곤 전혀 느껴지지 않았다. 사실 그건 알렉으로서도 어쩔 수 없는 일이었다. 자신 앞에 도전적으로 마주 보고 서 있는 아가씨를 상대해야 했으니까. 정말 아름다운 여자였다. 기품 있는 자태도 맘에 들었지만, 그보다는 자신을 노려보는 반항기가 더욱 마음에 들었다.

'위협에 쉽사리 굴복당할 아가씨가 아니겠군.'

알렉은 지금껏 이렇게 오랫동안, 이토록 당당하게 자신의 시선을 맞받아 낸 여자를 보지 못했다.

'좋아, 상대할 만한 가치가 있는 여자로군.'

알렉의 얼굴에 웃음이 번졌다. 몸이 가늘게 떨리고 있는 걸로 보아, 제이미가 지금 자신을 두려워하고 있음이 분명했다. 하지만 제이미는 씩씩하게 그 두려움을 이겨 내고 있었다.

'이 정도면 거친 스코틀랜드에서도 살아남을 수 있겠어. 약간만 보살피고 신경 써 주면 말이야. 그러나 아주 조심스럽게 접근해야겠는걸.'

알렉은 제이미의 얼굴에서 그녀가 얼마나 섬세하고 연약한 여자인지 보았다. 제이미의 영혼에 상처를 입히지 않으면서 반항기를 잠재워야 했다. 그러자면 약간의 수고가 필요하겠지만, 그 정도는 감수할 수 있었다. 앞으로 제이미를 길들일 일을 생각하니, 벌써부터 가슴이 설렜다. 결국 제이미도 내게 순종하게 되리라.

제이미는 이 무지막지한 사내가 어떤 생각을 하고 있는지 전혀 짐작하지 못했다.

「신부님이 한 분 계세요」

한참이 흘러서야 제이미는 알렉의 질문에 대답을 했다. 목소리가 떨리지 않아 천만 다행이었다.

「그럼 벌써 신부감을 고르셨나요?」

「골랐소」

「어려운 결정이었겠군요」

사내의 입 꼬리가 살짝 치켜 올라갔다.

「전혀 어렵지 않았소」

알렉의 목소리에 담겨 있는 오만함이나 느끼한 시선 따위는 이제 제이미의 관심사가 아니었다.

「말씀은 그렇게 하셔도 틀림없이 어려웠을 거예요 언니들이 한결같이 미인인데다, 그렇게 짧은 시간에 평생의 반려자를 고르자니 신경이 많이 쓰이셨을 거예요 그래서 드리는 말씀인데, 누추하지만 이곳에 한 달 정도 머물면서 좀더 천천히 생각해 보시는 게 어떨까요?」

사내는 천천히 고개를 가로저었다.

「그럼 내일 당장 떠나실 생각인가요?」

「그때쯤이면 우린 여기서 한참 멀리 가 있을 거요」

「'한참 멀리'라니요?」

「말 그대로요」

「그럼 지금 당장 결혼식을 올리겠다는 말씀인가요?」

「그렇소」

「설마 결혼식이 끝나자마자…….」

「맞소 우린 결혼식이 끝나는 대로 여기를 떠날 거요」

단호한 목소리였다.

다니엘이 술잔 두 개와 술병을 들고 제이미의 바로 옆에 다가와 섰다. 그리고는 잔 하나를 알렉에게 전해 주고 남작의 세 딸이 서 있는 곳으로 돌아섰다.

「이리 와요, 메리. 잡아먹진 않을 테니까.」

다니엘이 웃으며 메리를 불렀다.

「잡아먹을 거란 생각은 저도 하지 않았어요」

메리는 어깨를 반듯하게 펴고 제이미의 옆에 와서 섰다.

다니엘과 알렉은 함께 술잔을 비우더니 다시 잔을 채워 제이미와 메리에게 건넸다.

두 자매는 고개를 가로저었다.

「마셔 봐요, 메리.」

다니엘이 눈을 찡긋하며 메리에게 술을 권했다. 그러나 알렉은 다니엘처럼 부드럽게 술을 청하지 않았다.

「제이미, 당장 마시시오.」

'스코틀랜드의 풍습은 원래 이렇게 원시적인가?'

제이미는 이 집의 안주인으로서 손님의 마음을 편안하게 해줘야 한다고 생각했다. 게다가 알렉의 표정이 너무 단호했다. 어쩔 수 없이 술잔을 받아 단숨에 술을 들이켜고는 빈 술잔을 알렉에게 돌려주었다.

알렉은 빈 술잔을 내미는 제이미의 손을 붙잡고 엄지손가락으로 손바닥을 가볍게 쓰다듬었다. 순간 눈썹이 치켜 올라가나 싶더니, 천천히 제이미의 손바닥을 뒤집어 거기에 박인 굳은살과 상처를 유심히 들여다보았다.

메리도 다니엘이 건넨 술잔을 비웠다. 다니엘 역시 술잔을 내미는 메리의 손을 뒤집어 손바닥을 보았다.

제이미는 얼른 알렉에게서 손을 잡아 빼려고 했지만, 알렉은 메리의 부드럽고 흠 없는 손바닥과 제이미의 상처투성이 손바닥을 꼼꼼히 비교한 후에야 손을 놓아주었다.

'이런 모욕이 어디 있담.'

제이미는 두 사내가 게일어로 나누는 이야기를 한마디도 빼놓지 않고 들었다. 그들은 아마도 제이미가 자신들의 비밀스런 이야기를 낱낱이 엿듣고 있음을 모르리라. 그러한 사실이 제이미에게 은밀한 즐거움을 안겨 주었다.

제이미는 두 손을 등뒤로 감추고, 그들이 또 어떤 모욕적인 언사를 지껄일지 가만히 기다렸다.

「술잔을 나누는 게 스코틀랜드의 예절인가요? 전 스코틀랜드 사람들에 대해서는 아무것도 아는 게 없거든요.」

그렇게 말을 해놓고 메리는 얼른 시선을 내리깔았다.

「아니 메리, 스코틀랜드인들이 무엇을 좋아하는지 전혀 들은 적이 없단 말이오?」

다니엘이 의외라는 듯이 스코틀랜드 억양이 진한, 느린 말투로 물었다.

메리가 의아한 얼굴로 고개를 들자, 다니엘은 이를 드러내며 씩 웃었다.

「스코틀랜들인들은 특별히 좋아하는 게 있는데…….」

「'특별히 좋아하는 거'라뇨? 저는 전혀 모르겠는데요」

메리는 이게 대체 무슨 일이냐는 듯 제이미를 한번 쳐다보고는 다시 다니엘에게 시선을 옮겼다.

알렉은 조용히 제이미의 반응을 지켜보았다. 다니엘이 '특별히 좋아하는 것' 운운할 때 제이미의 표정은 놀라움으로 가득했다. 다니엘의 말이 무엇을 의미하는지 깨달았음이 분명했다.

알렉은 제이미가 너무나 아름답다는 사실을 새삼 깨달았다. 그저 쳐다만 봐도 만져 보고 싶고, 소유하고 싶은 욕망이 일었다. 잉글랜드 여자라는 것도 문제가 되지 않았다.

「메리, 우리가 좋아하는 것들에 대해 틀림없이 들은 적이 있었을 텐데?」

다니엘이 아주 천천히 입을 열었을 때에야 알렉은 자신만의 생각에서 빠져 나왔다. 다니엘은 마치 할머니가 손주에게 새로운 이야기 보따리를 풀어놓을 때처럼 천천히 이야기를 이어 갔다.

「스코틀랜드 남자들이 힘센 말과 살찐 양, 그리고 부드럽고 순한 여자를 좋아한다는 건 누구나 아는 일이오」

「순서도 그대로지.」

알렉도 맞장구를 쳤다.

제이미는 이글거리는 눈초리로 알렉을 돌아다보았다. 매부리코가

66

이미 이 두 사내를 만나 이야기를 나눴음이 틀림없었다. 다음 번에 매부리코를 만나면 결코 가만히 두지 않으리라.

갑자기 다니엘이 손등으로 메리의 뺨을 가만히 어루만졌다. 메리는 다니엘의 갑작스러운 애무에 미처 피할 생각도 못하고 그대로 서 있었다. 다니엘의 눈길에 담긴 다정함에 매혹된 듯했다.

다니엘이 말문을 열었다.

「내겐 이미 힘센 말이 있소 살찐 양이라면 우리 집 뒷산에 지천으로 널렸고 그런데 부드럽고 순종적인 여자만은 아직 갖지 못했소 아주 가슴 아픈 일이지. 그러니 비록 순서로는 맨 마지막이지만 내게는 아주 중요한 문제요」

「난 전혀 부드럽지 않아요」

메리가 앙칼지게 대꾸했다.

「아니, 당신은 아주 부드럽소 그리고 봄날 아침 햇살처럼 사랑스럽소」

메리의 두 뺨은 장작불이 붙은 것처럼 빨갛게 달아올랐다.

「안됐지만, 저는 사랑스럽지도 순종적이지도 않답니다.」

메리는 그렇게 퉁명스럽게 대답하고는 팔짱을 낀 채 다니엘을 향해 인상을 찡그렸다. 이 악마 같은 사내를 물리치고 싶었던 것이다. 그러면서도 다니엘의 행동에 마음이 심하게 흔들렸다.

'이 사내는 정말 나를 사랑스럽다고 생각하는 걸까? 아니, 아니지. 내 머리가 어떻게 된 거 아냐!'

그때 쌍둥이 자매의 울음소리가 다시 들려 왔다.

제이미는 언니들에게 울음을 그치라고 소리지르고 싶었지만, 두 언니 중 하나가 저 큰 악마에게 선택되리란 데에 생각이 미치자 그럴 마음이 사라졌다. 두 언니가 난리 법석을 떠는 것도 당연했다. 보름달 아래로 몰려든 늑대처럼 울어댄다 해도 어쩔 수 없었다.

알렉은 두 언니를 바라보는 제이미의 눈빛에 애틋한 마음이 담겨 있음을 알았다. 하지만 제이미는 두 언니 역시 그러한 눈빛으로 동생을 바라보고 있음을 눈치채지 못하는 듯했다. 언제쯤 제이미가 저 시선의 의미를 눈치챌까?

제미슨 남작은 지금 눈물을 쏟기 일보 직전이었다. 그런 상태로는 막내딸에게 일이 어떻게 돌아가고 있는지 똑바로 설명하지 못할 것이다. 알렉이 제이미를 신부감으로 선택하겠다고 말했을 때, 남작은 심한 거부감을 보였다.

그러나 알렉은 남작의 태도를 보고 결심을 더욱 확고하게 굳혔다. 남작은 침까지 튀겨 가며 제이미가 곁에 남아 있어야 하는 이유를 장황하게 늘어놓았지만, 그 중 어느 하나도 제이미의 행복을 위한 것은 없었다.

알렉은 절대 뜻을 바꾸지 않기로 마음먹었다. 남작이 제이미를 곁에 두려는 이유는 사랑 때문이 아니었다. 그저 손가락만 까딱까딱하며 부려먹을 수 있는, 일 잘하는 노예를 원하는 것뿐이었다. 알렉의 생각은 그랬다.

그때 얼굴에 걱정이 가득한 하인 하나가 홀로 달려 들어왔다. 하인은 제미슨 남작을 힐끗 보더니 곧바로 제이미에게 다가갔다. 그러고는 어색하게 절을 하고 나서 제이미의 귀에 대고 속삭였다.

「신부님이 이리로 오시는 중입니다, 아가씨. 혼례 미사에 맞는 복장을 갖추시구요」

제이미는 하인에게 고개를 끄덕여 보였다.

「고마워, 조지. 너도 결혼식에 참석하고 싶니?」

하인의 눈에는 제이미에 대한 존경심이 가득했다.

「하지만 옷도 제대로 갖춰 입지 못했는걸요, 아가씨.」

「그건 우리도 마찬가지인걸 뭐.」

제이미가 속삭이듯 대답하는 순간, 다니엘의 목소리가 들렸다.

「메리, 가서 옷을 갈아입도록 하시오 나는 금색을 좋아하는데, 금색 옷이 있거든 그걸 입도록 하고, 그게 없다면 아무거나 당신이 원하는 걸 입으시오 나는 당신과 결혼하겠소」

다니엘은 까무러칠 듯 쓰러지는 메리를 안아 일으키며 껄껄 웃었다. 메리가 정신을 잃고 아예 저세상으로 갔다 해도 신경 쓰지 않을 것처럼 보였다.

「나의 선택에 이렇게까지 감사하다니.」

다니엘은 알렉을 쳐다보며 짓궂게 말했다.

「그래, 다니엘. 그런 것 같군.」

제이미는 더 이상 화를 억누르기가 힘들었다. 알렉을 향해 돌아서서는 양손을 허리에 척 얹고 쳐다보았다. 매우 도전적인 제스처였다.

「자, 그럼 우리 두 언니 중 누구와 결혼하실 건가요?」

「둘 다 아니오」

「둘 다 아니라구요?」

제이미가 여전히 눈치를 채지 못하자 알렉은 길게 한숨을 내쉬었다.

「자, 제이미, 가서 옷을 갈아입도록 하시오 난 흰색이 좋소 어서 시키는 대로 하시오 시간이 자꾸 지체되고 있으니까.」

알렉은 일부러 천천히 말하면서 제이미의 반응을 즐겼다. 한동안 어리둥절해하던 제이미의 표정이 곧 싸늘해졌다.

「난 당신과 결혼할 수 없어요」

「아가씨, 난 당신을 내 신부감으로 결정했소」

「절대로 그렇게 못 해요」

정확히 한 시간 후, 제이미는 알렉 킨케이드의 합법적인 아내가 되었다.

4

제이미는 검은 옷을 입고 결혼식에 나타났다. 그건 순전히 남편이 될 스코틀랜드인의 성질을 긁어 보자는 의도였지만, 홀로 들어서는 순간 자신의 계략이 실패로 돌아갔음을 깨달았다. 알렉이 웃음을 터뜨렸던 것이다. 웃음소리가 얼마나 쩌렁쩌렁한지, 서까래가 무너질까 걱정스러울 정도였다.

제이미의 반항적인 기질은 알렉을 즐겁게 했다. 제이미가 그 사실을 알았다면, 그리고 알렉이 세상에서 가장 싫어하는 게 여자의 눈물이란 사실을 알았다면, 그런 대담한 행동을 벌이는 대신 몇 시간이고 우는 일을 택했으리라.

제이미의 태도는 여왕처럼 우아했다. 잘 닦아서 세워 놓은 창처럼 자세가 꼿꼿해서, 어떤 남자에게도 고개 숙여 절할 것 같지 않았다.

하지만 알렉은 제이미의 마음 깊은 곳에 순수하고 따뜻한 마음이 감추어져 있음을 꿰뚫었다.

상복과 다름없는 옷을 입고 있었지만, 제이미는 여전히 아름다웠다. 특히 독특한 푸른 눈은 알렉의 넋을 빼놓았다. 언제쯤 제이미의 아름다움에 익숙해질까? 언제가 되든 그런 날은 빨리 와야만 했다. 앞으로 일을 하는 데 큰 방해가 될 게 뻔했다.

알렉에게 있어 제이미는 수수께끼 같은 여자였다. 스코틀랜드인에게 이렇게 당당하고 대찬 잉글랜드 여자는 처음이었다.

'어떻게 이런 기적 같은 일이 가능하지?'

추잡하고 타락한 잉글랜드 왕궁 생활을 접해 보지 못했기 때문이리라. 알렉은 제이미가 방탕한 잉글랜드 귀족들에게 물들지 않았음을 감사했다.

'그러고 보니 제미슨 남작이 딸들에게 해야 할 바를 다하지 못한 일에 오히려 감사해야 하겠군'

하지만 알렉은 그런 생각을 입 밖에 내지 않았다. 하긴 말을 한다해도, 제미슨 남작은 듣지 못할 게 분명했다. 벌써부터 훌쩍거리며울고 있으니 알렉의 말에 신경이나 쓸 수 있겠는가. 알렉은 남작과얘기를 나눌 생각만 해도 속이 역겨웠다. 다 큰 남자가 저렇게 볼썽사납게 사내 대장부의 체면을 깎아 내리다니, 속이 뒤집혔다.

「우린 아버지와 정말 가깝게 지냈거든요」

제미슨 남작이 누가 누구와 짝을 맺게 되느냐는 신부님의 물음에제대로 답을 못 하자, 제이미는 알렉에게 속삭였다. 남작은 눈물에흠뻑 젖은 손수건에 아예 얼굴을 파묻고 있었다.

「아버진 우릴 무척 보고 싶어하실 거예요 아버지로선 참기 힘든고통이겠죠」

얼굴을 마주 보진 못했지만, 알렉은 목소리만으로도 제이미가 아버지의 부끄러운 행동을 변명하기 위해 애쓰고 있음을 눈치챘다. 아버지를 두둔하려 애쓰는 제이미의 마음이 안쓰러워, 남작에 대한 생각을 가슴에 묻어 두기로 했다.

알렉은 가족에 대한 제이미의 고귀하고도 뜨거운 사랑에 감동했다. 남작이나 다른 세 딸의 행동과 비교하면, 정말 성스러운 모습이었다.

인정하고 싶지 않았지만, 제이미는 신랑을 쳐다볼 수도 없을 정도로 두려움에 질려 있었다. 조금이나마 두려움을 줄이기 위해, 메리와 어깨를 나란히 하고 서서 손을 꼭 잡았다. 그리고 다니엘은 메리의 오른쪽에, 알렉은 제이미의 왼쪽에 각각 섰다. 알렉의 팔과 허벅지가 제이미의 목과 엉덩이를 자꾸 건드렸다. 물론 그건 계산된 행동이었다.

제이미는 알렉으로부터 물러설 수가 없었다. 메리가 오른쪽으로 바짝 붙어 서 있었고, 알렉의 무쇠 같은 팔이 한 발짝도 뒷걸음질치지 못하도록 막고 있었으니까. 자신이 겁에 질려 있다는 사실이 무엇보다 싫었다. 이렇게 떨어 보기는 처음이었다.

'이건 순전히 거대한 체구 때문이야.'

애써 변명해 보았지만 찜찜한 마음은 가시지 않았다.

알렉이 당장에라도 폭우를 쏟아 부을 먹구름처럼 위압적으로 제이미를 내려다보았다. 제이미는 그 눈길을 모른 척하며 뚫어져라 앞만 쳐다보았다. 알렉에게서 헤더 향과 희미한 가죽 냄새가 났다. 만약 좀더 유쾌한 상황이었다면 무척 매력적인 향기였겠지만, 현재로서는 알렉과 관련된 것이면 무엇이든 싫었다. 옆에 서 있다는 사실도 견딜 수 없을 정도로 싫었으니……

찰스 신부는 혼인의 신성함에 대해 짤막하게 설교를 마치고는 메리를 바라보며, 다니엘 퍼거슨을 남편으로 맞이하겠느냐고 물었다. 메리는 그 물음에 웃음을 터뜨렸다. 그러고는 아주 어려운 질문을 받은 학생처럼 한동안 머뭇거리더니, 아무도 예상치 못한 대답을 내뱉었다.

「신부님, 솔직히 말씀드리자면요, 전 그러고 싶지 않아요」

메리의 날벼락 같은 대답이 아니라 해도 제이미는 이미 졸도할 지경이었다. 독불장군 같은 알렉 킨케이드와 결혼하고 싶지 않았다. 그런 맘을 아는지 모르는지, 알렉은 제이미 곁에 바짝 붙어 서서는 마치 자신의 몸이 얼마나 뜨거운지 가르쳐 주고 싶다는 듯 제이미를 옥죄고 있었다.

찰스 신부가 메리에게 적절한 대답을 하라고 애원조로 말했을 때 제이미는 알렉으로부터 좀 떨어지려고 몸을 움직여 보았다. 마음 같아선 알렉을 확 밀어 버리고 쏜살같이 이곳을 빠져나가고 싶었지만, 이런 꿍꿍이속을 눈치챘는지, 알렉은 제이미의 어깨를 꼭 끌어안고는 조금만 꿈틀거려도 팔에 힘을 주었다.

자세가 점점 불편해졌다. 팔을 치우려고 몇 번 시도해 봤지만 아무 효과가 없자, 제이미는 알렉에게 고개를 바싹 들이대고 불편하다는 뜻을 조용히 전했다. 하지만 알렉은 그 말을 싹 무시했다.

「언니, 언니가 싫든 좋든 그건 아무 상관 없어! 만약 다니엘과 결혼하길 거부한다면, 그건 왕의 명령을 거스르는 거야.」

알렉의 반응에 화가 머리끝까지 치민 제이미는 더 이상 참지 못하고 메리에게 화풀이를 했다.

「하지만 내가 이 남자를 남편으로 맞이하겠다고 대답한다면 그건 신의 계명을 거스르는 거잖아. 진실을 숨기는 거니까.」

「제발 언니, 신부님께서 원하시는 대답을 하란 말이야!」

제이미의 독기 서린 목소리에 움씰 놀란 메리는, 원밍이 가득한 눈빛으로 제이미를 쏘아보다가 마지못해 신부를 향해 고개를 돌렸다.

「좋아요, 신부님. 이 남자를 제 남편으로 맞이하겠어요」

그러고는 맥빠진 얼굴로 제이미를 향해 돌아섰다.

「자, 이제 됐니? 신부님 앞에서 거짓말하게 만들고 나니 속이 시원해?」

「내가 거짓말을 하게 했다구?」

높고 앙칼진 목소리였다. 사실 제이미는 메리에게 화가 났다기보다는, 자신의 목을 움켜잡고 손가락을 꼼지락거리며 어루만지고 있는 알렉에게 화가 난 것이었다.

찰스 신부는 메리의 대답에 만족한 듯 고개를 끄덕였다. 이번에는 제이미와 알렉의 차례였다.

「신랑 이름은?」

「알렉 킨케이드」

신부는 살기가 번득이는 제이미의 눈을 보고는 서둘러 혼례 미사를 끝내려고 허둥거렸다. 하지만 너무 서두른 나머지, '남편으로 받아들이겠느냐'는 물음을 '남편에게 순종하겠느냐'고 묻고 말았다.

「순종하라구요?」

'순종'이라는 말의 의미를 따지기 위해 일단 숨을 고르고 있는데, 갑자기 알렉의 손에 잔뜩 힘이 들어갔다. 그건 장난을 넘어선 협박이었다. 제이미는 그의 손에서 벗어나려고 고개를 이리저리 흔들었지만, 그럴수록 손아귀는 더욱 세질 뿐이었다.

'이 남자는 괴물이야!'

제이미는 알렉의 암묵적인 경고를 받아들였다. 스코틀랜드인이 얼마나 야만적인지 생각한다면, 반항해 봤자 돌아오는 건 죽음뿐이리라.

제이미는 이제 목이 저렸다.

「순종하겠습니다.」

제이미는 모기만한 목소리로 겨우 내뱉었다.

찰스 신부의 얼굴에 안도의 물결이 번졌다. 나머지 의식은 정신없이 지나갔다. 신부의 축복 기도가 끝나자, 메리는 획 돌아서더니 젖먹던 힘을 다해 문 쪽으로 뛰었다. 그러나 다니엘은 단 두 걸음에 메리를 붙잡아 돌려 세우고는, 사람들이 모두 지켜보는 앞에서, 그것도 메리가 악을 쓰고 반항하는데도 여유 있게 키스를 했다. 갑작스런 키스에 메리는 다니엘의 품에 힘없이 쓰러지며 기절해 버렸다.

제이미는 시들어 버린 들꽃처럼 힘없이 쓰러진 메리를 측은한 눈으로 바라보았다. 메리나 자신이나 차라리 죽는 게 나을 성싶었다. 쌍둥이들이 또다시 울음을 토해 냈고, 남작 역시 코를 훌쩍거렸다.

제이미는 알렉 킨케이드가 혼인 서약을 할 때처럼 키스도 강요할까 걱정했지만, 그런 일은 벌어지지 않았다. 알렉은 두 손을 허리에 척 얹고는 다리를 쩍 벌리고 서서, 고개를 숙이고 있는 제이미의 정수리를 가만히 내려다보고 있었다. 한마디 말도 없이, 그저 제이미의 반응만을 기다리며.

제이미는 알렉이 더 이상 목을 조르려 하지 않는다는 사실에 안도했다. 하지만 심장은 여전히 심하게 두방망이질 쳤다. 알렉 킨케이드라는 남자는 원하는 걸 얻기 위해서라면 무슨 짓이라도 마다하지 않을 위인 같았다.

제이미는 용기를 내어 고개를 들고 알렉을 올려다보았다. 깊은 갈색 눈동자에서 온기라고는 전혀 찾아볼 수 없었다. 정말 사람을 소름 끼치게 만드는 남자였다. 한참을 그렇게 마주 보던 제이미는 떨리는 몸을 추스르며 천천히 돌아섰다. 그런데 갑자기 알렉이 제이미를 잡아당겨 품에 안더니 턱을 잡아 슬쩍 올리고는 살며시 입술을 포갰다.

뜨겁고 공격적이었지만, 믿을 수 없을 정도로 따뜻한 키스였다.

'태양에 입술을 네민 기분이 이럴까?'

저항할 틈도 없이 키스는 끝나 버렸다. 제이미는 순간적으로 할말을 잊고 알렉을 바라보았다.

'이 남자도 지금 나만큼이나 충격을 받았을까?'

알렉은 희미하게 떨리는 제이미의 눈동자를 보며 빙긋 웃었다. 자신의 아내는 이런 키스에 익숙지 않은 게 분명했다. 발개진 두 뺨이 그 사실을 뒷받침해 주었다. 제이미는 마치 관에 누워 있는 사람처럼 손을 앞으로 모아 쥐고 서서 꼼짝도 하지 않고 있었다.

'볼수록 맘에 드는 여자야.'

짧은 키스였지만, 아니 입맞춤이라고 해야 옳았지만, 알렉 역시 제이미 못지않게 충격을 받았다. 알렉 자신도 이런 느낌은 처음이었다. 제이미에게서 시선을 거둘 수가 없었다. 제대로 한번 키스를 하고픈 충동이 일었다.

「지금요?」

메리의 갑작스러운 한마디가 알렉을 키스의 마법에서 깨웠다.

「제이미, 이분들은 지금 당장 떠나겠대!」

메리는 도저히 믿을 수 없다는 듯 동생을 돌아보며 외쳤다.

제이미 역시 놀란 얼굴로 알렉을 쳐다보았다.

「언니가 잘못 들은 거죠? 설마 정말로 지금 떠나려는 건 아니시죠?」

「아니, 우린 지금 떠날 거요. 다니엘과 나는 고향에 접어 두고 온 일들이 너무 많소.」

알렉은 더 이상 설명을 않고 입을 다물었다.

제이미는 너무나 기쁜 나머지 그만 환호성을 지를 뻔했다. 하지만 아직 기뻐하기엔 일렀다. 자신의 추측이 맞는지 먼저 몇 가지 더 알아봐야 했다.

「다니엘과 떠나시기 전에, 우리 가족과 함께 조촐하게나마 저녁이라도 함께 하지 않으시겠어요?」

알렉은 제이미의 말속에 담긴 속뜻을 단번에 알아차렸다. '다니엘과'라는 말을 강조함으로써, 제이미는 자신이 무슨 생각을 하고 있는지 숨김없이 드러낸 셈이었다.

'이 순진한 여자는 내가 혼자 떠나려는 줄 알고 있군.'

잔뜩 기대에 부푼 제이미의 태도가 무척이나 진지했다. 알렉은 터져 나오는 웃음을 가까스로 참으며 천천히 고개를 가로저었다.

제이미는 캄캄하기만 했던 자신의 앞길이 환히 밝아 오는 기분이었지만, 애써 표정을 어둡게 했다. 아무리 형식적인 남편이라 해도, 아내라는 여자가 이별을 앞에 두고 기뻐하는 기색을 보일 수는 없는 노릇이 아닌가.

'그래, 이 결혼식은 그저 형식상의 절차였을 뿐이야. 내가 왜 그 생각을 못했지? 알렉과 다니엘은 그저 왕의 명령을 어길 수가 없어 결혼했던 거야. 이젠 할 바를 다했으니 고향으로 돌아가려는 거겠지. 그리고 결혼 서약을 했든 어쨌든 간에 귀찮은 신부들은 여기에 두고 가려는 거야.'

사실 이런 형식적인 결혼은 흔했다. '누이 좋고 매부 좋다'는 식으로 껍데기뿐인 결혼에 만족하는 사람은 많았다. 제이미는 일이 이렇게 되리라는 걸 미리 눈치채지 못한 자신의 어리석음이 부끄러웠다.

'미리 눈치챘다면 훨씬 가벼운 마음으로 결혼했을 텐데.'

갑자기 밀려온 안도감에 다리에서 힘이 쭉 빠졌다.

제이미는 기쁜 일이 있거나 슬픈 일이 있으면 하나님께 감사 기도를 올렸다. 이번에도 이렇게 구원해 준 데 감사하는 의미로 12일간의 기도를 올리겠노라 맹세했다.

「그럼, 언제쯤 잉글랜드로 다시 돌아오실 생각인가요?」

속으로야 그런 일이 없기를 바라면서, 제이미는 인사치레로 그렇게 물었다.

「잉글랜드와 전쟁을 한다면 몰라도, 그렇지 않으면 다시 여기 올 일은 없을 거요.」

「그렇다면 다시 여기로 오실 가능성은 거의 없군요.」

제이미는 자신의 말이 상대방에게 어떻게 들릴지 전혀 생각지 않고 재빠르게 대꾸했다. 안됐다는 듯 눈썹을 찌푸린 표정을 보든 말든, 그래서 기분 상하든 말든 상관하지 않았다. 제이미의 눈에 알렉은 그저 막대기같이 무딘 사람일 뿐이었다. 그가 계속해서 무례한 태도를 취하는 이상, 자신도 예절을 차릴 필요가 없었다.

「벌써 시간이 많이 지체되었군요, 알렉 킨케이드 서두르시는 게 좋겠어요. 해가 지기 전에 멀리까지 가셔야 할 테니까.」

흘러내린 머리를 뒤로 쓸어 넘기면서, 제이미는 알렉에게 천천히 등을 돌리고 발걸음을 옮겼다. '당신을 만나 즐거웠어요' 하고 말할까 하다가 입을 다물었다. 그런 거짓말을 한다면 하나님께 참회의 기도를 며칠 더 올려야 할 테니까.

알렉의 한마디가 제이미를 그 자리에 얼어붙게 만들었다.

「당장 짐을 싸고 가족들과 인사를 나누시오, 제이미. 다니엘과 나는 말을 준비하지. 서둘러야 하오.」

「당신도, 메리.」

다니엘이 옆에서 흥겨운 목소리로 끼여들었다.

알렉의 말 한마디로 천국에서 지옥으로 떨어져 버린 제이미는 절망과 분노로 폭발하기 일보 직전이었다.

「왜 이렇게 서둘러야 하죠?」

메리가 다니엘을 보며 물었다.

「알렉과 난 잉글랜드 땅에서 이제 단 하룻밤도 더 지내지 않겠다고 맹세했거든. 그러니까 해가 저물기 전에 얼른 나서야 하오.」

제이미는 휙 돌아서서 두 사내가 홀 밖으로 나가는 모습을 지켜보았다. 두 손으로 테이블을 단단히 붙들고 있었다.

「킨케이드, 저를 여기다 남겨 두시려는 게 아닌가요? 이건 그저 정략 결혼일 뿐이잖아요!」

알렉은 걸음을 멈추고 제이미를 향해 돌아섰다.

「맞소, 부인. 우린 정략 결혼을 했소 내 뜻에 따라서 이루어진 정략 결혼을 말이오.」

제이미는 알렉의 성난 목소리나 매서운 표정을 무시해 버렸다.

「난 이해 못하겠어요」

제이미는 알렉의 시선만큼이나 자신도 당당하고 싶었지만, 그건 한낱 희망에 불과할 뿐이었다. 제이미의 분노는 알렉 앞에서 힘없이 사그라졌다.

공포에 질려 있는 제이미를 보는 알렉의 얼굴에 엷은 웃음이 떠올랐다.

「곧 이해하게 될 거요, 틀림없이. 내기라도 할까?」

내기? 그런 건 필요 없었다. 제이미가 알렉을 이길 수 없다는 건 안 봐도 뻔한 일이니까.

'저 인간은 정말 지옥에서 온 게 틀림없어.'

제이미는 더 이상 알렉에게 반항하고 싶지 않았다. 그래 봤자 무슨 소용이 있겠는가. 알렉이 사라지자마자 제이미의 두 눈에 눈물이 가득 고였다. 침대에 얼굴을 파묻고 엉엉 울고 싶었다.

너무 화가 나 짐 챙길 맘도 생기지 않았다. 얼마 남지 않은 시간을 아버지와 지낼 수 있도록, 두 쌍둥이 언니들이 제이미와 메리의 짐을 대신 싸 주었다.

아그네스와 앨리스가 가방을 들고 나타났을 즈음, 제이미나 메리는 어느 정도 마음이 가라앉았다. 하지만 작별의 인사를 끝맺지도 못한 채 메리는 홀을 뛰쳐나갔다.

「나머지 짐은 내가 정성껏 꾸려서 따로 보내 줄게. 스코틀랜드는 여기서 그리 멀지 않다니까 일 주일 정도면 될 거야.」

아그네스는 제이미의 어깨를 다독이며 말했다.

「네가 아끼던 태피스트리(벽걸이 융단)도 꼭 보내 줄게. 아무것도 빠뜨리지 않을 테니까 걱정하지 마. 넌 거기서도 잘 해낼 거야.」

「제이미, 넌 언제나 날 잘 보살펴 줬는데……. 네가 가져갈 가방에 새엄마의 숄과 약단지도 넣었어.」

「고마워, 언니들. 언니들이 보고 싶을 거야. 언니들도 내게 참 잘 해줬는데…….」

제이미는 두 언니와 짧은 포옹을 나누었다.

「제이미, 이렇게 침착함을 잃지 않다니, 넌 정말 용감한 아이야. 내가 오히려 부끄럽구나. 네 남편이란 사람은…….」

「아그네스, 그런 말은 하지 마. 난 그 사람이 자기 부인을 죽였다는 소문을 믿을 수 없어.」

앨리스가 아그네스의 말을 가로막았다.

「하지만 확실히 모르는 일이잖아.」

아그네스는 자기 주장을 굽히지 않았다.

제이미는 다투고 있는 두 언니를 바라보며 한숨을 내쉬었다. 차라리 아무 말도 하지 않는 게 나으리라. 알렉 킨케이드라는 이름만 들어도 화가 치밀었다.

「네가 없으면 이 늙은이는 일 주일도 못 가 숨이 끊어질 게다. 너 말고 누가 날 보살펴 줄 것이며, 네가 없으면 또 누가 내 이야기를 들어주겠니?」

제미슨 남작은 손수건으로 눈가를 훔쳤다.

「그렇지 않아요, 아버지. 아그네스 언니와 앨리스 언니가 잘 보살펴 드릴 거예요. 걱정하지 마세요.」

제이미는 허리를 굽혀 아버지의 이마에 키스를 하고는 다시 덧붙였다.

「너무 상심 마세요. 메리 언니랑 곧 뵈러 올게요. 우린…….」

제이미는 더 이상 거짓말을 할 수 없어 입을 다물었다. 메리나 자신이나 앞으로의 인생이 평탄치 않을 건 불을 보듯 훤한 일이었다. 자기 인생은 이제 끝장난 것이다. 행복도, 즐거움도, 편안함도 이젠 모두 끝이었다.

「제이미, 우리가 다시 만날 수 있을까? 아마 네 남편은 네가 여기에 놀러 오는 것도 절대 허락하지 않을 거야. 그렇지?」

그건 제이미가 가장 두려워하는 일이었다.

「아냐, 아그네스 언니. 어떻게든 와 보도록 할게.」

어쩌면 절대 지킬 수 없는 약속이 돼 버릴지 모르지만, 제이미는 그렇게 약속했다. 목이 메고, 눈시울이 뜨거워졌다.

'오 하나님, 제게 왜 이런 가슴 아픈 이별의 고통을 주시나이까.'

제미슨 남작은 눈물에 젖은 손수건으로 연신 눈물, 콧물을 찍어 내면서 두 스코틀랜드 남자를 향해 저주를 퍼부었다.

'저 망할 스코틀랜드 놈들이 내 가장 소중한 딸을 빼앗아 가는구나. 나는 이제 어떻게 살란 말이냐!'

제이미가 아버지를 달래 봤지만 아무 소용 없었다. 남작은 도저히 멈출 기색이 아니었다. 울음소리는 갈수록 더욱 커져만 갔다.

매부리코가 제이미를 데리러 왔다. 그가 제이미를 남작에게서 떼 놓으려 하자 작은 소동이 벌어졌다. 남작이 제이미의 손을 부여잡고 놓지 않기 때문이다. 제이미 쪽에서 아버지의 손을 떼 놓았다.

「어서 가십시다, 제이미 아가씨. 새신랑을 화나게 해서는 안 돼요. 마당에서 참을성 있게 아가씨를 기다리고 계십니다. 다니엘 나리와 메리 아가씨는 벌써 떠나셨구요. 어서 가요, 아가씨. 새로운 인생이 아가씨를 기다리고 있다구요.」

매부리코의 부드러운 목소리가 제이미에게 조금이나마 위로가 되었다. 제이미는 매부리코의 손을 잡고 홀을 나섰다. 문 앞에서 마지막 인사를 하려고 멈추려는데, 매부리코가 옆구리를 쿡 찌르며 걸음을 재촉했다.

「돌아보지 마세요, 아가씨. 떨지도 마시구요. 아가씨의 행복한 미래만을 생각하세요.」

「나를 불안하게 하는 게 바로 그 미래라구요. 매부리코 아저씨, 난 정말 내 남편이란 사람에 대해 아는 게 없어요. 사람들 사이에서 떠도는 그 흉측한 소문들도 무섭구요. 그 사람과 결혼했다는 생각만 하면 정말 끔찍해요」

「이미 결정된 일이에요. 아가씨의 미래는 아가씨가 어떻게 하느냐에 달렸어요. 마지못한 결혼이라고 평생 남편을 미워하며 불행하게 살든, 아니면 담담히 남편을 받아들이고 행복을 찾아 함께 노력하며 살든, 모두 아가씨 몫이에요」

「저도 남편을 미워하며 살고 싶지는 않아요」

버림받은 아이처럼 외롭고 처량해 보이는 제이미를 보며 매부리코는 활짝 웃어 보였다.

「그럼 나리를 미워하지 마세요. 나리를 미워해 봤자 좋을 거 하나 없으니까요. 게다가 아가씨는 누구를 미워하기엔 너무 착한 분이잖아요. 그리고…….」

매부리코는 다시 한 번 제이미를 재촉해 앞으로 나아가며 말을 이었다.

「사실 이런 결혼은 흔하잖아요」

「이런 결혼이요?」

「신랑에 대해 전혀 모르고 시집가는 신부들 말이에요」

「그 신부들이야 잉글랜드 신랑에게 시집가는 잉글랜드 신부들이죠」

「잉글랜드 타령은 이제 그만 하세요, 아가씨. 킨케이드 나리는 좋은 분이십니다. 제가 찬찬히 살펴보았어요. 아가씨를 잘 대해 주실 겁니다.」

매부리코는 제이미의 목소리에 깃들인 두려움을 읽었다.

「아저씨가 그걸 어떻게 알아요?」

제이미가 걸음을 멈추려고 했지만, 매부리코는 제이미의 옆구리를 찌르며 계속 걸어가라고 재촉했다.

「그 사람 소문, 아저씨도 들었잖아요. 자기 아내를 죽였다는 그…….」

「그 소문을 믿으세요?」

「아뇨」

제이미는 거침없이 대답했다.

「왜 안 믿으시죠?」

제이미는 어깨를 으쓱하며 한숨을 쉬었다.

「설명할 수는 없지만…… 나는 그저 그 사람이 그런 짓을 했다고는……. 아저씨, 날 바보라고 생각하시는 거죠? 어쨌든 눈을 보면…… 그렇게 나쁜 사람 같지는 않았어요」

「제가 그 소문이 헛소문에 불과하단 사실을 확인했어요 나리는 부인을 죽이지 않았어요 그분께 직접 여쭤 봤거든요」

「그걸 직접 물어 봤다구요? 그 사람, 엄청 화냈을 텐데?」

제이미는 설마 하는 표정으로 매부리코를 쳐다보았다.

「그랬죠, 불같이 화를 내셨죠 하지만 아가씨를 위해서라면 그런 것쯤이야 겁날 것 없죠 물론 나리가 아가씨를 선택할 거라는 말을 들은 후에 여쭤 봤어요」

매부리코는 마치 무용담을 늘어놓듯이 말했다.

「언제 그럴 틈이 있었어요?」

제이미가 미심쩍다는 듯 눈살을 찌푸렸다.

「그건 중요한 게 아니에요 킨케이드 나리의 말을 보니, 나리가 좋은 분일 거란 생각이 들더군요 나리는 말을 다루는 것과 똑같이 아가씨를 부드럽게 대해 주실 거예요」

매부리코는 다시 한 번 제이미의 어깨를 밀며 계속 걸어가도록 재촉했다.

「맙소사, 아저씬 너무 오랫동안 마구간에서 생활하셨어요 말하고 아내는 달라요 지금 아저씨 얘기는 절대 못 믿겠어요 한데 아저씬 지금 뭐가 그렇게 즐겁죠?」

「아가씨, 전 지금 너무 즐거워요 아가씨를 질질 끌어 내지 않고도 여기까지 모셔 왔잖아요」

제이미는 걸음을 멈추고 기가 막힌 표정을 지었다. 하지만 매부리코는 제이미의 얼굴은 보지도 않고, 옆구리만 쿡쿡 찌르며 계속 가라고 재촉했다.

알렉이 말 옆에 조용히 서 있었다. 표정만 봐서는 무슨 생각을 하고 있는지 감을 잡을 수 없었다. 매부리코의 얘기대로 알렉이 참을성 있게 나를 기다리고 있다니, 제이미로선 도저히 믿을 수 없는 일이었다.

'아무리 참을성 없는 남자라고 해도, 지금 같은 상황에선 어쩔 수 없었겠지.'

알렉은 제이미가 스코틀랜드에 도착하자마자 소동을 일으킬지도 모른다는 생각에 씁쓸한 표정을 지었다. 볼수록 제이미의 아름다움은 눈이 부셨다. 특히 보랏빛이 도는 푸른 눈은 환상적이었다.

'언제쯤 저 아름다움에 익숙해질 수 있을까?'

그냥 푸른 눈동자야 여기 잉글랜드에서도 자주 볼 수 있죠, 알렉은 매부리코의 말을 떠올렸다. 이제야 그 말이 무슨 의미인지 알 것 같았다.

알렉은 제이미에게 계속 빠져드는 자신을 용납할 수 없었다. 하지만 마음의 평정을 지키기엔 제이미의 입술이 너무 매혹적이었다.

'저 여자는 원하든 원치 않든 간에 틀림없이 문제를 일으키고 말 거야.'

물론 적대 관계에 있는 부족이 아닌 바에야 알렉의 소유물을 넘볼 사람은 없겠지만, 사랑의 마음은 사람의 힘으로 어쩔 수 없는 일 아닌가. 제이미를 보고 남자들이 어떤 생각을 할지는 모르는 일이었다. 제이미의 아름다움은 아무리 생각해도 득 될 게 없었다.

위험을 감지한 연약한 사슴처럼 제이미의 눈에 두려움이 가득했다. 알렉은 제이미가 자신을 두려워하는 게 내심 흡족했다. 모름지기 아내란 남편을 무서워할 줄 알아야 했다. 한데 마음 한 편이 왠지 찜 찜했다.

제이미의 눈을 보지 못했다면, 알렉은 어서 말을 타고 쫓아오라고 차갑게 명령했을 것이다. 하지만 지금이야말로 남편으로서 위엄을 발 휘할 때란 생각이 들어 아무 말도 하지 않았다.

가볍고 유연한 몸놀림으로 종마에 올라탄 알렉은 들불의 옆구리 쪽으로 말을 몰았다. 낯선 수말의 냄새에 신경이 날카롭게 곤두서 있던 들불이 종마의 접근에 놀라 앞발을 번쩍 들어올렸다. 알렉은 멍하니 서 있는 마부의 손에서 고삐를 낚아채고는 말갈기를 부드럽 게 쓰다듬었다. 알렉의 손길에 들불은 금방 흥분을 가라앉혔다.

그때 제이미의 목에서 숨넘어가는 소리가 났다. 매부리코는 재빨 리 제이미의 어깨를 감싸 안았다. 가만히 두면 그대로 기절해 버릴 것만 같았기 때문이다.

「아가씨, 기운을 차리세요. 이런 일에 겁을 집어먹다니, 창피한 줄 아세요. 제가 아가씨를 그렇게 가르쳤나요?」

그 퉁명스런 한마디가 제이미의 성질에 불을 붙였다. 제이미는 몸 을 발딱 일으켰다.

「내가 겁먹었다고요? 그런 식으로 나를 얕잡아 보지 마세요.」

매부리코는 속으로 빙그레 웃었다. 제이미의 두 눈에 불이 붙었으 니 이제 옆구리를 찌르며 걸음을 재촉할 일은 없으리라.

제이미는 여왕처럼 우아한 몸짓으로 치맛자락을 살짝 치켜들고는 들불에게 다가갔다. 매부리코는 제이미가 말에 올라탈 수 있도록 도 와 준 후, 손등을 가볍게 두드렸다.

「자, 이제 남편과 잘 지내겠다고 이 늙은이에게 약속해 주세요. 혼 인이란 성스러운 계명입니다.」

「그건 계명이 아니에요.」

「스코틀랜드에선 그렇소.」

알렉이 단호한 목소리로 끼여들었다. 제이미는 못마땅한 표정을 지으며 매부리코를 향해 고개를 돌렸다.

매부리코는 알렉을 바라보고 웃고 있었다.

「제게 한 약속을 잊지 않으셨죠, 킨케이드 나리?」

알렉은 고개를 끄덕여 보이고는 들불의 고삐를 제이미에게 넘겨주었다. 그러고는 성문을 향해 말없이 말을 몰았다. 그건 더 이상 기다려 줄 수 없다는 무언의 경고였다. 제이미는 알렉이 뒤따라오지 않는 아내를 기다려 주기 위해 언제쯤 멈춰 서나 보려고 그 자리에서 꼼짝하지 않았다. 그러나 알렉은 도개교를 건너 제이미의 시야에서 사라져 갔다. 기다리기는커녕, 뒤도 돌아다보지 않은 채.

「저 남자와 무슨 약속을 한 거예요?」

제이미는 시선을 도개교 너머에 둔 채 매부리코에게 물었다.

「아가씨는 아실 것 없어요」

제이미는 획 고개를 돌려 매부리코를 마주 보았다.

「어서 말해 보세요」

「아가씨에 대해서 잠깐 얘기했을 뿐이에요 아가씨가 얼마나 순진한 분인지…….」

「무슨 소린지 모르겠군요」

「그러니까, 그게…… 신혼 첫날밤에 대한 얘기였어요 남녀 사이에 벌어지는 일을 아가씨께 가르쳐 준 사람도 바로 저였잖아요 그래서 첫날밤엔 아가씨를…….」

「뭐라구요? 그런 얘기를 했단 말이에요?」

「그럼요 아가씨를 조심해서 다루라고 말씀드렸죠 나리도 첫날밤에는 아가씨를 아프게 하지 않을 겁니다.」

제이미의 볼이 발갛게 달아올랐다.

「하지만 저 남자는 내 몸에 손끝 하나 대지 못할 거예요 그러니까 그 약속은 아무짝에도 쓸데없어요」

「아가씨, 이제 고집 좀 그만 부리세요 아가씨 때문에 정말 걱정이에요 사실 첫날밤에 대한 이야기는 하지 않았어요 하지만 아가씨가 남녀 사이의 일을 잘 모른다는 걸……」

「더 이상 듣고 싶지 않아요 알렉이든 누구든 내 몸에 손만 대 보라고 해요, 가만두지 않을 테니까.」

매부리코는 땅이 꺼져라 한숨을 내쉬었다.

「아가씨를 쳐다보는 눈길을 보니, 나리는 아가씨께 첫눈에 반한 것 같던데, 앞으로 놀랄 일이 많겠군요 아가씨, 고집 버리고 나리를 받아들이세요 그저 나리가 하라는 대로만 하면 만사가 다 잘 될 거예요」

「그 사람이 하라는 대로 하라구요?」

「이제 그만 가시는 게 좋겠어요 빨리 나리를 따라잡아야죠」

매부리코가 재촉했지만, 제이미는 고개를 가로저으며 머뭇머뭇 입을 열었다.

「잠깐만요, 아저씨께 한 가지 약속 받을 게 있어요 아버지에게 문제가 생기면 내게 지체 말고 알려 주셔야 해요 알았죠?」

「문제라니, 무슨 문제요?」

아버지와 앤드류 사이의 일을 설명하자니 얼굴부터 달아올랐다. 제이미는 수치스런 맘에 고개를 푹 숙이고 입을 열었다.

「아버지가 앤드류에게서 돈을 받으신 모양이에요 아니 받은 게 아니라 빌리신 건데, 갚으실 수 있을지 걱정이 돼요 앤드류는, 그러니까 빌려줬다기보단 결혼 지참금으로……」

제이미는 매부리코가 어떤 반응을 보일지 궁금해 가만히 고개를 들었다. 어떤 표정일지는 알고도 남을 일이지만.

「남작님이 아가씨 몸값으로 돈을 받았단 말입니까? 아가씨를 앤드류 남작에게 팔아 넘겼다구요?」

매부리코의 목소리가 어찌나 컸던지 제이미는 하마터면 말에서 떨어질 뻔했다.

「아니, 아니에요. 오해하지 말아요. 아버진 그저 빌리신 것뿐이에요.」

제이미는 손사래를 치며 아버지를 변명했다. 그러고는 착잡한 표정을 지으며 덧붙였다.

「더 이상 말다툼할 시간 없어요, 아저씨. 어쨌든 아버지에게 일이 생기면 저한테 꼭 알려 주셔야 해요, 약속하죠?」

「알았어요, 아가씨. 약속하죠. 다른 걱정거리가 또 있으세요?」

매부리코는 분노가 섞인 한숨을 내쉬었다.

「아뇨, 없어요.」

「그럼 어서 떠나세요, 나리가…….」

「아, 한 가지만 더요. 이것만 말하고 떠날게요.」

「자꾸 꾸물거려서 나리의 성질을 긁어 놓으려는 거죠? 자꾸 이러시면 나리도 아가씨의 본성을 금방 알아차리실 거예요. 그러면 제 거짓말이 탄로 나는 건 시간 문제라구요.」

매부리코는 웃음기 가득한 얼굴로 퉁명하게 말했다.

「무슨 거짓말?」

「제가 아가씨를 참하고 얌전하다고 했거든요.」

「난 참하고 얌전해요!」

매부리코는 코방귀를 뀌었다.

「흥, 참하기는! 아가씨 성격은 비누거품 저리 가라 할 정도로 부글부글해요.」

「그리고 또 무슨 말을 했어요? 아저씨가 무슨 말을 했는지 알아야 변명이라도 할 것 아니에요?」

「내성적이고 여성스럽다고 했어요.」

「설마!」

「그리고 허약하고 버릇없는 어린애 같다고 했죠.」

「그럴 리가!」

「그리고 하루 종일 바느질이나 기도를 하며 보내기를 좋아한다고 말씀드렸어요」

제이미는 웃음을 터뜨렸다.

「왜 그런 거짓말을 한 거죠?」

「그래야 아가씨가 조금이라도 유리한 입장에 설 수 있잖아요 하지만 아가씨가 게일어를 할 줄 안다는 얘긴 하지 않았어요」

매부리코가 고개를 바짝 들이대며 속삭였다.

「저도 그 말은 안 했어요」

두 사람은 은밀한 미소를 주고받았다.

「아저씨가 제게 가르쳐 줬던 모든 것들……, 후회하지 않으시죠?」

「물론이죠 킨케이드 나리는 아가씨를 여리디여린 여자라고 생각하고, 아가씨의 안전을 위해 항상 누군가를 아가씨 곁에 붙여 둘 겁니다. 제가 보기엔, 나리는 아가씨를 극진히 대해 줄 거예요」

「저 남자가 나를 어떻게 생각하든 상관없어요 하지만 아저씨가 나를 그렇게 어리석고 쓸모 없는 여자라고 말했다니, 자존심이 좀 상한데요」

「여인네들은 대부분 어리석은 게 사실입니다, 아가씨.」

「그런 어리석은 여자가 어떻게 가족들의 생계를 위해 사냥을 할 수 있겠어요? 또 어떻게 병사들보다 더 말을 잘 탈 수 있겠어요? 그리고…….」

「됐어요, 아가씨. 여기서 괜히 힘 빼실 필요 없어요 당분간 아가씨의 재주를 감춰 두라고 그렇게 얘기한 것뿐이에요 그리고 함부로 나리를 시험하려 들지 마세요 제가 누누이 말씀드렸지만, 개는 길들이기 전에 절대로 꼬리를 잡아당겨서는 안 돼요, 아셨죠?」

「그런 말은 안 하셨잖아요?」

「입 밖에 낸 적은 없지만, 늘 암시했어요」

매부리코는 다시 한 번 걱정스러운 얼굴로 도개교 쪽을 바라보았다.

「아가씨, 제발 이제 그만 가세요」

「아저씨, 오랫동안 말하지 않은 게 있어요. 하지만 이젠 말해야겠어요.」

「또 뭔데요?」

매부리코는 짜증스런 얼굴로 제이미를 흘겨보았다.

「아저씨를 사랑해요. 한번도 말한 적 없었지만, 진심으로 아저씨를 사랑해요. 제겐 아버지 같은 분이에요, 아저씨.」

노인의 얼굴이 붉어졌다. 두 눈에 차 오른 눈물이 주르륵 흘러내렸다.

「저도 아가씨를 사랑해요. 아가씨는 제게 착한 딸이었어요. 전 언제나 아가씨를 제 딸이라고 생각했답니다.」

「날 잊지 않겠다고 약속해 줘요, 매부리코 아저씨.」

제이미의 목소리가 다급해졌다. 매부리코는 제이미의 손을 꼭 쥐었다.

「네, 절대 안 잊을게요」

제이미는 침을 꿀꺽 삼키며 눈을 끔벅였다. 두 줄기 눈물이 볼을 타고 흘러내렸다. 손등으로 눈물을 쓱 닦고는 어깨를 펴고 남편이 간 방향으로 말을 달렸다.

매부리코는 미동도 않고 서서 어린 안주인이 떠나는 모습을 지켜보았다. 제이미가 뒤돌아보지 않기를 간절히 바랐다. 눈물을 흘리며 처량한 몰골로 서 있는 모습을 보이고 싶지 않았기 때문이다.

이제 살아 생전에 다시는 저 사랑스러운 제이미를 볼 수 없으리라.

5

알렉은 기분이 좋았다. 남편의 화를 북돋우려고 애쓰는 제이미의 모습이 무척 깜찍하고 귀여웠다. 터져 나오는 웃음을 억지로 참으며, 제이미가 바싹 따라붙을 때까지 평소보다 훨씬 느린 속도로 말을 달렸다.

말발굽 소리가 바로 뒤에서 들려 오자, 알렉은 뿌연 먼지를 일으키며 속도를 높였다. 뒤에서 바싹 따라오는 세이니를 겨냥한 행동이었지만, 제이미는 아무 말도 않고 묵묵히 따라왔다. 남편에게 약한 모습을 보여 주기도 싫었고, 그렇게라도 반항을 하고 싶었던 것이다.

제이미는 자신이 얼마나 씩씩하게 말을 잘 타는지 남편에게 보여 주고 싶었지만, 알렉이 단 한 번도 뒤돌아다보지 않는 바람에 그런 희망은 물거품이 되었다. 게다가 오늘은 딱딱한 새 안장을 얹어서 실력을 제대로 발휘할 수가 없었다. 안장을 얹지 않는 게 가장 편했지만, 숙녀가 남편에게 그런 모습을 보일 수는 없지 않은가.

엎친 데 덮친 격으로, 스코틀랜드로 가는 길은 돌이 많은데다 아직 다져지지 않아서 말을 타는 데 더욱 힘들었다. 키 작은 나무들까지 가세해 제이미의 앞길을 방해했다. 고삐를 단단히 쥐고 나뭇가지를 피하려고 몸을 이리저리 움직이다 보니 짜증이 머리끝까지 치솟았다. 무정한 남편이 결코 뒤돌아보지 않으리란 사실을 깨닫는 순간부터 애써 불편한 감정을 감추려 하지 않았다.

'하나님, 만약 저 악마 같은 남편이 조금만 속도를 줄이게 해주신다면 앞으로 20일간 하루도 빠짐없이, 졸지도 않고 기도를 올리겠습니다.'

제이미는 남편의 뒷모습을 노려보며 속으로 간절히 기도했다. 하지만 제이미의 기도에는 아랑곳없이, 알렉은 앞서서 떠난 다니엘과 메리가 눈에 들어오자 오히려 말의 속도를 높여 선두로 나섰다.

제이미는 말에 박차를 가해 남편의 뒤를 바짝 쫓았고, 메리는 낡은 부츠처럼 구겨진 표정으로 뒤에 처졌다. 그리고 그 뒤를 다니엘이 바짝 따랐다. 속도가 갈수록 빨라졌다.

알렉이 그렇게 무시무시한 속도로 말을 달리는 건 순전히 네 사람의 안전을 위해서였다. 그건 제이미도 잘 알았다. 외딴 길에서 무고한 사람들을 덮치는 산적떼의 이야기를 수도 없이 들어왔으니까. 지금의 대열은 알렉이 선두에서, 다니엘이 후미에서 두 여자를 보호하고 꼴이었다. 만약 누구든 두 여자를 건드리려면 알렉이나 다니엘을 먼저 물리치지 않으면 안 되리라.

제이미는 계속 달려야 하는 이유를 이해했지만 메리는 그렇지 않았다. 그렇게 두 시간을 달리자, 거의 실신할 지경에 이른 메리가 소리쳤다.

「제이미! 잠깐 쉬고 싶어.」

제이미는 메리가 그 동안 불평 없이 따라와 준 게 대견했다. 평상시 같았으면 벌써 주저앉고 말았을 메리였다.

「안 돼, 아가씨.」

다니엘이 제이미 대신 대답했다. 다니엘이 그렇게 무정한 대답을 하다니, 제이미는 어이가 없어 뒤를 돌아보았다. 다니엘은 자신의 말을 한 번 더 강조하겠다는 듯 고개를 세차게 가로저었다.

하지만 메리의 고통스러운 표정을 보자, 제이미는 화가 치밀었다. 자신이라도 나서서 알렉에게 쉬었다 가자고 부탁하려고 돌아서는데 날카로운 비명 소리가 허공을 갈랐다. 반사적으로 고개를 획 돌렸다. 말 위에 메리가 보이지 않았다.

그제야 모두, 알렉까지 멈춰 섰다.

다니엘이 바람처럼 말에서 내려 메리에게 다가갔다. 메리는 바닥에 큰대자로 누워 허우적거리고 있었다. 바닥에 낙엽이 잔뜩 깔려 천만 다행이었다.

제이미가 말에서 내리는 동안, 다니엘은 천천히 메리를 안아 일으켰다.

「많이 다쳤소, 메리?」

걱정이 가득한 목소리였다.

「조금요. 하지만 괜찮아요.」

다니엘은 메리의 머리카락에 붙은 나뭇잎을 하나하나 떼어 주었다.

'저 남자는 그래도 괜찮게 봐줄 구석이 좀 있네.'

제이미는 다정한 다니엘의 태도를 보며 감탄했다.

「무슨 일이야?」

제이미는 뒤에서 들려 온 우렁찬 소리에 놀라 후딱 돌아섰다.

「언니가 말에서 떨어졌어요.」

「언니가 어쨌다구?」

「말에서 떨어졌다구요.」

알렉은 믿을 수 없다는 표정이었다.

「메리는 잉글랜드 여자야. 잊었어?」

다니엘은 의아한 표정을 짓는 친구에게 설명했다. 두 사람의 얼굴
엔 말도 제대로 탈 줄 모르는 잉글랜드 여자에 대한 비웃음이 가득
했다.

「그게 말에서 떨어진 것과 무슨 상관이죠? 언니는 목이 부러질 뻔
했다구요」

제이미는 발끈했다.

「하지만 안 부러졌잖소」

「그럴 수도 있었어요!」

제이미는 알렉의 냉담한 목소리에 속이 부글부글 끓었다.

「이제 괜찮아요. 괜찮지, 메리?」

다니엘은 메리를 다독거렸다.

「괜찮아요」

메리는 세 사람의 시선이 자신에게 모아지자 얼굴을 붉혔다.

「언니는 괜찮지 않아요」

제이미는 다니엘에게 딱 잘라 말하고 획 돌아서다가, 어느새 뒤로
바싹 다가와 있던 알렉과 부딪칠 뻔했다. 재빨리 한 걸음 물러섰지
만, 알렉과 시선을 마주치기 위해서는 고개를 완전히 뒤로 꺾어야
했다.

「언니가 말에서 떨어진 건⋯⋯.」

제이미는 순간 말을 잇지 못했다. 알렉의 갈색 눈동자가 금빛으로,
정말 아름다운 금빛으로 반짝이고 있었던 것이다. 재빨리 시선을 알
렉의 가슴께로 내렸다.

「말에서 떨어진 건?」

알렉이 뒷말을 재촉했다.

「언니는 너무 지쳐 있단 말이에요. 언니는 좀 쉬어야 해요. 이렇게

먼 거리를 달리는 데에는 익숙지 않아요」

「그럼 당신은 익숙하단 말인가? 이렇게 먼 거리를 달리는 데?」

제이미는 어깨를 으쓱했다.

「저야 어떻든 상관없어요. 중요한 건 언니예요. 언니가 얼마나 지쳐 있는지 보면 아실 거 아니에요. 잠깐 쉬었다 간다고 해서 큰일날 건 없잖아요?」

알렉이 아무 대답도 않자, 제이미는 그제야 고개를 들었다. 인상을 잔뜩 찌푸리고 있는 알렉의 얼굴이 눈에 들어왔다.

「언니는 연약한 숙녀예요」

제이미는 다시 시선을 가슴께로 내렸다.

「그럼 당신은 아닌가?」

「무, 물론 저도 숙녀죠」

제이미는 순간 당황해 말을 더듬었다. 지금 알렉이 자신의 가장 아픈 곳을 찔렀던 것이다.

「그런 질문을 하다니 무례하군요!」

제이미는 화가 치밀어 고개를 번쩍 들었다. 알렉이 싱글싱글 웃고 있었다. 그 눈빛이 어찌나 다정하고 따뜻한지 순간 멈칫했다. 몸이 허공으로 붕 뜨는 것 같았다. 항상 냉정하고 차갑기만 하던 알렉의 또 다른 모습을 어떻게 받아들여야 할지…….

「당신은 언제나 그렇게 심각한가?」

이 말이 제이미의 몸을 애무하듯 가볍게 훑고 지나갔다. 아찔했다. 이런 야만인에게 묘한 감정을 느끼다니, 있을 수 없는 일이었다. 자신도 메리만큼이나 지친 게 틀림없었다. 그렇지 않고서야 알렉 킨케이드에게 매력을 느끼는 일이 생길 수 있겠는가. 오, 세상에 이럴 수가, 약간 거칠고 투박한 면은 좀 있지만 얼굴이 정말 잘생겼다! 알렉의 이마로 머리카락 몇 올이 흘러내려 있었다. 제이미는 무의식중에 손을 들어 흘러내린 머리카락을 뒤로 넘겨주었다.

알렉은 제이미가 머리를 넘겨주는 동안 꼼짝도 않고 서 있었다. 제이미의 손이 이마를 스치고 지나가는 느낌이 무척 좋았다. 부드럽게 스치는 제이미의 손길이 짜릿한 전율을 남겼다.

「왜 내 머리를 넘기는 거지?」

알렉이 부드러운 목소리로 물었다.

「머리가 너무 길어요」

본심을 드러내지 않으려고 제이미는 재빨리 대꾸했다.

「그렇지 않은데.」

「머리를 잘라야겠어요」

「어째서?」

「내 머리만큼이나 머리 긴 남자는 믿을 수 없으니까요」

제이미 자신이 들어도 말이 안 되는 대답이었다. 당황해서 붉어진 뺨을 감추기 위해 이마를 찌푸렸다.

「당신은 항상 그렇게 심각하냐고 물었는데?」

알렉은 씩 웃으며 자신의 질문을 상기시켰다.

「그랬던가요?」

제이미는 도저히 알렉과 나누는 대화에 정신을 집중할 수가 없었다.

'이건 모두 이 남자 탓이야. 저렇게 실실 웃으며 내 정신을 흔들어 놓다니.'

「네, 그런 편이에요」

알렉은 호탕하게 웃고 싶었지만 그런 기분을 드러내지 않으려고 애썼다. 만약 지금 웃는다면 이 깜찍한 신부는 자기를 비웃는다고 생각할 게 뻔했기 때문이다. 이유는 알 수 없었지만, 제이미의 섬세한 감정을 다치게 하고 싶지 않았다. 과거에는 여자의 감정에 이토록 신경 쓴 일이 없었는데⋯⋯. 그건 제이미가 강인한 스코틀랜드 여자가 아니라 겁 많고 연약한 잉글랜드 여자이기 때문이라고 애써 변명했지만, 그것만으로는 충분히 설명되지 않는 뭔가가 있음을 부인할 수는 없었다.

제이미는 손목을 비틀고 있었다.

'저런 행동이 불안하고 두려운 마음을 그대로 내비치는 거란 사실을 알고나 있을까?'

알렉은 제이미를 보며 회심의 미소를 지었다. 지금 두려움을 감추고 배짱 좋게 시선을 마주 보고 있지만, 제이미의 관자놀이가 짙은 분홍빛으로 물들어 있었다. 제이미 역시 메리만큼이나 지쳤음이 틀림없었다. 사실 지금까지 달린 속도는 웬만한 남자라도 녹초가 될 정도였다. 하지만 어쩔 수 없었다. 잉글랜드 영토 안에 머무르는 한 네 사람은 모두 위험에 노출되어 있는 셈이니까. 대견하게도, 제이미는 아직 불평 한마디 하지 않았다. 보좌관인 개빈이 이 모습을 본다면, 제이미를 담력이 대단한 여자라고 입에 침이 마르도록 칭찬했으리라. 그건 스코틀랜드 여자들에게 최고의 찬사였다.

'개빈이 여기 있었으면 큰 소리로 웃어젖혔겠군.'

알렉은 문득 자신이 마치 바보 얼간이 같단 생각에 멈칫했다. 순식간에 얼굴에서 웃음이 걷혔다. 지금껏 여자와 이렇게 오랫동안 이야기를 나눈 적이 없었다. 그런데 지금 여자를 한번도 본 적 없는 남자처럼 제이미를 뚫어져라 보고 있지 않은가. 젠장맞을! 마음뿐만 아니라 몸까지도 특별한 반응을 보였다. 머릿속에서 제이미에 대한 생각을 빨리 밀어 버려야 했다.

「왜 손목을 비틀고 있소?」

알렉은 제이미의 손을 잡아 세우며 물었다.

「이게 당신 목이었으면 좋겠어요」

제이미는 퉁명하게 대답했다. 그래 놓고는 자신의 말이 심했다 싶었던지 다시 입을 열었다.

「말씀하신 대로 저는 늘 심각해요. 사실 잉글랜드를 떠나는 마당에 심각하지 않으면 그게 이상하죠. 소중한 내 조국을 떠나는 거니까요.」

「난 이 땅을 떠난다는 게 즐겁기만 하군.」

「당신이야 고향으로 돌아가고 있는 거니까 행복하겠죠.」

「아니, 우리가 고향으로 돌아가고 있기 때문이지.」

알렉의 목소리가 차갑고 단호했다.

「제 고향은 잉글랜드라구요.」

「옛날엔 그랬지만, 이제부터는 스코틀랜드가 당신 고향이오.」

「그럼 당신은 제가 스코틀랜드에 충성하길 바라시나요?」

제이미의 목소리 톤이 상당히 높아졌다. 하지만 알렉은 그 문제로 꼬투리를 잡진 않으리라 생각했다.

「바라느냐구? 아니, 바라는 게 아니라 명령하는 거요. 당신은 스코틀랜드와 나에게 충성해야 하오.」

다시 손목을 비틀어 대는 제이미를 보며, 알렉은 이를 드러내고 씩 웃었다. 지금 제이미에겐 자신의 처지를 다시 한 번 생각해 보고 마음을 정리할 시간이 필요할 것 같았다. 알렉은 아내에게 한두 시간 정도 생각할 여유를 줄 정도로 인내심이 많은 남자였다. 하지만 그걸 당연하게 여길 정도로 배려를 해서는 안 된다는 사실 또한 잊지 않는 사람이기도 했다.

「한 가지 알아 두실 게 있는데요, 전…….」

「생각해 보면 아주 간단한 문제요, 부인. 스코틀랜드에 충성하면 내게 충성하는 거나 마찬가지니까. 일단 길들여지면 당신도 내 말이 옳다는 걸 알게 될 거요.」

알렉은 제이미의 대꾸를 허용하지 않고 자신의 생각을 말했다.

「제가…… 어쩐다구요?」

제이미의 목소리가 의심스러울 정도로 부드러웠다.

「길들여지면. 그러면 당신도 내 말을 이해할 거요.」

제이미는 이 오만불손한 남자에게 꽥하고 소리를 질러 주고 싶었다. 하지만 개를 길들이기 전에 절대 꼬리를 잡아당겨서는 안 된다는 매부리코의 충고가 생각났다.

'좀더 냉정해져야지.'

스코틀랜드인들이 일의 전후를 차근차근 따져 보기 전에 화부터 낸다는 건 누구나 알고 있는 사실이었다. 자기 성질을 못 이기는 스코틀랜드 남자들은 아내를 두들겨 패는 일이 비일비재하다고 했다.

「말이나 길들여지는 거예요, 킨케이드 아직 잘 모르시나 본데 나는 말이 아니라 숙녀예요」

「나도 아오」

퉁명한 대답이 제이미의 분노에 불을 붙였다.

「그래요, 전 여자라구요! 여자는 길들여질 대상이 아니에요 말하고 여자는 완전히 다르다구요!」

「말이나 여자는 다를 게 없소」

알렉은 엉큼하게 싱긋 웃었다.

「아니, 달라요 제 말을 똑똑히 들으세요 여자는…….」

「감히 내게 도전하는 거요?」

알렉은 눈을 번뜩이며 싸늘하게 말했다. 제이미가 겁을 먹을지도 모르지만 어쩔 수 없었다. 제이미는 자신이 처한 위치를 제대로 인식해야 할 필요가 있었다.

알렉은 묵묵히 제이미의 사과를 기다렸다.

「그래요, 도전하는 거예요」

제이미는 고개까지 빳빳하게 쳐들고는 당당하게 소리쳤다.

알렉은 도저히 믿을 수 없었다. 이 여자를 대체 어떻게 대해야 할지 난감했다. 목소리에는 위엄이 깃들여 있었고, 손은 주먹을 쥔 채 양 허리에 당당하게 얹혀 있었다.

'오, 하나님, 이 여자를 어찌해야 합니까?'

이런 건방진 태도를 그냥 둘 수는 없었다. 하지만 제이미는, 아내는 언제나 남편에게 순종해야 한다는 가르침을 전혀 받지 못한 게 분명했다. 그렇지 않고서야 어떻게 남편과 동등한 입장에 있는 사람처럼 행동할 수 있겠는가.

'잉글랜드 여자니 그럴 수도 있겠군. 하지만 배짱 하나는 알아줘야 겠군.'

알렉은 터져 나오는 웃음을 참을 수 없었다.

「부인, 내가 너무 오래 잉글랜드에 있었던 모양이오. 그렇지 않았다면 지금 그 말이 주제를 넘어도 한참 넘었다는 걸 당신에게 단단히 깨우쳐 줬을 텐데.」

「제발 나를 '부인'이라고 부르지 마세요. 저도 이름이 있어요. 제이미라고 불러 줄 수 없어요?」

「그건 남자 이름이오.」

제이미는 오기가 생겼다.

「어쨌든 그게 바로 내 이름이에요.」

「그럼 나중에 다른 이름을 찾아봅시다.」

「그럴 수 없어요.」

「또 내게 도전하는 거요?」

제이미는 자신도 알렉만큼 체구가 컸으면 좋겠다고 생각했다. 그랬다면 알렉이 하찮게 여기지는 않을 테니까. 가슴을 쫙 펴고 크게 심호흡을 했다.

「당신은 지금 나를 모욕했어요.」

「내가?」

「그래요.」

「설사 그랬다 해도, 그건 내 권리요.」

알렉은 어깨를 으쓱하며 대답했다.

제이미는 인내심을 잃지 않게 해달라고 속으로 기도를 했다.

「좋아요. 그럼 내겐 당신을 모욕할 권리가 있겠군요」

제이미는 앙칼진 목소리로 되받았다.

「그건 아니오」

제이미는 그만 포기하기로 했다. 이 무식한 남자도 자기 못지않게 고집이 세다는 사실을 눈치챘기 때문이다. 차라리 화제를 돌리는 편이 낫겠다 싶었다.

「국경을 넘으려면 아직 멀었나요?」

알렉은 고개를 저었다.

「엎어지면 코 닿을 데 있소」

「그런데 왜 그렇게 자꾸 웃는 거죠?」

「이제 곧 고향에 도착한단 기대 때문에.」

「오호라!」

이제 가던 길을 계속 가야 한단 생각으로 등을 돌리는 알렉에게 제이미의 또 다른 질문이 날아들었다.

「알렉, 당신은 잉글랜드를 싫어하죠, 그렇죠?」

제이미는 잉글랜드를 싫어하는 사람이 있다는 사실을 도저히 이해할 수 없었다. 잉글랜드는 누구든 사랑하지 않을 수 없는 땅이었다. 상대방에게 통나무를 던져 대는 야만인이라 할지라도 말이다. 잉글랜드는 현대판 로마라고 하지 않는가. 잉글랜드의 아름다움은 누구라도 결코 부인할 수 없으리라.

「그렇소. 하지만 예외일 때도 있소」

「예외요?」

알렉은 고개를 끄덕였다.

「그럼 당신이 잉글랜드를 싫어하지 않을 때는 언젠가요?」

「잉글랜드를 공격할 때.」

「그런 천벌받을 말을 함부로 입에 올리다니.」

제이미는 벌어진 입을 다물지 못했다. 얼굴이 뜨거운 태양에 익은 듯 시뻘게졌다.

알렉의 얼굴에 웃음이 번져 갔다. 자신의 아내는 감정을 감출 줄 모르는 순진한 여자였다. 남자에겐, 적에게 생각을 그대로 들키기 때문에 그런 기질이 치명적인 약점이 되었지만, 여자에겐 괜찮았다. 특히 자신의 아내에겐.

알렉은 길게 한숨을 내쉬었다. 안된 일이지만, 자신의 아내에겐 유머 감각이라곤 전혀 없었다. 지금 말을 농담인지 진담인지도 분간을 못하고 있지 않은가.

「자, 이제 말에 올라타시오 서두르지 않으면 해가 다 저물고 말거요. 안전한 곳에 닿으면 쉬도록 하지.」

「안전한 곳이라뇨?」

「스코틀랜드 말이오」

제이미는 안전한 곳과 스코틀랜드가 어떻게 같은 곳이냐고 따지고 싶었지만 이내 관두기로 했다. 들어봤자 열받을 얘기만 나올 게 뻔했으니까.

제이미는 남편의 좋지 않은 점을 벌써 두 가지나 파악했다. 첫째, 질문을 받거나 반박당하는 걸 싫어했다. 그건 큰 문제였다. 자신은 이해할 수 없는 일에는 언제나 반박할 생각이기 때문이었다. 알렉이 싫어하든 좋아하든 그건 상관없었다. 둘째, 찡그린 얼굴이 다시는 보고 싶지 않을 정도로 흉측했다. 물론 이것도 걱정스러운 일이었다. 알렉은 별일 아닌 것에도 불같이 화를 내는 성격인 것 같았다. 변덕도 죽 끓듯 하고 말이다.

「제이미, 난 저 망할 놈의 말을 도저히 다시 탈 수 없을 것 같애.」

메리가 제이미의 팔을 잡아당겼다. 알렉도 그 말을 들었지만, 무시하고 그냥 말에 올라탔다. 제이미는 알렉이 자신을 헌 구두짝만큼도 중요하게 여기지 않는다고 생각하며 뒷모습을 지켜보았다.

「정말 끔찍하게 무례한 남자야.」

제이미는 혼잣말을 내뱉었다.

「제이미, 내 말 못 들었어? 가서 오늘밤은 여기서 보내자고 말해 봐.」

제이미의 관심이 메리에게 쏠렸다.

메리는 온통 먼지투성이였고, 당장에라도 쓰러질 듯 지쳐 보였다. 제이미는 메리보다 체력이 훨씬 강했지만, 전날 밤 아픈 아기를 돌보느라 거의 밤을 지새웠기 때문에 역시 매우 피곤한 상태였다.

하지만 메리에게 동정을 표시해서는 안 되었다. 지금 메리에겐 채찍이 필요할 때였다. 만약 조금이라도 동정 어린 말을 건네면, 그대로 자리에 주저앉아 울음보를 터뜨릴지도 모른다. 생각만 해도 끔찍했다. 메리는 한번 울기 시작하면, 쌍둥이 언니들 저리 가라 할 정도였다. 더하면 더했지 결코 덜하지 않았다.

「언니, 도대체 체면은 다 어디다 팽개친 거야? '망할 놈의 말'이라니, 그게 숙녀로서 입에 담을 소리야? 그건 천한 농부의 딸들이나 쓰는 말이라구.」

제이미는 메리를 다그쳤다. 메리로서는 마른하늘에 날벼락 같은 소리였다.

「아니, 지금 네가 내게 이럴 수 있니? 난 집으로 돌아가고 싶어. 아버지도 보고 싶구.」

메리가 울먹였다.

「됐어, 그만 해!」

제이미가 메리의 말허리를 자르며 단호하게 말했다. 하지만 곧 메리의 어깨를 다독이며 속삭이듯 부드럽게 타일렀다.

「언니, 말도 안 되는 소리란 걸 알잖아. 우리는 이미 스코틀랜드 남자와 결혼했어. 이렇게 징징대 봤자 우리 체면만 깎아먹을 뿐이라구. 게다가 이제 스코틀랜드도 얼마 안 남았대. 알렉이 국경을 넘자마자 쉴 곳을 찾겠다고 약속했으니까, 조금만 더 참으면 돼. 자, 이제 그만 하고 언니가 얼마나 용감한 여자인지 남편에게 보여 줘.」

메리는 얌전한 아이처럼 고개를 끄덕거렸다.

「제이미, 우리가 이렇게 스코틀랜드 남자와 결혼하게 되리라고 생각이라도 해본 적 있어?」

「아니. 꿈도 꿔 본 적 없어.」

「하나님이 우리에게 벌을 주시는 건가 봐.」

「하나님이 아니고 우리 왕이 벌을 주신 거지.」

메리의 처량한 한숨 소리가 말을 향해 걸어가는 그녀의 발걸음 뒤로 길게 늘어졌다. 제이미는 메리가 다니엘의 옆에 다가갈 때까지 그 뒷모습을 지켜보았다. 메리의 스코틀랜드 남편은 메리를 보며 싱긋 웃었다. 아마도 늙은 할멈처럼 후들거리는 메리의 걸음걸이를 보고 웃는 것이리라.

제이미는 고개를 절레절레 흔들며 언니의 모습을 안타까운 심정으로 바라보다가 자신도 그보다 나을 게 없는 형편임을 깨달았다. 자신 역시 바람결에 떨리는 나뭇가지처럼 다리를 떨고 있었으니까.

'숙녀처럼 보이려고 말에 새 안장을 얹은 게 잘못이지.'

제이미는 두 번이나 실수한 후에야 말에 올라탈 수 있었다. 평소 같지 않은 행동에 들불도 신경이 곤두섰던지, 이리저리 뒷다리를 껑충거렸다. 그 때문에 얼마 남지 않은 소중한 기력을 또 낭비했다. 들불도 제이미만큼이나 새 안장이 마음에 안 드는 게 분명했다.

다니엘은 메리가 안장에 잘 앉을 수 있도록 도와 주었지만, 알렉은 전혀 그럴 기미를 보이지 않았다. 사실 알렉은 제이미를 돌아다보지도 않았다. 알렉은 일행이 지나온 길을 바라보며 잔뜩 인상을 찡그리고 있었다. 도대체 저 남자의 관심은 어디에 가 있는 것일까?

제이미는 알렉이 무시하는 만큼 자신도 알렉을 무시하리라 다짐했다. 언니의 기운을 북돋워 주려고 한마디 하려는데, 난데없이 알렉이

다가와 제이미를 말에서 끌어내렸다. 발소리를 전혀 듣지 못했던 제이미는 대항할 생각도 못하고 메리가 곤두박질쳤던 자리까지 질질 끌려갔다. 알렉은 한 손으로 제이미를 부축해 평평한 돌 위에 앉히면서 다니엘에게 뭔가 손짓을 했다.

「도대체 무슨……」

제이미는 알렉에게 뭐라 따지려다 입을 다물었다. 다니엘이 메리를 끌고 와 제이미 옆에 자리를 잡고 앉았던 것이다. 다니엘은 넓은 등으로 두 신부를 가렸다.

다니엘이 천천히 칼을 빼들자, 제이미는 지금 어떤 사태가 벌어지고 있는지 짐작했다. 숨을 죽인 채, 다니엘이 알렉을 향해 손가락 세 개를 펼쳐 보이는 모습을 지켜보았다.

알렉은 고개를 흔들며 손가락을 네 개 펼쳐 보였다.

메리는 아직도 그들 앞에 닥친 위험을 감지하지 못하고 있었다. 메리가 더듬거리며 뭐라 말하려 하자 제이미는 서둘러 언니의 입을 막았다.

알렉이 작은 공터 한가운데로 걸어나가는 모습이 보였다. 제이미는 알렉을 더 잘 보기 위해 자기 얼굴을 가리고 있는 메리를 옆으로 살짝 밀었다.

알렉은 아직 무기를 꺼내지 않은 채였다. 제이미는 문득 알렉이 무기를 전혀 지니고 있지 않다는 사실을 깨달았다.

알렉은 완전히 무방비 상태였다!

제이미는 갑자기 숨이 넋는 듯했다. 알렉이 잘못되기라도 한다면……

'세상에 무슨 전사가 무기 하나 없이 이런 황야를 여행할 생각을 했담?'

두려움은 분노로 변했다. 아무리 건망증이 심하다 해도 너무했다. 런던에서 노닥거리는 동안 칼을 잃어버리고는 다시 장만할 생각도 하지 않은 게 틀림없었다.

제이미는 위험에 처한 알렉을 그냥 보고만 있을 수 없었다. 어쨌든 자신은 그의 아내가 아닌가. 자신이 살아 있는 한, 누구도 알렉에게 상처를 입히도록 할 순 없었다. 알렉이 다치는 걸 보고 싶지 않은 진짜 이유를 인정하지 않은 채, 단지 결혼식을 올리자마자 미망인이 되고 싶지 않아서라고 스스로에게 변명했다.

제이미는 허리띠에 차고 있던 작은 단검을 빼들었다. 알렉에게 이 단검을 전해 줄 여유가 있기를 간절히 바랐다. 작기는 해도, 제대로 쓸 줄 아는 사람 손에 넘어 가면 상대를 제압할 수 있는 무기가 될 수 있었다. 다니엘에게도 검이 있다는 사실에 생각이 미쳤다. 다니엘이 검을 제대로 쓸 줄 아는 남자이기를 바라면서, 그에게 알렉을 도와 주라고 부탁하려는 참에 알렉이 휙 돌아섰다.

알렉은 손짓으로 다니엘에게 뭔가를 알렸다. 알렉의 얼굴이 똑똑히 보이는 순간, 제이미는 등골이 오싹했다. 알렉의 두 눈이 분노로 이글거리고 있었던 것이다. 팽팽하게 당겨진 팔과 다리 근육에서도 분노가 느껴졌다. 뜨거운 물결이 제이미의 온몸을 휩쓸고 지나갔다. 짙은 안개가 그를 휘감을 때까지 알렉의 몸에서 알 수 없는 힘이 퍼져 나왔다. 제이미는 그 힘의 의미를 알 수 있었다. 알렉은 사람을 죽일 준비가 되어 있는 것이다!

「설마 멧돼지는 아니겠지, 제이미?」

메리가 훌쩍이며 제이미에게 바짝 붙었다. 제이미는 남편에게서 시선을 떼지 않으며 언니의 팔을 꽉 붙들었다.

「아냐, 언니. 아무 일도 없을 거야. 우리를 지켜주는 강한 남편들이 있잖아. 두고 봐, 언니.」

산적떼가 나타날 때까지는 제이미도 그렇게 믿었다. 그러나 산적떼가 알렉을 둘러싸고 거리를 점점 좁혀드는 순간, 네 사람이 결코 안전하지 못하리란 생각에 절망했다.

알렉은 제이미 일행으로부터 점점 멀어져 갔다. 그건 산적떼를 여자들로부터 가능한 한 멀리 떼어 놓으려는 의도였다. 그것을 아는지 모르는지, 산적떼는 천천히 알렉을 따라갔다. 물론 알렉이 덩치는 컸지만 무기가 전혀 없었다. 하늘도 알렉 편이 아닌 모양이었다. 산적떼 중 둘은 시커먼 곤봉을, 나머지 둘은 긴 검을 휘두르고 있었던 것이다. 검이 공기를 가를 때마다 획획 하는 소름 끼치는 소리가 났다. 검에 얼룩져 있는 검붉은 핏자국이 제이미 일행보다 한 발 앞서 저들에게 당했을 희생자의 끔찍한 운명을 말해 주는 것 같았다.

제이미는 갑자기 속이 울렁거리며 메스꺼웠다. 저렇게 추하고 악마 같은 얼굴들은 난생 처음이었다. 마치 게임을 즐기고 있는 듯, 산적들은 만면에 웃음까지 띠고 있었다. 두꺼운 입술 사이로 드러난 이는 그들이 휘두르고 있는 곤봉만큼이나 거무튀튀한 게 역겹기 그지없었다.

「다니엘, 가서 알렉을 도와 주지 않고 뭐해요?」

제이미는 두려움에 질린 목소리로 조그맣게 말했다.

「겨우 넷뿐인걸요, 뭐. 곧 끝날 겁니다.」

그 대답이 제이미의 성질을 돋웠다. 다니엘은 여기 있는 이유를 여자들을 보호하기 위해서라고 얘기하겠지만, 당장 친구의 목숨이 위태로운 판국에 그건 그저 목숨을 보존하자는 핑계로밖에 여겨지지 않았다.

제이미는 메리의 어깨 너머로 다니엘의 등을 두드렸다.

「다니엘, 알렉은 지금 무기가 전혀 없어요. 가서 당신의 검을 전해 주든지 아니면 제 단검이라도 좀 전해 주세요, 제발.」

「알렉은 무기가 필요 없어요.」

그렇게 대답하는 다니엘의 목소리가 너무나 태연해, 제이미는 혹시 다니엘의 정신이 어떻게 된 건 아닐까 의심했다. 다니엘과 계속 논쟁을 벌이는 게 무의미했다.

「당신이 안 가겠다면 나라도 가서 도울 수밖에요」

「알았어요, 알았어. 정 그렇다면 하는 수 없죠」

다니엘은 자신의 옷깃을 붙잡고 있는 메리의 손을 떼어 놓고 알렉을 둘러싸고 있는 산적들을 향해 걸어갔다. 그러나 알렉이 산적들과 대치해 있는 공터에 이르기도 전에 걸음을 멈추었다.

제이미는 앞에서 벌어지는 일을 도저히 믿을 수 없었다. 다니엘이 들고 있던 검을 조용히 칼집에 도로 집어넣고는 팔짱을 낀 채 장난기 어린 미소를 알렉에게 보내는 게 아닌가. 알렉 역시 화답이라도 하듯 빙긋 웃고 있었다.

갑자기 커다란 기합 소리가 들렸다. 알렉이었다. 메리가 그 소리에 놀라 날카롭게 비명을 질렀다.

알렉을 둘러싼 원이 한층 좁혀졌다. 첫 번째 상대가 사정거리 안으로 들어오자, 알렉은 기다렸다는 듯 재빨리 몸을 날렸다. 동작이 얼마나 날랬던지 제이미의 눈에 움직임이 보이지 않을 정도였다. 알렉이 놈의 목과 턱을 양손으로 잡나 싶더니, 연이어 뼈가 으스러지는 소리가 났다. 놈의 목이 아주 이상한 각도로 돌아가 있었다.

양옆에서 두 놈이 괴성을 지르며 알렉을 향해 달려왔다. 알렉은 목이 부러진 놈을 땅바닥에 팽개치고는 달려드는 두 놈의 머리를 양손에 하나씩 잡더니 땅바닥에 널브러진 놈 위로 냅다 내던졌다.

뒤쪽에 있던 마지막 놈이 전속력으로 알렉에게 공격해 왔다. 알렉은 몸을 돌려 놈의 사타구니를 가볍게 걷어차더니, 유난히 튀어나온 놈의 턱을 아래에서 위로 힘껏 올려붙였다. 놈의 몸이 공중으로 붕 떴다가 떨어졌다.

삽시간에 네 놈의 시체가 공터 바닥에 피라미드처럼 쌓였다. 다니엘이 자신만만하게 말했듯이, 일은 금방 끝이 나 버렸다. 일 분쯤 걸렸을까?

알렉은 숨조차 가쁘게 쉬지 않았다. 제이미가 그 모습을 보며 놀라워하는데 메리의 날카로운 비명 소리가 허공을 갈랐다. 고개를 돌려 보니 숲 속에서 덩치 큰 세 사나이가 달려나오고 있었다. 먹잇감을 놓치지 않으려고 스르르 미끄러져 오는 한 무리의 뱀처럼.

「알렉!」

제이미는 무의식중에 남편을 소리쳐 불렀다.

「제이미, 나 좀 살려 줘!」

메리는 바닥으로 엎드리며 제이미를 잡아당겨 자기 몸 위를 덮었다. 순식간에 벌어진 일이었다. 덩치로 보면 메리가 제이미보다 머리하나는 더 컸지만, 등을 잔뜩 구부린 상태라 달려드는 산적들로부터일단 방어는 된 셈이었다. 메리는 동생의 몸을 방패로 삼은 것이었다!

제이미는 자기 몸은 돌볼 생각도 하지 않고 메리의 안전만을 걱정했다. 그게 자신이 해야 할 바였다. 자신보다도 메리가 우선이었고, 필요하다면 자신의 목숨이라도 버릴 태세였다.

제이미는 얼른 일어서서 메리를 등뒤에 숨기며 달려드는 산적떼를 향해 섰다. 산적들이 거의 앞까지 왔을 때쯤에야 손에 단검을 들고 있다는 사실이 퍼뜩 떠올랐다. 셋 중 가장 덩치 큰 놈을 행해 단검을 던졌다. 과녁에 명중했다. 놈은 하늘을 찌를 듯한 비명을 지르며 바닥에 쿵 하고 쓰러졌다.

다니엘이 짙은 갈색 머리의 두 번째 놈과 대적했다. 다니엘의 육중한 주먹이 명치를 강타하자 놈은 변변한 비명조차 지르지 못하고 나자빠졌다. 그러나 그 사이 세 번째 놈이 제이미에게 바싹 다가왔다. 그놈을 처치하기에 알렉은 너무 멀리 떨어져 있었다. 제이미는 성난 호랑이처럼 저항했지만, 마지막 놈의 손아귀를 벗어날 수는 없었다. 놈의 칼이 제이미의 심장을 겨누었다.

「거기 서!」

놈은 새된 소리로 알렉을 향해 소리쳤다.

「난 이제 잃을 게 없는 놈이야. 한 걸음만 더 가까이 오면 여자를 죽여 버리겠어. 이 귀여운 모가지야 눈 깜짝할 사이에 꺾어 버릴 수 있다구.」

대적했던 산적을 해치운 다니엘이 뒤에서 천천히 다가왔다. 그러나 제이미를 잡고 있는 놈이 어깨 너머를 힐끗 돌아보자, 알렉은 다니엘에게 움직이지 말라고 눈짓을 보냈다. 놈은 제이미의 머리채를 움켜쥐고는 세차게 흔들어 대며 뒤로 잡아당겼다. 사람들을 더욱 위협하려는 의도였다.

알렉은 놈의 눈에서 궁지에 몰린 자의 절망을 보았다. 손이 사시나무 떨리듯 떨리는 걸로 보아, 놈은 극도로 겁을 먹었음이 분명했다. 놈은 키가 중간 정도였고, 얼굴은 퉁퉁하게 부풀어올라 둥글둥글했다. 배 역시 보름달을 삼킨 듯 볼록했다. 일단 제이미를 놈의 손에서 빼내기만 한다면 놈을 해치우는 건 그리 어렵지 않을 듯했다. 그러나 놈은 지금 제정신이 아니었다. 쥐도 구석에 몰리면 고양이를 문다고, 놈이 두려움에 질려 무슨 짓을 저지를지 모르는 일이었다. 저런 심리 상태에서 자극을 받으면 극단적으로 치닫게 마련이었다. 놈이 스스로 상황이 절망적이라고 판단할 경우에도 마찬가지였다.

사실 상황은 놈에게 절망적이었다. 죽을 수밖에 없는 처지였으니까. 제이미의 몸에 손을 댄 순간, 놈은 목숨이 이미 끊어진 거나 마찬가지였다.

알렉은 분노를 감추고 기회를 엿보았다. 팔짱을 끼고는 지루해 죽겠다는 표정을 지으며.

「지금 농담하는 거 아냐. 저 계집도 입 좀 닥치라고 해. 저렇게 발광하고 있으니 내가 생각을 할 수가 없잖아!」

다니엘은 즉시 메리에게 달려가 입을 막으며 조용히 하라고 타일렀다. 눈에 메리를 향한 연민이 가득했다. 그러면서도 다니엘은 제이미를 인질로 잡고 있는 놈에게 주의를 집중했다. 그 역시도 반격할 기회만을 노리고 있었던 것이다.

놈의 눈에서 차츰 두려움이 가시고 대신 승리의 기쁨이 어렸다. 득의양양해 있는 놈을 보며 알렉은 기회가 다가왔음을 느꼈다. 놈의 주책없는 자만심은 곧 그를 파멸의 길로 이끌 것이었다.

「이 계집은 네 여자냐?」

놈이 알렉을 향해 소리쳤다.

「그렇다.」

「이 여자를 사랑하나?」

알렉은 가타부타 대답을 않고 어깨만 으쓱했다.

「오! 대단히 사랑하시나 보군.」

놈이 큰 소리로 킬킬거렸다. 아주 기분 나쁘고 소름 끼치는 웃음 소리였다.

「이 아름다운 아가씨를 내 손에서 죽게 하고 싶진 않겠지?」

놈은 손아귀에 다시 힘을 주며 제이미의 머리를 한껏 뒤로 잡아당겼다. 제이미를 더욱 괴롭힘으로써 자신이 우월한 위치에 있으며, 다니엘과 알렉은 자기 말에 굴복할 수밖에 없는 처지임을 보여 줄 심산이었던 것이다. 그러나 제이미의 얼굴을 들여다본 순간, 자신의 의도가 완전히 빗나갔음을 깨달았다. 자기 손아귀에 든 인질은 오히려 눈에 불을 뿜으며 자신을 노려보고 있었던 것이다. 무척 고통스러우련만, 여자는 고집스럽게도 전혀 내색하지 않고 있었다.

알렉은 제이미의 얼굴을 외면하고자 애썼다. 만약 제이미의 시선과 마주친다면 집중력이 흩어질 것 같았기 때문이다. 만약 고통에 찬 제이미의 표정을 본다면 솟아오르는 분노를 주체하지 못할 것 같았다. 그러나 놈이 머리를 통째로 뽑아 낼 듯 제이미의 머리채를 사납게 흔들어 대자, 시선이 본능적으로 제이미의 얼굴로 갔다.

제이미의 얼굴에서 두려움은 찾아볼 수 없었다. 오히려 눈에 불이 번뜩이고 있었다.

'정말 대담한 여자야.'

알렉은 그만 웃음을 터뜨릴 뻔했다.

「말을 한 마리 내놔. 내가 안전한 곳까지 가서 네놈들이 뒤따라오지 않는 게 확실하면 여자를 놔주지.」

놈의 요구에 알렉은 가만히 고개를 저었다.

「못 줘.」

「뭐야?」

「못 준다고. 여자는 데려가도 좋지만, 말은 내줄 수 없어.」

알렉의 목소리는 마치 부드러운 바람처럼 조용했다.

너무 놀란 제이미의 입에서 끅 하는 숨넘어가는 소리가 났다.

「입 닥쳐, 망할 년!」

놈이 낮은 목소리로 경고하며 칼날을 제이미의 목에 더욱 바짝 갖다 댔다. 그러면서도 시선은 알렉에게 가 있었다.

「난 둘 다 끌고 가야겠어!」

알렉이 다시 고개를 저었다.

「여자는 원한다면 끌고 가도 좋지만, 말은 안 돼.」

「둘 다 가져가야겠다고 말했잖아!」

놈은 마치 덫에 걸린 새처럼 뺙뺙거렸다.

「못 준다니까.」

「둘 다 줘 버려, 알렉. 여자든 말이든 또 구하면 되잖아.」

다니엘이 끼여들었다.

제이미는 자신의 귀를 도저히 믿을 수 없었다. 갑자기 북받쳐 오르는 슬픔으로 눈물이 흘러내렸다.

「알렉?」

제이미가 속삭이듯 알렉을 불렀다.

「설마 진심은 아니겠죠?」

「입 닥치라고 했잖아!」

놈은 다시 경고했다. 그러고는 더 확실히 하겠다는 듯 제이미의 머리채를 거칠게 흔들었다. 제이미도 지지 않고 놈의 발을 세차게 밟았다.

「다니엘, 제이미의 말 좀 끌고 와, 빨리.」

알렉이 다니엘을 향해 말했다.

「저 여자를 시켜.」

놈이 소리쳤지만, 다니엘은 그 말을 무시한 채 천천히 들불에게 다가갔다.

제이미는 아찔했다. 도저히 믿을 수 없었다. 알렉이 자신보다 말을 더욱 소중히 여기는 것도, 다니엘이 휘파람을 불고 있다는 것도 모두 믿을 수 없었다. 스코틀랜드 남자들이 잉글랜드 남자들과 다르다는 건 알고 있었지만, 이토록 끔찍할 정도로 잔인하리라고는 생각지 못했다.

제이미는 두려움을 떨치기 위해 이를 악물었다. 잠깐 시선을 주었을 뿐 내내 자신을 무시했던 알렉의 표정이 떠올랐다. 내내 성가시다는 듯 따분한 표정이더니 놈이 말을 내놓으라고 하자 눈에 불을 켰던 알렉의 표정……

'오, 하나님! 촐리 말이 맞았어. 스코틀랜드 남자들은 마누라보다 말을 더 사랑해.'

「말을 내 옆으로 끌어와.」

놈의 입 냄새가 제이미의 코를 찔렀다. 만약 낮에 먹은 음식이 아직 위에 남아 있었다면 지금쯤 다 토해 버렸으리라. 냄새가 얼마나 지독한지, 몇 년 동안 닦지 않은 요강 냄새 같았다. 놈이 숨을 쉴 때마다 제이미는 구역질이 올라왔다.

알렉은 여전히 기회를 엿보고 있었다. 다니엘에게 들불의 고삐를 넘겨받아 천천히 놈의 곁으로 다가갔다. 그리고 그 다음 일은 전광 석화처럼 지나갔다.

제이미는 도대체 무슨 일이 벌어졌는지 도저히 분간할 수가 없었다. 기억 나는 일이라곤 몸이 공중에 던져진 원반처럼 허공을 휙 날았다는 것뿐이었다. 다음 순간 제이미는 다니엘의 품으로 떨어졌다. 그 순간 산적의 비명 소리가 들렸다. 고개를 돌려 보니 알렉이 놈의 목에 단검을 깊숙이 찌르고 있었다.

구역질이 올라왔다. 다니엘은 급히 제이미를 땅에 내려놓았다. 메리가 달려와 엎어지듯 제이미를 끌어안았다. 이제 위험은 사라졌지만, 메리의 울음소리는 더욱 날카롭고 커져만 갔다.

제이미는 두근거리는 가슴을 진정시키려고 눈을 감은 채 정신을 집중했다. 메리는 숨을 헐떡이며 제이미를 끌어안고 있었다. 제이미의 몸이 갑자기 폭풍 속의 나뭇잎처럼 사정없이 떨렸다. 두 다리는 바싹 마른 장작개비처럼 뻣뻣했다.

「이제 눈을 떠 보시오」

알렉의 목소리가 들렸다. 제이미는 가만히 눈을 떴다. 알렉의 얼굴이 바로 코앞에 있었다. 소름 끼치도록 차갑던 알렉의 눈동자에 웃음이 어려 있었다. 이해할 수 없었다. 그렇게 쉽게, 그렇게 잔인하게, 그렇게 덤덤하게 사람을 죽이더니, 이제 웃기까지⋯⋯. 알렉의 용맹에 감탄해야 할지, 아니면 그 잔인함을 비난해야 할지 판단이 서지 않았다.

그렇게 알렉을 바라보고 있는데, 다니엘이 메리에게 따라오라고 명령하는 소리가 들렸다. 메리의 손이 제이미의 몸에서 억지로 떨어졌다. 제이미는 메리의 손을 잡아 줄 힘도, 떼어 버릴 힘도 없었다. 다만 다니엘이 왜 그렇게 성난 태도로 메리를 끌고 가는지, 알렉은 또 왜 이렇게 즐거워 죽겠다는 표정인지 의아할 뿐이었다.

제이미는 무의식적으로 두 손을 꼭 마주 잡았다.

「다 끝났소」

알렉이 부드러운 목소리로 말했다.

「끝나요?」

제이미는 눈을 치켜 뜨며 알렉을 올려다보다가 고개를 돌려 산더미처럼 쌓여 있는 산적들의 처참한 모습을 보았다. 몸이 다시 부들부들 떨렸다.

알렉은 얼른 제이미의 눈앞을 손으로 막으며 단검을 내밀었다. 제이미는 악마의 해골이라도 본 듯 질겁했다.

「이건 당신 것이잖소?」

알렉은 제이미의 눈에 어린 까닭 모를 공포를 이해할 수 없었다. 제이미는 한 걸음 뒤로 물러서더니 다시 죽은 산적들을 바라보았다. 맨 위에 있는 시체의 목에 검은 구멍이 나 있었다. 알렉이 다시 제이미의 눈앞을 손으로 막았다.

「부인?」

제이미는 다시 한 걸음 물러섰다.

「그건 이제 필요 없어요 그냥 버리세요 제겐 하나 더 있으니까.」

「저놈은 이제 죽었소 자꾸 보지 마시오 이제 다시는 당신을 해치지 못할 거요.」

알렉은 제이미의 마음을 달래기 위해 최대한 부드럽게 말했다.

「그래요, 저 사람은 죽었어요 그런데 알렉, 당신이 나를 내던졌죠, 마치……」

「통나무처럼?」

제이미는 고개를 끄덕였다.

「당신은 아무렇지도 않은 듯 아주 쉽게 저 사람을 죽였어요 어떻게 그렇게……」

「봤다니 다행이군.」

제이미가 미처 말을 끝내기도 전에 알렉은 긴 한숨을 내쉬며 말했다.

제이미는 다시 알렉으로부터 뒷걸음질쳤다.

「다행이라구요? 지금 제가 당신을 칭찬하는 거라고 생각하세요?」

제이미는 숨을 들이마시기 위해 잠깐 멈춰 섰다. 목이 가시에 찔린 것처럼 따끔거렸다. 알렉이 들고 있는 단검이 다시 눈에 들어왔다.

「제발 그것 좀 치우세요. 다시는 보고 싶지 않아요」

「피를 보니 비위가 상하오?」

알렉은 제이미의 행동을 도저히 이해할 수 없었다. 바로 몇 분 전만 해도 달려들던 산적에게 칼을 휘두르던 여자가 갑자기 공포에 질린 어린아이처럼 행동하다니.

알렉은 단검을 어깨 너머로 던졌다.

「그래요. 아니, 아니에요」

「뭐가?」

「피를 보고 비위가 상했냐고 물었잖아요」

「그래, 비위가 상했소?」

제이미는 흘러내린 머리칼을 뒤로 쓸어 넘겼다. 하지만 머리칼은 금방 다시 내려왔다.

「오늘은 왠지 속이 메스꺼워요」

제이미는 한숨을 내쉬었다. 알렉에게 피를 보는 일에 익숙하다고 말해 주고 싶었다. 다친 사람들의 상처를 치료하기 위해 닦아 냈던 피를 모두 합하면 강을 이루고도 남을 것이다. 그러나 지금 알렉에게 그 사실을 설명한다는 게 힘들었다. 조금 전에 벌어진 일들이 아직도 머릿속에서 정리되지 않았다. 혼란스러웠다. 알렉이 그렇게 쉽게 자신을 산적에게 내주려 했다는 사실이 마음을 갈가리 찢었다. 남편에게 나는 말보다 하찮은 존재였다!

갑자기 알렉이 제이미를 붙들었다.

「한 발짝만 더 가면 놈들의 시체 더미 위에 주저앉겠소」

뒤를 돌아보던 제이미는 갑자기 두 무릎이 꺾였다. 만약 알렉이 재빨리 잡아 주지 않았더라면 쓰러지고 말았으리라.

극도로 혼란스럽고 흥분된 상태였지만, 제이미는 알렉이 자신을 진정시키려고 애쓰고 있음을 알았다. 이토록 거구의 사내가 그렇게 부드러워질 수 있다는 사실이 믿어지지 않았다. 또 이토록 부드러운 남자가 다섯 명의 괴한을 힘도 들이지 않고 처치했다는 사실도 전혀 어울리지 않아 보였다. 그러고도 이 남자는 땀 한 방울 흘리지 않았다.

제이미는 알렉의 가슴에 머리를 기댄 채 안겼다. 알렉에게서 좋은 냄새가 났다.

「알렉, 아까 그 말 진심이었어요?」

제이미가 속삭이듯 물었다.

「무슨 말?」

제이미는 가슴속의 말을 쉽사리 꺼낼 수 없었다. 알렉은 제이미의 턱을 들어올렸다.

「무슨 말?」

「나는 끌고 가도 좋지만 말은 내줄 수 없다고 했던 말……. 그 말 진심이었어요?」

알렉은 크게 웃고 싶었지만, 심각한 제이미의 표정을 보고는 웃음을 참았다.

「아니.」

그 말이 떨어지기가 무섭게 제이미는 다시 쓰러지듯 알렉의 품에 안겼다.

「그런데 왜 그런 말을 한 거죠?」

부드럽고 낮은 목소리였지만, 알렉은 그 목소리에 담긴 의미를 잘 알았다. 제이미가 그런 하찮은 말 한마디에 이렇게까지 근심하고 있다는 사실이 우스웠다. 제이미를 포기하고 산적에게 주어 버리다니,

절대로 있을 수 없는 일이었다.

「놈이 우리를 제 손안에 쥐고 있다고 믿게 만들려고 그랬던 거요」

「그건 사실이잖아요. 그 사람은 무기를 들고 있었으니까.」

「그런가? 그렇다면 나도 나를 둘러싸고 있던 네 놈들의 손아귀에 들어 있었다고 해야겠군.」

목소리에 웃음이 담겨 있었다.

「아뇨. 그들에겐 무기가 있었지만 오히려 당신이 그들을 손아귀에 쥐고 있었죠. 그럼 그 말은 속임수였나요? 그 남자에게 거짓말을 했군요?」

「그렇소」

제이미는 자신이 얼마나 놀라고 두려워했는지 생각하며 긴 한숨을 내쉬었다. 다시 몸이 떨렸다. 갑자기 알렉을 확 밀쳤다. 얼굴에 또다시 불같은 분노가 떠올라 있었다.

'눈에 다시 불이 붙었군.'

알렉은 제이미가 왜 그렇게 분노하는지 알 수 없었다. 정말 수수께끼 같은 여자였다.

놓아달라는 요구를 무시하고, 알렉은 제이미의 어깨를 감싸 안은 채 다니엘이 말을 돌보고 있는 곳으로 갔다.

알렉이 안장 위에 편히 올라앉도록 도와 주었지만, 제이미는 고맙다는 말은커녕 고삐를 쥐어 줄 때까지 땅바닥만 내려다보며 쳐다보지도 않았다. 알렉의 손이 제이미의 손등을 스쳤다.

「날 보시오」

알렉은 제이미가 자신을 바라볼 때까지 기다렸다가 말을 이었다.

「당신이 얼마나 용기 있는 여자인지 오늘 똑똑히 보았소, 부인. 당신이 자랑스럽소」

제이미의 눈이 휘둥그레졌다. 알렉은 이제야 제이미의 기분을 누그러뜨리는 방법을 찾아냈다고 내심 쾌재를 불렀다. 남편에게 칭찬받는 걸 싫어할 아내가 어디 있겠는가? 앞으로 이 방법을 간간이 써먹으리라.

「당신은 제가 자랑스러울지 몰라도 전 당신이 하나도 자랑스럽지 않아요. 오만한 스코틀랜드인 같으니라구.」

가시 돋친 대꾸와 우레 같은 목소리에 알렉은 그만 어안이 벙벙해졌다.

「내 칭찬이 전혀 고맙지 않단 말이오?」

제이미는 알렉의 물음에 코방귀도 뀌지 않았다. 사실 대답을 들을 필요도 없는 질문이었다. 제이미는 이미 입에 발린 칭찬 한마디에 넘어갈 여자가 아님을 증명해 보였으니까. 알렉의 얼굴에 만족스런 웃음이 떠올랐다.

「당신이 무엇 때문에 그렇게 두려워했는지 알고 싶소」

제이미는 자신의 손등을 내려다보며 고개를 저었고, 알렉은 미간을 찌푸린 채 그런 제이미를 올려다보았다.

「내 말에 대답하시오」

그러나 제이미는 다시 고개를 저었다.

「아내는 남편 말에 순종해야 하는 거요」

알렉은 참을성 있게 타이르듯 말했다.

「그것도 스코틀랜드의 계명인가요?」

「그렇소」

알렉은 씩 웃었다.

「세상 사람들이 지켜야 할 계명은 열 개뿐인데, 스코틀랜드에서는 많기도 하군요. 지은 죄가 많아서 그런가요?」

「당신은 배짱이 대단하군.」

「배짱이라뇨?」

「아무것도 아니오」

알렉은 제이미를 향해 웃어 보였다. 얼마나 기쁘고 만족스러운지 제이미가 알아주길 바라면서. 하지만 제이미는 알렉이 얼간이가 아닐까 생각했다.

「비켜 주세요. 제 갈 길을 가야겠어요.」

「당신이 왜 그토록 두려워했는지 그 이유를 듣기 전에는 못 비키겠소.」

「두려워한 게 아니라 걱정한 거였어요.」

「그래, 그럼 걱정했다고 해두지.」

알렉은 일단 제이미의 말을 인정하기로 했다.

「진실을 알고 싶으세요?」

「당연하지.」

「당신이 놈들과 싸울 때…… 당신 눈을 봤는데, 그때 전 앞으로 절대로 당신을 화나게 해서는 안 되겠다고 생각했어요. 당신에게 힘으로 대항해서 이길 수 없단 사실을 깨달았거든요. 하지만 그건 제게 무척 힘든 일이죠. 이렇게 말하면 당신이 놀라겠지만, 전 앞으로 당신을 화나게 할 일이 많을 거예요.」

알렉은 제이미의 설명을 한마디도 놓치지 않으려는 듯, 몸을 앞으로 내밀고 귀를 기울였다. 심각한 제이미의 표정을 보니 자꾸 웃음이 나왔다. 하지만 웃을 수는 없었다. 불같은 성격의 제이미가 가만있지 않을 테니 말이다.

「전혀 놀랍지 않은걸.」

「놀랍지 않아요?」

오히려 제이미가 놀란 목소리로 되물었다.

「당신은 지금도 나를 화나게 하고 있거든.」

제이미가 기가 막힌 듯 헛웃음을 웃었다.

「제이미, 난 절대로 당신을 다치게 하거나 마음에 상처를 주지 않을 거요.」

제이미는 한참 동안 알렉의 눈을 들여다보았다.

「정말요? 스코틀랜드인들의 성질이 얼마나 불같은지 저도 잘 알고 있어요, 알렉. 당신도 인정하겠지만……」

「당신 앞에서는 결코 이성을 잃거나 성질을 부리지 않겠다고 약속하오. 진심이오」

「하지만 화를 내면 어쩌죠? 사람들이 그러는데, 스코틀랜드 남자들은 모두 자기 아내에게 손찌검을 한다던데요」

제이미의 마음속에서 드디어 알렉에 대한 믿음의 싹이 돋아났다. 알렉이 손을 잡아도 빼내려 하지 않았던 것이다.

「내가 듣기엔 잉글랜드 남자들도 마찬가지라던데.」

「그런 사람도 있지만 안 그런 사람도 있어요」

「스코틀랜드도 그렇소. 그리고 나는 안 그런 남자고」

「정말 안 그래요?」

알렉은 고개를 끄덕였다. 제이미가 자신을 편안하게 느끼고 있음을 알 수 있었다.

「우리가 처음 만났을 때, 나는 당신 눈에서 두려움을 보았소. 아내가 남편을 두려워하는 건 좋은 징조라고 생각했소. 지금 당신이 느끼는 알 수 없는 두려움도……」

「말을 잘라서 미안하지만, 알렉, 아내가 무조건 남편을 두려워하는 건 전혀 좋은 게 아니에요. 그리고 전 당신을 두려워한 게 아니라 걱정한 거였어요. 물론 다른 여자들은 당신을 두려워했겠지만. 어쨌든 전 그렇게 약한 여자가 아니에요」

「어째서?」

「어째서라뇨?」

제이미는 알렉이 웃고 있는 이유를 알 수 없었다. 그리고 음흉하게 웃고 있는 알렉을 보며 자신이 왜 가슴 설레는지도 이해할 수 없었다.

「왜 다른 여자들이 나를 두려워할 거라 생각하오?」

제대로 답을 하려면 우선 알렉의 반짝이는 눈에서 시선을 거둬야 했다.

「당신은 덩치가 너무 크니까요 사실 당신처럼 덩치가 큰 남자는 본 적이 없었어요」

「그럼 집안사람을 제외하고 다른 남자들을 본 일이 있었소?」

알렉의 질문에 제이미는 눈살을 찌푸리며 고개를 저었다.

「솔직히 말하면, 본 적 없어요」

「그럼 당신이 걱정한 이유는 내 덩치 때문이었군.」

「게다가 당신은 몇 사람의 힘을 합한 만큼이나 힘이 세잖아요 방금도 혼자서 다섯 명이나 죽였어요 벌써 잊은 건 아니겠죠?」

「내가 죽인 사람은 하나뿐이오」

「하나뿐이라구요?」

제이미는 말을 이으려다 알렉의 눈동자에서 반짝이는 무엇인가를 보았다. 잠시 할말을 잊었다. 알렉이 자신을 비웃고 있는 게 아닐까 하는 의심이 들었다.

「내가 죽인 건 한 놈뿐이오 겁도 없이 당신에게 손을 댔던 그놈 말이오 나머지는 죽지 않았소 몸을 약간 다쳤을 뿐이지. 그놈들마저 죽여 주길 바라오?」

알렉은 아주 친절하고 싹싹한 목소리로 물었다.

「오, 세상에. 제발 좀 그만 하세요 하지만 메리에게 달려들던 남자, 다니엘은 그 남자를 어떻게 한 거죠?」

「그거야 다니엘에게 물어 봐야 알지.」

「다니엘에겐 아무것도 묻고 싶지 않아요」

「당신이 단검으로 찌른 남자에 대해서는 왜 아무 말도 않는 거요? 당신 칼 쓰는 솜씨가 일품이었소」

조금 더 칭찬해 주어야겠다고 생각하며 알렉이 다시 말을 이었다.

「당신이 그놈을 해치운······.」

「그 얘긴 하고 싶지 않아요」

제이미가 쥐고 있던 들불의 고삐를 던지며 소리질렀다.

'도대체 내가 무슨 말을 했다고 이러는 거야?'

알렉은 깜찍한 아내가 왜 이렇게 신경질적인 반응을 보이는지 이해할 수 없었다. 정말 이해하기 힘든 여자였다. 사람을 죽이는 일에 극도의 혐오감을 갖고 있는 것 같았다. 또 다른 성품을 발견한 셈이었다. 그러한 성품이 거친 스코틀랜드에서는 약점이 될 수도 있겠지만, 알렉은 그 약점이 마음에 들었다.

스스로 경계하지 않으면 제이미로 인해 자신의 행동이나 사고가 구심점을 잃을지도 모른다는 생각이 퍼뜩 들었다. 제이미는 앞으로 사람을 죽이는 일에 익숙해져야만 했다. 그래야 황량한 스코틀랜드에서 살아남을 수 있을 테니까. 약육강식(弱肉强食), 그건 스코틀랜드 최고의 덕목이었다. 앞으로 제이미를 더욱 강하게 단련해야 했다. 그렇지 않으면 첫겨울을 나기도 힘들리라.

「좋소, 부인. 그 얘긴 더 이상 하지 않도록 하겠소」

그제야 제이미의 어깨에서 긴장이 풀렸다. 알렉은 제이미가 안장 위에서 불편해하고 있음을 눈치챘다.

「제 행동은 정당방위였어요. 그러니 하나님도 절 이해해 주실 거예요. 그때 정말 언니의 생명이 위태로웠어요」

제이미는 변명하듯 중얼거렸다.

「나도 아오. 당신은 잘한 거요」

「하지만 찰스 신부님은 절대 이해하지 못하실 거예요. 만약 이 일을 아시게 되면, 제게 앞으로 평생 검은 상복만 입고 지내라고 하실 거예요」

「우리 결혼식에 주례를 섰던 그 신부 말인가?」

제이미가 고개를 끄덕였다.

「당신은 정말 이상한 걸 걱정하는 버릇이 있군. 그런 걱정은 아무 짝에도 쓸모 없는 거요」

「오, 그런가요? 찰스 신부님께 고해하고 나서도 제게 그런 소릴 할 수 있을지 모르겠군요. 그땐 제가 아무것도 아닌 일로 걱정한단 소리를 못하실 거예요. 신부님은 사람을 회개시키는 데 아주 기발한 방법을 쓰시거든요」

알렉은 껄껄 웃으며 제이미를 안아 말에서 내렸다. 제이미가 깜짝 놀라 알렉의 목에 팔을 감았다.

「무슨 짓이에요?」

「내 말을 함께 탑시다.」

「왜요?」

알렉이 내쉬는 한숨 때문에 제이미의 머리카락이 약하게 나풀거렸다.

「내가 무슨 말을 할 때마다 그렇게 질문을 해댈 거요?」

제이미는 알렉의 얼굴을 보기 위해 고개를 뒤로 젖혔다. 눈에 웃음을 잔뜩 담고서. 알렉이 걸음을 멈추었다. 가슴이 요동쳤다.

「그렇게 하면 화내실 건가요?」

「그렇게 하다니?」

「질문하면요」

「아니, 당신에겐 화내지 않을 거요」

제이미의 웃는 얼굴은 너무나 매혹적이었다.

「전 아무래도 세상에서 가장 놀라운 남자와 결혼한 것 같아요. 절대 화도 안 내고 이성을 잃지도 않겠다니.」

「나를 놀리나, 잉글랜드 숙녀?」

알렉의 신경은 온통 제이미의 입술에 가 있었다. 도톰한 아랫입술을 깨물어 주고 싶었다. 이제 자신의 소유가 된 이 여자의 달콤한 맛을 느껴 보고 싶었다. 의도적인 행동인지 무의식적인 행동인지는 모르지만, 제이미의 손가락이 알렉의 목을 간질였다. 부드럽게 부푼 제이미의 가슴이 알렉을 자극했다. 남자로서 참기 힘든 유혹이었다.

알렉은 천천히 고개를 숙였다. 다시 만난 제이미의 입술은 기억했던 대로 부드럽고 달콤했다. 하지만 너무 짧고 너무 아쉬웠다. 제이미는 알렉을 위해 입술을 열어 주지 않았고, 마치 그의 침입을 방어하려는 듯 뒤로 물러났다. 하지만 아주 행복해 보였다. 알렉은 자신이 얼마나 아쉬워하고 있는지 들키지 않으리라 다짐했다.

그렇게 아름답고 대담한 여인이건만, 제이미는 아직 어떻게 키스하는지 제대로 모르는 게 분명했다. 그걸 가르치는 건 남편인 알렉의 몫이었다. 알렉은 새로운 기대감에 가슴이 부풀었다.

「고마워요, 알렉.」

「뭐가 고맙다는 거요?」

알렉은 제이미를 자기 말에 앉히고는 단번에 그 뒤로 올라앉았다. 알렉의 허벅지 사이에 자리를 잡은 제이미는 좀더 편안한 자세를 찾으려는 듯 자꾸 꼼지락거렸다. 제이미가 움직일 때마다 알렉은 얼굴을 실룩였다. 그러다가 더 이상 안 되겠는지 제이미를 살짝 들어 자리를 잡아 주고는 몸을 바짝 붙였다.

「뭐가 고맙다는 거요?」

알렉은 재차 물었다.

「절 배려해 줘서 고맙다는 거예요」

「아직 말을 타 본 경험이 부족해서 그럴 거요. 앞으로 스코틀랜드 생활에 익숙해지면 내가 말 타는 법을 가르쳐 주겠소」

제이미는 알렉의 말에 반박하려다 그만두었다.

'내가 말 타는 법을 모른다고 생각하고 있다면, 계속 그렇게 믿도록 내버려 두자. 어쨌든 지금은 내가 얼마나 말을 잘 타는지 말해 봐야 믿지도 않을 테니까. 내가 이렇게 불편해하는 건 다 새 안장 때문이라고, 안장 없이 말을 타는 게 더 편하다고 솔직히 말한다면,

다른 남자들처럼 날 우습게 볼지도 모르지.'

제이미는 당분간 알렉이 원하는 대로 생각하도록 내버려 둘 작정이었다. 매부리코의 말이 옳았다. 알렉은 지금 인내심을 갖고 제이미를 대하고 있었다. 제이미는 회심의 미소를 지으며 남편에게 편안히 기댔다. 누군가에게 응석을 부리는 것도 기분 좋은 일이었다.

'언젠가는 알렉에게 옳고 그른 것을 제대로 알려 줄 거야. 하지만 지금 당장은 알렉이 마음대로 하게 두는 게 좋겠어.'

알렉은 이제까지 마누라들이란 거추장스러운 존재라고 생각해 왔다. 하지만 제이미는 달랐다. 제이미에게선 여인의 향기가 풍겼고, 남자의 마음을 푸근하게 하는 부드러움이 있었다. 게다가 몸집은 품에 꼭 들어맞았다. 제이미는 갈비뼈 부위를 잡고 있는 알렉의 손을 피하려고 계속해서 몸을 요리조리 움직였다. 그 모습이 귀엽고 순진해 보여서 알렉은 빙긋 웃었다.

'첫날밤을 치르고 나면 이렇게 수줍어하지 않겠지.'

알렉은 오늘밤 제이미를 안고 싶었다. 되도록 빨리 자신의 여자로 만들고 싶었다. 오늘밤 제이미를 완전히 점령하리라.

'스코틀랜드인 치고 알렉의 체취는 좋은 편이군.'

겨우 반나절 만에 혐오하던 마음이 좋아하는 마음으로 바뀌다니, 제이미는 피식 웃었다. 알렉의 품이 이토록 편안하리라고는 생각지 못했다. 이런 감정이 지속된다면, 알렉에게 곧 다시 한 번 키스를 허락할지도 모른다. 모레? 어쩌면 내일이라도…… 그리고 알렉이 그동안 생각했던 남편의 조건을 모두 갖췄다고 여겨지면, 물론 시간이 좀 걸리겠지만, 그러면 잠자리까지 허락할 생각이었다.

제이미는 알렉이 이토록 인내심 많은 남자라는 사실에 감사했다. 내 계획을 잘 설명하면 알렉도 금방 수긍하리라.

6

한 시간 후, 제이미 일행은 맑고 깨끗한 냇가에 야영을 준비했다. 다니엘과 알렉이 말을 돌보는 동안, 제이미는 아그네스가 정성껏 마련해 준 바구니에서 음식을 꺼내 저녁식사를 준비했고, 메리는 커다란 나무에 기대앉은 채 그 모습을 바라보았다. 제이미는 기진맥진해 있는 메리가 안쓰러웠다.

작은 담요를 풀밭에 펴고 한 귀퉁이에 올라앉은 제이미는, 행여 발꿈치라도 드러날까 치맛자락을 단단히 여민 후, 메리에게 가까이 와 앉으라고 손짓을 했다. 제이미도 메리도 애써 두 남자를 무시했다. 알렉과 다니엘은 차례로 냇가에서 몸을 씻는 중이었다. 제이미는 다니엘이 웃통을 벗은 채 어슬렁거리며 다가왔을 땐 아무렇지도 않았지만, 알렉이 그런 모습으로 나타나자 얼굴이 화끈거렸다. 무심코 고개를 들었다가 그 모습을 본 제이미는 숨이 탁 막혔다. 알렉의 몸은 구릿빛이었다. 우락부락한 어깨와 팔뚝의 근육이 강한 힘을 떠올리게 했고, 금빛 털로 뒤덮인 가슴팍은 거친 남자다움을 더욱 두드러지게 했다. 가슴팍의 금빛 털은 군살 한 점 없이 단단한 배를 지나면서 좁아지더니 바지 허리춤 아래로 사라졌다.

「다니엘이 내 몸에 손 좀 대지 않았으면 좋겠어.」

두려움이 섞인 메리의 속삭임에 제이미는 퍼뜩 정신을 차렸다.

「처음엔 누구나 다 두려운 거야, 언니.」

제이미는 메리가 무슨 말을 하려는지 다 안다는 듯 대답했다.

「다니엘이 나에게 키스를 했단 말이야.」

제이미는 그 말에 슬며시 웃었다. 메리의 얘기가 어느 정도 알고 있는 주제임을 깨닫자 안심이 되었던 것이다. 자신도 키스에 대해서라면 경험한 바가 있지 않은가.

「언니에게 키스하는 건 다니엘의 권리야. 알렉도 나에게 키스했는걸. 결혼식 때 한 키스까지 합하면 두 번이나. 아주 부드러운 키스였어.」

「그럼 알렉도 남자가 같이 자고 싶은 여자에게 하듯 너에게 그렇게 키스했단 말이야? 그러니까…… 설왕설래(舌往舌來)했냐구?」

제이미는 메리가 무슨 말을 하는지 도무지 알 수 없었지만, 자신의 무지함을 언니에게 들키고 싶지 않아 대답을 교묘히 피했다.

「언니는 그게 싫었단 말이야?」

「당연히 싫지. 메스꺼워.」

제이미는 나지막이 한숨을 내쉬었다.

「언니, 언젠가는, 아니 머지않아 다니엘의 키스를 좋아하게 될 거야.」

「다니엘이 그렇게 화만 내지 않았더라면 키스하는 걸 좋아했을지도 모르지. 하지만 다짜고짜 나를 낚아채듯 끌어안더니 막무가내로 키스를 하잖아. 도대체 왜 그렇게 화난 건지 모르겠어. 오는 동안 한 번도 찌푸려진 이맛살을 펴지 않았어.」

「다니엘이 화났다는 건 언니 혼자만의 생각 아냐?」

「절대 아냐. 제이미, 네가 한번 다니엘에게 물어 봐 줄래? 도대체 그렇게 마음에 안 드는 게 뭐냐고…….」

그러나 제이미가 미처 대답하기도 전에 다니엘이 뚜벅뚜벅 걸어와 메리 바로 옆에 털썩 주저앉았다. 제이미는 메리의 옆구리를 쿡 찌르고는 음식에 손짓을 했다. 메리는 고개를 끄덕여 보이고는 펼쳐 놓은 음식을 챙겨서 남편 앞에 가져다주었다.

알렉은 세 사람과 떨어져 혼자 커다란 나무에 기대앉았다. 그 모습이 매우 편안해 보였다. 무릎을 구부려 세운 한쪽 다리의 근육이 꿈틀거렸다.

제이미는 침착하려고 노력했다. 허둥대는 모습을 보이고 싶진 않았지만, 뚫어져라 쳐다보는 알렉의 시선 때문에 침착할 수가 없었다. 이렇게 당황하는 이유는 이제껏 이토록 강렬한 시선을 받은 적이 없었기 때문이라고 애써 변명했다.

제이미는 알렉에게 가까이 오라고 손짓했다. 그러나 알렉은 고개를 가로저으며, 오히려 제이미에게 자기 곁으로 오라고 손짓했다. 제이미는 알렉의 말을 따르기로 했다. 이제 한 남자의 아내로서 남편의 뜻을 존중하는 것도 자신의 임무였다. 커다란 치즈와 빵, 맥주를 들고 알렉의 곁으로 갔다.

알렉은 제이미가 내미는 음식을 말없이 받아 들었다. 제이미가 다시 메리 곁으로 가려고 돌아서자, 알렉은 한 팔로 제이미의 허리를 감싸 안더니 바닥으로 잡아당겨 자기 옆에 앉혔다. 제이미는 알렉의 손길이 얼마나 강한 힘을 발휘하는지 또 한 번 깨달았다. 하는 수 없이 병사들이 세워 둔 창처럼 등을 꼿꼿하게 펴고 앉아 양손을 무릎 위로 단정히 포갰다.

「내가 다시 두려워진 거요, 잉글랜드 숙녀?」

「당신을 두려워하지 않아요, 스코틀랜드 영주님. 다만 걱정할 뿐이죠」

「아직도 걱정하고 있소?」

「아뇨」

「그렇다면 어째서 내 손을 자꾸 뿌리치는 거요?」

「다른 사람들이 보고 있는 앞에서 그런 식으로 제 몸에 손을 대는 건 점잖지 못한 행동이에요, 알렉.」

「그런가?」

제이미는 놀리는 듯한 알렉의 목소리를 무시해 버렸다.

「당연하죠. 그리고 제 이름은 제이미예요. 아직도 제 이름을 모르시나요, 알렉?」

「그건 남자 이름이오」

알렉이 웃음을 터뜨렸다. 제이미는 알렉이 웃음을 멈출 때까지 기다렸다가 다시 입을 열었다.

「제 이름이 당신을 웃게 하다니 감개무량하군요. 하지만 당신이 들으면 화낼지도 모를 이야기를 하나 해야겠어요. 다 듣고 난 다음에는 충분히 수긍할 수 있을 거라 생각하지만요」

제이미의 심각한 목소리가 알렉을 더욱 궁금하게 만들었다.

「그래, 어떤 이야기요?」

「그러니까…… 난 당신이…… 내 몸에 손대지 않았으면 좋겠어요. 당신에게 그런 행동을 허락할 만큼 우린 서로 잘 알지 못하니까요」

「허락?」

제이미는 알 수 없는 공포로 등골이 오싹했다. 알렉은 제이미가 고르고 고른 어휘가 마음에 들지 않음이 분명했다.

「알렉, 당신은 마지못해 순종하는 아내를 원하시나요?」

「나한테 묻는 거요, 아니면 당신 손한테 묻는 거요?」

「당신한테죠」

제이미는 어리둥절해하며 대답했다.

「그럼 손말고 날 보면서 말하시오」

딱딱한 목소리였다.

알렉이 시키는 대로 하려면 용기가 필요했다. 알렉이 이토록 가까이 앉아 있지만 않아도 마주 보기가 조금 편할 텐데. 그러나 알렉은 제이미가 거리를 두고 앉도록 그냥 내버려 두지 않았다.

제이미는 겨우 고개를 들어 알렉의 눈을 마주 보았지만, 곧 시선을 입술로 떨구었다. 하지만 그것도 그리 편하진 않았다. 긴 한숨이 저절로 흘러나왔다. 알렉의 몸은 어느 한 구석 단단하지 않은 곳이 없었다. 하루 면도를 못해 거무스름하게 자란 수염이 알렉을 더욱 사나워 보이게 했다.

제이미는 다시 시선을 들었다. 순간 알렉이 자신의 생각을 읽으려 한다는 걸 깨달았다. 아주 묘한 느낌이 들었다. 속에서 불길이 치솟아 오르는가 싶더니 갑자기 얼음물을 뒤집어 쓴 기분이 들었다. 도통 마음을 잡을 수가 없었다.

「자, 아까 했던 질문을 다시 해보시오」

「당신은 마지못해 순종하는 아내를 원하시나요?」

목소리가 차분히 가라앉아 있었다.

「솔직히 말하자면 아내라는 존재 자체를 별로 원하지 않소」

제이미는 알렉의 지나치게 솔직한 대답에 발끈했다.

「하지만 이제 아내가 생겼잖아요!」

「아, 그렇지. 그것도 잉글랜드 숙녀를 아내로 맞았지.」

만약 제이미가 조금만 더 허리에 힘을 주면 척추가 부러져 버릴지도 모른다. 알렉은 새 신부의 성질이 만만치 않음을 인정해야 했다. 언제든, 상대와 장소를 가리지 않고 폭발할 준비가 되어 있는 여자.

제이미는 두 손을 꽉 마주 잡은 채 부들부들 떨고 있었다. 손이 꽤 아프리라.

「당신이 '잉글랜드'라는 말을 할 때마다 왜 그 말이 불경스럽게 들리는지 모르겠군요.」

「사실이 그러니까.」

「그렇지 않아요!」

제이미는 움찔 놀랐다. 남편에게 소리를 지르다니, 얼굴이 순식간에 발개졌다. 알렉의 표정을 살피려고 살짝 눈을 들었더니 잔뜩 찌푸려진 얼굴이 보였다. 하지만 알렉이 먼저 화를 부추기지 않았던가. 하지만 그런 내색을 보이진 않았다.

「그렇다면 잉글랜드 출신의 아내에겐 전혀 마음을 쓰지 않으시겠군요?」

「마음을 쓰지 않다니?」

「무슨 말인지 다 아시잖아요.」

「난 모르겠으니 설명해 보시오.」

정말 짙은 안개만큼이나 속을 헤아릴 수 없는 남자였다.

「사랑이요, 사랑.」

제이미는 메리와 다니엘이 쳐다보고 있음을 깨닫고 두 사람에게 잠깐 웃어 보이고는 다시 알렉을 쏘아보았다.

「잉글랜드 아내는 절대로 사랑하지 않을 거죠?」

「잘 모르겠소.」

「잘 모르다니요?」

「소리까지 지를 필요는 없소. 내가 너무 솔직해 화났소?」

알렉은 제이미가 화내는 걸 즐기고 있었다.

제이미는 숨을 크게 들이마셨다.

「아뇨. 당신이 솔직해서 화난 게 아니라, 당신의 놀리는 듯한 태도가 기분 나빠요. 우린 지금 심각한 얘길 하는 거예요.」

「당신 생각에나 심각한 이야기이지, 내 생각엔 그렇지 않소」

「그럼 결혼 서약이 중요하지 않단 말인가요?」

「그렇소」

「그렇다구요?」

제이미는 기가 막혀 입이 다물어지지 않았다. 하지만 곧 화가 치밀었다.

「부인, 당신은 내 인생에 있어서 극히 작은 부분에 불과하오. 스코틀랜드의 생활 방식에 익숙해지면 지금 당신이 얼마나 어리석은 생각을 하는지 알게 될 거요」

알렉은 제이미의 반응을 재미있게 지켜보았다.

「어리석은 생각이라구요? 알렉, 그렇다면 당신은 나를 전혀 쓸데없는 사람으로 생각하고 있겠군요? 그러면서 성인군자인 체해요? 내게는 화도 내지 않고 이성도 잃지 않겠다구요?」

「물론 그렇게 말했소. 그리고 그건 진심이오」

알렉은 빙글빙글 웃으며 대답했다.

「킨케이드, 나도 당신과 결혼하고 싶지 않았어요」

「나도 알고 있소」

「알고 있어요?」

제이미는 알렉의 말에 눈이 동그래졌다. 알렉은 태연히 입을 열었다.

「결혼식 때 상복을 입고 나왔잖소」

「제가 좋아하는 옷이니까요. 이 옷은 이틀에 한 번은 입는 옷이라구요」

제이미가 둘러대며 치맛단의 먼지를 털어 냈다.

「그렇군. 어쨌든 당신도 나를 전혀 사랑하지 않잖소?」

「잘 모르겠어요」

알렉은 낮지만 우렁차게 웃었다.

「저의 솔직한 대답이 어째서 당신에겐 웃음거리죠?」

「당신의 태도가 재미있어서 웃는 거요」

「더 이상 얘기하고 싶지 않군요, 알렉. 식사가 끝났으면 음식을 치우겠어요」

「그 일은 메리에게 하라고 하시오」

「이건 제 일이에요」

「그럼 메리를 보호하는 것도 당신의 일이었소?」

「그래요」

「메리도 그런 말도 안 되는 소리를 믿고 있소?」

「말도 안 되는 소리라뇨? 언제부터 한 사람의 의무가 말도 아닌 소리가 된 거죠?」

「아까 그 잉글랜드 산적이 덮쳤을 때, 당신 언니가 당신에게 살려 달라고 외치는 소리를 들었소 물론 다니엘도 들었고 메리는 당신을 끌어다 방패처럼 자기 몸을 막더군.」

「그 사람들은 잉글랜드 산적이 아니에요」

제이미는 알렉의 말을 바로잡아 주었다. 그리고 알렉이 메리에 대해서 오해하고 있으며, 지금으로선 그 일에 대해 말하고 싶지 않다는 것을 알려 주고 싶었다.

「그 도둑들은……」

제이미는 그 산적들이 스코틀랜드 국경을 넘어온 자들일 거라고 말하고 싶었지만, 그런 말은 입에 담지 않는 게 좋겠다고 생각했다.

「그 사람들은 어느 나라 사람도 아니에요 그래서 그들을 무법자라고 부르는 것 아니겠어요?」

「그렇군.」

알렉은 얼굴을 찡그렸지만 제이미의 논리를 받아들이는 척했다. 제이미는 그게 아주 중요한 일이라도 되는 듯 일부러 심각한 표정을 지어 보였다.

「내가 알기로 당신은 막내딸이오. 내가 잘못 알고 있소?」

알렉은 그렇게 말하고는 슬며시 웃어 보였다.

「맞아요, 제대로 알고 계시군요. 전 막내예요.」

제이미의 볼이 발그레해졌다.

「그런데도 메리는 당신을 방패로 썼소.」

「아니, 아니에요. 언니는 저를 방패로 쓴 게 아니에요.」

「아니, 그랬소.」

알렉의 목소리가 낮고 부드럽게 깔렸다. 제이미는 알렉의 찌푸려진 얼굴을 피하지 않고 정면으로 마주 보았다.

「알렉, 당신은 스코틀랜드인이라 이해하지 못하겠지만 잉글랜드 풍습은 그래요. 이 문제에 있어선 제 말을 믿으셔야 해요. 언니들을 보호하는 건 언제나 제 의무였어요. 아마 잉글랜드의 어느 가정에서나 그럴 거예요.」

「별로 마음에 들지 않는 풍습이군.」

알렉이 잉글랜드 풍습을 마음에 들어하든 들어하지 않든 상관없었다. 제이미는 어깨를 으쓱해 보이며 그런 마음을 드러냈다.

「당신은 막내딸이오. 그것만으로도 언니들은 당신을 보호할 의무가 있소.」

제이미는 고개를 저었다.

「그렇지 않아요, 알렉.」

알렉은 제이미의 생각을 고쳐 주리라 단단히 마음을 먹었다.

「언제나 강자가 약자를 보호해야 하는 법이오. 그리고 나이 든 사람은 어린 사람을 보호해야 하고. 그게 바른 풍습이오. 잉글랜드 땅에서도 그건 마찬가지요.」

제이미의 푸른 눈에 보랏빛이 더욱 짙어졌다. 알렉의 설득은 제이미에게 전혀 먹혀 들지 않았다. 제이미는 갑자기 주먹을 불끈 쥐고는 알렉의 어깨를 한 대 쳤다.

「저는 약자가 아니에요」

알렉은 당장에라도 제이미를 품에 안고 키스를 퍼부어 그 불같은 성질을 잠재우고 싶었다. 마음의 평정을 유지하기에 제이미는 너무나 아름다운 여자였다.

「그렇지. 당신은 약자가 아니지.」

알렉도 그것은 인정했다. 그제야 폭발할 것 같던 제이미의 성질이 가라앉는 듯이 보였다.

「알아주시니 고맙군요」

「그런데 왜 나를 두려워하는 거지?」

「그 얘기를 또 해야 하나요? 그 얘기를 또 입에 올리시다니 정말 심보 한번 고약하군요, 알렉.」

「맞소, 난 심보가 고약한 놈이오」

「아니, 그렇지 않아요」

알렉은 제이미의 입에서 그런 대답이, 그것도 한순간도 지체하지 않고 바로 튀어나왔다는 사실에 놀랐다.

「나에 대해 어떻게 그렇게 단언할 수 있소?」

「우리 아버지가 남자답지 못한 행동을 보이실 때도 조용히 참아 주셨잖아요. 당신은 참을성 있게 아버지를 대해 주셨어요. 그런 이해심을 가진 남자는 흔치 않아요」

제이미는 자신의 칭찬에 알렉이 감사하리라 기대했다. 그러나 알렉은 이번에도 웃음만 터뜨렸다. 칭찬에 감사하기는커녕 웃음이나 터뜨리다니!

「알렉, 칭찬을 받고도 그렇게 소리내어 웃는 건 무례한 행동이에요」

「칭찬이라고? 부인, 동정심을 가졌다는 말은 내게 모욕이오 난 여태껏 동정심을 가졌다는 말을 한번도 들어 본 적 없소」

「당신 말에 동의할 수 없어요 당신이 한번도 동정심을 가졌다는 말을 들어보지 못했다고 해서 그것이…….」

「아내는 언제나 남편의 말에 동의해야 하는 거요.」

이번에는 알렉도 진지해 보였다. 제이미는 지금이야말로 알렉의 생각을 바로잡아 주어야 할 때라고 생각했다.

「아내도 남편에게 자기 의견을 말할 수 있어요. 그래야 할 필요가 있다면요. 훌륭한 부부 관계를 오래도록 지속하는 건 그 방법뿐이에요, 알렉. 이 문제에 대해서는 제 말을 들으셔야 해요.」

알렉은 수긍할 수 없단 표정이었지만, 제이미는 그런 알렉을 두고 돌아서려고 했다.

「내 손을 자꾸 뿌리치지 마시오. 당신은 이제 내 소유요. 내 손을 그렇게 뿌리치는 건 용납할 수 없소.」

「전 아직 당신의 소유가 될 준비가 되지 않았다고 이미 말했을 텐데요.」

「당신이 준비되고 안 되고는 상관없소.」

알렉은 의기양양했다.

「알렉, 우리가 서로 깊이 이해할 때까지 전 당신과 잠자리를 함께 하지 않을 거예요. 제 마음을 이해하시리라 믿어요.」

「물론 이해하오.」

제이미는 용기를 내 알렉의 얼굴을 마주 보았다. 알렉의 짙은 갈색 눈동자에 웃음기가 잔뜩 배어 있었다. 알렉이 자신을 놀리며 즐기고 있음을 알 수 있었다. 문득 이 모든 행동이 부질없게 느껴졌다.

「당신 마지 저녀처럼 얼굴을 붉히고 있군.」

제이미는 난데없는 알렉의 말에 어이가 없었다.

「그거야 당연하죠. 전 처녀니까요.」

알렉이 큰 소리로 웃어젖혔다. 제이미는 죄를 지은 사람처럼 얼굴을 붉히며 고개를 들지 못했다.

「제발 그렇게 큰 소리로 웃지 좀 마세요. 앞에 있는 사람 생각은 안 하세요?」

「당신의 순결은 내 것이오 신부가 순결을 부끄러워할 필요는 없소, 제이미. 아니 오히려 자랑스러워해야겠지.」

드디어 알렉이 이름을 불렀다. 제이미는 그 사실이 너무 기뻐 그만 싱긋 웃고 말았다.

「알렉, 만약 제가 순결하지 않았다 해도 저를 선택하셨을 건가요?」

「그랬을 거요」

「정말요?」

「그렇소 같은 말을 두 번 하게 하지 마시오, 제이미.」

무척 성가신 목소리였다.

「당신은 정말 특이한 남자예요, 알렉. 남자들은 대부분 여자들의 순결을 무척 중요시 여기는데……」

「물론 그렇지. 그래도 난 당신을 선택했을 거요 대신 당신의 순결을 더럽힌 놈이 누군지 캐내겠지.」

「그런 다음엔요?」

「죽여 버릴 거요」

제이미의 얼굴이 굳어졌다. 알렉의 말은 농담이 아니었다. 분명 그러고도 남을 사람이었다. 사람을 죽이는 데 아무런 동요도 없는 사람이 아닌가.

「하지만 당신은 처녀니까 그럴 일은 없겠지, 그렇지 않소?」

「그렇죠 하지만 알렉, 제가 당신을 좀더 알게 될 때까지 기다려줄 수 없겠어요? 그러니까 우리가……」

이 불쌍한 아가씨는 '첫날밤'이란 말을 입에 올리는 것조차 부끄러워하고 있었다. 알렉은 제이미의 걱정을 덜어 주고 싶었다. 언젠가 제이미를 안게 될 터인데, 윽박지르거나 협박하면서 안고 싶지는 않았다.

「제이미, 당신이 내 플래드를 걸칠 때까지 기다려 주겠소 그때까지 당신 몸에 손대지 않겠소」

제이미는 안도의 숨을 내쉬었다. 제이미의 환한 얼굴이 알렉의 마음을 따뜻하게 데웠다.

「정말이죠? 약속하는 거죠, 알렉?」

「방금 약속했잖소」

알렉은 제이미를 바짝 끌어다 곁에 앉히고는 턱을 들어올려 눈을 가만히 들여다보았다.

「이제 다시는 내가 같은 말을 두 번 반복하게 하지 마시오, 부인.」

제이미는 고개를 끄덕이고 싶었지만, 알렉이 턱을 잡고 있어 그럴 수가 없었다. 알렉은 천천히 고개를 숙여 제이미에게 입술을 맞췄다. 너무나 갑작스런 일이라 제이미는 저항도 할 수 없었다. 믿을 수 없을 만치 따뜻한 키스였다. 그러나 알렉은 제이미가 어떤 반응을 보이기도 전에 멀어져 갔다.

「이해해 주셔서 고마워요」

제이미가 혼잣말처럼 중얼거렸다.

「당신의 생각은 별로 중요하지 않소 당신은 나의 아내이고, 내 소유물이니까. 앞으로 우리 사이가 원만해지려면 그 점을 잘 기억해야 할 거요」

「제가 당신 소유물이라······.」

세이미는 갑자기 혀가 굳어 말을 끝내지 못했다. 이제껏 이도록 자존심이 상한 적도, 이토록 굴욕감을 느낀 적도 없었다.

알렉은 제이미의 어깨를 가만히 토닥토닥 두드렸다.

「이봐, 아가씨, 음식을 먹을 땐 잘 씹어서 삼켜야지.」

제이미가 아직 빵 한 조각도 입에 넣지 않았다는 걸 알렉도 잘 알고 있었다.

「알렉, 지금 고의로 이러는 거죠?」

「뭘?」

「모르는 척하지 마세요. 지금 일부러 절 부추겨서 화내게 하려는 거잖아요?」

알렉은 말없이 고개를 끄덕였다, 슬며시 웃음까지 머금고.

「왜죠?」

「당신이 내게 화내도 된다는 걸 보여 주려고.」

「이해하지 못하겠군요.」

「당신이 무슨 짓을 하든, 무슨 말을 하든 난 당신에게 화내지 않을 거요. 당신을 안전하게 보호하는 건 내 의무니까. 지금 내가 한 말을 이해한다면, 당신이 당신 생각을 언제나 거리낌없이 얘기해도 된다는 걸 알게 될 거요.」

「그럼 지금까지 우리가 나눈 얘기는 순전히 무식한 잉글랜드 신부를 깨우쳐 주기 위함이었단 말인가요?」

알렉이 고개를 끄덕이자 제이미는 웃음을 터뜨렸다.

「그럼 내가 이제껏 만났던 남자들 중에 당신처럼 무례한 사람은 없었다고 말해도 화내지 않으실 건가요?」

「그럼.」

「플래드를 걸치기 전에 내게 손대지 않겠다고 약속하셨으니까, 저도 한 가지 약속을 드리죠. 제게 화내지 않겠다는 약속을 반드시 후회하게 될 거예요. 그게 제 약속이에요.」

이 도전적인 약속에 알렉이 뭐라 말하기도 전에 제이미는 알렉의 손등을 찰싹 때리며 몸을 일으켰다.

「저도 목욕 좀 해야겠어요. 그 끔찍한 산적이 제 몸에 손을 댔다는 생각만 해도 구역질이 나요. 가서 다시 깨끗해졌단 기분이 들 때까지 박박 씻어야겠어요. 그 전에 제게 모욕 줄 일이 더 남았나요?」

알렉이 고개를 가로젓자, 기대고 있던 나무가 가볍게 흔들렸다. 그러나 제이미는 알렉의 큰 덩치나 힘이 이제 두렵지 않았다. 왜 그런지는 모르겠지만, 어쨌든 이제 알렉에 대한 두려움은 사라졌다.

'알렉은 아내를 죽일 남자가 아냐!'

문득 스치는 생각에서 놀라운 사실을 발견했다. 제이미는 알렉을 믿고 있다는 것이다. 그것도 아주 완전히, 굳게.

「지금 당장은 없소」

「네? 없다니, 뭐가요?」

알렉은 제이미가 정신이 좀 산만한 편인가 하고 생각했다.

「당신에게 모욕 줄 게 더 없다는 말이오」

알렉이 심드렁하게 대꾸했다. 제이미는 고개를 끄덕이며 냇가를 향해 걸어갔다.

「제이미, 한 가지 경고해 두는데, 물이 아주 차갑소」

알렉이 제이미를 향해 소리쳤다.

「그런 경고라면 필요 없어요 우리 잉글랜드인들은 스코틀랜드인들이 생각하는 것보다 훨씬 강하다구요」

제이미는 걸음을 멈추지 않은 채 가볍게 응수했다.

갈아입을 옷과 비누, 그리고 머리 빗을 챙겨 물가에 도착한 후에야 제이미는 마음의 긴장을 풀 수 있었다.

「자기 소유물일 뿐이라구!」

제이미는 중얼거리며 드레스를 벗었다, 혼자 있다는 사실에 안도하며.

「내가 말보다도 중요하지 않다 이거지?」

다니엘과 메리는 야영지 반대편에 잠자리를 잡았다. 제이미는 메리가 신중하게 행동하기를 빌었다.

「나는 언니처럼 감정이 여리지 않아 다행이지 뭐야. 내가 플래드를 걸칠 때까지 기다린다구? 아마 해가 서쪽에서 떠야 할걸. 점잖은 신사처럼 행동하기 전에는 내 몸에 손도 대지 못하게 할 테니까.」

제이미는 혼자 중얼거리다 말고 얼굴을 찌푸렸다. 어쩌면 알렉이 자신을 전혀 좋아하지 않을지도 모른다는 생각이 들었던 것이다. 그렇담 어떻게 되는 거지? 갑자기 코끝이 시큰했다.

제이미는 앞뒤가 전혀 맞지 않는 생각에 혼란스러웠다. 알렉이 몸에 손을 대지 않았으면 하고 바라면서도, 한편으로는 자신을 탐하도록 만들고 싶었다. 제이미 스스로도 이해할 수 없는 감정이었다.

알렉이 그 동안 퍼부었던, 그 가슴 아픈 말들을 잊으려고 애쓰느라 제이미는 물이 얼마나 차가운지 알아보는 걸 깜빡 잊었다. 아무 생각 없이 비누를 집어 들고 물 속으로 풍덩 뛰어들었다.

첨벙 하는 물소리가 알렉에게까지 들렸다. 그리고 1초도 지나지 않아 귀여운 아내의 숨넘어갈 듯한 비명이 뒤를 이었다. 알렉은 가볍게 한숨을 내쉬며 몸을 일으켰다. 제이미를 돕지 않으면 안 될 거란 생각이 들었기 때문이다.

물이 얼마나 차갑던지 제이미는 숨이 멎는 것만 같았다. 냇물이 아니라 눈 구덩이에 빠진 기분이었다. 숙녀답지 못하게 괴성을 질러 댔으니 이를 어쩐담? 하지만 이미 엎질러진 물, 알렉이 흉보거나 욕한다 해도 할말이 없었다.

머리를 감을 때쯤에는 몸이 주체할 수 없을 정도로 떨렸다. 제이미는 서둘러 목욕을 마치고 물 밖으로 나오려고 돌아섰다. 그런데 갑자기 다리에 쥐가 났다. 냇가에 다다를 무렵, 오른쪽 다리가 뒤로 꺾이며 참을 수 없을 정도로 통증이 밀려들었다. 다리를 주무르기 위해 머리를 물 속에 담갔다가 바로 고개를 들었다. 숨을 쉴 수가 없었던 것이다.

「알렉!」

알렉은 벌써 제이미의 눈앞에 와 있었다.

제이미가 다시 다리를 움켜잡으며 물 속으로 주저앉는데, 알렉의 팔이 제이미의 허리를 휘감았다. 다리를 잡고 있던 손을 놓을 틈도 없었다. 순식간에 제이미는 알렉에게 들려 물 밖으로 나왔다. 풀밭에 안전하게 앉혀질 때까지도 제이미는 다른 생각을 할 수 없었다. 새우등처럼 허리를 잔뜩 구부려 다리를 움켜잡고는, 몸의 경련을 진정시키기 위해 노력을 다했다. 그 모습이 마치 비에 젖어 떨고 있는 고양이 같았다.

제이미는 풀밭을 뒹굴고 있다는 사실도 의식하지 못하는 듯했다. 알렉은 제이미의 손을 옆으로 밀치고는 직접 다리를 주물러 주었다.

알렉의 손길은 믿을 수 없을 정도로 부드러웠다. 제이미는 눈물을 보이지 않으려고 알렉의 품에 안겨 얼굴을 파묻었다. 알렉에게 나약한 모습을 보이고 싶지 않았던 것이다. 차츰 경련이 가라앉았다. 따뜻한 체온이 추위를 잊게 해주었다. 제이미는 알렉의 품에서 떨어지기 싫었다. 그에게선 좋은 냄새가 났고, 남성적인 힘이 느껴졌다.

「이제 좀 낫소?」

알렉의 속삭임이 귓가를 간질였다. 제이미는 고개를 끄덕이면서도 알렉의 몸에서 떨어지지 않았다.

알렉은 제이미의 길고 가는 다리를 살살 어루만졌다. 백옥처럼 희고 부드러운 살결과 얇은 속옷에 가린 풍만한 가슴이 알렉을 긴장시켰다. 알렉은 고개를 쳐드는 욕망을 억누르려 애썼지만, 몸이 말을 듣지 않았다. 제이미의 몸은 구석구석 부드럽지 않은 곳이 없었다.

「이젠 괜찮아요. 알렉, 정말 감사해요. 당신이 아니었으면 전 물귀신이 되었을 거예요.」

제이미는 부끄러운지 눈을 들지 못했다.

「앞으로도 이런 일이 자주 일어날 거란 예감이 드는데!」

스코틀랜드 억양이 섞인 알렉의 장난기 어린 말에 제이미는 피식 웃었다.

「물에 빠지는 일이요?」

물론 제이미도 알렉의 말이 그런 뜻이 아니란 걸 잘 알았다.

「아니. 내가 당신의 목숨을 구하는 일 말이오」

제이미는 알렉의 표정을 보기 위해 이마 위로 흘러내린 머리칼을 쓸어 넘기며 고개를 들었다.

「어쩌면 저도 한두 번쯤 당신 목숨을 구할 수 있을지 모르죠」

제이미가 스코틀랜드 억양을 흉내내며 대꾸하자, 알렉이 흐뭇한 표정을 지었다.

「당신의 체온 좀 빌려야겠어요. 날씨가 정말 추워요」

제이미는 알렉의 가슴으로 더욱 깊이 파고들었다.

「내가 보기엔 아주 좋은 날씨인데, 뭘.」

제이미는 정말 상대해 줄 수 없는 남자라는 듯 가볍게 한숨을 내쉬었다.

「항상 옷을 입고 목욕하오?」

알렉의 목소리가 제이미의 정수리를 어루만지듯 스치고 지나갔다.

「아뇨. 하지만 누가 오기라도 하면 어떡해요. 저는 정숙한 여자라구요」

알렉은 제이미가 자신을 얼마나 자극하는지 보여 주고 싶었지만, 어금니를 악물며 충동을 억눌렀다.

「입술이 파랗군. 젖은 옷을 벗는 게 낫겠소」

알렉은 팔을 벌려 제이미를 품에서 내려놓았다. 알렉의 품에서 벗어날 기색을 보이지 않던 제이미는 일단 알렉에게서 떨어지자, 재빨리 옷가지를 쌓아 둔 곳으로 달려가서는 얇은 담요를 몸에 둘렀다.

「괜찮다면 잠시 자리 좀 비켜 주시겠어요?」

그런 말이 나올 줄 미리 짐작했던지, 알렉은 이미 그 자리에 없었다. 그저 야영지로 가는 길목의 나뭇가지가 가늘게 흔들리고 있을 뿐이었다.

제이미는 젖은 옷을 벗고 물기를 닦아 낸 후 새 옷으로 갈아입었다. 손이 얼어 드레스 앞섶의 리본을 맬 수 없었기 때문에, 풍만한 가슴이 거의 드러나 보였다. 음탕한 여인 같다 해도 어쩔 수 없었다. 온몸에 닭살처럼 소름이 돋았다. 움직일 때마다 머리칼에서 물방울이 떨어져 얼음 송곳으로 찌르듯 살갗을 타고 흘러내렸다.

머리를 대충 정리하고 나니 몸이 덜덜 떨려 이가 서로 맞부딪쳤다. 빗을 내려놓고 축축하게 젖은 담요를 다시 둘러썼다. 그러고는 젖은 옷가지와 머리 빗, 비누 등을 챙겨 옆구리에 끼고는 담요 양끝을 가슴께에 단단히 여며 쥐고 야영지를 향해 달렸다. 머릿속에는 따뜻한 모닥불 생각뿐이었다. 지금쯤 알렉이 모닥불을 피워 놓고 기다리고 있을 게 틀림없었다. 이제 몇 분 후면 이글거리는 모닥불 앞에서 갓 구워 낸 비스킷처럼 몸을 바싹 말릴 수 있으리라.

마지막 남은 햇살마저 나뭇가지 사이로 스러졌다. 야영지에 다다른 제이미는 그 자리에 우뚝 멈춰 섰다. 기다리고 있어야 할 모닥불은 어디에도 보이지 않았다.

알렉은 모닥불을 피우고 기다리기는커녕 깊이 잠들어 있었다. 조금이라도 힘이 남아 있었다면 버럭 소리를 질렀을지도 모른다. 그러나 지금은 너무 지친데다 온몸이 꽁꽁 얼어, 입을 열어 봤자 처량한 신음소리밖에 나지 않을 게 뻔했다.

알렉은 아주 평온하고 따뜻해 보였다. 플래드를 푹 뒤집어쓰고는 저녁식사 때 기대앉았던 나무에 그대로 등을 기대고 있었다. 두 눈은 감겨 있었고, 숨소리는 고르고 깊었다.

제이미는 난감했다. 서러움이 밀려와 뺨을 타고 눈물이 흘러내렸다. 아무리 주위를 둘러보아도 몰아치는 바람을 피할 만한 곳이 없었다. 하긴 다 젖은 담요 한 장 두르고서는 어디로 몸을 피하든 별반 차이도 없으리라.

'내일 아침 동이 틀 무렵이면 꽁꽁 얼어죽어 있겠군.'

제이미는 천천히 알렉을 향해 걸어갔다. 간신히 발을 내밀어 발가락으로 그의 다리를 톡톡 건드렸다.

「알렉?」

사실 알렉은 제이미가 다가오기를 끈기 있게 기다리고 있었다. 드디어 제이미가 왔다! 천천히 눈을 뜨고 제이미를 올려다보았다. 왜 부르냐고 물을 필요도 없었다. 심하게 떨고 있는 제이미는 누가 봐도 쓰러지기 일보 직전이었다.

알렉은 아무 말도 없이 플래드의 한쪽 귀퉁이를 들어올리고 팔을 벌렸다.

제이미는 아무 망설임도 없이 담요를 내던지고는 알렉의 품안으로 덥석 뛰어들었다. 숙녀의 체면이고 뭐고 다 내던진 모양이었다. 그러나 알렉이 뭐라 툴툴거리자, 미안한 듯 머리를 가만히 가슴에 갖다 대고는 꼼짝도 하지 않았다.

알렉은 플래드로 제이미를 꼭 감싸 안았다. 제이미의 다리가 허벅지 사이에 끼자, 알렉은 한 손으로 제이미를 바싹 끌어당기며 다른 한 손으로 제이미가 다리를 쭉 펼 수 있도록 해주었다.

이번엔 제이미의 엉덩이가 허벅지에 닿았다. 알렉은 한쪽 다리를 들어 제이미의 다리를 편안히 휘감았다. 알렉의 체온이 제이미의 한기를 빨아들였다.

들꽃으로 목욕한 듯 제이미에게서 꽃향기가 났다. 피부는 비단결처럼 부드러웠다.

얼마 지나지 않아 제이미의 몸은 한결 따뜻해졌다. 그제야 제이미는 안도의 숨을 길게 내쉬었다. 알렉의 따뜻한 온기가 머리마저 맑게 해주는 것 같았다.

알렉은 절대 나쁜 사람이 아니었다. 스코틀랜드인인데다 덩치는 거인처럼 컸지만, 그 모든 건 제이미 자신을 위한 것이었다. 그는 아내에게 손톱만큼도 위험한 일이 생기도록 방관할 사람이 아니었다. 알렉이 있는 한 언제나 안전하리라.

'내일쯤에는 다시 키스할 수 있도록 허락해 줘야지.'

제이미는 알렉의 가슴에 얼굴을 묻은 채 싱긋 웃다가 한숨을 내쉬었다. 만난 지 아직 하루도 안 된 사내에게 키스를 허락하겠다니, 정말 정숙하지 못한 생각이었다.

어쨌든 알렉 킨케이드에 대한 선입견은 버려야 했다. 그러고 나면 알렉의 장점이 몇 가지 더 눈에 뜨일지도 모른다.

제이미가 스르르 잠에 빠져들었을 때쯤, 알렉이 제이미의 이름을 불렀다.

「네, 알렉?」

제이미가 졸린 목소리로 조그맣게 대답했다.

「당신 지금 내 플래드를 걸치고 있소」

7

알렉 킨케이드는 좋게 봐주려도 도저히 좋게 봐줄 수 없는 남자였다. 제이미에게 지저분하기 짝이 없는 플래드를 걸치고 있다는 엉뚱한 말을 한마디 던져 놓고는 저렇게 뻔뻔스럽게 웃다니! 웃음소리가 얼마나 컸던지, 알렉의 가슴에 머리를 기대고 있던 제이미는 귀가 멍멍할 정도였다.

제이미는 알렉이 자신을 놀리고 있다고 생각했다. 만약 알렉의 본심을 알았다면, 그렇게 뾰로통한 얼굴로 쳐다보는 일은 절대 없었을 것이었다. 그러나 순진한 제이미는 자신이 허락할 때까진 손도 대지 않겠다는 알렉의 약속을 철석같이 믿었다.

알렉은 제이미를 안고 싶었다, 그것도 아주 몹시. 그러나 제이미도 자신을 뜨겁고 열렬하게 갈망할 때까지 기다리리라.

제이미는 알렉의 가슴 위로 두 손을 포개고 그 위에 턱을 괴었다. 그리고 가만히 알렉의 눈을 올려다보았다.

「당신 유머 감각은 비 맞은 가죽 안장처럼 형편없어요」

제이미는 말없이 알렉의 대꾸를 기다렸다. 하지만 알렉은 제이미의 입술만 뚫어져라 바라볼 뿐 아무런 반응도 보이지 않았다. 제이미는 순간 가슴이 뜨끔했다. 본능적으로 입술을 핥았다. 알렉의 표정이 딱딱하게 굳었다.

「당신을 이해할 날이 빨리 왔음 좋겠군요」

「그런 날은 절대 오지 않을 거요」

「왜 그런 눈으로 보는 거예요?」

「그런 눈이라니?」

「다시 키스하고 싶은 듯한 눈이잖아요. 제가 키스를 그렇게 잘 하던가요?」

「아니.」

「아니라고요?」

알렉의 만면에 부드럽고 관능적인 웃음이 번졌다. 웃는 모습이 얼마나 매력적인지 깨닫기만 한다면, 그래서 그걸 이용하기만 한다면 알렉은 한층 매력적인 남자가 되리라. 그러나 불행인지 다행인지 알렉은 자신의 마력을 아직 모르고 있었다.

「제 키스가 그렇게 형편없던가요?」

「그렇소 당신의 키스는 형편없소, 아직은.」

제이미의 허벅지를 어루만지던 알렉의 엄지손가락이 속치마 속으로 미끄러져 들어왔다. 제이미는 모른 체했지만, 가슴이 심하게 뛰었다.

「형편없다구요? 진심인가요?」

「진심이오」

「제 키스가 형편없다고 해도 그건 당신 탓이지 내 탓이 아니에요 당신도 키스할 줄 모르나 보죠? 제가 키스한 남자는 오직 당신뿐이니까, 키스가 형편없었다면 그건 순전히 당신 탓이에요. 여자는 다 남자하기 나름이잖아요.」

「당신과 정혼했던 남자와도 키스한 적 없소? 내가 듣기로는 그 남자가 당신을 만나러 자주 왔다던데.」

「앤드류 얘기를 들으셨어요?」

알렉은 고개를 끄덕였다. 그러면서 제이미의 엉덩이를 부드럽게 어루만졌다. 머릿속에선 이제 그만 제이미의 몸에서 손을 떼야 한다고 명령했지만, 몸이 말을 듣지 않았다. 서둘러서는 안 되었다. 스코틀랜드에 무사히 도착할 때까진 첫날밤을 미뤄야 했다. 제이미처럼 연약한 여자는 최상의 컨디션으로도 스코틀랜드까지 말을 타고 가는 게 힘겨울 텐데, 지금 사랑을 나누면……, 아무래도 그건 무리였다.

하지만 알렉은 더 이상 참을 수 없었다. 스코틀랜드에 도착할 때까지 이삼 일 더 기다리는 게 남자다운 행동이겠지만, 그 전에 금욕의 고통에 쓰러지고 말리라.

'대신 내일 좀 천천히 달리면 되지 않을까?'

알렉은 나름대로 타협안을 제시했다. 욕망의 불길이 온몸으로 활활 치솟았다.

「알렉? 앤드류에 대해서 무슨 이야길 들으셨어요?」

「내가 특별히 들어야 할 이야기라도 있소?」

「그런 건 없어요.」

「솔직하게 말해 보시오.」

갑자기 알렉의 목소리와 표정이 차갑게 굳었다.

「앤드류는 저한테 키스한 적 없어요. 우린 어렸을 때 정혼한 사이였으니까, 아주 오래 전부터 서로 알고 지냈죠. 물론 앤드류를 좋아해요. 정혼한 사이니까 그를 좋아하는 것도 제 의무죠.」

「좋아했었다고 말해야지.」

알렉이 제이미의 말꼬리를 잡았다.

「아, 맞아요」

제이미는 얼른 맞장구를 쳤다. 알렉이 찌푸린 눈살을 어서 펴길 바라며.

「앤드류는 우리 가족과 아주 가깝게 지냈어요. 전 그를 아주 친근하게 여겼어요. 우린 정혼한 사이니까요. 제가 그렇게 하는 건 당연한 일이에요, 그렇지 않나요?」

알렉은 아무 대답도 하지 않았지만, 마음이 한결 가벼웠다. 제이미는 앤드류를 사랑하기는커녕 마음을 준 적도 없는 게 확실했다. 피식 웃음이 나왔다. 왜 그런 것에 신경을 쓰는지 모르겠지만, 여하튼 상당히 신경 쓰이는 부분이었다.

「앤드류는 점잖았어요. 저를 만나는 자리에서도 항상 다른 사람이 동석하도록 배려해 주었죠. 아마 그래서 키스할 생각을 여태 하지 못했던 모양이에요」

제이미는 아주 열심히 앤드류에 대해 설명했다. 알렉 역시 진지하게 들어주기를 바라면서. 그러나 알렉은 웃음을 터뜨렸다.

「뭐가 그렇게 웃기죠? 앤드류가 저한테 키스하지 않았다는 사실이 웃긴가요, 아니면 우리가 만날 때마다 다른 사람과 함께 있었다는 게 웃긴가요?」

「만약 앤드류가 스코틀랜드 사람이었다면 틀림없이 다른 방법을 찾았을 거요. 어쩌면 지금쯤 아이도 몇 생겼을지 모르지」

「앤드류는 점잖은 사람이에요」

「점잖은 게 아니라 멍청한 거요」

「앤드류는 귀족이라구요. 그리고 여자들의 섬세한 감정을 잘 이해했죠. 그리고 언제나 저를 칭찬해 주었고…….」

「옛날에나 그랬겠지」

「왜 앤드류를 과거에 묻힌 사람인 것처럼 말하는 거예요? 마치 앤드류가 죽은 사람이라도…….」

「앤드류는 이제 당신 인생에서 무의미한 존재이기 때문이오. 앞으로는 내 앞에서 그놈 이름을 입에 올리지 마시오, 부인.」

그리 화난 목소리는 아니었다. 알렉은 나무에 기댔던 몸을 땅바닥으로 길게 뉘었다. 제이미가 그 옆으로 누우려고 꿈틀거리는데, 알렉이 손으로 등을 받쳐 주었다. 제이미는 알렉이 지금 자신을 끌어안고 있는 것도 점잖지 못한 행동이라고 생각하면서도, 손을 치우라는 말을 하지 않았다.

해는 완전히 졌지만 달이 꽤 밝아, 알렉의 얼굴을 알아보는 데는 별 어려움이 없었다. 알렉은 평화롭게 잠들어 있었다. 제이미의 치마 속으로 알렉의 손이 다시 들어왔다. 하지만 제이미는 알렉이 잠들었다고 생각했기 때문에 가만있었다. 꿈결에 그러는 것이려니 생각했던 것이다.

하지만 왠지 죄를 짓는 기분이 들었다. 제이미는 알렉의 어깨에 가만히 손을 얹고 고개를 그의 가슴에 편안히 기댔다. 금빛 털이 코를 간질였다.

「알렉, 저도 그게 어떤 기분인지 느껴 보고 싶어요.」

알렉의 손길이 멈추었다. 제이미는 알렉이 지금 잔뜩 긴장해 있음을 느낄 수 있었다.

「뭘 말이오?」

「남자가 잠자리를 같이하고 싶은 여자한테 하는 키스 말이에요. 그건 당신이 저한테 한 키스하고는 다르잖아요.」

제이미는 알렉에게 가르치듯 말했다. 나한테 키스에 대해 가르치려고 하다니, 알렉은 어처구니가 없었다.

「그렇지.」

마지못해 알렉이 인정했다.

「다니엘은 키스할 때 혀를…….」

「당신이 그걸 어떻게 아는 거요?」

「언니가 말해 줬어요. 언니는 그게 역겨웠대요.」

「당신은 절대로 역겹지 않을 거요.」

「그럴까요? 하지만 당신이 그걸 어떻게 알죠?」

「당신은 처음 보는 순간부터 날 원했으니까.」

「그렇지 않아요.」

「난 당신 마음속의 열정을 느낄 수 있소. 내가 당신을 바라볼 때마다 몸을 떨었잖소.」

「또 절 놀리시는군요.」

「아니, 당신의 몸을 열정으로 뜨겁게 달구는 거요.」

「그런 식으로 말하지 마세요.」

「제이미, 당신을 갖고 싶소.」

제이미는 숨이 막혀 아무 말도 할 수 없었다. 알렉이 볼을 가만히 감싸 쥐더니 입술을 포갰다. 제이미는 빗장 걸린 대문처럼 입술을 악다물고 버텼다.

알렉은 제이미의 턱을 잡아 아래로 내렸다. 입술이 벌어지면서 알렉의 공격이 시작되었다. 아주 깊숙이, 완전하게. 제이미는 깜짝 놀라 뒤로 물러나려 했지만 알렉이 그렇게 놔두지 않았다. 저항의 신음소리조차 알렉의 입술에 가로막혀 목구멍 뒤로 사라졌다. 알렉의 공격이 점점 광포해졌다. 순진한 새 신부에게 부드럽고 달콤한 키스를 선사하겠다는 알렉의 계획은 물거품이 되어 날아갔다.

굶주린 하이에나와 같은 알렉의 공격에 제이미는 정신을 차릴 수가 없었다. 머릿속에 떠오르는 생각이라곤, 알렉 킨케이드가 키스하는 방법을 알고 있었다는 것뿐이었다.

제이미는 알렉의 가르침을 빠르게 배웠다. 키스는 점점 뜨거워졌다. 알렉은 더 이상 참지 못하고 제이미의 몸 위로 올라갔다. 본능적으로 위험을 감지한 제이미는 도망치려 몸을 꿈틀했지만, 알렉이 지

퍼 놓은 불길은 그걸 허락하지 않았다. 제이미의 열정을 더욱 뜨겁게 불태우기 위해, 알렉의 혀가 더욱 빠르게 움직였다.

제이미의 입술은 달콤했고, 흐느끼듯 내뱉는 신음소리는 짜릿했다. 알렉은 자제할 수 없는 욕망에 전율하며, 가만히 제이미의 속치마 끈을 풀었다. 제이미는 저항하지 않았다. 아니 저항하지 못했다고 하는 것이 옳았다. 제이미가 뜻대로 몸을 움직일 수 있을 때쯤에는 이미 옷이 허리까지 벗겨진 후였다.

「그만, 그만 하세요」

제이미는 낮은 신음소리를 토해 내듯 말했다.

하지만 알렉은 아랑곳하지 않았다. 입술은 이제 제이미의 목으로 내려왔다. 그리고 차츰 귀를 향해 움직였다. 거친 숨소리가 제이미를 자극했다. 지금껏 겪어 보지 못한 욕망이 온몸을 가득 채웠다.

「알렉, 이제 그만둘 수 없나요?」

알렉이 옷을 엉덩이 밑에까지 끌어내리자, 제이미는 숨을 헐떡이며 그렇게 물었다.

「아직 안 돼, 제이미.」

알렉의 목소리는 비단결처럼 부드러웠다.

다시 위로 올라온 알렉은 제이미의 목과 어깨, 입술에 키스를 퍼부었다. 욕망의 불꽃이 온몸을 훑고 지나가는데 갑자기 알렉이 몸을 일으켰다. 제이미는 그제야 자신이 실오라기 하나 걸치지 않은 알몸임을 깨달았다. 알렉이 옷 벗는 소리가 들렸다. 순간 두려움이 밀려들었다. 도망쳐야 했다. 하지만 몸을 일으킬 사이도 없이 다시 알렉이 덮쳐 왔다. 몸이 뜨거웠다. 그 열기에 데일 것만 같았다. 알렉은 다시 제이미의 입술을 찾으며, 제이미가 육욕의 불꽃 앞에 무릎 꿇기만을 기다렸다. 제이미의 허리가 활처럼 휘었다.

이제 때가 되었다!

격렬한 키스가 이어지며, 알렉의 손이 제이미의 가슴에 가 닿았다.

잠시 후 입술이 손을 대신했다. 제이미는 전율했다. 황홀한 전율이었다. 몸이 팽팽하게 잡아당긴 활시위처럼 금방이라도 끊어질 듯 긴장했다.

알렉은 숨을 깊이 들이쉬며 상체를 일으켜 제이미의 얼굴을 내려다보았다. 갑자기 찾아온 정적에 제이미는 감고 있던 눈을 뜨고는 가만히 손을 들어 알렉의 턱을 어루만졌다. 짧은 턱수염이 손끝을 간질였지만, 제이미는 웃지 않았다. 알렉은 어떤 남자보다도 흡인력이 강한 남자였다. 부드럽게 내려앉은 달빛이 알렉의 억센 몸을 비춰 주었다.

「이젠 멈출 건가요?」

「멈추고 싶소?」

머릿속에서는 멈춰야 한다고 소리치고 있었지만 제이미는 선뜻 대답하지 못했다.

「아뇨, 아직은.」

무의식중에 튀어나온 말이었다.

「알렉, 당신 때문에 정신이 없어요. 당신이 자꾸 만지니까 제가 정신을 집중할 수가 없잖아요. 우린 이제 그만…….」

「아니, 아직은 안 돼.」

알렉의 손이 제이미의 다리 사이로 내려갔다. 제이미는 깜짝 놀라 다리를 바동거렸다.

「안 돼요, 알렉. 이러지 말아요.」

알렉은 단념하지 않았다. 제이미의 몸은 달콤하고 부드러웠다. 더 이상 참을 수가 없어 다시 제이미의 입술을 찾았다. 뜨거운 입술이 알렉을 반갑게 맞았다. 두 사람은 점점 대담하고 거칠어져 갔다.

알렉이 자세를 다시 잡으려고 잠시 몸놀림을 멈추었다. 제이미는 알렉이 거기서 그만두려는 줄 알고 두 다리로 알렉의 허리를 휘감았다.

「알렉, 멈추지 말아요, 아직은.」

「멈추지 않을 거요, 아직은.」

이제 두 사람 다 말이 없었다. 알렉은 천천히 제이미의 몸으로 밀고 들어갔다. 제이미는 엉덩이를 살짝 들어올리며 알렉을 받아들였다. 온 힘을 다해서라도 알렉을 자기에게 단단하게 묶어 두고 싶었다. 들판에 번진 불처럼 두 사람 사이에 열정이 활활 타올랐다. 알렉은 제이미의 목에 얼굴을 파묻었다. 제이미에게 부드럽게 다가가고 싶었으나 욕망을 억제하기가 쉽지 않았다. 이토록 한 여자에게 욕망을 느껴 본 적이 없었다.

「나를 따라와, 제이미. 어서.」

제이미는 알렉이 어디로 데려가고 있는지 알지 못했다. 아는 거라곤 그의 품안은 안전하다는 사실뿐이었다.

알렉 역시 어디로 가고 있는지 몰랐다. 하지만 제이미에게 아름다운 별을 보여 주고 싶은 마음만은 간절했다. 자신은 이미 모든 걸 경험했지만, 제이미는 아직 아무것도 모르는 순수한 여자였다. 그러나 정작 절정에 다다랐을 때에는 이 사랑스러운 신부가 자신을 별나라 너머까지 이끌어 주었음을 깨달았다.

제이미는 알렉을 천국으로 이끌었던 것이다.

제이미는 죽은 듯이 깊은 잠에 빠져들었다. 초원 위로 완전히 모습을 드러낸 아침 해가 제이미를 깨웠다. 제이미는 낮은 신음을 뱉으며 눈을 떴다. 몸을 뒤척이기가 힘들어 얼굴을 찌푸리다가 지난밤의 일이 떠올라 얼굴을 붉혔다.

이제 다시는 알렉을 볼 수 없을 것 같았다. 알렉이 자신을 음탕한 요부라고 생각할까 걱정되었다. 몇 번이나 멈추라고 말했는데 알렉이 듣지 않은 탓이라고 변명도 해보았지만, 곧 멈추지 말라고 했던 말이 떠올랐다.

도저히 알렉의 플래드를 떨치고 일어날 용기가 나지 않았다.

제이미는 살그머니 플래드를 들추고 얼굴을 내밀었다. 알렉이 보였다. 공터 반대쪽, 두 마리의 말 사이에 서 있었다. 말에는 단정하게 안장이 매여 있었고, 이미 길 떠날 채비를 마친 상태였다. 들불은 상사병에 걸린 계집아이처럼, 알렉의 손을 주둥이로 쿡쿡 찌르며 자기를 쓰다듬어 달라고 조르고 있었다.

사실 제이미도 알렉의 손길을 원하고 있었다. 문득 어젯밤 자신이 알렉을 즐겁게 해줬을지도 모른다는 생각이 들었다. 알렉에게 그런 말을 듣기도 전에 잠들어 버린 게 후회됐다.

부끄러움을 떨쳐 내려면 허세를 부려야 했다. 알렉은 말에게 온통 신경이 쏠려 있었기 때문에, 제이미는 재빨리 일어나 옷을 입었다. 옷차림이 단정치 못했지만, 그렇다고 부끄러워해서는 안 됐다. 조금이라도 부끄러워하는 기색을 보이면, 알렉은 그것을 여자의 연약함 때문이라고 생각하고 빈정댈 게 뻔했으니까.

알렉은 여전히 제이미에게 눈길도 주지 않았다. 제이미는 옷가지를 모아 들고 물가로 갔다. 걷기가 힘들었지만 내색하지 않으려 애썼다. 세수를 한 뒤, 푸른색 드레스로 갈아입고 머리를 땋아 올렸다. 기분이 한결 나아졌다. 어젯밤에 무슨 일이 있었든 오늘은 새로운 날이 아닌가. 게다가 알렉의 아내로서 해야 할 의무를 한 가지는 한 셈이었다. 그것도 가장 중요한 일, 첫날밤을 보낸 것이었다.

어떤 여인도 이처럼 강렬하게 알렉을 뒤흔든 적이 없었다. 여자와 동침을 해도 다음날이면 그런 사실을 깡그리 잊던 알렉이었다. 그러나 제이미는 달랐다. 새 날이 밝았는데도 쉽게 잊혀지지 않았다.

제이미가 눈앞에 나타난 순간, 알렉은 뜨거운 욕정에 사로잡혔다. 어젯밤 젖은 머리칼을 바람결에 말려 주려고 쓸어 넘겨 주던 일이 떠올랐다. 자기 품안에서 잠든 제이미의 모습도 떠올랐다.

사랑의 행위가 끝난 후, 제이미는 알렉의 손길을 느끼며 깊은 잠에 빠져들었다. 그러나 알렉은 한숨도 잘 수 없었다. 제이미가 움직일 때마다 알렉은 욕망에 전율했다. 다시 한 번 제이미를 안고 싶었지만 꾹 참았다. 만약 또 한 번 사랑을 불태우면, 제이미는 앞으로 일 주일은 족히 걷지도 못할 것이기 때문이었다. 첫 번째 사랑의 행위가 준 아픔이 가라앉길 기다려야 했다. 무사히 집에 도착할 때까지는 다시 품에 안으면 안 되리라. 그러나 그건 알렉에게 커다란 고통이었다.

알렉은 목석이 아니었다. 그러나 순진한 아내는 그 사실을 전혀 모르는 듯했다. 만약 알렉의 마음을 조금이라도 안다면, 그렇게 무심하게 잠들지 않았으리라.

'아냐, 어쩌면 다 눈치챘는지도 몰라. 괜히 민망하니까 모른 척한 것뿐이지, 사실은 내가 다시 한 번 사랑해 주기를 기다린지도 몰라.'

아니, 제이미는 자기 자신이 얼마나 남자를 자극하는지 전혀 모르는 게 확실했다. 알렉은 집에 가는 대로 그 사실을 조금씩 조금씩 가르쳐 줄 생각이었다.

「알렉, 어젯밤에 플래드를 빌려 줘서 고마웠어요」

알렉은 제이미의 목소리를 듣고 뒤를 돌아보았다. 제이미는 고개를 푹 숙이고 있었다.

「이제 그건 당신 거요, 제이미.」

「결혼 선물인가요?」

아직도 제이미는 고개를 들지 않았다. 그렇지만 알렉은 발그레하게 붉어진 제이미의 볼을 보았다. 그 모습이 알렉을 흐뭇하게 했다. 어젯밤에는 들고양이처럼 요염하던 여자가 지금은 남편 눈도 쳐다보지 못할 정도로 부끄러워하다니.

「그렇게 말할 수 있소」

알렉은 제이미의 짐을 들불의 등에 얹었다.

「저한테 11실링이 있어요, 알렉.」

제이미는 알렉이 돌아보길 기다렸지만, 알렉은 아무런 반응도 보이지 않았다.

「스코틀랜드에도 신부님이 계시나요?」

알렉은 심상치 않은 생각에 제이미를 향해 돌아섰다. 제이미는 재빨리 시선을 내리깔았다.

「물론 있소. 한데 그런 건 왜 묻는 거요?」

「당신을 위해 면죄부를 사 드리려구요」

제이미는 알렉이 결혼 선물로 준 플래드를 접어 옆구리에 끼고는 양손을 모아 잡았다.

「뭘 산다고?」

「면죄부요. 당신께 드리는 제 결혼 선물이에요」

「아, 알겠소」

알렉은 웃음을 꾹 참으며 대답했다. '내 영혼이 누군가의 도움을 받아야만 구제될 수 있을 정도로 타락한 것 같으냐'고 묻고 싶었지만, 제이미의 태도가 하도 진지해 아무 말도 하지 않았다. 여리고 순수한 제이미가 마음에 상처라도 받으면 어떡하겠는가. 하지만 앞으로는 그런 쓸데없는 고민도 떨쳐 버려야 했다. 아내의 감정이 일을 하는 데 방해가 되어서는 안 되니까.

「제 선물이 마음에 드나요?」

제이미는 알렉에게 따뜻한 대답을 들을 거라 기대했지만, 알렉은 대답 대신 어깨만 으쓱할 뿐이었다.

「비록 사고였지만, 어제 당신이 사람을 죽였기 때문에 면죄부를 사 드리는 게 좋겠다고 생각했어요. 면죄부가 죄의 대가를 반으로 줄여 줄 거예요. 찰스 신부님이 그렇게 말씀하셨으니까.」

「제이미, 그건 사고가 아니었소. 그리고 당신도 사람을 하나 죽였잖소?」

「전 죽이지 않았어요」

「죽였소」

「만약 내가 사람을 죽였다 하더라도 그건 그 사람이 죽을 만한 짓을 했기 때문이에요. 그러니까 저를 위해서는 면죄부를 살 필요가 없어요」

제이미는 뾰로통한 목소리로 말했다.

「오라, 그러니까 당신은 내 영혼만 걱정된다 이거군?」

제이미가 고개를 끄덕였다. 알렉은 기뻐해야 할지 아니면 화를 내야 할지 종잡을 수 없었다. 한 사람 죽일 때마다 제이미가 머독 신부에게 돈을 갖다 바칠 일을 생각하니 기가 막혔다.

'올해가 가기 전에 머독 신부는 잉글랜드 왕보다 더 큰 부자가 되겠군.'

알렉이 감사하다는 말 한마디 없자, 제이미는 자기 남편을 감사의 '감'자도 모르는 사람이라고 단정지었다.

「대장간은 있나요?」

알렉은 고개를 끄덕였다. 이번에는 제이미의 입에서 또 어떤 말이 나올까? 그걸 아는 자는 오직 신뿐이리라. 그런데도 무슨 말을 할지 자꾸 궁금했다.

「면죄부를 사고 남는 돈으로 결혼 선물을 하나 더 사 드리려구요. 방금 생각난 건데, 당신도 틀림없이 기뻐할 거예요」

「그렇소?」

기대에 부푼 모습이 웃는 모습만큼이나 매혹적이었다. 알렉은 그렇게 들떠 있는 사람에게 스코틀랜드에서는 물건을 사고 파는 데 돈을 사용하지 않는다고 얘기할 용기가 나지 않았다. 하긴 스코틀랜드에서 며칠 살다 보면 스스로 깨달을 일이었다.

「칼이요」

이번에는 알렉도 분명 놀라리라. 제이미는 고개까지 크게 끄덕이며 그 말이 진심임을 강조했다. 그러고는 다시 땅바닥으로 시선을 내리깔았다.

알렉은 자신이 들은 말을 믿을 수가 없었다.

「뭘 사 준다구?」

「칼이요. 멋진 선물이죠? 전사라면 누구나 손에 익은 무기 하나쯤은 가지고 다녀야 해요. 어제 산적들이 우리를 기습했을 때 보니 당신은 무기가 하나도 없더군요. 전사라면 누구나 무기를 지니고 다니는 줄 알았는데……, 제가 그때 얼마나 놀랐는지 아세요? 하지만 당신은 스코틀랜드인이니까, 적절한 전투 교육을 받지 못해서 그럴 거라고……. 알렉, 왜 그런 눈으로 보죠?」

알렉은 아무 대답도 할 수가 없었다.

「제 선물이 마음에 드세요?」

잔뜩 긴장한 목소리였다. 알렉은 억지로 고개를 끄덕여 주었다. 그게 최선의 대답이었다. 그제야 제이미는 한숨 놓았다는 듯 싱긋 웃었다.

「당신이 마음에 들어할 줄 알았어요.」

알렉은 다시 고개를 끄덕여 주고는 돌아섰다. 할말이 없었다. 그러나 제이미는 알렉의 마음을 전혀 눈치채지 못했다.

「다니엘은 칼을 가지고 있던데, 그 사람에게 부탁하면 칼 쓰는 법을 가르쳐 줄 거예요. 사람들이 그러는데 전투에선 칼이 가장 좋은 무기래요.」

알렉은 안장에 이마를 기댔다. 제이미는 알렉의 어깨가 가볍게 떨리는 모습을 보았다.

'내 선물에 감격한 게 틀림없어.'

제이미는 뿌듯했다. 자신의 선물을 알렉이 기꺼이 받아들인 것이었다. 그건 둘 사이가 점점 나아지고 있다는 징조였다.

조만간 알렉은 내가 잉글랜드인이라는 사실도 그리 문제 삼지 않으리라.

제이미는 다시 길을 떠나기 전에 잠깐이라도 메리의 얼굴을 보고 싶었다. 남편과 잘 지낼 수 있는 방법을 터득했으니 언니에게도 귀띔해 주어야 했다. 물론 어젯밤 일에 대해서는 함구할 생각이었다. 메리는 다니엘에게 결혼 생활의 시작이 무엇인지 배울 것이었다. 어쩌면 벌써 배웠을지도 모르고 여하튼 결혼 선물은 두 사람의 관계를 호전시키는 좋은 방법이었다.

제이미는 세상을 살아가는 중요한 진리를 하나 발견한 기분이었다. 가는 정이 있으면 오는 정이 있고, 웃는 얼굴에 침을 뱉지 못하는 법이었다.

「제이미, 이리 와 보시오」

알렉의 목소리가 굳어 있었지만, 제이미는 웃는 얼굴로 남편에게 다가갔다. 그러고는 눈을 내리깔고 다음 말을 기다렸다. 알렉이 제이미의 턱을 들어올렸다.

「오늘도 말을 타야 하는데, 괜찮겠소?」

제이미는 알렉이 새삼 왜 그런 걸 묻는지 이해할 수 없었다.

「알렉, 전 괜찮아요. 아무렇지도 않다구요」

「상처가 아직 아플 텐데……」

그제야 제이미는 알렉의 말이 무슨 뜻인지 깨달았다.

「그런 말은 입에 담는 게 아니에요」

제이미는 낮은 목소리로 훈계했다.

「그런 말이라니?」

제이미의 얼굴이 더욱 빨개졌다.

「그러니까…… 저의 그 상처 말이에요」

「제이미, 어젯밤에 내가 당신 몸에 상처를 냈소」

알렉의 목소리는 아주 당당했다.

「그래요, 당신이 제 몸에 상처를 냈죠. 그 상처가 아픈 것도 사실이에요. 됐어요? 저를 더 부끄럽게 할 질문이 또 있나요?」

알렉은 제이미의 턱을 쥔 손에 더욱 힘을 주더니 천천히 고개를 숙였다. 두 사람의 입술이 다시 만났다. 제이미는 순간 모든 걸 잊었다. 마음이 따뜻해지면서 눈에 눈물이 고였다.

「생각나면 언제든 질문하겠소」

알렉은 제이미의 턱을 놓아주었다.

「생각나면? 뭐가요?」

'기억력이 거의 붕어 수준이군.'

「당신을 부끄럽게 할 또 다른 질문 말이오」

알렉은 가뿐하게 말에 올라탔다.

「자, 제이미, 이제 떠날 시간이오」

「하지만 다니엘과 언니는요? 두 사람을 내버려 두고 그냥 떠나요?」

「두 사람은 벌써 두 시간 전에 떠났소」

「우리를 두고요?」

제이미는 믿을 수 없었다.

「그렇소」

「그런데 왜 저를 깨우지 않았죠?」

알렉은 제이미를 내려다보았다. 울상을 짓고 있는 모습이 귀여웠다. 머리칼 몇 가닥이 빠져 나와 이마로 흘러내려 있었다. 사랑스런 아내!

「당신에겐 휴식이 필요했소」

알렉은 퉁명스러운 목소리로 대답했다.

「작별 인사도 안 하고 떠나다니…… 정말 무례해요 그렇지 않아요, 알렉?」

제이미는 들불에게 다가가 귀에 대고 몇 마디 칭찬을 하더니 올라탈 자세를 취했다. 그러다가 갑자기 통증을 느꼈는지 얼굴을 심하게 찡그렸다.

「언니와 다니엘을 따라잡아야 하나요?」

「아니. 두 사람은 우리와 반대 방향으로 가야 하오」

제이미의 얼굴에 실망의 빛이 떠올랐다.

「집에 당도하려면 며칠이나 걸려요?」

「사흘.」

「사흘이나요?」

제이미는 불만스러운 듯 또다시 얼굴을 찡그렸다.

「빨리 가면 사흘이오」

「언니하고 반대 방향으로 말이죠? 다시는 언니 얼굴을 볼 수 없겠 군요」

제이미는 혼잣말처럼 중얼거렸다.

「그렇게 심란해할 필요 없소 당신 언니가 살 집은 우리 집에서 말을 타고 한 시간만 가면 되니까. 보고 싶을 때면 언제나 만나러 가도 좋소」

제이미는 알렉의 설명에 의아했다.

「언니와 나는 반대 방향으로 사흘이나 가야 한다면서, 어떻게 말을 타고 한 시간만 가면 만날 수 있다는 거죠? 제 머리로는 이해가 안 가요 알렉, 혹시 뭔가 착오가……」

「다니엘은 동맹 관계에 있는 몇몇 부족들에게 들렀다 가야 하오 나 역시 킨케이드 부족의 영주로서 우리와 동맹을 맺은 부족들의 땅을 지나야 하고」

「그렇다면 왜 우리 네 사람이 함께……」

「다니엘 쪽에는 내 목에 현상금을 걸어 둔 데가 몇 군데 있소」

그제야 제이미는 깨달았다. 자신에게 하듯 다른 사람들에게 고집스럽고 무뚝뚝하게 대했다면 그 동안 많은 적을 만들었을 게 틀림없었다.

「그럼 다니엘 친구 중에는 당신의 적도 있단 말인가요?」

알렉은 대답 대신 고개를 끄덕였다.

「그런데 어떻게 다니엘은 당신 친구가 될 수 있죠? 다니엘이 진정으로 당신 친구라면 당신 적과는 상종을 말아야죠」

알렉은 한숨을 내쉬었다. 제이미는 스코틀랜드인들의 우호 관계와 적대 관계에 대해 전혀 이해하지 못하고 있었다.

「우리에겐 적이 많은가요?」

「우리?」

「전 당신 아내예요 그러니까 당신 적은 이제 제게도 적이에요 제 말이 틀렸어요?」

「아, 그렇군.」

「그런데 왜 웃죠? 적이 많아서 그렇게 즐거운가요?」

「방금 당신에게서 진정한 스코틀랜드인이 되어 가고 있는 느낌을 받았기 때문이오 그게 즐겁소」

제이미는 알렉을 보며 활짝 웃었다. 그러나 알렉은 제이미가 뭔가 또 힐난하려고 한다는 걸 깨달았다. 두 눈에 불꽃이 타고 있었기 때문이다. 예상은 빗나가지 않았다.

「저는 절대로 스코틀랜드인이 될 수 없어요, 알렉. 오히려 당신이 언젠가 진정한 잉글랜드 귀족이 될 거예요. 전 그게 즐겁군요」

그 말은 크나큰 모욕이었지만 알렉은 피식 웃고 말았다. 제이미의 말이나 그 말에 보인 자신의 반응이 도대체 이해 가지 않았다.

「오늘 당신의 말을 잘 기억해 두지. 하지만 조만간 당신 생각은 허점투성이라는 걸 인정하게 될 거야.」

「내 생각이 허점투성이라구요? 당신에게 그토록 적이 많은 이유를 이제야 알겠군요」

제이미는 알렉을 향해 인상을 찡그려 보이고는 들불의 옆구리를 힘껏 찼다. 오늘은 자신이 앞장설 생각이었다. 알렉이 뒤에서 이름을 불러 댔지만 못 들은 척했다.

'오늘은 뒤꽁무니에서 먼지 좀 뒤집어 써 보라지!'

그러나 알렉은 금방 제이미 옆으로 왔다. 그러고는 들불의 고삐를 빼앗아서는 아무 말 없이 말의 진행 방향을 돌려세우더니 고삐를 다시 넘겨주었다.

「무슨 일이죠?」

「길을 잘못 가고 있잖소 잉글랜드로 돌아가려는 생각이 아니라면 말이오」

「물론 잉글랜드로 돌아가진 않아요」

「그렇다면 당신 방향 감각은 정말 형편없군.」

「이건 단순한 실수일 뿐이에요, 알렉. 제 방향 감각은 멀쩡하다구요」

「그렇게 얘기할 수 있을 만큼 여러 곳을 다녀 보았소?」

「아뇨, 당신이 또다시 저를 깎아 내리는 동안 물어 볼 말이 하나 생각났어요 어젯밤엔 즐거우셨나요?」

알렉의 표정에 금방 웃음이 떠올랐다.

「왜 대답이 없죠? 제가 당신이 원하는 만큼 잘 하던가요? 무슨 말이냐고 묻지 마세요 제가 지금 무슨 말을 하고 있는지 잘 아실 테니까.」

만약 알렉이 형편없었다고 말한다면 이 자리에서 그대로 혀를 깨물리라. 제이미는 손바닥에 자국이 생길 정도로 고삐를 꽉 움켜쥐었다. 왜 그런 질문을 던졌는지, 왜 이렇게 긴장하는지, 스스로가 혐오스럽기만 했다. 알렉은 제이미를 화나게 하려면 어떻게 해야 하는지 정확하게 꿰뚫었다.

「앞으로 차차 나아질 거요」

알렉은 제이미가 얼마나 노심초사하며 답을 기다렸는지 다 안다는 듯 빙긋 웃었다.

「차차 나아질 거라구요?」

166

고개를 든 제이미의 눈에서 불꽃이 튀었다.

「함께 노력하면 되오, 제이미. 이제 집에 도착하면 당신이 익숙해질 때까지 매일 밤마다 노력할 거요」

알렉은 바로 말을 몰아 앞으로 나아갔다. 제이미는 알렉의 말을 어떻게 받아들여야 할지 어리둥절했다.

제이미에게 원치 않는 대답을 했다 해도, 칭찬할 건 칭찬해 주어야 했다. 오늘 아침 알렉은 제이미가 푹 잘 수 있도록 배려해 주었다. 그렇게 특별한 휴식이 필요할 정도로 에너지를 빼앗아 간 사람도 알렉이었지만, 쉴 수 있도록 배려해 준 사람도 알렉이었다. 어쩌면 알렉 킨케이드는 따뜻한 마음씨의 소유자일지도 모른다.

그러나 제이미는 오후에 접어들면서 자기 남편에 대한 생각을 바꿨다. 두 사람은 그 동안 내내 달리기만 했다. 중간에 말을 세운 건 단 한 번, 강가에서 물을 마시기 위해서였다. 뭔가 다른 생각에 빠져 있는지, 알렉은 거의 한마디도 하지 않았다. 제이미가 얘기를 나눠 보려고 몇 번 시도했지만 번번이 무시당했다.

알렉은 뒷짐지고 서서 기다리고 있었다. 제이미는 알렉이 길을 재촉하고 싶어 안달이 나 있음을 알았다.

「제가 떠날 준비가 되기를 기다리시는 건가요, 아니면 말들이 준비되기를 기다리시는 건가요?」

제이미는 그 무거운 침묵을 더 이상 견딜 수 없어 일부러 큰 소리로 물었다.

「말들은 벌써 준비가 되어 있소」

그러나 알렉은 여전히 제이미를 돌아보지도 않았다. 제이미는 당장에라도 알렉을 강에 떠밀어 버리고 싶었다. 그렇게 해서라도 이제껏 자신을 무시해 온 무례함을 되갚고 싶었지만 참았다. 그가 강물에 빠져 아예 죽어 버리면 모를까, 그렇지 않다면 그 뒤에 이어질 보복은 어떻게 당해 내겠는가. 안 그래도 지치고 힘든데, 알렉에게 고통을 당하며 남은 길을 간다고 생각하면 앞이 캄캄했다.

「저도 준비됐어요. 쉴 시간을 주셔서 고마워요.」

제이미는 서둘러 들불에 올라타며 말했다.

「고마울 것 없소. 당신이 쉬게 해달라고 부탁했으니까.」

「그럼 원하는 건 항상 그렇게 부탁해야 하나요?」

「당연하지.」

또 하나의 이상한 규칙이었다.

'그런 규칙이 있었다면 진작 말해 줄 일이지.'

「그럼 제가 부탁할 땐 언제나 들어줄 건가요?」

「가능하다면.」

말에 올라탄 후에야 알렉은 그렇게 답했다.

말 두 마리는 알렉과 제이미의 다리가 서로 스칠 정도로 가까이 서서 걸어갔다.

「앞서서 가시오.」

제이미는 고개를 끄덕이고는 알렉의 말 주변을 한 바퀴 돌아 앞으로 달려나갔다. 몇 걸음 가지 않아 가로막고 있는 나뭇가지 밑으로 몸을 숙이며 전진하려는 찰나, 느닷없이 알렉이 나타나 고삐를 빼앗았다. 제이미는 또 실수를 저질렀음을 깨달았다. 알렉은 제이미의 형편없는 방향 감각에 대해 더 이상 아무 말 하지 않았고, 제이미 역시 어떠한 변명도 하지 않았다.

해질 무렵, 두 사람은 넓은 초원 한가운데서 말을 멈췄다. 알렉은 들불의 고삐를 잡아 세웠다. 그러고는 무표정한 얼굴로 똑바로 앞만 응시했다.

「알렉, 무슨 위험한 일이라도…….」

제이미는 걱정과 공포를 떨칠 수 없었다. 하지만 앞에 어떤 위험이라도 도사리고 있었다면, 이렇게 확 트인 공터 한가운데서 말을 멈췄을 리가 없었다.

제이미는 말에서 내리려고 했다. 그러나 알렉이 허벅지를 잡으며 그대로 있으라고 신호를 보냈다. 이번에는 결코 부드럽게 달래는 듯한 손길이 아니었다.

제이미는 그래야 하는 이유는 몰랐지만 알렉이 시키는 대로 했다. 그리고 손을 안장 앞머리에 얹고 알렉의 설명을 참을성 있게 기다렸다.

그때 높은 휘파람 소리가 들려 왔다. 갑자기 나무들이 살아서 움직이는가 싶더니 숲에서 한 무리의 남자들이 두 사람을 향해 걸어왔다. 그 사람들은 갈색과 노란색을 섞어 짠 플래드를 걸치고 있었다.

제이미는 자신도 모르게 알렉의 허벅지를 힘주어 잡았다. 알렉이 제이미의 손을 쓰다듬었다.

「우리 편이오」

제이미는 알렉의 허벅지에서 손을 떼고는 허리를 꼿꼿하게 세우며 자세를 바로잡았다. 손은 무릎 위에 단정히 포개 얹었다.

「그럴 줄 알았어요. 먼 거리였지만 저 사람들이 웃는 걸 봤거든요」

제이미가 나지막하게 속삭였다. 물론 그건 거짓말이었다.

「저 정도 거리면 독수리라도 저 사람들의 얼굴을 분간하지 못할 거요」

알렉이 무뚝뚝하게 되받았다.

「잉글랜드 사람들은 눈이 밝아요」

알렉이 입을 딱 벌리고 제이미를 보았다.

「제이미?」

「왜요, 알렉?」

「저 사람들이 우리에게 가까이 오거든 당신은 나만 바라보시오. 다른 사람에게는 절대 눈길을 줘서는 안 되오, 알았소?」

「저 사람들을 모두 무시하란 말인가요?」

「맞소」

「왜요?」

「묻지 말고 시키는 대로만 하시오.」

알렉의 말이 빨라졌다.

「그럼 저 사람들에게 말을 건네도 안 되나요?」

「안 돼.」

「그럼 무례하다고 생각할 텐데.」

「당신이 내게 순종하는 아내라고 생각할 거요」

「난 순종하는 아내가 아니잖아요.」

「곧 그렇게 될 거요」

제이미는 분노로 얼굴이 벌게졌다. 눈을 흘기며 알렉을 쳐다보았지만, 알렉은 본 척도 않고 앞만 응시했다.

「차라리 말에서 내려 당신 발 아래 무릎을 꿇고 있는 게 어떻겠어요? 그러면 당신 친구들이 순종적인 아내를 얻은 당신을 무척 부러워할 텐데.」

제이미는 잔뜩 볼멘소리로 쏘아붙였다.

「왜 대답이 없어요?」

「그것도 좋겠군.」

알렉이 장난기 없는 목소리로 그렇게 답하자 제이미는 멈칫했다. 알렉의 말이나 행동이 마음에 들진 않았지만, 그렇다고 낯선 사람들 앞에서 싸움을 벌일 수는 없었다. 알렉과 단둘이 남을 때까지 순종적인 아내의 역할을 할 수밖에 다른 도리가 없었다. 하지만 일단 둘만 있게 되면 절대로 가만두지 않으리라.

드디어 알렉의 친구들이 가까이 다가왔고, 제이미는 하는 수 없이 알렉의 굳은 얼굴만 바라보았다. 속마음을 드러내지 않기 위해서는 각고의 노력이 필요했다. 그런데 거기다 고요하고 평화로운 표정까지 지어야 하다니.

한데 알렉은 제이미가 옆에 있다는 사실조차 잊은 듯했다. 대화는 게일어로 오갔다. 매부리코에게 배운 것과 약간 달랐지만, 제이미는 그들이 나누는 말을 대부분 알아들을 수 있었다.

알렉은 제이미가 게일어를 할 줄 안다는 사실을 몰랐고, 그것이 제이미에게는 은밀한 즐거움이었다. 앞으로도 알렉에게 이 사실을 숨기리라.

알렉은 친구들이 술과 음식, 잠자리를 내주겠다고 제안했지만 사양했다. 단호하고 타협할 줄 모르는 듯한 알렉의 태도는 뛰어난 전사가 갖추어야 할 덕목이었다. 숲에서 나타난 사람들은 알렉이 모든 제안을 다 사양하자, 이번에는 그 동안 있었던 일들을 보고했다.

제이미는 힐끔거리는 그들의 시선을 무시하며 평온한 표정을 지으려고 무진 애를 썼다. 속으로, 이 모욕적인 의례가 빨리 지나가도록 하나님이 도와 주신다면 앞으로 한 달간 감사 기도를 올리겠다고 기도했다.

제이미는 알렉이 지금 자신을 창피해하는 게 아닌가 하는 생각에 서글퍼졌다. 서글픔은 일 분도 못 가 분노로 변했다. 감히 나를 창피해하다니! 세상에서 가장 뛰어난 미모는 아니었지만, 그래도 남편이 숨기고 싶어할 만큼 추하지는 않다고 자부했다. 아버지는 늘 세상에서 가장 예쁜 딸이라고 하지 않았던가. 물론 고슴도치도 자기 자식은 예쁘다고 하지만 말이다. 그렇다 해도 이제껏 살아오면서 생긴 걸로 손가락질 받은 적은 없었다.

누군가 세이비가 누군지 묻는 소리가 들렸다. 순간 세이비는 퍼뜩 정신이 들어 다시 그들의 대화에 귀를 기울였다.

「내 아내.」

짧게 대답하는 알렉의 목소리에는 자랑스러움 같은 건 눈곱만큼도 없었다. 자기가 기르는 개를 소개한다 해도 이보다는 자랑스럽게 말하리라. 자신은 알렉에게 개만도 못한 존재임이 틀림없었다. 그래도 혹시나 하는 마음으로 표정을 살폈지만, 알렉의 얼굴을 차갑게 굳어 있었다.

알렉이 다시 길을 떠나려고 발꿈치로 말의 옆구리를 찌르려는데, 그 중 한 사람이 큰 소리로 물었다.

「부인의 이름은 무엇입니까?」

알렉은 선뜻 대답하지 않고 눈앞에 모인 사내들을 천천히 훑어보았다. 돌로 새긴 조각상처럼 무표정한 얼굴로 그 모습을 지켜보던 제이미는 섬뜩했다.

드디어 알렉의 입에서 한마디가 터져 나왔다. 전쟁터에서 출격을 알리는 고함 소리처럼 쩌렁쩌렁했지만, 마치 바람결에 휘날리는 진눈깨비처럼 차가운 목소리였다.

「내 여자.」

8

'저 사람은 분명 인간이 아냐.'

제이미는 결국 그렇게 결론 내렸다. 알렉은 지금까지 단 한 번도 배고프거나 목마른 내색을 하지 않았다. 그의 사전엔 피곤이란 말도 없는 듯했다. 말에게 물을 먹이기 위해 몇 번 멈추긴 했지만, 쉬기 위해 말을 멈춘 건 딱 한 번, 그것도 제이미가 원해서였다. 이제는 제이미도 그에게 아무런 부탁도 하고 싶지 않았다.

잉글랜드 남자였다면 아내의 불편함에 대해 신경을 썼을 것이다. 그러나 알렉은 아내가 있다는 사실조차 잊은 듯했다. 나는 알렉에게 눈엣가시 같은 존재가 아닐까?

제이미는 완전히 녹초가 되었다. 지금 몰골이 늙은 마녀보다 더 흉측하겠지만 상관없었다. 알렉이 숲에서 나타난 사람들에게 끝까지 자신을 소개하지 않았을 때 모든 걸 명백하게 깨달았기 때문이다. 알렉에게 아무 의미도 없는 하찮은 존재이니 몰골이 좀 흉하다 해도 무슨 상관이랴.

알렉의 머리는 제이미만큼이나 길었다.

'남자가 머리를 그렇게 기르다니, 원시인 같애!'

제이미는 속으로 알렉을 흉봤다. 여기까지 오는 며칠 동안 조금이라도 제이미를 배려하는 태도를 보였다면, 제이미도 그렇게까지 알렉을 밉살스럽게 보지는 않았을 터였다. 산 속의 공기가 알렉에게 어떤 영향을 미치는 게 분명했다. 높이 올라갈수록 알렉의 태도가 점점 냉랭해지니 말이다.

알렉은 도저히 곱게 봐줄 수 없는 남자였다. 셈도 제대로 할 줄 모르는 게 분명했다. 사흘만 더 가면 된다더니 벌써 닷새째 야영을 했다. 게다가 매일 킨케이드 부족의 플래드를 함께 덮고 잤으면서도 알렉은 제이미의 몸에 손끝 하나 대지 않았다.

어쩌면 알렉은 산수 실력만큼이나 방향 감각마저 엉망일지도 모른다. 하지만 제이미는 너무 피곤해 그것까지 걱정할 여유가 없었다. 알렉이 잠깐 말을 돌보는 사이에 제이미는 재빨리 호숫가로 갔다. 물이 얼음장같이 차가웠지만 이를 악물고 몸을 씻었다. 그러고는 비탈진 잔디에 누워 쭉 기지개를 켰다. 피곤이 밀려들었다. 다시 옷을 갈아입기 전에 단 몇 분만이라도 눈을 붙이고 싶었다.

짙은 안개가 산골짜기로 몰려들었다. 알렉은 제이미가 목욕을 마치고 나올 때까지 조용히 기다렸지만, 안개가 스물스물 몰려오자 다급하게 제이미를 불렀다.

제이미란 세 글자가 허공에서 커다랗게 메아리쳤지만 대답은 들리지 않았다. 알렉은 가슴이 심하게 뛰었다. 오는 동안 자신을 노리고 있던 적들이 제이미를 눈여겨봐 둔지도 모르지만, 그건 그리 걱정할 일이 아니었다. 이미 킨케이드 부족의 영토 안에 들어와 있었으니까.

이 땅에서는 어느 누구도 감히 알렉의 소유물에 함부로 손을 댈 수 없었다. 그렇더라도 제이미에게서 아무 대답도 없는 건 걱정스런 일이었다. 벌떡 일어나 나뭇잎을 헤치고 호숫가로 달려가던 알렉은 갑자기 우뚝 섰다. 숨이 막혔다.

옆으로 누운 채 잠이 든 제이미는 하늘에서 내려온 아름다운 요정 같았다. 주위에 깔린 짙은 안개가 제이미를 한결 더 신비로워 보이게 했다. 오후 햇살에 비친 하얀 피부가 황금빛으로 빛났고, 말려 올라간 속치마 밑으로 드러난 다리가 길고 가늘었다.

알렉은 그 자리에 가만히 서서 오랫동안 제이미의 아름다운 육체를 바라보았다. 다시금 타오르는 욕정으로 몸 한구석이 따끔거렸다. 제이미의 다리가 허리를 휘감았을 때의 느낌이 떠올랐다.

햇살이 어둠 속으로 완전히 숨어 버릴 때까지 알렉은 숨을 죽이고 제이미를 지켜보았다. 얼마쯤 지났을까, 제이미가 뒤척였다. 알렉은 한달음에 달려가 제이미를 팔에 안아 힘껏 들어올렸다.

제이미는 알렉의 맨가슴에 얼굴을 비벼 대며 팔을 알렉의 목에 둘렀다.

알렉은 제이미를 안고 야영지로 돌아와 플래드를 덮어 주었다. 그리고 자신도 그 옆에 함께 누웠다.

「알렉, 저한테 화났어요?」

언제 잠에서 깼는지 제이미가 아득한 목소리로 물었다.

「아니.」

「정말이에요?」

제이미는 알렉의 얼굴을 보고 싶어 몸을 뒤로 젖히려고 했지만, 알렉이 너무 힘껏 안고 있어 움직일 수가 없었다.

「정말이오」

「오늘은 정말 피곤해요 오늘도 꽤 먼 거리를 달린 거죠?」

「그래.」

알렉은 그렇게 생각하지 않았지만 그냥 그렇다고 대답했다.

「알렉, 한 가지 물어 볼 게 있어요」

제이미는 다시 한 번 고개를 들려고 시도했지만 알렉이 안고 있는 팔에 더 힘을 주는 바람에 끙 하는 신음소리만 내뱉었다.

알렉은 눈을 질끈 감았다. 제이미는 자기의 작은 몸짓 하나하나가 남편을 얼마나 자극하는지 전혀 모르리라.

오늘은 참아야 한다고 알렉은 스스로에게 타일렀다. 남편으로서 해줄 수 있는 일은 그뿐이었다. 지금 남편을 받아들이기엔 제이미가 너무 지쳐 있었던 것이다. 그러나 그건 알렉에게 엄청난 고통이요, 고행이었다.

「알렉, 이 팔 좀 치워 주세요 아파요」

「그만 자는 게 좋겠소 당신은 좀 쉬어야 하오」

제이미는 꿈틀거리며 알렉에게 바싹 붙었다. 알렉은 어금니를 지그시 깨물었다.

「등이 아파요」

알렉은 한숨을 내쉬며 제이미의 등을 문질러 근육을 풀어 주었다. 제이미는 가끔씩 끙끙거리며 몸을 뒤틀었다.

「당신은 참을성도 없는데다 말 타는 요령도 모르는 여자요 내 말이 틀리오?」

「그렇게 심한 독설을 퍼부으면 내가 눈물이라도 보일 줄 아시나 본데, 천만의 말씀이에요 당신은 여자들이 질질 짜는 걸 무척이나 싫어하죠 설마 아니라고 말하진 않겠죠? 전 당신이 우리 언니들의 우는 모습을 보며 어떤 표정을 지었는지 아직도 기억해요 정말 못 봐 주겠다는 표정이었죠」

「그건 옳은 말이오」

알렉도 제이미의 말을 인정했다.

「제가 당신 때문에 울지 못하도록 일부러 비아냥거리면서 제 화를 부추겼어요. 제 성질이 불같다는 걸 눈치채고는 말이에요.」

「눈치가 빠르군. 그건 내 비밀이었는데.」

「그럼요. 하지만 제 비밀은 아직 모르실 거예요.」

「난 당신의 비밀을 알 필요가……..」

「없다고 말하고 싶겠지만, 아마 알아야 할걸요. 알렉, 당신은 경험
이 부족한 것과 요령이 없는 걸 혼동하고 있어요. 만약 내가 당신
부하들보다 훨씬 더 활을 잘 쏜다면 어떻게 하시겠어요? 안장 없이
도 더 말을 잘 탈 수 있다면요? 또……..」

「농담하지 마시오. 당신은 안장을 얹고도 겨우 말을 탔잖소.」

「그럼 벌써 저에 대해서 알 건 다 알았다 이 말인가요?」

「나한테 묻고 싶은 게 뭐요? 근심거리라도 있소?」

알렉은 제이미의 질문을 무시한 채 말을 돌렸다.

「근심거리는 없어요.」

「그럼?」

「집에 도착하면 당신 부하들 앞에서도 지난번과 똑같이 하라고 시
킬 건지 궁금해요.」

「지난번과 똑같이라니?」

알렉은 제이미가 무슨 말을 하는지 알 수 없었다.

「당신이 나를 창피하게 생각하고 있다는 거 다 알아요. 하지만 이
번에는 입다물고 가만히 있지만은 않을 거예요. 난 언제나 내가 하
고 싶은 말을 자유롭게 해왔을 뿐만 아니라……..」

「내가 당신을 창피하게 생각한다고?」

정말 의외라는 듯한 목소리였다. 제이미는 담요를 들어 알렉의 얼
굴을 올려다보았다. 달빛은 흐렸지만 놀란 듯한 그의 표정은 충분히
읽을 수 있었다. 그가 보이는 반응을 쉽게 믿을 수 없었다.

「모르는 척할 필요 없어요, 알렉 킨케이드. 저도 당신 마음을 다
안다구요. 당신이 당신 친구들 앞에서 제게 아무 말도 못하게 했는

데도 그게 무슨 뜻인지 모른다면 제가 바보죠. 당신은 제가 못생긴 데다 잉글랜드 여자라는 게 창피한 거예요.」

「당신이 잉글랜드 여자라는 건 사실이오.」

「맞아요. 당신은 어떨지 몰라도 전 그게 자랑스러워요. 하지만 남자들이 여자를 단지 외모로만 평가하는 게 얼마나 어리석고 속 좁은 짓인지 아세요?」

갑자기 터져 나온 알렉의 호탕한 웃음소리에 제이미는 더 이상 말을 이을 수 없었다.

「하긴, 당신의 그 무례함은 못생긴 내 얼굴보다 더 추하지만요.」

「맞소, 부인. 하지만 당신은 내가 만난 여인들 중에서 가장 고집이세오.」

「하지만 그 정도는 당신의 여러 가지 고약한 성질에 비하면 아무것도 아니죠.」

「당신이 못생겼다는 건 잘못된 생각이오.」

그래도 잔뜩 찡그린 제이미의 얼굴은 펴지지 않았다.

「도대체 왜 그런 생각을 하게 된 거요?」

「아까 말했잖아요. 당신이 숲에서 나온 친구들을 만났을 때, 그 사람들에겐 눈길도 주지 말고 말도 붙이지 말며 오직 당신 얼굴만 쳐다보고 있으라고 했잖아요. 그때 깨달았어요.」

제이미는 당장에라도 웃음을 터뜨릴 듯한 표정을 짓는 알렉을 보며 말을 이었다.

「하지만 오해는 하지 마세요, 알렉. 당신이 나를 못생겼다고 생각해도 전 별로 상관하지 않으니까.」

알렉은 제이미의 턱을 조용히 끌어당겼다.

「당신이 만약 무의식중에 어떤 한 남자와 시선을 오래 마주치게 되면, 그놈은 틀림없이 당신이 저한테 관심이 있는 거라고 생각할 거요. 케리 부족은 믿을 만한 사람들이 아니지. 다른 사람들이 뭐라

든 내 생각은 그렇소 그놈들은 당신을 빼앗아 가려고 내게 도전장을 내밀 놈들이오 아무리 잉글랜드 출신이라지만 그 점만은 당신도 쉽게 이해하겠지? 어떤 사람들은 당신의 푸른 눈동자가 아주 신비스럽다고 생각할 거고, 또 어떤 사람들은 당신의 부드러운 머릿결이 보기만큼 부드러운지 직접 만져 보고 싶은 충동을 느낄 거요 남자라면 누구나 당신 몸에 손을 대고 싶어할 거라구.」

「정말이에요?」

알렉이 차근차근 타이르는 동안 제이미의 눈은 동그래졌다. 제이미는 자신의 아름다움에 대해 전혀 모르고 있는 게 틀림없었다.

「알렉, 아무래도 당신은 과장이 너무 심한 것 같아요 그 남자들이 제게 손을 대고 싶어할 이유가 없어요」

말은 그렇게 했지만 제이미는 내심 알렉에게 칭찬을 듣고 싶었다. 알렉은 제이미를 한 번 더 부추겨 주기로 마음먹었다.

「그러고도 남을 사람들이오 자칫 잘못했다간 그놈들과 한판 붙었겠지. 하지만 당신이 보는 앞에서 또다시 피를 흘리고 싶지는 않았소 당신이 사람의 피를 얼마나 두려워하는지 충분히 알았으니까.」

제이미는 내심 놀랐다. 지금 알렉의 말은 칭찬일까? 내가 그렇게 예쁜가?

「왜 아직도 얼굴을 찌푸리고 있는 거요?」

제이미의 입에서 가벼운 한숨이 새어 나왔다. 제이미는 알렉의 따뜻한 어깨에 얼굴을 기댔다.

「그럼 당신은 내가 못생겼다고는 생각하지 않는 건가요?」

「그런 생각은 해본 적 없소」

그제야 제이미는 환하게 웃었다.

「당신이 절 매력 없는 여자로 생각하지 않는다니 다행이에요」

「난 그렇게 말한 적 없소」

제이미는 피식 웃었다.

「그러니까 못생겼다고 생각하지 않을 뿐이다, 이건가요? 미안하지만 당신은 정말 못생겼다는 사실, 알아요?」

알렉은 마음속의 찌꺼기까지 털어 내는 듯 커다란 소리로 웃음을 터뜨렸다. 제이미도 따라서 크게 웃었다.

'내가 정말로 이 남자에게 길들여지고 있는 걸까?'

알렉은 제이미의 머리칼을 부드럽게 쓸어 넘겼다.

「이제 그만 자요, 제이미.」

알렉은 제이미의 등을 부드럽게 쓰다듬었다. 알렉이 딱딱하게 뭉친 어깨 근육을 부드럽게 문질러 주자, 제이미는 눈을 감고 큰 소리를 내며 하품했다. 그리고 한쪽 손을 알렉의 가슴에 편안히 얹었다. 심장 고동이 손바닥으로 그대로 전해졌다. 무의식적으로 털이 부숭부숭한 알렉의 가슴을 부드럽게 어루만졌다. 느낌이 아주 좋았다. 알렉에게서는 들판의 향기와 진한 흙 냄새가 났다.

갑자기 알렉이 제이미의 손을 덥석 잡았다. 제이미는 그저 간지러워서 그러려니 생각했지만, 알렉은 제이미가 자신을 유혹하고 있다고 여겼다.

「그만 해.」

알렉의 목소리는 모래알처럼 건조했다.

언제 잠이 들었는지는 기억 나지 않았지만 제이미는 잠에서 깼다. 아주 감미로운 꿈을 꾸고 있었다. 들꽃으로 가득한 침대에서 실오라기 하나 걸치지 않은 채 잠을 자고 있었다. 따뜻한 햇살이 온몸을 간질이는데, 그 에로틱한 열기에 숨이 막힐 지경이었다. 낯익은 듯한 중압감이 몸 속으로 밀려들어오나 싶더니 갑자기 허벅지 사이에 날카로운 통증이 느껴졌다.

욕정에 찬 신음소리를 내뱉으며 잠에서 깼다. 그러나 그건 꿈이 아니었다. 알렉이 바로 그 태양이었고, 핏속에 뜨거운 열기를 불어넣은 장본인이었다. 침대를 둘러싸고 있던 들꽃은 보이지 않고 대신 알렉의 플래드만 보였다. 어떻게 이런 일이 일어났을까? 순간 어리둥절했지만 그 의아함은 곧 사라졌다. 알렉의 몸이 느껴졌기 때문이다.

알렉은 지금 사랑을 나누려는 중이었다.

제이미는 졸음이 싹 가셨다. 어둠이 너무 짙어 알렉의 얼굴은 보이지 않았지만, 음악처럼 부드럽게 움직이는 몸놀림과 거친 숨소리가 알렉의 존재를 확인해 주었다. 이번엔 아프게 하지 말아 달라고 말하고 싶었지만, 그 순간 알렉의 입술이 가슴을 덮쳤다. 그리고 거친 손이 허벅지로 다가왔다. 이제 아픔 따위는 생각하고 싶지 않았다.

두 사람은 뜨겁게, 마치 천 년 동안 이별했다 만난 연인처럼 맹렬하게 키스를 나누었다.

「당신은 내게 취했소 그렇지 않소?」

「어쩔 수 없는 일이에요」

신음하는 듯한 목소리로 제이미가 대답했다.

「아주 마음에 드는 말이오」

「그래요?」

드디어 알렉은 제이미의 몸 위로 쓰러졌다. 다시 몸을 추스를 수 있을 정도로 원기를 회복하기까지는 꽤 긴 시간이 흘렀다. 몸과 마음이 어느 정도 진정되자, 제이미를 또 학대했다는 죄책감이 들었다.

「제이미, 내가 또 당신을 아프게 한 건 아니오?」

아무 대답이 없었다. 알렉은 일어나 근심이 가득한 얼굴로 제이미를 내려다보았다.

제이미는 깊이 잠들어 있었다. 알렉은 피식 웃으며, 헝클어진 제이미의 머리칼을 하나하나 쓸어 넘겼다.

그제야 알렉은 제이미가 무척 만족하고 있음을 깨달았다. 깊이 잠든 킨케이드 부인의 얼굴엔 행복한 웃음이 떠올라 있었다.

그 다음날은 제이미에게 가장 힘든 하루였다.

그날 두 사람이 지나온 길은 사람들의 발길이 닿지 않은 처녀지였다. 바람에 잔물결이 이는 투명한 호수와 에메랄드 빛 풀밭으로 뒤덮인 탁 트인 황야가 제이미의 시선을 사로잡았다. 물론 돌투성이 산골짜기도 지났다. 이름 모를 들풀이 무릎 위까지 웃자란 구릉진 산길에서는 역한 풀 냄새가 나기도 했지만, 스코틀랜드의 아름다운 풍경은 마치 천국이란 착각을 불러 일으켰다.

정오쯤 되자 갑자기 아름다운 풍경이 자취를 감추었다. 시간이 지날수록 차갑고 거친 바람이 살을 엤다. 제이미는 망토로 온몸을 단단히 감쌌지만 밀려드는 졸음을 이기지 못했다. 제이미가 졸음에 겨워 말에서 떨어지려는 순간, 알렉이 제이미를 덥석 안아 자기 말에 태웠다. 그러고는 망토를 벗긴 뒤 두툼한 킨케이드의 플래드로 푸근히 감싸 주고는 자기 쪽으로 바싹 끌어당겼다.

제이미는 입이 찢어져라 하품을 했다.

「알렉, 망토는 왜 벗기는 거예요?」

「내 플래드가 당신을 따뜻하게 해줄 거요」

알렉의 품에 안긴 제이미는 눈 깜짝할 사이에 또다시 잠들어 버렸다. 알렉은 새삼 제이미가 소중하게 여겨졌다. 지그시 눌러 오는 무게감도 좋았고, 향긋한 체취도 좋았다. 하지만 가장 기분 좋은 건, 제이미가 자신을 이제 완전히 신뢰하고 있다는 느낌이었다.

알렉은 어젯밤 일에 대해 한마디도 하지 않았다. 아침에 눈을 뜨자마자 제이미가 얼굴을 빨갛게 붉혔던 것이다. 그 일을 입에 담고 싶어하지 않는 게 분명했다.

제이미는 스스로 장담하는 것만큼 강한 여자가 아니었다. 본인은 자기 체력을 맹신하고 있었지만, 알렉은 제이미가 얼마나 지쳐 있는지 잘 알았다. 그래서 속력을 최대한 늦추었다.

「제이미, 그만 눈을 떠요. 집에 다 왔소」

얼마나 깊이 잠들어 있었던지, 제이미는 알렉이 같은 말을 반복하며 옆구리를 몇 번이나 찌른 후에야 겨우 반응을 보였다.

「집?」

제이미는 졸린 눈을 비비며 주변을 두리번거렸다.

「알렉, 보이는 거라곤 나무뿐인데요?」

알렉은 턱으로 앞쪽을 가리켰다.

「저기요. 우리 집 굴뚝에서 나는 연기가 보이지 않소?」

하늘로 피어오르는 한줄기 연기가 제이미의 눈에도 똑똑히 보였다. 가파른 산길로 조금 말을 몰아 올라가자 성채도 눈에 들어왔다.

알렉의 성은 상상을 초월할 만큼 거대했다. 성안 한쪽에 언덕이 하나 우두커니 서 있어, 성벽 한 면이 마치 그 언덕을 완전히 휘감고 있는 것처럼 보였다. 잉글랜드에서는 대개 나무로 성을 짓는데, 알렉의 성은 견고한 갈색 벽돌로 지어져 있었다. 성벽 높이도 무척 높아, 위쪽이 마치 구름 속을 뚫고 솟아 있는 것처럼 보였다. 아직도 공사 중인 듯, 도개교 바로 옆에는 아직도 큰 틈이 있었다. 성벽 둘레에 충분한 공간을 두기 위해서인지, 성벽 주변의 나무는 모두 베어져 있었다. 경사진 길은 온통 돌투성이라 풀 한 포기 보이지 않았고, 그래서인지 무척 황량해 보였다. 잉크처럼 시꺼먼 물이 가득한 해자가 성벽 주변을 에워싸고 있었다. 성문이 열려 있었지만, 두 사람은 도개교 옆의 틈새를 통해 성안으로 들어갔다.

알렉의 성은 제미슨 남작의 성과는 비교가 안 될 정도로 크고 웅장했다. 성안에는 높은 탑이 두 개나 있었는데, 그런 탑은 하나 짓는 데도 돈이 어마어마하게 들었다. 알렉은 무척 부자인 모양이었다.

제이미는 알렉의 성이 이토록 훌륭하리라고는 예상치 못했다. 스코틀랜드인들은 잉글랜드의 하층 농노들처럼, 흙으로 바닥을 다지고 갈잎으로 지붕을 얹은 오두막집에서 산다는 이야기를 들었기 때문이다. 이제야 스코틀랜드인에 대해 잘못된 편견을 가지고 있었음을 깨달았다. 물론 비탈진 언덕에 오두막집들이 있긴 했다. 한 오 십 채

남짓 될까? 그 오두막집에도 킨케이드 부족들이 살고 있으리라.

「알렉, 성이 정말 크군요? 완공되면 스코틀랜드에서 가장 큰 성이 되겠어요」

알렉은 놀라서 입을 다물지 못하는 제이미를 보며 빙그레 웃었다.

「이 성에서 혼자 사세요? 왜 병사들은 보이지 않죠?」

「아마 안마당에서 날 기다리고 있을 거요」

「여자들도요?」

「여자들은 많지 않소 아마 대부분 길브리드 부족의 봄 축제에 갔을 거요 병사들도 한 절반은 함께 갔을 거고」

「그래서 이렇게 조용하군요 그럼 당신 병사는 모두 몇 명이나 돼요?」

제이미는 고개를 돌리다 웃고 있는 알렉과 눈이 마주쳤다.

「집에 돌아오니 좋아요?」

알렉은 제이미가 성에 관심을 보이는 게 기분 좋았다.

「물론 좋소 그리고 우리 병사는 5, 6백 명쯤 되오」

제이미의 눈이 동그래졌다.

「5, 6백 명이요? 농담이겠죠」

「정말이오 킨케이드 부족에는 사람이 많소」

「스코틀랜드인들은 수를 세는 방법이 좀 다른가 봐요 아마 그 정도로 부하들이 많다 이거겠죠」

「그게 무슨 뜻이오?」

「당신이 수를 세는 방법이 좀 특이하다는 말이에요, 알렉. 여기 올 때도 사흘쯤 걸릴 거라고 했는데, 실제로는 훨씬 더 오래 걸렸잖아요」

「그건 당신 몸이 안 좋을 것 같아 속도를 줄였으니까.」

「내 몸이 어디가 어때서요?」

하지만 제이미는 곧 알렉의 말뜻을 눈치채고 얼굴이 빨개졌다.

「게다가 당신은 무척 지쳐 있었소」

제이미는 그렇지 않다고 우기고 싶었지만, 이제 곧 알렉의 친척들과 부하들을 만나게 될 마당이라 참았다. 지금 서로 기분이 상하면 처음 만나는 사람들에게 좋은 인상을 줄 수 없지 않겠는가.

「당신 휘하에 7백 명이 넘는 병사가 있다고 해도 믿어야겠군요」

알렉은 제이미가 더 이상 우기지 않고 순순히 대답하자 기분이 좋은지 껄껄 웃었다.

제이미는 남편의 비위를 맞춘 자신이 대견스러웠지만, 왠지 그대로 물러서면 안 된다는 생각이 들어 다시 입을 열었다.

「그런데 알렉, 그 많은 병사들이 왜 하나도 안 보이는 거죠? 6백 명이나 되는 병사가 모두 안마당에 모여 있는 건가요?」

알렉은 제이미의 본심을 읽고 슬며시 웃었다. 갑자기 날카로운 휘파람 소리가 조용한 공기를 가르며 울려 퍼졌다. 그러자 곧 성벽 위, 오두막, 마구간, 숲 속 여기저기서 험악한 인상의 병사들이 나타나 몰려들었다.

알렉의 말은 과장이 아니었다. 제이미가 넋 나간 표정으로 병사들을 바라보자, 알렉은 흡족한 듯 고개를 끄덕이더니 한 팔을 공중으로 높이 치켜들고는 주먹을 불끈 쥐었다. 천지를 뒤흔드는 것 같은 우렁찬 함성이 하늘을 가득 메웠다.

깜짝 놀란 제이미는 알렉의 팔을 얼른 움켜잡았다. 그리고 무례한 행동인 줄 알면서도 갑자기 나타난 남자들을 뚫어져라 쳐다보았다.

'드디어 거인의 나라에 도착했군.'

남자들은 하나같이 알렉만큼이나 컸다.

우람한 체구나 예리한 눈빛도 놀라웠지만, 무엇보다도 제이미를 놀라게 한 건 그들의 옷차림이었다.

졸리의 말은 취중의 우스갯소리가 아니었다. 눈앞의 남자들이 모두 치마를 입고 있었던 것이다. 그것도 윗옷은 전혀 입지 않은 채.

제이미는 눈앞의 광경을 믿지 못하겠다는 듯 고개를 절레절레 흔들었다. 사실 그건 치마도 아니고 담요였다. 게일어로는 플래드라 부르겠지만.

플래드는 모두 알렉의 것과 똑같았다. 그들은 플래드를 허리춤에 두르고 흘러내리지 않도록 벨트로 고정했는데, 길이가 겨우 무릎에 닿을까 말까한 정도였다. 그 중 몇 명은 개나리처럼 노란 셔츠를 입고 있었지만 대부분은 윗도리를 입지 않은 채였고, 신을 신은 사람은 더욱 드물었다.

「모두 몇 명인지 한번 세어 보겠소?」

알렉은 말을 멈추지 않고 계속 가게 했다.

「여기 모인 병사는 백 명쯤 되오. 하지만 당신이 굳이……」

「제가 보기엔 5백 명은 족히 될 것 같은데요」

제이미가 넋 나간 듯한 목소리로 말했다.

「당신이야말로 숫자 세는 법을 다시 배워야겠군.」

제이미는 뭔가 대꾸할 말을 궁리했지만 끝내 아무 말도 찾지 못했다. 두 사람이 비탈길을 올라가는 길목을 병사들이 양쪽으로 길게 늘어서서 호위했다.

「알렉, 여기 모인 사람들이 병사들의 반도 안 되는 숫자라면, 당신은 일개 군단을 거느리고 있는 건가요?」

제이미는 알렉의 귀에 대고 조그맣게 속삭였다.

「그렇지 않소. 군단이라면 6천 명은 있어야 하오. 동맹을 맺은 다른 부족의 병사들까지 모두 끌어다 모은다면 모를까.」

「그렇겠군요」

「우리 병사들을 겁낼 필요는 없소」

「겁낸 적 없어요. 왜 내가 저들을 무서워한다고 생각하죠?」

「당신 지금 떨고 있잖소」

「무서워서 떠는 게 아니에요. 저 사람들이 다 우리를 쳐다보고 있으니까 긴장해서 그런 거예요」

「저들은 궁금해서 그러는 거요」

「우리를 맞이할 준비가 아직 덜 된 것 같아요」

「준비가 덜 되다니, 무슨 뜻이오?」

제이미는 알렉을 쳐다보았다. 알렉이 발갛게 상기된 제이미의 얼굴을 살짝 치켜들었다.

「내 병사들은 항상 준비가 되어 있소」

「하지만 그렇게 보이지 않아요」

그제야 알렉은 제이미의 말이 무슨 뜻인지 알아챘다.

「저건 치마가 아냐」

제이미의 눈이 동그래졌다.

「매부리코한테 들으셨군요」

「아니, 내 귀로 직접 들었소」

「어디서요?」

「마구간에서.」

「설마!」

「정말이오」

「오, 세상에!」

제이미는 그날 매부리코와 나눈 대화를 되새겨 보았다.

「또 무슨 얘기를 엿들었죠?」

「스코틀랜드인들은 모두 어리석고, 서로 재미 삼아 통나무를 던진다나. 그리고……」

「그건 메리 언니를 놀리려고 꾸며 낸 얘기였어요. 그리고 촐리가 그 말을 할 때는 취해 있었구요. 그런데 알렉, 여기 남자들은 항상 저렇게 옷을 입나요? 무릎이 다 보이잖아요」

알렉은 웃음이 나왔지만 애써 참았다. 부하들이 보는 앞에서 채신머리없이 웃을 순 없었다.

「며칠 지나면 저런 옷차림에도 익숙해질 거요」

「설마 당신도 저렇게 입을 건 아니겠죠?」

제이미는 약속이라도 받으려는 듯 단호한 눈빛으로 알렉을 바라보았다.

「나도 저렇게 입을 거요」

「안 돼요」

제이미는 자신이 또다시 남편의 말에 반기를 들었음을 깨닫고 짧게 한숨을 내쉬었다. 잘못된 걸 깨우쳐 주려고 할 때마다 알렉이 항상 못마땅하게 여기지 않았던가. 얼른 변명거리를 찾았다.

「그러니까 내 말은, 당신은 지금 점잖은 바지를 입고 있으니까 앞으로도……」

「아니, 제이미. 내가 이런 거추장스러운 옷을 꿰 입은 건 잉글랜드에 있어야 했기 때문이오」

제이미는 다시 한 번 주변을 둘러보고는 곧 남편에게로 관심을 돌렸다.

「그럼 속바지는 어떻게 플래드 자락 위까지 걷어 올리죠?」

「속바지 같은 건 안 입소」

「그럼 속에 뭘……」

제이미는 거기서 말을 멈췄다. 알렉의 능글맞은 눈초리가 벌써 모든 것을 말해 주고 있었다. 더 이상 알고 싶지 않았다.

「됐어요 저 사람들이 속에 무얼 입었는지 알고 싶지 않아요」

「하지만 난 말해 주고 싶은데.」

싱글거리는 모습이 꼭 불량배처럼 보였다. 제이미는 알렉의 신사답지 못한 행동이나 자신의 숙녀답지 못한 말투가 부끄러웠다. 그런데도 알렉이 점점 더 멋진 남자로 보이는 건 왜지? 가슴이 봄날의 나비처럼 팔락였다.

「그럼 나중에 얘기해 주세요, 이따 밤에요 그럼 무슨 말을 들어도 민망해하는 모습을 들키지 않을 테니까. 알렉, 그럼 전투에 나갈 땐 어떤 옷을 입죠? 튼튼한 갑옷을 입겠죠?」

제이미는 화제를 돌리기 위해 갑자기 엉뚱한 질문을 했다.

「갑옷 같은 건 없소 그때도 지금처럼 플래드만 걸치지. 그리고 노련한 전사는 옛날 방식을 더 좋아하고」

「옛날 방식이 어떤 건데요?」

「아무것도 안 입는 거.」

제이미는 알렉이 또 놀리는 거라 생각하고 눈을 흘겼다. 그러나 알몸으로 말을 타고 내달리는 전사들의 모습을 상상하니 저절로 웃음이 터져 나왔다.

「그러니까 싸움이 치열해지면 저렇게 걸친 담요 한 장마저 벗어던진단 얘기군요?」

「바로 그거요」

「알렉, 내가 그런 엉터리 얘기까지 믿을 정도로 어리석은 줄 아세요? 이제 그만 좀 놀려요 그 얘긴 당신 병사들을 무시하는 무례한 행동이라구요」

제이미는 다시 앞을 바라보고 앉았다. 그리고 호기심이 가득한 시선을 던지고 있는 병사들에게 온화한 웃음을 지어 보였다. 알렉이 말한 전투 장면을 상상하면서 아무렇지도 않은 듯 태연한 척하기가 쉽지 않았다.

「당신은 남편에게 명령해선 안 된다는 걸 좀 배워야 하오」

알렉은 제이미의 정수리에 턱을 괴면서 낮은 목소리로 말했다. 비난치고는 아주 부드러운 말투였다. 제이미는 기쁨의 물결이 온몸을 훑고 지나가는 것을 느꼈다.

「전 옳은 일을 하고 싶을 뿐이에요 물론 당신도 그래야 하구요 누구에게라도 무례하게 행동해선 안 돼요」

두 사람이 두 번째 공터에 도달하자 엄청난 함성이 숲을 뒤흔들었다. 들불이 깜짝 놀라 몸을 뒤치자 알렉이 재빨리 고삐를 당겨 들불을 안심시키고는 말에서 내렸다. 그러고는 제이미를 말 위에 그대로 태운 채 말 두 마리를 이끌고 무리 지어 있는 병사들을 향해 천천히 걸어갔다.

제이미는 흥분을 억제할 수 없었다. 손이 떨려 두 손을 꼭 모아쥐고 있어야 했다.

금발머리 남자가 병사들 사이에서 걸어나와 돌아온 영주에게 인사를 했다. 하는 태도나 외모로 보아, 알렉의 가까운 친구이자 보좌관 정도 될 성싶었다.

그 남자는 알렉을 힘차게 껴안더니 철썩 소리가 나도록 손바닥으로 등을 힘주어 쳤다. 제이미는 그 소리에 놀라 움찔했지만, 알렉은 꿈쩍도 하지 않았다. 스코틀랜드 억양이 하도 심해서 남자의 말을 알아듣기가 쉽지 않았지만, 제이미는 간간이 들리는 말로도 얼굴을 붉혔다. 오랜만에 만난 두 남자는 서로 열심히 욕지거리를 해대고 있었던 것이다. 그것도 스코틀랜드 남자들의 의식인가?

얼마 지나지 않아, 금발머리 남자가 반갑지 않은 소식을 전하는지 알렉의 목소리가 점점 딱딱해지더니 표정마저 어두워졌다. 알렉은 화난 빛이 역력했고, 금발의 남자는 근심스런 표정이었다.

알렉은 안쪽 뜰에 들어설 때까지 제이미를 완전히 잊은 듯했다. 드디어 한 병사에게 들불의 고삐를 넘겨주고는 제이미를 안아 땅에 내려놓았다. 하지만 여전히 눈길은 주지 않았다.

제이미는 알렉이 금발머리 남자와 계속 이야기를 나누는 동안 아무 말도 않고 옆에 바싹 붙어 서 있었다.

제이미를 보는 병사들의 태도는 두 부류로 확연히 구분되었다. 한쪽은 영주의 새 부인이 마음에 들지 않는지 적의가 가득 찬 눈으로 제이미를 뚫어져라 바라보았고, 다른 한 쪽은 시선을 온통 들불에게만 두었다. 그들의 얼굴에는 웃음이 가득했다. 대체 이걸 어떻게 받아들여야 하지? 제이미는 종잡을 수 없었다.

들불은 제이미만큼이나 낯선 남자들의 시선을 불편해했다. 결국 앞다리를 치켜들며 불편한 기색을 드러냈는데, 한 병사가 겁 없이 고삐를 낚아채다가 들불에게 밟힐 뻔했다.

제이미는 우는 아기를 발견한 엄마처럼 정신없이 들불을 향해 달려갔다. 어찌나 빨랐던지 아무도 제이미를 막지 못했다. 알렉을 지나, 앞을 가로막는 병사 둘을 팔꿈치로 밀치며 달려간 제이미는 들불을 몇 미터 앞에 두고 그 자리에 멈춰 섰다. 그러고는 나무라거나 명령하는 말은 한마디도 하지 않고 손만 내밀었다.

들불은 언제 그랬느냐는 듯 소동을 멈추었다. 병사들이 탄성을 지르는 동안, 눈같이 하얀 들불은 제 주인의 따뜻한 손길을 기대하며 천천히 발을 옮겼다. 그때 알렉이 제이미 옆으로 와서 어깨에 팔을 둘렀다.

「알렉, 들불은 온순한 말인데 지금은 지친데다 배가 고파서 저러나 봐요. 제가 데리고 가서……」

「도널드가 돌봐 줄 거요.」

알렉은 들불의 고삐를 한 젊은 병사에게 넘겨주며 게일어로 빠르게 뭔가를 지시했다. 제이미는 화가 났지만 부하들 앞에서 다투는 모습을 보이고 싶지 않아 입을 다물었다. 도널드는 말을 돌보기엔 아직 어려 보였다. 하지만 들불의 고삐를 넘겨받자 정말 좋은 말이라고 감탄하는 걸 보니 그래도 말을 보는 안목은 있는 모양이었다. 그래 한번 믿어 보지 뭐.

도널드는 머리칼이 불타는 듯 붉은데다 얼굴색까지 발그스레해 아주 정열적으로 보였다. 그런데 목소리만큼은 차분하고 부드러웠다. 게다가 웃는 모습이 어찌나 맑고 화사한지 제이미까지도 살포시 웃게 만들었다.

까다롭고 예민한 들불은 도널드가 그리 맘에 들지 않는지, 제이미와 알렉 사이에 끼여들려고 발버둥을 쳤다. 하지만 도널드도 만만치 않았다. 말과 어린 소년의 실랑이를 보다 못한 알렉이 큰 소리로 뭐라고 한마디 하자, 어린 마구간지기는 곧바로 들불을 제압해 어디론가 끌고 갔다. 제이미는 젖먹이를 빼앗긴 엄마처럼 안타까운 심정으로 들불의 뒷모습을 바라보았다.

알렉은 제이미의 어깨에 팔을 두른 채, 저택 현관과 이어지는 계단으로 천천히 발길을 옮겼다.

아직 알렉은 제이미를 부하들에게 소개하지 않았다. 도대체 소개를 자꾸 미루는 이유가 뭐지? 제이미는 남편의 의도가 무엇일지 궁금했다.

'적당한 순간을 기다리고 있는 거겠지.'

제이미가 할 수 있는 추측은 그뿐이었다.

현관 앞에 이르자 알렉은 걸음을 멈추고 부하들을 향해 돌아섰다.

한 병사가 플래드를 한 장 가져왔다. 알렉은 그제야 제이미의 어깨에서 팔을 내리며 플래드를 받아 들어 제이미에게 걸쳐 주었다. 그러자 병사들이 일제히 오른손을 가슴에 대고 머리를 숙였다. 웅성이던 안마당이 쥐죽은듯 조용해졌다.

드디어 결전의 순간이 왔다!

제이미는 허리를 똑바로 펴고 서서 남편의 멋진 연설을 기다렸다. 원하든 원치 않든, 알렉은 병사들 앞에서 아내에 대해 찬사를 몇 마디 늘어놔야 하리라. 오늘의 이 연설을 한마디도 놓치지 않고 기억했다가 알렉이 놀리거나 무시하려 할 때 얘기해 주리라.

그러나 알렉의 연설은 너무나 짧았다. 언제 시작해서 언제 끝났는지도 깨닫지 못할 만큼.

「나의 아내!」

알렉의 외침이 안마당에 울려 퍼졌다. 하지만 더 이상 아무 말도 들리지 않았다.

'나의 아내? 겨우 이 한마디뿐이야? 이 말 외엔 할말이 그렇게 없단 말이야?'

한참이 흐른 후에야 제이미는 연설이 끝났음을 깨달았다. 알렉이 그 짧은 한마디마저 게일어로 말했기 때문에, 이런 웃지 못할 연설에 황당해하는 내색도 하지 못했다. 그랬다간 게일어를 할 줄 안다는 사실을 그대로 들킬 테니까.

알렉의 손짓에 병사들이 일제히 칼을 빼 들었다. 다시 한 번 거대한 함성이 성안을 뒤흔들었다. 제이미는 움찔하며 알렉에게 다가섰다가, 곧 자세를 가다듬고는 무릎을 구부리며 정중하게 인사했다. 바로 잉글랜드 식으로.

또 한 번 함성이 울려 퍼졌다.

많은 사람들의 시선을 한 몸에 받아서인지 제이미의 얼굴에 당황하는 기색이 떠올랐다. 알렉은 걱정스런 눈빛으로 제이미를 돌아보았다.

「알렉, 저 사람들에게 뭐라고 얘기했어요?」

제이미는 모르는 척 알렉에게 물었다. 알렉이 대답해 주면 사람들에게 좀더 자세히 설명했어야 하지 않았냐고 따질 참이었지만, 알렉은 제이미가 잔소리할 기회를 주지 않았다.

「당신이 잉글랜드인이라고 말했소」

알렉은 제이미의 어깨에 다시 한쪽 팔을 얹었다. 제이미는 짐짝 취급 받는 기분이 들어 속상했다.

「그래서 저렇게들 좋아하는군요 내가 잉글랜드 여자라서…….」

불편한 속을 감추지 못하고 비아냥거렸다.

「아니. 좋아하는 게 아니라 야유하는 거요」

알렉이 또다시 제이미를 약 올렸다. 정말 어쩔 수 없는 남자라고 생각하며 제이미는 고개를 절레절레 흔들었다.

「내 부하들을 보니 소감이 어떻소?」

「모두 칼을 지니고 있더군요, 킨케이드. 당신한테는 없지만 말이에요. 내가 느낀 건 그뿐이었어요」

제이미는 남편의 얼굴을 쳐다보지도 않고 대답했다.

'배짱은 여전하군.'

알렉은 제이미의 가시 돋친 말을 듣고 빙그레 웃었다.

병사들은 노골적으로 제이미를 바라보았다. 그들이 그럴 수밖에 없는 이유를 알렉은 잘 알았다. 병사들도 제이미의 아름다움에 익숙해지려면 시간이 좀 필요하리라. 사실 그건 알렉 자신도 마찬가지였다.

알렉이 금발머리 남자에게 손짓하자, 그 남자는 쏜살같이 두 사람 앞으로 달려왔다.

「제이미, 이쪽은 개빈이오. 내가 자리를 비울 때 날 대신해서 일을 하고 있지.」

제이미가 환하게 웃으며 인사를 하는데도, 개빈은 물끄러미 바라볼 뿐이었다.

'내가 무슨 말이라도 하기를 기다리나? 아님 내가 부지불식간에 실수라도 저질렀나?'

초록색 눈을 반짝이며 인사를 하는 개빈은 메리의 남편인 다니엘을 생각나게 했다.

「뵙게 되어 영광입니다, 킨케이드 부인. 알렉, 신부를 잘 골랐군. 어떻게 다니엘을 제치고…….」

개빈은 제이미에게 인사를 하고 나서 알렉에게 말했다. 하지만 눈길은 여전히 제이미에게 머물러 있었다.

「통나무 던지기를 해서 순서를 정했지. 돼지우리에서 진주를 고른 셈이야.」

「돼지우리의 진주라구요? 알렉, 친구 앞에서 저를 놀리는 건가요, 아니면 진심인가요?」

제이미는 눈살을 찌푸리며 알렉을 흘겨보았다.

「물론 당신을 놀리는 거요」

알렉이 태연하게 대답했다.

「알렉은 항상 절 놀린답니다.」

제이미는 남편의 고약한 말투에 대해 변명했다.

개빈은 내심 무척 놀랐다. 알렉이 아내에게 윙크를 보내는 모습을 보고 말았던 것이다. 개빈이 아는 알렉은 누구를 놀린다거나 장난칠 사람이 아니었다. 하지만 알렉의 표정이나 말투를 보건대 제이미의 이야기는 틀림없는 사실 같았다.

「개빈, 내 아내는 상당히 지쳐 있어. 저녁을 배불리 먹고 밤새 푹 자도록 해야 해.」

「당신 아내는 먼저 집을 구경하고 싶어해요. 당신 아내는 호기심이 많거든요」

알렉과 개빈은 제이미의 말에 서로 마주 보며 빙긋 웃었다.

「알렉, 목욕도 좀 할 수 있을까요?」

「제가 지시해 두겠습니다, 부인.」

알렉이 무어라고 대답하기도 전에 개빈이 나섰다. 개빈의 시선은 강아지가 주인을 졸졸 쫓아다니듯 새 여주인을 따라다니고 있었다. 알렉도 개빈이 제이미에게서 눈길을 떼지 못한다는 걸 눈치챘다.

「고마워요, 개빈. 그리고 저한테 그렇게 존칭을 쓰지 않으셔도 돼요. 그냥 제이미라고 불러 주세요. 그게 제 이름이거든요」

「방금 이름이 제인이라고 하셨습니까?」

「아뇨, 제이미예요」

개빈은 어리둥절한 얼굴로 알렉을 돌아보았다.

「알렉, 제이미는 남자 이름이잖아!」

9

제이미는 씩씩거리며 남편을 노려보았다.

「당신이 개빈에게도 그렇게 말한 거죠?」

알렉은 제이미가 따져 묻는 말에 대답하지 않았다. 제이미라는 이름이 남자 이름인 건 누구나 아는 사실이었고, 지금은 제이미와 그런 하찮은 문제로 다툴 시간이 없었기 때문이다. 그보다 중요한 일들이 오랫동안 영주의 처분을 기다리고 있었던 것이다.

알렉은 제이미를 현관에 그대로 두고, 개빈을 떠밀다시피 해서 계단을 내려와 중앙 홀로 들어섰다. 이제 그 동안 성에서 있었던 일에 대해 얘기를 들어야 했다.

제이미는 눈을 반짝이며 집안을 훑어보았다. 투명해 보일 정도로 만질만질한 갈색 벽돌이 보석처럼 차가운 빛을 발하며 교회 첨탑보다 높은 천장까지 쌓여 있었다. 나무 계단과 연결된 2층 발코니는 한쪽 벽으로 나 있었는데, 그 너머로 방문이 세 개 보였다. 알렉과 식솔들이 사용하는 방인 모양이었다.

이 집은 보안이나 사생활에 그다지 신경 쓰지 않은 듯했다. 중앙 홀은 막힘 없이 확 트여서, 누가 오가는지 어떤 얘기를 하는지 모두 알 수 있었다. 넓디넓은 홀은 별다른 가구나 장식이 없어 휑했지만 먼지 하나 없이 깨끗했다. 현관 맞은편으로 어마어마하게 큰 벽난로 가 보였다. 하지만 아무리 불을 피운다 해도 집이 워낙 커 집안을 골고루 데워 줄 수는 없을 것 같았다.

이렇게 큰 홀은 처음이었다. 하긴 제이미는 그 동안 집을 벗어나 본 적이 없었으니까. 잉글랜드 집의 홀은 여기에 비하면 작은 방에 불과했다.

들판처럼 넓은 홀은 현관에서 벽난로로 이어진 통로를 중심으로 양분되어 있었는데, 스무 명은 족히 앉고도 남을 듯한 테이블이 양쪽에 각각 하나씩 놓여 있었다. 그리고 오른쪽 홀의 한쪽 귀퉁이에 는 나무로 만든 커다란 가리개가 보였다. 식료품 저장실인가?

알렉과 개빈은 그 가리개 바로 앞에 자리를 잡고 앉았다. 두 사람 다 제이미에겐 신경도 쓰지 않았기 때문에, 제이미는 혼자 가리개 뒤쪽으로 걸어가 보았다. 놀랍게도 거기엔 아주 높은 침대가 하나 놓여 있었다. 뒤쪽 벽에 걸린 옷을 보는 순간, 그 침대가 알렉의 잠 자리란 불길한 예감이 들었다. 제발 그렇지 않기를……. 하지만 예감 은 적중했다! 한 병사가 제이미의 짐을 들고 와 침대 옆에 내려놓았 던 것이다.

제이미는 병사에게 감사하다고 공손히 인사했다. 하지만 병사는 퉁명스럽게 괜찮다고 대답하더니, 목욕통을 들여오는 덩치 큰 다른 병사를 보고는 제이미에게 한쪽으로 비켜서라고 손짓을 했다. 목욕통 은 침대 옆에 놓였다.

저기서 목욕을? 달랑 가리개만 하나 놓고? 제이미의 얼굴이 붉어졌다. 목욕하는 모습이야 보이지 않는다 해도 물소리는 어떻게 한단 말인가. 가리개 뒤에서 뭘 하는지 사람들이 다 알게 아닌가. 사람들에게 들리지 않게 목욕하는 방법을 알아봐야겠군.

제이미는 알렉에게 갔다. 부엌이 어딘지 물어 봐서 저녁식사 준비하는 모습을 지켜볼 생각이었다. 알렉이 아는 척해 줄 때까지 가만히 옆에 서서 기다렸지만, 알렉은 제이미의 존재를 전혀 눈치채지 못했다. 그 동안의 일을 보고하는 개빈의 말에 완전히 몰두해 있던 것이다.

제이미는 의자에 다소곳이 앉아 남편의 얘기가 끝나길 기다렸다. 사무를 보는데 여자가 사소한 일로 끼여드는 건 무례한 행동이 될 것 같아서였다. 게다가 이제 한 성의 안주인으로서 임무가 막중했으니 몸가짐을 더욱 조심해야 했다. 남편의 일이 그렇게 내일 아침까지 계속된다 해도 기다려야 했다. 제이미는 그래도 불평하지 않는 것, 그것 또한 아내의 도리라고 생각했다.

하지만 얼마 안 가 제이미는 그대로 앉아 있기가 힘들 정도로 잠이 쏟아졌다. 막 자리에서 일어서려는데 두 여자가 달려 들어왔다. 하나는 어린 꼬마 아가씨였다. 둘 다 킨케이드 부족의 플래드와 똑같은 무늬의 치마를 입었는데, 당당한 태도로 보아 하인은 아닌 것 같았다. 갈색 섞인 금발머리와 갈색 눈, 환한 웃음이 인상적이었다. 적어도 제이미를 발견할 때까지는 그랬다.

제이미를 보는 순간, 두 여자의 얼굴에서 웃음이 싹 걷혔다. 그 중 키 큰 여자는 적의가 가득한 눈빛으로 제이미를 노려보았다. 제이미도 지지 않고 그 시선을 맞받았다. 너무 피곤해 그런 무례한 행동을 너그럽게 용서해 줄 기분이 나지 않았다. 지금은 받은 만큼 되돌려 주고 싶을 뿐이었다. 내일 화해하지 뭐.

두 여인을 닮은 한 병사가 여자들을 뒤따라 들어오더니, 여자들

어깨에 양손을 하나씩 얹고 서서 제이미를 바라보았다. 검은 머리칼만큼이나 표정이 어둡고 음침했다. 이 남자 역시 제이미를 적대시하는 게 틀림없었다. 잉글랜드인이기 때문이겠지, 제이미는 그렇게 짐작했다. 자신은 이방인이며, 이곳 사람들에게 가까이 다가가는 데에는 시간이 필요하리라는 사실을 절감했다.

알렉은 제이미가 발끝으로 의자를 툭툭 칠 때까지도 세 사람이 홀에 들어와 있다는 사실을 몰랐다. 그는 제이미의 방해에 인상을 찡그리며 고개를 들다가 입구에 서 있는 세 사람을 보고 금방 함박웃음을 지었다. 두 여자도 알렉을 보며 반갑게 웃었다. 키 큰 여자가 알렉을 향해 달려왔다.

「어서 와요」

알렉이 먼저 인사를 건넸다. 그리고는 못마땅한 표정으로 제이미를 쳐다보던 검은 머리 병사에게 시선을 돌렸다.

「마커스, 오랜만이야. 이야긴 저녁식사 후에 하기로 하고, 엘리자베스는 데려왔어?」

「아니.」

마커스라고 불린 남자가 딱딱한 목소리로 대답했다.

「지금 어디 있지?」

「집에서 앵거스 소식을 기다리고 있어.」

알렉은 고개를 끄덕이다가 마커스의 시선 끝에 제이미가 있음을 눈치채고 얼른 입을 열었다.

「내 아내야. 이름은 제이미이고 제이미, 이쪽은 마커스, 그리고 이쪽은 에디스요. 두 사람은 친남매고, 헬레나의 사촌이오」

두 사람이 남매란 건 이미 짐작하고 있었다. 못마땅한 표정이 아주 닮았기 때문이다.

'헬레나가 누구지? 엘리자베스는 또 누구고?'

「그리고 마지막으로 애니.」

알렉이 애정이 듬뿍 담긴 목소리로 마지막 사람을 소개했다.

「이리 와, 꼬마 아가씨. 새로운 마님께 인사해야지?」

애니가 가까이 다가왔을 때에야, 제이미는 애니가 몸은 어린아이지만 이미 성숙한 여인임을 알았다. 하지만 아직도 천진함과 순진함이 엿보였다.

애니는 어색하게 무릎을 구부리며 제이미에게 인사했다. 웃는 모습이 밝고 환했다. 목소리도 아직 앳되었다.

「제가 마님도 사랑해야 하나요, 알렉?」

「그럼, 그래야지.」

「왜요?」

「그래야 내 마음이 기쁘니까.」

「그럼 마님을 사랑해야겠군요, 비록 잉글랜드인이지만.」

알렉에게 재회의 인사를 하는 애니의 얼굴에 한층 더 환한 웃음이 번졌다.

「그 동안 보고 싶었어요, 영주님.」

알렉이 무어라 대답하기도 전에 애니는 다시 마커스와 에디스 옆으로 되돌아가 섰다.

제이미는 오랫동안 애니를 바라보았다. 무엇이 문제인지 알 것 같았다. 애니는 평생을 어린아이 같은 몸에 갇혀 살아야 하는 불쌍한 여자였다. 그런 몸을 타고난 애니에게도, 또 애니를 다정하게 대하는 알렉에게도 연민의 정이 느껴졌다.

「알렉, 애니도 마커스와 남매지간인가요?」

「아니. 애니는 헬레나의 동생이오」

「헬레나는 누군데요?」

「죽은 내 아내.」

제이미가 다른 걸 물어 볼 틈도 주지 않고 알렉은 개빈에게 고개를 돌려 버렸다. 잠시 후 하인들이 부산스럽게 홀 안으로 들어왔다.

풍채 좋은 하인 하나가 커다란 접시를 제이미 앞에 놓았다. 양고기였다. 순간 제이미는 속이 매슥거렸다. 어린 시절에 상한 양고기를 먹고 고생한 이 후로는 양고기 냄새만 맡아도 속이 뒤집혔다.

딱딱하게 마른 빵이 양고기 옆으로 놓였다. 그리고 잘 익은 산딸기를 얹어 구운 두툼한 파이와 노랗기도 하고 오렌지 빛이 나기도 하는 치즈 덩어리, 깨를 잔뜩 뿌린 갈색 빵 등이 식탁에 더해졌다. 맥주와 시원한 물도 있었다.

알렉은 하인들이 상을 차려 놓고 완전히 물러갈 때까지 저녁식사에는 관심도 없는 것 같았다. 하인들이 물러가고 장교로 보이는 남자들이 우르르 몰려들어왔다. 알렉은 한사람 한사람에게 일일이 고개를 끄덕여 인사하고는 다시 개빈의 이야기에 열중했다. 알렉의 표정이 점점 어두워졌다.

「무슨 안 좋은 소식이라도 있어요?」

「앵거스가 행방 불명이오 순찰 나갔다 아직 오지 않고 있소」

「앵거스가 누군데요?」

「내 휘하에 있는 장교인데, 개빈과 같은 보좌관이오 하는 일은 다르지만.」

「그리고 개빈과 마찬가지로 당신 친구인가요?」

알렉은 빵을 하나 집어 반으로 쪼개더니 한 쪽을 제이미에게 건넸다.

「그래, 좋은 친구였소」

「엘리자베스는 누구죠? 아까 마커스가…….」

「앵거스의 부인.」

「아, 가여워라. 지금 무척 걱정하고 있겠군요 앵거스는 잠시 어디 들렀다 조금 늦게 오는 게 아닐까요?」

알렉은 고개를 저었다. 제이미가 얼굴도 모르는 사람 일에 왜 관심을 갖는지 이해할 수 없었지만, 다른 사람의 불행에 안타까워할 줄 아는 마음이 맘에 들었다.

「늦을 리가 없소. 내 장교가 정해진 시간을 어긴다는 건 있을 수 없는 일이오. 앵거스에게 그런 일은 절대 있을 수 없소.」

「지금 여기 없다는 건 죽었다는 뜻입니다.」

개빈이 침통한 목소리로 끼여들었다.

「맞소.」

알렉이 고개를 끄덕였다. 홀에 있던 다른 남자들도 이 이야기에 귀를 기울이고 있는 눈치였다.

'저 사람들도 알렉만큼이나 잉글랜드 말에 익숙한 모양이지?'

주위를 둘러본 제이미는 다른 사람들도 모두 개빈의 의견에 동조하고 있음을 감지했다.

「하지만 아직 증거도 없는데 친구에 대해 그렇게 말하는 건 옳지 않아요.」

사람들의 반응이 차가웠다.

「그게 무슨 소립니까?」

개빈이 놀란 표정으로 물었다. 그러나 제이미는 그 말을 무시하고 다시 말을 이었다.

「왜 앵거스를 찾으러 사람을 보내지 않는 거죠?」

「지금 주위를 샅샅이 뒤지고 있는 중이오.」

개빈이 다시 입을 열었다.

「알렉, 아마 내일 새벽쯤에는 시신이 발견될 거야.」

「개빈, 친구를 그렇게 말하다니 정말 무정하군요? 지금은 무사하길 바라야 할 때예요.」

제이미는 사람들을 훑어보며 당당하게 말했다. 알렉은 피식 웃었다. 사랑스러운 아내는 집에 도착한 지 한 시간도 안 돼 벌써 명령을 하기 시작한 것이다.

「그건 헛된 희망일 뿐이오, 제이미.」

알렉은 함께 자리한 장교들에게 대화에 합류하라고 손짓을 보냈다. 그러자 앵거스에게 무슨 일이 일어났을지 그럴듯한 추리가 여기저기서 흘러나왔다. 앵거스가 행방불명이 된 이유는 제각각 달랐지만 결론은 한결같았다.

'앵거스는 죽었다.'

제이미는 사람들이 쏟아 놓는 이야기를 들으며 저녁식사 내내 입을 다물었다. 얘기를 들어보면 행방불명된 앵거스라는 사람은 이곳에서 아주 중요한 역할을 하고 있는 사람이 분명한데, 그의 생명에 한 가닥이라도 희망을 갖는 사람은 아무도 없었다. 에디스나 애니도 아무 말 없이 자기 몫의 식사가 담긴 접시만 내려다보고 있었다.

알렉이 제이미의 팔을 살짝 건드렸다. 고개를 드니 알렉의 손에 양고기가 들려 있었다.

「아니, 됐어요」

「당신은 고기를 좀 먹어야 하오」

「싫어요」

알렉은 눈썹을 치켜올렸다. 부하들 앞에서 반항을 하다니, 그건 있을 수 없는 일이었다.

제이미도 알렉의 분노를 눈치챘다. 말을 듣지 않았기 때문이리라.

「저는 양고기를 먹지 않아요. 고맙지만 사양할게요」

「당신은 고기를 먹어야 해. 몸이 너무 약하단 말이오. 고기를 먹어야 몸에 힘이 생기는 거요」

「서는 지금노 힘이 넘쳐요」

이렇게 말한 뒤 제이미는 알렉에게 바싹 몸을 기울였다.

「알렉, 전 양고기를 못 먹어요. 먹기만 하면 속이 뒤집힌단 말이에요. 냄새만 맡아도 속이 울렁거리고. 하지만 다른 음식은 아주 맛있어요. 전 지금 한 입도 더 먹을 수 없을 만큼 배가 빵빵해요」

「그럼 가서 목욕을 하시오. 이곳은 금방 어둠이 내려서 조금만 더 있으면 아주 추워질 거요. 빨리 잠자리에 들지 않으면 뼛속까지 얼얼할 거요.」

알렉은 제이미의 눈가에 생긴 검은 기미가 신경에 거슬렸다.

「당신 뼈는 추위에 길들여져 있나 보죠?」

제이미가 장난스럽게 물었다.

「그럼. 스코틀랜드인들은 잉글랜드인들이 생각하는 것보다 훨씬 강하거든.」

제이미가 까르륵 웃었다. 음악처럼 아름다운 웃음소리에 사람들이 모두 넋을 잃었다.

「제 말을 그대로 흉내내다니……」

제이미는 알렉을 보며 눈을 흘겼다. 하지만 얼굴엔 웃음이 가득했다.

「알렉, 그런데 잠은 어디서 자죠?」

「나와 함께 자지.」

「하지만 어디서요? 저 가리개 뒤에서 자나요, 아니면 2층 방에서 자나요?」

발코니를 향해 고개를 돌리던 제이미가 갑자기 현관에 눈길을 고정했다. 도저히 믿을 수 없었다.

제이미는 자리에서 일어났다. 커다랗게 입을 벌리고 있는 현관 입구 주위로 무기가 잔뜩 걸려 있었다. 바닥에서부터 천장까지. 그러나 제이미를 그토록 놀라게 한 건 어마어마하게 많은 무기가 아니었다. 제이미의 시선을 사로잡은 건 벽 한가운데에 걸린 칼이었다.

엄청나게 커다란, 헤라클레스나 휘두를 수 있을 법한 칼이었다. 손잡이에는 잘 익은 포도 알만큼이나 굵은 보석들이 붉은색과 초록색의 빛을 발하며 영롱하게 반짝이고 있었다. 제이미는 그 칼을 아주 오랫동안 유심히 바라보았다.

무기가 모두 몇 개인지 세려면 꽤 긴 시간이 걸릴 듯했다. 칼과

창과 곤봉, 그리고 이름도 알 수 없는 많은 무기들.

제이미는 칼의 개수를 세어 보았다. 모두 다섯 자루였다. 그 칼은 모두 알렉의 것이 분명했다. 이렇게 칼을 많이 갖고 있으면서, 어렵사리 모은 돈으로 칼을 사 주겠다고 했을 때 어떻게 웃을 수 있었을까? 알렉이 괘씸했다.

제이미는 무기에서 시선을 거두고 개빈을 보았다.

「개빈? 저 무기들은 모두 제 남편 것이죠?」

「그렇습니다.」

개빈은 갑자기 차가워진 제이미의 태도에 의아해하며 알렉을 건너다보았다. 알렉도 제이미의 변화를 눈치챘다. 목소리가 바르르 떨리는데다 얼굴까지 홍당무처럼 시뻘게졌으니까. 개빈은 제이미의 성격을 종잡을 수 없었다. 조금 전까지는 소심하다 싶을 정도로 온순했는데…….

제이미를 쳐다보는 알렉의 얼굴에 의미심장한 웃음이 번졌다.

제이미는 눈을 부릅뜨고 알렉을 노려보며 두 손을 허리에 척 얹었다. 개빈은 성난 빛이 역력한 제이미를 보고 적잖이 놀랐다. 소심하다니, 그건 성급한 판단이었다. 푸른 눈동자가 보라색으로 짙어진 알렉 킨케이드의 아내는 결코 소심한 여인이 아니었다. 오히려 배짱이 대단한 여자였다.

제이미는 한바탕 결투라도 벌일 기세였다. 물론 그 상대는 알렉 킨케이드였다.

'알렉의 성질이 얼마나 불같은지 알기나 하고 저러는 건가? 알면 저렇게 행동할 리가 없지.'

개빈은 은근히 제이미가 걱정되었다.

「개빈, 잉글랜드에서는 남편의 소유물은 아내의 것이기도 해요. 여기서도 그런가요?」

제이미의 시선은 여전히 알렉의 얼굴에 꽂혀 있었다.

「맞습니다. 그런데 그런 건 왜 묻죠? 뭐 특별히 갖고 싶은 거라도 있습니까?」

「있어요」

「그게 뭡니까?」

「칼이요」

「칼 말입니까?」

「그냥 칼말고 저기 걸려 있는 저 칼이요 저게 마음에 들어요」

제이미는 현관 위에 걸린 커다란 칼을 가리켰다.

모든 사람들이 일제히 숨을 죽였다.

개빈은 입이 쩍 벌리고 사람들을 한번 쭉 둘러보았다. 사람들 표정으로 보아 잘못 들은 건 아닌 듯했다. 모두 한결같이 어안이 벙벙한 표정이었다.

「저, 저건 영주님의 칼입니다. 게다가……」

갑자기 터져 나온 알렉의 호탕한 웃음소리가 개빈의 말을 막았다.

「당신은 저 칼을 들지도 못해. 덩치 크고 힘센 여자도 들지 못하는데, 양고기도 못 먹는 여자가 어떻게 들겠소?」

제이미는 여전히 알렉을 노려보며 어떻게 답할까 궁리했다.

「좋아요 그렇담 양고기도 못 먹고 힘도 없는 여자가 쓸 만한 검은 있나요?」

무슨 생각에서인지 제이미는 알렉을 보며 상냥하게 웃었다.

「물론 있소」

「그렇다면……」

「우리 병사들이 쓰는 단검이라면, 당신도 얼마든지 휘두를 수 있을 거요」

제이미는 고개를 끄덕이며 침대가 있는 곳으로 걸음을 옮겼다.

알렉은 너무 쉽게 끝나 버린 소동을 아쉬워하며, 부드럽게 흔들리는 제이미의 엉덩이에 시선을 고정했다. 다른 남자들의 시선도 같은 곳을 향하고 있었다. 부하들의 눈길을 의식한 알렉이 큰 소리로 헛기침을 했다.

그때 제이미가 가리개 앞에서 멈춰 서더니 어깨 너머로 남편을 돌아보았다.

「당신이 영원히 잠들지 않는 한, 내 작고 여린 손은 단검을 자유자재로 휘두를 수 있을 정도로 튼튼해질 거예요. 잘 자요, 알렉. 좋은 꿈 꾸세요.」

알렉은 제이미가 가리개 뒤로 완전히 사라질 때까지 웃음을 멈추지 못했다.

「알렉, 내가 잘못 들은 건가? 자네 부인이 자넬 죽이겠다고 협박한 거 같은데.」

개빈은 놀란 눈으로 알렉을 보았다.

「자네 귀는 멀쩡해.」

「그런데 웃음이 나와?」

「내 목은 안전하니까 인상 펴. 제이미는 절대 사람을 해칠 여자가 아냐. 그런 일에는 전혀 안 어울리는 사람이지.」

「그럴까? 그래도 잉글랜드 여자잖아. 그 사실을 명심해.」

「자네도 제이미를 조금만 더 알게 되면 알게 될 거야.」

「헌데 자네 부인, 정말 아름다워. 눈을 뗄 수가 없을 정도로.」

개빈이 솔직히 털어놓았다.

「자네가 눈을 떼지 못하는 걸 나도 봤지.」

알렉이 퉁명스럽게 말을 받았다. 개빈은 친구의 예민한 반응에 당황하며 말을 돌렸다.

「그랬어? 그 미모에 익숙해지려면 시간이 좀 걸리겠어. 우리 병사들이 부인을 위해서도 목숨을 바칠 각오가 되어야 할 텐데, 솔직히 말해서 그다지 장담할 수 없어. 어쨌든 잉글랜드 여자니까.」

「나도 제이미가 잉글랜드 여자라는 사실을 잊은 적 없어. 제이미가 입을 뻥긋할 때마다 절감하게 되니까. 그렇지만 제이미는 조만간 우리 병사들의 믿음을 살 수 있을 거야. 제이미에게나 우리 병사들에게나 강요하고 싶지는 않아.」

「자네 부인, 처음에는 아주 소심하고 내성적으로 보였는데, 절대 그렇지 않은 모양이야?」

「소심하고 내성적이라…… 천만의 말씀이지. 도무지 겁이라곤 없는 여자야. 하고 싶은 말을 감추는 법도 없고 결점이 많긴 해도 마음이 아주 곱고 따뜻해.」

「그런 것 같더군.」

개빈이 실실 웃으며 대답했다.

「그런데 왜 웃어?」

「아무것도 아냐.」

「잘 들어, 개빈. 제이미의 안전은 자네 손에 달렸어. 내가 이곳에 없을 땐 한시도 제이미에게서 눈을 떼지 않도록 해.」

「왜, 걱정되는 문제라도 있어?」

「그런 건 아냐. 아무것도 묻지 말고 시키는 대로 해줘.」

「물론 그렇게 하지.」

「제이미가 가능한 한 편안히 이곳 생활에 익숙해졌으면 해. 제이미는 그렇게 강인한 여자가 아냐.」

「자네가 이미 말했잖아, 핏자국만 봐도 질겁한다고.」

알렉은 못마땅한 표정을 지었지만 한 수 거들었다.

「양고기를 봐도 그렇대.」

두 남자는 마주 보며 호탕하게 웃었다. 그러나 그 웃음소리는 오래 가지 않았다. 남자들이 가리개 뒤쪽을 호기심 가득한 눈초리로 쳐다보고 있다는 걸 알렉이 눈치챘기 때문이다. 그들 역시 영주의 새 마나님에게 홀딱 반한 게 틀림없었다.

제이미는 밖에서 어떤 일이 벌어지고 있는지 전혀 모른 채, 목욕통에 뜨거운 물이 가득 채워지기를 기다리고 있었다. 목욕물을 날라다 준 사람은 프리다라는 하녀였는데, 머리칼이 희끗희끗하고 음성이 아주 부드러웠다. 제이미는 할 일을 마치고 막 나가려는 프리다를 불러 세워 부엌이 어디에 있는지 물었다.

「아이고, 여기서 십 리나 떨어진 곳에 있죠」

프리다는 부루퉁하게 대답하다가 서둘러 표정을 고치며 말을 바꿨다.

「죄송합니다, 마님. 마님께 불평하려던 건 아니었습니다.」

제이미는 프리다에게 밝게 웃어 보였다. 안 그래도 뭔가 불만이 많은 듯한데, 거기다 한 가지를 더 보태 주고 싶지는 않았다.

「그럼 부엌이 이곳말고 다른 데에 있다는 말이에요?」

프리다는 쪽진 머리가 흔들릴 정도로 세차게 고개를 저었다.

「한겨울에 눈이 많이 내린 날에는 부엌에서 이곳까지 음식을 나르기가 얼마나 힘든지 몰라요. 무릎까지 푹푹 빠지는 눈길을 와야 하니까 춥기는 또 얼마나 춥다구요」

「내일 절 부엌으로 좀 안내해 주시겠어요?」

「무, 물론이죠. 그런데 무엇 때문에 그러시죠, 마님?」

「이제 여기 안주인은 저니까, 제가 여기저기 구석구석 살펴야 하잖아요. 손볼 곳은 손도 좀 보고. 프리다의 말을 들으니 부엌을 이 근처로 옮겨야 할 것 같군요」

「정말입니까, 마님?」

프리다의 목소리에 놀람과 기쁨의 빛이 가득했다. 제이미의 생각에 전적으로 찬동하는 것이 틀림없었다. 그러나 곧 이마를 찡그리고 속삭이듯 입을 열었다.

「하지만 마님, 에디스 아가씨가 분명 반대할 거예요. 지금껏 아가씨가 안주인 행세를 해왔거든요. 아마 마님의 뜻에 순순히 따르지 않을 거예요.」

그 말에도 제이미는 웃음을 잃지 않았다.

「그럼 그것도 고쳐야겠군요, 그렇죠?」

나이 든 하녀의 웃는 얼굴에서 제이미는 최소한 한 사람은 자기편으로 만드는 데 성공했음을 깨달았다.

「물이 식기 전에 어서 목욕을 하시는 게 좋겠어요, 마님.」

프리다는 방을 떠나기 전에 다정하게 한마디 해주었다.

제이미는 아직도 남자들이 홀에 있다는 사실을 떠올리며 물소리가 나지 않도록 조심히 목욕통 속으로 들어갔다. 하지만 몇 분 지나자 노곤함이 밀려와 누가 목욕하는 소리를 듣든 말든 상관할 여력이 없었다. 서둘러 목욕을 마치고 나온 제이미는 깨끗한 잠옷으로 갈아입고 커다란 침대로 올라갔다.

침대에 앉아 대충 머리를 빗어 말리는데, 문득 알렉의 칼이 머릿속에 떠올랐다. 그렇게 무기가 많으면서 전사에게는 칼이 필요하다느니 하는 내 설교를 가만 듣고 있다니, 생각만 해도 알렉이 괘씸했다. 하지만 다니엘에게 칼 쓰는 법을 가르쳐 달라고 부탁하자는 말이 떠오르자 피식 웃음이 나왔다. 아마 알렉은 속으로 날 시골 쥐만큼이나 어리석고 둔한 여자라고 욕했겠지?

스르르 잠이 밀려들었다. 이제 제이미의 머릿속엔 알렉이 어서 빨리 침대에 들어왔으면 하는 생각뿐이었다. 하나님의 도우심으로, 제이미는 불량스러운 스코틀랜드인을 사랑하게 된 것이다.

알렉이 가리개 뒤쪽으로 자꾸 시선을 던지더군. 그 잉글랜드 계집은 벌써 알렉의 마음을 사로잡은 게 틀림없어. 어떻게 헬레나를 그렇게 쉽게 잊을 수 있지? 벌써 새 신부와 사랑에 빠지다니, 아직도 정신을 못 차렸군. 하긴 그 편이 내겐 더 즐겁지. 그 여잘 사랑하면 할수록 이별의 아픔이 클 테니까. 그래, 기꺼이 그 여잘 죽여 주지.

10

두런거리는 소리에 제이미는 잠에서 깼다. 처음엔 지금 누워 있는 곳이 어딘지 어리둥절하기만 했다. 촛불이 흔들림 없이 조용히 타고 있었고, 사람들의 그림자가 가리개 아래로 어른거렸다. 그 그림자를 바라보며 한참 동안 생각에 잠긴 후에야 지금 이곳이 어딘지 알 수 있었다.

나시 낮고 자분한 웅성거림이 들려 왔다. 삼시 그 소리에 귀기울이던 제이미는 정신이 번쩍 들었다. 사람들은 지금 이승을 떠나려는 한 불쌍한 영혼을 위해 종부성사를 하고 있었던 것이다.

'결국 앵거스가 시신으로 발견된 모양이네.'

제이미는 성호를 그으며 망자의 명복을 빌었다. 그리고 가운을 찾아 걸친 뒤 사람들이 모인 곳으로 걸음을 옮겼다. 자신은 저들에게 한낱 이방인일 뿐이지만, 그렇더라도 이 성의 안주인이 아닌가. 게다가 앵거스는 남편의 절친한 친구이자 동료였다. 그를 보내는 자리에 빠질 순 없었다.

제이미는 신부의 성경 봉독 소리를 들으며 남편 뒤에 가 섰다. 알렉은 제이미가 다가오는 인기척을 알아채지 못했다.

시신은 알렉의 침대가 있는 반대편 홀 테이블에 놓여 있었다. 검은 바탕에 자주색 장식이 달린 제의(祭衣)를 입은 늙은 신부가 테이블 한쪽 끝, 앵거스의 머리 쪽에 서 있었다. 백발이 성성하고 얼굴에 주름이 깊게 팬 신부의 목소리는 슬픔으로 깊이 가라앉아 있었다.

알렉은 신부의 맞은편, 앵거스의 발끝에 서 있었고, 알렉을 기준으로 병사들이 계급에 따라 약간씩 떨어져서 서 있었다. 에디스와 애니, 그리고 앵거스의 아내 엘리자베스로 보이는 여인이 벽난로 앞에서 손수건에 얼굴을 묻고 있었다.

제이미는 슬픔으로 가득 찬 엘리자베스의 얼굴을 보자 가슴이 찡했다. 엘리자베스의 두 뺨으로 눈물이 하염없이 쏟아져 흘렀지만, 울음소리는 전혀 들리지 않았다. 제이미는 그 의연한 태도에 감탄했다. 만약 자기가 엘리자베스 같은 처지였다면, 아마도 성이 떠나가라 통곡했으리라.

제이미는 앵거스의 시신을 자세히 살펴보기 위해 테이블 쪽으로 고개를 빠끔히 내밀었다. 테이블은 피가 흥건했고, 앵거스 몸에는 여기저기 핏자국투성이였다. 가슴엔 반달 모양의 상처가 깊이 파여 있었고, 왼쪽 손목이 부러져 있었는데 단번에 부러진 듯 상처가 비교적 깨끗했다. 하지만 그것만으로는 상처가 얼마나 깊은지, 어떤 상처 때문에 목숨을 잃었는지는 알 수 없었다.

앵거스는 인상이 험상궂고 전투를 많이 겪었는지 몸 여기저기에 상처가 많았다. 그런데 지금은 눈썹 부근이 잔뜩 부풀어올라 있어 더욱 험악하고 으스스해 보였다. 저 상처 때문인가? 제이미는 앵거스가 죽게 된 결정적인 원인이 무엇일까 생각하며 눈썹 부근의 상처를 유심히 살폈다. 그런데 갑자기 죽은 줄 알았던 앵거스의 얼굴이 희미하게 찌푸려졌다. 얼굴의 상처를 보고 있지 않았다면 절대 눈치채지 못했을 정도로 아주 미세한 움직임이었다.

제이미의 마음속에 작은 희망의 불꽃이 타올랐다. 누워 있는 앵거스의 가슴을 유심히 관찰했다. 가슴이 오르락내리락했다. 희미하지만 숨소리도 골랐다. 좋은 징조였다. 죽음이 임박한 사람은 숨소리가 가르랑거리는 법이었다.

'앵거스는 아직 살아 있어!'

제이미는 마음이 조급해졌다. 성경 봉독이 끝나고 이어진 신부의 기도는 쉽사리 끝날 성싶지 않았다. 기도가 끝날 때까지 기다릴 수 없었다. 아침이 밝아 오기 전까지 상처를 치료하지 않으면, 지금 사람들의 애도를 받고 있는 저 사람은 고열로 진짜 죽음을 맞이할 것이었다.

제이미는 알렉의 어깨에 손을 얹었다. 깜짝 놀라 뒤를 돌아본 알렉은 황급히 제이미의 시야를 막았다. 제이미가 그 자리에 있다는 사실이 전혀 달갑지 않은 표정이었다.

「저 사람이 앵거스인가요?」

제이미가 알렉의 귀에 대고 속삭였다. 알렉은 고개를 끄덕였다.

「침대로 돌아가시오, 제이미.」

「저 사람은 죽지 않았어요」

「그래. 하지만 죽어 가고 있소. 살 가망이 없다구.」

「아니에요, 알렉. 그렇지 않아요」

「어서 돌아가라니까.」

「하지만 알렉…….」

「어서.」

알렉의 목소리는 단호했다. 제이미는 천천히 돌아서서 침대로 걸음을 옮겼지만, 머릿속으로는 앵거스를 살리기 위해 필요한 물건들을 꼽고 있었다.

잠시 후, 제이미는 소중한 약단지를 옆구리에 끼고 알렉에게 되돌아갔다. 가운 한 쪽 주머니엔 실을 꿴 굵은 바늘을 꽂고, 다른 쪽 주머니엔 스타킹 세 장을 넣고서. 알렉이 허락하든 허락하지 않든 죽어 가는 사람은 일단 살려 놓고 볼 일이었다. 알렉이 너무 화를 내지 않기만을 바랄 뿐이었다. 화를 낸다 해도 결국은 제이미를 막을 수 없을 테니까.

신부가 마지막 축복 기도를 하고 무릎을 굽혔다. 알렉은 테이블 가에 서 있던 병사들에게 모종의 손짓을 하고 돌아서다 뒤에 바짝 다가서 있던 제이미와 부딪쳤다. 본능적으로 옆으로 쓰러지려는 제이미를 잡아 주었다. 하지만 곧 화가 머리끝까지 치밀어 올라 얼굴을 심하게 일그러뜨렸다. 제이미를 잡은 손에도 그만큼 힘이 들어갔다.

제이미는 숨을 깊이 들이마신 뒤 입을 열었다.

「당신은 이상하게 생각할지도 모르지만요, 알렉, 잉글랜드에서는 사람이 완전히 죽기 전엔 추모 기도 같은 건 하지 않아요 또, 숨이 완전히 끊어지기 전에는 신부님도 부르지 않구요」

사람들의 시선이 일제히 제이미에게 쏠렸다.

「알렉, 앵거스가 살 가망이 없다고 어떻게 확신하죠? 제가 상처를 볼 수 있게 해주세요. 앵거스가 정말로 하나님께 불려갈 거라면, 제가 좀 본다고 해도 크게 나쁠 건 없잖아요」

제이미는 어깨에 얹혀진 알렉의 손을 살며시 치웠다. 알렉은 아무 말 없이 제이미를 물끄러미 바라보았다. 당신 지금 제정신이오, 하고 묻는 듯했다.

제이미가 기다리다 못해 앵거스에게 다가가려는데 알렉이 다시 앞을 가로막았다.

「피를 너무 많이 흘렸소」

214

「저도 봤어요」

「당신은 피를 보면 질겁하잖소」

「알렉, 누가 그래요?」

알렉은 아무 대답도 하지 않았다.

「난 피를 보고 질겁하지 않아요. 그렇게 연약한 여자가 아니라구요」

「만약 조금이라도 불편한 기색이 보이면 화낼 거요」

「알렉, 당신이 허락하든 안 하든, 나는 앵거스의 상처를 좀 봐야겠어요. 그러니 비켜서세요」

알렉은 꿈쩍하지 않았지만, 제이미의 명령에 놀란 듯 눈을 부릅떴다. 그대로 제이미의 목을 조를 것만 같았다. 제이미는 알렉의 표정을 보고 얼른 말투를 바꾸었다. 알렉에겐 무슨 일이든 명령하듯 말해선 안 되었다.

「알렉, 난 상처를 치료하는 일에 대해선 당신이 전투에 대해 알고 있는 것만큼이나 잘 알아요. 이 방면에 전문가라구요. 앵거스를 돕고 싶으니 제발 좀 비켜 주세요. 당신 친구는 지금 끔찍하게 고통스러워하고 있다구요」

제이미의 마지막 말에 알렉은 움찔했다.

「앵거스가 고통스러워하고 있다고? 그걸 당신이 어떻게 알지?」

「얼굴을 찡그리는 걸 봤어요」

「확실하오?」

「확실해요!」

제이미의 목소리가 얼마나 사나웠던지 알렉은 깜짝 놀랐다. 제이미가 당장 암호랑이로 돌변할 것 같았다.

「좋소. 당신이 할 수 있는 일을 해보시오」

제이미는 안도의 숨을 내쉬며 서둘러 앵거스에게 다가갔다. 들고 온 약단지를 테이블에 내려놓고, 허리를 굽혀 앵거스의 상처를 자세히 살펴보았다.

병사들이 테이블 가로 바짝 몰려들었다. 얼굴에 화난 표정이 뚜렷했다. 알렉은 이 일로 부하들이 반란을 일으킬까 걱정되었다. 팔짱을 끼고 방 안에 있는 사람들의 얼굴을 하나하나 살폈다. 병사들의 시선이 제이미에게서 알렉으로 옮아갔다. 그들은 잉글랜드에서 온 이방인 여자를 어떻게든 막아 달라고 무언의 요구를 하는 것이었다.

제이미는 병사들의 불만을 잘 알았다. 하지만 신경 쓰지 않고 앵거스의 상처에 정신을 집중했다. 먼저 얼굴에 난 상처를 찬찬히 살피고 나서 가슴의 상처를 들여다보았다.

「역시 생각했던 대로예요」

「심하오?」

제이미는 고개를 가로저었다.

「겉보기만 클 뿐이에요」

목소리가 아까보다 한결 밝았다.

「겉보기만 크다고?」

「네. 상처가 그다지 깊지 않아요」

「그럼 앵거스는 죽지 않는단 말입니까?」

어느새 신부가 제이미 옆에 와 있었다. 천식 때문에 제대로 서 있는 것조차 힘들어 보이는 노인이었지만, 눈초리는 날카로웠다.

「앵거스를 살릴 기회는 아직 충분해요, 신부님.」

한쪽에서 여인의 울음소리가 커다랗게 들려 왔다. 엘리자베스였다.

「그럼 나도 돕고 싶습니다.」

신부가 나섰다.

「도와 주시겠다니 고맙습니다.」

그러나 병사들 쪽에서 불평을 하는 소리가 들렸다. 제이미는 그들을 무시하고 남편을 향해 돌아섰다.

「조금 전에 부하들과 어디론가 가시려는 것 같던데, 급한 일이 아니라면 당신 도움이 필요해요」

「관을 짜러 가려던 참이었소」

「관이라뇨?」

「장례식을 치러야 하니까.」

제이미는 할말을 잃었다. 앵거스가 그 말을 듣지 못하도록 귀를 막아 주고 싶었다.

「세상에, 숨이 끊어지지도 않은 사람을 땅에 묻을 생각이란 말인가요?」

「그런 건 아니오 일단 당신의 말을 믿고 기다리기로 하겠소 진짜 앵거스를 살릴 수 있는 거요?」

「부인, 제가 도와 드릴 일은 없습니까?」

제이미가 남편의 말에 대답하기도 전에 개빈이 썩 나서며 물었다.

「촛불이 좀더 필요해요 그리고 미지근한 물 한 잔하고 깨끗한 물이 몇 대야 있어야 하구요 부목으로 쓸 나무판도 두 장 필요해요, 이만한 크기로」

제이미는 원하는 나무판의 크기를 허공에 그려 보였다. 그것들을 다 어디에 쓸 건지는 몰랐지만, 제이미의 말에 토를 달 여유가 없었다. 개빈이 어디론가 쏜살같이 사라졌다.

「앵거스의 팔이 부러진 것 같은데, 팔을 자를 겁니까?」

신부가 심각한 표정으로 물었다. 병사들이 몰려 있는 쪽이 술렁거렸다.

「팔을 잘라 내느니, 앵거스는 차라리 죽음을 택할 거야.」

어디선가 이런 말이 들려 왔다.

「팔을 잘라 내려는 게 아니라 부러진 뼈를 맞추려는 거예요, 신부님.」

「뼈를 맞출 수 있습니까?」

「그럼요」

웅성거리는 소리가 커지면서 사람들이 테이블 주변으로 더 가까이 모여들었다. 개빈이 사람들을 팔꿈치로 밀치며 제이미에게 다가와 물컵을 내밀었다.

「여기 물 가져왔습니다. 대야는 뒤에 있구요」

제이미는 약단지를 하나 열어 엄지손가락과 집게손가락으로 갈색 가루약을 집어 냈다. 그 약을 물컵에 넣으니 물이 검은색으로 변했다.

「개빈, 이걸 잠깐만 들고 계시겠어요?」

제이미는 물컵을 개빈에게 건넸다.

「이게 뭡니까?」

개빈이 코를 쿵쿵거리며 냄새를 맡아 보고 물었다.

「앵거스를 잠들게 해줄 약이에요. 그 약을 먹으면 고통을 못 느낄 정도로 깊이 잠들게 되죠」

「하지만 앵거스는 벌써 잠들어 있는데…….」

어디선가 또 불평 소리가 들렸다.

「앵거스는 잠자는 게 아니에요」

「그렇다면 왜 눈을 뜨고 우리를 쳐다보거나 말을 하지 않는 겁니까?」

「고통이 너무 크기 때문이에요. 알렉, 이 약을 받아 마실 수 있도록 앵거스의 머리를 좀 받쳐 주시겠어요?」

제이미의 말에 순순히 응해 줄 사람은 알렉뿐이었다. 알렉은 앵거스의 머리를 받쳐 주기 위해 테이블에 바싹 다가섰다. 제이미가 앵거스의 머리를 두 손으로 감싸고는 귀에 얼굴을 바싹 갖다 대고 속삭였다.

「앵거스, 눈을 뜨고 날 보세요」

그러나 앵거스는 제이미가 같은 말을 세 번이나 반복할 때까지도 눈을 뜨지 않았다. 제이미는 결국 크게 고함을 질렀고, 드디어 앵거스가 눈을 가느다랗게 떴다. 주위에 있던 사람들의 입에서 감탄의 소리가 흘러나왔다. 그들도 이젠 제이미의 말을 믿을 수밖에 없었다.

「앵거스, 이걸 마셔요. 그럼 곧 고통이 사라질 거예요」

앵거스가 약을 한 모금 받아 마셨다.

「약 기운이 오르려면 몇 분 더 있어야 해요」

제이미가 만족스런 웃음을 지으며 고개를 들자, 알렉이 환한 웃음을 지어 보였다.

「하지만 열이 너무 오르면 깨어나지 못할 수도 있어요」

제이미는 알렉의 귀에 대고 소곤거렸다. 너무 큰 희망을 심어 주지 않기 위해서였다.

「부인, 앵거스가 잠든 것 같아요」

개빈이 제이미를 불렀다. 제이미는 앵거스의 얼굴을 두 손으로 감싸며 앵거스를 불렀다. 앵거스가 천천히 눈을 떴다.

「아직도 통증이 느껴지나요?」

앵거스는 아무 말도 안 했지만, 제이미는 환자의 눈동자를 보고 이제 약 기운이 돌기 시작했음을 알았다. 앵거스의 갈색 눈동자가 몽롱하게 들떠 있었지만, 아주 평온해 보였다.

「벌써 내가 천국에 온 건가요? 당신은 천사죠?」

앵거스가 거친 돌 마루를 긁는 듯한 거친 목소리로 물었다. 제이미는 싱긋 웃었다.

「아니에요, 앵거스 당신은 아직 스코틀랜드에 있어요」

그 말을 마치기가 무섭게 앵거스의 얼굴에 다시 공포가 떠올랐다.

「오, 맙소사. 여긴 천국이 아니라 지옥이군. 악마가 날 시험하고 있어. 너는 천사처럼 보이지만, 잉글랜드 말을……」

앵거스는 적개심에 불타는 눈동자를 빛내며 몸을 일으키려고 안간힘을 썼다. 제이미는 재빨리, 마치 키스라도 하는 것처럼 앵거스의 귀에 입을 바짝 갖다 댔다. 그리고 아무도 듣지 못할 정도로 작은 목소리로 게일어를 속삭였다.

「가만히 있어요. 당신은 지금 당신 친구들과 함께 있어요. 안전하니까 걱정 말아요. 힘을 낼 수 있다면 잉글랜드인들과 전투하는 상상을 하세요. 하지만 말은 하지 말아요. 약 기운이 좀더 돌면 푹 잘 수 있을 거예요」

잉글랜드 말투의 게일어였지만, 약 기운 때문인지 앵거스는 그러한 사실을 눈치채지 못한 채 조용히 눈을 감았다. 그리고 곧 잠에 빠져들었다. 잠든 얼굴에 웃음이 어렸다. 꿈속에서 방금 목을 벤 잉글랜드 적병들의 수를 세고 있으리라.

「저도 돕고 싶어요」

언제 테이블 가까이 왔는지, 엘리자베스가 눈물 어린 목소리로 말했다. 엘리자베스는 머릿결이 아름다웠다. 아직 겁먹은 표정이었지만, 마음만은 단단히 먹은 듯했다.

「앵거스는 제 남편이에요. 무엇이든 하라는 대로 할게요」

「도와 주시겠다니 고마워요」

제이미가 웃어 보이자 엘리자베스도 주저주저하며 따라 웃었다.

「우선 저 천을 적셔다가 남편의 이마에 올려놓으세요」

엘리자베스에게 그렇게 시켜 놓고, 제이미는 가운 주머니에서 스타킹을 꺼내 개빈이 가져온 나무판에 하나를 씌웠다. 구경하고 있던 병사 하나가 썩 나서더니 나머지 나무판 하나에도 스타킹을 씌웠다.

이젠 앵거스의 부러진 뼈를 맞춰야 했다. 가장 힘든 일이었다. 제이미의 손이 가늘게 떨렸다. 힘들겠지만 지체할 순 없었다.

「알렉, 이제 당신 힘이 필요해요. 개빈, 긴 천이 있어야겠어요」

제이미는 나머지 스타킹 끝에 구멍을 다섯 개 뚫은 후, 앵거스의 부러진 팔에 조심스럽게 씌웠다. 손이 퉁퉁 부어서 구멍에 손가락을 끼우기가 쉽지 않았다. 팔을 건드릴 때마다 제이미는 재빨리 앵거스의 얼굴을 살폈다. 혹시 마취에서 깨어날까 걱정스러웠기 때문이다.

「알렉, 앵거스의 손을 잡으세요 개빈은 팔 위쪽을 붙들구요 그리고 천천히 잡아당기세요 제가 뼈를 맞출 수 있도록 천천히 해야 해요 엘리자베스, 고개를 돌리세요 안 보는 게 좋을 거예요」

제이미는 숨을 크게 들이쉬었다.

「이게 가장 힘든 부분이야. 자, 시작해요」

알렉과 개빈이 팔을 세 번이나 잡아당긴 후에야 뼈가 제자리를 찾았다. 뼈를 맞추자 제이미는 빠른 손놀림으로 부목 두 장을 팔 양쪽에 대고 상처 부위를 단단히 동여맸다. 이제 앵거스의 팔은 완전히 제 모습을 찾았다. 물론 부기만 빠진다면 말이다.

「자, 이제 가장 힘든 일이 끝났어요」

제이미는 이제 마음이 놓이는지 크게 안도의 숨을 내쉬었다.

「하지만 부인, 가슴에도 상처가 있습니다.」

신부는 말을 마치자마자 밭은기침을 토해 냈다. 소리만 들어도 고통스러운 기침이었다. 하지만 신부는 다시 입을 열었다.

「가슴에 커다란 구멍이 뚫려 있어요」

「신부님, 그 상처는 보기보다 심하지 않아요」

여기저기서 터져 나오는 안도의 숨소리를 들으며 제이미는 흐뭇한 웃음을 지었다. 주위가 좀 어둡단 생각이 들었다. 하지만 걱정할 필요는 없었다. 촛불이 필요하단 말을 하는 순간, 사람들이 내미는 촛불 때문에 눈이 부실 지경이 되었으니까.

제이미는 따뜻한 물을 한 잔 더 부탁했다. 누군가 물을 가져오자 한 약단지를 열더니 오렌지색 가루약을 집어 물에 탔다. 그리고 그 약을 신부에게 내밀었다.

「신부님, 이걸 드세요 기침이 좀 멎을 거예요 천식 때문에 고생이 많으시죠?」

신부는 제이미의 따뜻한 마음씨에 감동해 할말을 잃고 말없이 컵을 받아 약을 한 모금 꿀꺽 들이켰다. 하지만 얼마나 쓰던지 얼굴을 찡그리고 말았다.

「한 방울도 남기지 마세요, 신부님.」

제이미의 명령에, 신부는 어린아이처럼 주뼛거리다가 약을 한 입에 들이켰다.

제이미는 그제야 앵거스의 가슴에 난 상처를 치료했다. 상처가 흙과 먼지, 피로 범벅이 되어 있어 시간이 오래 걸렸다. 제이미의 손놀림이 아주 신중하고 침착했다. 상처를 깨끗이 소독하지 않으면 나중에 심각한 염증을 일으킬 수도 있다는 사실을 그간의 경험과 돌아가신 어머니의 가르침으로 잘 알고 있었다. 소독이 끝나자 상처를 바늘로 깔끔하게 꿰맸다.

알렉이 침대를 하나 가져오라고 부하에게 명령했다. 제이미가 환자를 가능한 한 가까이 두고 싶어하리라고 생각했기 때문이다. 앵거스의 집은 여기서 너무 멀었다.

앵거스의 아내는 밤새 한마디도 하지 않았다. 하지만 제이미가 남편을 치료하는 모습을 지켜보며 그곳을 떠나지 않고 있었다.

제이미는 엘리자베스의 존재를 전혀 인식하지 못했다. 오랫동안 허리를 구부리고 있었던 탓에, 상처를 다 꿰매고 몸을 일으키는 순간 허리가 뜨끔하고 현기증이 났다. 열댓 개나 되는 손이 일제히 제이미를 부축하기 위해 날아왔다.

「엘리자베스, 앵거스의 가슴에 붕대를 감아야 하는데 좀 도와 주겠어요?」

수심이 가득한 엘리자베스를 본 제이미는 뭔가 할 일을 줘야겠다는 생각에 도움을 청했다. 엘리자베스가 기다렸다는 듯 열심히 제이미의 일손을 거들었다. 붕대를 다 감고 나자, 알렉은 병사들을 시켜 앵거스를 침대로 옮겼다.

「잠에서 깰 때쯤이면 무척 고통스러울 거예요. 그때 앵거스에겐 당신의 손길이 필요해요, 엘리자베스.」

「하지만 틀림없이 깨어나겠죠?」

엘리자베스의 목소리는 희망과 기대로 가득 차 있었다.

「그럼요, 꼭 깨어날 거예요」

제이미가 다시 한 번 다짐을 두었다. 엘리자베스가 담요를 남편의 어깨까지 끌어올려 따뜻하게 덮어 주었다.

「그런데 에디스와 애니는 어디에 있죠?」

「집으로 갔어요」

엘리자베스는 제이미의 말에 대답하면서 앵거스의 이마를 부드러운 손길로 쓸어 주었다. 남편에 대한 사랑이 얼마나 깊은지 알 수 있을 정도로 따뜻하고 사랑이 가득한 손길이었다.

「앵거스가 완전히 숨을 멈추면…… 그때 깨울 생각이었어요」

제이미는 엘리자베스의 말에 당황해 알렉을 쳐다보았다.

그때 코 고는 소리가 들려 왔다. 사람들의 시선이 모두 앵거스가 치료를 받던 테이블 쪽으로 쏠렸다. 테이블 옆 의자에서 머독 신부가 잠에 빠져 있었다.

「어머나, 그 약을 마시면 졸음이 올 거란 얘기를 안 해드렸군요」

제이미가 자신의 실수를 탓했다.

「신부님은 여기서 주무셔도 돼. 그리고 엘리자베스, 이젠 집으로 돌아가 좀 쉬어요 개빈과 내가 앵거스를 돌볼 테니까.」

엘리자베스의 얼굴에 금세 실망의 빛이 떠올랐다.

제이미는 엘리자베스가 남편의 곁을 지키고 싶어하리라 짐작했다. 그렇지만 엘리자베스는 알렉의 말에 아무런 대꾸도 하지 않고 조용히 고개를 끄덕이며 문을 향해 걸어갔다.

「알렉, 만약 당신이 다쳐서 누워 있다면 나는 당신 곁을 떠나지 않을 거예요. 어째서 엘리자베스를 앵거스 옆에 있지 못하게 하는 거죠? 의자에 앉아서 자도 되고, 위층에 있는 빈방에서 하룻밤 묵어도 되는데 말이에요」

엘리자베스가 걸음을 멈추고 혹시나 하는 희망으로 돌아섰다.

「저는 어디라도 좋아요」

알렉은 두 여자를 번갈아 쳐다보더니 결국은 고개를 끄덕였다.

「그럼 가서 필요한 물건을 챙겨 와요 위층 방을 하나 쓰도록 하구요 하지만 엘리자베스, 지금은 당신의 건강도 중요한 때라는 걸 명심해요 앵거스가 깨어나서 녹초가 된 당신을 보면 가만있지 않을 거예요」

「고맙습니다, 영주님.」

엘리자베스는 깊이 머리를 숙여 인사했다.

「마커스, 엘리자베스가 집에 가서 필요한 물건을 챙겨오도록 도와 줘.」

알렉이 소리쳤다.

제이미는 앵거스의 잠든 얼굴을 잠시 들여다보았다. 엘리자베스가 주저하면서 제이미에게 다가와 손을 잡았다.

「감사합니다, 마님.」

아주 작은 목소리였다.

「에디스와 애니는 깨울 필요가 없겠네요」

제이미가 웃으며 말하자 엘리자베스도 따라 웃었다.

「그럼요 푹 자도록 놔둬야죠」

돌아서던 엘리자베스가 머뭇거리며 다시 제이미를 돌아보았다.

「아들을 낳으면 제 남편의 이름을 따서 이름을 지어 주기로 했어요」

「어머, 언제가 산달인데요?」

「아직 6개월 남았어요 하지만 만약 딸을 낳으면……」

「딸을 낳으면요?」

「마님의 이름을 따서 이름을 지어 주고 싶어요」

제이미는 기운만 있다면 아주 큰 소리로 웃고 싶었다. 하지만 너무 지쳐서 빙긋 미소만 지었다.

「알렉, 엘리자베스의 말 들었죠? 엘리자베스는 제이미가 남자 이름이라도 상관하지 않나 봐요. 당신은 어떻게 생각해요?」

엘리자베스도 알렉을 쳐다보며 웃음을 짓다가 고개를 한 번 끄덕하더니 놀란 듯 물었다.

「제이미라구요? 제인이 아니었나요?」

알렉은 제이미의 얼굴을 내려다보며 호탕하게 웃었다. 엘리자베스는 농담이었다는 뜻으로 제이미의 팔을 힘주어 잡아 주고는 마커스와 함께 밖으로 나갔다.

「마커스는 웃을 줄 모르는 사람인가요?」

알렉과 단둘이 남자 제이미가 물었다.

「누구?」

「마커스요.」

알렉은 고개를 끄덕였다.

「마커스는 좀처럼 웃질 않소」

「마커스는 저를 아주 싫어하는 것 같아요」

「잘 봤소」

제이미는 무심하게 대답하는 알렉을 흘겨보며 약단지에서 약을 조금 집어 물에 탔다. 앵거스의 열을 내리기 위한 약이었다. 앵거스는 제이미가 조금씩 흘려 넣어 주는 약을 순순히 받아 마셨다. 알렉이 조용히 제이미 곁으로 다가왔다.

「난 당신이 내 플래드를 입었으면 하오」

「뭘 입으라구요?」

「내 플래드」

「어째서요?」

「이제 당신은 내 사람이니까.」

알렉은 꼬치꼬치 따지는 제이미의 말에 인내심을 갖고 대답했다.

「난 당신 사람이 되고 싶다고 느껴질 때 플래드를 입을 거예요, 알렉 킨케이드. 그 전에는 안 돼요」

「난 당신에게 명령할 수도……」

「하지만 안 하실 거잖아요」

알렉은 빙그레 웃었다. 깜찍한 아내는 드디어 남편이 어떤 사람인지 깨달은 것이다. 물론 알렉 자신도 아내가 어떤 마음을 품고 있는지 잘 알았다. 하지만 바보 같은 아내는 자기 마음이 벌써부터 남편을 향해 열렸음을 전혀 깨닫지 못하고 있었다. 제이미가 빨리 그 사실을 인정하게 만들리라.

「제이미, 아까 한 말은 진심이었소? 내가 아프면 내 곁을 지킬 거란 말 말이오」

「그럼요」

제이미는 알렉의 얼굴을 돌아다보지도 않은 채 말을 이었다.

「그렇게 능글맞게 웃지 마세요? 어떤 아내라도 남편이 아프면 그 곁을 지키는 거예요 그건 아내의 의무니까」

「그리고 당신은 당신의 의무를 다하겠다는 거군.」

「그래요」

「당신에게 앞으로 2주일의 시간을 주겠소 그때까진 마음을 정해야 하오 하지만 결국 내 플래드를 입게 될걸.」

제이미를 바라보는 동안, 알렉은 또 하나의 진실을 깨달았다. 바로 자기 자신도 제이미의 사랑을 간절히 바라고 있다는 사실이었다. 하지만 절대 제이미를 사랑해선 안 되었다. 전사는 아내를 소유할 뿐 사랑할 수 없었다. 사랑이란 감정은 사람의 관계를 복잡하게 만들어 임무를 수행하는 데 방해가 될 뿐이니까. 알렉은 절대 제이미를 사랑하지 않으리라 다짐했다. 하지만 제이미가 자신을 사랑하지 않는다면 크게 낙담하리라.

「2주일이오」

「당신은 정말 거만하기 짝이 없는 사람이에요」

「알려 줘서 고맙소」

알렉은 제이미의 아름다운 웃음소리에 다시 유혹되기 전에 홀을 떠났다. 병사들은 안마당에 모여 앵거스의 소식을 기다리고 있었다. 그 중 많은 사람들이 앵거스가 죽을 거라 믿고 있었다. 그들은 앵거스의 얼굴을 직접 보기 전에는 절대 이곳을 떠나지 않을 사람들이었다. 그것은 앵거스의 친구이자 동료로서 그들의 권리였기 때문에, 알렉도 마음대로 그들에게 돌아가라고 명령할 수 없었다.

앵거스가 약 기운에서 깨어났을 때, 제이미는 바닥에 무릎을 꿇고 앉아 깜박 잠이 들어 있었다. 가운 자락이 바닥에 넓게 퍼져 있었다.

앵거스는 왼팔을 움직이려다 끙 하고 신음소리를 냈다. 부러진 부위가 따끔거리며 가려웠지만, 누군가가 오른쪽 팔을 무겁게 누르고 있어 긁을 수가 없었다. 눈을 뜨니 자고 있는 한 여인이 보였다. 누군지는 모르지만, 눈동자가 보라색이 도는 아름다운 푸른색일 거란 생각이 들었다. 조심스레 팔을 빼려 했지만 잘 빠지지 않았다.

그때 병사들이 홀 안으로 들어왔다. 깨어 있는 앵거스를 보며 모두 따뜻하고 반가운 웃음을 지었다. 앵거스도 힘겹게 웃어 보였다. 고통의 그림자가 완전히 걷히지는 않았지만, 친구들의 웃는 얼굴을 보니 아직 죽지 않았음을 알 수 있었다. 잠들기 전에 들렸던 종부성사의 기도 소리는 다른 사람을 위한 것이었나?

개빈과 나란히 알렉이 들어섰다. 알렉은 제이미를, 개빈은 몰려든 병사를 보았다.

병사들은 앵거스의 회생이 실감나지 않는지 모두 놀란 표정이었다. 어느 누구도 킨케이드 부인이 정말로 앵거스를 죽음의 문턱에서 구해 냈음을 부정할 수 없으리라. 이는 기적이었고, 앵거스의 밝은 얼굴은 그 기적의 증거였다.

한 병사가 무릎을 꿇고 고개를 숙였다. 다른 병사들도 너나없이 모두 무릎을 꿇고 고개를 숙였다. 지금 이곳에 있는 병사들은 모든 병사의 3분의 1밖에 안 되는 수였지만, 이 소식은 반나절도 지나지 않아 온 성 안에 퍼지리라.

알렉은 병사들의 행동이 새로운 충성의 서약임을 알았다. 그러나 병사들은 알렉에게 혹은 앵거스에게 무릎 꿇은 게 아니었다. 그들은 바로 새로운 킨케이드 부인, 제이미에게 충성을 맹세한 것이었다. 제이미는 이제 전폭적인 신뢰를 약속받은 것이다!

병사들이 자기에게 충성을 약속하는 줄도 모르고 제이미는 평화롭게 잠들어 있었다.

「부인이 우리 병사들에게 신뢰를 얻으려면 시간이 오래 걸릴 거라 생각했는데, 내 생각이 빗나갔군. 반나절도 안 되는 사이에 일이 끝나 버렸으니 말이야.」

개빈은 알렉에게 나지막한 목소리로 속삭였다.

충성을 맹세한 병사들이 모두 밖으로 나간 직후, 마커스가 누이 에디스와 애니를 데리고 홀로 들어왔다. 세 사람은 엘리자베스가 돌아올 때까지 개빈 옆에 나란히 서서 앵거스와 제이미를 바라보았다.

「애니, 봤지? 앵거스가 훨씬 좋아졌다고 말했잖아. 저이가 웃고 있어.」

다시 홀로 돌아온 엘리자베스가 행복한 목소리로 소식을 전해 주고는 남편에게 달려갔다.

「킨케이드 부인이 앵거스의 목숨을 구했어. 이건 화낼 일이 아니고 기뻐할 일이야. 친구, 그만 인상 좀 펴지 그래?」

개빈은 굳어 있는 마커스를 보며 말했다.

「앵거스는 킨케이드 부인이 도왔든 안 도왔든 죽지 않았을 거야. 사람이 죽고 사는 건 신의 뜻이지 킨케이드 부인의 뜻이 아니니까.」

마커스의 냉정한 목소리에 알렉이 돌아섰다.

「마커스, 자네는 아직도 내 아내를 받아들일 수 없는 모양이군.」

알렉의 목소리는 아주 부드러웠다.

마커스는 알렉의 말이 떨어지자마자 고개를 저었다.

「자네 아내로서는 받아들여. 킨케이드 부인이 위험에 처해 있다면 내 목숨을 바쳐서라도 구해 낼 거야. 하지만 아직 충성을 맹세할 수는 없어.」

에디스와 애니도 인상을 찌푸리고 있는 건 마커스와 마찬가지였다. 알렉은 세 사람의 얼굴을 차례차례 살피며 입을 열었다.

「세 사람 모두 내 아내를 기꺼이 받아들여야 해. 알겠나?」

두 여자는 금방 고개를 끄덕였다. 그러나 마커스는 쉽사리 복종하지 않았다.

「어떻게 헬레나를 그렇게 금방 잊을 수 있지, 알렉?」

「벌써 3년이 지난 일이야.」

개빈이 끼여들었다.

「난 헬레나를 잊지 않았어.」

「그렇다면 왜…….」

「내가 제이미와 결혼한 건 왕의 명령이었기 때문이야. 자네도 잘 알잖아. 제이미 역시 왕의 명령 때문에 나와 결혼했음을 잊지 마. 나도 이 결혼이 싫었지만, 제이미 역시 마찬가지야. 제이미도 의무를 다하기 위해 애쓰고 있다는 사실을 알아주기 바래, 세 사람 모두.」

「킨케이드 부인이 정말 당신과 결혼하는 걸 원치 않았어요?」

애니의 갈색 눈동자에 놀라움이 가득했다.

알렉은 고개를 끄덕였다.

「내가 이런 속사정까지 털어놓는 이유는 헬레나 때문이야, 애니. 제이미는 나와 결혼하기 전에 이미 약혼자가 있었어. 그런데 왜 나와 결혼하길 원했겠어?」

「우리가 잉글랜드인들을 싫어하는 것처럼 잉글랜드인들도 우리를 무척이나 싫어하지.」

개빈이 한마디 거들었다.

「하지만 킨케이드 부인은 자신이 얼마나 복 많은 여자인지 곧 알게 될 거예요, 알렉.」

애니는 수줍은 얼굴로 중얼거렸다.

알렉은 애니의 말에 빙긋 웃었다. 그리고 세 사람의 시선을 뒤로하고 잠들어 있는 아내에게 다가가 번쩍 안아 올렸다.

「알렉, 부인이 우리를 받아들이는 데는 얼마나 걸릴까?」

개빈이 제이미 대신 앵거스의 곁을 지키기 위해 침대로 다가오면서 물었다.

「금방이지.」

알렉은 자신 있게 대답했다. 그리고 제이미를 누이기 위해 가리개 뒤 침대로 걸음을 옮기며 어깨 너머로 한마디 덧붙였다.

「곧 길들여질 걸세, 개빈. 두고 봐.」

11

스코틀랜드에 도착하고 일 주일 만에 제이미는 세 번의 전쟁을 시작했다.

제이미는 이제 스코틀랜드의 막강한 영주, 알렉 킨케이드의 아내로서 그 의무를 다하기 위해 바쁘게 움직이기로 했다. 몇 가지 새롭게 바꿔야 할 것들이 눈에 들어오자 삶의 목표가 생기면서 마음속 깊은 곳에서 희망의 빛이 떠올랐다. 열심히 노력만 한다면, 스코틀랜드 사람들을 문명의 빛으로 이끌 수 있다는 거창한 생각까지 들었다.

하지만 제이미도 모르게 전쟁은 꼬리를 물고 벌어졌다. 제이미는 그 모든 갈등의 책임을 혼자 짊어질 수 없었다. 그건 불공평했다. 비난받아야 할 사람들은 오히려 스코틀랜드인들이었다. 그들의 융통성 없는 관습과 고집, 그리고 굽힐 줄 모르는 자존심이 그 모든 분란을 일으켰던 것이다. 스코틀랜드인들이 합리적인 사고를 하지 못하는 게 어떻게 제이미 탓이겠는가?

앵거스의 상처를 치료하느라 밤을 샌 날, 제이미는 점심시간이 되어서야 잠에서 깨어났다. 간밤에 큰 소동을 치렀으니 늦잠도 잘 만하다고 스스로 위안하는데, 오늘이 일요일이란 생각이 퍼뜩 들었다. 아, 아침 미사! 미사에 참석하는 건 천주교도의 의무였다. 아무도 깨워 주지 않았다는 사실에 슬그머니 화가 치밀었다. 얼마 되지도 않는 금화를 자신의 면죄부를 사기 위해 써야 할 판이었다.

제이미는 서둘러 크림색 드레스를 입고 벨트를 엉덩이에 걸쳐질 정도로 느슨하게 맸다. 그렇게 느슨하게 벨트를 매는 게 당시 유행이었다. 왕궁에는 한번도 가 본 적이 없었지만, 스코틀랜드에 와서까지 시골 처녀로 보이고 싶지는 않았다. 이제는 영주의 부인이 되었으니 옷차림에도 신경 써야 했다. 머리를 정성스레 빗고 볼에 분홍색 연지를 바른 뒤에야 환자를 살피러 나갈 준비를 했다. 앵거스가 밤새 잘 지냈는지 본 후, 신부님을 찾아가서 용서를 구할 작정이었다. 어떤 처분을 내리더라도 달게 받아야겠지만, 또 어떤 고행을 치러야 할지 생각만 해도 가슴이 무거워졌다.

그러나 행운의 여신은 제이미 편인 것 같았다. 앵거스도 아주 편안하게 잠들어 있었을 뿐만 아니라, 신부가 홀에서 앵거스를 간호하고 있었다.

제이미가 다가오자 신부는 자리에서 일어섰다.

「그냥 앉아 계세요, 신부님.」

제이미가 웃으며 말을 건넸다.

「아직 서로 소개를 못했군요, 킨케이드 부인. 저는 머독 신부입니다.」

신부의 목소리는 다 빠지고 몇 올 남지 않은 머리카락만큼이나 가늘고 쇠약해 알아듣기가 쉽지 않았다. 게다가 스코틀랜드 억양까지 겹쳐 더욱 그랬다. 기침을 억지로 참는 모습이 어찌나 안쓰러운지, 제이미는 자기가 대신 기침을 해주고 싶다는 생각까지 했다.

「신부님, 기침은 좀 가라앉았어요?」

「그럼요, 킨케이드 부인. 그 동안 이놈의 기침 때문에 밤잠을 제대로 못 잤는데, 어젯밤에는 얼마나 푹 잤는지 모릅니다.」

「가슴에 붙이는 고약을 만들어 드릴게요. 그 고약을 며칠 붙이고 있으면 주말쯤에는 기침이 멈출 거예요」

「고맙습니다, 킨케이드 부인. 이 늙은이에게까지 그렇게 신경 써주시다니.」

「하지만 신부님, 한 가지 미리 말씀드릴 게 있는데, 그 고약은 냄새가 아주 지독해요. 그걸 붙이고 있는 동안 아무도 신부님 곁에 오지 않으려고 할지도 몰라요」

머독 신부는 그 말을 듣고 빙그레 웃었다.

「그런 건 상관없어요」

「앵거스는 좀 어때요?」

「지금은 잠들었지만, 조금 전에는 개빈이 앵거스를 말리느라 애좀 먹었습니다. 팔에 두른 붕대를 풀려고 했거든요. 엘리자베스가 너무 놀라 당신을 깨울까 했는데 개빈이 말렸죠. 엘리자베스는 지금 좀 자러 들어갔어요」

제이미는 이마를 찌푸리고 앵거스의 다친 팔과 손가락을 찬찬히 살폈다. 혈색이 많이 좋아져 있었다. 그 다음에는 눈썹의 상처를 보고 이마를 손으로 짚어 보았다.

「다행히 열은 없군요. 신부님의 기도가 이분을 살렸어요」

「아니죠. 앵거스를 살린 사람은 당신입니다, 킨케이드 부인. 앵거스를 우리 곁에 좀더 두시려는 건 신의 뜻이겠지만, 당신을 우리에게 보내지 않았더라면 그 뜻은 이루어지지 못했을 겁니다.」

신부의 칭찬에 제이미는 부끄러웠다.

「아니에요, 신부님. 저는 죄인일 뿐이에요」

드디어 죄를 고백하고 처분을 받아야 할 시간이 왔다!

「전 오늘 아침 미사를 빼먹었어요」

제이미는 가지고 온 금화를 신부의 손에 쥐어 주며 말을 이었다.

「이 금화를 제 면죄부 값으로 받아 주세요」

「하지만 킨케이드 부인……」

「신부님, 고행을 명령받기 전에 오늘 아침 미사에 제가 왜 빠졌는지 설명해 드리고 싶어요. 알렉이 깨워 주기만 했어도 미사에 빠지는 일은 생기지 않았을 거예요」

제이미는 한 손을 허리에 얹은 채 흘러내린 머리칼을 쓸어 넘겼다. 머독 신부의 눈에도 제이미의 동작 하나하나는 아름답고 매력적으로 보였다. 머독 신부의 처분이 걱정되는 듯, 제이미의 눈가에 주름이 잡혔다.

「그러니까 이건 알렉의 잘못이라고 할 수 있죠? 신부님 생각은 어떠세요?」

머독 신부는 쉽사리 대답할 수 없었다.

「생각하면 할수록 이번 일은 알렉 잘못이라는 생각이 들어요. 그러니까 면죄부 값을 치를 사람도 사실 제가 아니라 알렉이죠. 알렉이 죄를 지었으니까요」

머독 신부는 제이미의 생각을 이해할 수 없었지만, 한바탕 회오리바람이 방 안을 휩쓸고 지나간 기분을 느꼈다. 따사로운 햇살을 몰고 온 회오리바람 말이다. 소리내 웃으며 기쁨을 표현하고 싶었다. 헬레나가 죽은 후 이 집을 덮고 있었던 두껍고 무거운 먹장구름이 이제야 걷히는 것 같았다. 제이미가 앵거스를 치료하는 동안 내내 아내를 향한 알렉의 시선에서 이미 그것을 감지하긴 했다. 다른 사람들과 마찬가지로 머독 신부도 알렉의 변화에 놀랐지만, 그건 기뻐할 일이었다.

「신부님? 제 생각에 대해 어떻게 생각하세요?」

「당신도 알렉도 죄를 짓지 않았어요」

「죄를 짓지 않았다뇨?」

머독 신부는 놀란 토끼처럼 눈을 동그랗게 뜬 제이미를 보고 껄껄 웃었다.

「킨케이드 부인, 믿음이 아주 깊군요」

그러나 제이미는 신부가 그렇게 봐 주는 것조차 죄가 될 것만 같았다.

「오, 아니에요. 절대로 그렇지 않아요. 잉글랜드 집에도 신부님이 한 분 계셨는데, 전 그분만큼 믿음이 깊은 분을 뵌 적이 없었답니다. 하지만 그분께서 내리는 고행은 아주 끔찍했죠. 제 생각에는 단조로운 생활이 그분의 성격을 아주 엄격하게 만든 것 같아요. 한번은 아그네스 언니의 머리를 잘라 버리셨답니다. 언니는 일 주일 동안 눈물 마를 날이 없었죠」

「아그네스가 누굽니까?」

「제 언니예요」

「언니가 아주 큰 죄를 지었나 보군요?」

「신부님이 강론하시는데 졸았거든요」

머독 신부는 터져 나오는 웃음을 꾹 참았다.

「이곳은 규율이 그렇게 엄격하지 않답니다. 최소한 머리를 자르는 일은 없을 거예요, 킨케이드 부인.」

「신부님이 우리와 함께 사셨더라면 좋았을 길 그랬어요. 그 일 이후, 아그네스 언니는 머리가 아주 보기 흉하게 자라서 머리를 손질할 때마다 애를 먹어요」

「형제는 몇이나 되죠?」

「모두 네 자매예요. 본래 다섯이었는데, 제가 일곱 살 때 큰언니 엘레노어가 죽었어요. 너무 어릴 적 일이라 엘레노어 언니에 대한 기억은 별로 없죠. 쌍둥이인 앨리스와 아그네스 언니, 메리 언니, 저이렇게 넷이죠. 아버지께서 손수 우리를 기르셨죠.」

제이미의 얼굴에 따스한 웃음이 떠올랐다.

「아주 화목한 가족이었나 보군요. 언니들도 당신만큼 미인들인가요?」

「모두 저보다 훨씬 예뻐요. 엄마는 아버지와 결혼하실 때 이미 절임신하고 계셨어요. 아버진 그때 막 상처한 후였고, 엄마 역시 제 친아버지와 사별한 직후였죠. 하지만 아버지는 저를 친딸로 받아들이셨답니다.」

「좋은 분이시군요.」

「그렇죠. 이름만 떠올려도 언니들과 아버지가 그리워져요.」

제이미의 입에서 가벼운 한숨이 흘러나왔다.

「그렇담 가족 이야긴 그만 하죠, 킨케이드 부인. 그리고 이 금화는갖고 계시다가 더 좋은 일에 쓰도록 하세요.」

「전 신부님께서 갖고 계시는 편이 더 낫겠다 싶어요. 제 남편의영혼에 특별히 관심을 기울일 필요가 있을 것 같거든요. 싫든 좋든알렉은 이곳의 영주니까 전투에 나가 사람을 죽일 수밖에 없어요. 아, 신부님, 제 말을 오해하진 마세요. 알렉도 사람 죽이는 일을 좋아하지는 않아요. 알렉이 사람을 죽일 땐 반드시 그만한 이유가 있어서죠. 아직은 제가 신부님만큼 그 사람에 대해 속속들이 모르지만, 전 그 사람이 일부러 사악한 짓을 찾아다니지는 않는다고 믿어요. 누가 그렇게 일러준 건 아니지만, 가슴속 깊은 곳에서 그런 믿음이생겼답니다. 신부님도 제 말을 믿으시죠?」

바로 그 때 알렉은 홀 안으로 들어오다가 제이미의 이야기를 듣게되었다.

「물론 저도 그렇게 믿습니다, 킨케이드 부인.」

신부는 제이미의 어깨 너머로 알렉을 쳐다보았다. 알렉은 우스워

236

서 죽겠다는 표정이었다.

「신부님께서 제 말에 동의해 주시니 기뻐요. 부끄럽지만, 전 제 영혼에 대해 생각하면 골치가 아파요. 찰스 신부님은 우리가 품고 있는 생각들을 시시콜콜한 것까지 모두 고백하게 하셨는데, 제 얘기에 찰스 신부님이 몇 번인가 화를 내신 적도 있었죠. 그분 덕에 우리 네 자매는 별 탈 없이 살 수 있었던 것 같아요. 정말 큰 죄는 한번도 저지르지 않았으니까요.」

머독 신부는 찰스 신부란 작자가 광신자이거나 정신병자일 거라고 생각했다.

「이곳에선 신자들에게 그렇게 엄격하게 하지 않는답니다, 킨케이드 부인.」

「오, 정말 반가운 얘기예요. 이젠 저도 결혼을 했으니 남편의 영혼에도 신경을 써야겠죠? 그 때문에 머리가 하얗게 셀 것 같아요. 신부님, 전 신부님하고 허물없이 지내고 싶어요. 절 그냥 제이미라고 불러 주시면 안 될까요?」

「좋아요, 제이미. 당신은 정말 마음이 따뜻한 분 같군요. 당신이 이 집에 신선하고 맑은 공기를 가득 몰고 오셨어요.」

「맞습니다, 신부님. 제이미는 아주 따뜻한 마음씨를 지녔죠. 고쳐야 할 단점이기도 하지만.」

알렉이 드디어 두 사람의 대화에 끼여들었다.

「따뜻한 마음씨는 단점이 아니에요.」

제이미는 신부를 바라보며 단호하게 말했다. 그러나 남편에게 돌아서는 순간, 그만 할말을 잃어버렸다. 아니, 숨까지 멎어 버린 것 같았다.

알렉이 거의 반나체로 서 있었던 것이다!

알렉은 야만인 같은 옷차림을 하고 있었다. 흰 셔츠를 입고 있긴 했지만, 그 커다란 몸집을 가리고 있는 것 중에 옷이라고 할 수 있는 건 그 셔츠뿐이었다. 아래쪽엔 플래드를 두르고 가느다란 벨트를 매고 있었다. 플래드는 넓게 주름이 잡혀 있었는데 고작해야 허벅지 중간까지밖에 오지 않을 정도로 짧았다. 군데군데 회색으로 닳은 검은 부츠도 근육질의 종아리만 가려 줄 뿐이어서, 어린아이 엉덩이만 한 두 무릎은 완전히 드러나 있었다.

알렉이 보기에 제이미는 기절하기 일보 직전이었다. 스코틀랜드 풍습에 대한 제이미의 무지와 몰이해에 짜증이 났지만, 마음을 감추며 제이미가 진정할 때까지 참을성 있게 기다렸다.

「앵거스는 좀 어떻소?」

「네?」

제이미의 시선은 아직도 알렉의 무릎에 있었다.

「앵거스 말이오!」

알렉이 보다 굳은 목소리로 짧게 내뱉었다.

「아, 네, 앵거스…….」

제이미는 고개를 끄덕거리며 중얼거렸지만, 여전히 정신을 못 차린 듯 더 이상 아무 말도 없었다. 알렉은 참다못해 다시 입을 열었다.

「제이미, 나와 말을 할 땐 내 얼굴을 보시오」

제이미는 격앙된 남편의 목소리에 깜짝 놀라 고개를 들었다. 양 볼이 불에 덴 듯 빨겠다.

「플래드 입은 모습을 얼마나 봐야 눈에 익겠소?」

목소리에 짜증이 잔뜩 섞여 있었다. 제이미는 재빨리 정신을 수습했다.

「뭘 입은 모습이…….」

「제이미, 내가 발가벗은 모습도 이미 여러 번 봤잖소 그런데도 아직…….」

당황한 제이미는 알렉에게 달려가 입을 막았다.

238

「알렉, 신부님 앞에서는 말 좀 조심하세요」

알렉은 할말을 잃고 천장을 올려다보았다. 제이미는 알렉이 참회하는 거라고 믿었다.

「자, 이젠 저한테 무슨 말을 하려고 했는지 말해 보세요」

「앵거스와 얘기 좀 해야겠소」

알렉은 제이미에게 대답을 들을 생각도 않고 앵거스의 침대로 발걸음을 옮겼다. 제이미가 재빨리 남편 앞을 가로막았다. 두 손이 또 허리에 얹혀 있었다.

「앵거스는 지금 잠들어 있어요, 알렉. 나중에 얘기하세요」

그러나 알렉은 행동을 제지당하는 것에 익숙지 않은 사람이었다. 게다가 한낱 여자가 자기 앞을 가로막는다는 건 상상도 할 수 없는 일이었다.

「깨워.」

「그렇게 소리지르면 일부러 깨우지 않아도 깨겠어요」

제이미가 소리 죽여 대꾸했다.

「깨워.」

알렉은 숨을 깊이 들이마시고 내뱉듯 다시 명령했다. 그리고 표정을 부드럽게 바꿨다.

「그리고, 제이미?」

「네?」

「내게 이래라저래라 하지 마.」

「왜요?」

「왜라니?」

제이미는 자기에겐 절대로 화내지 않겠다던 알렉의 약속을 떠올렸다. 그러나 그의 표정은 소름이 끼칠 정도로 무서웠다.

「왜 당신에게 이래라저래라 하면 안 되는 거죠?」

알렉의 뺨이 실룩거렸다. 제이미는 알렉이 이 말을 마음에 들어하지 않으리라는 걸 잘 알았다. 한데 뺨을 실룩이는 건 최근 생긴 버릇이야 아님 늘 해온 버릇이야?

「이곳에선 그게 법칙입니다.」

제이미의 질문에 머독 신부가 알렉 대신 대답했다.

머독 신부는 의자에서 일어나 킨케이드 부인 옆에 가 섰다. 얼굴이 걱정으로 잔뜩 구겨져 있었다. 오랜 세월 동안 알렉을 보아 와서 알렉 성격이 얼마나 불같은지 잘 알았다. 시간이 흐르면 제이미도 알렉에게 대드는 게 얼마나 위험한 일인지 알게 되겠지만, 그때까지는 자신이라도 나서서 제이미를 보살펴야 했다.

「제이미는 이곳에 온 지 아직 하루도 안 됐네, 알렉. 제이미도 대들려는 건 아니었을 거야.」

알렉은 고개를 끄덕였다. 하지만 제이미가 고개를 꼿꼿이 든 채 자기 주장을 굽히지 않았다.

「신부님, 전 지금 대드는 게 아니에요. 단지 왜 제가 알렉에게 이래라저래라 하면 안 되는 건지, 이 사람의 입을 통해서 이유를 듣고 싶을 뿐이에요. 알렉은 제게 늘 명령하는데 말이죠.」

제이미의 얼굴에 알렉에 대한 불만이 가득했다.

「난 당신의 남편이고 또한 이곳의 영주요. 그 두 가지 이유면 이해가 되겠소?」

이번에는 알렉의 턱 근육이 실룩거렸다. 그 이상한 근육의 움직임이 제이미에게는 매력적으로 보였다. 하지만 알렉이 노려보고 있는 사람은 바로 자신이란 사실을 상기하며 재빨리 마음을 가다듬었다.

「됐소?」

알렉이 제이미에게 위협적으로 한 발 다가섰다. 하지만 제이미는 움츠러들기는커녕 오히려 지지 않고 한 발 다가섰다. 알렉은 깜짝 놀랐다. 이제까지 아무리 힘센 남자라 해도 이런 상황에선 움찔하며 뒤로 물러섰지, 이 작고 연약한 여자처럼 당당하게 한 발 나선 사람은 없었다.

머독 신부가 다시 한 번 급하게 두 사람 사이에 끼여들었다.

「킨케이드 부인, 감히 영주님을 화나게 하시려는 겁니까?」

「알렉은 저한테 화내지 않아요, 신부님. 알렉이 약속한 게 있거든 요. 알렉은 절대로 약속을 어길 사람이 아니죠」

제이미는 알렉을 쏘아보며 대꾸했다. 어떻게든 알렉의 날벼락을 피하고 싶은 신부의 마음엔 아랑곳도 않고, 제이미는 알렉의 성질을 살금살금 긁었다.

알렉은 이 여자를 어떻게 해야 할지 난감했다. 목을 졸라 버리고 싶다가도 으스러지게 끌어안고 키스하고 싶기도 했다.

「그 약속을 후회하게 만들고 싶소, 부인?」

제이미는 고개를 세차게 저었다.

「아뇨. 하지만 지금 당신의 태도를 보니 심히 걱정되는군요. 도대 체 시간이 얼마나 흘러야 고집을 꺾을 줄 아는 지혜를 배울 건가요? 알렉, 나는 당신 아내예요. 당신에게 하고 싶은 말을 할 수 있는 위 치가 아닌가요?」

「아니오. 그리고 고집을 꺾는 지혜를 배울 사람은 내가 아니라 바 로 당신이오. 알아듣겠소?」

알렉이 험악한 얼굴로 제이미에게 입을 다물라고 무언의 압력을 가했다. 하지만 제이미는 무시했다.

「아내로서 자신의 의견도 말할 수 없다는 건가요?」

「없소」

알렉은 길게 한숨을 내쉬며 숨을 고른 후 말을 이었다.

「제이미, 당신이 아직 이곳의 방식을 이해하지 못하는 것 같으니 오늘만은 참아 주겠소. 하지만 앞으로는……」

「전 무례하게 굴지 않았어요. 다만 이 미천한 몸이 할 수 있는 일 이 무엇인지 알고 싶었을 뿐이에요. 그럼 여기서 제가 할 수 있는 일이 뭐죠? 가능한 한 빨리 제 일을 하고 싶군요」

「당신이 할 일은 없소」

제이미는 뒤통수라도 한 대 얻어맞은 표정이었다. 의아한 눈길로 한 발 물러서는 제이미의 눈동자엔 분노의 불꽃이 이글거리고 있었다. 알렉은 제이미가 화를 내는 이유를 이해할 수 없었다.

「남편에게 할말을 해야 하는 것말고도 내겐 할 일이 있어야 해요!」

알렉은 제이미가 아직도 자신의 무례함을 깨닫지 못하고 있음을 깨달았다. 자신이 얼마나 너그럽게 대해 주고 있는지 알아주지 못하는 아내가 답답했다.

「당신에겐 할 일이 없소」

「그건 스코틀랜드 법인가요, 아니면 당신의 법인가요?」

「내 법이오. 당신은 손에 박인 굳은살이나 없애야 해, 제이미. 여기선 노예처럼 일할 필요가 없소」

「그럼 제가 우리 집에선 노예였단 말인가요?」

제이미의 입에서 고함이 터져 나왔다.

「당신은 노예나 다름없었어.」

「그렇지 않아요. 이곳에서 제자리를 찾을 수도 없을 만큼 그렇게 하찮은 존재인가요, 제가?」

알렉은 아무 대답도 하지 않았다. 아니, 제이미가 도대체 무슨 생각을 하는지 이해할 수 없었기 때문에 대답할 말이 없었다.

알렉은 결국 직접 앵거스를 깨워 게일어로 빠르게 질문을 해댔다. 앵거스는 목소리가 아주 약했지만, 중상을 입은 사람치고 정신이 아주 맑아 알렉의 질문에 간단 명료하게 대답해 주었다. 알렉의 질문이 끝나자, 앵거스는 사냥에 동행해도 좋으냐고 웃는 낯으로 물었다.

알렉은 빙긋 웃으며 고개를 저었다. 그러고는 몸이 조금만 더 나아지면 엘리자베스에게 간호받을 수 있도록 곧장 집으로 옮겨 주겠노라고 말했다.

알렉은 제이미의 얼굴을 쳐다보지도 않고 현관으로 성큼성큼 걸음을 옮겼다. 제이미가 재빨리 남편 뒤를 따라갔다.

「잉글랜드에는 아침마다 남편들이 아내에게 키스해 주는 풍습이 있어요」

물론 거짓말이었다. 하지만 알렉이 거짓말임을 알 리 없으니 밑져야 본전 아닌가.

「여긴 잉글랜드가 아니오」

「하지만 그리 나쁜 풍습이 아니잖아요」

「스코틀랜드에선 아내가 남편의 플래드를 입는 풍습이 있소」

「또 그 얘긴가요?」

「내 귀는 멀쩡하니 소리지를 필요 없소」

알렉은 여전히 화난 표정을 풀지 않았다. 물론 그건 알렉에게 고역이었다. 알렉이 안아 주기를 기다리는 제이미의 얼굴에 차츰 실망한 빛이 떠올랐다. 옳거니, 알렉은 이제야 제이미를 제압할 방법을 찾은 기분이었다. 앞으로 제이미에게 손길을 주지 않으면 제이미는 일 주일도 못 가 플래드를 입을지도 모른다. 육체를 무기로 사용하는 건 좀 치사한 일이지만, 상관없었다. 아니, 오히려 그런 무기를 좀더 일찍 생각해 내지 못한 게 아쉬울 뿐이었다.

「알렉, 제 금화를 어디다 보관하는 게 안전하죠?」

「벽난로 위의 상자에 넣어 두시오 금화말고 다른 걸 넣어도 상관없소」

「만약 필요하다면 당신 돈을 빌려 써도 되나요?」

「물론이오」

알렉이 현관으로 성큼성큼 걸어갔다.

작별 인사도 해주지 않고 나가다니, 제이미는 씩씩거리며 알렉의 등을 흘겨보았다. 하지만 나가기 전에 벽에서 칼을 꺼내 드는 모습을 보자 뭔가 심상치 않은 기분이 들어 얼른 신부를 바라보았다.

「신부님, 알렉이 지금 어딜 가는지 아세요?」

「사냥하러 가는 거예요」

신부가 앵거스 옆에 놓인 의자에 다시 앉으며 대답했다.

「하지만 저녁식사에 쓸 음식을 장만하러 나가는 건 아니죠?」

「물론 아니죠, 제이미. 알렉은 앵거스를 이 지경으로 만든 사람을 사냥하러 나가는 거예요 누군지 몰라도 알렉의 눈에 띄면 틀림없이 자신이 한 짓을 후회할 거예요」

진정한 전사라면 친구를 해친 적에게 보복을 하는 건 온당하고 명예로운 행동이었다. 그러나 제이미는 알렉의 행동을 찬성하거나 좋아할 수는 없었다. 폭력은 또 다른 폭력을 부를 뿐이니까.

제이미는 체념 섞인 긴 한숨을 내쉬었다.

「아무래도 신부님께 금화를 몇 닢 더 갖다 드려야 할 것 같군요 오늘 해가 저물기 전에 저이가 몇 사람이나 더 저세상으로 보낼지는 하나님만 아시겠죠?」

머독 신부는 웃음을 참으며 어디론가 빠르게 사라지는 제이미를 쳐다보았다. 알렉이 신부감을 얼마나 잘 골랐는지 알고 있을지 궁금했다.

「우리 산에 큰불이 붙겠군.」

잠들었는지도 모른다고 생각하면서도 머독 신부는 앵거스에게 말을 걸었다.

「맞습니다, 신부님.」

앵거스는 눈을 감은 채 조용히 대답했다.

「알렉과 제이미가 싸우는 소릴 들었나? 자네도 눈을 뜨고 있었다면 두 사람 사이에 얼마나 강렬한 불꽃이 튀었는지 보았을 텐데.」

「소리는 들었어요」

「자네의 구세주에 대해 어떻게 생각하나, 앵거스?」

「킨케이드 부인은 알렉을 단단히 사로잡은 것 같아요」

「맞아. 알렉이 그렇게 될 때도 됐지.」

앵거스는 천천히 고개를 끄덕였다.

「맞아요. 알렉도 이젠 행복해져야죠. 너무 오랫동안 고통의 세월을 보냈어요」

「알렉은 제이미를 어떻게 해야 할지 몰라 안절부절못하더군. 눈길을 보니 그래.」

「킨케이드 부인은 알렉이 화를 낼 때마다 금화를 신부님께 갖다 바칠까요?」

머독 신부는 아주 재미있다는 듯 무릎을 탁 치며 웃었다.

「그럴 것 같네. 우리 생활 방식에 익숙해지려면 시간이 좀 걸리겠어. 그래도 이 늙은이에겐 그 모습을 지켜보는 게 큰 즐거움이 될 것 같애.」

그때 제이미가 신부에게 돌아와 금화 두 닢을 건네며 왜 웃고 있냐고 물었다.

「당신이 이곳에 적응하려면 얼마나 변해야 할지 생각하니 웃음이 절로 나옵니다. 쉽지 않은 일이겠지만, 그래도 곧 이곳 사람들을 좋아하게 될 거예요」

「하지만 신부님, 변해야 할 사람들은 내가 아니라 이 성 사람들이라는 생각은 안 하세요?」

제이미의 눈동자에 장난기가 가득했다. 신부는 제이미가 농담하고 있음을 깨달았다.

「제이미, 당신이 불가능한 목표를 세우려는 것 같아 불안하군요」

「제 목표가 불가능해 보여요?」

신부는 고개를 끄덕였다.

「제가 코끼리를 잡아먹는 것만큼요?」

「네, 그래요」

머독 신부는 제이미의 표현이 재미있는지 무릎을 치며 대답했다.

「하지만 전 코끼리를 잡아먹을 수 있어요.」

「어떻게?」

제이미의 장난에 걸려 든 신부는 눈을 동그랗게 떴다.

「한 번에 한 입씩.」

머독 신부는 다시 한 번 무릎을 치며 껄껄 웃었다. 얼마나 심하게 웃었던지 한바탕 기침이 따라나왔다. 제이미는 침대가 있는 곳으로 가서 신부에게 약속했던 고약을 만들어 가지고 나왔다. 냄새가 정말 고약했다.

「이걸 가슴에 붙이세요, 신부님.」

신부는 얼굴을 찡그리며 제이미가 주는 약을 받아 들었다.

「냄새 한번 정말 지독하군요.」

「냄새는 중요한 게 아니에요, 신부님. 이 약을 붙이면 기침이 한결 잦아들 거예요.」

「당신을 믿어요, 제이미.」

「신부님, 제가 2층 방을 살펴보면 알렉이 화낼까요?」

「그럴 리가 있겠습니까, 이젠 당신 집인데.」

「저 방들은 사용하는 사람이 있나요?」

신부는 고개를 저었다.

「그럼 제가 방을 하나 골라서 짐을 옮겨 놔도 되겠군요?」

「거처를 옮기고 싶으세요? 하지만 알렉은 아내와 방을 따로 쓰는 걸 원치 않을 텐데…….」

「전 알렉의 거처를 옮기려는 거예요. 신부님도 아시다시피 여기는 너무 개방돼 있어서 사생활을 보장받지 못하잖아요. 2층으로 방을 옮기면 알렉도 훨씬 편할 거예요. 신부님께서 저 대신 알렉에게 물어 봐 주시겠어요?」

제이미의 웃고 있는 얼굴을 보자, 신부는 그 요청을 도저히 거절

할 수가 없었다.

「그러죠」

앵거스 옆에 앉아 깜박 잠이 든 머독 신부는 무언가가 돌 바닥에 끌리는 소리를 듣고 잠에서 깼다. 2층에서 나는 소리였다. 고개를 들어보니 제이미가 혼자서 커다란 서랍장을 첫 번째 방에서 두 번째 방으로 옮기고 있었다.

신부는 허겁지겁 2층으로 올라갔다.

「제이미, 뭘 하는 겁니까?」

「신부님, 전 첫 번째 방을 쓰고 싶어요 창이 아주 넓어서 전망이 좋아요」

「그런데 서랍장은 왜 옮기는 겁니까?」

「자리를 너무 많이 차지해서요 신부님께선 거들지 않아도 돼요 제가 이래봬도 힘이 아주 좋거든요」

신부는 힘 자랑하는 제이미를 무시하고 서랍장 한쪽을 잡고 함께 두 번째 방으로 옮겨 주었다.

「옮기기 전에 속을 비우지 그랬어요?」

다 옮겨 놓고 나서야 신부가 뒤늦은 묘안을 내놓았다. 하지만 제이미는 고개를 저었다.

「제 것도 아닌데 안을 들여다보는 건 실례예요, 신부님.」

「이 서랍장은 헬레나가 쓰던 것이었어요 그러니 이젠 제이미 당신 것이나 마찬가지예요.」

머독 신부는 제이미가 뭐라고 말을 하기도 전에 돌아서서 방을 나갔다.

「앵거스에게 돌아가 봐야겠어요 개빈이 엘리자베스를 데리고 올 때까지 곁에 있어 줘야지.」

「도와 주셔서 고마웠어요, 신부님.」

제이미는 신부의 등에 대고 외쳤다.

서랍을 옮겨 주고 한 시간이 지나도록 제이미가 방에서 나오지 않자, 머독 신부는 갑자기 호기심이 일었다. 뭘 할까 궁금해하며 2층을 올려다보는데 마침 엘리자베스가 돌아왔다. 앵거스를 엘리자베스에게 맡기고 2층으로 올라가 보았다.

제이미는 아직도 두 번째 방에 있었다. 방 안에는 촛불 두 개가 부드러운 빛을 던지고 있었고, 제이미는 무릎을 꿇은 채 서랍장 앞에 앉아 있었다. 머독 신부가 방으로 들어서는 순간 제이미가 막 서랍을 닫았다.

「뭐 쓸 만한 거라도 찾았습니까?」

신부는 제이미가 고개를 들고 쳐다볼 때에야 제이미가 울고 있음을 알았다.

「아니, 왜 그래요, 제이미? 기분 안 좋은 일이라도 있었어요?」

「전 헬레나를 본 적도 없고 알지도 못하지만, 왠지 친언니 같은 기분이 들어요. 저 바보 같죠? 신부님, 헬레나에 대해서 얘기 좀 해 주세요.」

「그 얘긴 알렉에게서 듣지 그래요?」

「부탁이에요, 신부님. 헬레나에게 무슨 일이 있었는지 알고 싶어요. 전 알렉이 헬레나를 죽였다고는 믿지 않아요.」

「오, 하나님. 도대체 어디서 그런 터무니 없는 이야길 들었어요?」

머독 신부는 황당한 표정으로 제이미를 보았다.

「잉글랜드에서요.」

「헬레나는 자살했어요. 저쪽 초원 위에 있는 벼랑에서 몸을 던졌어요.」

「혹시 사고가 아니었을까요? 발을 잘못 디뎌 굴러 떨어졌다거나……」

「아니, 사고가 아니었어요. 목격자가 있거든요.」

제이미는 믿을 수 없다는 듯 고개를 저었다.

「헬레나는 자신이 끔찍하게 불행하다고 생각했나 봐요. 하지만 자기 감정을 잘 감추고 지냈죠. 진작 헬레나를 잘 살폈어야 했다는 걸 나중에서야 깨달았죠. 애니와 에디스는 헬레나가 알렉과 결혼하던 순간부터 자살을 결심했을 거라고 하더군요.」

「알렉도 그 말을 믿었어요?」

「그런 것 같아요.」

「그럼 알렉도 헬레나의 죽음 때문에 충격을 받았겠군요.」

머독 신부는 가타부타 대답하지 않았지만, 제이미의 의견에 동감했다. 알렉이 아직까지도 헬레나에 대해서 함구하고 있다는 사실만으로도 충분히 추측 가능한 일이었다.

「신부님, 결혼하는 순간부터 자살을 결심한 여자가 왜 자기 물건을 이렇게 소중히 챙겨 왔을까요? 이상하지 않으세요? 여기 보니까 아기 옷까지 있어요. 참 예쁜 옷이에요.」

「헬레나는 생각이 온전하지 않았던 것 같아요.」

머독 신부가 제이미의 의문을 부정했지만, 제이미는 자기 생각을 굽히지 않았다.

「신부님, 전 헬레나가 자살했다고 생각하지 않아요. 틀림없이 사고였을 거예요.」

「제이미, 당신은 마음씨가 정말 착해요. 헬레나가 사고로 죽었다고 믿는 게 조금이라도 위안이 된다면, 나도 당신 생각에 동의해요.」

신부는 제이미가 일어서도록 부축해 주었다. 제이미는 촛불을 끄고 신부와 함께 방에서 나왔다.

「이제 밤마다 헬레나의 영혼을 위해 기도하겠어요, 신부님.」

제이미와 신부가 계단을 내려오는데, 그때 하인 하나가 호들갑스럽게 달려왔다.

「마님, 마님의 언니라는 분이 오셨습니다.」

제이미는 반가움과 기쁨으로 머독 신부의 손을 덥석 잡았다.

「메리 언니가 온 모양이에요. 잠깐 나갔다 올게요, 신부님.」

신부가 고개를 끄덕일 즈음에 제이미는 벌써 홀을 절반이나 가로질러 가고 있었다.

「메리 언니를 신부님께 소개해 드릴게요.」

문을 나서면서 제이미가 어깨 너머로 소리쳤다.

제이미는 함박웃음을 머금고 밖으로 뛰어나갔다. 그러나 메리를 보는 순간, 얼굴에서 웃음이 싹 걷혔다. 메리가 울고 있었던 것이다. 제이미는 혹시 다니엘과 같이 왔나 해서 주변을 둘러보았지만, 다니엘은 보이지 않았다.

「언니, 어떻게 여기까지 혼자 왔어? 길을 헤매다가 여기까지 온 건 아니지?」

우선 메리와 포옹한 후 제이미는 걱정스런 목소리로 물었다.

「길 못 찾아서 헤맨 사람은 언제나 너였지, 난 아니야.」

「나도 길 못 찾아 헤맨 적은 없다, 뭐. 그건 그렇고, 언니, 그만 눈물을 닦아. 우선 사람들이 없는 곳으로 가서 무슨 일인지 조용히 얘기하자.」

병사들이 자꾸 흘끔거리자, 제이미는 언니에게 어깨동무를 하며 성벽을 따라 걸었다.

메리는 평정을 되찾은 후 자초지종을 털어놓았다.

「다니엘의 부하들이 날 여기까지 안내해 줬어. 다니엘에게 너를 방문해도 좋다는 허락을 받았다고 거짓말했거든.」

「언니, 그런 거짓말을 하면 안 되지. 다니엘에게 날 보고 싶다고 솔직하게 말하지 왜 그랬어?」

「다니엘에겐 아무 말도 할 수가 없어.」

메리는 볼멘소리로 대답하더니 노란색 블라우스 자락을 들어 눈가를 훔쳤다.

「제이미, 난 다니엘이 정말 싫어. 도망가고 싶어.」

「언니, 그런 말 하면 안 돼.」

「네 일 아니라고 그렇게 쉽게 말하지 마. 난 정말 다니엘이 너무 너무 싫어. 다니엘은 잔인하고 야비해. 내가 그 동안의 일을 얘기하면 너도 나처럼 다니엘을 싫어하게 될걸.」

두 자매는 성벽 사이에 난 작은 틈새에 이르렀다. 제이미와 메리는 나지막한 바윗돌에 나란히 앉았다.

「좋아, 언니. 지금까지 무슨 일이 있었는지 말해 봐. 여긴 우리뿐이니까 걱정하지 말고.」

「너무 황당하고 기가 막혀서 어디 가서 얘기도 못하겠어. 하지만 너말고 내가 이런 이야기를 나눌 수 있는 상대가 누가 있겠니?」

「그럼, 그럼.」

제이미는 메리가 툭 터놓고 말할 수 있도록 부추겼다.

「다니엘은 날 원치 않아. 나를 거부했어.」

「그럴 만한 이유가 있었겠지. 왜 그러는지 설명 안 해줬어?」

「처음에는 날 배려해서 그런다고 생각했어. 다니엘도 내가 자기에 대해서 알려면 시간이 좀더 필요할 거라고 했거든.」

「그건 좋은 생각이네.」

그렇게 맞장구 치는 제이미의 마음 한구석에, 왜 알렉은 그런 시간을 주지 않는 걸까 하는 불만이 생겼다. 사실 알렉은 누구에게도 그런 배려를 할 사람이 아니었지만.

갑자기 메리가 또 울음을 터뜨렸다.

「나도 그런 줄만 알았어. 그런데 다니엘이 그러는 거야. 지난번에 산적이 우리를 공격했을 때 내가 너를 방패막이로 쓰려고 했다는 게 마음에 들지 않는다구. 내가 너를 보호해야 했다면서.」

「왜?」

「넌 동생이고 막내니까.」

「언니보다는 내가 훨씬 더 강하다는 걸 말해 줬어?」

「나도 그렇게 설명하려고 했는데, 다니엘은 내 말을 들으려고도 하지 않았어. 게다가 날 모욕했어. 물론 나도 다니엘에게 심한 말을 좀 하긴 했지만……」

「다니엘이 뭐라고 했는데?」

「내가 뱀처럼 차갑다나. 제이미, 글쎄 잉글랜드 여자들은 하나같이 뱀 같대.」

「맙소사, 아내에게 어떻게 그런 말을 할 수 있담?」

「그건 약과야, 제이미. 집에 도착하니까, 뚱뚱하고 못생긴 여자가 기다리고 있다가 다니엘이 말에서 내리자마자 품에 달려드는 거야. 다니엘은 피할 생각도 하지 않고, 두 사람은 내 눈앞에서 키스까지 했어.」

메리가 울먹이며 말했다.

「언니 말이 맞네.」

「뭐가?」

「내가 다니엘을 싫어하게 될 거라는 말.」

「그것 봐. 제이미, 난 이제 어떻게 하면 좋니? 아버지한테 돌아가고 싶지만 길을 모르니 갈 수도 없고, 그렇다고 다니엘 부하들에게 잉글랜드로 돌아가도 좋다는 허락을 받았다고 길 안내를 해달랄 수도 없고 그 얘긴 절대로 안 믿어 주겠지?」

「당연히 안 믿지.」

「난 아버지한테 돌아가고 싶어.」

「나도 그 마음 알아, 언니. 나도 아버지가 보고 싶으니까. 나도 집이 그리워.」

「알렉도 네가 뱀처럼 차갑다고 생각할까?」

제이미는 알 수 없다는 투로 으쓱했다.

「그렇게 말한 적은 없었어.」

「알렉에게도 애인이 있니?」

「뭐?」

「너말고 다른 여자가 있냐구?」

메리가 답답하다는 듯 날카로운 목소리로 물었다.

「나도 모르지. 어쩌면 있을지도 몰라. 세상에, 난 그런 일은 상상도 못했네.」

「제이미, 나도 너와 함께 여기서 살면 안 될까?」

「정말 여기서 살고 싶어?」

메리는 절박한 표정으로 고개를 끄덕였다.

「언니, 우리가 다니엘과 알렉을 처음 보았을 때 말이야, 난 다니엘이 둘 중 그래도 더 낫다고 생각했어. 다니엘은 때때로 웃기도 하고 자상해 보였거든.」

「나도 그땐 그렇게 생각했어. 제이미, 다니엘 말이 맞으면 어떡하지? 내가 정말 뱀처럼 차갑다면? 왜, 남자들의 손길에도 전혀 반응하지 않는 여자들이 있잖아. 너한테 이런 말 하기는 좀 창피하지만, 난 이제 다니엘이 내게 손대는 것도 끔찍해. 일이 이렇게 된 건 다 다니엘 때문이야. 제이미, 나 좀 도와 줘.」

어떻게 도와야 할지는 모르겠지만, 어쨌든 메리를 도와야 했다.

「언니, 알렉이 사냥을 떠나기 전에 얘길 한번 해볼게.」

「알렉에게 허락을 받아야 한다고? 만약에 알렉이 안 된다고 하면 어떻게 하지?」

메리의 얼굴에 근심이 가득했다.

「허락을 받을 필요까지는 없어. 하지만 얘기는 해줘야 하니까.」

제이미는 거짓말인 줄 알면서도 큰소리를 쳤다.

「그리고 알렉에게 할 얘기가 좀 있거든. 우선 안에 들어가서 기다려. 이제 그만 얼굴 좀 펴고 홀에 머독 신부님이 계시니까 인사하도록 해. 언니도 머독 신부님을 좋아하게 될 거야. 찰스 신부님하고는 아주 다른 분이시거든. 알렉하고 얘기한 후에 곧바로 언니에게 갈게.

그리고 나서 우리 얘기를 마무리 짓자.」

메리가 집안으로 들어가는 모습을 보고 나서, 제이미는 남편을 찾아 나섰다. 우선 알렉과 병사들이 이미 사냥을 떠났는지 확인하기 위해 성밖의 길을 내려다보았다. 하지만 성벽을 따라 줄지어 늘어서 있는 병사들 때문에 앞이 보이지 않았다. 해자를 가로지른 좁은 길을 병사들이 꽉 채우고 있었다. 제이미는 병사들이 하늘에서 떨어진 건 아닐까 하고 생각했다. 병사들은 모두 성벽보다 훨씬 큰 것 같았다. 목을 꺾다시피 하지 않으면 얼굴을 볼 수 없을 정도니까.

「왜 길을 막는 거죠?」

제이미는 앞을 가로막고 선 병사의 붉은 수염을 보며 물었다.

「명령입니다, 킨케이드 부인.」

「누구 명령인데요?」

「물론 영주님의 명령입니다.」

「알았어요. 남편은 벌써 떠났나요?」

제이미는 짜증을 감추며 물었다.

「아닙니다. 영주님은 바로 뒤에 계십니다.」

붉은 수염의 병사가 한쪽 눈을 찡긋하며 웃었다. 제이미는 놀라서 돌아서다가 알렉의 가슴에 부딪혔다.

「마치 그림자처럼 소리 없이 움직이시는군요.」

제이미는 얼른 알렉에게서 떨어져 자세를 바로잡았다.

「어딜 가는 중이었소?」

「당신을 찾고 있었어요. 그런데 왜 병사들에게 제 앞을 막으라는 명령을 내리셨죠?」

「당신의 안전을 위해서지.」

「당신이 없는 동안 아무 데도 가지 말란 말이군요? 그건 감옥에 갇힌 거나 마찬가지예요.」

「맘대로 생각하시오.」

개빈이 다가와 알렉에게 말고삐를 넘겨주었다. 제이미가 메리의 일을 얘기하기도 전에 알렉은 훌쩍 말에 탔다.

「언니가 왔어요」

제이미는 얼른 알렉 앞을 막아섰다.

「나도 봤소」

「떠나시기 전에 언니 일로 말씀드릴 게 있어요 아주 중요한 일이에요, 알렉. 그렇지 않았다면 이렇게 귀찮게 하지 않았을 거예요」

「듣고 있으니 말하시오」

제이미는 알렉의 옆으로 가서 허벅지를 손가락으로 살짝 만지면서 입을 열었다.

「알렉, 조용한 곳에서 얘기하고 싶어요 내 부탁은 가능하면 다 들어주시겠다고 약속했잖아요 이건 분명히 가능한 부탁인데……」

제이미는 알렉이 마음을 정할 때까지 가만히 땅만 내려다보았다. 알렉의 입에서 짧은 한숨소리가 흘러나왔다. 그건 곧 부탁을 들어주겠단 의미였다. 알렉은 갑자기 제이미를 말 위로 끌어올리더니 말을 전속력으로 몰았다. 그러고는 성벽과 병사들로부터 한참 떨어진 곳에서 말을 세웠다. 주변에 나무가 빽빽했다.

제이미는 치맛자락을 바로잡으며 시간을 끌었다. 우선 근처에 사람이 없는지 찬찬히 살핀 뒤, 한참 동안 고개를 숙이고 손만 내려다보다가 불쑥 말을 꺼냈다.

「알렉, 저하고 첫날밤을 지내기 위해 왜 좀더 기다려 주지 않았죠?」

알렉은 그 질문에 대답할 적당한 말을 찾지 못했다.

「알렉, 다니엘은 메리 언니의 기분을 생각해서 기다려 주고 있대요 다니엘에 대해 좀더 알 수 있는 시간을 주는 거죠 당신은 어떻게 생각하세요?」

「그렇담 다니엘은 메리와 첫날밤을 치를 뜻이 없는 거요 그렇지 않다면 다니엘도 벌써 메리와 잠자리를 같이했을걸. 그리고 내가 당신에게 시간을 주지 않은 건 당신을 너무 원했기 때문이오 당신도 날 원했잖소?」

「그래요, 당신을 원했죠 아니, 처음엔 그렇지 않았어요」

부끄러워 어찌할 바를 모르는 제이미를 알렉은 짐짓 모른 체했다.

「당신도 좋아했잖아.」

제이미는 알렉의 뻔뻔스러움엔 당할 재간이 없음을 잘 알고 있었기 때문에 순순히 고개를 끄덕였다.

「그래요, 좋았어요」

「자, 날 보시오」

「보지 않는 게 낫겠어요」

「보는 게 나을걸.」

알렉은 천천히 제이미의 턱을 들어올렸다. 제이미의 얼굴이 온통 붉었다. 알렉은 아내의 찡그린 이마에 키스하고 싶은 마음을 억누르지 못했다.

「당신은 어땠어요? 좋았어요?」

「그걸 모르겠소?」

「다니엘이 잉글랜드 여자들은 하나같이 뱀처럼 차갑다고 그랬대요 저도 뱀처럼 차가운가요?」

「전혀.」

그제야 제이미는 안도의 숨을 내쉬었다.

「한 남자의 아내라면 이런 걸 알아두어야 하는 거예요, 알렉.」

「당신 지금 나와 자고 싶소?」

「이런 대낮에요? 말도 안 돼요!」

「난 당신이 손만 치워 주면 지금이라도 당신과 사랑을 나눌 수 있소」

알렉의 목소리가 거칠었다. 제이미는 그제야 자신이 알렉의 허벅지를 꼭 잡고 있음을 깨닫고 얼른 손을 치웠다.

「당신이 제안한 대로 플래드를 입지 않았는데, 그래도 상관없어요?」

「난 그럴 거라고 말했지, 제안한 게 아니었소 내가 당신에게 손대기 전에 당신은 내 플래드를 입게 될 거요 자, 이제 할 얘기 다 끝났소?」

「화났어요?」

「아니.」

「하지만 목소리가 화난 것처럼 들려요」

「나를 정말 화나게 하지 마시오」

「당신에게도 다른 여자가 있나요?」

알렉은 제이미가 대체 어떻게 그런 생각을 하게 됐는지 이해할 수 없었다. 정말 속을 알 수 없는 여자였다.

「만약 있다면, 당신에게 중요한 일인가?」

「내게 다른 남자가 있다면 그건 당신에게 중요한 일이 아닌가요?」

「그건 절대로 허락할 수 없소, 제이미.」

「저도 마찬가지예요, 알렉.」

「마치 당신과 내가 같은 처지라는 듯이 말하는군, 제이미.」

알렉이 드디어 화가 났군. 제이미는 알렉의 찡그린 이마를 손으로 쓰다듬어 펴 주고 싶었다.

「알렉, 제 질문에는 아직 대답하지 않으셨어요」

「내게 다른 여자는 없소」

제이미의 얼굴에 밝은 웃음이 피어올랐다.

「그리고 당신은 뱀처럼 차갑지도 않소 앞으로는 그런 질문으로 날 모욕하지 마시오」

「제가 당신에게 어떻게 모욕을 주었는데요?」

「당신을 뜨겁게 만드는 건 남편으로서 내 의무요. 당신은 그때 뜨거웠소, 그렇지?」

웬일인지 모르지만, 이번에는 알렉의 뻔뻔스러움이 제이미의 마음을 오히려 편하게 해주었다. 제이미는 알렉의 입술을 쳐다보았다.

「아마 그럴 거예요. 아니었는지도 모르고…… 기억이 안 나요」

알렉은 제이미에게 그때를 상기시켜 주고 싶어, 제이미의 얼굴을 감싸고 천천히 입을 맞추었다. 제이미는 부푼 기대감으로 눈을 살며시 감았다.

알렉은 뜨겁게 제이미의 입술을 휘감으며 제이미의 입 속으로 침투했다. 뜨겁고 달콤한 키스가 계속되는 동안, 제이미는 가슴이 산산이 부서지는 기분이었다. 뒤로 물러서고 싶었지만 알렉이 놔주지 않았다. 그의 입술은 굶주린 듯 달려들었고, 제이미는 피하겠다는 생각을 잊었다.

알렉의 키스는 제이미를 뜨겁게 불태웠다. 처음에는 수줍어하던 제이미도 곧 알렉과 똑같이 대담하고 격렬해졌다. 제이미가 거친 신음소리를 내며 달려드는 순간, 알렉은 제이미에게서 떨어졌다. 이제 멈춰야 했다. 지금 이 순간 거친 파도처럼 밀려오는 감정을 통제할 수 있어야만 앞으로 제이미를 통제할 수 있으리라.

「자, 바보 같은 질문이 모두 끝났으면, 나는 보다 중요한 일 때문에 돌아가 봐야겠소」

「제가 당신에게 귀찮은 골칫거리일 뿐이라는 식으로 말할 필요는 없잖아요?」

「그건 제대로 알고 있군.」

제이미는 화가 나 알렉을 확 떠밀었다. 하지만 알렉은 말을 앞으로 살짝 움직이며 제이미를 거세게 껴안았다.

'이 여자에게 자기 위치를 확실히 가르칠 필요가 있겠어. 이젠 내가 바로 자기 주인이며 영주라는 사실을 깨닫게 해야 해.'

258

「힘 자랑 좀 그만 하세요」

제이미는 가까스로 말했다.

「당신은 아직도 내 힘이 얼마나 큰지 모르고 있소」

알렉의 거친 목소리에 제이미는 오싹했다.

「당신……」

「내가 당신에게 화를 내고 있다는 둥 하는 소리는 하지도 마시오」

그런 질문은 할 필요도 없었다. 알렉은 화를 내고 있는 게 분명했으니까. 쩌렁쩌렁한 알렉의 목소리 때문에 제이미는 귀가 다 윙윙거렸다.

「소리지르지 마세요. 전 그냥 메리 언니가 여기 머물러도 되느냐고 물어 보려고 했을 뿐이에요」

「당신 언니 문제까지 들고 나와 나를 골치 아프게 하지 마시오」

이렇게 명령조로 말하고 난 알렉은 다시 부드러운 목소리로 덧붙였다.

「당신 가족이 들르는 거라면 언제나 환영이니까」

메리는 그저 잠시 들른 게 아니었지만, 오늘은 더 이상 알렉의 성질을 건드리지 않는 게 좋겠다 싶어 제이미는 입을 다물었다.

「당신 기분은 도대체 종잡을 수가 없어요」

성벽 가까이 돌아왔을 때 제이미는 그렇게 한마디 하곤 알렉을 불렀다.

「또 뭐요?」

「난 당신이 준 2주일을 하루도 남김없이 다 쓸 작정이에요. 그 동안 당신도 저를 좀더 자상하게 대하는 방법을 배웠으면 해요」

알렉은 제이미의 얼굴을 손으로 들어올렸다.

「자상하게 대하는 방법? 솔직히 말하자면 제이미, 지금 이 순간에는 당신에게 별 마음도 없소」

알렉은 제이미가 빈정거리는 줄 알고, 약간은 화도 나고 성가신 마음으로 그렇게 말했다. 그러나 제이미의 눈에 실망의 빛과 함께 눈물이 어른거리는 걸 보고 곧 생각 없이 내뱉은 말을 후회했다. 제이미는 조롱하거나 빈정대려는 게 아니었던 것이다.

제이미는 알렉을 확 밀치더니 화난 표정으로 쏘아보았다. 그 모습이 마치 독이 잔뜩 오른 들고양이 같았다. 오기 때문에라도 제이미는 결코 울음보를 터뜨리지 않으리라.

「저도 당신이 별로 마음에 안 들어요, 킨케이드 뻔뻔하고 거만하고……, 누가 그런 사람을 좋아하겠어요?」

알렉은 상관없다는 듯이 능청맞게 웃으며 부하들에게 뭐라 손짓을 보냈다. 그러고는 다시 아내를 내려다보았다.

「거짓말하지 마.」

「거짓말 아니에요」

「거짓말이야. 게다가 당신은 거짓말도 잘 못해.」

제이미는 돌아서서 저택을 향해 걸어갔다. 제이미가 플래드를 입으면 얼마나 예쁠까 상상하며 알렉은 아내의 뒷모습을 바라보았다. 갑자기 제이미가 몸을 확 돌리더니 소리쳤다.

「알렉, 몸조심하세요!」

걱정이 가득한 목소리였다. 알렉은 천천히 고개를 끄덕이면서도 제이미에게 한마디 하는 것을 잊지 않았다.

「당신은 내가 마음에 안 든다면서? 벌써 생각이 바뀌었나?」

「내 마음은 안 바뀌었어요」

「그럼 왜…….」

「킨케이드, 지금은 길게 설명할 시간이 없어요」

제이미는 다른 병사들이 듣지 못하도록 서둘러 알렉에게 다가와 속삭였다.

「당신이 마음먹은 대로 사냥 잘 하세요 전 메리 언니와 편히 지내고 있을게요. 하지만 조심하세요, 알렉.」

제이미가 알렉의 다리를 토닥여 주었다. 제이미는 자기 자신이 지금 무슨 짓을 하고 있는지 알고나 있을까? 알렉은 걱정이 가득한 아내의 눈길을 마주 보았다.

「계속해서 저를 귀찮게 하기 위해서라도 조심하셔야 해요」

「당신은 화날 때마다 나를 킨케이드라고 부르는 버릇이 있더군?」

제이미가 남편의 다리를 살짝 꼬집었다.

「전 화낸 적 없어요. 당신은 제게 할 일도 주지 않았지만 말이에요. 그래서 말인데, 당신이 사냥 나간 동안 부엌 좀 손봐도 되겠어요? 일은 다른 사람들에게 시키고 저는 말로 지시만 할게요, 네?」

「그럼 손가락 하나 까딱하지 않을 거지?」

「그럼요」

알렉은 고개를 끄덕였다. 그리고 말에서 떨어지기 전에 잡고 있는 다리 좀 놓아달라고 말했다.

농담이었는데도 제이미는 미안해서 어쩔 줄을 모르며 돌아섰다.

알렉은 제이미의 순진함에 웃어야 할지 말아야 할지 잠시 고민했다. 멀어지는 아내의 뒷모습을 보며, 이젠 더 중요한 문제에 신경 써야 한다는 사실을 상기했다. 한데 그날 오후, 개빈이 와서 메리를 이곳에 머물도록 허락했던 일을 다시 들춰 냈다. 퍼거슨 부족이 전쟁을 선포해 왔던 것이다. 그저 하루 정도 머무는 거라고 생각했던 알렉은, 개빈에게서 킨케이드 부인이 언니에게 피신처를 제공하기로 했다는 말을 듣고서야 실수를 깨달았다.

알렉은 다니엘이 얼마나 화났을지 충분히 짐작할 수 있었다. 우선 개빈을 집으로 돌려보내 말썽 많은 아내를 지키게 하고, 다른 장교를 불러 사냥을 계속하도록 지시했다. 그리고 혼자서 퍼거슨 영지로 향했다.

다행히 퍼거슨의 영지와 킨케이드의 영지 경계선 부근에서 다니엘과 만났다. 알렉은 혼자였지만, 다니엘은 병사들을 이끌고 왔다. 물론 모두 전투 준비를 완벽하게 갖춘 병사들이었다.

알렉은 말을 멈추고 다니엘이 먼저 행동을 취하도록 기다렸다. 오래지 않아, 다니엘의 칼이 휘익 공기를 가르며 날아와 알렉 앞에 꽂혔다.

그것은 전쟁 준비가 완료됐음을 알리는 신호였다. 이번에는 다니엘 쪽에서 알렉의 행동을 기다렸다. 다니엘의 표정이 싸늘했다. 그러나 알렉이 고개를 가로저으며 칼을 던지지 않자 다니엘의 얼굴에 놀란 빛이 떠올랐다.

「전쟁을 거부하는가?」

다니엘은 고함을 쳤다. 얼마나 화가 났는지, 입을 열 때마다 목의 힘줄이 툭툭 불거져 나왔다.

「그래.」

「그건 안 돼.」

「나는 돼.」

「도대체 무슨 짓인가, 알렉?」

불꽃이 튀던 다니엘의 목소리가 한층 잦아들었다.

「난 이기고 싶지 않은 전쟁은 하지 않아.」

「이기고 싶지 않다고?」

「그래. 이 전쟁은 이기고 싶지 않아.」

「어째서?」

「다니엘, 설마 내가 한 집에서 잉글랜드 여자를 둘씩이나 거느리고 싶어한다고 생각진 않겠지?」

다니엘은 화가 조금 누그러진 것 같았다.

「하지만…….」

「만약 이 전쟁에서 이긴다면 메리는 앞으로 남은 여생을 제이미와 함께 살 텐데, 난 제이미 하나로도 지금 엄청 벅차.」

262

「하지만 자네는 내 아내에게 피신처를 제공하지 않았나?」

다니엘의 얼굴에 서서히 웃음기가 떠올랐다.

「절대 그렇지 않아.」

알렉은 자기 말이 진실임을 강조하려는 듯 한마디 한마디에 힘을 주었다.

「자네 부인이 내 아내에게 피신처를 제공했어. 감히 나에게서 말이야. 내 아내는 어린애처럼 자네 부인의 등뒤에 숨어서 벌벌 떨고 있고 말이야.」

「제이미와 메리는 잉글랜드 여자들이야. 그걸 잊으면 안 되지.」

「아, 내가 그걸 잊고 있었군. 하지만 내 아내가 겁쟁이처럼 구는 건 참을 수가 없어. 메리가 어린 동생을 방패막이로 삼으려고 했던 건 창피한 일이야.」

다니엘은 알렉의 지적을 인정하며 한숨을 내쉬었다.

「그건 메리가 겁쟁이여서 그런 게 아냐, 다니엘. 메리는 그저 그렇게 교육받았을 뿐인 거야. 제이미 역시 자기가 언니들을 보호해야 한다고 생각하고 있어. 그래서 언니들이 그렇게 믿도록 만들었고.」

다니엘의 입가에 슬며시 웃음이 떠올랐다.

「멍청한 자매로군.」

「맞아. 우리의 오랜 우정을 여자들 때문에 깰 수는 없어. 나는 자네가 우리 집에서 자네 부인을 데려가 줬음 좋겠네.」

「꼭 명령하는 것 같은데?」

다니엘은 웃으며 대꾸했다.

「그럼, 명령이지.」

「내가 여전히 전쟁을 고집한다면?」

「그렇다면 할 수밖에. 하지만 규칙을 바꿔야겠어.」

알렉도 다니엘의 농담을 받아 짐짓 심각한 목소리로 말했다.

다니엘은 알렉의 목소리에 어린 장난기를 눈치챘다.

「어떻게?」

「이기는 사람이 두 신부를 모두 데려가는 거야. 잉글랜드 여자를 다루느라 지금 힘들어 죽겠거든.」

다니엘은 고개를 뒤로 젖히고 마음껏 웃었다. 알렉은 다니엘이 병사들 앞에서 체면을 세울 수 있도록 도운 것이었다. 다니엘은 이제 패자라고 손가락질을 받지 않고도 땅에 꽂은 칼을 되가져갈 수 있었다.

「알렉, 자네가 절대 자네 몫의 상을 포기하지 않으리란 건 잘 알지만, 어쨌든 부인에게 그다지 쉽게 적응하지 못하고 있다니 왠지 내 마음이 놓여.」

「제이미는 성깔이 보통이 아냐.」

알렉은 웃으면서 인정했다.

「난 메리가 자네 부인을 조금이라도 본받았으면 해. 메리는 마치 겁먹은 토끼 같잖아.」

알렉은 얼른 화제를 바꾸었다. 긍정도 부정도 할 수 없는 말이었기 때문이다.

「나는 지금 앵거스를 습격한 놈들을 추적하고 있어.」

「나도 그 얘긴 들었어. 내가 사냥에 동행하면 어떨까? 내가 알기론 주모자가 '산 속의 남작'이라던데?」

'산 속의 남작'은 자기 부족에서 이탈해 나와 스스로 사람을 모아 또 다른 부족을 형성한 무법자였다. 남작은 잉글랜드식 호칭이었기 때문에, 스코틀랜드 사람들에게 적개심을 갖게 하는 데에는 아주 효과적이었다. 명예도 양심도 모르는 비열한 악당, '산속의 남작'. 정말 잘 어울리는 호칭이었다.

「자네가 동행한다면 환영이지, 다니엘. 하지만 메리를 데려가는 일이 우선이야. 우린 피크에서 합류하면 되고.」

킨케이드 성에 당도할 때까지 두 사람은 침묵을 지켰다.

메리와 함께 안마당에 나와 있던 제이미는 남편을 발견하자 환하게 웃으며 다가갔다. 하지만 무시무시한 남편의 표정을 보고는 멈칫했다. 뒤쪽으로 다니엘이 보이자, 메리가 제이미의 곁에 바싹 다가서며 겁에 질린 목소리로 속삭였다.

「다니엘이 나를 죽이러 왔나 봐.」

「웃어, 언니. 다니엘이 헷갈리게 말이야.」

알렉은 말에서 내려 천천히 제이미 곁으로 다가갔다. 얼굴이 차갑게 굳어 있었다. 제이미는 숨을 깊이 들이마셨다.

「벌써 사냥이 끝났어요, 알렉?」

알렉은 제이미의 인사를 무시하고 말했다.

「당신이 퍼거슨 부인에게 피신처를 제공했다는 게 사실이오?」

「피신처라뇨? 전 그런 말 한 적 없어요.」

「대답이나 해!」

알렉의 말투에 제이미는 발끈했다. 손님들 앞에서 내게 화를 내다니!

「언니가 여기 있게 해달라고 부탁하기에 그러라고 허락했어요. 그게 피신처를 제공한 거라면, 좋아요, 제가 피신처를 제공했어요. 전 언니를 보호할 거니까.」

「메리를 남편으로부터 보호하겠다는 거요?」

알렉은 도저히 믿을 수 없다는 표정으로 물었다.

「남편이 부적절한 행동을 할 땐 어쩔 수 없죠.」

제이미는 잔뜩 불만스러운 얼굴로 다니엘을 쳐다보며 그렇게 대답하고는 다시 남편에게 얼굴을 돌렸다.

「다니엘은 언니 마음을 상하게 했어요. 제가 어떻게 하는 게 옳았다고 생각하시죠?」

「당신 일이나 신경 쓰는 게 옳았소.」

알렉이 쏘아붙였다.

「다니엘은 언니에게 잔인하게 굴었다구요」

「맞아요. 만약 여기 머무르는 게 안 된다면 전 잉글랜드로 돌아가겠어요」

메리가 제이미 등뒤에서 용기를 내 소리쳤다.

「잉글랜드까지는 제가 안내해 줄 거예요」

제이미는 두 손을 마주 잡은 채 알렉의 대답을 기다렸다.

「그래 봤자 잉글랜드 근처에도 못 갈걸.」

알렉이 비아냥거리며 메리를 향해 돌아섰다. 메리는 불을 뿜는 듯한 알렉의 눈빛에 놀라 제이미에게서 한 발 물러섰다. 그러자 알렉이 제이미를 잡아채 품에 꽉 끌어안았다. 그 힘이 얼마나 센지 제이미는 반항할 꿈도 꾸지 못했다. 게다가 머독 신부가 계단에서 이곳을 지켜보고 있는 게 아닌가. 신부님 앞에서 숙녀답지 못한 행동을 할 수는 없는 노릇이었다.

「난 당신과 함께 돌아가지 않아, 다니엘!」

메리가 소리쳤지만 소용없는 짓이었다. 다니엘은 덩치에 어울리지 않게 잽싼 몸놀림으로 메리를 덥석 들어올렸다. 순식간에 메리는 말 안장에 앉은 남편의 무릎에 보따리처럼 얹혀졌다. 반항할 틈도 없었다.

제이미는 이런 끔찍한 상황 속에서도 위엄을 잃지 않으려고 이를 악물었다. 메리는 보릿자루처럼 안장에 얹힌 채 끌려가고 있었다. 차마 눈뜨고 볼 수 없는 치욕이었지만, 언니가 잘 견뎌 주기를 바랄 수밖에 없었다. 악을 쓰고 반항해 보았자 언니만 비참해질 뿐이니까.

「다니엘이 언니를 저렇게 끌고 가도록 둘 수 없어요」

제이미가 맥 빠진 목소리로 중얼거렸다.

「아니, 그냥 둬야 해.」

「제발, 알렉, 어떻게 좀 해주세요」

「나나 당신은 저 부부 사이에 끼여들 수 없소 메리에겐 별일 없을 거요. 하지만 메리는 남편의 체면을 손상시켰소. 다니엘도 나만큼이나 성질이 불같은데 말이오.」

제이미는 아무 말 없이 다니엘과 메리가 해자를 건너 사라지는 모습을 바라보았다.

「다니엘이 언니를 해치지는 않겠죠?」

그건 쓸데없는 걱정이었다.

「당신이 걱정하는 게 폭력이라면 안심하시오. 다니엘은 메리에게 손찌검 같은 건 하지 않을 테니. 하지만 메리 일은 이제 다니엘의 처분에 달렸소.」

「언니 말이 아직 여기 있어요.」

「메리에겐 말이 필요 없을 거요.」

제이미는 알렉의 얼굴을 쳐다보다가 키스할 때의 느낌이 어땠는지 생각해 보았다. 지금 이런 순간에 그런 생각을 하다니, 우스웠다.

「내일 제가 말을 가져다주면 안 될까요?」

말은 그렇게 했지만 제이미의 머릿속엔 알렉과 나눴던 키스에 대한 생각뿐이었다. 알렉이 제이미를 놓아주었지만, 제이미는 알렉과 떨어지기가 싫었다.

「알렉! 다니엘도 당신만큼 성질이 불같다고 했죠? 그럼 당신도 불같단 얘긴데 그러면서도 저한테는 화내지 않겠다구요? 그건 말이 안 된다고 생각지 않으세요?」

「오해하지 마시오. 당신 앞에서는 이성을 잃지 않겠다는 말일 뿐이니까.」

알렉이 언덕 쪽으로 걸음을 옮기자 제이미는 치맛자락을 붙들고 뒤를 따라갔다.

「그럼 어떤 때 화내시죠?」

알렉은 유혹을 견디기가 힘들었다. 매혹적인 제이미의 웃는 얼굴을 보지 않기 위해서라도 뒤를 돌아봐선 안 되었다.

「중요한 일이 있을 때.」

제이미의 커다란 한숨 소리 때문에 알렉은 웃지 않을 수 없었다.

「제이미?」

「네?」

제이미는 알렉의 목에 매달리고 싶은 마음을 억누르며 대답했다.

「제발 다시는 말썽 부리지 마.」

제이미로선 가장 듣고 싶지 않은 말이었다.

「보세요, 킨케이드, 내가 쓸모 없는 인간이라는 사실을 그렇게 되풀이해서 알려 줄 필요는 없어요. 당신 뜻이 무엇인지 똑똑히 알았으니까. 내가 도망가도 당신은 날 쫓아오지도 않을 거죠?」

알렉은 대답하지 않았다.

「당연히 안 쫓아오겠죠. 난 그럴 가치가 없는 여자니까. 그렇죠?」

「물론 난 당신을 뒤쫓지 않소.」

제이미는 순간 아찔했지만, 그런 마음을 들키고 싶지 않았다.

'알렉이 뒤쫓아오든 말든 무슨 상관이야? 한낱 스코틀랜드의 야만인일 뿐인데, 뭐.'

제이미는 그렇게 스스로를 위안했다.

「다른 사람을 시키지. 하지만 당신은 도망가지 않을 거니까, 이런 얘기는 쓸데없는 거겠지?」

결국 다니엘은 돌아서서 제이미를 꼭 끌어안았다.

「이제 당신이 정말 싫어졌어요, 킨케이드.」

「당신은 정말 그 성질 좀 죽여야 하오, 제이미. 내가 없는 동안 조용히 있길 바라오.」

알렉은 제이미의 뺨을 부드럽게 쓰다듬었다. 제이미에겐 과분할 정도로 황홀한 작별 인사였다.

말에 올라탄 알렉은 자신을 지켜보는 아내를 두고 사라졌다. 제이미는 알렉이 쓰다듬었던 뺨을 가만히 만져 보며 남편의 온기를 다시 한 번 느껴 보았다.

제이미는 남편의 기억을 떨쳐 버리며 어깨를 꼿꼿이 폈다. 이제 부엌을 손보러 가야 했다. 그저 단순한 잡일일 뿐이지만, 그 작은 일이 얼마나 큰 편안함을 선사할지 생각하니 의욕이 솟았다. 알렉도 돌아오면 칭찬해 주리라.

제이미는 어깨를 펴고 집으로 향했다.

당장 일을 시작하리라. 새로운 열정으로 제이미는 가슴이 뿌듯했다. 알렉이 일을 주었던 것이다.

12

죽어 가는 사람을 살린 킨케이드 부인에 대한 소문은 삽시간에 스코틀랜드 전역에 퍼져 나갔다. 앵거스를 기적적으로 살려 냈다는 얘기는 과장할 필요가 없을 정도로 놀랍고 충격적인 사건이었다. 소문은 킨케이드 부족의 한 장교가 종부성사를 치르고 있었다는 얘기로 시작되었다. 그때만 해도 앵거스가 죽음의 문턱에 한 발을 걸치고 있었음은 아무도 의심할 수 없는 사실이었다. 소문은 사람들의 입을 오르내릴 때마다 조금씩 과장되어 갔다.

길브리드 부족의 영지에서 열린 봄 축제에 참가하고 있던 킨케이드 부족 사람들이 앵거스가 기적적으로 회생했다는 소식을 들은 것은 그가 죽었다는 소식을 들은 지 반나절이 지난 후였다. 앵거스의 유일한 친척이자 혈육인 여동생 리디아 루이스는 그날 두 번이나 목을 놓고 울었다. 처음엔 분노와 슬픔 때문에, 두 번째는 너무나 기쁘고 감사해서. 하루 동안 겪은 일이 너무나 극적이고 대조적이라, 리디아는 결국 침대에 드러눕고 말았다.

스코틀랜드의 모든 부족이 즐거운 마음으로 참가하는 봄 축제이건만, 맥퍼슨 부족에서는 참가한 사람이 아무도 없었다. 하나밖에 없는 영주의 갓난 아들이 죽어 가고 있었기 때문이다. 태어난 지 석 달밖에 안 됐지만 아버지의 고집을 그대로 물려받았는지, 아기는 갑자기 엄마 젖을 절대 입에 대지 않았다. 젖을 먹이면 얼마나 격렬하게 토해 내던지, 아이는 급기야 울 힘도 없을 정도였다.

맥퍼슨 영주는 혼자서 슬픔을 달래기 위해 숲 속으로 들어갔다. 하나밖에 없는 아들을 땅에 묻어야 하는 아버지의 슬픔을 누가 달랠 수 있으리. 늙은 영주는 어린아이처럼 엉엉 소리내어 울었다. 산에서 내려가면 사랑하는 아들이 싸늘한 시체가 되어 자신을 맞을지도 모른다고 생각하니 도저히 내려갈 엄두가 나지 않았다.

맥퍼슨 부족은 퍼거슨 부족과는 동맹 관계를 맺고 있었지만, 맥코이 부족과는 앙숙이었다. 그들의 갈등은 왜, 언제부터 시작되었는지 기억하는 사람이 없을 정도로 오래된 것이었다. 반면에 킨케이드 부족은 맥코이 부족이 물에 빠진 킨케이드 부족의 여인을 구해 준 일을 계기로 자연스레 맥퍼슨 부족과 등을 돌리게 되었다.

그러나 제이미의 소문을 들은 맥퍼슨 영주의 부인은 스코틀랜드의 모든 법과 규칙들을 무시하기로 마음먹었다. 어린 아들을 구할 수만 있다면 악마와의 거래라도 마다하겠는가. 아무도 모르게 아이를 안고 퍼거슨 성으로 가 도움을 청했다. 메리는 여인의 처지가 안타까워 망설임 없이 아이를 받아 안고 제이미에게 갔다. 다행히 다니엘은 '산 속의 남작'을 사냥하러 나갔기 때문에 허락을 얻을 필요는 없었다.

스코틀랜드에서는 어느 집에서 어떤 일이 일어나고, 누가 뭘 했는지 서로 훤히 알고 있었기 때문에, 킨케이드의 병사들은 메리가 안고 온 아기를 보자 그 아기가 누구인지 단박에 알았다. 그러나 아무도 킨케이드 부인에게 '그 아기는 우리와 적대적인 관계에 있는 족장의 아들입니다'라고 말하지 못했다. 말해 봤자 소용이 없을 테니까. 킨케이드 부인은 잉글랜드 사람이라 스코틀랜드에 형성되어 있는 적대 관계나 우호 관계를 전혀 모르는데다, 여자는 본래 전쟁보다 모성을 중요시하는 존재가 아니던가. 그리고 앵거스를 치료할 때 봤듯이, 제이미는 한번 하겠다고 마음먹은 일이라면 알렉과 다투면서까지 결국 해내고 마는 성격임이 틀림없었다. 그런 제이미를 누가 말릴 수 있겠는가.

개빈은 만약 아기가 킨케이드 땅에서 죽는다면 어떤 일이 벌어질지 잘 알았다. 아기 상태로 봐서는 사흘도 못 버틸 것 같았다. 즉시 성안에 남아 있는 병사들에게 전투 준비를 갖추라고 명령하고, 연락병 둘을 알렉에게 보냈다. 그리고 맥퍼슨 부족이 공격해 오기를 조용히 기다렸다.

나흘 후, 드디어 맥퍼슨이 병사들을 이끌고 와서 장례식을 치를 수 있도록 아기의 시신을 달라고 요청했다. 하지만 뭇 사람들의 예상과는 달리, 아기는 제법 통통하게 살집이 올라 있었다. 개빈은 맥퍼슨 영주와 병사 둘만을 성안으로 들이게 하고, 마커스와 함께 저택의 계단에서 그들을 맞았다.

아기를 막 재운 제이미는 누군가 안마당에서 외치는 소리를 들었다. 무슨 일인지 알아보려고 밖으로 나가 보니, 계단 아래에 아주 험상궂게 생긴 세 사람이 말 위에 앉아 있었다. 그들이 입은 플래드는 킨케이드의 플래드가 아니었다. 그보다 색이 훨씬 어두웠다.

「내 아들의 시신 없이는 돌아가지 않겠다! 그리고 내가 다시 돌아오면, 이 성벽을 킨케이드의 피로 얼룩지게 해주겠다.」

셋 중 가운데 서 있던 나이 든 사내가 귀청이 찢어질 정도로 크게 고함을 질렀다.

「개빈, 누가 죽었어요?」

「맥퍼슨 영주가 아들을 찾으러 왔습니다.」

개빈은 맥퍼슨에게 눈을 떼지 않고 대답했다. 잠시라도 눈을 뗐다간 그대로 습격을 받을지 모르기 때문이리라. 제이미가 그렇게 생각할 정도로 세 남자는 살기가 등등했다.

「저 여인이 킨케이드의 아내인가?」

「그렇다.」

제이미는 분노에 찬 개빈의 목소리를 듣고 깜짝 놀랐다. 팽팽한 긴장이 숨통을 조이는 듯했다. 낯선 세 남자의 시선이 자신에게 향해 있었지만, 그렇다고 기죽을 순 없었다. 어깨를 똑바로 펴고 세 남자를 노려보았다.

「그렇담 내 아기를 훔쳐 간 바로 그 여자로군!」

'도대체 저 남자는 고함을 지르지 않고는 말이 안 되는 모양이지!'

제이미는 쌔근쌔근 잠들어 있는 귀여운 아기가 저렇게 고약한 아버지에게서 태어났다는 사실을 믿을 수 없었다. 게다가 아기 아빠라고 하기엔 나이도 많아 보였다. 숯검정 같은 눈썹에 가려 눈동자가 거의 보이지 않는 저 남자는 생김새만큼이나 몸에서도 고약한 냄새가 나리라.

「가서 아기를 데려오세요」

마커스는 무슨 생각을 하고 있는지 통 알 수 없는 냉랭한 얼굴로 제이미를 돌아보았다.

「어서 내 아들을 내놔!」

제이미가 마커스의 말을 듣고 아기를 데리러 저택으로 들어가는데, 맥퍼슨이 또다시 고함을 질렀다. 제이미는 걸음을 멈추고 돌아서서 맥퍼슨을 쏘아보았다.

「아이를 언제 데려오든 그건 내 마음이에요」

「어서 내 아들의 시신을 내놔!」

귀청이 터질 것 같았다. 날카로운 발톱을 세우고 먹잇감을 향해 돌진하는 곰 같은 늙은이였다, 맥퍼슨 영주는. 제이미는 아들이 죽었다고 착각해서 저러려니 생각하며 치밀어 오르는 화를 참았다. 슬픔에 겨우면 난폭해지는 사람도 있지 않은가.

제이미가 아기를 안고 다시 나타났을 때까지, 맥퍼슨 사람들과 킨케이드 사람들 사이에는 한마디 말도 오가지 않았다. 제이미는 차가운 바람을 막기 위해 잠든 아기를 두꺼운 양모 담요에 싸서 품에 안고 나타났다.

늙은 영주는 무표정한 얼굴로 기다리고 있었다. 제이미는 그에게 다가가 담요 자락을 들춰 아기의 얼굴을 보여 주었다.

「이리 줘!」

「당장 목소리를 낮춰요. 아기를 재우기 위해 얼마나 애썼는지 아세요? 당신 고함 소리에 놀라 아기가 깬다면 당신도 만만찮은 대가를 치러야 할 거예요. 알아듣겠어요?」

「애가 깬다고?」

「소리지르지 말라고 했잖아요!」

이번에는 제이미의 목소리가 높아졌다. 제이미는 곧 후회했다. 아기가 눈을 뜨고 버둥거리기 시작했던 것이다. 재빨리 아기를 어르며 아기의 아버지를 노려보았다.

제이미는 미처 보지 못했지만, 아기가 버둥거리자 늙은 영주가 눈을 휘둥그렇게 뜨며 놀란 표정을 지었다.

「자, 아기를 깨워 놓으니 속이 시원해요? 당신 고함 소리 때문에 아기가 놀랐다구요.」

제이미는 잘못한 하인을 꾸짖듯 맥퍼슨을 꾸짖으며 아기를 세워 안고 등을 토닥여 주었다. 아기가 큰 소리로 울음을 터뜨렸다.

「아가, 착하지.」

머리칼이 거의 없는 아기의 정수리에 입을 맞추며 제이미는 아기를 달랬다. 그러나 맥퍼슨을 향해 돌아선 제이미의 얼굴은 다시 딱딱하게 굳어 있었다.

　「도대체 당신한테서 이렇게 사랑스러운 아기가 어떻게 생겼는지 모르겠군요. 아기는 방금 전에 점심을 먹었어요. 그러니 지금 아이를 화나게 만들면 먹은 것을 몽땅 토해 낼지도 몰라요.」

　맥퍼슨은 제이미의 말에 아무런 대답도 하지 못했다. 제이미는 망설이면서 아기를 아버지에게 넘겨주었다. 아기를 받아 안는 아버지의 팔이 가늘게 떨렸다.

　「떠나기 전에 들려 줄 말이 있어요.」

　제이미의 말을 듣고도 맥퍼슨은 오랫동안 반응이 없었다. 그는 정신을 수습하고 자제력을 되찾기 위해 애썼다. 킨케이드 사람들 앞에서 죽은 줄만 알았던 아들을 돌려 받은 기쁨을 조금이라도 엿보였다간 위신이 크게 깎이리라. 하지만 금방 눈가가 뜨거워지면서 눈이 충혈되는 건 어쩔 수 없었다. 갑자기 사방이 조용해지자 아기는 다시 한 번 울음을 토해 냈다. 마치 아버지가 기쁨의 눈물을 참기 위해 애쓰는 걸 알고는 인내심을 시험해 보려는 듯이.

　「죽지 않았군.」

　「그렇게 계속 고함을 지르다간 아기가 놀라서 죽겠어요. 이제 제 말을 잘 들으세요.」

　「당신 말은 듣지 않아.」

　제이미는 뒤통수를 한 대 얻어맞은 기분이었다. 맥퍼슨이 미처 피할 여유도 없이, 제이미는 날랜 동작으로 아기를 다시 빼앗아 가슴에 안았다. 그러고는 맥퍼슨의 말 주위를 천천히 돌았다.

　「그렇다면 아기를 두고 혼자 돌아가세요. 당신의 무지 때문에 아기가 죽도록 놔둘 수는 없어요. 충분히 반성이 되면 그때 다시 오세요.」

맥퍼슨의 눈이 동그래졌다. 그는 개빈 얼굴을 한번 쳐다보고는 다시 킨케이드 부인에게로 시선을 옮겼다.

「아이를 돌려줘.」

「아기에게 염소 젖을 먹이겠다고 약속하세요.」

「내 아이는 제 어미의 젖을 먹을 거야.」

「이 아기는 엄마 젖을 넘기지 못해요.」

「내 아내를 모욕하려는 거야?」

제이미는 이 고집 불통 늙은이를 때려눕히고 싶었다.

「난 지금 이 아기를 살리기 위한 방법을 이야기하는 중이에요. 당신 아들은 더 이상 고통을 참을 수 없다구요.」

제이미는 맥퍼슨에게 한 걸음 다가섰다.

「약속하세요.」

맥퍼슨이 거칠게 고개를 끄덕였고, 그제야 제이미의 얼굴에 만족스런 표정이 떠올랐다. 아기를 맥퍼슨에게 돌려준 제이미는 개빈과 마커스를 향해 돌아서며 어깨 너머로 한마디 던졌다.

「맥퍼슨, 당신은 감사할 줄도 모르나요?」

「감사?」

맥퍼슨의 목소리가 다시 쩌렁쩌렁 울렸다. 휙 돌아선 제이미는 양손을 허리에 턱 얹고 이글거리는 눈빛으로 맥퍼슨을 쏘아보았다.

「그래요, 감사할 줄 몰라요? 당신은 지금 내게 소리를 지를 게 아니라 감사해야 해요.」

맥퍼슨이 갑자기 눈을 가늘게 떴다. 제이미는 맥퍼슨이 자존심에 상처를 입었음을 깨달았지만, 어째서 그가 자존심 상해하는지 이해할 수 없었다.

「나는 당신이 내 아들을 납치한 일에 대해 사과받고 싶은데. 당신이 사과하지 않는다면 남는 건 전쟁뿐이야.」

「당신에게 필요한 건 내 사과가 아니라 곤장이에요. 이 늙어 빠진 고집쟁이 염소 같으니라구. 여기서 내게 감사의 표시를 하지 않는다면 정말 곤장을 안길 거예요.」

제이미도 맞받아 소리쳤다.

「넌 내 아기를 납치했어.」

제이미는 이 상황을 도저히 믿을 수 없었다. 말도 주인을 닮았는지 맥퍼슨의 말은 멍청하기 이를 데 없었다. 주인이 고삐를 잡아당기자 제이미의 어깨를 물려고 달려들었던 것이다. 그러나 맥퍼슨은 말을 진정시킬 기미를 보이지 않았다.

「어서 사과해!」

제이미는 맥퍼슨의 요구에 대답하기 전에 그의 말을 철썩 소리가 나도록 때려 주었다.

「나더러 사과를 하라고? 난 당신의 아들을 납치한 게 아냐. 당신도 아마 잘 알걸. 거기 서서 죽을 때까지라도 기다리겠다면 말리지는 않겠지만, 그래도 내게서 사과를 받을 순 없어.」

아기가 큰 소리로 울기 시작했고, 제이미는 서둘러 맥퍼슨을 내쫓고 싶었다.

「어서 아기를 엄마에게 데려다 주기나 해. 그리고 올바른 예절을 배우기 전에는 다시 킨케이드의 땅에 얼씬거리지도 말고.」

맥퍼슨은 제이미의 뺨이라도 한 대 갈길 기세로 고삐를 잡아당겼다. 이번에도 멍청한 말이 제이미의 어깨를 물려고 달려들었다. 제이미는 이번에는 더 세게 말을 내리쳤다. 맥퍼슨이 고래고래 소리를 질렀다.

「내 말을 때렸어! 너희들도 봤지? 킨케이드의 여자가 감히 내 말에게 손찌검을 했어. 내 아내를 모욕하더니 이제는 내 말을……」

「오, 그게 억울해? 내가 당신을 때려 줘야만 여기서 나갈 거야?」

맥퍼슨의 왼편에 서 있던 병사가 칼집에 손을 대자, 제이미는 재빨리 허리춤에 차고 있던 단검을 뽑아 들었다.

「칼에서 손떼지 않으면 내 칼이 네 목에 바람구멍을 내 줄 거야. 미리 말해 두는데, 난 내 손으로 만든 상처는 치료해 주지 않아.」

병사는 잠시 망설이다가 천천히 칼에서 손을 뗐다. 제이미가 고개를 끄덕였다.

「자, 이제 내 땅에서 꺼져!」

단검을 칼집에 도로 넣으며 제이미는 엄한 목소리로 명령했다. 갑자기 온몸에서 힘이 쭉 빠졌다. 이렇게 화를 내 보기도 오랜만이었다. 자신의 행동이 부끄러웠다. 이 볼썽사나운 장면을 본 사람이 마커스와 개빈뿐이라는 사실이 다행이었다.

그러나 모든 게 다 맥퍼슨 때문이었다. 그 늙은이는 마치 야생 동물처럼 날뛰었다. 아마 성인 군자라 할지라도 그 사람 앞에서는 큰 소리를 내지 않을 수 없으리라.

이제는 후퇴할 시간이었다. 제이미는 맥퍼슨 일행에게 눈길 한 번 주지 않고 천천히 저택의 계단을 올라갔다. 무례하기 짝이 없는 맥퍼슨 일당에게는 작별 인사도 할 필요가 없었다.

그러나 계단을 오르다 말고 눈앞에 도열해 있는 병사들을 보고 깜짝 놀라 걸음을 멈추고 말았다. 모두 전투라도 벌일 태세로 무장을 하고 있었다. 그들이 거기 있었다는 것도 놀라운 일이었지만, 정작 제이미를 놀라게 한 건 병사들 가운데 알렉 킨케이드가 있다는 사실이었다. 알렉이 거기서 다 보고 있었으리라 생각하니 갑자기 머리가 지끈거렸다. 창피해서 고개도 들 수 없었다. 그대로 잉글랜드로 도망가고 싶은 마음뿐이었다. 알렉의 눈빛은 양의 가죽을 통째로 태워 버릴 것처럼 불꽃이 이글거렸다. 그에 비하면 맥퍼슨은 아주 자비로워 보였다.

알렉은 팔짱을 끼고 두 다리를 넓게 벌리고 서서 근육을 실룩거렸는데, 그건 아주 나쁜 징조였다. 산적떼를 만났을 때도 그와 비슷한 모습이었다.

제이미가 바로 옆으로 다가갔는데도 알렉은 쓰다 달다 말이 없었다. 그저 제이미를 뒤쪽으로 밀고는 한 발 더 앞으로 나설 뿐이었다. 병사들이 제이미를 둘러쌌다. 덩치 큰 병사들이 방패까지 앞세우고 둘러서자, 제이미는 발뒤꿈치를 들고서도 알렉을 볼 수 없었다.

두 영주 사이에 거친 말들이 오고 갔다. 제이미는 알렉이 자신을 벌주려는 게 아니라 보호하려 했음을 깨닫고 가슴이 뭉클했다. 알렉은 맥퍼슨의 병사가 감히 자기 아내 앞에서 칼에 손을 댔다는 사실에 분노했다. 분노는 땅을 가르고 하늘을 찌를 만했다.

병사들의 장벽에 갇힌 제이미는 남편의 노여움이 자신을 향한 게 아니라는 사실에 감사했다. 그런데 갑자기 '전쟁'이란 한마디가 들렸다. 맥퍼슨이 전쟁을 선포했고, 알렉은 아주 흔쾌하게 전쟁을 받아들였던 것이다.

'오 하나님, 제가 무슨 짓을 한 겁니까?'

제이미는 절망했다.

알렉은 이 불행한 결말이 제이미의 실수에서 비롯된 것이 아님을 믿어 주지 않으리라. 조금만 성질을 죽였더라면 전쟁까지 가지는 않았을 텐데…….

병사들은 맥퍼슨이 일행과 함께 완전히 성을 나설 때까지 제이미를 둘러싼 장벽을 풀지 않았다. 제이미는 알렉이 자신에게 관심을 돌리기 전에 그의 시야에서 벗어나고 싶었다. 우선 방금 전에 벌어진 일들을 차분히 되새겨 볼 시간이 필요했다. 하루나 이틀이면 충분했다.

제이미는 살금살금 계단을 올라갔다. 드디어 알렉의 시야에서 벗어났다고 안심하려는 순간, 억센 손이 제이미의 팔을 거칠게 잡아당겼다. 알렉이었다. 손길도 눈길 못지않게 거칠고 우악스러웠다. 하지만 마커스와 개빈이 지켜보고 있었기 때문에 제이미는 억지로라도 웃음을 지었다. 그러나 잔뜩 찡그린 알렉의 표정을 보고는 더 이상 웃어 보일 수 없었다.

「무슨 일인지 설명해 주겠소?」

알렉은 아주 조용하고 낮은 목소리로 물었다.

「아뇨, 설명하지 않는 게 낫겠어요」

알렉은 아무 말도 하지 않았지만, 또다시 얼굴 근육을 실룩거렸다. 알렉의 손에 더욱 힘이 가해지자, 제이미는 팔이 부러질 것처럼 아팠다. 폭력에는 굴복할 수 없음을 보여 주기 위해서라도 알렉의 시선을 당당하게 마주 볼 생각이었으나, 그러한 노력은 눈 깜짝할 사이에 물거품이 되었다.

「아기가 아팠어요」

「그래서?」

「제가 돌봐 줬어요」

「맥퍼슨의 아이가 어떻게 여기까지 왔지?」

「저도 그게 이상해요」

「어서 대답해.」

알렉의 목소리는 그다지 크지 않았지만, 단단히 화가 나 있음을 알 수 있었다. 제이미는 정확하게 대답하지 않으면서도 남편의 화를 누그러뜨릴 방법을 궁리했다.

「알렉, 난 옳은 일을 했을 뿐이에요. 아기 아버지가 저렇게 고약한 노인네라는 걸 진작에 알았더라도 아기는 돌봐 줬을 거예요. 정말 심각한 상태였단 말이에요. 그러니 제발 이 팔 좀 놔주세요」

「내 질문에 똑바로 대답했다면 벌써 놔줬을 거야.」

알렉은 여전히 대답을 재촉했다.

「메리 언니가 데리고 왔어요」

「또 메리가 사단을 일으켰군. 정말 대단한 자매들이오」

알렉은 믿을 수 없다는 듯이 고개를 절레절레 흔들었다.

「맥퍼슨 부인이 아기를 언니에게 데려와서 제게 맡겨 달라고 부탁했대요. 그래서 언니가 저한테…….」

알렉은 드디어 제이미의 팔을 놓아주었다. 제이미는 얼른 팔을 문지르려다가 의연해 보이고 싶어 참았다.

「언니를 탓하려는 거죠, 알렉?」

알렉은 더 이상 대답하기도 귀찮았다. 개빈이 제이미에게 동정 섞인 눈길을 보내고는 알렉을 바라보았다.

「다니엘도 이 일을 알고 있나?」

「알 리가 없지. 좀 전까지 나와 사냥을 하고 있었으니까. 만약 나와 헤어져서 곧바로 집으로 갔다면 지금쯤 알게 됐겠지. 어쩌면 메리를 가두어 놓았을지도 모르겠군.」

「언니는 좋은 뜻으로 그렇게 했을 뿐이에요. 언니가 아픈 아기를 도왔다는 것 때문에 다니엘이 언니를 가둔다는 건 말도 안 돼요.」

「당신은 안으로 들어가.」

알렉의 차가운 말투에 제이미는 화가 치밀었다.

「난 아직 안으로 들어가고 싶지 않아요.」

제이미의 반격에 마커스와 개빈은 깜짝 놀랐다. 그러나 알렉은 전혀 놀라는 표정이 아니었다. 오히려 당연히 여기거나, 심지어는 기다리고 있었다는 표정이었다.

「먼저 당신에게 물어 볼 것이 있어요.」

알렉은 참을 수 없다는 듯이 크게 숨을 내쉬었다.

「마커스, 병사들을 시켜서 맥퍼슨이 우리 땅을 완전히 벗어날 때까지 잘 감시하라고 하게.」

마커스에게 할 일을 지시하고 나서 알렉은 제이미를 다시 돌아다보았다.

「자, 묻고 싶은 건?」

「사냥은 잘 하셨는지 궁금해요.」

「잘 했소.」

「그렇담 앵거스를 해친 사람을 찾았겠군요?」

「찾았소」

「그 다음엔요?」

「그 다음이라니?」

「혹시 사람을 죽이거나 하지 않았냐구요」

알렉은 제이미가 이토록 어리석은 질문을 하는 이유를 알 수 없었다. 도대체 이 철부지 같은 아내를 어떻게 해야 하지? 그런데도 잔뜩 화난 표정을 짓고 있는 사람은 알렉이 아니라 제이미였다. 이해하기엔 너무나 수수께끼 같은 여자였다.

하지만 아름답고 매력적인 여자인 것도 사실이었다. 단 나흘밖에 떨어져 있지 않았는데도 아주 오랫동안 헤어져 있었던 것 같았다. 알렉은 초조해졌다. 제이미는 아직도 잉글랜드에서 가져온 옷을 입은 채였고, 알렉 자신만큼이나, 아니 어쩌면 그보다 훨씬 고집이 셀지 모른다는 생각이 어렴풋이 들었던 것이다.

「여섯, 아니 일곱. 내가 그들을 어떻게 죽였는지도 알고 싶소?」

알렉은 딱딱하게 굳은 목소리로 대답했다.

제이미는 계단에 서 있다는 사실을 깜빡 잊고 한 걸음 물러서다가 휘청거렸지만 다행히 알렉이 붙잡아 주었다.

「알고 싶은 모양이지?」

제이미는 알렉의 손을 뿌리쳤다.

「당신이 그들을 어떻게 죽였는지는 관심 없어요. 당신은 정말 어쩔 수 없는 사람이에요, 알렉 킨케이드. 하지만 확실한 숫자는 알아야 해요. 여섯이에요, 일곱이에요?」

「그걸 내가 어떻게 알겠소? 난 지금 병정 놀이를 하고 온 게 아니라 목숨이 왔다갔다하는 전투를 치르고 온 거요, 제이미. 자신이 죽인 시체를 하나하나 세어 보는 사람이 어딨소?」

알렉이 성가셔 죽겠다는 목소리로 말했다. 그러자 제이미도 한풀

꺾인 목소리로 중얼거렸다.

「하지만 앞으로는 잘 세어 보고 오세요. 그리고 앞으론 되도록 사람을 해치지 않도록 조심하시구요.」

「어째서?」

「제게 남은 돈이 이제 8실링밖엔 없으니까요.」

알렉은 제이미의 말을 도무지 이해할 수 없었다. 그러나 그렇더라도 그리 놀라운 일은 아니었다. 제이미가 하는 이야기를 제대로 이해할 수 있는 경우란 거의 없었으니까. 핏기가 싹 가신 제이미의 얼굴을 보고 알렉은 제이미가 전쟁이나 살인을 얼마나 혐오하는지 새삼 깨달았다.

'단지 더 이상의 살인을 원치 않는 거겠지.'

알렉은 웃음이 나왔다. 제이미에겐 예닐곱이고 말했지만, 실은 그의 칼 아래 죽어간 사람은 그 두 배도 훨씬 넘었다. 그만큼 전투는 치열했다. 하지만 그 사실을 제이미에겐 말하지 않기로 했다.

「알렉, 지금 웃고 있어요? 또 저를 놀린 건가요?」

「그랬소.」

알렉은 제이미의 표정을 좀 펴 주려고 그렇게 말했다. 제이미는 미심쩍은 표정을 짓더니 치맛자락을 치켜들고 안으로 서둘러 들어갔다.

「알렉, 도대체 부인은 자네가 적과 마주치면 어떻게 할 거라 생각하고 있는 거지?」

개빈 역시 입가에 웃음을 흘리고 있었다.

「나도 몰라.」

「그건 그렇고, 우리 부족 사람들이 봄 축제에서 돌아오고 있다는 군. 늦어도 내일 오후쯤이면 성에 도착할 거야. 그런데 해롤드 부족이 몇 사람 따라오는 모양이야. 자네한테 인사라도 하려고 말이야.」

「마음대로 하라지. 나보다도 내 아내를 보고 싶은 거겠지.」

알렉은 퉁명스럽게 말했다.

「아마 그럴 거야. 자네 부인의 미모는 벌써 전설적인 이야기가 되었으니까. 게다가 앵거스 목숨까지 구했으니, 아마 조만간 누구든 몸이 아프거나 작은 부상이라도 당하면 우리 성문 앞에 와서 진을 칠걸.」

개빈은 능글맞게 웃었다.

「앵거스는 어때?」

「이제 좀 온순해졌지.」

「그게 무슨 소리야?」

「다시 일을 하고 싶어서 오두막을 몰래 나서다가 부인에게 들키지 않았겠나. 엘리자베스가 아무리 말려 봤자 쇠귀에 경 읽기지.」

개빈은 우스워 견딜 수 없다는 듯 큰 소리로 한바탕 웃고 나서야 말을 이었다.

「앵거스가 얼마나 고래고래 소리를 지르며 난리를 떨었던지 성이 다 울릴 지경이었어. 내가 달려가 보니 자네 부인이……..」

「앵거스가 제이미에게 언성을 높였단 말이야?」

「그게 다 이유가 있지. 자네 부인이 앵거스의 칼을 뺏어다가 감춰 버렸거든.」

개빈은 알렉이 화난 표정을 짓자 웃음을 멈추고 설명했다. 알렉은 개빈의 설명을 듣고 마치 자기 칼을 빼앗긴 듯 눈썹을 치켜 올렸다.

「앵거스가 화나게도 생겼군. 그래서 어떻게 됐어?」

알렉의 얼굴에도 웃음이 떠올랐다.

「부인이 소리 한 번 안 지르고 조용히 앵거스를 다시 침대로 돌려 보냈지.」

알렉은 뒷짐진 채 마구간으로 향했다. 개빈이 나란히 걸었다.

「난 해롤드 사람들은 다 마음에 들지 않아. 특히 해롤드의 아들 녀석들은 특히 더하지.」

알렉은 앞으로 방문할 방문객들에게 화제를 돌렸다.

「그 쌍둥이들?」

「저스틴은 분명히 말썽을 일으킬 거야. 그놈은 제가 원하는 거라면 무엇이든 손에 넣고야 말거든.」

「설마 남의 여자에게까지 손을 대겠어?」

「그러고도 남을 놈이야. 그놈이 씨를 뿌린 사생아는 잉글랜드 왕의 사생아보다도 많을걸.」

「그 반반한 얼굴 덕에 여자들이 사족을 못 쓰지. 똑같이 생긴 쌍둥이인데도 필립은 전혀 그렇지 않다는 게 신기해. 저스틴에 비하면 필립은 아무것도 모르는 숙맥 아닌가?」

「하지만 난 필립도 못 믿겠어.」

알렉이 퉁명스럽게 말하자 개빈은 싱긋 웃었다.

「자네 지금 마누라 걱정에 밤잠을 설치는 남자처럼 보여.」

「제이미는 내 여자야. 제이미를 욕보이는 건 곧 나를 욕보이는 걸세.」

알렉이 단호한 어조로 말했다.

「부인은 이곳 생활이 편하지 않은 모양이야. 물론 자네가 주고 간 일거리가 여기에 적응하는 데 많은 도움이 되기는 했지만, 에디스가 사사건건 발목을 잡아서 말이야. 애니도 나을 게 없고 애니는 제이미에게 말도 건네지 않아.」

알렉은 개빈의 말에 아무 대꾸도 하지 않았다. 제이미가 계단을 내려오고 있는 모습이 보였다.

「제이미, 어딜 가는 거요?」

「대장간에요.」

제이미는 큰 소리로 대답하곤 모퉁이를 돌아 곧 사라졌다. 알렉은 고개를 절레절레 흔들었다.

「도대체 방향 감각이라곤 전혀 없는 여자야.」

개빈이 쿡쿡 웃었다.

「알렉, 부인이 할 일을 좀 찾아 달라고 내게도 사정하더군. 하지만 부인이 무거운 돌을 옮기는 걸 어떻게 가만 보고 있겠어. 그래서 다른 일을……」

「무거운 돌? 무거운 돌을 왜 옮겨?」

개빈은 어리둥절한 표정으로 알렉을 쳐다보았다.

「부엌 말이야. 부엌을 옮겨도 좋다고 허락했다면서?」

알렉은 그제야 어깨를 으쓱했다.

「그랬던 것도 같군. 부엌을 좀 손봐도 되겠냐고 묻기에 좋을 대로 하라고 했지. 난 한두 시간 정도 대청소나 하려나 생각했는데……」

「대청소?」

개빈은 깜짝 놀라 소리치더니 곧 웃음을 터뜨렸다.

「도대체 무슨 일이야, 개빈?」

알렉은 조급증을 내며 물었다. 개빈은 웃느라 숨이 넘어갈 듯했다.

「맞아, 알렉. 부인이 아주 굉장한 대청소를 시작했지. 곧 보게 되겠지만, 아마 깜짝 놀랄걸. 놀라는 자네 표정이 볼 만하겠군.」

알렉이 궁금해서 재촉하는데도 개빈은 자세한 얘기를 해주지 않았다.

그때 머독 신부가 검은 사제복을 바람에 펄럭이며 알렉에게 달려왔다. 두 사람은 신부에게서 나는 냄새 때문에 얼굴을 심하게 찡그렸다. 알렉은 신부의 체면을 생각해 그 냄새를 무시했지만, 개빈은 그렇지 않았다.

「세상에, 신부님, 도대체 뭘 하다 오시는 겁니까? 돼지우리에서 나는 냄새도 이보단 낫겠습니다.」

머독 신부는 개빈의 면박에도 전혀 기분 상한 기색이 아니었다. 오히려 고개를 끄덕이며 환하게 웃었다.

「냄새가 좀 심하지? 하지만 요 몇 년 새 이렇게 편안하기는 처음이네. 제이미가 만들어 준 고약을 가슴에 붙였더니 기침이 거의 사라졌거든. 다 이 고약한 냄새나는 약 덕분이지.」

신부가 한 발 더 다가서자 알렉은 가만히 서 있었지만 개빈은 두 발짝 뒤로 물러섰다.

「내 기침 얘기는 그만두고, 알렉, 자네에게 할말이 있네. 부인이 내게 오더니 갑자기 가지고 있던 금화를 몽땅 내 손에 쏟아 놓고 가지 뭔가.」

신부가 두 손을 펴 보이자 금화가 반짝였다.

「이걸로 면죄부를 사겠대. 여기서는 금화를 쓰지 않는다는 말을 도저히 할 수가 없었네.」

「제이미는 자신의 영혼이 퍽 걱정되는 모양입니다. 모두 잉글랜드 사고 방식이죠」

「제이미는 자기 영혼을 걱정하는 게 아니네, 알렉.」

「그럼 누구의 영혼을 걱정하는 거랍니까?」

「자네 영혼. 제이미는 자네가 걱정이라더군.」

「그럼 금화가 일곱 개겠군요?」

개빈이 큰 소리로 웃으면서 한마디 던졌다.

「아니, 여덟 개야. 알렉의 기억이 틀렸을 수도 있기 때문에 만약을 대비해야 한다던데, 난 그게 무슨 말인지 통 모르겠네.」

「좀 엉뚱한 여자라서 그렇습니다.」

「알렉, 자네를 생각하는 마음이 지나쳐서 그런 것 같네. 자, 이 금화를 어떻게 하면 좋겠나?」

「벽난로 위에 있는 상자에 넣어 두세요」

알렉은 할 수 없다는 듯 고개를 저으며 신부에게 말했다.

「그렇게 하지. 그리고 제이미가 2층에 있는 방 하나를 사용해도 좋을지 대신 물어 봐 달라고 부탁하던데.」

「그거야 안 될 것도 없지만, 그 방을 어디에 쓸 생각이랍니까?」

「침실로 쓰고 싶다더군.」

「그건 또 무슨 소립니까?」

「알렉, 흥분할 거 없네.」

머독 신부는 알렉의 마음을 가라앉혀 주려고 애썼다. 알렉의 기분은 볕에 내놓은 생선처럼 빠른 속도로 상해 가고 있었다. 신부가 불쑥 또 다른 질문을 던졌다.

「제이미가 언덕 너머로 승마하러 가고 싶다더군. 물론 킨케이드 영지 안에서 말일세. 그렇게 해주면 제이미에게 소일거리도 생기고 좋지 않을까? 자네가 성을 떠나 있는 동안 자네 생각에서 벗어날 수 있으니 좋을 것 같네만.」

「제가 성을 떠나 있는 동안 저를 보고 싶어하는 거야 당연하죠. 좋습니다, 머독 신부님. 호위병과 동행한다면 승마를 해도 좋다고 전해 주십시오.」

알렉은 쾌히 승낙했다.

「자네, 제이미가 잉글랜드로 도망가려 한다고 생각하는 건 아니겠지? 집을 그리워하는 것 같긴 하지만…….」

「신부님, 제이미는 잉글랜드로 가는 길은커녕, 문이 하나밖에 없는 방에서 출구를 찾을 때도 헤맬 정도로 방향 감각이 없는 여자예요. 용케 성문을 나선다 해도 도개교를 건너자마자 길을 잃을 게 뻔한데 잉글랜드까지 무슨 수로 가겠습니까?」

「맞네. 제이미는 푸른 하늘만큼이나 흠이 많은 여자지.」

「어, 신부님, 말씀이 앞뒤가 안 맞아요. 푸른 하늘에 무슨 흠이 있습니까?」

개빈이 머독 신부의 말을 꼬집고 들었다.

「장님에게야 푸른 하늘도 흠잡을 데 투성이지.」

신부는 알렉을 의미심장한 눈길로 쳐다보았다.

「알렉, 자네가 새 신부에게 불만이 많다면 이 결혼을 무효로 선언해 줄 수도 있네.」

「됐습니다.」

알렉은 신부의 짓궂은 제의를 즉시 거절했다. 이로써 알렉은 머독 신부의 덫에 보기 좋게 걸려들었다. 신부는 결혼 무효 선언이 그다지 어렵지 않은 절차임을 강조하며 알렉을 떠보았던 것이다. 알렉이 제이미를 소중히 여기고 있음은 개빈과 머독 신부 앞에서 극명하게 드러난 셈이었다.

「신부님, 여자 얘기는 이제 그만 하죠. 개빈, 내가 다른 일을 볼 동안 제이미에게 사람을 하나 붙여 주겠나?」

「제이미가 헬레나에 대해 묻더군.」

신부는 또다시 알렉의 말을 막았다. 알렉이 다시 머독 신부를 향해 천천히 돌아섰다.

「그래서요?」

「제이미는 헬레나가 자네에게 살해당했다는 소문을 들은 모양인데, 알고 있었나?」

알렉이 천천히 고개를 저었다. 개빈이 놀란 목소리로 끼어들었다.

「도대체 그런 허무맹랑한 소문을 어디서 들었답니까?」

「알렉이 제이미 집에 도착하기 직전에 들었다더군.」

「그래서 그 소문이 사실인지 묻던가요?」

개빈은 알렉이 묻고 싶은 말을 대신 물었다.

「아니. 그 소문이 사실이냐고 묻지는 않았네.」

머독 신부는 개빈에게 그 질문이 언짢다는 표정을 지어 보였다.

「오히려 그런 소문은 절대로 믿을 수 없다고 했네. 헬레나가 자살했다는 말도 믿지 않더군. 헬레나의 죽음을 사고라고 믿고 싶어하네. 개빈, 제이미는 착한 여자일세. 그리고 남편을 완벽하게 신뢰하고 있고.」

알렉은 고개를 끄덕거렸다.

「제이미는 그런 소문을 믿을 리 없습니다. 제이미는 정말 착하고 사랑스러운 여자예요.」

목소리에 자랑스러움이 가득했다.

「맞아.」

개빈도 동의했다.

「물론이지. 고집 불통이긴 하지만.」

머독 신부도 맞장구를 쳤다.

「할 일을 좀 만들어 달라고 나를 어찌나 졸라 대던지. 알렉, 제이미는 이 성의 한가족으로 받아들여지고 싶은 거네. 게다가 자네를 깊이 사랑하고 있네. 잘 대해 주게.」

알렉은 제이미가 자신을 사랑한다는 말을 믿을 수 없었지만, 그럴지도 모른다는 생각에 피식 웃음을 지었다.

「자, 이제 제이미가 부엌을 어떻게 바꾸어 놓았는지 보고 나면 자네도 제이미의 노력을 칭찬하게 될 걸세. 새로 지은 부엌을 어떻게 생각하나? 이제 부엌이 너무 멀다는 불평은 듣지 않게 되었으니 좋은 일 아닌가?」

「무슨 말씀이십니까, 신부님?」

알렉이 어리둥절한 표정을 지었다. 머독 신부는 재빨리 개빈의 얼굴을 살핀 후 다시 알렉에게로 시선을 돌렸다.

「부엌 말일세. 제이미에게 부엌을 옮겨도 좋다고 허락하지 않았나?」

「뭘 옮겨요?」

알렉은 천둥소리 같은 고함을 질렀다. 움찔 놀란 신부가 알렉에게서 한 걸음 물러섰다.

「자네한테 부엌을 손봐도 좋다고 허락받았다고 하던데……. 설마 제이미가 거짓말한 건 아닐 테고, 자네가 깜빡 잊은 모양이구만.」

신부의 얘기가 끝나기도 전에 알렉은 벌써 현관문을 향해 저만치

가고 있었다.

「이보게, 개빈, 내가 보기엔 알렉이 무척…… 놀란 것 같군.」

「놀라다뿐이겠습니까? 신부님, 알렉의 성질이 좀 누그러질 때까지 제이미를 안전하게 피신시키는 게 좋겠습니다. 알렉이 저택 뒤쪽 벽에 바람구멍이 난 걸 보는 날엔…….」

바로 그 때 벼락치는 듯한 알렉의 고함 소리가 들려 왔다.

「드디어 봤군. 오, 주여, 저희를, 아니 제이미를 지켜 주소서.」

머독 신부는 겁에 질린 표정으로 속삭였다.

그때 저택을 향해 달려오는 제이미가 보였다. 신부는 서둘러 성호를 긋고는 옷자락을 움켜잡고 제이미를 향해 달렸다.

「제이미! 제이미!」

제이미는 머독 신부의 다급한 목소리를 듣고는 걱정스러운 표정으로 멈춰 섰다.

「신부님, 기침이 완전히 멈출 때까지 걸음도 천천히 걸으셔야 해요.」

신부는 황급히 다가가 제이미의 팔을 붙잡았다.

「알렉이 벽에 뚫린 구멍을 봤습니다.」

잔뜩 긴장한 신부의 말에도 불구하고 제이미는 깜찍한 웃음을 지어 보였다.

「언제든 볼 거였는데요, 뭘.」

이 순진한 아가씨는 자신이 얼마나 위험한 지경에 처해 있는지 모르는 게 분명했다.

「알렉이 어떻게 된 일인지 설명을 다 들을 때까지 나와 함께 성당에 가 있는 게 좋겠어요. 한두 시간 후면 알렉의 화도 어느 정도 누그러질 거고…….」

「신부님, 알렉에 대해 좀더 믿음을 가지세요. 알렉도 부엌을 저렇게 고쳐야 한다는 걸 이해할 거예요. 게다가 저한테는 화내지 않을 거예요. 그렇게 약속했거든요. 그러니까 걱정하지 마세요. 제가 안으로 들어가서 알렉에게 차분히 다 설명할게요. 전 하나도 무섭지 않아요.」

「제이미, 난 당신이 너무나 겁이 없다는 게 제일 두려워요.」

늙은 신부는 울상이 되었다. 물론 알렉이 제이미에게 화내지 않으리라는 건 믿을 수 있었다. 그러나 여리디여린 제이미의 마음까지 배려해 주리라는 기대는 할 수 없었다.

제이미가 오히려 머독 신부의 손을 다독여 주고 집안으로 들어갔다. 신부는 곧 다가올 재앙을 상상하며 성호를 그었다. 다리가 후들거려 그 자리에 서 있기도 힘들었다.

제이미는 알렉이 얼마나 화나 있을지 상상하며 각오를 단단히 하고 홀 안으로 들어섰다. 그러나 눈앞에 펼쳐지고 있는 광경을 보는 순간 걸음을 멈추고 말았다. 알렉은 테이블 가장 윗자리에 앉아 있었고, 한 병사가 그 옆에서 열심히 상황을 설명하고 있었다.

알렉은 그렇게 크게 화난 것 같지 않았다. 팔꿈치를 테이블에 괴고 두 손으로 이마를 짚고 있었는데, 화가 났다기보다는 지루하고 성가신 듯했다. 부엌 허무는 공사에 참여했던 병사들이 죄다 불려와 있었다. 줄지어 서서 불평할 순서를 기다리는 게 분명했다. 제이미는 불쾌한 표정을 지으며 남편에게 다가갔다.

알렉이 마침내 고개를 들었다. 제이미는 그 자리에 얼어붙듯 멈추어 섰다. 알렉의 얼굴은 분노로 일그러져 있었다. 얼굴 근육이 실룩거렸고, 두 눈동자에서는 불꽃이 튀었다. 구멍난 벽을 통해 들어오는 바람도 제이미의 편이 아니었다. 그 바람소리로 알렉은 제이미가 한 짓을 더욱 똑똑히 알게 될 테니까.

알렉은 오랫동안 말없이 제이미를 쳐다보았다.

「제가 다 설명할게요.」

제이미가 먼저 입을 열었다.

「당장 이 방에서 나가시오, 부인.」

그 무례한 한마디가 제이미의 성질에 불을 당겼다.

「알렉, 제게 화내지 않겠다고 한 약속 잊지 않으셨죠?」

그러나 알렉과 시선이 마주치는 순간, 제이미는 공포란 게 무엇인지 절실히 깨달았다. 드디어 알렉의 고함 소리가 터져 나왔다.

「나가시오! 당장……, 부인.」

제이미는 천천히 고개를 끄덕이고서 벽난로로 달려가 그 위에 놓인 상자에서 금화를 꺼내 들고 문을 향해 걸었다. 그렇게 굴욕적인 순간에도 위엄을 잃지 않으려고 이를 악물었다. 에디스와 애니가 문가에 서 있었다. 지나가는데 두 여자의 코웃음치는 소리가 들렸다.

제이미는 마구간에 도착해서도 울지 않았다. 들불을 내오라고 시키자, 도널드는 군말 없이 들불을 끌어다가 제이미가 안장에 올라타도록 도와 주고는 알렉의 검은말도 준비해야 하는지 물었다. 제이미는 고개를 저어 보인 뒤 성문을 향해 말을 달렸다.

안마당에 서 있던 머독 신부는 제이미가 가까이 다가올 때까지 기다렸다. 제이미는 쥐고 있던 금화를 신부에게 건넸다.

「알렉이 제게 거짓말을 했어요. 이걸로 그를 위해 면죄부를 사 주세요.」

머독 신부는 급한 김에 등자의 가죽끈을 움켜쥐었다.

「제이미, 어딜 가는 겁니까? 늙은이를 걱정스럽게 하지 마세요.」

신부는 제이미의 빰을 타고 내리는 눈물을 외면하고 물었다.

「밖에요.」

「밖에?」

「알렉의 명령이에요, 신부님. 남편의 명령이니까 복종해야죠. 어느 쪽이 잉글랜드로 가는 길이죠?」

어안이 벙벙해진 신부는 갑자기 방향 감각을 잃고 대충 손가락으로 한쪽을 가리켰다. 제이미는 신부가 가리킨 방향이 언덕의 내리막

길이라고 짐작했다.

「친절하게 대해 주셔서 고마웠어요, 신부님.」

너무 놀라 입을 다물지 못하는 신부를 뒤에 남겨 두고 제이미는 말을 달렸다. 머독 신부가 알렉에게 달려가 이 일을 바로 고자질하겠지만, 상관없었다. 난 아무짝에도 쓸모 없는 여자가 아닌가. 알렉은 이제 앓던 이가 빠진 듯, 눈엣가시가 빠진 듯 시원하겠지.

도개교를 통과하는 게 문제였지만, 성문을 지키는 병사에게 알렉이 시키는 대로 하는 거라고 말하자 아무 말 없이 문을 열어 주었다.

제이미는 들불이 가는 대로, 바람이 이끄는 대로 무작정 달렸다. 아무도 없는 곳에 가서 마음껏 울고 싶었다. 어디로 가는지도 모른 채 들불이 숨이 차 더 이상 달릴 수 없을 때까지 달렸다. 말이 멈춘 곳이 어딘지도 상관하지 않았다. 들불이 나무 그늘 아래 멈추자 그제야 숨을 고르고 정신을 추슬렀다.

그때 한 소년이 눈에 들어왔다. 플래드의 무늬가 킨케이드의 것과 다른 걸 보아 킨케이드 부족의 아이는 아닌 게 분명했다. 제이미는 가만히 숨을 죽이고 서 있었다. 아무리 어린아이라지만, 이렇게 볼썽사나운 몰골을 보이고 싶지는 않았다.

아이는 무엇에 정신을 빼앗기고 있는지, 인기척을 전혀 느끼지 못한 채 오른편 풀숲만을 뚫어져라 보고 있었다. 제이미는 그제야 아이에게 무슨 일이 생겼음을 깨달았다.

아이가 갑자기 비명을 지르면서 뒤돌아 내달리자, 풀숲에서 커다란 멧돼지가 튀어 나와 흉측한 소리를 내며 아이를 뒤쫓았다.

제이미는 본능적으로 말에 박차를 가했다. 옆구리를 걷어차인 들불은 미친 듯 달렸고, 제이미는 고삐와 들불의 갈기를 왼손으로 꼭 쥐고 몸을 오른쪽으로 굽히면서 아이를 향해 팔을 내밀었다.

아이도 제이미를 보고 달려왔다. 아이가 팔을 벌렸고, 제이미는 있는 힘을 다해 아이를 낚아챘다. 아이는 죽을힘을 다해 제이미의 팔에 매달리며 가까스로 들불의 안장에 올라탔다.

멧돼지는 시간을 끌면서 들불 주위를 맴돌더니 결국 두 사람을 포기하고 멀리 사라졌다. 하지만 들불은 놀라움과 흥분이 가시지 않았는지 끙끙거리다가 갑자기 앞발을 번쩍 들었고, 그 바람에 제이미와 아이는 서로 부둥켜안은 채 맨땅으로 나동그라지고 말았다.

제이미의 몸 위로 떨어진 아이는 재빨리 몸을 한 바퀴 굴리며 발딱 일어서더니 제이미가 몸을 가눌 수 있도록 부축해 주었다. 아이가 오른팔을 잡아당기는 순간, 제이미는 근육에 불이 붙는 듯한 통증을 느꼈다.

「다치셨어요?」

제이미가 얼굴을 찡그리자, 아이는 걱정스런 목소리로 물었다.

「그냥 부딪친 것뿐이야.」

제이미는 천천히 일어서다가 블라우스가 찢겨졌음을 발견했다. 두 사람은 좁고 긴 공터 한가운데에 서 있었다. 온몸이 덜덜 떨렸다.

「우리 둘 다 죽을 고비를 넘겼구나. 정말 끔찍한 순간이었어. 너는 괜찮니?」

아이는 제이미를 마주 보고 고개를 끄덕였다. 아이의 입가에 희미한 웃음이 떠올랐다.

정말 사랑스럽게 생긴 아이였다. 붉고 긴 곱슬머리가 통통한 얼굴 양옆으로 흘러내렸고, 콧잔등에는 주근깨가 자글자글했다.

「나는 킨케이드 부인이란다. 너는!」

「전 말할 수 없어요. 전 킨케이드 땅에 들어오면 안 될 사람이거든요.」

「그럼 길을 잃은 거니?」

아이는 고개를 저었다.

「마음대로 생각하세요.」

「그럴 순 없지. 여기서 뭘 하고 있었니?」

아이는 할 수 없다는 듯 어깨를 으쓱해 보였다.

「사냥하고 있었어요. 제 이름은 린지예요.」

「그럼 너희 부족 이름은?」

「린지. 아주머니는 게일어로 말하고 있지만 억양이 달라요. 그리고 킨케이드의 플래드도 입지 않았구요.」

「난 잉글랜드 출신이란다.」

아이의 눈이 휘둥그레졌다.

「린지, 난 알렉 킨케이드의 아내야. 몇 살이니?」

「올 여름이면 아홉 살이 돼요.」

「부모님께서 널 찾고 계시겠다.」

「그럴 거예요. 많이 걱정하실 텐데, 이제 가 봐야겠어요.」

제이미는 웃으며 고개를 끄덕거렸다.

「아주머니가 제 목숨을 구해 주셨어요. 그러니까 우리 아버지가 그 빚을 갚아야 해요.」

「아니, 그렇지 않아. 너희 아버진 내게 빚진 게 없어. 대신 앞으로는 절대로 혼자 사냥 다니지 않겠다고 약속하렴. 약속할 수 있지?」

아이가 고개를 끄덕이자 제이미는 빙그레 웃었다.

「집까지 데려다 줄까?」

「우리 집까지 가셨다간 아마 감옥에 갇힐걸요. 킨케이드 부족과 우리 부족은 서로 원수지간이거든요.」

아이는 아주 담담하게 말했다.

「그럼 조심해서 가거라. 어서 가. 누가 오는 것 같애.」

제이미는 잔뜩 긴장했다. 제이미가 들불의 고삐를 다시 쥐기도 전에 아이는 나무 뒤로 사라졌다.

알렉이 나뭇가지를 헤치며 나타났을 때, 제이미는 공터에 홀로 서 있었다. 알렉은 제이미를 발견한 것에 안도하며 말을 멈추고 제이미를 내려다보았다. 잠시 가쁜 숨을 진정시켰다.

고개를 숙이고 있었기 때문에, 알렉은 제이미가 화를 내고 있는지 어쩐지 알 수 없었다. 제이미의 면전에 대고 고함을 질렀을 때 제이미의 표정은 완전히 겁에 질린 어린아이 같았다. 이제 제이미가 화를 누그러뜨리고, 눈물도 그쳤기를 바랐다. 금화를 손에 쥐고 지나갈 때 그 커다란 눈에 눈물이 그렁그렁 맺혀 있었던 것이다.

힘든 일이지만 제이미에게 사과해야 했다. 사과라고는 해본 적이 없어 익숙지 않았지만, 어쨌든 시도는 해봐야 했다. 진정하고 이성적으로 행동해야 한다고 속으로 중얼거렸다. 그런데 제이미의 머리에 붙은 낙엽과 찢어진 블라우스가 눈에 들어왔다.

「무슨 일이 있었소? 누가 당신을……」

알렉은 황급히 말에서 내려 제이미에게 다가갔다. 제이미가 재빨리 한 걸음 뒤로 물러섰다.

「아무 일도 없었어요」

「거짓말하지 마시오」

알렉은 제이미를 잡아당겨 가슴에 꼭 끌어안았다.

「거짓말은 당신이 했어요」

「아냐, 난 거짓말하지 않았소」

알렉은 다시 한 번 진정하자고 스스로에게 타일렀다.

「저한테 화냈잖아요」

「당신이 내 집에 바람구멍을 냈잖소」

「부엌을 손봐도 좋냐고 허락했잖아요. 겨울이면 프리다나 헤시, 다른 하인들이 당신 식사를 나르기 위해 무릎까지 빠지는 눈 속을 음식 접시를 들고 오가야 한다구요. 저는 옳은 일을 하려고 한 것뿐이에요, 알렉. 집 뒤편에 부엌을 내는 건 당연한 거라구요. 그런데 내게 설명할 기회조차 주지 않다니……」

「내가 당신에게 화낸 건 사실이오. 정말 화가 났소」

알렉도 잘못을 시인했다.

「벽에 구멍을 냈기 때문이에요?」

「아니, 당신이 내게 겁을 먹었기 때문에. 내가 당신에게 상처를 주거나 해칠 것 같소?」

알렉은 그대로 제이미를 끌어안은 채 나직하게 말했다.

「아뇨」

제이미도 알렉의 허리에 팔을 두르며 편안하게 그에게 기댔다.

「하지만 당신은 날 창피하게 만들었어요. 남편은 아내에게 소리를 질러선 안 되는 거라구요」

「당신의 가르침을 앞으로는 꼭 기억하도록 하겠소. 하지만 제이미, 앞으로도 난 당신에게 화를 낼지도 모르오」

「저도 앞으로는 당신이 화내는 모습에 익숙해지겠죠. 당신이 고함을 칠 땐 멀쩡한 나무도 쓰러질 것 같다구요. 하지만 당신은 화낼 때만 그렇지, 곧 풀어지는 거죠?」

「머독 신부가 당신이 잉글랜드로 갔다고 하던데, 정말 그럴 생각이었소?」

「당신 입으로 나가라고 했잖아요」

알렉의 얼굴에 슬며시 웃음이 떠올랐다.

「그 방에서 나가라는 말이었지, 스코틀랜드 땅에서 나가라는 말은 아니었소」

「어쨌든 당분간 떠나 있고 싶었어요. 저는 아무래도 당신이나 이곳 사람들에게 잘 적응하지 못하는 것 같아요」

제이미의 목소리는 매우 절망적이고 쓸쓸하게 들렸다.

「당신은 안 믿을지 몰라도, 잉글랜드에선 누구나 저를 좋아했어요. 정말이에요! 단 한 번도 제가 쓸모 없는 사람이라고 생각해 본 적이 없었다구요. 그런 생각에 익숙해지는 건 정말 힘든 일이에요. 당신 병사들도 제가 한 일을 고자질하고 불평하려고 줄까지 서서 기다렸잖아요? 그 병사들도 당신만큼이나 저를 싫어하는 거예요 아, 내 신세가 어쩌다 이렇게 됐지? 왜 절 쫓아왔어요? 그냥 가 버리게 놔두지.」

갑자기 제이미가 울음을 터뜨렸다.

「제이미, 내 병사들은 당신을 변명해 주려고 그렇게 모여 있었던 거요 내 부하들은 나한테 충성하는 것처럼 당신에게도 충성하고 있소」

제이미에 대한 사랑과 연민, 안타까움으로 알렉의 목소리가 갈라졌다. 알렉은 제이미를 똑바로 세우고 자기 얼굴을 마주 보게 했다. 제이미의 뺨을 적시며 흘러내리는 눈물을 보자, 더 이상 감정을 숨길 수가 없었다.

「제이미, 내가 당신을 뒤쫓아 온 건 당신이 내 사람이기 때문이오 내가 진짜 화내는 모습을 보고 싶지 않다면 다시는 내 곁을 떠나지 마시오 오, 내 사랑, 이제 그만 눈물을 그쳐요」

알렉의 목소리는 더 이상 말을 이을 수 없을 정도로 떨렸다. 그는 천천히 고개를 숙여 제이미의 이마에 입을 맞추었다. 제이미는 손등으로 흐르는 눈물을 쓱 문질러 닦았다. 멍든 부분이 욱신거리고 아팠다.

「저, 말에서 떨어졌어요」

「그래?」

「보통 때는 말을 아주 잘 타는데, 갑자기 멧돼지가 나타나서 들불이 놀라는 마람에……」

알렉이 걱정스러운 듯 얼굴을 찌푸리자 제이미는 설명을 멈추었다.

「신경 쓰지 말아요, 알렉. 부부는 서로 의견 충돌이 있어서 다투었다가도 일이 해결되면 따뜻하게 키스를 나누는 거예요」

「부부는 같은 플래드를 나눠 입는 거요, 제이미. 하지만 내 아내가 아무것도 입지 않았다면 나도 내 약속을 어기는 건 아니지.」

제이미는 알렉이 찢어진 블라우스를 머리 위로 벗겨 땅바닥에 내동댕이칠 때까지도 그 말이 무슨 뜻인지 이해하지 못했다.

「알렉, 당신 설마…….」

제이미가 질겁하며 뒷걸음질쳤다.

「맞아, 제이미.」

알렉이 제이미를 향해 달려들었다. 제이미는 웃음인지 비명인지 분간할 수 없는 소리를 크게 지르고는 나무들이 빽빽이 들어선 곳으로 뛰어갔다.

「정말 엉뚱해요, 알렉. 지금은 대낮이라구요」

제이미가 알렉을 피해 도망치며 어깨 너머로 말했다. 그러나 알렉은 금방 쫓아와 제이미를 잡아 끌어안았다.

「근처에 아이들이 있어요, 알렉.」

그러나 알렉은 제이미의 목에 얼굴을 묻고 거칠게 비벼 댔다.

갑자기 숨이 콱 막히면서 어깨가 가늘게 떨렸다. 알렉은 제이미의 입술을 탐하며 앞으로 펼쳐질 황홀한 시간에 대해 속삭였다. 그의 속삭임은 제이미의 열정에 불을 놓았다.

「다시는 내 곁을 떠나지 마시오, 제이미.」

제이미는 아무 대답도 할 수 없었다. 알렉의 뜨거운 입술이 덮쳐왔기 때문이다. 온몸이 한순간에 녹아 내리는 것 같았다. 알렉은 제이미를 번쩍 들어 자신의 몸 위에 올려놓았다. 제이미가 두 다리로 알렉의 허리를 휘감았다.

「알렉…….」

「어서 약속하시오」

알렉이 제이미의 귀에 대고 속삭였다. 거친 알렉의 목소리를 듣자, 제이미는 뽀얀 아지랑이 속에 갇힌 기분이 들었다.

「약속해요, 약속해요」

제이미가 숨넘어갈 듯한 목소리로 되풀이 대답하자, 알렉은 기다렸다는 듯 제이미를 거칠게 안았다. 밀고 당기기를 되풀이하면서 알렉은 제이미의 귀에 뜨겁고 달콤한 사랑의 말들을 쏟아 놓았다. 그가 들려주는 사랑의 언어를 음미하면서 제이미는 알렉에게 더욱더 세차게 매달렸다. 절정에 도달하려는 순간, 제이미는 알렉의 이름을 불렀다.

드디어 에로스의 신 앞에 무릎을 꿇은 두 사람은 열정의 뜨거운 회오리를 가라앉혀야 했다. 알렉은 아주 오랫동안 아내의 몸 속에 머물러 있었다. 거칠었던 숨소리가 가라앉은 후에도 알렉은 움직이지 않았다. 사랑의 행위에서 맛본 그 아름답고 신비로운 향기를 잃고 싶지 않아서. 품안에 안긴 제이미를 영원히 떼어 놓고 싶지 않았다.

일생 처음으로 알렉은 뿌듯한 만족을 느꼈다. 그 만족이 무엇을 뜻하는지 잘 알았으므로, 본능적으로 그 느낌을 거부했다. 만족하기엔 아직 일렀다. 만족은 사람을 연약하게 한다. 알렉은 아직 이러한 만족에 길들여질 준비가 되어 있지 않았다.

알렉은 제이미를 바닥에 내려놓고 옷가지를 챙겼다. 알렉의 어두운 표정이 제이미의 눈에 들어왔다.

「알렉, 제가 이번에도 당신을 만족시키지 못했어요?」

알렉은 제이미의 목소리에 담긴 근심을 금방 읽을 수 있었다.

「당신은 나를 충분히 만족시켰소」

알렉의 목소리는 사랑으로 가득 차 있었다. 두 사람이 모두 옷을 입을 때까지 제이미는 아무 말도 하지 않았다.

「그런데 왜 그렇게 근심스러운 얼굴이죠? 내가 정말로 당신을 만족시켰다면……」

「당신이 쓸모 없는 사람처럼 느껴진다기에 근심스러울 뿐이오. 앞으로는 절대 그런 바보 같은 생각을 하지 마시오, 제이미. 어째서 그런 바보 같은 생각을 갖게 되었는지……」

「당신 입으로 그렇게 말했잖아요」

제이미는 어리둥절한 표정으로 알렉에게 말했다. 하지만 어리둥절한 표정은 알렉도 마찬가지였다. 제이미의 눈이 휘둥그레졌다.

「제가 아무 일도 할 필요 없는 하찮은 존재인 것처럼 말했잖아요, 기억 안 나요?」

알렉은 어깨를 으쓱했다. 그리고 말을 끌어오려고 가면서 혼자 픽 웃었다. 깜찍스런 아내는 무척 화가 난 목소리였다.

「당신이 했던 말도 생각이 안 나요?」

「그건 진담이 아니라 당신을 약 올리려고 해본 소리였소」

알렉이 아무렇지도 않은 듯이 어깨 너머로 말했다.

「그럼 그저 나를 놀리려고 그랬단 말이에요?」

제이미는 알렉을 향해 달려가며 소리쳤다.

「아무렴.」

알렉은 큰 소리로 한바탕 웃었다.

제이미는 남편을 어떻게 이해해야 좋을지 난감했다. 세상에서 가장 이해할 수 없는 남자는 알렉이리라. 남편에게 사랑한다는 말 한마디를 듣고 싶어하는 아내의 마음을 이해하지 못하는 알렉을 어찌 내가 이해할 수 있으랴.

들불에 올라타 고삐를 잡던 제이미는 갑자기, 알렉이 앞으로는 절대로 자기를 떠나지 말라고 했던 말이 떠올랐다. 순간 가슴이 뭉클했다.

'알렉은 날 사랑하고 있어!'

제이미는 그 생각을 확인하고 싶어서 남편을 돌아보았다. 그러나 뻔뻔스럽고 능글맞게 웃고 있는 알렉의 얼굴을 보자 그럴 마음이 싹 가셨다. 알렉은 자신이 아내를 얼마나 아끼고 있는지 깨닫지 못하는 게 확실했다. 그런 사람에게 진심을 털어놓으라고 다그쳐 보았자 얻을 게 무엇이겠는가.

제이미는 마음껏 웃었다. 알렉을 길들여야 할 필요가 있었다. 때가 되면 알렉도 아내를 사랑하는 자기 자신의 모습을 볼 수 있으리라.

「잘 들어요, 제이미.」

알렉은 손가락으로 뒤쪽을 가리켰다.

「저 위쪽이 킨케이드 영지고, 저 아래쪽이 잉글랜드로 가는 방향이오 알겠소?」

제이미는 터져 나오는 웃음을 참기 위해 아랫입술을 지그시 깨물었다.

「알았어요.」

제이미는 알렉의 시선을 한참 동안 마주 보고 있다가 대답했다. 알렉은 길게 한숨을 내쉬었다.

「아냐, 당신은 아직 모를 거요, 내 사랑.」

이제 제이미는 알렉이 아무리 화를 낸다 해도 그를 믿을 수 있었다. 또다시 놀리고 모욕을 준다 해도 상처받지 않을 자신감이 생겼다. 그것은 알렉 스스로 자기를 보호하는 방법임을 이젠 깨달았기 때문이다. 아무리 비아냥거려도 제이미는 그냥 들어줄 생각이었다.

왜냐고?

그 이유는 간단했다. 알렉이 방금 '내 사랑'이라고 말했으니까.

13

두 사람이 마구간으로 돌아왔을 때 알렉의 표정은 평소와 다름없이 무뚝뚝했지만, 제이미는 활짝 웃고 있었다. 그때 개빈과 머독 신부는 저택 앞의 계단에 서서 얘기를 나누고 있었다.

「제이미가 녀석에게 한 방 먹인 거였어요」

「나도 제이미가 맥퍼슨 부하에게 단검으로 찌르겠다고 위협하는 소릴 들었네.」

머독 신부도 거들었다.

「맞아요, 신부님. 참 대단한 여잡니다. 그 늙은 영주와 부하들에게 속임수를 쓰다니.」

「그게 어째서 속임수였다고 생각하나?」

「당연히 속임수죠 단검으로 찌르기는커녕 칼날과 손잡이도 구분하지 못하는 여자인데요.」

「개빈, 자네도 알렉과 똑같은 말을 하는군. 알렉과 똑같애. 알렉도 제이미에 대해 벌써 결론을 내렸더군. 내가 만약 자네나 알렉이라면 마음을 조금 더 열어 놓고 지켜보겠네. 제이미가 누군가를 찌르겠다고 말했다면 충분히 그럴 수 있으니까 그렇게 말했다고 생각하네. 어쨌든, 제이미는 알렉이나 자네가 생각하는 것보다 훨씬 더 야무지고 재주가 많은 여자라네. 내 말 잘 기억해 두게.」

「하지만 알렉은 제이미가 너무 여리다고 걱정하던걸요?」

개빈은 도저히 수긍할 수 없다는 듯 말했다.

「아니, 제이미는 훨씬 강한 여잘세. 그리고 알렉이 생각하는 것처럼 순순히 길들여지지도 않을 거야. 불똥은 이제 튀기 시작했을 뿐이야.」

개빈과 머독 신부는 알렉이 아내를 말에서 내리도록 도와주는 모습을 바라보았다. 알렉은 필요 이상으로 오랫동안 제이미를 붙들고 있었다. 그들 두 사람의 분위기로 봐서, 신부나 개빈이나 두 부부를 방해해서는 안 되겠다고 생각했다.

두 사람은 얼른 뒤로 돌아서서 의미심장한 웃음을 주고받으며 천천히 걸어갔다.

알렉은 이제 보다 중요한 임무를 보러 가야 했다. 그러나 다시 한 번 제이미의 부드러운 입술에 키스하고 싶은 충동을 떨쳐 버릴 수 없었다. 그때 도널드만 나타나지 않았다면 결국 키스하고 말았으리라. 마지못해 들불의 고삐를 도널드에게 넘겨주는데 제이미가 어디론가 발길을 옮겼다.

「제이미, 어딜 가오?」

「옷이 찢어졌잖아요. 갈아입어야죠. 하지만 먼저 양초를 좀 가져와야겠어요.」

「킨케이드 영주님, 잠깐 드릴 말씀이 있습니다.」

알렉은 제이미와 함께 갈 생각이었지만, 도널드가 말을 걸었다.

「뭔데?」

「마님의 암말 때문입니다. 이런 하찮은 일로 귀찮게 해드리고 싶지 않지만, 저 말이 하도 고집 불통이라 어떻게 다루어야 할지 난감합니다. 통 먹지도 않고 우리에서 뛰쳐나오려고 어찌나 발버둥치는지, 저러다 다리라도 부러뜨릴까 걱정됩니다. 벌써 우리의 판자를 세 개나 부러뜨렸어요」

「다른 칸에 넣어 보지 그래?」

「벌써 그렇게 해보았습니다만, 별 소용이 없었습니다.」

그때 들불이 우리를 들이받으며 울부짖는 소리가 들렸다. 알렉은 종마를 이끌고 들불이 있는 우리로 갔다. 들불은 알렉이 부드럽게 어루만져 주자 소동을 멈추었다.

「이제야 조용해졌군.」

「영주님의 종마 때문입니다. 들불은 저놈을 보거나 냄새만 맡아도 조용해집니다. 아마 저놈에게 마음이 있나 봅니다. 제 생각엔 두 마리를 한우리에 넣으면 어떨까 싶은데.」

「그랬다간 내 말이 들불을 죽일지도 몰라.」

「그럴 것 같지는 않습니다. 게다가 저렇게 먹지 않고 버티다간 곧 탈이 나고 말 겁니다.」

알렉은 도널드의 말대로 해보기로 했다. 종마를 들불의 우리에 넣되, 만약 조금이라도 날뛰려는 기색이 보이면 얼른 종마를 끌어낼 생각이었다.

커다란 검은색 종마는 들불의 우리에 들어가자, 암말의 존재는 깡그리 무시한 채 여물통에 머리를 처박았다. 들불은 자기 영역을 침범당하자 크게 울어대며 반항했지만, 종마가 콧김을 내뿜으며 귀청을 찢을 듯이 우렁찬 소리로 히힝거리자 곧 잠잠해졌다. 종마가 콧구멍을 벌름거리며 엉덩이를 걷어차도, 들불은 고개를 숙인 채 꼼짝도 못했다. 우리가 좁아 마땅히 피할 공간이 없자 나름대로 공간 확보를 위해 애를 썼다. 하지만 종마는 들불의 노력에 전혀 관심을 보이지 않고 여물통에만 붙어 있었다. 결국 들불도 쭈뼛거리며 종마 옆으로 가서 함께 여물을 먹었다. 알렉은 종마의 당당함에 슬며시 웃음을 지었다.

「녀석도 주인만큼이나 소유욕이 강하군.」

「네?」

도널드가 어리둥절해했다.

「신경 쓸 것 없어.」

알렉은 제이미를 떠올리며 웃었다. 그러다가 갑자기 제이미가 혼자만의 침실을 갖고 싶어한다던 머독 신부의 말이 떠올랐다.

'제기랄, 들불이 주인보다 훨씬 낫군.'

제이미는 알렉이 아내 때문에 얼마나 골치를 썩고 있는지 전혀 몰랐다. 하지만 방향 감각이 형편없다는 사실만은 스스로도 절실히 깨달았다. 대장장이와 잠깐 이야기를 나누던 제이미는 저택 뒤쪽의 오두막집에 들러 사람들을 만나 봐야겠다고 생각했다.

「지금쯤 모두 점심 먹으러 갔을 거예요.」

제이미의 말을 듣더니 대장장이가 말했다.

「사람들은 못 만난다 해도 오두막 안을 좀 들여다봐도 될까요, 헨리?」

「물론이죠, 마님. 사람들도 마님께서 찾아주신 걸 알면 고마워할 겁니다.」

제이미는 가파른 언덕길을 올랐다. 가는 길에 향긋한 들꽃을 몇 송이 꺾었다. 인기척이 나는 것 같아 인사라도 나눌 생각에 얼른 뒤돌아보았지만, 아무도 없었다. 바람소리였나?

먼저 재단사가 사는 오두막을 들여다보고는 무두장이가 산다는 오두막으로 갔다. 문을 빼끔히 열고 안을 들여다보는데 뭔가 엄청난 힘이 제이미를 오두막 안으로 떠밀었다. 갑작스런 충격에 제이미는 앞으로 넘어졌고, 그 순간 문이 쾅 하고 닫혀 버렸다. 눈 깜짝할 사이의 일이었다.

오두막에는 작은 봉창 하나 없었기 때문에, 문이 닫히자 안은 칠흑처럼 어두웠다. 바람에 밀려 문이 닫혔거니 생각하며 제이미는 떨어뜨린 들꽃을 주우려고 바닥을 더듬거렸다. 하지만 너무 어두워 그도 쉽지 않았다. 결국 줍기를 포기하고 일어서서 치맛자락에 묻은 흙을 털어 냈다. 알렉이 지금 이 꼴을 본다면 흉볼 거리가 또 하나 생겼다고 좋아하겠군!

제이미는 자기 앞에 얼마나 큰 위험이 놓여 있는지 전혀 몰랐다. 어디선가 타는 냄새가 났지만 별로 걱정하지 않았다. 벽을 더듬으며 문을 찾아 힘껏 밀어 보았지만 문은 꿈쩍도 하지 않았다.

그제야 제이미는 더럭 겁이 나, 문을 두들기며 알렉을 소리쳐 불렀다. 사방이 꽉 막힌 작은 오두막은 곧 연기로 가득 찼다. 제이미는 콜록거리느라 더 이상 알렉을 부를 수가 없었다. 오두막은 일 분도 안 돼 화염에 휩싸였고, 천장을 받치고 있던 들보 하나가 시뻘건 불꽃을 날름거리며 제이미 바로 옆으로 떨어졌다. 제이미는 기겁을 하며 옆으로 몸을 피했다. 그 작은 동작 하나가 그렇게 힘들 수가 없었다. 바닥에 떨어져 있던 분홍빛 들장미가 돌돌 말리며 불에 탔다.

오두막 안은 금세 연기와 뜨거운 열기로 가득 찼다. 새빨간 불꽃이 긴 혀를 날름거리며 다가왔지만, 제이미는 이제 서 있을 힘조차 없어 헉헉거리며 바닥에 쓰러졌다. 흙바닥의 냉기가 뺨에 차갑게 닿았다.

'알렉이 곧 나타나 구해 줄 거야. 언제나 나를 보호해 주겠다고 약속했으니까. 오, 하나님, 알렉이 너무 늦지 않게 해주세요 알렉을 또 혼자 남게 하지 마세요 그 사람에겐 제가 필요해요 저는 아직도 알렉에게서 사랑한다는 말도 듣지 못했다구요'

제이미는 자신이 죽어 가고 있다는 사실을 믿고 싶지 않았다.

'그런데 알렉은 도대체 어디 있는 거지?'

제이미는 갑자기 분노가 치밀어 올랐다. 알렉이 오면, 다음부터는 좀더 빨리 움직이라고 한마디 해야겠어! 정신이 점점 몽롱해져 갔다. 갑자기 치민 분노가 남아 있던 힘을 모두 소진시킨 것 같았다. 눈을 감고 조용히 마지막 기도를 올리는데, 뽀얀 연기를 뚫고 알렉의 울부짖는 소리가 들렸다. 제이미는 남은 힘을 다해 희미하게 미소지었다.

「하나님, 감사합니다.」

제이미가 알렉의 이름을 소리쳐 부를 때, 알렉은 언덕의 오르막길을 막 오르려던 참이었다. 오두막에서 불길이 치솟는 걸 보았던 것이다. 제이미가 그 오두막에 갇혀 있음을 직감적으로 알았다. 숨도 쉬지 않고 내달렸다. 도중에 개빈과 마주쳤을 때는 이미 제정신이 아니었다. 제이미가 불길 속에 갇혀 있었다!

알렉과 개빈은 동시에 오두막에 당도했다. 커다란 빗장이 문에 걸려 있었다. 개빈이 빗장을 발로 걷어차 벗기자, 알렉이 문을 향해 몸을 던졌다. 문짝이 땅바닥에 나동그라졌다.

바닥에 쓰러져 있는 제이미를 발견한 알렉은 하늘을 향해 분노의 고함을 질렀다. 땅이 흔들리고 하늘이 무너져 내릴 듯했다.

알렉이 제이미를 안아 오두막 바깥으로 나오는 순간 오두막이 와르르 무너져 내렸다. 알렉은 몸으로 제이미를 감싸며 땅에 엎드렸다. 제이미가 음식을 게워 내듯 기침을 토해 내자, 알렉은 그제야 안도의 숨을 내쉬었다.

알렉은 공포와 분노로 아무 생각도 할 수 없었다.

「알렉, 부인이 숨을 쉬게 해야 하네.」

개빈이 들릴 듯 말 듯한 소리로 중얼거렸을 때에야, 알렉은 정신을 차렸다. 개빈이 말없이 제이미 옆에 무릎을 꿇고 앉았다.

제이미는 가만히 눈을 떴다. 남편이 눈물이 촉촉하게 맺힌 눈으로 자신을 내려다보고 있었다. 가만히 손을 들어올리는데, 언덕에서 꺾은 들꽃이 아직 손에 있었다. 꽃을 땅에 떨어뜨리고 남편의 이마를 부드럽게 쓸어 주었다.

「당신에게서 떠나지 않겠다고 약속했잖아요」

제이미의 목소리는, 잦은 기침으로 목이 쉬어 버린 할아버지처럼 끝이 거칠게 갈라졌다.

「나도 당신이 떠나도록 그냥 있지 않을 거요」

알렉의 목소리도 발에 밟혀 바삭거리는 낙엽처럼 건조했다. 두 사람은 서로 마주 보며 웃었다.

「괜찮소, 제이미? 다친 데는 없소?」

제이미는 알렉의 눈에 담긴 정겨움과 애틋함에 내심 놀랐다.

「당신이 구하러 올 줄 알았어요」

「그걸 어떻게 알았소?」

「당신은 날 아끼고 있으니까요, 알렉 킨케이드」

제이미가 알렉의 스코틀랜드 억양을 흉내내며 말하자, 알렉은 흡족한 듯 고개를 끄덕이며 조심스레 제이미를 부축해 언덕의 내리막 길로 향했다. 언덕 아래에서 병사들이 두 사람을 기다리고 있었다.

「킨케이드 부인은 무사하다!」

알렉이 병사들을 향해 소리쳤다.

제이미가 병사들에게 인사하려고 고개를 드는데, 큰 수곰이 암곰을 포옹하듯 알렉이 우악스럽게 제이미의 머리를 다시 자기 가슴팍에 끌어안았다. 그 바람에 제이미는 다시 기침을 토해 냈다.

'이 남자는 자기 힘이 얼마나 센지 전혀 모른다니까.'

제이미는 행복에 겨워 살포시 웃었다. 알렉은 그러한 행동이 자신의 감정을 얼마나 적나라하게 드러내는지 모르리라.

알렉의 팔이 아주 가늘게 떨렸다. 제이미는 알렉이 자신의 이름을 울부짖으며 오두막집으로 달려왔던 일을 기억했다. 매캐한 연기 속에서 그 음성을 들으며 얼마나 행복해했던가.

'알렉은 날 사랑하는 게 틀림없어. 아직은 아주 작은 사랑이지만.'

죽음의 문턱까지 갔다 왔다는 사실도 잊고 제이미는 행복해했다.

「당신 정말 빨리 와 주었어요, 알렉.」

「그랬지. 악마처럼 내달렸거든.」

알렉은 이를 드러내고 웃었다.

「그래도 아직 제가 당신한테 별 의미 없는 존재인가요?」

알렉은 저택의 현관 앞에 도착할 때까지 아무 말도 하지 않았다. 그러다가 갑자기 입을 열었다.

「아니, 절대 그렇지 않아, 제이미.」

알렉은 더 이상 말하지 않았다. 그래도 좋았다. 제이미는 그 짧은 한마디만으로도 세상을 다 얻은 기분이었다.

'한 번에 한 입씩.'

제이미는 머독 신부에게 했던 말이 떠올랐다. 한 번에 한 입씩 먹다 보면 결국 코끼리 한 마리를 혼자 다 먹어치울 수 있듯, 알렉도 그렇게 굴복시키리라. 피식 웃음이 나왔다. 알렉에게 내 사랑이 필요한 만큼, 내게도 알렉의 사랑이 절실하다는 사실을 왜 진작 깨닫지 못했을까?

「지금 웃음이 나옵니까, 킨케이드 부인? 저는 아직도 화가 나서 온몸이 부들부들 떨릴 지경인데요.」

개빈은 알렉과 제이미를 따라 안으로 들어갔다.

「방금 아주 중요한 진리를 깨달았거든요. 그런데 개빈, 화가 왜 나는데요? 설마 그 사고를 제 탓이라고 여기는 건 아니겠죠?」

제이미는 개빈의 대답은 들을 생각도 않고 알렉을 쳐다보았다.

「알렉, 바람 때문에 난 사고였어요. 바람이 너무 세게 불어서 내가 오두막에 들어가자마자 문이 닫혀 버린 거라구요. 바람소리가 얼마나 무시무시하던지, 마치 누군가가 미친 듯이 웃어대는 것 같았어요. 그런데 표정이 왜 그래요? 내 말을 못 믿는 건가요?」

「당신 말을 믿소」

「오늘 사고는 당신 실수가 아니란 걸 우리도 잘 압니다, 킨케이드 부인. 하지만 그 문은……」

개빈은 알렉의 눈짓을 보고 말을 멈추었다.

「문이 어쨌는데요, 개빈?」

「꿈쩍도 하지 않았다구요」

개빈은 얼렁뚱땅 얼버무렸다.

「개빈, 가서 제이미의 목욕물 좀 준비하라고 해줘. 그리고 사고난 오두막집으로 다시 가서, 사람들에게 몇 가지 좀 물어 보고 와. 틀림없이 우리가 원하는 정보를 알고 있는 사람이 있을 거야.」

알렉은 제이미를 가리개 뒤로 데리고 가서 침대에 눕혔다.

「목욕하고 나서 오늘은 푹 쉬시오」

「왜요?」

「왜라니. 쉬면서 기운을 회복해야 할 거 아니오?」

「벌써 다 회복했어요」

부득부득 우기는 제이미를 보며 알렉은 고개를 흔들었다. 정말 어쩔 수 없는 여자라니까.

제이미는 온몸이 먼지와 그을음으로 얼룩지고 머리가 마구 헝클어져 있었지만, 두 손을 무릎에 얹은 채 침대에 단정히 앉아 있었다. 그 모습이 알렉에겐 더없이 아름다워 보였다. 그때 더운물을 든 하녀들이 줄지어 들어왔다. 제이미는 하인 한사람 한사람에게 모두 반갑게 인사를 건넸다. 그 사람 이름은 물론이고 남편이나 아이들 이름까지 들먹여 가며 이야기를 주고받는 모습에 알렉은 큰 감동을 받았다. 그렇게 가족의 안부를 물음으로써, 제이미는 그들이 얼마나 소중한 사람인지 느끼게 해주려는 듯했다.

그들이 서로 인사를 나누는 동안, 알렉은 하녀들도 제이미에게 애정이 담긴 인사를 건네고 있음을 깨달았다. 항상 시무룩하고 무뚝뚝한 헤시마저도 제이미에겐 웃는 낯으로 인사를 했다. 헤시는 알렉을 흘끔거리며 머뭇거리더니 제이미에게 속삭였다.

「마님, 부엌 공사를 직접 지휘하실 건가요?」

제이미는 여전히 웃는 얼굴로 입을 열었다.

「헤시, 영주님도 벌써 그 바람구멍을 보셨으니까 굳이 감출 필요가 없어요. 내가…….」

「내가 직접 나가 보겠소.」

알렉이 큰 소리로 끼여들었다.

「당신이 직접?」

제이미는 함박웃음을 지으며 알렉을 올려다보았다.

「내가 작업을 지시하면 나머지는 앵거스가 현장 감독이 되어 일을 마무리 지을 거요.」

알렉은 '내가 작업을 지시하면'이란 말을 특히 강조했다. 하지만 제이미는 알렉의 생각을 눈치채지 못했다. 알렉은 앵거스에게 어떻게 지시할 것인지 설명해야 했다.

「건물이 완성될 때까지 바람구멍은 판자로 막아 놓을 거요.」

「건물이라니, 무슨 건물이요?」

「부엌이 이 건물 안에 있는 건 반대요. 음식 냄새나 연기가 금방 홀에 가득 찰 테니까. 그러니 바깥에 따로 건물을 하나 지어서 그 사이를 복도로 연결할 생각이오. 내 생각이 어떻소?」

「복도를 얼마나 길게 만드실 건데요?」

「별로 길지는 않을 거요.」

그제야 제이미는 만족한 듯 고개를 끄덕였다.

「이제 됐죠, 헤시? 알렉도 이 일이 꼭 필요한 일이라는 걸 이해하게 될 거라고 내가 말했죠?」

알렉이 눈썹을 치켜 뜨자 제이미는 재빨리 덧붙였다.

「전 헤시에게 당신이 하인들이나 병사들이나 다 똑같이 중요하게 여긴다고 말했어요」

알렉은 제이미의 말에 뜨끔했다.

「그건 당연한 건데, 꼭 말할 필요가 있소? 헤시도 자신이 얼마나 소중한 사람인지 벌써 알고 있었을 텐데.」

헤시는 어깨를 쭉 펴면서 흐뭇한 웃음을 짓더니, 영주와 영주 부인에게 인사하고 서둘러 사라졌다.

「자, 물이 식기 전에 어서 목욕하도록 하시오」

제이미 앞에서 계속 웃고 있던 알렉은 일단 가리개 밖으로 나오자 심각한 표정을 지었다. 벽난로 앞을 왔다갔다하며 조금 전의 사고에 대해 곰곰이 생각했다. 누군가가 소중한 나의 제이미를 죽이려고 했다! 만약 오두막에 조금만 늦게 도착했다면……. 마구간에서 일 분만 더 시간을 지체했다면……. 그런 일은 생각도 하기 싫었다.

「알렉! 아무도 이상한 걸 보지 못했대.」

개빈이 들어와 큰 소리로 말하자 알렉은 걸음을 멈추었다.

「목소리를 낮춰, 개빈. 제이미가 우리 얘길 다 듣겠어.」

「제이미는 벌써 다 듣고 있어요」

제이미가 가리개 뒤에서 소리쳤다. 알렉은 못마땅한 표정을 지으며 어깨 너머로 소리쳤다.

「제이미, 이젠 엿듣지 마.」

「열린 귀로 들어오는 소리를 어떻게 막아요? 그것 봐요, 알렉. 여기선 도대체 비밀이란 있을 수 없잖아요 머독 신부님께 2층 방을 사용해도 되겠느냐고 당신에게 대신 물어 봐 달라고 부탁했는데, 말씀하시던가요?」

「나한테 직접 묻지 그랬소?」

「당신이 너무 바쁜 것 같아서요」

「개빈, 금방 불 속에서 건져 낸 여자라고 믿을 수 있겠어?」

「부인은 생각보다 훨씬 강인한 여자야. 아무래도 머독 신부님의 말씀이 맞는 것 같애.」

개빈은 제이미가 들을 수 없도록 목소리를 최대한 낮췄지만 제이미는 이번에도 끼여들었다.

「머독 신부님의 말씀이 당연히 옳죠. 신부님은 성직자시잖아요, 안 그래요?」

「제이미!」

「내 부탁을 들어주면 이제부터 귀를 막을게요. 내 부탁에도 일리가 있다구요. 우리가 2층으로 방을 옮기면…….」

「우리라고?」

「그럼요. 당연히 우리 침실을 옮기는 거죠.」

알렉은 그제야 빙그레 웃었다. 제이미는 혼자만의 침실을 원한 게 아니었다. 혼자만의 비밀 공간을 원할 정도로 숨길 게 많은 여자도 아니지 않은가.

「내일 2층으로 옮기도록 하겠소.」

「고마워요, 알렉.」

「아내는 남편에게 고맙다고 하는 게 아니오. 이제 우리 이야기에 끼여들지 말고 조용히 목욕이나 하시오.」

알렉이 엄한 목소리로 명령했지만, 제이미는 이제 속임수에 넘어가지 않겠다는 듯 까르르 웃을 뿐이었다. 알렉은 자신의 엄포가 소용이 없자 멋쩍은 듯 어깨를 으쓱했다.

「알아낸 것들을 말해 보게.」

알렉은 벽난로에 비스듬히 기대며 개빈에게 말했다.

「헨리는 제이미와 한참 동안 이야기를 나누다가 제이미가 오두막으로 간 다음에 바로 다시 일을 시작했대. 대장간 소리가 좀 요란해서 누가 오가는지 전혀 모른대. 다른 사람들과도 이야기를 나누어 봤는데…….」

「그런데?」

「모두 점심을 먹으러 갔었대.」

「하지만 누군가 본 사람이…….」

「알렉, 그 언덕은 거의 버려진 땅이야. 왜 제이미에게 사실대로 이야기하지 않는 거지?」

「걱정하게 만들고 싶지 않아.」

「하지만 스스로 조심하게 하는 게 나을 텐데.」

「아니, 범인이 밝혀지면 그때 말할 거야. 앞으로는 제이미에게 호위병을 붙이게. 절대 혼자 있게 해서는 안 돼. 내가 제이미 곁에 없을 땐 자네나 마커스, 둘 중 한 사람이 반드시 붙어 있도록 해.」

「나도 부인을 겁먹게 하고 싶지는 않아. 부인은 내게도 소중한 사람이니까. 이런 끔찍한 일이 일어났다는 게 믿어지지 않아.」

개빈도 속마음을 털어놓았다.

「범인은 분명 이 성안에 있어. 누군지 찾기만 하면…….」

그때 잉글랜드 민요를 부르는 제이미의 목소리가 나직히 들려 왔다. 두 남자의 얼굴에 즐거운 웃음이 떠올랐다.

「마치 아무 일도 없었던 것처럼 행동하네?」

알렉은 고개를 절레절레 흔들며 혀를 찼다.

「부인이 2층으로 방을 옮기겠다고 한 이유를 알겠군. 여기선 아무리 작은 소리라도 다 들리잖아.」

알렉도 고개를 끄덕였다.

「아무도 홀에 들어오지 못하게 해줘.」

알렉은 개빈에게 그렇게 말하고 걸음을 옮겼다.

「어디 가는데, 알렉?」

「침대.」

「침대? 아직 한낮인데?」

개빈의 입이 딱 벌어졌다.

일렉은 개빈을 돌아보며 입다물고 시키는 대로 하라고 무언의 명령을 내렸다.

「방해하지 말아 줘.」

개빈은 현관으로 걸음을 옮기면서 킬킬거리고 웃었다.

「그럼 잘 쉬게, 알렉.」

알렉이 어슬렁거리며 가리개 뒤로 갔을 때, 제이미는 막 목욕을 마치고 일어서던 참이었다. 제이미는 알렉과 눈이 마주치자 도로 통 속으로 주저앉았다. 무릎을 바짝 올려 세우고 몸을 앞으로 구부려 가슴을 가렸다.

「아직 옷도 안 입었어요」

제이미가 뾰로통하게 말했지만, 알렉은 성큼성큼 다가가더니 제이미를 들어 안았다. 그러고는 반항할 틈도 주지 않고 침대로 갔다. 얼굴을 붉힐 사이도 없이, 알렉은 제이미의 손을 머리 위로 쭉 뻗으면서 몸을 덮었다.

제이미를 내려다보는, 한량 같은 알렉의 얼굴에 미소가 떠올랐다. 가슴에서 가슴으로, 다리에서 다리로 전해지는 뜨거운 열기로 제이미는 온몸이 뜨거워졌다. 발가락으로 알렉의 종아리를 살살 간질였다.

알렉이 부츠를 벗었다. 제이미는 눈을 끔벅이며 알렉을 이상한 눈으로 쳐다보았다. 설마 지금?

「알렉, 당신도 지금 저랑 똑같은 생각을 하고 있나요?」

「난 당신이 지금 내 플래드를 걸치고 있다는 생각밖에 없소」

「전 아무것도 입지 않았어요」

「아니, 입고 있소. 침대에 플래드가 깔려 있고, 내가 플래드를 입은 채로 당신을 덮치고 있으니까, 당신은 플래드를 걸치고 있는 거나 마찬가지요」

제이미는 알렉의 궤변에 혀를 내둘렀다.

「이게 저를 푹 쉬게 하는 방법인가요?」

「이제 곧 푹 쉬게 될 거야.」

「하지만 전 하나도 피곤하지 않아요.」

「피곤하게 해주지. 내가 모든 걸 끝내고 나면 당신은 분명히 피곤해질 거야.」

알렉은 아주 자신만만했다. 제이미가 알렉의 목에 팔을 둘렀다.

「내가 모든 걸 끝내고 나면 당신이 피곤해질 거예요. 틀림없이.」

제이미가 발산하는 뜨거운 열정이 알렉의 마음에 더욱 강렬한 사랑을 불러일으켰다. 제이미는 푸른 눈동자를 빛내며, 두 다리로 알렉의 몸을 휘감았다. 점점 더 밀착되어 오는 제이미의 몸을 느끼며 알렉은 낮은 신음을 토해 냈다.

이젠 알렉도 누군가가 자기 아내를 죽이려 한다는 사실을 눈치챘겠지? 낮에 있었던 일은 날이 채 어두워지기 전에 사람들의 입을 타고 온 성안에 퍼질 거야. 누군가를 붙여 아내를 보호하려 하겠지? 아내가 위험에 처해 있는데 누가 가만있겠어?

그 여자는 아직 죽을 때가 안 됐어. 죽기엔 너무 이르지. 하지만 알렉은 그걸 몰라. 바보 같은 자식! 하지만 두 사람이 결코 행복해질 수 없단 사실만은 알아줬음 좋겠군.

오늘은 누군가 그 여자를 구해 주리라고 이미 짐작했어. 불이 나면 사람들 눈에 띌 수밖에 없으니까. 내가 보고 싶은 건 알렉의 고통이지 분노가 아냐. 아직은 그 여자를 죽일 수 없어. 어쩌면 내일……, 내 욕심을 자제할 수 있다면 더 기다릴 수도 있지.

아직도 알렉 킨케이드의 비명 소리가 들리는 것 같군. 그 자식은 사랑에 빠진 게 틀림없어. 그렇다면 이번 교훈이 더욱 뼈저리겠군.

아, 그 여자가 죽어 갈 때 그 예쁜 몸을 내 손으로 한번 만져 봐야지!

14

제이미가 살금살금 다가와 어깨를 톡톡 두드리자 개빈은 소스라
치게 놀랐다. 인기척을 전혀 느끼지 못했기 때문이다. 깜짝 놀라 홱
돌아서 보니 제이미가 손에 신을 들고 서 있었다.

「발소리를 못 들은 게 당연하군요」

「개빈, 놀라게 할 생각은 없었어요. 그리고 목소리 좀 낮추세요.
알렉이 지금 낮잠을 자고 있거든요」

「알렉 킨케이드가요?」

「개빈, 소리가 너무 커요. 그렇게 이상한 눈으로 보지 마세요. 알
렉도 사람이라구요. 사람이 피곤하다 보면 낮잠도 잘 수 있는 거 아
니에요?」

도저히 있을 수 없는 일이었다. 개빈은 웃음을 꾹 참았다. 방금

전에 헤어질 때까지만 해도 알렉은 전혀 피곤한 기색이 없었다. 물론 침대로 간다고 말하기는 했지만, 이렇게 낮잠까지 자리라고는 생각지 못했다. 개빈은 알렉을 놀려 주고 싶어 입이 근질거렸다.

제이미는 신을 신느라 개빈의 팔에 잠깐 의지했다.

「헤시에게 부탁해서 2층 방 청소 좀 도와 달라고 해야겠어요」

제이미가 치맛자락을 매만지며 밖으로 나가려는데 개빈이 나서며 앞을 가로막았다.

「헤시를 부르러 다른 사람을 보내겠습니다.」

「저도 좀 걷고 싶어서 그래요」

「일을 하려면 기운을 아껴야죠」

개빈은 다시 한 번 제이미를 만류했다.

「좋아요, 개빈.」

제이미는 걱정 어린 개빈의 표정을 살피며 고개를 갸웃했다.

「개빈, 어디 아파요? 오늘 좀 이상해요」

제이미는 개빈의 이마를 짚어 보았다.

「저는 괜찮아요, 킨케이드 부인. 이제 하려던 일을 하시죠」

제이미는 다시 한 번 개빈의 얼굴을 찬찬히 살피고는 2층 계단으로 갔다. 개빈이 제이미 뒤를 바싹 따라붙었다. 세 번째 방문 앞에 도착했을 때까지도, 제이미는 아무 말 하지 않았다. 하지만 결국 더 이상 참지 못하고 돌아서서 개빈을 마주 보았다.

「뭔가 무거운 게 있으면 도와 드리려구요.」

개빈은 제이미가 뭐라고 묻기도 전에 말했다.

「정말 생각도 깊으시군요. 하지만 머독 신부님께서 무거운 서랍장을 벌써 옮겨 주셨어요. 덕분에 제 짐이 도착해도 공간이 모자랄 것 같지는 않아요.」

「참, 잉글랜드에서 보낸 짐이 도착했습니다. 오늘 이른 아침에요 지금 성문 앞에 있는데, 사람을 시켜서 옮겨 오겠습니다.」

「정말 고마워요, 개빈. 참, 그런데 혹시 짐마차에서 제 의자를 보셨나요?」

「마차는 오지 않았습니다. 아마 성까지 올라오는 산길이 너무 좁아서 그랬나 봅니다. 하지만 말 네 마리에 짐이 가득 실려서 왔어요 말 등이 휠 정도이더군요」

개빈은 마차가 오지 않았다는 말에 실망하는 제이미를 보며 서둘러 말을 이었다.

「그리고 의자 말씀인데, 그 이상하게 생긴…….」

「그게 바로 제 의자예요 의자 다리 때문에 좀 이상하게 보이죠? 사실 그 의자는 앞뒤로 흔들리게 되어 있는 거거든요 원래는 제 어머니가 쓰시던 거였는데, 어머니가 돌아가신 후로는 아버지가 매일 밤마다 그 의자에 앉아 쉬셨죠 그런데 그걸 제게 보내 주시다니 정말 고마운 일이지 뭐예요」

제이미는 손뼉을 치며 기뻐했다.

「흔들리는 의자라구요?」

「네. 이상해요? 다른 사람들도 이상하게 생각하죠 하지만 엄마의 유품이니 저도 죽을 때까지 간직할 생각이에요 그리고 후손에게도 물려주구요」

어떤 멍청한 인간이 그런 우스운 의자를 생각해 냈을까?

개빈은 먼저 방으로 들어가 혹시 숨어 있는 괴한이 없는지 확인하고 난 후, 제이미에게 방을 청소하라고 하고 밖으로 나왔다. 계단을 막 내려오는데 마커스가 들어왔다.

「마커스, 할말이 좀 있어.」

「무슨 말인데?」

마커스가 다가오는 동안에도 개빈의 시선은 2층에 머물러 있었다. 잠시 한눈파는 사이에 누가 그 방으로 들어가거나 나오는 일이 생길 수도 있으니까.

「창문 아래에 병사 두 사람만 세워.」

「무슨 창문?」

「지금 제이미가 2층 첫 번째 방을 청소하고 있거든. 병사 둘을 그 방 밖에 세우고, 따로 둘을 불러서 그 방 창문 아래 세워야 해. 알겠나?」

「이유가 뭔가?」

「그거야 물론 이 성의 안주인을 보호하기 위해서지.」

「개빈, 그게 도대체 무슨 소리야?」

「자네 아직도 그 소식 못 들었나?」

「무슨 소식?」

개빈은 한숨을 길게 내쉬더니 낮의 일을 차근차근 설명했다.

「누군가 고의로 제이미를 오두막에 가둔 거야. 내가 직접 오두막의 문에 걸린 빗장을 걷어 냈어. 내 눈으로 봤지만 나도 그 일을 믿을 수가 없어.」

「누가 감히 그런 짓을 한 거지?」

「목격자가 전혀 없어. 그래서 알렉이 자네와 내게 특별히 제이미를 눈여겨보라고 한 거야.」

「알렉이 특별히 나를 지목했단 말인가?」

마커스가 놀랍다는 듯이 물었다.

「물론이지. 알렉은 자네의 충성심을 높이 평가해, 마커스 자네도 그건 알고 있겠지?」

「난 충성심을 의심받을 만한 짓은 한 적 없어. 물론 강제로 했든 원해서 했든 이번 결혼에 대해서만은 달갑지 않지만.」

「알렉이 이번 결혼을 원해서 했다고 생각한다면 그건 우리 영주를 모욕하는 거야.」

「그래, 그렇겠지. 알렉이 나를 얼마나 신뢰하는지 나도 잘 알아. 사실 알렉의 믿음을 생각하면 오히려 내가 부끄러울 정도지.」

그 말에 개빈이 껄껄 웃었다.

「자네가 이렇게 열성적으로 얘기하는 모습은 처음인데! 하하, 괜히 웃음이 나오네. 하지만 기분 나쁘게 생각지는 마. 자네 얼굴이 홍당무처럼 빨개졌는데 내가 웃지 않을 수 있겠어?」

개빈이 어깨를 한 대 툭 치자, 마커스의 표정도 금방 풀어졌다. 평소에는 여간해서 웃지 않는 그였지만 엷은 웃음까지 지어 보였다.

두 사람이 이야기를 나누고 있는데 알렉이 모습을 나타냈다.

「제이미는 어디 갔지?」

알렉의 목소리는 안마당에서 훈련에 몰두해 있는 병사들에게까지 들릴 정도로 컸다.

「부인은 2층에서 청소를 하고 있어.」

개빈이 말해 주었다.

「혼자서?」

「내가 먼저 방에 들어가서 아무도 없는 걸 확인했어. 내 눈에 띄지 않고는 아무도 저 방에 들어가지 못할 테니 걱정하지 마.」

알렉은 그제야 목소리를 누그러뜨렸다.

「잠깐 밖에 나갔다 올 테니, 내가 돌아올 때까지 두 사람 다 제이미 곁에 붙어 있어. 제이미가 움직일 땐 반드시 앞뒤로 한 사람씩 호위하도록 하고, 알겠어?」

개빈과 마커스는 입을 삐죽거리며 고개를 끄덕였다.

「하지만 부인이 이상하게 생각할 텐데. 잉글랜드 여자이긴 해도 부인은 바보가 아니잖아.」

마커스의 장난기 섞인 목소리에 알렉보다도 개빈이 오히려 더 놀랐다.

「그래, 뭔가 이상하다고 의심할 거야.」

개빈도 마커스를 거들었다.

「그럼 의심하게 둬. 그냥 내 명령이라고만 해. 저렇게 잡일을 하게 두어서는 안 되는데…… 정말 말릴 수 없는 여자야.」

알렉이 마땅찮은 목소리로 말하자 개빈이 친구를 흘겨보았다.

「알렉, 부인은 일을 하고 싶어해. 내가 보기에도 뭔가 일을 해서라도 기운을 써야 할 것 같던데, 뭐. 혹시 자네 기운을 훔쳐 간 게 아닐까? 이제 보니 자네는 아직도 피곤이 가시지 않은 것 같은데, 낮잠을 좀더 자야 하는 거 아냐?」

「알렉이 낮잠을 잤어?」

마커스는 눈을 동그랗게 뜨고 알렉과 개빈을 번갈아 보았다.

「놀리지 마, 기분 나쁘니까. 두 사람 다 자꾸 날 비웃는 얼굴로 쳐다보면 뜨거운 맛을 보여 줄 거야. 농담 아니니까, 내가 잔 것보다 더 오래 자고 싶지 않으면 잘 처신해!」

두 친구는 알렉의 협박에 못 이기는 척 웃음을 멈췄다.

「앵거스와 잠깐 이야기 좀 하고 올게.」

알렉은 밖으로 나가며 어깨 너머로 소리쳤다.

앵거스의 오두막으로 향하는 알렉의 기분은 결코 가볍지 않았다. 앵거스의 우렁찬 목소리가 몇백 미터 떨어진 곳에서부터 알렉을 맞았다. 목소리로 보아 앵거스 역시 기분이 그다지 좋지 않은 모양이었다.

문 밖에서 헛기침을 하자 엘리자베스가 문을 열어 주었다. 앵거스의 벼락 같은 고함 소리에도 불구하고, 엘리자베스는 환한 미소로 알렉을 맞아들였다.

「저런 짐승 같은 인간과 함께 살려면 참 피곤하겠어요, 엘리자베스」

알렉이 집안으로 들어서며 엘리자베스에게 인사를 건넸다.

「부인께서 앵거스를 자리에 가만히 누워 있게 하는 게 쉽지 않을 거라고 미리 경고해 주셨어요. 저도 부인 말씀이 옳다는 걸 공감하는 중이에요. 저이가 저렇게 성난 수곰처럼 변할 줄 누가 알았겠어요? 지금 같아선 다시는 사랑할 수 없을 것 같아요. 하지만 가슴의 실밥을 뽑고 나면 더 이상 구시렁대지 않겠죠?」

엘리자베스는 들으려면 들으라는 듯 목소리를 높였다.

「내 험담 좀 그만 해! 알렉은 나를 만나러 온 거지 한가하게 아낙네의 불평이나 들으러 온 게 아냐.」

앵거스가 침대에 누운 채 버럭 소리를 질렀다.

엘리자베스는 저것 보라는 듯 알렉에게 입을 삐죽여 보이더니 다시 남편에게 돌아섰다.

「영주님께 포도주라도 한 잔 드릴까요?」

앵거스는 시큰둥한 표정으로 고개를 끄덕였다.

「나도 한 모금 마셨으면 좋겠군.」

그러나 엘리자베스는 남편의 말을 못 들은 척, 알렉에게 포도주를 한 잔 가득 따라 주고 남편에게는 물만 한 잔 내주었다. 앵거스가 투덜거리는 것도 당연했다.

「저는 그럼 나가 있을 테니, 두 분 말씀 나누세요.」

「엘리자베스, 나가기 전에 이리로 좀 와 봐.」

알렉은 창틀에 기대서서 두 사람의 모습을 지켜보았다. 앵거스는 다치지 않은 팔을 쑥 내밀더니 엘리자베스를 잡아당겨 길고 뜨거운 입맞춤을 했다. 그리고 귀에 대고 뭐라 속삭이며 등을 토닥여 주자, 엘리자베스는 얼굴이 새빨개져서 황급히 밖으로 나갔다.

「참 좋은 여자야.」

앵거스는 길게 한숨을 내쉬더니, 물잔의 물을 바닥에 쏟아 버리고 잔을 쭉 내밀었다. 알렉이 포도주를 반쯤 나눠 주자, 방금 사막을 건너온 사람처럼 허겁지겁 잔을 비웠다.

「우와, 포도주 맛 한번 기가 막힌데! 자네 부인이 엘리자베스에게 실밥을 뽑을 때까지 포도주 한 방울도 입에 못 대게 하라고 해서 내가 지금 이 모양 이 꼴이야. 부인이 그런 끔찍한 처방을 했다는 게 원망스러워. 엘리자베스는 부인 말을 하늘처럼 믿고 따른다니까. 두 여자 때문에 암탉한테 쪼이는 병든 수탉처럼 내 신세가 말이 아냐. 차라리 나를 죽게 놔둘 것이지…….」

알렉은 말없이 웃고만 있었다.

「특별히 할말이 있어서 왔나, 아니면 처량한 내 신세를 그저 감상하러 왔나?」

「앵거스, 문단속을 철저히 해야 해. 누군가 우리 말을 엿들어서는 안 되니까. 지금 아주 중요한 문제가 발생했거든.」

앵거스는 문을 발로 쾅 걷어차며 단단히 닫힌 것을 확인했다.

「심각한 일인가 보지? 자네 표정이 아주 으스스해.」

알렉은 그날 제이미에게 있었던 일을 이야기했다. 제이미는 아직도 누군가 자기를 죽이려 했다는 사실을 모르고 있다는 말로 이야기는 마무리되었다.

두 남자는 범인을 잡을 때까지 제이미를 보호할 방책에 대해 머리를 맞대고 논의했다. 앵거스는 젊어 보이지만 사실 알렉보다 세 살이나 많았고, 때문에 알렉은 연장자인 앵거스의 의견을 존중하는 편이었다.

앵거스는 의자에 앉아 다리를 침대 위에 올려놓았다. 알렉만큼이나 표정이 심각했다. 아무 말 없이 방 안을 서성거리는 알렉을 보며, 앵거스는 다음 얘기를 조용히 기다렸다. 뭔가 더 할말이 있는 게 분명했다.

긴 침묵의 시간이 지나고 알렉은 드디어 말문을 열었다.

「앵거스, 헬레나에 대해 아는 걸 빠짐없이 이야기해 줬음 좋겠어. 우리가 부부였던 짧은 기간 동안, 자네도 개빈이나 마커스처럼 헬레나를 옆에서 지켜보았잖아. 내가 없는 동안…….」

「그래, 자네는 왕의 명령을 수행하느라 항상 바빴지. 그런데 알렉, 장례식 이후 자네가 헬레나의 이름을 입에 올린 건 오늘이 처음이야.

그거 알아?」

「헬레나의 일은 그냥 묻어 두고 싶었어. 하지만 왠지…….」

알렉은 말을 끝맺지 못했다. 그러고는 혼자 고개를 가로젓더니 다시 한 번 앵거스에게 헬레나에 대해 아는 걸 모두 얘기해 달라고 재촉했다.

알렉은 앵거스의 오두막에 30분 정도 더 머물렀다. 그러나 나올 때도 들어갈 때보다 기분이 더 나아지지는 않았다.

저택을 향해 무거운 발걸음을 옮기던 알렉은 2층 창문에서 몸을 내밀고 있는 제이미를 발견했다. 왼쪽으로 몸을 조금만 틀면 제이미도 알렉을 볼 수 있는 위치였다. 하지만 제이미는 창문 아래에서 보초를 서고 있는 두 병사에게 온 신경을 쏟고 있었다.

제이미는 웃고 있었다. 그 모습을 본 알렉은 갑자기 기분이 환해졌다. 너무나 아름답고 매혹적인 아내! 머리를 모아 하나로 묶은 모습이 정말 깜찍했다. 흘러내린 머리칼 몇 오라기가 바람에 날렸고, 코와 이마에는 검은 얼룩이 묻어 있었다. 잠자리에 들기 전에 목욕을 한 번 더 해야겠군.

제이미는 두 병사가 나누는 이야기에 푹 빠진 것 같았다. 팔꿈치를 창틀에 괴고 상체를 창문 밖으로 잔뜩 내밀고 있는 걸 보니, 병사들의 이야기가 아주 재미있는 모양이었다.

흐뭇한 표정으로 제이미를 지켜보던 알렉은 갑자기 벼락이라도 맞은 듯 소스라치게 놀랐다. 병사들은 지금 게일어로 얘길 하고 있는데 제이미는 그 얘기에 귀를 기울이며 웃고 있다니!

알렉은 병사들이 하는 이야기에 귀를 기울여 보았다.

한 스코틀랜드 전사가 길가에 죽은 듯 누워 있는 여인을 발견한다. 갑자기 충동이 인 전사는 여인에게 달려들어 일을 치른다. 그리고 막 일어서려는데, 또 한 사람의 스코틀랜드 전사가 나타난다. 두 번째 전사는 누워 있는 여자를 보더니 친구를 돌아보며 힐난한다.

죽은 여자가 틀림없는데, 그 짓을 하다니 창피하지도 않느냐는 것이다.

제이미가 손으로 입을 막았다. 터져 나오는 웃음을 참고 있는 게 분명했다. 알렉은 제이미의 반응을 계속 지켜보았다. 병사가 게일어로 이야기를 계속했다.

그러자 첫 번째 전사가 이렇게 말한다.

「죽었다고? 난 잉글랜드 여자인 줄 알았을 뿐이야.」

그 순간 제이미의 얼굴에서 웃음이 싹 가셨다. 제이미는 곧 창가에서 사라졌고, 아무것도 모르는 두 병사는 배꼽을 잡고 웃었다. 잠시 후 다시 나타난 제이미의 손에는 커다란 양동이가 들려 있었다. 보초를 서던 두 병사는 이제 물에 빠진 생쥐 꼴이 될 운명에 처했다. 제이미는 조심스럽게 한 병사의 머리를 겨냥하더니 승리에 찬 미소를 지으며 비누 거품이 둥둥 떠 있는 구정물을 쏟아 부었다.

구정물을 뒤집어쓴 두 병사가 퉁명스럽게 상소리를 내뱉자 제이미가 재빨리 아래를 내려다보며 외쳤다.

「어머, 이를 어쩌나! 두 분이 거기 계신 줄 몰랐어요. 미안해요.」

귀여운 거짓말이었다.

「아, 킨케이드 부인!」

순진한 두 병사는 제이미를 올려다보며 깜짝 놀라 소리쳤다. 상소리를 지껄인 것에 대해 즉시 사과하고는, 킨케이드 부인이 게일어를 모르니 망정이지 알아들었더라면 정말 난감할 뻔했다며 가슴을 쓸었다.

'제이미는 벌써 다 들었다, 이 멍청한 자식들아.'

알렉은 큰 소리로 쩌렁쩌렁하게 웃어젖혔다. 제이미가 그 소리에 놀라 고개를 돌리더니 알렉을 보고 밝게 웃었다.

「기분이 좋군요, 알렉? 잘 쉬었어요?」

그건 낮잠을 잘 잤냐는 말이었다.

알렉은 왜 게일어를 할 줄 알면서 모르는 척했냐고 따지려다 황급히 입을 다물었다. 제이미에게 계속 속아 주는 척하면서 게임을 즐기는 것도 재미있으리라. 앞으로는 제이미의 성질을 긁고 싶을 때마다 게일어를 쓸 생각이었다. 비밀을 밝히지 않는 이상, 제이미는 절대 반격하지 못할 테니까 말이다.

제이미는 자기가 판 함정에 스스로 빠진 격이 되었다.

알렉은 제이미를 골려 먹을 생각에 벌써부터 군침이 돌았다. 화가 나면 더 사랑스러운 여자, 제이미!

제이미는 이제껏 게일어를 알아듣지 못하는 척했다. 알렉은 제이미가 이곳 생활에 좀더 쉽게 적응할 수 있도록 병사들과 하인들에게 잉글랜드 말을 유창하게 익히도록 명령까지 해 둔 터였다. 만약 좀 더 주의하지 않았다면, 이 해가 가기 전에 성안 사람들이 모두 잉글랜드 말을 사용했을 거란 생각이 들자 등골이 오싹했다.

알렉이 집안으로 들어섰을 때 제이미는 막 2층에서 내려오는 참이었다.

「이 잡동사니들은 다 뭐요?」

알렉은 얼굴을 찡그리며 소리쳤다. 홀 한가운데에 짐 꾸러미들이 산더미처럼 쌓여 있었다.

「제 물건들이에요. 이 중 몇 가지는 2층으로 옮길 거구요, 나머지는 홀에 둘 거예요. 알렉, 저 의자 좀 옮겨 주시겠어요?」

알렉은 제이미가 가리킨 의자를 찬찬히 훑어보았다. 남자 둘은 족히 앉을 것 같은, 이상하게 생긴 의자였다.

「다리 밑에 굽은 나무판이 달려 있군. 뭔가 잘못된 거 아니오, 제이미?」

「앞뒤로 흔들리는 의자예요, 알렉. 다리 밑에 나무판이 없으면 그렇게 흔들리지 않죠.」

제이미의 설명을 듣고도 알렉은 의아함이 풀리지 않았지만, 우선 옮겨 놓고 보기로 했다. 의자를 번쩍 들어 벽난로 앞으로 가져다 놓았다.

「자, 이제 됐소, 제이미?」

「저녁을 먹고 나면 아버지는 저 의자에 앉아 언니들을 무릎에 앉히고 재미난 이야기를 들려주셨어요」

제이미는 의자를 바라보며 아련한 목소리로 옛일을 회상했다. 그리움이 물밀듯이 밀려들었다. 알렉은 제이미의 그런 모습을 지금껏 본 적이 없었다. 하지만 뭔가 이상했다. 언니들을? 제이미는 왜 자신을 그 행복한 한때에서 항상 제외시키는 걸까? 고의일까, 아니면 실수일까?

알렉은 제이미에게 옆으로 와 보라고 손짓했다.

제이미가 알렉 옆으로 왔다. 알렉은 먼저 주위에 아무도 없음을 확인했다.

「제이미, 그럼 당신은 어디에 있었소? 메리 옆에? 아니면 쌍둥이 언니들 틈에?」

네 딸이 아버지의 무릎에 앉아 옛날 이야기를 듣는 모습을 상상하니 알렉의 입가에 웃음이 떠올랐다. 아마도 쌍둥이들은 징징거리며 울었을 테고, 메리는 뭔가 불평을 하고 있었을 것이다. 그리고 제이미는 그들을 달래느라 정신이 없었겠지.

「보통 엘레노어 언니와 메리 언니가 한쪽 무릎에 앉았고, 아그네스 언니와 앨리스 언니가 다른 쪽 무릎에 앉았죠」

「엘레노어?」

「제일 큰 언니였어요 제가 일곱 살 때 죽었죠 왜 그렇게 인상을 쓰세요? 뭐가 잘못됐어요?」

「당신은 항상 내 질문에 똑바로 대답하지 않는 버릇이 있소 난 당신이 어디에 있었냐고 물었소」

알렉은 제이미의 대답이 무엇을 의미하는지 잘 알면서도 자기 집

330

작이 옳은지 제이미의 입을 통해 확인하고 싶었다.

「난 아무 데도 앉지 않았어요. 그냥 의자 옆에 서 있거나, 아니면 건너편에 서 있었어요. 그게 왜 그렇게 중요하죠?」

물론 알렉에겐 중요한 일이 아니었다. 하지만 제이미에겐 중요한 일이 아닌가.

「당신에겐 차례가 오지 않았나?」

「제가 앉을 자리가 없잖아요」

제이미는 아무렇지도 않게 대답했다. 그러나 그 순간 알렉은 불끈 화가 치밀었다. 제이미는 내내 그 가족의 일원으로 대접받지 못하고 살았던 것이다.

알렉은 제이미의 아버지라는 늙은이를 늘씬하게 패 주고 싶었다. 제이미를 딸로 생각했다면, 제이미 자리도 만들어 주거나 제이미도 가끔씩 무릎에 앉을 수 있도록 차례를 정해 주었어야 했다.

이 작은 사건으로 알렉은 조금이나마 제이미를 이해할 수 있었다. 제이미는 집안일을 도맡아 함으로써 아버지에게 자신의 존재를 인정받았던 것이다. 제이미는 사랑하는 사람과 필요한 사람의 차이를 모르고 있었다.

지금도 그랬다. 제이미는 똑같은 방법으로 알렉에게서 인정받고 싶어했다. 일을 많이 시킬수록 제이미는 더 사랑받고 있다고 믿으리라. 알렉은 제이미에게 일을 많이 시킬 수도, 그렇다고 시키지 않을 수도 없는 묘한 상황에 빠졌다. 엉뚱하고 때로는 어리석어 보이지만 그래도 제이미는 그의 아내요, 그의 여자였다. 아내를 행복하게 해주고 싶었지만, 제이미의 방법대로 했다가는 머지않아 홀아비가 될 가망성이 높았다.

알렉은 제이미가 사랑하는 사람과 필요한 사람의 차이를 깨닫게 될 때까지 이 일을 덮어 두기로 했다. 지금으로선 제이미에게 얼마나 사랑하는지 속삭인다 해도 아무런 의미가 없을 테니까. 그런 마음을 행동으로 보여 줄 수 있는 방법을 찾아야 했다.

「제이미, 아무도 이 괴상하게 생긴 의자에 앉으려 하지 않을 거요.」

「당신도 이 의자에 앉기가 겁나요?」

제이미가 슬며시 알렉의 자존심을 건드렸다. 알렉은 얼굴을 찡그려 보이더니 굳은 결심을 한 듯 의자에 털썩 주저앉았다. 의자는 삐걱거리긴 해도 무척 편했다. 게다가 발에 힘을 주어 몸을 밀면 앞뒤로 흔들렸다. 이러다 뒤로 벌렁 넘어지지나 않을까 슬며시 겁도 났지만, 의자는 절대 뒤집히지 않았다. 알렉은 속으로 안도의 숨을 내쉬며 미소를 지었다.

「정말 의자가 움직이네! 제이미, 의자가 생각보다 아주 편하오. 하지만 아무도 자청해서 이 의자에 앉지는 않을 거요. 내 부하들이 이 의자를 볼 때마다 배꼽을 잡고 웃어도 좋다면 여기 두어도 좋소.」

「고마워요, 알렉.」

제이미가 다시 2층으로 올라가는데, 마커스와 개빈이 뒤를 졸졸 따라왔다. 제이미는 한숨을 내쉬며 뒤로 돌아 두 남자에게 할 일이 없냐고 물었다. 둘은 동시에 고개를 가로저었고, 제이미는 그들에게 잉글랜드에서 온 짐들을 새로 옮긴 방으로 가져다달라고 부탁했다. 하지만 중요한 직책에 있는 두 사람이 하인들이나 할 일을 군소리 없이 하자 이상한 생각이 들었다.

방 정리를 다 마친 제이미는 옷매무새를 가다듬기 위해 아래층으로 내려왔다. 애니와 에디스가 벽난로 앞에 서서 괴상하게 생긴 의자를 물끄러미 쳐다보고 있다가, 제이미가 인사를 건네자 일제히 제이미를 돌아보았다.

애니는 제이미를 보더니 싱긋 웃었다. 하지만 에디스가 눈살을 찌푸리자 자신도 웃음을 거뒀다. 제이미는 애니에게는 별 신경을 쓰지 않았다. 저 여리고 힘없는 여인이 무얼 어찌할 수가 있겠는가. 하지만 에디스는 달랐다. 그 여자는 항상 쓸데없는 평지풍파를 일으켰다. 스코틀랜드에서 가장 고집 세고 타협할 줄 모르는 사람은 바로 에디스이리라.

에디스는 태도나 외모가 모두 딱딱하고 근엄했다. 땋아서 쪽진 머리는 어찌나 깔끔하게 다듬었던지 머리칼이 한 오라기도 흘러내리지 않았다. 옷차림도 마찬가지였다. 어디를 살펴보아도 흠잡을 데가 전혀 없었다. 이 세상에서 에디스의 흐트러진 모습을 본 사람은 아마 하나도 없으리라.

제이미는 정말 참을 만큼 참았다.

「옷차림이 왜 그래요? 굴뚝 청소라도 하셨나 보죠?」

에디스가 조롱하듯 말하자, 마커스는 한 걸음 나서며 여동생을 향해 소리쳤다.

「이 성의 안주인께 그렇게 오만한 굴다니, 에디스, 너 지금 제정신이야!」

제이미는 천둥치는 듯한 마커스의 목소리에 깜짝 놀라 멈칫했다. 얼른 마커스의 등을 콕콕 찌르며 자기가 에디스를 타이르겠노라고 속삭였다. 마커스가 고개를 끄덕이며 뒤로 물러섰다.

「애니, 그만 나가 봐요. 에디스는 나랑 잠깐 얘기 좀 하고요」

제이미가 홀 중앙으로 걸어가며 말했다. 하지만 다음 순간 자기 목소리에 여주인으로서의 위엄이 모자랐음을 깨달았다. 에디스가 애니와 함께 나가려고 돌아섰기 때문이다. 그러자 마커스가 다시 앞으로 나섰다. 에디스는 마커스의 불호령에 마지못해 멈춰 섰다.

제이미는 마커스에게 고맙다고 인사하며 에디스와 단둘이 있게 해 달라고 부탁했다. 에디스와 나누는 대화를 누군가 듣는다는 게 꺼림칙해서였다. 그런데 개빈이 에디스를 무섭게 쏘아보며 끼여들었다.

「저나 마커스는 이 방에서 나갈 수 없습니다.」

그렇게 말하는 개빈의 표정은 단호했다. 제이미는 두 남자와 말싸움을 하고 싶지 않아 고개를 끄덕이며 마커스에게 다가갔다. 흘러내린 머리를 쓸어 넘기며 마커스 귀에 입술을 바싹 들이대고 뭐라고 속삭였다. 마커스의 표정엔 아무 변화도 없었지만, 제이미가 말을 마치자 고개를 끄덕여 보였다.

제이미는 마커스에게 고맙다는 인사를 하고는 에디스를 향해 돌아섰다.

「내가 여기 도착한 순간부터 당신은 나를 문둥이 취급 했어요. 이젠 그런 태도를 더 이상 참을 수가 없군요.」

에디스는 아무 말도 없이 코방귀 소리만 냈다.

「그건 우리가 사이 좋게 지내는 데 찬성할 수 없다는 뜻인가요?」

제이미의 목소리가 싸늘했다.

「내가 당신 같은 사람과 잘 지내야 할 이유가 있나요?」

에디스는 아니꼬운 듯 대답했다.

「마커스?」

마커스의 도움을 받고 싶지는 않았지만, 에디스의 화를 돋우기 위해선 어쩔 수 없었다.

「네, 킨케이드 부인.」

「만약 제가 알렉에게 오늘밤 안으로 에디스를 킨케이드 땅에서 추방해 달라고 부탁한다면, 그이가 동의할까요?」

에디스의 입이 딱 벌어졌다.

「그럴 겁니다.」

「나를 어디로 보낸다는 거죠? 오빠, 설마 날…….」

「조용히 해요!」

마커스도 개빈도 제이미가 그렇게 사납게 소리치는 모습은 처음 봤다. 붉으락푸르락한 에디스의 얼굴을 보자, 개빈은 슬그머니 웃음이 나왔다.

에디스는 두 손을 불끈 쥐고 부들부들 떨었다. 하지만 그 정도로

334

는 아직 모자랐다. 더 밀어붙여야 했다. 완전히 걷잡을 수 없을 정도로 화가 나면 에디스는 왜 그렇게 제이미를 미워하는지 다 말할 게 분명했다.

「이 성의 안주인은 나예요, 에디스 당신이 이렇게 계속 분에 넘친 행동을 하면 나도 내 방식대로 할 수밖에 없어요」

제이미는 낮고 거만한 목소리로 또박또박 천천히 말했다.

「마커스가 가만있지 않을 거예요!」

「오, 마커스는 내가 하는 일을 막을 수 없어요. 마커스는 당신 오빠고 보호자지만, 알렉은 마커스의 영주예요. 당신 오빠는 내 남편에게 충성을 맹세했다는 걸 모르나 보죠?」

에디스의 화를 더 돋우기 위해 제이미는 한마디 덧붙이는 것을 잊지 않았다.

「물론 당신은 충성이 뭔지도 모르는 사람이지만.」

「그렇지 않아!」

드디어 에디스가 소리를 질렀다.

「옛날에는 그렇지 않았을지도 모르겠군요. 알렉이 헬레나와 부부였을 때 말예요. 머독 신부님께서 그러시는데, 당신은 헬레나와 무척 가까운 사이였다죠?」

제이미는 비아냥거리는 투로 얄밉게 말했다.

「당신은 절대로 헬레나의 자리를 차지할 수 없어. 내가 가만히 두고 보지 않을 테니까.」

「그럴까? 잊고 있나 본데 나는 이미 헬레나의 자리를 차지했어.」

제이미의 마지막 한마디가 실 한 오라기에 묶여 간신히 지탱하고 있던 에디스의 통제력을 완전히 허물어 버렸다. 에디스는 제이미를 향해 달려들었다. 제이미의 얼굴에서 그 오만한 표정을 지워 버리고 싶었다. 상처를 입은 만큼, 상처를 입히리라.

제이미가 기다리는 것도 바로 그거였다. 덩치는 에디스보다 작았지만, 힘은 훨씬 셌다. 제이미는 달려드는 에디스의 손목을 잡아 뒤로 꺾으며 바닥에 꿇어앉혔다. 에디스의 입에서 흐느낌이 흘러나왔다.

마커스와 개빈이 두 여자를 말리려고 달려왔지만, 제이미의 등뒤에서 멈추고 말았다.

「끼여들지 마세요!」

제이미가 날카롭게 소리쳤던 것이다.

잠시 후, 제이미는 에디스의 손을 놓았다. 그러고는 흐느끼는 에디스를 가만히 지켜보다가 천천히 머리를 쓰다듬어 주었다. 에디스는 제이미의 치맛자락을 붙잡고는 엉엉 울었다.

에디스가 감정을 수습할 때까지 아무도 입을 열지 않았다.

「정말 죄송합니다. 내가 당신을 치려고 했어요. 어떻게 내가 그런 짓을……」

에디스는 말을 잇지 못하고 다시 흐느꼈다.

「당신과 머독 신부님이 헬레나의 서랍장을 옮기는 모습을 보니 눈이 뒤집히는 것 같았어요. 헬레나가 아끼던 물건을 버리려고 하는구나 생각하니……」

「난 헬레나의 물건을 버리려고 했던 게 아니에요, 에디스. 그저 다른 방으로 옮겨 놓으려고 했을 뿐이에요」

제이미가 부드러운 목소리로 변명했다. 하지만 에디스는 제이미의 설명을 들었는지 못 들었는지 몽롱한 목소리로 계속 말을 이었다.

「헬레나는 아기 옷을 지어서 그 서랍장 안에 넣어 두었어요. 그 작고 깜찍한 배냇저고리를 만드는 데 온 정성을 다했죠」

「헬레나는 알렉의 아기를 갖고 싶어했군요?」

제이미의 목소리 역시 차분하게 가라앉아 있었다.

「저를 용서해 주세요, 킨케이드 부인. 당신을 해칠 생각은 아니었어요」

336

에디스가 다시 울먹였다.

「에디스, 당신은 날 해치지 않았어요. 그리고 나도 미안해요」

「미안하다구요?」

꿇어앉아 있던 에디스가 제이미를 올려다보며 놀란 듯 물었다. 제이미는 소맷자락으로 에디스의 눈물을 닦아 주었다.

「에디스, 지금까지 한 말은 다 거짓말이에요. 당신이 나를 피하기만 하니까 화나게 해서라도 얘기를 끌어내야겠다고 생각했어요」

「그럼 저를 여기서 추방하지 않을 건가요?」

제이미는 고개를 끄덕이며 에디스를 일으켜 세웠다.

「에디스, 당신은 이 성에 없어서는 안 될 중요한 사람이에요. 당신을 추방하다니, 말도 안 되죠. 솔직히 말하자면 난 아직 헬레나의 자리도 차지하지 못했어요」

에디스가 고개를 저었다.

「아니에요. 당신은 이제 알렉의 부인이잖아요」

「그래도 사람들은 아직도 헬레나를 그리워하고 있잖아요」

「하지만 알렉은 그렇지 않아요」

「알렉이요?」

에디스가 고개를 끄덕였다.

「헬레나의 일이 그이에겐 너무나 고통스럽기 때문이에요」

「하지만 제가 보기엔 그렇지 않아요. 알렉은 헬레나의 죽음에 아무 관심도 없어요. 사실 두 사람이 부부였던 기간도 아주 짧았으니까. 만약 알렉이 헬레나에게 관심이 있었다면 왜 아직도 헬레나의 딸을……」

「헬레나의 뭐라구요?」

제이미는 자기도 모르게 소리를 지르고 말았다. 딸이라니, 이게 웬 말인가?

「헬레나는 알렉과 결혼한 지 두 달 만에 죽었다던데……」

「원래 알렉의 약혼녀는 애니였어요. 하지만 왕이 마음을 바꿨죠. 애니는…… 누군가의 아내가 될 처지가 못 되었고, 헬레나는 전쟁터에서 남편을 잃어 홀몸이 되었으니까요. 헬레나는 알렉과 결혼할 때 케빈의 아이를 임신한 상태였어요. 아, 헬레나의 첫 남편 이름이 케빈이었어요.」

제이미는 갑자기 천장이 빙 돌면서 다리에서 힘이 쭉 빠졌다. 마커스가 달려와 제이미를 부축했다.

「괜찮습니까, 킨케이드 부인?」

「전 괜찮아요. 에디스, 헬레나는 케빈과 얼마나 오랫동안 함께 살았어요?」

「6년이요.」

「그럼 그 아이에 대해 말해 주세요.」

「아주 귀여운 여자아이였어요. 헬레나는 알렉이 돌아오면 같이 가서 딸을 데려오려고 했죠. 아이는 케빈의 어머니가 돌보고 있었거든요.」

제이미는 다리가 휘청거렸다. 에디스가 제이미를 부축해 의자에 데려다 앉혀 주었다.

「불편하신 것 같아요. 혹시 저 때문에…….」

에디스의 걱정은 들은 척도 안 하고, 제이미는 소리를 질렀다.

「왜 아무도 내게 그런 이야기를 해주지 않았죠? 우리 어머니도 아버지와 재혼하실 때 날 임신한 상태였어요. 아버지는 저를 친딸로 받아 주셨죠. 그렇게 자란 제가 헬레나의 딸을…….」

제이미는 잠시 말을 멈추고 감정을 가라앉혔다. 마커스와 개빈이 걱정스러운 표정으로 내려다보고 있었기 때문이다. 호흡을 가다듬고 두 남자에게 웃음을 지어 보였다.

「에디스와 전 이제 화해했어요. 하지만 두 분 앞에서 숙녀답지 못한 행동을 보여 줘서 정말 유감이군요. 알렉에게는 오늘 이 일을 비밀로 해주세요. 말해 봤자 알렉 기분만 상할 테니까요. 그렇죠, 에디스?」

에디스가 재빨리 고개를 끄덕였다.

「에디스, 앞으로도 이 집 일을 맡아 주세요. 저도 할 수 있는 한 도와 드릴게요. 그런데 오늘 저녁엔 양고기말고 다른 고기를 먹으면 안 될까요? 전 양고기가 정말 싫거든요.」

에디스는 밝게 웃었다. 두 눈에 다시 촉촉한 이슬이 맺혔다.

「그런데 헬레나의 딸은 이름이 뭐죠?」

「메리 캐슬린이에요.」

「우리 언니 이름도 메리인데. 아이는 지금 몇 살이죠?」

제이미는 이름만 들어도 반갑다는 듯 좋아했다.

「이제 세 살 됐어요. 하지만 태어날 때 보고 아직 한번도 그 애를 보지 못했어요. 그 동안 케빈 어머니가 캐슬린을 돌보셨는데, 석 달 전에 돌아가셔서 지금은 케빈의 먼 친척이 아이를 돌보고 있대요.」

제이미는 끓어오르는 화를 간신히 참았다. 에디스도 메리 캐슬린을 생각하자 울화가 치미는지 다시 눈물을 흘렸다. 하지만 이번에는 제이미도 에디스를 달랠 여유가 없었다. 머릿속으로 또 다른 계획을 꾸미느라 바빴기 때문이다.

「우리 둘이 상의해야 할 일이 많을 것 같군요. 하지만 에디스, 먼저 머리 좀 손봐야겠어요.」

그 말에 에디스는 벌떡 일어났다. 제이미가 바라던 대로였다.

「제 머리가 헝클어졌어요?」

제이미가 미처 대답할 사이도 없이 에디스는 머리를 매만지며 허둥거렸다.

「아주 조금요.」

제이미가 웃음을 감추며 대답했다. 에디스는 제이미에게 인사를 하고는 허둥지둥 밖으로 나갔다. 제이미는 길게 한숨을 내쉬었다.

「킨케이드 부인, 오늘은 참 바쁜 날이군요. 처음에는 화마와 싸우더니, 이번엔 스코틀랜드에서 내로라 하는 고집쟁이 여자와 싸우셨으니.」

개빈이 실실 웃음을 흘리며 말했다.

「솔직히 말하면요, 첫 상대는 멧돼지였고, 그 다음이 알렉, 그리고 불, 에디스가 마지막이었어요.」

「멧돼지요? 멧돼지와 싸웠단 말입니까?」

개빈이 놀랍다는 듯이 큰 소리로 물었다.

「그냥 웃자고 한 소리예요.」

제이미는 개빈이 놀란 마음을 가라앉히자, 아침나절에 성 밖에서 있었던 일을 털어놓았다. 이야기를 다 들은 두 남자의 얼굴이 자못 심각해졌다.

「그러니까 사실은 멧돼지랑 싸운 게 아니라 그냥 앞을 가로막았을 뿐인 거예요. 참, 그 아이의 이름이 린지라던데, 혹시 아세요?」

개빈은 우선 의자에 자리를 잡고 앉아 느릿느릿 말했다.

「아다마다요. 그 아이의 부족에 대해서는 잘 알고 있어요.」

「맙소사! 제이미, 그 아이의 아버지는 힘이 막강한데…….」

개빈이 마커스 말 중간에 끼여들었다.

「포악하기 짝이 없는…….」

「영주랍니다.」

마커스가 결국 말을 마쳤다.

「제이미, 하마터면 목숨이 달아날 뻔했어요!」

개빈이 발을 구르며 소리쳤다.

「진정하게, 개빈. 알렉이 무슨 조치를…….」

「아니, 알렉에게 린지를 만났단 이야기는 하지 않았어요.」

두 남자의 얼굴이 동시에 험악하게 일그러졌다.

「두 분 다 그렇게 인상 쓰실 것 없어요. 그 아이에게 우리가 만났단 얘기를 아무에게도 하지 않겠다고 약속했어요 알렉에게 말해 봤자 무슨 좋은 얘길 듣겠어요? 그러니 두 분 다 알렉에게 이 이야긴 하지 않겠다고 약속하세요 개빈, 마커스, 어서요」

둘은 제이미의 재촉에 그러겠다고 약속했다. 물론 둘 다 그 약속을 지킬 생각은 없었지만, 일단 제이미를 안심시켜야 했으니까.

「또 빠뜨린 일은 없습니까?」

개빈이 장난조로 물으며 웃었다.

「천천히 생각해 보고 떠오르는 게 있으면 말할게요 오늘은 정말 바쁜 하루였어요 참, 마커스, 메리가 어디에 있는지 아시죠?」

마커스는 고개를 끄덕였다.

「여기서 먼가요?」

「말을 타면 세 시간 정도 걸립니다.」

「그럼 당장 출발하는 게 좋겠군요?」

「뭐라고 하셨습니까, 킨케이드 부인?」

「지금 당장 떠나자구요 저를 그곳까지 안내해 주실 거죠? 솔직히 말씀드리면 전 아무리 길을 잘 가르쳐 주어도 열 걸음도 못 가 헤매거든요 바보예요, 저.」

제이미는 가리개 뒤로 모습을 감췄다.

「어디를 가신다구요?」

마커스는 믿을 수 없었는지 재차 물었다.

「내 딸을 만나러 갈 거예요」

물론 그건 거짓말이었다. 단순히 얼굴만 보고 올 생각이 아니었다. 하지만 솔직히 다 털어놓으면, 마커스가 협조하지 않을 수도 있었기 때문에 도리가 없었다. 하긴 지금 당장은 숨긴다 해도 곧 모든 게 드러나겠지만. 메리 캐슬린은 오늘밤 안으로 이 집으로 돌아오리라. 그 아이가 당연히 있어야 할 자리인 알렉 킨케이드의 집으로

15

알렉은 미칠 지경이었다. 초보들을 데리고 군사 훈련을 하자니 속이 부글부글 끓었다. 아직 어리고 실전 경험이 없는 신참들이라 인내심을 갖고 가르쳤지만 아무리 가르쳐도 나아지는 기색이 없었다.

티모시 영주의 차남인 데이비드가 특히 그랬다. 이 철없는 젊은이는 알렉의 분을 돋우는 주범이었다. 아무리 오랫동안 공을 들여 가르쳐도 전혀 발전이 없었다. 오늘도 녀석은 알렉과 벌인 격투에서 벌써 세 번이나 칼을 땅에 떨어뜨렸다. 알렉은 무기 없이 맨주먹으로 맞섰는데도 말이다. 데이비드의 칼은 알렉의 주먹을 맞더니 공중으로 휙 날아가 열심히 훈련하고 있던 다른 병사의 발 앞에 꽂혔다. 다행히 그 병사가 날래게 몸을 피했으니 망정이지, 하마터면 애매한 병사를 다리 병신으로 만들 뻔했다.

「데이비드, 차라리 널 죽여 버렸으면 좋겠다. 넌 이대로 실전에 나갔다간 5분도 안 돼서 모가지가 달아날걸. 정신을 집중해야 할 거 아냐! 어떻게 넌 무기 잡는 방법도 아직 모르냐!」

알렉은 어쩔 줄 몰라 쩔쩔매는 소년을 향해 버럭 소리를 지르더니, 갑자기 데이비드에게 달려들어 목을 졸랐다. 그렇게 해서라도 군사 훈련의 기본 지식을 머릿속에 집어넣어 주려는 듯이. 데이비드는 얼굴이 시뻘게져서 캑캑거렸다. 그때였다.

「영주님!」

한 병사가 소리쳤다. 알렉은 데이비드를 그대로 땅바닥에 내동댕이치고 소리가 나는 곳을 향해 돌아섰다. 갑자기 사방이 쥐죽은듯 조용해졌다. 병사들이 일제히 훈련을 멈췄던 것이다. 허락도 없이 말이다. 더 이상 화를 못 참고 버럭 소리를 지르려던 알렉은 병사들의 시선이 언덕 위에 집중돼 있음을 깨달았다. 그 순간 머리를 스치고 지나는 생각, 제이미! 훈련이 잘 되어 있기로 정평이 나 있는 킨케이드 병사들의 혼을 빼놓을 수 있는 사람은 오직 하나, 제이미뿐이었다. 거기에는 신참이든 고참이든 예외가 없었다.

이번에는 또 무슨 일일까, 근심 반 기대 반으로 단단히 마음의 준비를 했지만, 오후의 태양을 등에 지고 들불을 타고 달려오는 제이미의 모습을 보자 알렉 역시 숨이 멎었다.

제이미는 안장도 없이 머리를 휘날리며 달려오고 있었다. 저러다 말에서 떨어지기라도 한다면? 알렉은 걱정이 되어 잔뜩 긴장했다. 만약 제이미가 놀라서 떨어지기라도 한다면, 저 뻣뻣한 목이 단번에 부러질 게 뻔했다.

말을 달리는 제이미는 마치 여왕 같았다. 거리가 멀어 얼굴 표정까진 보이지 않았지만, 알렉은 제이미의 웃는 얼굴이 보이는 것만 같았다.

들불은 천천히 속도를 줄이며 병사들이 훈련하고 있는 곳으로 다가왔다. 개빈과 마커스가 제이미를 뒤따라왔다.

알렉은 자못 거만한 몸짓으로 손가락을 까딱거리며 제이미를 곁으로 불렀다. 훈련을 방해한 일에 대해서는 따지지 않을 생각이었다. 화를 내기에는 말 타는 솜씨가 매우 훌륭했기 때문이다. 그러나 제이미가 활과 화살통을 메고 있는 모습을 보자, 어찌나 우스운지 화낼 생각을 아예 잊어버렸다.

제이미는 조용히 남편에게 다가갔다.

「어딜 가는 거요?」

「말 타러요」

「활과 화살통까지 메고?」

「네. 만사 유비무환이니까요. 사냥도 할 생각이거든요」

「오호, 사냥까지. 정말이오, 제이미?」

제이미는 알렉이 비웃고 있음을 눈치챘다. 병사들 사이에서도 킥킥거리는 웃음소리가 들렸다. 골난 얼굴로 병사들을 한번 흘겨보고는 알렉을 마주 보았다.

「그럼요」

「땅에 박힌 말뚝도 못 맞출 실력으로 살아 움직이는 동물을 잡겠다고?」

「제가 못할 것 같으세요?」

「해가 서쪽에서 뜰 일이지.」

「알렉, 당신은 아내를 의심하는 태도를 버려야 해요」

제이미는 어깨에서 활을 벗어 들더니 화살을 하나 꺼내 활시위에 걸고 천천히 잡아당겼다. 지금이야말로 잘난 척하는 남편에게 본때를 보여 줄 때였다. 훈련장에서 한참 떨어진 곳에 갈색 가죽을 씌워 놓은 건초 더미가 보였는데, 그 한가운데에 화살 열댓 개가 꽂혀 있었다. 제이미는 과녁을 조준했다.

「내가 실력을 증명하면 사냥을 허락해 줄 거죠?」

마커스가 헛기침을 했다. 그 역시 웃음을 참기 위해 애쓰고 있는 것이 분명했다. 제이미는 알렉의 대답을 기다리며 마커스에게 두고 보자는 듯 눈을 흘겼다.

「제이미, 난 당신이 병사들 앞에서 망신당하는 꼴을 보고만 있을 수 없소」

알렉은 다시 한 번 제이미를 자극할 생각이었다. 계획은 적중했다. 알렉을 돌아다보는 제이미의 표정은 마치 당장 달려들어 목이라도 조를 듯한 기세였다.

「난 절대로 망신당하지 않아요」

알렉은 제이미를 보며 능글맞게 웃었다.

「미안하지만 앞에서 좀 비켜 줄래요? 그렇게도 절 비웃고 싶다면 조금만 참았다가 웃는 게 어때요?」

제이미는 약이 올라 톡 쏘아붙였다. 알렉은 마지못해 고개를 끄덕이며 옆으로 물러났다.

제이미가 다시 활시위를 당기자 병사들이 서둘러 몸을 피했다. 혹시 잘못 날아온 화살에 상처를 입을까 봐서.

들불의 머리가 자꾸 시야를 가렸다. 제이미는 짧게 한숨을 내쉬더니 신을 벗고 말의 맨등에 올라서서는 무희처럼 우아하게 균형을 잡았다. 그리고 알렉이 미처 말리기도 전에 활을 쏘고는 사뿐하게 말 등에 내려앉았다.

「자, 이제 뭐가 불만이시죠?」

「이렇게 운이 좋은 것도 한 번뿐이오, 제이미.」

알렉의 고함 소리에 놀라 들불이 갑자기 앞발을 들어올렸다. 알렉이 재빨리 고삐를 쥐고는 들불을 달랬고, 들불은 금방 조용해졌다.

「도대체 왜 그렇게 소리를 치죠? 제가 운이 좋았다는 건 또 무슨 소리고요?」

제이미는 알렉이 화난 이유를 전혀 눈치채지 못했다. 알렉은 숨을 깊이 들이마셨다. 제이미가 들불의 등에서 벌떡 일어섰을 때 숨이 멎는 줄 알았는데, 도대체 왜 화를 내냐고?

「당신 목이 부러질 뻔했소 다시는 말 등에서 벌떡 일어서는 짓은 하지 마시오, 절대로!」

「난 마음이 내키면 언제나 말 등에 올라서서 말을 탔어요, 알렉. 들불이 전속력으로 들판을 달릴 때도 그랬다구요」

「맙소사.」

「정말이에요 한번 보여 드릴까요?」

「그만둬!」

「소리지르지 마세요, 알렉. 들불이 놀라잖아요」

「내가 놀라게 하고 싶은 상대는 말이 아니라 바로 당신이오. 어서 약속하시오.」

「좋아요. 정 그렇다면 약속할게요 이제 됐어요, 알렉?」

「좋소 제이미, 당신이 얼마나 위험한 짓을 했는지 아시오?」

제이미는 알렉의 위협에도 눈썹 하나 까딱하지 않고 엉뚱한 생각만 했다.

「알렉?」

「왜?」

「당신 얼굴 근육이 그렇게 실룩거리기 시작한 게 언제부터죠?」

알렉은 아무 대답도 하지 않았다.

「저 화살 중엔 킨케이드 부인의 화살이 없습니다.」

데이비드가 소리치며 달려왔다. 그러고는 제이미가 벗어 던진 신발을 주워 내밀었다. 제이미는 고맙다고 인사하며 재빨리 신을 받아 신었다.

「저 화살 중에서 찾으니까 그렇죠.」

제이미는 당연하다는 듯 데이비드에게 말했다.

「그럼 과녁에서 빗나갔다는 걸 벌써 알고 계셨습니까?」

「천만의 말씀, 제 화살은 과녁 한가운데에 명중했어요. 가서 제 화살 좀 뽑아다 주실래요?」

데이비드는 다시 건초 더미로 달려갔다. 곧이어 그의 웃음소리가 들려 왔다.

「킨케이드 부인의 말이 맞아요. 화살이 명중했어요!」

제이미는 배시시 웃으며 알렉의 표정을 살폈다. 병사들의 환호 소리는 신경도 쓰이지 않았다. 하지만 알렉의 반응은 실망스러웠다. 눈썹만 약간 치켜 올렸을 뿐이니까.

「개빈, 병사를 열 명 더 데리고 가!」

알렉의 명령에 개빈은 즉시 말을 돌려 마구간을 향해 달려갔다.

「제이미, 뭐 잊은 것 없소?」

제이미가 고삐를 고쳐 쥐는데 알렉이 말했다. 제이미는 얼굴을 붉히며 알렉에게 가까이 다가가 이마에 입을 맞추었다. 하지만 알렉의 말은 그런 뜻이 아니었다.

「안장을 빼 먹었잖소」

「안장을 얹고 싶지 않아요. 제 건 새것이라 너무 뻣뻣하거든요」

「마커스, 제이미에게 내 낡은 안장 좀 가져다줘. 제이미, 안장 없이 말을 탈 수 있다는 걸 왜 말하지 않았소? 난 당신이 아직 말 타는 데 익숙지 않아서 그런 줄 알았소. 게다가 오전에는 말에서 떨어져서 옷까지 찢어 먹었잖소?」

「안장 없이도 말을 탄다고 하면 저를 숙녀답지 못하다고 생각할까 봐 그랬죠」

알렉은 바보 같은 제이미의 변명에 호탕하게 웃어젖혔다.

「난 당신이 숙녀답지 못하다고 생각한 적 없소. 당신은 항상 나를 놀라게 하는군. 당신이 얼마나 말을 잘 타는지 진작 눈치챘어야 했는데…… 매부리코가 들불을 다룰 수 있는 사람은 당신뿐이라고 했지만, 들불을 타고 나간다는 말은 안 했소」

「아저씨도 제 체면을 생각해서 그랬을 거예요. 제가 연약한 여성처럼 보여야만 당신이 저를 더 아껴 줄 거라 생각하신 거죠」

알렉은 제이미의 설명을 들으며 피식 웃었다.

「제이미, 방금 전처럼 그렇게 키스하지 마시오」

제이미는 그 말을 병사들 앞에서는 키스하지 말란 뜻으로 받아들여 곧 새침해졌다. 알렉은 검지손가락을 세워 까딱거리면서 제이미를 가까이 오라고 불렀다. 두 사람 코가 거의 맞닿을 정도로 가까워졌다.

「제이미, 키스는 이렇게 하는 거요」

제이미가 그 말뜻을 알아듣기도 전에, 알렉은 제이미의 입술을 덮쳤다. 달콤한 열정이 입술 사이로 밀려들었다. 제이미는 낮고 긴 숨을 내쉬었다.

두 사람의 갑작스럽고 정열적인 애정 표현에 병사들이 환호성을 질렀지만, 제이미의 귀에는 그 소리도 들리지 않았다. 그러나 알렉은 병사들의 환호성을 듣자 마지못해 입술을 떼었다.

제이미가 정신을 차리지 못하자, 알렉은 자신이 이토록 쉽게 제이미의 마음을 빼앗을 수 있다는 사실에 가슴 뿌듯해했다. 제이미는 여전히 들불에 탄 채 알렉의 품에 안겨 있었다. 두 사람은 서로 마주 보며 따뜻한 미소를 주고받았다.

「당신, 오늘은 내 시간을 많이도 빼앗는군.」

제이미가 깜찍한 웃음을 지어 보였다. 그때 말발굽 소리가 들렸다. 개빈이 병사들을 이끌고 왔다.

「알렉, 왜 이렇게 많은 병사들을 딸려 보내려는 거죠?」

「병사들도 사냥을 좋아하거든.」

한 병사가 다가와 알렉이 명령했던 안장을 내밀자, 알렉은 제이미를 번쩍 안아 땅에 내려놓았다. 알렉이 들불의 등에 안장을 올리는 동안 제이미는 고삐를 쥐고 있었다. 안장을 잘 고정시킨 알렉은 제이미를 다시 안아 안장 위에 편안하게 앉혀 주었다.

「자, 사냥 즐겁게 하고 오시오, 제이미.」

「빈손으로는 돌아오지 않을게요, 알렉.」

「물론 그래야지.」

이런 식으로 남편을 속이고 싶지는 않았지만 어쩔 수 없었다. 나중에 진실을 알게 되면, 처음엔 화를 내겠지만 곧 모든 상황을 받아들일 것이었다. 알렉은 좋은 아버지가 될 수 있는 사람이었다.

도개교에 이르자 제이미는 마커스를 돌아다보았다.

「마커스, 어느 쪽으로 가야 하죠?」

「서쪽입니다, 킨케이드 부인.」

알렉은 걱정할 것 없다고 되뇌었지만, 저녁식사가 끝난 후에도 제이미가 돌아오지 않자 불안해졌다. 마커스와 개빈이 함께 갔으니 뭐가 걱정이겠는가. 벽난로 앞을 서성이며 걱정할 필요 없다고 스스로를 위안했지만, 해가 완전히 저물도록 돌아오지 않자 안달이 났다. 어떻게든 그 생각에서 벗어날 요량으로 헬레나를 떠올렸다.

제이미가 사냥을 나간 후, 알렉은 혼자 있게 된 시간을 아주 유용하게 보냈다. 우선 헬레나가 있던 부족으로 가서 그녀의 사촌들과 한두 시간 이야기를 나눴다. 헬레나가 결혼 생활을 너무나 끔찍하게 여긴 나머지 스스로 목숨을 끊었음을 재차 확인했다.

성에 돌아와서는 바로 머독 신부를 찾아가 얘기를 나눴다. 머독 신부는 알렉이 죽은 아내에 대해 얘기하자 적이 기뻐하는 눈치였다. 그 동안 알렉이 헬레나의 이름을 입 밖에 내지 않은 건 상처가 깊어서라고 생각했기 때문이다. 알렉은 때때로 황당한 질문을 했지만, 신부는 성의를 다해 대답해 주었다. 그런 질문을 왜 하는지는 감히 묻지 못했다.

알렉은 그날 오후에 들은 얘기들을 머릿속으로 정리하며 홀을 가로지르며 왔다갔다하고 있었다.

성으로 돌아온 제이미는 알렉이 인기척을 느낄 때까지 계단에 가만히 서서 기다렸다. 한참을 기다리다가 안 되겠다 싶어 알렉을 부르려는데, 알렉이 갑자기 뒤로 돌아섰다. 알렉은 제이미를 보고 안도의 숨을 내쉬면서도 얼굴을 잔뜩 찌푸렸다. 제이미는 밝은 웃음으로 미안하단 말을 대신했다.

그런데 제이미의 치맛자락이 팔랑거리더니, 한 꼬마 아이가 땟물이 줄줄 흐르는 얼굴을 내밀고 알렉을 쳐다보았다. 제이미 양옆에는 개빈과 마커스가 서 있었는데, 두 사람도 그 조그만 여자애를 내려다보고 있었다.

제이미는 숨을 크게 들이쉬더니 메리 캐슬린에게 손을 내밀었다.

「아가, 이리 와서 아빠에게 인사해야지?」

그러나 메리 캐슬린은 제이미의 말대로 움직여 주지 않았다. 알렉의 커다란 덩치와 험상궂은 얼굴에 겁을 먹은 모양이었다. 아이는 금빛 도는 갈색 눈동자를 이리저리 굴리고 있었다.

「아빠는 틀림없이 너를 사랑해 주실 거야.」

아이가 고개를 세차게 저었지만, 제이미는 아이의 손을 잡고 계단을 내려왔다. 알렉은 도무지 무슨 일인지 영문을 알 수 없었다. 아이는 맨발에 킨케이드의 플래드를 입고 있었다. 그건 아이가 킨케이드의 가족이란 의미였다. 아이 몸보다 훨씬 큰 플래드는 엉성하게 몸을 감싼 후 턱 밑에서 매듭으로 묶여 있었다. 아무리 생각해 봐도 처음 보는 얼굴이었다.

「이 아이가 누구요?」

「당신 딸이죠」

「누구 딸?」

제이미는 알렉의 놀란 얼굴을 외면했다.

「이젠 우리 딸이라고 해야겠죠? 아빠에게 인사하렴, 메리.」

아이는 아직도 겁에 질린 표정으로 곱슬곱슬한 금발머리를 잡아당기며 알렉의 얼굴만 뚫어져라 쳐다보았다.

제이미는 허리를 숙여 아이에게 뭐라고 속삭였다. 아이를 달래는 한편 알렉이 이 상황에 적응할 수 있도록 시간을 주기 위해서였다. 그러나 알렉은 제이미가 아이와 이야기를 마치고 다시 몸을 일으킬 때까지도 상황을 전혀 이해하지 못했다.

「그 아이는 헬레나의 딸이야.」

세 사람이 서로 아무 말도 없이 번갈아 가며 얼굴만 쳐다보고 서 있자 개빈이 말했다.

「이젠 제 딸이에요.」

제이미가 개빈의 말을 바로잡았다. 메리는 다시 제이미의 치맛자락을 붙잡으며 뒤로 숨었다.

「알렉, 간단한 일이에요. 헬레나와 결혼할 때부터 당신은 메리의 아빠가 된 거예요. 당신도 이 아이를 여기로 데려올 생각이었죠? 이젠 내가 당신의 아내가 되었으니, 나는 메리의 새엄마가 된 셈이죠. 우린 지금까지 이 아이를 돌보아야 할 의무를 소홀히 하고 있었던 거예요, 알렉.」

「헬레나의 아이가 자라야 할 곳은 킨케이드의 땅이야.」

마커스도 제이미를 거들고 나섰다.

「아이의 할머니는 석 달 전에 죽었어요. 그 후에 메리 캐슬린을 맡았던 친척은 오로지 당신이 보내 주는 곡식이 탐나서 아이를 데려갔죠. 그 여자가 잉글랜드인이라는 게 창피할 뿐이에요. 아이의 등과 다리는 멍투성이였어요. 한두 달만 더 이 아이를 그 여자에게 맡겨 두었더라면, 이 가여운 아이는 죽고 말았을 거예요.」

알렉이 그런 사실을 알고 있을 리 없었다. 제이미의 설명에 알렉 역시 화가 치미는 표정이었다. 알렉의 표정을 본 세 사람이 일제히 하고 싶은 말을 쏟아 놓았다. 알렉은 가만히 뒷짐지고 서서 제이미의 치맛자락 뒤에 숨은 아이를 조용히 내려다보았다.

「이리 오렴, 메리.」

메리는 제이미의 치맛자락을 입에 넣고 잘근잘근 씹으며 고개를 저었다. 알렉이 갑자기 웃음을 터뜨렸다.

「이런, 저 아이는 당신과 겨우 반나절을 보냈을 뿐인데 벌써 당신의 고집을 그대로 닮았군.」

알렉은 메리를 번쩍 안아 얼굴을 마주 보았다.

「아이 등을 조심하세요, 알렉. 상처가 아직 아물지 않았다구요」

알렉이 아이의 귀에 대고 무어라고 속삭이자 아이가 고개를 끄덕이며 웃어 보였다.

「메리가 말을 하도록 할 수 있을까요? 저한테는 한마디도 하지 않아요. 혹시 무슨 문제가 있는 건 아니겠죠?」

제이미가 근심 어린 표정으로 걱정했다.

「걱정하지 마시오. 말을 하고 싶거나 할말이 생기면 입을 열겠지. 그렇지, 메리?」

아이가 다시 고개를 끄덕였다.

「처음 보았을 땐 케빈의 플래드를 입고 있더군. 어찌나 더럽던지……, 만약 케빈이 보았더라면 무덤 속에서 벌떡 일어났을 거야.」

개빈은 혀를 차며 말했다.

「누가 아이의 옷을 갈아입혔나?」

「제가 갈아입혔어요. 아이 몸이 온통 멍투성이라는 걸 그때 발견했죠. 그래서 아이를 데려와야겠다고 생각한 거예요」

「아니, 제이미. 당신은 아이에게 내 플래드를 입힐 생각을 할 때부터 이미 아이를 데려와야겠다고 결정했을 거요」

제이미가 속여넘기기에 알렉은 너무나 영리한 사람이었다.

「맞아요, 알렉.」

「아니, 성문을 나설 때부터 그럴 생각이었던 거요. 빈손으로는 돌아오지 않겠다던 말이 그 뜻 아니었소?」

「맞아요, 그랬어요.」

알렉은 자루를 들듯 아이를 옆구리에 안아 들었다.

「어린애를 그런 식으로 다루면 안 돼요. 메리는 이제 겨우 세 살이라구요.」

제이미가 깜짝 놀라 소리쳤다. 그러나 메리는 전혀 상관하지 않고, 오히려 킬킬거리며 좋아했다.

「그래, 메리 몸이 멍투성이인 걸 보고 어떻게 했소?」

알렉이 궁금하다는 듯이 물었다.

「화를 냈죠.」

「얼마나?」

「아이가 입던 플래드를 땅바닥에 내팽개쳤어요. 일부러 그랬던 거예요, 그 사람들에게 모욕을 주려구요. 하지만 끓어오르는 화를 참느라 힘들었어요. 그 여자가 오래도록 나를 기억할 수 있도록 온몸에 멍이 들 만큼 실컷 두들겨패 주고 싶었는데…….」

「나는 그 플래드에 침을 뱉었어. 다른 사람들이 보는 앞에서 말이야.」

마커스도 나섰다.

「잘했군.」

알렉이 아무렇지도 않게 칭찬을 하자, 마커스는 의아한 표정을 지었다.

「그건 전쟁을 의미하는 거야, 알렉.」

마커스는 알렉에게 그 행동의 의미를 상기시켜 주었다. 개빈도 끼여들었다.

「게다가 우린 두 부족을 상대로 전쟁을 해야 해. 헬레나의 부족도 있으니까. 그들도 가만있지 않을 거야.」

「아니, 헬레나의 부족은 끼여들지 않을 거야. 애니가 왜 헬레나를 따라 여기까지 온 줄 아나? 두 자매는 가족들에게 몹시 학대당하고 있었어. 왕도 그 사실을 잘 알았지.」

「당신이 케빈이 죽자마자 서둘러서 헬레나를 신부로 맞이한 것도 그 때문이었군요? 헬레나를 보호하기 위해서.」

알렉은 고개를 끄덕였다. 제이미를 마주 보는 그의 얼굴에 웃음이 가득했다.

「고맙소.」

「뭐가 고맙다는 거죠?」

「내 딸을 데려와 줘서.」

제이미는 그 말 한마디에 뛸 듯이 기뻤다. 알렉이 메리를 바닥에 떨어뜨리는 시늉만 하지 않았더라면 눈물을 주르르 흘렸을 테지만, 제이미는 눈물 대신 고함을 질렀다.

아버지와 딸은 함께 웃어젖혔다. 알렉은 아이를 뒤집어 안더니 다시 얼굴을 마주 보았다.

「제이미, 아이 몸에서 머독 신부님의 약 냄새 같은 고약한 냄새가 나는군. 목욕을 시켜 주는 게 어때? 마커스, 에디스와 애니를 불러 줘. 조카를 만나게 해주어야지?」

「그럼 정말로 메리 캐슬린을 당신 딸로 받아들이는 거예요?」

아직도 걱정스러운 눈초리로 제이미가 물었다.

알렉은 대답을 하지 않고 한참 동안 뜸을 들였다.

「어떻게 그러지 않을 수가 있겠소?」

제이미는 기쁨에 겨워 아무 말도 하지 못하고, 알렉에게서 아이를 받아 품에 안았다.

메리를 씻기기 위해 가리개 뒤로 가려는데, 앵거스와 엘리자베스가 홀로 들어왔다. 제이미는 엘리자베스를 보자마자 막 데려온 딸에 대해 자랑스럽게 설명했다. 메리는 낯선 사람을 보더니 갑자기 수줍은지 제이미의 목덜미를 파고들며 고개를 들지 않았다. 엘리자베스는 메리를 씻기는 데 돕겠다고 나섰다.

　그때 스코틀랜드의 왕이 성을 방문할 거라는 앵거스의 말이 들렸다.

「당신의 왕이 여길 온다구요?」

　제이미가 놀란 표정으로 물었다. 알렉은 제이미의 반응에 슬그머니 눈썹을 치켜 올렸다.

「그렇소」

「에드거 말인가요?」

「스코틀랜드의 왕은 에드거뿐이오」

「언제 오는데요?」

「내일. 이 소식이 언짢소, 제이미? 마치 화난 사람 같군.」

「스코틀랜드의 왕은 성품이 잔인하다고 들었어요」

　홀에 있던 사람들이 일제히 어이없는 표정으로 제이미를 쳐다보았다.

「제이미, 왕은 아주 관대한 분이오」

　알렉의 말에 제이미는 다소 안심이 되는지 잔뜩 찌푸린 얼굴을 조금 폈다.

「하긴 그런 뜬소문은 믿는 게 아니죠. 당신 말대로 그렇게 관대하다면, 내가 들은 얘기는 모두 거짓일 거예요」

「어떤 소문이었는데요?」

　마커스가 궁금한지 눈을 동그랗게 뜨고 제이미를 보았다.

「가장 끔찍한 일을 하나만 얘기해 보세요. 사실인지 아닌지 알려 드릴 테니.」

　개빈도 궁금한 듯 끼여들었다.

「에드거가 왕좌에 올랐을 때, 그 전 왕의 눈을 멀게 만들어 쫓아 냈다고 들었어요. 그 사람이 다시는 왕위를 넘보지 못하도록 말이 죠」

제이미 말에 아무도 입을 열지 못하고 서로 얼굴만 마주 보았다.

「그런 헛소문을 믿다니 제가 바보였어요」

「아니에요, 킨케이드 부인. 그건 헛소문이 아니라 사실입니다. 하지만 왕은 그 전 왕을 죽이지는 않았어요 다만 눈을 빼앗았을 뿐이죠」

개빈은 마지못해 그 소문이 사실임을 인정하면서도 애써 스코틀랜드 왕을 변호했다.

「맞아요, 그분은 아직도 살아 있어요」

마커스도 맞장구를 쳤다.

알렉은 개빈과 마커스를 가만히 바라보았다. 그들도 알렉만큼이나 제이미의 마음을 다치지 않게 하려고 애쓰고 있었던 것이다. 흐뭇한 광경이었다.

「당신의 왕이 그런 짓을 했는데 어떻게 그렇게 웃을 수가 있어요, 알렉?」

「잉글랜드의 왕은 그보다 훨씬 잔인한 짓을 했소」

「잉글랜드의 왕을 모함하려는 건가요?」

「모함이라니, 난 잉글랜드의 왕을 칭찬한 거요」

제이미는 '칭찬'이라는 말의 의미가 무엇인지 몰라 얼굴을 잔뜩 찡그렸다. 하지만 알렉은 제이미의 궁금증을 외면했다.

「진짜 걱정되는 게 뭐요, 제이미?」

「만약 당신 왕이 메리와 우리가 함께 사는 걸 허락하지 않으면 어떡하죠?」

「허락할 거요」

「확신할 수 있어요?」

알렉은 입을 꾹 다물고 단호하게 고개를 끄덕였다.

「나도 왕 앞에서 무릎을 꿇어야 하나요?」

「당신이 원한다면.」

「하지만 당신 왕 앞에서 무릎을 꿇으면, 전 잉글랜드의 왕에게 불충하는 게 될 텐데요?」

알렉은 웃음이 나왔다. 아무래도 제이미에게 역사에 대해 좀 가르쳐야겠다는 생각이 들었다.

「당신이 그렇게 한다고 해서 잉글랜드 왕에게 불충하는 거라곤 생각지 않소. 두 왕은 처남 매부 사이니까.」

제이미는 알렉의 말을 듣고 한시름 놓았다는 듯이 잔뜩 긴장하며 움츠렸던 어깨를 늘어뜨렸다.

「그런데 왜 진작 두 왕이 서로 좋은 친구 사이임을 말해 주지 않은 거죠? 그런 줄도 모르고 고민했잖아요.」

제이미는 알렉이 야속하다는 듯 그렇게 말하고 나서 메리를 데리고 가리개 뒤로 사라졌다.

「알렉, 왜 제이미에게 두 왕이 서로 친구 사이인 것처럼 말한 거지?」

개빈은 행여 제이미가 들을까 걱정스러운지 작은 목소리로 물었다.

「자네가 제이미를 안심시키려 했던 것과 똑같은 이유지. 제이미가 근심거리를 안고 살게 할 수는 없네. 우리 모두 제이미를 행복하게 해주려고 애쓰고 있지 않나?」

「그래, 그건 그렇지.」

남자들은 서로 얼굴을 마주 보며 소리내어 웃었다. 그러나 그들의 웃음소리는 여자들의 소리에 파묻히고 말았다. 제이미와 엘리자베스, 그리고 에디스와 애니까지 합세해 메리 캐슬린을 목욕시키느라 홀 안이 소란스러워졌던 것이다.

「정말 귀여운 아이예요.」

엘리자베스가 말했다.

「아이한테 자주 그렇게 말해 줘야겠어요. 여기서 외톨이라는 느낌을 갖게 해서는 안 되니까.」

드디어 메리의 목욕이 끝났다. 제이미는 메리를 서랍장 위에 앉혀 놓고 머리를 빗겨 주었다. 메리도 여자들과 함께 있을 때는 전혀 부끄러움을 타지 않았다. 에디스가 마련해 두었던 잠옷을 입혀 주자 메리는 제이미에게 안아 달라고 팔을 벌렸다.

메리가 저녁을 먹는 동안, 에디스는 애니와 함께 2층으로 올라가 두 번째 방, 제이미 부부의 옆방을 메리의 방으로 꾸몄다. 아이가 잠자다 울더라도 제이미가 바로 가서 보살필 수 있도록 말이다.

「앵거스가 실밥을 뽑고 싶어 안달이에요. 지금 테이블 앞에서 기다리고 있어요.」

엘리자베스가 제이미에게 속삭였다.

「그럼 엘리자베스가 옆에 있어야겠군요. 당신이 옆에 있으면 고래고래 소리를 지르진 않을 테니까.」

「실밥 뽑는 것도 많이 아플까요?」

「너무 걱정하지 말아요. 전혀 아프지 않으니까. 하지만 앵거스는 조금만 불편해도 소리를 질러 대서…….」

제이미는 엘리자베스의 근심을 가라앉혀 주었다. 엘리자베스는 서둘러 남편의 곁으로 돌아갔다.

알렉은 벽난로에 장작불을 지피고 돌아서다가 자기에게 달려드는 딸아이를 발견했다. 아직도 딸아이에게 어떻게 해주어야 할지 몰라 당황스러웠지만, 어떻게든 제이미를 기쁘게 해주고 싶어 어색하게 팔을 벌려 메리를 안았다.

「아직도 내가 무섭니, 메리? 난 이제 네 아빠란다.」

알렉이 게일어로 묻자, 메리는 고개를 저으며 환하게 웃어 보였다. 이제 그만 메리를 내려놓으려는데, 메리가 떨어지지 않으려고 알렉의 옷깃을 붙잡으며 매달렸다. 알렉은 생각을 바꿔 메리를 어깨 위에 목말을 태웠다. 메리가 큰 소리로 깔깔대며 발가락을 꼼지락거렸다.

앵거스를 치료하기 위해 필요한 물건을 챙겨 들고 나오던 제이미는 그 모습을 보고 기절초풍했다.

「알렉, 아이를 그렇게 다루면 어떻게 해요! 절 좀 그만 놀라게 하세요. 그러다 메리를 떨어뜨리겠어요」

「제이미, 아빠 노릇이 처음이라 그래. 메리는 내 첫딸이거든.」

알렉은 미안한 듯이 어색한 표정을 지으며 메리를 어깨에서 내려 팔에 안았다.

「곧 익숙해질 거예요」

제이미는 부드럽게 대꾸했다. 알렉은 두 사람의 대화를 들으며 웃고 있는 개빈과 마커스에게 험상궂은 눈초리를 보냈다. 그러고는 흔들의자에 가 앉아 메리를 무릎에 앉히고 자장가를 불러 주었다. 그러나 메리는 잘 생각은 않고 알렉의 가슴으로 자꾸 기어올랐다. 흔들리는 의자에 처음 앉아 봐서 겁이 난 모양이었다. 알렉은 메리를 안아 다시 무릎에 앉혔다. 어떻게 해야 하나 싶어 제이미를 찾아보았지만, 제이미는 앵거스에게 온 신경을 쏟고 있었다.

알렉은 의자 팔걸이에 한 손을 올려놓은 채 어떻게 해야 하나 고심하는데, 문득 재미난 이야기를 해주면 딸아이가 무서움을 잊을 거란 생각이 들었다. 지금까지 겪은 전투 중에서 가장 격렬하고 힘들었던 전투에 대해 얘기해 주기로 했다.

아주 잠깐 사이에 메리는 알렉의 이야기에 푹 빠져들었다. 두 눈을 접시만큼이나 크게 뜨고는 알렉의 한마디 한마디에 온 신경을 쓰는 듯했다. 개빈과 마커스마저도 의자를 벽난로 앞에 끌어다 놓고 앉아 알렉의 이야기에 귀를 기울이고는 때때로 감탄사를 연발했다.

제이미도 스코틀랜드 억양이 섞인 알렉의 부드러운 목소리를 들었지만, 알렉의 얘기에는 관심을 둘 수가 없었다. 앵거스는 제이미가 부목을 떼고 싶다는 청을 들어주지 않자 불평을 해댔다.

「앵거스, 손가락을 움직일 수 있다고 해서 부상이 다 나은 건 아니에요. 그러니 앞으로 한 달간은 계속 이렇게 지내야 해요. 어쩌면 한 달 이상이 갈지도 모르니까, 더 이상 졸라 대지 마세요 엘리자베스, 가슴의 상처는 아주 잘 아문 것 같아요, 그렇죠?」

「그렇군요 저도 남편도 정말 감사드려요 그렇죠, 앵거스?」

「그래, 그래.」

앵거스는 마지못해 대답한다는 듯한 표정이 역력했다. 제이미는 쿡 웃었다. 저렇게 툴툴거려도 앵거스는 가슴이 따뜻한 사람임을 잘 알았기 때문이다. 메리를 재워야 할 시간이 됐다는 생각에 서둘러 자리를 정리했다. 오늘 많은 일을 겪었으니 꼬마 아가씨도 피곤할 게 당연했다. 그러나 알렉이 메리를 무릎에 앉히고 이야기를 들려주는 모습을 보자, 그 시간을 방해하면 안 되겠단 생각이 들었다. 피곤할 텐데도 메리는 그 예쁜 눈에 눈물을 머금고 알렉의 얘기에 귀를 기울이고 있었다.

'슬픈 이야기인가 보지?'

마커스와 개빈까지 알렉의 이야기에 매료되어 있는 모습을 보자 제이미의 얼굴에 웃음꽃이 피었다. 마커스와 개빈도 세 살짜리 어린 아이와 똑같이 알렉의 이야기에 푹 빠져 있었다.

제이미는 알렉을 향한 사랑이 가슴 깊은 곳에서부터 피어오르는 것을 느꼈다. 알렉은 그렇게 가슴이 따뜻한 남자였다. 큰 소리로 웃고 싶었다. 알렉에게 진정으로 사랑한다고 고백하면 어떤 반응을 보일까? 사랑을 받아들이거나 받아들이지 않거나 상관없었다. 시간이 흐르면 진실을 받아들이게 될 테니까.

'도대체 어떻게 해서 지금껏 스코틀랜드인은 모두 야만인이라고 생각했을까?'

제이미는 자신의 어리석음을 책망하며 벽난로 앞으로 다가갔다. 무슨 이야기이기에 세 사람이 그토록 열심히 듣고 있는지 궁금했다.

그러나 알렉의 이야기에 정신이 팔려 있는 건 그 세 사람만이 아닌 듯했다. 엘리자베스가 완전히 공포에 질려 있었던 것이다. 그제야 제이미는 알렉의 이야기에 귀를 기울였다.

「단칼에 놈의 팔을 베어 버렸…….」

「도대체 아이에게 무슨 이야기를 하고 있는 거예요?」

제이미가 고함을 질렀다.

「그냥 이야기요」

알렉이 아무렇지도 않게 대답했다.

「정확히 무슨 이야기죠?」

제이미는 쏜살같이 달려가 메리를 알렉의 무릎에서 번쩍 들어 품에 안았다. 게일어를 모르는 척했으니 지금 알렉에게 따지고 들 수가 없었다.

「내가 예전에 했던 전투 이야기.」

「그것도 아주 자세히요」

엘리자베스가 옆에서 일러 바쳤다. 그러나 알렉은 도대체 뭐가 잘못이냐는 듯한 표정을 지었다.

「알렉, 이야기도 좋지만 꼭 그런 이야기로 아이가 악몽에 시달리게 해야겠어요?」

「메리도 재미있게 듣고 있는데……. 어서 메리를 이리 주시오, 제이미. 아직 이야기가 끝나지 않았단 말이오」

「맞아요, 이야기를 끝까지 들어야죠」

개빈이 알렉을 거들었다.

「메리는 그만 자야 해요 어린아이에게 전쟁 이야기를 해주다니 믿을 수가 없군요」

얼굴은 웃고 있었지만, 제이미의 목소리는 한겨울의 눈보라처럼 싸늘했다.

「자, 그만 메리에게 잘 자라고 **뽀뽀**나 해주세요」

제이미는 알렉이 아이의 이마에 부드럽게 입을 맞추는 모습을 지켜보았다.

「잘 자라, 메리. 뒷이야기는 내일 마저 해주마.」

알렉이 속삭이며 메리를 내려놓았다. 그러자 아이는 벽난로 앞으로 달려가더니 그 앞에 벌렁 드러누웠다.

「저 아인 저기서 자는 거라고 생각하는 거요?」

제이미는 메리에게 달려가 아이를 안아 올렸다.

「그런 것 같아요. 아이 할머니가 무척 잘 해주셨던 모양이에요. 학대받으며 산 세월이 그다지 길지 않은 게 다행이에요.」

「그걸 당신이 어떻게 아오?」

「그러니까 성격이 이렇게 밝죠. 아이는 오래도록 학대받고 자라다 보면 성격이 비뚤어져요. 왜 그런 눈으로 쳐다보는 거죠? 오, 알렉, 우리 메리는 걱정할 필요 없어요. 걱정 마세요.」

알렉은 천천히 웃어 보였다.

「난 걱정 안 하오. 당신이 내 몫까지 메리에게 잘 해줄 테니까.」

「오늘부턴 2층 방을 쓸 거죠? 전 메리와 가까운 곳에서 자고 싶어요. 아이가 자다가 날 찾을지도 모르니까요.」

그러나 잠을 자다가 제이미를 찾을 사람은 바로 알렉 자신이었다. 알렉의 얼굴이 갑자기 굳어졌다. 자신이 제이미를 찾는 게 아니라 제이미가 남편을 찾도록 만들어야 했다.

알렉은 어린 메리의 얼굴을 들여다보았다. 아이는 제이미의 어깨에 얼굴을 기댄 채 잠들어 있었다. 비록 눈은 감고 있지만, 행복하기 그지없는 표정이었다. 메리가 제이미의 사랑을 얼마나 기쁘게 받아들이고 있는지 그 표정만으로도 알 수 있었다.

아이의 몸에 남아 있는 멍은 시간이 흐르면 자연히 사라질 것이고, 마음의 상처 역시 제이미의 사랑으로 치유되리라. 알렉을 행복하게 하듯, 제이미는 메리 캐슬린도 행복하게 해줄 게 틀림없었다.

알렉은 자기가 제이미를 사랑하듯 제이미도 자신을 사랑하고 있다는 사실을 확신했다. 눈길만 봐도 알 수 있었다. 제이미 스스로는 그 사실을 눈치채지 못했을지 몰라도 알렉은 알았다. 적당한 때가 오면 제이미도 남편의 사랑을 받아들이리라. 어쩌면 제이미를 여기로 보낸 건 신의 뜻일지도 모른다. 만약 일 년 전에 누군가 찾아와 고집 세고, 성질 사납고, 반항적 기질이 농후한 어떤 잉글랜드 여자를 사랑하겠느냐고 물었다면 한 주먹에 때려 눕혔을 텐데.

알렉은 이제 제이미에게 사랑한다고 말하고 싶었다. 오늘밤에는 이야기하리라, 하지만 게일어로

「알렉, 나한테 할말 있나?」

앵거스의 목소리가 알렉의 생각을 방해했다.

「아니, 앵거스 우리 계획에 대해서는 내일 이야기하지.」

개빈은 앵거스가 엘리자베스를 데리고 밖으로 나갈 때까지 기다렸다가 알렉에게 다가왔다.

「무슨 계획을 하고 있는 거지, 알렉? 누가 제이미를 죽이려 했는지 감은 잡았나?」

「설마 이번 일에서 개빈과 나를 제외하려는 건 아니겠지?」

마커스도 궁금증을 참지 못하고 물었다.

「불평하지 마, 마커스 자네 둘하곤 아직 이야기를 나눌 시간이 없었을 뿐이야. 개빈, 방은 샅샅이 점검했겠지?」

개빈은 고개를 끄덕였다.

「점검한 후로도 계속 출입문을 주시하고 있었어. 에디스가 지금 메리 방에 있어. 메리와 함께 자도 되는지 허락을 받고 싶다더군. 밤에 아이가 잠에서 깨 보챌지도 모른다구.」

「창문 아래 보초도 둘 세워 놨어.」

마커스가 덧붙였다.

「방문 앞에 둘을 더 세워 줘, 마커스 아무도 허락 없인 계단 위로 올라오지 못하도록 하고」

「누군지는 감을 잡았나?」

개빈이 다시 물었다.

「거의. 내일 덫을 놓을 생각이야. 난 지금까지 방향을 잘못 잡고 있었어. 만약 내 추측이 맞고 모든 일이 우리 계획대로 된다면, 머독 신부님도 헬레나의 무덤에 축복을 내려 주실 거야.」

대답하는 알렉의 표정은 몹시 어두웠다.

「난 무슨 소린지 통 모르겠군.」

마커스는 고개를 갸웃했다.

「만약 내 생각이 맞다면, 헬레나는 자살한 게 아니라 살해당한 거야.」

마치 자기 아내를 소중한 보석처럼 지키고 있군. 바보 같은 놈! 나를 막을 수 있다고 믿나 보지? 하지만 넌 날 못 막아, 알렉 킨케이드.

내일은 꼭 죽이고 말겠어. 아이는 더 기다렸다가……. 한 번에 한 가지씩만 즐거움을 누려야지.

오, 하나님, 이 기쁨을 드러내지 않을 수 있도록 힘을 주소서!

16

알렉이 방으로 들어갔을 때 제이미는 아주 곤히 잠들어 있었다. 잠든 모습이 무척 아름다웠다. 담요를 젖히고 침대에 들어가 누워 제이미에게 팔베개를 해주면서도 오늘밤만은 아내를 깨우지 말아야 겠다고 다짐했다.

제이미가 낮은 소리로 잠꼬대를 하며 한쪽 다리를 알렉의 허벅지에 올렸다. 잠들어 있을 때조차도 제이미는 매혹적이었다. 슬그머니 아내의 등을 어루만졌다. 그러자 제이미가 뭐라 중얼거리며 알렉의 손을 뿌리치고 돌아누웠다.

허벅지까지 말려 올라간 잠옷 아래로 드러난 늘씬한 다리가 아름다웠다. 알렉은 얼른 담요를 걷고 한쪽 다리로 제이미를 휘감았다. 그리고 단번에 잠옷을 벗겨 버렸다. 제이미가 잠결에 뭐라고 중얼거렸지만, 알렉은 빙그레 웃을 뿐이었다. 잠자면서도 투덜거리는 아내가 귀엽기만 했다.

흘러내린 머리칼을 쓸어 넘겨 주며, 알렉은 장미 향이 나는 제이미의 목에 입을 맞추었다. 제이미가 기분 좋은 신음소리를 길게 내뱉었다. 고개를 들고 아내의 얼굴을 들여다보니 귀찮다거나 싫은 표정이 아니었다. 알렉의 입술이 제이미의 입술을 덮쳤다가 이내 턱으로, 목으로, 그리고 잔잔한 소름이 돋아 있는 가슴으로 내려갔다.

선뜻한 한기에 제이미는 눈을 떴다. 하지만 전혀 춥지 않았다. 오히려 점점 뜨거워지고 있었다. 알렉의 손과 입술이 가슴을 애무했다. 알렉은 너무나 부드럽고 정열적인 남자였다. 제이미는 남편의 품에서 녹아 내리는 기분이었다. 큼직한 손이 복부를 부드럽게 어루만지나 싶더니 어느샌가 허벅지 사이로 들어왔다.

제이미는 뜨겁고 촉촉해진 몸을 떨면서 달콤한 신음소리를 흘렸다. 그리고 알렉보다 더 거친 욕정으로 사랑을 갈망했다. 남편에게 몸을 착 붙이며 더 이상 참을 수 없다는 듯 알렉의 머리카락을 움켜잡았다.

「당신을 갖고 싶소, 제이미.」

「지금 저를 가지세요, 알렉. 더 이상 기다리게 하지 마…….」

알렉은 제이미의 입술을 찾아 온몸을 태울 듯이 뜨거운 키스를 퍼부으면서 아내의 몸 속으로 돌진해 들어갔다. 제이미가 더욱 뜨거워지길 바랐다. 그래서 두 사람의 몸을 완전히 태워 버리길.

제이미는 천국이 이런 것일지도 모른단 생각에 황홀해졌다. 오직 알렉만이 선사해 줄 수 있는 황홀한 세계를 오랫동안 맛보기 위해 모든 걸 그에게 던졌다.

얼마나 오랫동안 그렇게 하나가 된 채 누워 있었는지 알 수 없었다. 그러나 알렉은 아직도 제이미의 몸에서 벗어나고 싶지 않았다. 한참 후에야 게일어로 사랑을 고백하리란 계획이 떠올랐다. 제이미의 머리를 쓰다듬으며 입을 열었다.

「당신은 지금 내 말을 알아듣지 못하겠지만, 당신에게 하고 싶은 말이 있소. 당신을 사랑하오, 제이미. 내 모든 것을 바쳐서.」

알렉은 제이미의 몸이 딱딱하게 굳어지는 것을 느낄 수 있었다. 그러나 제이미가 그의 몸에서 떨어지려고 하자 팔에 힘을 주어 더 단단히 끌어안았다.

「당신이 너무나 부드럽고 다정하고 착하기 때문에 사랑하는 거요. 제이미, 당신은 누구보다 순수하오.」

제이미는 그 순간 정말로 몸이 녹아 내리는 것 같았다. 알렉의 혼 잣말은 그치지 않고 이어졌다.

「하지만 당신의 가장 큰 매력은 진실이오. 당신은 정말 진실한 여자요. 나를 기만하려는 여자는 절대로 사랑할 수 없소. 나는 당신을 믿소, 완전히.」

이제 제이미의 몸이 돌덩이처럼 딱딱해졌다. 알렉은 제이미가 어떤 생각을 하고 있을지 궁금해하며 웃음을 참았다.

「잘 자요, 제이미.」

알렉이 잉글랜드어로 속삭였다.

「지금 뭐라고 하신 거예요?」

제이미는 아무것도 알아듣지 못했다는 듯 물었다.

「잘 자라고 했소.」

「그 전에 말이에요.」

다그치는 제이미의 목소리가 살짝 떨리고 있었다.

「별거 아니었소.」

알렉이 시치미를 뚝 떼며 대수롭지 않다는 듯 대답했다. 제이미는 고개를 들고 얼굴을 잔뜩 찡그렸다.

「당신 지금까지 한 말 모두 진실인가요?」

알렉은 아무 말 없이 어깨만 으쓱했다. 제이미는 기쁨과 놀라움,

게다가 이미 다 알아들은 진실을 말해 주지 않는 알렉에 대한 야속함으로 아찔했다. 그러나 그 와중에도 한 가지 그럴듯한 계획이 떠올랐다.

'내일은 알렉에게 깜짝 놀랄 만한 선물을 해야지!'

그 선물이란 스코틀랜드 왕 앞에서 게일어로 충성을 맹세하는 것이었다. 알렉이 그 선물을 눈치채지 못하게 해야 했다. 그런데 갑자기 제이미의 머리를 스치는 생각이 있었다.

'진실한 여자이기 때문에 사랑한다고?'

제이미는 자기가 판 함정에 스스로 빠진 기분이었다. 알렉은 제이미가 게일어를 할 줄 안다는 사실을 아는 듯했다.

'그걸 어떻게 알았을까?'

두 사람은 다시 잠에 빠져들었다. 잠시 후, 알렉은 문 열리는 소리에 눈을 번쩍 떴다. 침대 머리맡에 둔 칼을 집으려는 순간, 침대를 향해 다가오는 메리의 모습이 보였다. 아이는 제이미를 향해 달려오고 있었다.

「엄마를 깨우면 안 돼, 아가. 무슨 일이지?」

알렉은 목소리를 최대한 낮춰 물으며 메리에게 가까이 오라고 손짓했다. 난처한 표정으로 다가오는 메리의 두 눈에 눈물이 그렁그렁 맺혀 있었다.

「왜 그러니?」

메리는 잠옷 아래쪽을 꼭 쥐고 있었다.

「적셨어요」

눈물이 또르르 굴러 떨어졌다. 알렉은 아이의 잠옷을 머리 위로 홀렁 벗겨 바닥에 내던졌다.

「자, 이제 안 젖었지?」

제이미도 메리의 목소리가 들리는 순간 잠에서 깼지만 그냥 잠든 척했다. 눈에 가득 고인 눈물을 보이고 싶지 않았기 때문이다. 알렉이 메리를 재우는 동안, 제이미의 가슴은 알렉에 대한 사랑으로 터질 것만 같았다.

알렉이 메리를 문 밖에 서 있던 병사에게 넘겨주고 왔다. 제이미는 아이를 침대에 누이는 건 병사가 할 일이 아니라 아이의 아빠가 할 일이라고 호통치고 싶었지만, 그 순간 에디스가 메리 방에서 함께 자고 있다는 사실이 떠올랐다. 실오라기 하나 걸치지 않은 알렉이 메리를 안고 방에 나타나면 에디스가 얼마나 놀랄지 보지 않아도 뻔했다. 그 장면을 상상하니 웃음을 참을 수가 없어 얼른 입을 막았다.

침대로 돌아온 알렉은 다시 제이미를 끌어안더니 금방 코를 골았다. 제이미의 행복에 찬 숨소리가 방 안을 가득 채웠다. 빨리 해가 뜨길 간절히 바랐다. 내일은 지금까지 살아온 날 중에서 가장 영광스러운 날이 되리라.

그러나 그날은 최악의 날이 되고 말았다.

물론 첫 출발은 좋은 편이었다. 제이미는 에디스의 도움을 받아 두 시간 만에 홀을 왕궁처럼 아름답게 꾸몄다. 방금 꺾어 온 꽃으로 테이블을 장식하고 새로 짠 양탄자를 바닥에 깔았다. 왕이 앉을 높은 의자는 티끌 하나 없이 깨끗이 닦아 놓았다.

그러나 개빈과 마커스는 제이미의 참을성을 시험하는지, 어디를 가든 둘 중 한 사람이 반드시 길을 가로막았다.

「도대체 누 분은 할 일이 그렇게도 없는 거예요?」

「오늘은 아무 일도 없는 날입니다.」

두 사람은 제이미의 말을 못 들은 척하다가 나중에야 개빈이 그렇게 대답했다.

「그런데 왜 제 뒤만 졸졸 따라다니시는 거예요?」

제이미가 따지고 들었다. 두 남자는 무언가 거짓말을 꾸며대려고 머리를 굴리다가, 메리가 제이미의 치맛단을 붙들고 늘어지는 바람에 위기를 모면할 수 있었다.

꼬마 아가씨는 킨케이드 플래드로 만든 예쁜 드레스를 입고 있었다. 대장장이의 집에서 보낸 옷인데 아주 잘 어울렸다. 제이미는 딸을 안아 올려, 짧지만 사랑이 담뿍 담긴 키스를 해주고는 게일어로 몇 마디 칭찬을 속삭여 주었다.

「메리를 프란시스의 집에 데려갔다 와도 될까요?」

에디스가 제이미에게 다가와 물었다.

「프란시스가 누구죠?」

「대장장이의 안사람이에요. 메리에게 맞을 만한 신이 몇 켤레 있다고 해서요」

「프란시스에게 고맙다고 전해 주세요」

에디스는 고개를 내저었다.

「고맙긴요. 그렇게 말했다간 프란시스가 화낼 거예요. 프란시스는 당연히 할 일을 하는 건데요」

제이미는 에디스의 말을 어떻게 받아들여야 할지 몰라 잠시 눈만 끔벅거렸다. 메리는 제이미의 품에서 벗어나지 않으려고 매달렸지만, 에디스와 함께 가면 좋은 선물을 받을 거란 얘기를 하자 겨우 에디스에게 안겼다.

「흡족해하신다고 프란시스에게 전할게요」

에디스는 메리를 안고 나가며 어깨 너머로 말했다. 제이미는 흐뭇했다. 하지만 그것도 잠시, 에디스와 메리를 내보내고 돌아서다 마커스와 부딪치는 순간 짜증이 치밀었다.

「도대체 왜 이렇게 졸졸 따라다니시는지 이해가 안 돼요. 그리고 계단 주위에서 어슬렁거리는 저 병사들은 또 뭐죠? 오늘은 할 일들이 그렇게 없나요?」

마커스는 고개를 끄덕였다.

「오늘은 다른 할 일들이 없습니다.」

알렉은 들어오다 불만에 찬 아내의 표정을 보았다.

「제이미, 봄 축제에 갔던 사람들이 지금 돌아오고 있다는데, 해롤드 부족 사람들과 함께 온다는군. 거의 다 왔다니까 당신도 어서 준비를…….」

「그럼 지금 손님을 맞이하는 건가요?」

「그렇소」

제이미는 알렉도 깜짝 놀랄 정도로 민첩하게 움직였다. 알렉은 제이미가 날아가듯 앞을 지나치려 하자 급히 붙잡아 힘껏 끌어안았다.

제이미의 표정에는 걱정이 가득했다. 이해할 수 있었다. 알렉은 가만히 고개를 숙여 제이미의 이마에 입을 맞추었다. 이렇게 가슴속의 사랑을 표현하기는 처음이었지만 기분은 괜찮았다. 다시 제이미에게 입을 맞추었다.

「그렇게 걱정스러운 표정 짓지 마시오, 제이미. 또 뭐가 그렇게 걱정스러운 거요?」

제이미는 고개를 저었다.

「아니에요. 그냥 옷 좀 갈아입어야겠어요」

「왜? 당신이 잉글랜드 옷을 그대로 입는 한은 깨끗하게 입으나 더럽게 입으나 매한가지일 거요. 사람들은 당신을 보자마자 끔찍하게 역겨워할 테니까.」

제이미는 아무런 대꾸도 하지 않았다. 다른 때 같았으면 잔뜩 골이 났어야 하는데 지금은 오히려 즐거운 표정이었다. 알렉은 이상한 일이라 생각하며 천천히 제이미에게 다시 키스를 했다.

길고 뜨거운 입맞춤이 끝나자 제이미는 완전히 얼이 나갔다. 알렉은 게일어로 사랑한다는 말을 해주고는 목을 휘감고 있는 제이미의 팔을 풀었다.

알렉은 개빈과 마커스를 테이블로 불렀다. 제이미는 계단 난간에 기대서서 여전히 멍한 표정으로 알렉을 보고 있었다.

「옷을 갈아입는다더니?」

알렉이 큰 소리로 말하자, 제이미는 그제야 정신을 차린 듯 서둘러 2층으로 올라갔다.

제이미는 알렉이 너무나도 쉽게 자신의 혼을 빼앗아갔다고 투덜거리며 방으로 들어갔다. 알렉과 키스할 때면 언제나 혼이 쏙 빠졌다. 어떻게 해서든 알렉의 키스에 익숙해져야 했다. 키스할 때마다 이렇게 넋을 놓을 수는 없었다.

제이미는 침대를 깔끔하게 정리한 후 플래드를 꺼냈다. 예쁘게 입기가 생각보다 쉽지 않았다.

3분의 1을 잘라 냈는데도, 플래드의 길이는 자그마치 열두 자나 되었다. 그래도 그렇게 잘라 놓으니 주름 잡기가 훨씬 수월할 듯했다. 그러나 온갖 방법을 동원해도 플래드의 주름이 잘 잡히지 않았다. 제이미는 결국 문을 빼꼼히 열고 밖에 있던 병사에게 머독 신부 좀 불러달라고 부탁했다.

머독 신부는 쏜살같이 달려왔다. 신부가 노크하자, 제이미는 방문을 살짝 열고 신부를 와락 잡아당기더니 쾅 소리를 내며 문을 닫았다.

알렉은 신부가 2층 방으로 들어가는 소리를 듣고 얼굴을 찡그렸다. 도대체 무슨 일로 제이미가 머독 신부를 침실까지 불러들여야 하는 건지 이해할 수 없었던 것이다. 그러나 그 문제는 일단 접어두기로 했다. 지금은 개빈과 마커스와 상의해야 할 다른 일이 있었으니까.

드디어 방문이 열리고 만면에 희색을 띤 머독 신부가 나타났다.

「머독 신부님, 제 방에서 뭘 하신 겁니까?」

머독 신부는 빙긋 웃기만 할 뿐, 알렉에게 가까이 다가갈 때까지 입을 열지 않았다.

「자네 부인을 좀 도왔네.」

「뭘 도우셨는데요?」

「그건 말할 수 없네.」

알렉은 얼굴을 잔뜩 찌푸렸지만, 머독 신부의 얼굴에는 여전히 웃음꽃이 가득했다.

「제이미가 자네를 놀라게 할 일을 준비하고 있다네, 알렉. 그러니 모른 척하게.」

그때 2층 방문이 열렸고, 홀에 있던 네 남자의 시선이 일제히 2층으로 쏠렸다. 알렉은 자리에서 벌떡 일어났다. 제이미가 플래드를 입고 나타났던 것이다. 너무 기뻐 할말이 떠오르지 않았다. 제이미의 자태는 넋이 나갈 정도로 황홀했다.

「제이미는 플래드의 주름을 잡지 못해 안달이 났었다네. 천을 바닥에 펼쳐 놓고 주름을 잡은 후에 그 위를 뒹굴면서 옷을 입을 생각까지 했더군. 나로서는 상상도 할 수 없는 갖가지 방법을 동원했더라구.」

머독 신부는 알렉에게 속삭였다.

「그래서 신부님께 도움을 청한 거군요?」

개빈은 고개를 끄덕이며 그 말을 받았다.

「내 솜씨가 좋다고 칭찬까지 들었네. 정말 사랑스러운 여인이야.」

머독 신부는 감탄과 자랑이 섞인 눈빛으로 계단을 내려오는 제이미를 바라보았다.

제이미도 감탄해 마지않는 사람들의 눈빛을 느꼈다. 플래드의 주름이 망가지지 않도록 하려니 온몸을 꼿꼿이 세우고 어깨와 허리에 힘을 주어야 했다. 드디어 계단을 다 내려온 제이미는 알렉에게 정식으로 무릎을 굽혀 인사했다.

알렉은 제이미를 와락 끌어안고 키스를 퍼부으며, 얼마나 자랑스러운지 큰 소리로 외치고 싶었다. 제이미에게 가까이 오라고 손짓했다. 제이미는 옷을 살짝 치켜들고 다가왔지만, 알렉이 내민 손을 보고는 고개를 저으며 한 발짝 뒤로 물러났다.

「만지지 마세요, 알렉.」

「어째서?」

「왕이 도착하실 때까지 주름을 망치면 안 되니까요. 어때요, 알렉, 마음에 드세요?」

「정말 마음에 드오, 제이미.」

「하지만 혼자 힘으로는 주름을 제대로 잡을 수가 없었어요.」

「익숙해질 때까지 매일 노력하면 되오.」

그 말에 담긴 이중의 의미를 간파한 제이미는 금방 얼굴을 붉혔다. 아무것도 모르는 머독 신부가 끼여들었다.

「연습할 때 내가 도와 주지.」

머독 신부는 열성적인 도우미였다.

「이건 사적인 문제라서 신부님의 도움을 받을 수 없어요. 하지만 어쨌든 도와 주시겠다는 뜻은 감사해요.」

제이미의 말에 알렉은 음흉하게 웃었다.

「날 따라와요, 제이미. 손님들이 밖에서 기다리고 있소.」

바로 그 때 문가에서 낯선 목소리가 들려 왔다.

「손님은 벌써 들어왔습니다.」

제이미는 낯선 사람을 소개받을 때에는 남편 옆에 서 있어야 한다는 생각이 떠올라 얼른 알렉 옆으로 가서 섰다. 알렉이 가볍게 고개를 끄덕이며 잘했다는 뜻을 표시했다.

알렉은 제이미의 어깨를 감싸 안았다. 갑작스런 행동, 거기다 알렉의 손에 잔뜩 힘이 들어가 있어 제이미는 내심 놀랐다.

「주름이 망가지지 않게 조심하세요.」

그 외중에도 제이미는 플래드의 주름 걱정뿐이었다.

알렉은 제이미의 속삭임을 들은 척 만 척했다. 그의 시선은 두 부부를 향해 다가오는 낯선 사내에게 가 있었다.

「알렉, 당신의 부인을 한시라도 빨리 만나고 싶은 마음에 무례를 무릅쓰고 이렇게 뛰어들었습니다.」

제이미의 어깨를 감싼 알렉의 손에 더욱 힘이 가해졌다.

「제이미, 해롤드 영주의 아들, 저스틴이오.」

알렉은 딱딱하게 굳은 목소리로 저스틴을 소개했다.

「만나서 반가워요, 저스틴.」

제이미는 손님에게 대한 예의로 밝게 웃으며 인사했지만, 사실 이 금발머리 남자가 그다지 맘에 들지 않았다. 징그러울 정도로 끈끈한 남자의 시선이 특히 싫었다. 그 시선은 결혼한 남자가 아내를 바라볼 때에만 용납될 수 있는 그런 것이었다.

만약 저스틴이 성인이었다면 벌써 한 방 먹였을 테지만, 팔이나 얼굴에 상처가 없는 걸로 보아 아직 전투다운 전투를 치러 본 적 없는 애송이임에 틀림없어 참기로 했다. 행동거지 또한 아직 배워야 할 게 많아 보였다.

「저만큼 반갑지는 않으실 겁니다, 킨케이드 부인.」

저스틴은 느물느물한 목소리로 제이미의 인사를 되받았다.

「알렉과 제가 곧 밖에서 모시겠습니다.」

제이미는 고개를 한 번 끄덕여 인사를 받아 주고는, 그만 나가 보라는 뜻을 확실히 했다.

그러나 예의를 갖춘 제이미의 경고는 저스틴에게 전혀 먹혀 들지 않았다. 그는 여전히 끈끈한 눈빛으로 제이미를 계속 훑었다.

「할말이 더 남았나요?」

제이미의 가시 돋친 물음에 저스틴은 순간 당황했다.

「아닙니다, 킨케이드 부인. 부인의 독특한 목소리와 억양이 듣기 좋습니다.」

저스틴이 동문 서답으로 그 순간을 모면하려 했지만, 제이미는 용납하지 않았다.

「독특한 억양이 아니라 잉글랜드 억양이 원래 이래요. 스코틀랜드 인들은 이런 목소리를 손톱으로 빨래판 긁는 소리 같다고 흉보죠」

마커스는 제이미의 핀잔에 그만 실소를 터뜨릴 뻔했다. 개빈도 저스틴이 어떻게 나올까 궁금했다. 그러나 천연덕스럽기 그지없는 저스틴은 포기할 뜻이 없는 것 같았다.

「성함이 제이미라고 들었는데요…….」

「맞아요」

「예쁜 이름이군요」

「남자 이름이죠」

제이미가 화를 꾹 눌러 참고 있는 걸 아는지 모르는지, 저스틴은 제이미의 가슴만 뚫어져라 쳐다보았다.

제이미는 버르장머리 없는 금발머리 애송이를 발길로 걷어차고 싶은 생각뿐이었다. 이 무례한 짐승을 한시라도 빨리 내쫓으면 좋으련만, 알렉은 그저 웃고만 있었다. 도저히 이해할 수 없는 행동이었다. 안 되겠는지, 개빈이 나서서 안마당에 잔칫상이 마련되었다고 말해 주었다. 알렉이 고개를 끄덕였다.

「제이미와 나도 곧 나갈 테니, 하인들에게 손님들을 대접하라고 하게. 마커스, 저스틴을 데리고 나가게. 나가는 문을 찾지 못하는 것 같으니까.」

알렉의 마지막 명령은 엄중했다. 드디어 남편이 저스틴의 모욕적인 시선을 알아챈 게 틀림없었다. 제이미는 전날 밤에 서랍장 위에 올려놓은 단검을 가져와야겠다 생각하며 가리개 쪽으로 몸을 돌렸다.

헌데 저스틴이 뒤쫓아오려고 했다. 제이미는 뒤를 돌아다보며 험상궂은 표정을 지어 보였다. 건드리기만 하면 가만 두지 않겠다는 뜻이었다. 그러나 저스틴은 상관하지 않는 듯했다.

「혹시 맥퍼슨 영주와 친척간인가요?」

「아닙니다, 킨케이드 부인. 맥퍼슨과는 전혀 상관없어요. 왜 그런 질문을 하시죠?」

저스틴은 의아한 표정을 지었다.

「예의 범절을 모르는 행동이 비슷한 것 같아서요」

제이미가 일침을 놓고 가리개 뒤로 사라졌다. 저스틴은 제이미의 말이 무슨 뜻인지 몰라 어리둥절해했지만, 알렉은 그 말뜻을 바로 알아들었다. 알렉의 쩌렁쩌렁한 웃음소리가 홀 안을 뒤흔들었다.

분명히 어제 두었던 자리에 단검이 없었다. 서랍장 주변을 몇 번 뒤적이던 제이미는 포기하고 돌아서다가 바로 등뒤에 서 있던 알렉과 부딪쳤다.

「악! 깜짝 놀랐잖아요, 알렉.」

알렉은 주름이 망가지지 않게 조심하라는 말을 무시하고 제이미를 와락 끌어안았다. 그러고는 제이미를 번쩍 안아 올려 얼굴을 마주 보았다. 제이미의 입김이 입술을 간질였다.

「내가 주름을 다시 잡아 주지.」

알렉은 나지막하고 허스키한 목소리로 약속했다.

제이미는 알렉의 머리를 움켜잡고 천천히 끌어당겼다. 두 사람의 입술이 한 지점에서 만났다.

알렉은 전율했다. 입술을 떼고 제이미의 얼굴을 내려다보며 활활 타오르는 열정을 느꼈다.

「제이미, 이제 뜨거워진 걸 느낄 수 있소?」

제이미는 알렉의 머리를 움켜잡고 다시 끌어당겼다. 제이미의 허스키하고 나지막한 신음소리가 알렉의 귓가를 간질였다. 다시 한 번 격렬한 키스가 이어졌다. 알렉은 통제할 수 없을 정도로 몸이 달아올랐다.

그때였다. 바깥에서 와자지껄한 소리가 들렸다. 아직 해가 중천에 떠 있는데다가, 오늘은 많은 손님을 치러야 한다는 사실이 알렉의 가슴 한 구석으로 밀려들어오며 저릿한 아픔을 전해 주었다. 이제 그만 킨케이드의 영주로서 일을 하러 가야 했다.

알렉은 가만히 고개를 들고 제이미를 내려다보았다. 벌써 황홀경에 빠진 듯한 제이미를 보자 웃음이 나왔다. 침대로 가고픈 충동을 간신히 참으며 제이미의 이마에 가볍게 키스했다.

알렉은 한 발 물러서며 망가져 버린 플래드의 주름을 재빨리 다시 잡아 주었다. 능숙한 솜씨였다. 제이미는 머리를 만지며 어깨를 곧게 펴고는 홀을 향해 나섰다.

「제이미?」

「네, 알렉?」

「머독 신부님이 에스코트하실 거요. 나도 곧 따라나갈 거고」

알렉은 제이미가 밖으로 나갈 때까지 기다렸다가 계단 위에 서 있던 두 병사를 불러 내렸다.

「제이미에게서 눈을 떼지 마. 항상 열 걸음 떨어져 있도록.」

두 병사는 서둘러 제이미를 뒤쫓아 나갔다.

「그리고 콜린을 들여보내.」

알렉이 그들의 뒤통수에 대고 소리쳤다.

「해롤드의 부사령관도 와 있는 모양이지?」

「우리가 자기네 부족과 연합해 주기를 바라고 있어.」

알렉은 콜린이 방문한 이유를 개빈에게 설명해 주었다.

「자네 부인은 저스틴의 말끔한 외모에도 별로 감동받지 않은 모양이야?」

「제이미는 절대로 그놈이 잘생겼다고 생각하지 않을걸.」

알렉은 자신만만한 목소리로 장담했다.

콜린은 바로 문 밖에서 기다리고 있었는지 금방 안으로 들어왔다. 머리가 희끗희끗한 이 남자는 킨케이드의 영주에게 전할 말을 서둘러 풀어놓았다.

두 사람의 토론이 이어졌다. 연합하자는 콜린과 그럴 수 없다는 알렉의 의견은 좀처럼 좁혀지지 않았다. 콜린은 알렉을 설득할 때까지 이 회담을 끝내지 않을 작정인 듯했다.

바로 그 때 제이미가 안으로 달려 들어왔다. 알렉은 제이미를 힐끔 보고는 콜린과 이야기를 계속했다. 하지만 제이미가 옆에 와 서자 얘기를 멈추고 아내를 올려다보았다. 얼굴이 붉으락푸르락했다. 알렉은 방해하지 말라는 뜻으로 이맛살을 찌푸리고 다시 콜린에게 얼굴을 돌렸다.

그러나 제이미도 가만히 있지 않았다. 알렉의 팔을 쿡쿡 찌르고는, 콜린에게 미소를 지어 보였다.

「말씀을 방해해서 죄송합니다만…….」

「기다려요, 제이미.」

알렉은 제이미가 성급한 성질에 또 분란을 일으켰을 거라 속단하고 일찌감치 제이미의 말을 가로막았다.

「기다릴 수 없는 일이에요, 알렉.」

「당신이 알아서 해결할 수 없는 일이오?」

「그렇게 말하지는 않았어요」

「그럼 알아서 해결하시오」

알렉의 무뚝뚝한 목소리에 제이미는 슬그머니 화가 났다.

알렉은 제이미에게 등을 돌리고 계속 대화에 몰두했다. 개빈과 마커스가 안됐다는 표정으로 제이미를 보았다. 제이미는 그들에게 고개 숙여 인사하고 다시 밖으로 발을 옮겼다.

알렉은 궁금한 마음에 아내를 또다시 흘낏 보았다. 제이미는 현관문 앞에 서서 벽에 걸린 무기를 가만히 쳐다보고 있다가, 발뒤꿈치를 들고 벽에 걸린 곤봉을 내렸다.

제이미에게 곤봉은 너무 무거운 무기였다. 내리자마자 곤봉이 바닥으로 쿵 하고 떨어져도, 그래서 사람들의 시선이 모두 자신에게 쏠려도 제이미는 아랑곳하지 않고, 곤봉을 질질 끌며 밖으로 나갔다. 곤봉이 돌 바닥에 끌리는 소리가 안에까지 들렸다.

알렉은 제이미가 그 무거운 곤봉을 왜 가져갈까 의아해하며 한참 동안 현관문을 바라보았다. 갑자기 번개처럼 머리를 스치는 생각이 있었다.

'오, 맙소사, 저스틴!'

알렉은 의자를 와락 밀어내며 자리에서 일어섰지만, 물은 이미 엎질러진 후였다. 밖에서 숨넘어가는 듯한 비명 소리가 들려 왔던 것이다. 알렉이 황급히 문 밖으로 뛰어나갔고, 그 뒤를 세 남자가 따랐다. 밖으로 나간 알렉은 제자리에 박힌 듯 멈춰 섰다. 도저히 믿을 수 없는 광경이었다.

머독 신부가 제이미의 바로 옆에 서서 아연해하고 있었고, 제이미는 땅바닥에 나뒹굴고 있는 해롤드의 아들을 역겨운 표정으로 쏘아보고 있었다. 머지않아 해롤드 부족의 영주가 될 남자는 배를 움켜쥐고 끙끙대며 어떻게든 일어서 보려고 버둥거렸지만 쉽지 않은 모양이었다.

「다시 한 번만 내 몸에 손을 댔다간 이보다 두 배로 뜨거운 맛을 보게 될 거예요, 저스틴. 내 말을 귀담아들어 두세요」

제이미가 소리쳤다.

「킨케이드 부인, 이 사람은……」

머독 신부가 급하게 제이미 앞을 가로막고 나섰지만, 제이미는 신부가 이 사람은 잉글랜드 말을 알아듣지 못한다고 변명하려는 줄 알고 바로 게일어로 소리쳤다.

「이 사람은 맞을 만한 짓을 했어요, 신부님. 제가 어찌된 일인지 설명하면 신부님도 절 이해하실 거예요」

「하지만 제이미……」

제이미는 머독 신부의 말은 들을 생각도 하지 않고, 바닥에 뒹굴며 씩씩거리는 남자를 쏘아보았다. 잘못을 뉘우치기는커녕 오히려 화를 내다니, 아직도 뜨거운 맛을 덜 본 게 틀림없었다.

「감히 내 몸에 손을 대다니! 나는 알렉 킨케이드의 아내야. 나는 내 남편을 당신은 상상도 할 수 없을 정도로 깊이 사랑하고 있다구!」

제이미는 화가 머리끝까지 났다.

「킨케이드 부인!」

「개빈, 나서지 말아요. 알렉이 나더러 알아서 해결하라고 했어요. 그러니 방해하지 마세요. 저스틴에게 무릎이 휘청거릴 만한 선물을 주겠다고 약속했고, 그 약속대로 해주었을 뿐이에요.」

제이미는 중간에 끼여든 개빈은 본 척도 않고, 아직도 일어서지 못하는 금발머리 애송이를 쏘아보며 곤봉을 잡은 손에 힘을 주었다.

「제이미, 이 남자는 저스틴이 아니오.」

그제야 알렉이 나섰다.

「알렉, 지금은 농담할 때가 아니에요. 이 형편없는 무뢰한이 감히 나를 붙잡고 키스하려고 했단 말이에요! 플래드의 주름이 망가진 걸 좀 보세요.」

제이미는 마치 대단한 증거물이라도 되는 양, 주름이 망가진 플래드를 가리켰다.

「당신이 뜨거운 맛을 보여 준 사람은 필립이오, 제이미. 저스틴이 아니란 말이오.」

「그게 무슨 말이에요?」

「저스틴의 쌍둥이 형이오, 그 사람은.」

「쌍둥이 형이라구요?」

알렉은 천천히 고개를 끄덕였다.

제이미는 갑자기 창자가 뒤틀리는 느낌이었다. 표정을 보건대 알렉은 지금 농담하는 게 아니었다.

「알렉, 이게 도대체…….」

「두 사람은 쌍둥이요」

「그럴 리가…….」

「일란성 쌍둥이요」

제이미는 눈앞이 캄캄했다. 구름떼처럼 모여 든 구경꾼들이 눈에 들어왔다.

「오, 세상에! 왜 진작 말해 주지 않았어요? 엉뚱한 사람을 다치게 했잖아요 알렉, 이번엔 제 자신을 위해 면죄부를 사야겠군요」

제이미는 야속한 남편을 한번 흘겨보더니, 당장 곤봉을 내려놓고 땅바닥에서 버둥대고 있는 엉뚱한 희생자에게 손을 내밀었다. 그러나 필립은 그 손을 뿌리쳤다.

「엉뚱하게 매를 안겨서 미안합니다, 필립. 하지만 아무도 댁이 저스틴의 쌍둥이 형이라는 사실을 알려 주지 않았어요 정말 죄송해요 사실 제가 때려눕히려던 사람은 당신이 아니라, 당신의 쌍둥이 동생인 저스틴이었어요」

「저스틴을? 저스틴을 때려눕히려 했단 말입니까?」

그 말에 필립이 다시 화를 버럭 냈다.

사실 제이미는 저스틴을 아주 곤죽이 되도록 패 줄 생각이었지만, 그것까지는 이야기하지 않았다. 그런데도 필립은 단단히 화가 난 표정이었다. 동생을 보호하려는 마음이 극진해 보였다. 저스틴은 그런 형의 사랑을 받을 자격이 없었지만, 형으로서 그런 마음을 가지는 건 당연했다.

「네, 필립. 저스틴에게 뜨거운 맛을 보여 주려고 했어요 필립, 당신도 저스틴의 행동이 얼마나 무례한지 알고 계시겠죠?」

「저스틴을 이리 데려와!」

갑자기 알렉의 목소리가 천둥처럼 안마당에 울려 퍼졌다.

「당신이 저더러 알아서 해결하라고 했잖아요 그래서…….」

「이젠 내가 해결할 문제요」

알렉이 제이미의 말을 잘랐다.

「어떻게 해결하실 건데요? 설마 그 애송이를 진짜 다치게 하려는 건 아니죠?」

이제 제이미의 눈에도 걱정이 가득했다.

「저스틴이 당신 몸에 손을 댔소, 제이미?」

「네, 그랬어요」

하지만 당장에라도 노란 불꽃을 뿜어 낼 듯한 알렉의 눈을 보고 제이미는 재빨리 덧붙였다.

「하지만 아주 조금이었어요. 아주 잠깐 입술을……」

「이 망나니 같은 놈을 죽여 버리고 말겠어!」

조금 전처럼 쩌렁쩌렁하게 울리진 않았지만, 소름이 끼칠 듯 차가운 목소리였다. 제이미는 자신도 모르게 플래드를 움켜쥐고 주름을 엉망으로 만들고 있었다. 어쩜 상황이 이렇게 어이없이 돌아갈 수 있는가. 직접 본때를 보여 주려고 했던 망나니의 목숨을 구걸해야 할 판이었으니 말이다.

제이미는 누군가가 데리고 나타난 저스틴을 가로막고 섰다.

「알렉, 저스틴은 아직 어린 소년일 뿐이에요. 알렉 킨케이드의 손에 어린아이의 피를 묻힌다면 세상의 웃음거리가 될 거라구요」

제이미가 자기를 어린애라고 깎아 내리자, 저스틴은 반항하듯 나서려고 했다.

「가만있어, 저스틴. 네가 어린아이가 아니라면 어떻게 감히 알렉 킨케이드에게 대적할 생각을 했겠니? 알렉, 저 어린애가 세상을 살아가는 데 적합한 예절을 배울 수 있도록 시간을 좀더 줘야 해요」

제이미는 저스틴에게 쌀쌀하게 훈계하고는 알렉을 보며 눈물을 글썽였다. 그 모습을 보자 알렉도 마음이 흔들렸는지 마지못해 고개를 끄덕였다.

온몸에서 힘이 쏙 빠졌다. 그러나 안도의 순간도 오래가지 못했다. 제이미가 저스틴 앞에서 물러나는 순간, 알렉이 저스틴의 멱살을 잡아 번쩍 들더니 장작개비 던지듯 내던져 버렸던 것이다. 제이미가 미처 말릴 사이도 없이 벌어진 일이었다. 저스틴은 땅바닥에 쿵 하고 처박혔다.

「알렉, 저하고 약속했잖아요!」

「죽이지는 않았소. 그냥 예절을 좀 가르쳤을 뿐이지.」

알렉이 아무 일도 아니라는 듯 무심하게 대답했다. 알렉의 말에 동의하는 소리가 여기저기서 터져 나왔다. 콜린마저도 고개를 끄덕였다. 알렉이 다시 저스틴의 멱살을 잡아 세웠다.

「알렉, 그 애가 다치면 결국은 제가 나서서 치료해 줘야 해요. 제가 하루 종일 이 망나니 곁에 붙어 있으면 좋겠어요?」

알렉은 자기 손에 멱살을 잡힌 채 공중에 붕 떠서 캑캑거리며 발버둥치는 저스틴을 외면하고 제이미를 돌아보았다.

「아까 그 말 진심이오?」

「무슨 말이요?」

이런 판국에 웃고 있다니, 제이미는 알렉을 도저히 이해할 수 없었다.

「나를 사랑한다던 말.」

제이미는 그제야 두 사람이 쭉 게일어로 얘기하고 있었음을 깨달았다.

「사람들 앞에서 큰 소리로 그렇게 외쳤잖소? 그러니까 아니라고 발뺌할 생각은 하지 마시오.」

「우선 저스틴을 내려놓으세요.」

제이미가 사정했다.

「먼저 대답하시오.」

「그래요, 당신을 사랑해요. 이제 만족해요?」

알렉은 빙그레 웃으며 저스틴의 멱살을 탁 놓아 버렸다. 저스틴이 또다시 맨땅에 머리를 처박고 말았다.

　제이미는 이제 알렉의 무지막지한 힘이 좋았다. 자신이 그 힘에 절대적으로 의존하고 있음을 깨달았기 때문이다. 이제야 알렉에 대해 조금이나마 알게 된 것 같았다.

　「저스틴이 부인에게 손댔을 리 없소!」

　필립은 사람들의 주목을 끌기 위해 앞으로 나서며 크게 소리쳤다.

　제이미가 한숨을 내쉬며 곤봉을 집으려고 손을 뻗자, 알렉은 재빨리 제이미를 잡아 옆에 세웠다. 제이미가 입은 플래드는 주름이 다 풀려 손으로 잡고 있지 않으면 땅바닥으로 주르르 흘러내릴 판이었다.

　「저스틴이 내 아내에게 손대는 장면을 목격한 사람 없나?」

　알렉이 군중을 향해 소리치자 두 병사가 앞으로 나섰다.

　「저희들이 증인입니다.」

　「보면서도 말리지 않았단 말이야?」

　알렉이 아주 못마땅한 듯 얼굴을 찌푸렸다.

　「말리려고 했습니다만, 열 걸음쯤 떨어져 있으라고 명령하셨기 때문에…… 저희들이 달려갔을 땐 이미…….」

　「알렉, 왜 제 뒤를…….」

　제이미는 눈을 동그랗게 뜨고 알렉에게 따지려 했지만, 알렉이 팔을 꽉 움켜잡았기 때문에 더 이상 따지지 못했다. 알렉의 설명을 기다리는 수밖에 별 도리가 없었다.

　「부인께서 모퉁이를 도는 순간 저스틴이 부인을 붙잡았습니다.」

　「그래서?」

　단단히 화가 났는지, 알렉의 턱 근육이 또다시 실룩였다.

　「저스틴이 부인께 칭찬을 늘어놓았습니다. 보랏빛 도는 푸른색 눈동자가 자기 무릎을 휘청거리게 만든다면서……, 우린 해롤드 부족과 서로 동맹 관계에 있으니까 말려야 한다고 생각…….」

「동맹? 그건 이제 옛날 일이야!」

필립이 병사의 말이 끝나기도 전에 소리쳤다.

「필립, 화내지 마세요. 전 그저 알렉을 불러와서 저스틴에게 단단히 타이를 생각이었어요.」

제이미는 원망스러운 눈초리로 남편을 쳐다보았다.

「하지만 당신이 너무 바빠서…….」

「그래서 곤봉을 가지고 나갔군?」

「저스틴이 더 이상 제 몸에 손대지 못하게 하려면 진짜로 무릎을 휘청거리게 해야 한다고 생각했어요. 당연한 거잖아요? 저 멍청한 어린애는 제가 사탕발림 같은 칭찬에 넘어간 줄 알았겠지만……, 사실 제가 바랐던 건, 당신이 저 대신 저스틴을 꾸짖어 주는 거였어요. 당신의 고함 소리를 듣고도 무릎이 휘청거리지 않을 사람은 없다고 생각했으니까요.」

「부인은 나를 욕보이고 내 동생의 자존심에 상처를 입혔소!」

필립은 또다시 사람들의 이목을 끌며 소리쳤다.

「그렇지 않아요, 필립. 오히려 당신 형제들이 우릴 욕보이고 내 자존심에 상처를 입혔어요!」

필립의 얼굴은 불씨만 갖다 대면 금방이라도 활활 타오를 듯 붉어졌다.

「우리 아버지가 이 일에 대해 알게 되는 건 시간 문제입니다, 알렉 킨케이드.」

해롤드 영주의 두 아들은 씩씩거리며 마구간으로 향했다. 군중들이 두 쌍둥이가 지나갈 수 있도록 길을 터 주었다.

해롤드 부족의 부사령관인 콜린은 두 젊은이를 따라가지 않고 알렉에게 다가왔다.

「킨케이드 영주님, 조건은?」

「일 주일을 주겠소」

콜린은 말없이 알렉에게 인사하고 천천히 마구간으로 사라졌다.

「누구에게 일 주일을 준다는 거죠?」

제이미는 콜린이 떠날 때까지 기다렸다가 알렉에게 물었다.

「저 멍청한 놈들의 아버지.」

「그 동안 그 사람은 뭘 하는 건데요?」

「내 화를 누그러뜨릴 조치를 취하겠지.」

「만약 당신의 화를 누그러뜨리지 못하면요?」

「전쟁.」

제이미가 가장 듣기 싫어하는 말이었다. 하지만 본의든 본의가 아니든 간에 이 전쟁 역시 제이미 자신의 탓이었다. 머독 신부는 일전에 스코틀랜드가 평화롭고 살기 좋은 땅이라고 말했다. 그런데 그 평화가 바로 자기 때문에 깨지고 있는 것이었다. 킨케이드 부족은 도대체 앞으로 몇 개의 부족과 전쟁을 치러야 하는가? 아픈 아기를 살려 준 죄로 맥퍼슨 부족과 전쟁을 치러야 했고, 언니 메리에게 피신처를 제공한 바람에 등을 돌렸던 다니엘은 그렇다 치더라도, 메리 캐슬린을 데려오며 한껏 모욕을 준 그 친척들, 게다가 저스틴의 아버지까지……. 어쩌면 그들은 벌써 킨케이드 부족을 향해 깃발을 휘날리며 달려오고 있을지도 모른다. 이런 식으로 간다면, 킨케이드 부족은 앞으로 일 주일도 못 가 눈 씻고 찾아도 젊은 남자를 볼 수 없으리라.

제이미로선 감당하기 힘든 일이었다. 낭이라도 치며 통곡하고 싶은 심정이었다.

「메리를 데려와야겠어요」

제이미는 모기만한 목소리로 말했다.

「메리는 엘리자베스와 함께 있소 오늘밤까지 앵거스와 엘리자베스가 메리를 보살필 거요」

「왜요?」

「이유는 묻지 마시오」

「나를 따돌릴 생각은 하지 마세요, 알렉. 내가 내 딸을 만나지 못할 이유가 뭐죠? 메리와 함께 있고 싶어요」

손님들 뒤치다꺼리에 힘이 들까 봐 일부러 배려한 건데 제이미가 오히려 역정을 내자, 알렉은 잠시 어쩔 줄 몰랐다. 제이미의 두 눈에 눈물이 가득 고였다.

「당신을 깜짝 놀라게 해주고 싶었는데, 모든 게 엉망이 되어 버렸어요」

머독 신부가 달려와 제이미의 어깨를 다독거렸다.

「그만 해요, 제이미. 아직 해가 지지 않았잖소 아직 왕께서……」

「왕은 오시지 않을지도 모릅니다」

왕이 오지 않는다고 하면 제이미도 한숨 돌릴 거라 생각하며, 개빈은 거짓말을 했다. 왕이 방문한다는 얘기에 제이미가 얼마나 놀라는지 똑똑히 보았기 때문이다.

「오, 하나님. 이젠 다 틀렸어. 에디스, 에디스는 어디 있죠?」

제이미는 울먹이다 말고 에디스를 찾았다.

「에디스와 애니는 짐을 꾸리고 있는 중이오 아, 마커스!」

알렉이 큰 소리로 마커스를 부르자 마커스가 바로 달려왔다.

「가서 두 사람이 짐을 다 쌌는지 확인하고, 아까 명령한 일을 시행하도록」

「짐을 싸다뇨? 어딜 가는데요?」

「마커스가 두 사람을 브랙의 집으로 데려갈 겁니다. 브랙과 마커스는 먼 친척간이죠」

개빈이 대신 대답했다.

「그 친척에게 무슨 일이라도 생겼어요? 아니면 그저 방문하러 가는 건가요?」

제이미가 손으로 눈가를 훔치며 물었다.

「아니오 에디스와 애니는 이제 브랙의 집에서 살 거요」

「왜요? 전 이유를 모르겠군요 이제야 겨우 에디스와 좋은 친구가 되려는 참이었는데…… 그리고 애니는 헬레나의 친동생이잖아요, 알렉. 애니에게 등을 돌릴 순 없어요 다시 생각해 줄 수 없나요?」

「안 되오」

알렉의 표정은 바위처럼 단호했다. 제이미는 마커스를 돌아다보았다.

「마커스, 당신은 돌아오는 거죠?」

마커스가 재빨리 고개를 끄덕였다. 제이미는 그나마 안심이라는 듯 안도의 숨을 내쉬더니 다시 알렉을 돌아다보았다.

「전 그만 안에 들어가 보겠어요 만약 누구를 또 내 뒤에 따라 붙이면, 그 사람에게 치도곤을 먹이겠어요 그러니 제발 혼자 있게 해 주세요」

저택 안은 이제 안전했으므로 알렉은 흔쾌히 고개를 끄덕였다.

「홀에 손님이 기다리고 계실 거요」

알렉이 제이미를 향해 큰 소리로 외쳤지만, 그 소리는 쾅 하고 닫히는 문소리에 묻혀 버렸다. 알렉은 한숨을 길게 내쉬고 병사들에게 돌아서서 새로운 명령을 내렸다. 어서 일을 마치고 제이미를 따라 안으로 들어가고 싶었다. 눈물이 가득 고여 있던 제이미의 눈이 영 마음에 거슬렸다. 들어가 플래드의 주름을 예쁘게 잡아 주면 제이미의 마음도 풀릴지 모른다. 그리고 살살 마음을 어루만져 주면서 다시 한 번 사랑한다는 말을 하리라.

홀 안에 들어선 제이미는 일정한 간격을 두고 선 병사 넷을 보았다. 플래드의 무늬가 다른 걸로 봐서 또 다른 손님인 모양이었다. 벽난로 앞에 계급이 아주 높아 보이는 나이 든 전사가 한 명 서 있었는데, 병사들이 제이미를 잡으려고 하자 그냥 지나가게 놔두라고 명령했다. 제이미가 무릎을 굽혀 감사의 인사를 하자, 그 남자는 점잖게 제이미를 손짓해 불렀다.

사실 제이미는 지금 누구와 이야기할 기분이 아니었지만, 이 성의 안주인으로서 손님에게 자신을 소개하는 게 예의일 것 같아, 한 손으로 플래드를 꼭 움켜쥐고 벽난로 앞으로 갔다. 가능한 한 빨리 이 낯선 손님과 상견례를 끝내고 방으로 들어가 펑펑 울고 싶었다.

머리가 희끗희끗한, 이 나이 든 남자는 여기가 마치 자기 집인 양 아주 편안해 보였다. 제이미가 다가가자 벽난로에 기댔던 몸을 일으켰다.

제이미는 억지웃음을 지어 보이며 무릎 굽혀 인사하다가 그만 플래드를 놓치고 말았다. 플래드가 바닥으로 주르륵 떨어지면서 눈물도 볼을 타고 함께 떨어졌다. 더 이상 비참할 순 없으리라. 플래드를 주섬주섬 챙기며 제이미는 소매로 눈물을 쓱 닦았다. 이 나이 든 남자가 그토록 동정 어린 시선만 보내지 않았더라도 흉하게 눈물까지 흘리는 일은 없었을 텐데.

「부인, 무슨 일 때문에 그렇게 속이 상한 거요?」

목소리는 부드럽고 눈빛은 따뜻했다. 잉글랜드에 두고 온 아버지 생각이 절로 났다. 하루 종일 일이 어긋나기만 하더니 이젠 향수병까지 겹쳐 눈물이 배가 되었다.

「무슨 일인지 모르지만, 그렇게 눈물이 홍수를 이룰 정도로 나쁜 일은 아닐 것 같은데?」

나이 든 남자는 부드럽게 제이미를 달랬다.

「제가 알렉을 얼마나 크게 망신시켰는지 아신다면 저보다 더 속이 상하실 거예요. 제가 얼마나 많은 전쟁을 일으켰는지…… 셀 수도 없답니다.」

제이미는 울먹이며 대답했다.

전쟁이라는 말에 나이 든 남자의 눈이 휘둥그레졌다.

「내가 도움이 될 수 없을까?」

「아무도…… 도와 줄 수 없어요. 왕을…… 빼고는요. 하지만 아마…… 왕께서도…… 제가 저지른…… 일을 들으신다면…… 제게…… 벌을 내리실 거예요.」

울음 섞인 제이미의 말을 알아들으려면 대단한 인내심이 필요하리라.

「하지만…… 저는 옳은 일을…… 하려고 했을…… 뿐이에요. 잉글랜드에선 옳다고…… 믿었던 일들이…… 이곳에선 죄악일 뿐이었어요. 고마워해야…… 할 일도 고맙다고 말하면 그게…… 그 사람에게 모욕이 된대요. 아픈 아기의 병을…… 고쳐 주었더니, 저더러…… 아기를 납치한 나쁜 여자래요. 어떻게 이렇게…….」

「천천히, 천천히. 처음부터 차근차근 들어봅시다, 부인. 기쁨은 나누면 배가 되고 걱정은 나누면 반이 되는 법이오. 다 듣고 나면 혹시 이 늙은이가 도울 길이 생길지 어떻게 알겠소? 나도 여기서는 꽤 영향력 있는 인물이라오.」

나이 든 남자의 말이 꽤 진중하게 들렸다.

「일이 하도 얽히고 꼬여서 어디서부터 말씀을 드려야 할지 모르겠어요.」

「그럼 제일 먼저 시작된 전쟁부터 들어봅시다.」

제이미는 고개를 끄덕이며 입을 열었다.

「첫 번째 전쟁은 맥퍼슨 부족 때문에 생겼어요. 맥퍼슨 영주의 갓난 아들이 아파서 다 죽어 가는 상태로 제게 왔어요. 며칠 밤낮을 정성껏 간호해서 살려 냈더니, 아버지란 사람이 나타나서 다짜고짜 내가 자기 아들을 납치했다는 거예요. 저는 맹세코 그 아기를 납치하지 않았어요. 그건 하늘이 알고 땅이 아는 일이죠. 내가 한 일이란 오직 그 아이를 살려 낸 것뿐이에요. 저는 아이의 아버지가 당연히 제게 감사해야 한다고 생각했어요.」

「내 생각도 그렇군.」

늙은 남자는 맞장구를 쳤다.

「그런데 그게 아니었어요. 아이 아버지는 아주 고약한 사람이었어요. 나는 그 사람에게 예절을 배우기 전에는 우리 땅에 얼씬도 하지 말라고 호통을 쳤어요.」

「맥퍼슨 영주에게 말인가?」

「네. 아니 곤장을 때린다고 했던가?」

제이미가 잘 기억이 나지 않는다는 듯 어깨를 으쓱했다.

「하지만 그게 무슨 상관이겠어요. 결과는 같았을 텐데. 여하튼 그 남자는 단단히 화가 나서 돌아갔고, 그 후로 킨케이드 부족 사람들은 맥퍼슨 영지에는 얼씬도 못하게 되었죠. 그뿐만이 아니에요. 한때는 퍼거슨 부족과도 싸울 뻔했어요. 제가 다니엘의 부인인 우리 언니를 여기에 피신토록 했거든요. 다니엘이 무척 화를 냈죠.」

「그랬겠지. 그래서 다니엘이 선전포고를 했소?」

「아뇨. 다행히 그 사건은 잘 무마됐어요. 만약 왕을 알현할 수만 있다면, 다니엘이 우리 언니에게 부당한 대우를 했다는 사실을 꼭 밝히고 싶어요.」

「왕이 그 말을 들으면 어떻게 할 거라 생각하는데?」

「다니엘을 엄히 꾸짖으시겠죠. 그리고 결혼한 남자로서 아내를 어떻게 대해야 하는지 가르쳐 주실 거예요.」

「그렇다면 부인은 스코틀랜드의 왕을 전적으로 신뢰하는 모양이군?」

「당연하죠. 왕을 뵌 적은 없지만, 알렉이 충성을 다하는 왕이라면 훌륭한 왕이실 게 틀림없어요.」

나이 든 남자의 입가에 슬며시 웃음이 떠올랐다.

「그럼 스코틀랜드 왕이 얼마나 훌륭한 사람인지 얘기를 많이 들었겠군?」

제이미는 서둘러 눈가를 닦았다. 이제 눈엔 눈물이 거의 말랐다.

「아뇨, 그렇지는 않아요. 저는 스코틀랜드의 왕이 괴물이라고 들었어요」

나이 든 남자는 실망하는 눈치였다.

「물론 잉글랜드에 살 때요. 하지만 그 소문이 헛소문이란 사실을 여기 와서 알았어요. 알렉은 결코 괴물 같은 사람에게 충성할 사람이 아니죠」

「그렇다면 부인은 왕보다는 알렉에게 충성하는 거로군?」

「알렉과 왕 모두에게죠」

제이미는 이 노인이 그 문제에 왜 이리 집착하는지 의아해하며 대답했다.

「왕께서 제가 저지른 일을 모두 들으시고 저를 교수형에 처하신다고 해도 전 불만 없어요」

「하지만 내 생각에는 왕도 모두 이해할 것 같은데?」

「아니에요. 세상에 그렇게 이해심 많은 사람은 없어요. 게다가 메리 캐슬린의 친척과도 전쟁이 일어날지 몰라요. 제가 말씀드렸던가요? 그 사람들도 제가 메리를 납치했다고 말할 거예요」

「물론 부인은 그런 일을 저지르지 않았을 테고?」

「당연하죠. 하지만 저는 그 사람들 플래드를 땅에 내팽개쳤고, 마커스는 거기에 침을 뱉었어요. 메리가 온통 멍투성이였거든요. 지금은 저와 알렉이 이곳에 데려다가 보호하고 있는데, 알렉은 왕께서도 우리 편을 들어주실 거라고 하더군요」

「메리 캐슬린이 누구요?」

「헬레나의 딸이에요」

「그 아이가 학대받고 있었단 말이오?」

「네. 그것도 아주 심하게요. 아직 아무것도 모르는 어린아이인데 말이에요. 그 아이는 너무 어려서 자신을 방어하지도 못해요. 개빈이 그러는데 케빈이 이 사실을 알았다면, 참, 케빈은 메리의 생부예요, 아마 무덤에서 벌떡 일어날 거래요」

「그렇다면 왕이 부인과 알렉 편에 설 것도 당연하군. 그럼 이제 내가 도착할 때 밖에서 벌어졌던 소동에 대해서 얘기해 줄 수 있겠소?」

나이 든 남자는 또 무슨 얘기가 나올지 궁금해하며 물었다.

「아, 그 소동……. 저스틴이 갑자기 저를 붙잡고 키스하려고 했어요. 어떻게 해서든 그 애송이의 버릇을 고쳐 줘야겠다는 생각이 들어, 알렉의 곤봉을 가지고 나가 한 방 먹여 줬죠」

남자의 눈이 다시 크게 떠졌다.

「손님의 부인이 그런 일을 당했더라도 저처럼 행동하셨을 거예요. 어떤 여자도 남편 아닌 다른 남자에게 그런 수모를 당하면 절대 참지 않을걸요」

「하지만 난 아직 결혼을 안 했는데?」

「만약 결혼하셨다면 말이죠」

「그렇군. 만약 결혼했다면 내 아내도 반드시 그렇게 했을 거요」

「제 얘기를 모두 들어주시고 거기다 제 편까지 들어주시니 정말 감사해요」

제이미는 마음이 어느 정도 진정되자 감사의 인사를 했다.

「그럼 알렉도 부인이 저스틴에게 한 방 먹인 걸 알고 있소?」

「네, 아니, 아니요. 사실은 제게 한 방 먹은 사람은 저스틴이 아니라 필립이었어요. 제가 어처구니없는 실수를 한 거죠. 하지만 정말 어쩔 수 없는 상황이었어요. 두 사람이 일란성 쌍둥이라는 사실을 아무도 제게 알려주지 않았거든요. 일이 벌어지고 나서야 알렉이 얘기해 줬죠」

「부인이 필립을 쓰러뜨린 후에?」

나이 든 남자가 재미있는지 쿡쿡 웃었다.

「이건 웃을 일이 아니에요. 사태가 아주 심각해졌거든요.」

「미안하오. 그래서 그 다음엔 어떻게 되었지?」

「알렉이 그 버르장머리없는 녀석을 잡아다가 땅바닥에 패대기쳤죠.」

「필립을?」

「아뇨, 저스틴을요. 그러면 안 되는 거였는데, 제가 그를 너무 화나게 만들었나 봐요.」

「저스틴 말이오?」

「아뇨, 알렉이요. 제 이야기 좀 귀담아들으세요.」

제이미는 남자가 자기 말을 제대로 이해하지 못하자, 갑갑하다는 표정으로 바로잡아 주었다.

「하여튼 그 바람에 제가 알렉을 깜짝 놀라게 해주려고 지금껏 비밀로 했던 일이 들통나고 말았어요.」

제이미는 다시 서러운 생각이 들었던지 울음을 터뜨렸다.

「그게 무슨 일이었소?」

「지금까지 말씀드린 일들도 모두 끔찍하지만, 가장 속상한 일이 뭔지 아세요? 전 오늘 스코틀랜드 왕 앞에 무릎을 꿇고 게일어로 충성을 맹세해서 알렉을 놀라게 할 생각이었어요. 알렉은 제가 게일어를 못하는 줄 알았거든요. 그런데 제가 저스틴에게 게일어로 말하는 소리를 들어 버린 거예요. 그러니 모든 계획이 허사가 된 거죠. 게다가 전 지금 킨케이드의 플래드를 걸치고 있지만, 사실은 플래드 주름도 제대로 잡을 줄 몰라요. 왕이 오시면 완벽하게 주름 잡힌 플래드를 입고 완벽한 게일어로 충성을 맹세하고 싶었는데……. 그리고 사랑한다는 말도 해주고 싶었는데…….」

「왕에게 말이오?」

「아뇨, 알렉에게요. 물론 왕을 존경하지만 제가 사랑하는 사람은 왕이 아니라 알렉이에요. 이걸 불충이라고 보시지는 않겠죠?」

「알렉은 부인이 저질렀다고 생각하는 실수들을 모두 바로잡을 거요. 그건 그렇고, 부인이 왕 앞에서 하려고 했다던 그 충성의 맹세를 한번 들어볼까?」

제이미는 약간 이상하다는 생각이 들었지만, 지금까지 고민거리를 참을성 있게 들어준 그의 친절한 마음에 보답할 겸, 그렇게 하기로 했다.

「그럼 연습 삼아 해보죠. 만약 왕이 저를 교수형에 처하신다 해도, 제 목을 매달기 전에 이 서약을 들어주셨으면 좋겠어요」

「아마 왕도 기꺼이 그럴 거요」

제이미는 눈을 감고 무릎을 꿇은 채 충성을 맹세하는 서약을 읊었다. 맹세가 끝난 후 제이미를 부축해 일으켜 주는 남자의 얼굴에 기쁨의 빛이 가득했다.

「자, 이제 내가 부인의 플래드에 예쁘게 주름을 잡아 주겠소」

제이미도 기꺼이 그의 손에 플래드를 맡겼다.

알렉은 현관 앞에서 두 사람을 흐뭇한 얼굴로 바라보았다.

17

알렉은 제이미가 눈물에 콧물까지 찔끔거리며 하소연했던 사람이 바로 스코틀랜드 왕이라는 사실을 말해 줄까 하다가, 그랬다간 겨우 진정된 제이미가 또다시 기절초풍할까 봐 아무 말도 하지 않기로 했다.

플래드의 주름이 다시 예쁘게 잡히자, 제이미는 기분이 훨씬 나아졌다. 밝은 목소리로 감사하나는 인사말을 건네는네 현관 앞에 서 있는 알렉이 보였다. 제이미의 얼굴에 함박 웃음꽃이 피었다.

이렇게 좋은 분위기를 깨고 싶지 않아 알렉은 사람들이 나타나기 전까지 왕의 정체를 밝히지 않으리라 마음먹었다.

제이미는 얌전하게 두 손을 앞으로 모으고 알렉 앞으로 와서 잠깐 멈춰 서더니 자그맣게 속삭였다.

「사랑해요, 알렉.」

게일어였다.

알렉이 무심결에 팔을 벌리자 제이미는 고개를 저었다.

「손님이 계셔요, 알렉. 당신도 내 얘길 다 들었죠?」

「그랬소 그래도 내게 화난 것 같지는 않은데?」

「왕은 아주 친절한 분이신 것 같아요」

알렉은 깜짝 놀라 입이 딱 벌어졌다.

「알고 있었소, 처음부터?」

「처음부터 알고 있었다면 제가 감히 왕께 제 이야기를 귀담아들으라고 편잔을 드렸겠어요? 제가 좀 우둔하긴 하지만요, 알렉, 아주 멍청이는 아니에요 그분 앞에 무릎을 꿇는 순간 느낄 수 있었어요」

알렉은 껄껄거리며 웃었다.

「하지만 제가 왕을 알아봤다는 얘긴 아직 하지 마세요」

제이미가 목소리를 더욱 낮추며 속삭였다.

「어째서?」

「기분 상하실지도 모르잖아요」

「기분이 상하신다?」

「왕께서는 제 기분을 맞춰 주려고 연극하신 건데, 제가 그 연극을 이미 눈치챘다고 하면 얼마나 실망하시겠어요?」

알렉이 뭐라고 대꾸할 틈도 없이 제이미는 재빨리 홀에서 나가 버렸다. 이번에는 왕이 알렉을 불렀다.

「폐하, 저 여자를 배필로 삼아 줘서 제가 불평할 것 같습니까, 아니면 감사할 것 같습니까?」

「그야 당연히 감사해야지. 하지만 그 능구렁이 헨리는 자네 부인이 얼마나 아름답고 보석 같은 존재인지 안다면, 틀림없이 우리에게 싸움을 걸어 올걸.」

알렉과 스코틀랜드 왕은 서로 마주 보며 크게 웃었다.

「그리 오래 기다리지 않아도 될 겁니다. 제 아내에게 일이 주일의 시간만 주면 틀림없이 잉글랜드와도 전쟁을 일으킬 테니까요」

제이미는 등뒤에서 문이 닫히는 순간 하마터면 그대로 주저앉을 뻔했다. 왕인 줄도 모르고 주절거렸던 창피스러운 이야기들이 머릿속을 획획 스치며 지나갔던 것이다. 게다가 왕의 면전에서 창피하게 눈물을 질질 짰으니…….

그런데도 왕은 모든 걸 따뜻하게 이해해 주었다. 제이미는 온몸이 따뜻해짐을 느꼈다. 알렉이나 개빈이 말한 대로 왕은 너그러운 분이었다.

「킨케이드 부인, 여기서 혼자 뭘 하고 있습니까?」

어느새 개빈이 제이미에게 다가와 물었다.

'내가 여기 있는 줄 어떻게 알고 왔담?'

「혼자 있으면 안 돼요? 난 항상 호위병을 꼬리처럼 달고 다녀야 해요?」

「그럼요」

당연한 듯 대답하는 개빈이 정말 뻔뻔스러워 보였다.

「알렉의 명령 때문에요?」

개빈은 제이미의 물음을 묵살하고 바로 화제를 돌렸다.

「한 요리사가 손을 데었어요. 부인께서 와서 봐 줬으면 하던데?」

제이미의 얼굴이 금방 밝아졌다.

「불쌍하기도 해라. 어서 그 요리사에게 가 봐요, 개빈.」

제이미는 두 시간 동안 손을 덴 요리사를 치료했다. 요리사의 화상은 그다지 심각하지 않았지만, 치료가 끝나자 요리사의 가족들이 죽 늘어서서 고맙다는 인사를 하는 바람에 시간이 더욱 오래 걸렸다.

개빈은 그 동안 내내 제이미의 곁을 지켰다. 요리사의 치료가 끝나서 다시 저택으로 향하던 제이미가 의외의 제안을 했다.

「개빈, 헬레나의 무덤에 꽃을 좀 갖다 놓고 싶어요」

「그러죠.」

마구간을 지나는데 마커스가 보이자, 개빈은 제이미와 함께 헬레나의 무덤에 잠깐 들르겠다는 말을 전했다.

제이미가 들꽃을 꺾어 꽃다발을 만드는 동안, 두 사람은 아무 말도 하지 않았다. 풍성한 꽃다발이 하나 만들어지자, 두 사람은 헬레나의 무덤을 향해 언덕을 올랐다. 소나무 판자로 네모지게 경계를 두른 교회 묘지를 지나서 계속 발걸음을 옮겼다.

「개빈, 헬레나가 죽을 때 당신도 이곳에 있었나요?」

「네.」

「헬레나는 자살했다고 들었어요. 머독 신부님 말씀이, 절벽에서 몸을 던졌다고 하던데, 맞아요?」

개빈은 고개를 끄덕이며 헬레나 무덤 왼편에 솟아 있는 언덕을 가리켰다.

「바로 저기서 일어난 일이었죠.」

「헬레나가 절벽 아래로 몸을 던지는 장면을 본 사람은 있어요?」

「네, 있었어요.」

「개빈, 당신은 어디 있었어요? 혹시…….」

「킨케이드 부인, 이 이야기를 계속 해야 합니까?」

제이미는 헬레나의 무덤 앞에 무릎을 꿇고 앉아 무덤을 덮고 있던 시든 꽃들을 가만히 한쪽으로 밀어냈다.

「그냥 알고 싶을 뿐이에요, 개빈. 헬레나도 제가 그녀의 죽음에 대해 알기를 바랄 거라고 말한다면, 저를 바보 같은 여자라고 생각할 건가요?」

「아마 그렇겠죠.」

개빈은 가능한 한 밝은 목소리로 대답하려고 애썼다.

「제이미, 누가 벌써 꽃을 가져다 놓았군요?」

「제가 그랬어요, 그저께.」

제이미는 더 이상 말을 하지 않고 꺾어 온 꽃을 헬레나의 무덤 앞에 놓았다. 한동안 시간이 흐른 후 개빈이 먼저 말을 꺼냈다.

「킨케이드 부인, 헬레나도 자신의 죽음에 대해 당신이 알고 있기를 바랄 거라는 말이 무슨 뜻이죠?」

개빈은 한쪽 무릎을 꿇고 앉아, 꽃송이 하나를 손가락 사이에 넣고 만지작거리며 제이미의 대답을 기다렸다. 제이미는 두 손으로 헬레나의 무덤을 어루만졌다.

「아무 뜻도 없었어요. 그냥…… 나중에 메리가 커서 헬레나의 죽음에 대해 묻는다면 누군가 대답해 줘야 하지 않을까 해서요. 그때를 위해서라도 제가 알고 있어야 할 것 같아요」

「알고 말고 할 게 뭐 있습니까? 헬레나는 절망에 푹 빠져 있었어요. 아마…….」

「개빈, 헬레나가 절망에 빠져 있는 모습을 직접 보셨나요?」

「글쎄요. 전 그런 걸 판단할 수 있을 만큼 여자에 대해 알지 못해요. 사실은 저도…… 헬레나가 자살했다는 소식을 들었을 때 무척 놀랐어요」

「그러니까 개빈도 헬레나가 자살을 생각할 만큼 불행해 보이지 않았다는 거죠? 머독 신부님도 헬레나가 자살했다는 말을 듣고 무척 충격을 받으셨다고 했어요. 신부님은 헬레나가 이곳 생활을 아주 만족스러워하는 줄 알았대요. 또 두고 온 딸을 이곳으로 데려올 날을 학수고대했다는데……. 만약 진짜로 알렉을 두려워하고 미워했다면, 자기 딸아이를 데려올 생각은 하지 않았을 거예요」

「다른 선택의 여지가 없다고 생각했는지도 모르죠」

제이미는 자리에서 일어나 헬레나가 몸을 던졌다는 절벽으로 향했다.

「헬레나는 스스로 몸을 던진 게 아니라 실수로 떨어진 거예요. 자살해서 모든 가족을 수치스럽게 만들 이유가 없잖아요?」

거의 절벽 끝까지 다다르자 제이미는 걸음을 멈추었다. 양팔에 오싹한 한기가 흐르며 소름이 돋았다. 제이미는 팔을 문지르며 소름을 가라앉혔다.

「저도 알렉을 처음 만났을 때 무척 두려웠어요. 하지만 반나절도 안 돼, 알렉이 얼마나 좋은 사람인지 깨달았죠. 처음 만나는 순간부터 알렉이 저를 따뜻하게 감싸 줬다는 사실을 바로 느꼈던 거죠. 아마 헬레나도 저와 똑같았을 거예요. 개빈, 확실해요」

개빈은 고개를 끄덕였다.

「하지만 킨케이드 부인, 헬레나는 알렉에 대해 뭔가를 알 수 있을 만큼 충분한 시간을 함께 하지 못했어요. 알렉은 결혼하자마자 왕의 명령으로……」

「헬레나는 사고 후 바로 숨을 거뒀나요?」

제이미가 낮은 목소리로 물었다.

「아뇨, 헬레나는 저 아래 암반에 떨어졌는데……」

개빈은 절벽 아래, 표면이 뾰족뾰족한 암반을 가리켰다.

「알렉이 집에 도착했을 때쯤에는 이미 송장이나 다름없었죠. 당신이 있었더라도 헬레나를 구하지 못했을 거예요. 등뼈가 완전히 산산조각났거든요」

「그럼 현장에서 죽지는 않은 거로군요?」

「이틀 후에 절명했어요. 하지만 그 동안 단 한 번도 의식을 되찾지 못했어요. 고통은 없었을 겁니다」

「아마 발을 잘못 디뎠을 거예요」

제이미는 아직도 사고의 가능성에 대한 미련을 버리지 못했다.

「이제 그만 돌아갈 시간이에요, 킨케이드 부인. 알렉이 찾을 겁니다. 이제 왕도 떠나셨으니……」

개빈이 화제를 돌리려고 딴소리를 했다.

「왕이 떠나셨다구요? 도착하신 지 얼마나 됐다구요?」

제이미가 깜짝 놀라며 물었다.

「당신이 여기서 꽃을 꺾고 있을 때쯤 떠나셨을 거예요」

「세상에, 작별 인사도 못 드렸는데.」

제이미의 목소리에 아쉬움이 진하게 풍겼다.

「곧 다시 오실 거예요. 왕은 알렉을 친아들처럼 아끼시거든요」

그때 어디선가 이상한 소리가 들려 왔다. 개빈이 소리의 정체를 찾아 고개를 돌리는 순간, 주먹만한 돌덩이가 날아왔다.

개빈이 이마에 돌을 맞고 절벽 밑으로 쓰러지려는 순간, 제이미도 뒤를 돌아보았다. 커다란 돌덩이가 또 하나 날아왔다. 이마에 뜨거운 통증을 느끼며 제이미는 개빈의 몸을 뒤에서 끌어안았다. 개빈이 절벽 아래 그 암반으로 떨어지는 걸 막아야만 했다.

그때 갑자기 어깨 부근에 날카로운 통증이 느껴졌다. 제이미의 입에서 고통의 신음소리가 터져 나왔다. 이제 더 이상 개빈의 몸을 잡고 그렇게 버티기가 힘들었다. 곧 절벽 아래로 떨어지리라. 어떡하지? 그 순간 절벽 한쪽의 경사가 비교적 완만했다는 사실이 떠올랐다. 한데 그 방향이 어딘지 도무지 알 수 없었다. 왼쪽? 오른쪽?

「오, 하나님, 우리를 도우소서.」

제이미는 개빈을 놓지 않으려고 안간힘을 쓰며 경사가 완만한 쪽이라고 짐작되는 방향으로 몸을 굴렸다.

'역시 탁월한 선택이야!'

그때 아주 기묘한 웃음소리가 사방에 울려 퍼졌다.

암반으로 구르는 동안 제이미는 놀부성이 비탈길 때문에 온몸이 욱신거렸지만, 개빈의 머리를 품에 꼭 끌어안았다. 머리를 다치면 큰일이었기 때문이다. 드디어 암반까지 안전하게 굴러 내려오자 이번에는 개빈의 몸에 눌려 꼼짝할 수가 없었다.

소름 끼치는 웃음소리가 점점 가까이 다가왔다. 이마에서 피가 흘러내려 앞이 전혀 보이지 않았다. 제이미는 눈앞을 가리는 핏물을 닦아 내고는, 점점 다가오는 알 수 없는 적으로부터 몸을 숨겨야겠다는 생각에 개빈의 몸을 바위 쪽으로 끌었다.

개빈의 입에서 신음소리가 흘러나왔다. 제이미는 황급히 개빈의 입을 막으며 개빈의 몸 위로 엎드렸다.

한동안 시간이 흐르고 드디어 그 오싹하는 웃음소리가 그치며 죽음과도 같은 정적이 흘렀다. 그제야 어깨와 겨드랑이에 불이 붙은 듯한 통증이 느껴졌다. 엎드린 채로, 아픈 팔을 더듬는데 손끝에 만져지는 것이 있었다. 단검이었다. 낮에 그리도 찾았던 바로 그 단검! 그 단검이 어깨에 꽂혀 있었다!

어디선가 제이미의 이름을 부르는 소리가 들렸다. 하지만 제이미는 그 목소리의 주인공이 누구인지 확실해질 때까지 입을 열지 않았다. 마커스였다!

「마커스! 우리 여기 있어요 절벽 아래 암반에!」

하지만 갑자기 밀려든 안도감 때문인지 목소리가 잘 나오지 않았다. 잠시 후 후닥닥 달려오는 발소리가 들렸다.

「오, 하나님 맙소사! 도대체 무슨 일이……」

마커스는 절벽 아래를 내려다보다가 피투성이가 된 제이미를 보고 놀라움을 금치 못했다. 하지만 곧 이성을 되찾고 절벽 아래로 살금살금 내려왔다.

「킨케이드 부인, 손을 이리 줘요」

「절벽에서 떨어지지 않도록 조심해요, 마커스 누군가가 개빈과 저를 해치려고 했어요 등뒤를 조심하세요」

마커스는 제이미가 말한 대로 등뒤를 살펴보고 다시 몸을 돌렸다. 마커스가 다시 손을 내밀었지만 제이미는 잡지 않았다.

「개빈이 다쳤어요 그래서 손을 놓을 수가 없어요」

마커스가 알았다는 듯 고개를 끄덕이며 손을 거둬들이려는데, 갑자기 제이미가 한 손을 내밀어 마커스의 손을 붙잡았다.

「마커스, 알렉을 불러 줘요. 하지만 우리를 여기 두고 가진 마세요. 제발 여기 함께 있어 줘요.」

마커스는 제이미의 손을 힘주어 잡았다.

「킨케이드 부인, 개빈을 잘 붙들고 있어요. 소리를 쳐서 사람을 부를게요. 하지만 손은 놓아주세요. 저를 믿으시죠?」

「그래요.」

마커스는 제이미를 안심시키려는 듯 부드럽게 웃어 보였다.

「개빈을 잘 잡아요.」

마커스의 목소리는 사람을 안심시키는 힘이 있었다.

「네, 개빈을 잘 붙들고 있을게요. 제가 개빈을 보호해야죠.」

제이미는 잡고 있던 마커스의 손을 놓고 개빈의 머리를 다정히 쓰다듬었다.

「개빈, 알렉이 금방 올 거예요. 알렉이 올 때까지 마커스가 우리를 지켜 줄 거구요.」

마커스가 사람을 부르기 위해 크게 소리를 지르자 절벽 위에서 돌멩이가 와르르 떨어졌다. 제이미는 눈을 질끈 감았다. 갑자기 하늘이 빙빙 돌더니 머릿속이 뒤죽박죽되었다.

누군가가 손을 잡아끄는 통에 제이미는 정신을 차렸다. 눈을 떠 보니 알렉이었다.

「알렉…….」

제이미는 반가운 마음에 알렉의 얼굴을 만져 보려고 했지만, 팔이 욱신거려 손을 들 수가 없었다. 그때서야 아직도 암반 위에 있음을 깨달았다.

알렉의 표정은 무척 어두웠다. 제이미는 순간 두려웠다.

「알렉, 알렉, 제발 내 관을 짜지 말아요. 나는 아직 관이 필요하지 않아요.」

알렉은 제이미의 뚱딴지 같은 소리에 어리벙벙했다.

「지난번에 앵거스가 실려 왔을 때도 관부터 짰잖아요」

그제야 알렉도 제이미의 말을 알아들었다.

「당신의 관을 짜다니, 그런 일은 절대로 있을 수 없소, 제이미.」

알렉이 제이미의 귀에 대고 속삭였다. 제이미의 얼굴에 다시 웃음이 번졌다.

「당신이 와 줘서 기뻐요, 알렉.」

「당신이 무사해서 나도 기뻐, 제이미.」

알렉의 손이 떨리고 있었다.

「내 단검을 잃어버렸는데…….」

제이미는 말하는 것조차 힘겨웠다. 알렉이 머리를 쓸어 넘겨 주는 동안, 제이미는 무슨 얘길 하려고 했었는지 기억해 내려고 노력했다. 하지만 도통 생각나지 않았다.

「알렉, 단검이…….」

「단검은 걱정하지 마, 제이미.」

알렉이 부드러운 목소리로 제이미를 다독거렸다.

「다리를 움직일 수 있겠소? 당신을 안아서 위로 올려 보내고 싶은데……, 이제 개빈을 놓으시오 먼저 올려 보낼 테니.」

「개빈이요?」

「그래, 개빈.」

알렉은 개빈을 잡고 있는 제이미의 손을 치웠다. 그제야 제이미는 무슨 일이 생겼는지 기억했다.

「개빈은 커다란 돌에 머리를 맞았어요 그 바람에 정신을 잃고 뒤로 쓰러진 거예요 절벽 아래로 그대로 떨어질 뻔했죠 제가 뒤에서 개빈을 붙잡았지만 너무 무거웠어요 절벽 아래로 떨어지는 건 가까스로 막을 수 있었지만 몸을 그대로 지탱할 수가 없어서 경사가 완만한 쪽으로 몸을 굴렸어요」

근심이 가득한 알렉은 아랑곳하지 않고 제이미는 피식 웃었다.

「어느 쪽이 완만한지 방향을 알 수 없어서 그냥 찍었어요. 제가 이번에는 방향을 잘 찍은 거죠?」

「응, 잘 찍었소.」

알렉은 목이 메 목소리가 잘 나오지 않았다.

「어서 개빈을 먼저 올려 보내요.」

제이미의 목소리가 갑자기 또랑또랑해졌다. 이제 알렉이 모든 걸 알아서 처리해 주리라 생각하니 마음이 편안했다.

알렉은 순순히 제이미의 말을 들었다. 개빈을 어깨에 들쳐 메고 천천히 일어서서는 균형을 잡으려고 두 다리를 넓게 벌렸다. 그리고 아직 의식을 잃은 개빈을 머리 위로 번쩍 들어올렸다.

「개빈의 손을 잡았어.」

마커스의 목소리가 들렸다. 알렉은 위에 있는 사람들이 개빈을 잡아당기는 것에 맞추어 천천히 최대한 발뒤꿈치를 들었다. 개빈이 무사히 절벽 위로 끌어올려지자, 알렉은 무릎을 꿇고 앉아 제이미를 내려다보았다. 알렉의 눈에 이슬이 맺혀 있었다. 제이미는 알렉이 얼마나 걱정하고 있는지 새삼 깨달았다.

「알렉, 전 괜찮아요. 걱정하지 마세요. 절대로 당신 곁을 떠나지 않겠다고 약속했잖아요.」

알렉은 이런 상황에서도 제이미가 자기를 위로하려 든다는 사실이 우스웠다. 사랑스런 나의 아내……

「그럼, 그럼. 당신은 내 곁을 떠날 수 없소. 내가 놔주지 않을 테니까. 당신 상처는 겉보기만 클 뿐 그리 대단치 않아.」

앵거스의 상처를 보고 제이미가 했던 말이 생각난 듯 알렉은 그렇게 말했다.

「알렉, 내 단검에 어깨를 찔렸어요.」

알렉은 아무 대답도 하지 않았다. 제이미는 알렉이 아무 말도 하지 않는 건 상처가 생각보다 깊어서일 거라 지레 짐작했다.

「상처가 심해요, 알렉?」

「아니. 어깨를 찔린 게 아니오, 제이미.」

「하지만 어깨가 아픈걸요?」

제이미는 상처 부위를 보려고 했지만 알렉이 턱을 붙잡고 움직이지 못하게 했다.

「팔 위쪽을 다쳤소 운이 좋아 지방층만 관통했을 뿐이오」

알렉은 상처 부위를 가르쳐 주었다.

「내 몸에 지방이 어디 있어요?」

제이미는 알렉이 플래드 자락을 왜 찢어 내는지 의아해하며 톡 쏘아붙였다.

「깨끗하게 관통한 건가요? 하지만 너무나 아파…….」

제이미가 말을 끝맺지 못했다. 알렉은 눈 깜짝할 사이에 단검을 뽑아 낸 후 찢어 낸 플래드로 상처를 잽싸게 동여맸다. 어찌나 재빨리 일이 끝났던지 비명을 지를 틈도 없었다.

「됐소! 안 아팠지?」

「아파서 죽을 뻔했어요!」

「하지만 이젠 아프지 않을 거요 그렇게 갑자기 뽑아 내지 않았다면 뽑아 내기 전부터 엄살을 부렸을 거요 그러다 보면 원래 더 아프게 느껴지는 법이거든. 다행히 뼈는 건드리지 않았소」

알렉은 제이미의 몸을 머리 위로 들어올렸다. 갑자기 제이미의 몸이 뻣뻣해졌다. 무심결에 아래를 내려다본 탓이리라. 미리 경고해 줬어야 했는데……, 지금은 걱정만 보탤 뿐이니 아무 말 안 하는 게 나으리라.

「그리고 잃어버렸던 단검도 찾았으니 얼마나 다행이오?」

알렉은 가능한 한 밝은 목소리로 말했다.

「참 다행이로군요」

제이미는 날카롭게 되받았다.

「알렉, 살살 좀 하세요 아프잖아요!」

알렉이 무심코 상처난 팔을 건드리자 제이미가 소리를 질렀다. 너무 아파서 두 눈을 질끈 감고 이를 악물었다.

「미안하오, 제이미. 일부러 그런 건 아니었소」

알렉의 근심 어린 목소리에 제이미는 다시 마음이 약해졌다.

「많이 아프지는 않아요. 걱정 마세요」

마커스는 제이미를 일단 안아 올렸다가 알렉이 절벽 위로 올라오자 다시 알렉에게 넘겨주었다.

알렉이 세심하게 주의를 기울였기 때문에, 저택으로 돌아오는 동안 제이미는 전혀 아프지 않았다. 알렉의 가슴에 푹 안겨 가면서 길게 한숨을 내쉬었다.

「범인의 얼굴을 보지 못했냐고 왜 묻지 않죠?」

「벌써 다 알고 있소」

「그럴 줄 알았어요. 누군지 말해 보세요」

험악한 표정으로 봐서, 알렉은 지금 그 문제를 논의할 기분이 아닌 것 같았다. 하지만 제이미는 알렉의 기분을 묵살했다.

「목격자가 누구였죠?」

「무슨 목격자?」

알렉은 말이 흔들리지 않고 걷게 하는 데에 온 신경을 집중하고 있었기 때문에 제이미의 얼굴을 살필 겨를이 없었다.

「헬레나가 자살했다는 걸 목격한 사람 말이에요」

「애니.」

두 시간 후, 제이미는 홀의 침대에 앉아 있었다. 홀은 제이미와 개빈을 걱정하는 사람들로 붐볐다.

알렉은 직접 나서서 제이미의 지시를 받아 가며 상처를 치료했다. 제이미의 맘에 들 때까지 몇 번씩이나 반복해 가며. 붕대를 매는 데

만도 세 번의 시행착오가 있었다.

개빈은 지독한 두통에 시달렸다. 술로라도 그 아픔을 달래 보려 했지만, 제이미가 절대 허락하지 않았다. 대신 찬물에 적신 수건으로 이마를 찜질하고 물만 마시게 했다. 가만히 누워 참아 내는 게 최선의 방법이라면서 말이다.

알렉이 상처를 치료해 주는 동안 제이미는 한번도 인상을 찡그리거나 아프다는 소리를 하지 않았다. 사실 그건 허세였다. 많은 사람들 앞에서 나약한 모습을 보이고 싶지 않았을 뿐이다.

머독 신부도 곁에서 제이미를 지켜 주었다. 알렉이 치료한답시고 부산을 떠는 내내 손을 잡고 기도를 해주었던 것이다. 치료가 끝나자 어린 메리도 엄마 곁에 올 수 있었다. 세살배기 메리는 제이미가 이마에 붕대를 감고 있는 모습을 보자 놀라움과 두려움으로 소리를 내며 훌쩍였지만, 알렉이 달래 주자 눈물을 그치고 엄마의 이마에 앙증맞은 키스를 해주었다.

메리가 새엄마 품에 안겨 새근새근 잠들어 있는데, 마커스가 알렉에게 와 보라고 손짓했다.

「애니를 찾았어요?」

제이미는 마커스를 보고 큰 소리로 물었지만, 마커스는 아무 대답도 해주지 않았다. 알렉이 마커스가 있는 쪽으로 걸음을 옮겼다.

「애니를 여기로 들여보내 주세요. 왜 그런 짓을 했는지 직접 듣고 싶어요」

하지만 알렉은 고개를 흔들었다.

「밖에서 내가 물어 보겠소」

「애니를 어떻게 할 건데요?」

「그건 이야기를 들어보고 나서 결정하지.」

제이미가 다시 알렉에게 뭔가를 얘기하려 하자, 머독 신부는 제이미의 손을 힘주어 잡으며 만류했다.

「이 일은 남편에게 맡겨요, 제이미. 알렉도 알고 보면 마음이 따뜻한 사람이에요.」

「맞는 말씀이에요. 알렉 스스로는 인정하려 하지 않지만 말예요. 애니는 왜 그렇게 마음이 꼬인 걸까요?」

제이미는 안타까운 목소리로 말했다. 그런데 바로 그 때, 문 밖에서 소름 끼치는 웃음소리가 들렸다. 사람이 아니라 악마의 웃음소리 같았다. 제이미는 저도 모르게 신부의 손을 힘주어 잡았다. 가시 돋친 애니의 항변이 홀까지 또렷하게 들려 왔다. 목소리까지 표독스럽게 변해 있었다.

「알렉 킨케이드, 난 당신의 아내가 꼭 되고 말 거야. 얼마나 오랜 세월이 걸리든 상관없어. 내 자리를 반드시 되찾고야 말겠어. 그게 내 권리니까. 헬레나는 내 자리를 빼앗았어. 그래서 본때를 보여 준 거야!」

또다시 그 오싹한 웃음소리가 들려 왔다. 애니는 노래를 부르듯 다시 소리를 질렀다.

「난 죽이고 또 죽이고 또 죽일 거야. 킨케이드가 정신을 차릴 때까지 말이야. 두고 봐, 언젠가는 내가 당신 옆자리에 서 있을 테니까. 그게……」

애니의 악마 같은 울부짖음이 갑자기 멈추더니 침묵이 드리워졌다. 제이미는 침대에서 벌떡 일어섰다.

「킨케이드 부인, 가만히 있어요!」

어느새 개빈이 제이미가 앉아 있던 침대 앞까지 와서 소리를 질렀다. 마치 복수의 화신이라도 된 모습이었다. 그러나 곧 머리를 감싸쥐며 바닥에 주저앉았다.

「무례하게 소리를 질러서 미안해요. 하지만 알렉은 당신이 나서는 걸 원치 않아요.」

개빈은 아픔을 참으며 겨우 말했다.

「머리 아프라고 일부러 소리지른 거죠?」

제이미는 거보라는 듯이 농담을 던졌다.

「맞아요」

개빈도 솔직히 인정했다.

제이미가 다시 움직이려 하자, 개빈은 아예 제이미의 발 아래에서 비명을 지르며 뒹굴었다. 비명 소리가 어찌나 처량한지, 제이미는 자신을 밖에 나가지 못하게 하려는 꿍꿍이임을 알면서도 도저히 그냥 지나칠 수 없었다.

「개빈, 나는 내 남편을 전적으로 믿어요 그러니 이렇게 연극까지 할 필요는 없어요」

「그럼 술 한 잔만 마시면 안 될까요?」

개빈은 두통 때문에 얼굴을 제대로 펴지 못한 채 말했다.

「개빈!」

제이미는 어이가 없어 크게 소리를 질렀다.

「병실이 왜 이렇게 어지럽소?」

알렉이 다시 홀 안으로 들어와서 제이미에게 가볍게 입을 맞추자, 제이미는 밝게 웃어 보였다.

「끝났나요?」

알렉은 고개를 끄덕였다.

「알렉, 원래 애니와 정혼한 사이였죠?」

「왕은 킨케이드 부족이 하나로 합쳐지길 원했소 평화를 위해서 말이오 그래서 애니와 정혼을 시키셨소」

「하지만 애니는 너무 어려요」

「제이미, 애니는 당신보다 겨우 한 살 어릴 뿐이오」

「네, 알아요 하지만 아직도 너무 어려 보여요 그럼 왕은 헬레나의 남편이 죽은 후에 마음을 바꾸신 건가요?」

「그렇소 헬레나는 이미 아이를 가진 몸이었기 때문에, 그녀에게 훌륭한 가정을 이룰 수 있는 기회를 주고 싶으셨던 거요」

제이미도 이해가 간다는 듯 고개를 끄덕였다. 갑자기 제이미의 얼굴이 환하게 밝아졌다.

「헬레나는 당신을 사랑했던 게 틀림없어요. 자살을 했다니, 그건 정말 말도 안 되는 얘기였다구요. 오, 신부님, 내일은 헬레나의 무덤에 축복을 내려 주셔야 해요. 헬레나의 신분에 적합한 위령제도 지내구요. 킨케이드 부족의 사람이라면 하나도 빠짐없이 내일 위령제에 참석하도록 해주세요, 알렉.」

「제이미, 그럼 헬레나의 시신을 교회 묘지로 이장하자는 겁니까?」

머독 신부의 물음에 제이미는 고개를 흔들었다.

「아뇨, 신부님, 교회 묘지의 경계선을 헬레나의 무덤이 있는 곳까지 연장하면 되죠. 알렉과 제가 묻힐 자리까지 마련해서요. 알렉과 저는 헬레나와 나란히 묻힐 거니까. 그렇죠, 알렉?」

「좋은 생각이오」

알렉의 허스키한 목소리는 감동으로 가득 차 있었다.

「너무 그렇게 좋아만 하지 마세요. 당신을 헬레나와 저 사이에 묻을 거니까. 당신은 두 아내 사이에서 영원히 길들여지게 될 거예요」

「오, 하나님, 제 영혼을 도우소서!」

알렉은 이마를 치며 탄식했다.

「알렉, 하나님은 이미 자네 영혼을 구하신 거나 다름없네. 벌써 자네에게 훌륭한 아내를 두 번이나 보내 주지 않으셨나. 하나님노 유머 감각이 있으신 모양이야.」

「그건 또 무슨 소립니까?」

「우리의 자랑스러운 알렉이 잉글랜드에서 온 여인과 사랑에 빠졌으니 말일세. 이게 신의 장난이 아니라면 무얼 신의 장난이라고 부르겠나?」

「오, 세상에! 이젠 신부님마저 제이미처럼 알쏭달쏭한 말씀만 하시는군요」

개빈은 신부의 말에 고개를 내저으며 웃다가 곧 인상을 찡그렸다. 머리가 지독히 아파 왔기 때문이다.

그때 에디스가 방으로 들어왔다. 에디스의 얼굴을 보자마자 제이미는 갑자기 화난 표정으로 남편을 보았다.

「알렉! 에디스를 정말 내쫓을 생각은 아니었던 거죠? 그렇죠?」

알렉이 능청스러운 웃음을 띠며 고개를 끄덕이자, 제이미는 에디스에게 가까이 오라고 손짓했다.

「에디스, 다시는 우리 곁을 떠나지 말아요. 알렉이 당신을 내쫓으려고 했던 건 애니가 나를 해치도록 하려는 덫이었을 뿐이니까.」

「아니 제이미, 그럼 당신도 애니가 당신을 해치려고 한 걸 알고 있었소?」

「아뇨. 조금 전 애니의 그 독특한 웃음소리를 듣기 전까지는 몰랐어요. 하지만 그 소리를 들으니 오두막에 불이 났을 때와 절벽으로 떨어질 때 들은 웃음소리가 기억 나더군요」

제이미는 잠시 말을 끊고 알렉을 쏘아보았다.

「하지만 알렉, 나를 미끼로 삼다니 기분 나빠요!」

「일이 이렇게 될 줄은 몰랐소. 개빈이 당신에게서 눈을 떼지 않을 계획이었고, 마커스가 애니 곁에 붙어 있도록 되어 있었으니까.」

「일이 이렇게 된 건 모두 제 실수였어요. 저는 알렉의 계획을 전혀 몰랐어요. 우리 두 사람에게 이곳을 떠나라는 명령이 내려지자자 애니는 아프다면서 자리에 누웠는데, 저도 그 명령에 무척 화가 났기 때문에 애니에게 신경을 쓰지 않았어요. 그렇지 않았다면 애니가 빠져나가는 걸 알았을 텐데…….」

에디스가 두 사람의 대화에 끼여들었다.

「에디스, 다 내 잘못이다. 전적으로 내 책임이야.」

이번에는 마커스가 나섰다.

「하지만 오빠는 말을 준비하고 계셨잖아요」

에디스가 마커스를 대신해 변명했다.

「이건 누구의 실수도 아니에요」

제이미는 서로 책임을 떠 안으려는 오누이를 가로막았다.

「에디스, 그래도 우리와 함께 있고 싶은 마음은 변함없죠? 당신이 없다면 저는 이 집을 제대로 관리할 수 없을 거예요. 최소한 에디스가 좋은 남자를 만나 결혼할 때까지만이라도……」

「에디스를 내쫓을 생각은 추호도 없었소. 다만 애니가 두 사람이 헬레나의 친척이기 때문에 쫓겨나는 거라고 믿도록 해야 했기 때문에 어쩔 수 없었소. 에디스, 내가 두 사람의 추방을 명령하면서 헬레나와 관련된 것들을 모두 없애 버리고 싶다고 했던 말, 기억해요?」

「기억하다마다요」

알렉은 고개를 끄덕이는 에디스를 보며 빙긋 웃었다.

「내게 항의조차 하지 않더군요. 메리는 왜 추방하지 않느냐고 물었을 법도 한데.」

에디스는 그제야 메리가 생각난 모양이었다.

「아, 메리! 저는 너무 화가 나 있어서 거기까진 미처 생각지 못했어요」

「두 사람에게 명령하고 오두막을 나서는 순간 아차 했지. 메리 캐슬린이 생각나서 말이야. 에디스, 아무것도 모르는 당신을 그렇게 이용한 날 용서해요」

알렉이 웃으며 에디스에게 용서를 구했다.

「그럼요. 다 이해할 수 있는 일인걸요」

「에디스, 이제 메리를 방에 데려다 눕혀 주겠어요?」

제이미는 에디스가 메리를 안고 2층으로 올라갈 때까지 기다렸다가 심각한 표정으로 알렉을 보았다.

「애니는 어떻게 하실 건가요?」

알렉은 대답하지 않았다.

알렉은 일 주일 동안 제이미를 꼼짝도 하지 못하게 했다. 낮에는 낮잠을 자라고 하고 밤에는 푹 자라고 했다. 알렉의 성화를 그대로 다 받아 주는 제이미가 오히려 이상할 정도였다.

언니 메리가 매일 찾아와 간호해 준 덕에 제이미의 상처는 눈에 띄게 좋아졌다. 처음 병 문안 온 날, 메리는 제이미에게 다니엘과 아직도 동침하지 않는다는 사실을 털어놓았다. 그 말을 들은 제이미는 크게 화를 내면서, 부부간의 금실이 얼마나 애틋하고 가슴 설레는 감정인지 자세히 설명해 주었다. 메리의 호기심에 불이 붙었다.

「다니엘은 아직도 정부와 가까이 지내. 잠은 매일 내 침대에서 자면서도 말이야.」

메리는 지금껏 털어놓지 못한 고충을 털어놓았다.

「언니, 이젠 언니도 집안 정리를 좀 해야 해. 그 여자를 내쫓아 버리라구.」

제이미는 나지막하지만 단호하게 말했다.

「그랬다간 다니엘이 불같이 화낼 거야. 이젠 나도 다니엘의 웃는 얼굴이 좋아. 괜히 성질 긁어서 그 매력적인 모습을 안 보고 싶진 않아. 게다가 요즘엔 징징거리지 않으니까 내게도 너그럽게 잘 대해 줘. 다니엘은 여자의 눈물은 질색이야. 나도 이젠 다니엘을 이해하고 사랑할 수 있을 것 같애.」

제이미는 메리의 고백에 가슴이 뭉클했다.

「그럼 다니엘에게 사랑한다고 솔직하게 고백해.」

「나도 자존심이 있어, 제이미. 하지만 내게도 계획이 있어.」

「무슨 계획인데?」

「나와 정부를 동시에 가져도 좋다고 허락할 생각이야.」

「언니, 설마 남편을 다른 여자와 나눠 가져도 좋다는 건 아니겠지?」

제이미가 믿을 수 없다는 듯 소리쳤다. 하지만 메리는 그래도 어쩔 수 없다는 듯이 어깨를 으쓱했다.

「그렇게 해서라도 다니엘이 내게 애정을 갖도록 만들고 싶어.」

메리의 눈에서 눈물 방울이 또르르 굴러 떨어졌다. 알렉은 제이미의 병상이 마련된 홀로 들어오다가 눈물을 찍어 내는 메리를 보고는 황급히 나가 버렸다.

「남자들은 정말 눈물을 싫어하나 봐. 언니, 다니엘에게 그 여자를 데리고 있어야 한다고 말해. 그러고 나서 이렇게 말하는 거야. 그 여자랑 충분히 연습한 후에 언니를 제대로 대접할 자신이 생기거든 오라고. 어때, 내 생각이?」

제이미와 메리가 다시 웃으며 이야기를 나누는 소리가 들리자, 알렉이 다시 홀로 들어왔다.

이틀 동안 메리는 동생을 보러 오지 않았다. 그리고 사흘이 지나서야 밝은 표정으로 나타났다. 모든 일이 다 잘 된 게 틀림없었다.

메리는 제이미에게 그 동안의 일을 시시콜콜 다 얘기했고, 제이미는 그날 밤 알렉과 뜨거운 사랑을 나눴다.

다음날 아침, 알렉은 왕의 명령을 받들기 위해 일찌감치 길을 떠났다. 일 주일은 족히 걸릴 거라고 했다. 제이미는 그 동안 저택을 좀더 손질할 생각이었다.

우선 홀에 놓았던 침대를 치워 버렸다. 그리고 가리개는, 식품 저장실을 만들어 그 문으로 썼다. 병사들은 식품 저장실이 있으면 맥주를 꺼내 마시는 데 훨씬 편리하단 사실을 눈치채고 두말없이 제이미의 말에 따랐다.

알렉은 사흘 만에 돌아왔다. 이번에도 제이미의 결정이 모든 사람들을 위한 것임을 변명하려고 길게 늘어선 병사들을 만나야 했다.

알렉은 제이미가 식품 저장실이 얼마나 요긴한 것인지 설명하는 동안 입을 굳게 다물고 있었다. 아무리 사소한 것이라도, 자기 집 구조가 자기도 모르는 사이에 바뀌어 있다는 사실은 받아들이기 쉽지 않았다.

알렉이 소리를 지르지 않는 것만도 다행이었다. 이만큼 참는 것도 알렉으로선 대단한 일이었다. 알렉의 얼굴이 점점 붉어지더니 또다시 얼굴 근육이 실룩거렸다. 드디어 알렉은 극도로 자제하는 낮은 목소리로, 혼자 있고 싶으니 여기서 나가 달라고 말했다.

제이미는 두말하지 않고 바로 자리를 비켜 주었다.

벽난로 위에 놓인 상자에 손을 대지도 않고 쏜살같이 나가는 제이미를 보고 알렉은 적이 안심했다. 얼마 전까지만 해도 제이미는 남편에게 뭔가 화가 나면, 면죄부를 산답시고 금화를 한 닢 들고 머독 신부를 찾아갔다. 단 한마디도 하지 않았지만, 알렉은 그 행동의 의미를 충분히 짐작했다. 그런 날이면 머독 신부가 몰래 나타나 상자에 다시 금화를 넣어 두고 갔다.

금화를 들고 살금살금 나타나는 머독 신부를 볼 때마다, 알렉은 제이미가 아직도 스코틀랜드에 길들여지지 못하고 있음을 새삼 깨달았다.

제이미는 메리 캐슬린을 데리고 밖으로 나오다가, 막 말에서 내리는 언니를 발견했다.

「언니, 웬일이야?」

「제이미, 끔찍한 소식이야. 앤드류가 이리로 오는 중이래.」

메리는 꼬꾸라질 듯 달려오며 호들갑스럽게 말했다.

「앤드류라니?」

「너하고 정혼했던 그 앤드류 말이야. 너 벌써 앤드류를 잊었니?」

메리는 한심하다는 듯 동생을 핀잔 줬다. 메리 캐슬린이 반가운 듯 이모에게 안겼다.

「잊은 게 아니라, 그 사람이 여기에 올 이유가 없으니까 그렇지. 그런데 언니가 그걸 어떻게 알아?」

「다니엘이 병사들과 이야기하는 걸 들었어. 앤드류가 몰고 온 군사들이 이리로 오려면 다니엘의 영지를 지나야 하잖니.」

「뭐라구? 앤드류가 군사들을 이끌고 온단 말이야? 왜?」

「금화 때문에. 아버지가 앤드류에게 빌렸다던 금화 기억 안 나?」

메리는 조카를 내려놓으며 말했다.

「그러니까 아버지가 날 앤드류에게 팔아 넘긴 게 사실이야?」

제이미의 두 눈에 금방 눈물이 차 올랐다.

「언니, 창피해서 어쩌지? 앤드류가 이런 식으로 내 얼굴에 먹칠을 하도록 가만있을 수는 없어. 아니지, 알렉은 앤드류를 죽이고야 말 거야. 오, 하나님!」

제이미가 울먹였다. 메리도 고개를 끄덕였다.

「다니엘도 너랑 똑같이 말하더라.」

「그럼 다니엘도 앤드류가 이리로 오는 이유를 안단 말이야?」

제이미는 제발 아니라는 얘기를 듣고 싶었다. 하지만 하늘은 제이미의 편이 아니었다.

「물론 알지. 앤드류가 퍼거슨 영지를 지나야 하는 이유를 친절하게도 아주 자세히 설명해 줬대. 사실 그렇게 자세히 설명하지 않았다면 여기까지 살아서 오지도 못했지. 제이미, 스코틀랜드인들이 잉글랜드인에게 얼마나 이를 가는지 너도 잘 알잖아.」

「오, 맙소사, 알렉도 앤드류가 오고 있다는 걸 알고 있을까?」

「글쎄. 그런데 다니엘 말이, 스코틀랜드 남자들은 누군가 낯선 사람이 자기 집으로 올 때 육감으로 그걸 안대. 그러니 알렉도…….」

「이대로 가만히 있을 순 없어. 그랬다간 나 땜에 스코틀랜드와 잉글랜드 사이에 전쟁이 나고 말 거야.」

「잉글랜드와 전쟁을 한다고? 그건 좀 억측이다, 얘. 알렉은 기껏해야 앤드류와 그가 몰고 온 병사들만 죽일 거야.」

「언니, 잉글랜드 왕이 자기가 아끼는 남작이 사라진 사실을 눈치
채지 못할 것 같애? 군대만 한 번 소집하면 금방 안다구.」

더 이상 꾸물댈 시간이 없었다. 제이미는 메리에게서 얼른 말고삐
를 낚아채서는 서둘러 말에 올라탔다.

「뭐하는 거야, 제이미?」

「가서 앤드류를 설득해야겠어. 내가 그 돈을 갚겠다고 해야지.」

「제이미, 이제 곧 날이 저물 거야. 차라리 당분간 어디로 피신해
있는 게 낫지 않을까?」

「언니, 난 절대 숨어 있지 않을 거야. 언니도 날 잘 알잖아.」

「하지만 이번만은 내 말대로 했으면 좋겠어.」

「언니, 여기까지 달려와서 내게 이 일을 알려줘서 정말 고마워. 하
지만 난 가야 해. 내가 어디로 가는지 아무에게도 말하지 않겠다고
약속해 줘, 응?」

「약속할게.」

메리는 어쩔 수 없이 고개를 끄덕이며 대답했다. 제이미가 어린
메리를 내려다보았다.

「그리고 내가 돌아올 때까지 메리 좀 돌봐 줘.」

「알았어. 하지만 알렉에겐 뭐라고 말하니?」

「아무 말도 하지 마.」

「하지만……」

「알렉이 뭘 묻거든 그냥 울어 버려. 눈물을 보면 알렉은 아무것도
묻지 않을 거야. 어쩌면 알렉이 내가 사라진 사실을 눈치채기도 전
에 돌아올지 모르지. 언니, 방향이나 좀 가르쳐 줘.」

「그냥 언덕을 따라 쭉 내려가기만 하면 돼, 제이미.」

메리는 서둘러 말을 달리는 동생을 보며 가슴에 성급하게 성호를
그었다.

그때 머독 신부가 메리에게 다가와 반갑게 인사를 건네며, 킨케이드 부인이 지금 어딜 저렇게 급히 가는 거냐고 물었다. 그 말을 듣는 순간 퍼거슨 부인은 울음보를 터뜨렸다.

　메리는 제이미와 한 약속을 충실하게 지켰다. 알렉에게는 제이미가 어디로 갔는지 말할 필요도 없었다, 묻지 않았으니까. 알렉은 메리 캐슬린에게 모든 사실을 낱낱이 들었던 것이다.

　깜찍한 어린 소녀는 엄마가 말을 타고 나가자마자 알렉에게 달려가 무릎에 올라앉은 후, 미처 말릴 사이도 없이 맥주잔을 들어 한 모금 들이켰다. 알렉은 깜짝 놀라 술잔을 빼앗고 대신 물잔을 내주며 무심코 엄마는 어디 갔냐고 물었다. 아이는 엄마와 이모 사이에 오갔던 말들을 하나도 빠짐없이, 더하지도 보태지도 않고 그대로 다 고해 바쳤다.

　그 모든 이야기를 주워섬기는 동안, 어린 메리는 알렉의 가슴에 기댄 채 발가락으로 그의 벨트를 잡아당겼다 놓았다 하며 장난을 쳤다. 알렉이 문 밖에 나설 때까지 화난 내색을 전혀 하지 않은 건 순전히 딸아이 때문이었다. 메리 퍼거슨은 밖으로 나온 알렉을 보는 순간 울음을 터뜨렸다. 그건 결코 일부러 짜낸 울음이 아니었다.

　머독 신부는 부들부들 떨며 울어대는 퍼거슨 영주의 아내를 달래느라 진땀을 흘렸다. 하지만 메리는 알렉이 병사들을 모아 제이미를 찾아 성을 떠난 후까지도 꺽꺽 울어댔다. 메리에게 질린 신부는 마음의 평안을 얻기 위해 성당으로 가 기도를 올렸다. 제발 다니엘이 울보 마누라를 빨리 데려가게 해달라고 말이다.

　알렉은 제이미가 남긴 말발굽 자국을 따라가다 안도의 숨을 내쉬었다. 말발굽 자국은 퍼거슨의 영지로 향하고 있었다.

「부인이 마음을 바꾼 걸까?」

「또 길을 잃은 거겠지. 하나님께 감사드릴 일이야, 마커스」

　알렉은 심드렁하게 대답했다.

15분 후, 알렉과 제이미는 마주 섰다. 병사들이 에워싸는 바람에 제이미는 말을 멈췄다. 또 도망가다 붙잡힌 꼴이 되어 버렸으니, 이번에는 정말 그럴듯한 변명거리가 필요했다.

「나가 있으라고 했잖아요.」

「그랬지.」

제이미는 말고삐를 잡아당겨 알렉에게 다가갔다.

「실은 앤드류를 설득하러 가는 중이었어요. 언니가 벌써 모든 걸 말했죠?」

「당신 딸이 얘기해 주더군.」

제이미의 눈이 동그래졌다.

「아이들 앞에선 냉수도 마음놓고 못 마신다더니.」

「앞으로는 절대 이런 바보 같은 짓을 할 생각 마시오.」

「제발 화내지 말아요, 알렉.」

알렉은 제이미의 얼굴을 확 끌어당기더니 길고 뜨겁게 입을 맞추었다.

「언니 얘길 듣고, 왜 내게 와서 먼저 상의하지 않았소?」

「얘길 할 수 없었어요. 창피했다구요. 아버지가 저를 팔아 넘겼다는 말을 어떻게 해요? 난 정말……..」

「당신 아버지가 무슨 짓을 했든, 당신에 대한 내 감정은 변할 게 없소. 자, 제이미, 그 망할 놈에게 빚을 갚아 주러 갑시다.」

지금은 따지고들 때가 아니었지만, 알렉이 어떻게 그 큰 빚을 갚을 수 있을지 궁금했다. 허리춤에 조그만 동전 주머니 하나 차고 있지 않는데 말이다. 그때 알렉 손에 들린 검이 제이미 눈에 띄었다.

「알렉, 설마 문제를 일으키려는 건 아니겠죠?」

알렉은 묵묵부답이었다.

제이미는 남편의 뒤를 따라가며 내내 가슴을 졸였다. 알렉 말이 옳았다. 앤드류가 오고 있다는 사실을 알았을 때 바로 남편에게 달려가 도움을 청했어야 했다. 남편과 아내는 함께 웃고 함께 울 동반자가 아닌가. 거기까지 생각이 미치자, 누군가 옆에서 함께 할 사람이 있다는 사실이 가슴 뿌듯했다. 필요할 때마다 남편에게 기대어 의지할 수 있다는 사실이 너무나 기뻤다.

두 사람은 앤드류의 야영지에 도착할 때까지 침묵을 지켰다. 앤드류를 보고 제이미가 앞으로 나서려 하자, 알렉은 고삐를 낚아채며 제이미에게 뒤에 있으라고 손짓했다. 그러고 나서 손을 높이 쳐들었다. 그러자 병사들이 알렉과 제이미의 양옆을 호위하며 도열했다.

「알렉, 이렇게 많은 병사를 끌고 오다니…….」

그제야 알렉이 이끌고 온 수많은 병사들을 의식한 제이미는 절망적으로 한숨을 내쉬었다.

「이 사람들이 제발 이 일을 소문 내지 말아야 할 텐데.」

제이미가 혼잣말처럼 중얼거리는 소리를 듣고 알렉은 슬며시 웃었다. 알렉이 다시 손을 들어 신호를 보냈다.

갑자기 다른 부족 사람들이 사방에서 모습을 드러냈다. 그들이 자리를 잡고 죽 늘어서자, 앤드류는 커다란 원형 안에 갇힌 꼴이 되었다.

잉글랜드 병사들이 무기를 빼 들었다. 알렉이 다시 손으로 신호를 보내자, 스코틀랜드 연합군이 천천히 포위망을 좁혔다. 중과부적임을 깨달은 잉글랜드의 병사들은 하나둘 무기를 땅에 내려놓았다.

그러자 앤드류가 단신으로 제이미를 향해 앞으로 나섰다.

제이미는 앤드류를 보고 깜짝 놀랐다. 여태껏 앤드류는 아주 어린 소년처럼 보였다. 남자로서의 매력이 눈곱만큼도 없는 풋내기 소년 말이다. 게다가 목숨이 왔다갔다하는 순간에 거들먹거리며 걷는 꼴이라니. 저런 꼴불견인 남자와 평생 함께 살 뻔했다니, 갑자기 알렉에게 고맙다고 인사라도 해야겠단 생각이 들었다.

앤드류가 십여 미터 정도 앞으로 다가왔을 때, 알렉은 다시 손을 쳐들었다.

「허락 없이 우리 땅을 밟는 자는 발목을 잘라 버리는 법률이 있소」

알렉의 위협에 앤드류는 반쯤 혼이 나간 것 같았다. 움찔하며 몇 걸음 뒤로 물러나더니, 그래도 귀족의 체통을 지켜야겠는지 다시 점잔을 뺐다. 그렇지만 알렉과 제이미를 번갈아 쳐다보는 눈빛이 공포로 질려 있었다.

「제이미, 설마 저자가 내 발목을 자르게 두지는 않겠지?」

제이미는 앤드류를 쏘아보며 우선 남편에게 허락을 구했다.

「허락해 주신다면 저 남자에게 한마디 하고 싶어요」

「좋소」

「앤드류, 제 남편은 무엇이든 원하는 대로 할 수 있는 사람이에요. 저도 때로는 제 남편이 하는 일을 돕죠. 만약 남편이 당신 발목을 자르기로 결정한다면, 저도 물론 남편을 도울 거예요」

제이미는 마치 한겨울의 눈보라처럼 오싹하고 날카로운 목소리로 말했다.

마커스가 옆에서 쿡쿡 웃었지만, 제이미는 웃음을 꾹 눌러 참으며 여전히 앤드류의 밉살스러운 면상을 쏘아보고 있었다. 얼뜨기 남작은 공포와 분노로 제정신이 아닌 듯했다.

「제이미, 당신도 야만인이 다 되었군. 저자가 당신을 스코틀랜드인으로 만들었어!」

앤드류는 지금 자기 목숨이 열댓 개라도 모자라다는 사실을 망각했는지, 감히 알렉에게 손가락질을 하며 소리쳤다.

앤드류는 모욕을 주려고 그 말을 했겠지만, 제이미는 그 말에 가슴이 뿌듯해졌다.

「앤드류, 방금 그 칭찬이 당신의 목숨을 살렸다는 것이나 알아 두세요」

「자, 용건을 말하시오」

알렉이 우렁찬 목소리로 내뱉었다. 알렉은 한시라도 빨리 저 피라미 같은 잉글랜드 귀족을 내쫓은 후 제이미를 품에 안고픈 생각뿐이었다. 제이미에게 얼마나 사랑하고 있는지, 얼마나 소중하게 여기고 있는지, 그리고 얼마나 자랑스러워하는지 말해 주고 싶어 견딜 수가 없었다.

알렉의 쩌렁쩌렁한 호령에 앤드류는 서둘러 그곳에 나타난 이유를 설명했다. 제이미는 수치스러워 고개를 들 수가 없었다.

앤드류의 설명이 끝나자 알렉은 칼집에서 칼을 꺼냈다.

「알렉, 앤드류를 정말 죽일 생각인가요?」

제이미가 놀란 목소리로 속삭이자 알렉은 빙그레 웃었다.

「저자를 죽이지 않으리라는 건 당신도 잘 알잖소. 저 생쥐 같은 놈을 죽여 봤자 당신 기분만 상할 텐데, 내가 왜 그런 짓을 하겠소? 나는 당신이 기뻐할 일만 하고 싶소. 그래서 이 칼을 줘 버릴 작정인데……」

「저런 형편없는 졸장부에게 이런 아름다운 검을 주다니, 말도 안 돼요. 그랬다간 자존심이고 뭐고 다 내팽개치고 한바탕 소란을 피울 거예요. 이곳에 모인 사람들이 두고두고 기억하면서 소문을 낼 만큼 요란하게 말이에요」

알렉이 가볍게 한숨을 내쉬자 제이미는 자신의 뜻이 관철되었음을 짐작했다.

「당신은 그러고도 남을 여자지. 내가 졌소. 그럼 단검이나 이리 쉬 보시오」

제이미가 재빨리 허리춤에 차고 있던 단검을 빼 주었다. 알렉은 단검을 받아 검 손잡이에 박힌 루비를 하나 뽑더니 앤드류에게 던지며 소리쳤다.

「킨케이드 부인을 위해!」

커다란 보석이 또 하나 앤드류의 어깨에 맞고 땅에 떨어졌다.

「킨케이드 부인을 위해!」

무례한 고집쟁이 늙은이, 맥퍼슨 영주가 제이미를 부드러운 눈빛으로 쳐다보며 소리쳤다.

세 번째 보석이 앤드류의 얼굴에 맞았다. 다니엘 퍼거슨이었다.

「킨케이드 부인을 위해!」

「킨케이드 부인을 위해!」

또다시 앤드류를 향해 날아드는 보석과 함께 외침 소리가 들렸다. 처음 보는 얼굴이었다.

「알렉, 이 사람들이 왜……」

「맥퍼슨은 당신이 자기 아들을 살려 준 데 대해 보답하는 거고, 다니엘은 당신이 자기 아내를 몸으로 막아 준 데 대해 보답하는 거요 에메랄드를 던진 사람은 해롤드인데, 자기 아들 녀석들이 당신에게 모욕을 주었는데도 당신이 저스틴의 목숨을 살려 달라고 내게 간청해 줘서 보답하는 거요」

다섯 번째로 날아든 보석은 앤드류의 이마를 찢어 놓았다.

「킨케이드 부인을 위해!」

「저 사람은 누구죠?」

「린지의 아버지. 내가 그 멧돼지 사건을 모르는 줄 알았소?」

제이미는 알렉의 입에서 린지의 이름이 튀어나오자 너무 놀랐다. 그때 굵은 보석이 또 하나 앤드류 발치에 떨어졌다.

「킨케이드 부인을 위해!」

모르는 얼굴이었다.

「덩컨의 영주. 아내가 곧 출산할 예정인데 당신이 출산을 도와 주길 바라고 있소 선금을 치른 셈이지.」

알렉은 제이미가 묻기도 전에 설명해 주었다.

「오, 정말 놀라운 일이군요 제가 어떻게 감사를 표시해야 하죠?」

「저들은 당신에게 감사하고 있는 거요. 모두 당신을 위해 목숨을 바칠 각오를 하고 있소. 당신은 내가 불가능하다고 생각한 일을 해냈소, 내 사랑. 당신이 스코틀랜드 부족들을 하나로 만들었소」

제이미는 복받치는 눈물을 참기 위해 눈을 꼭 감았다.

「당신은 앤드류를 너무 부자로 만들어 줬어요」

「아니오, 제이미. 난 저자보다 훨씬 부자요. 당신이 있으니까.」

제이미는 눈물을 흘렸다. 감동과 기쁨의 눈물이었다.

「자, 이제 그만 당신의 나라로 돌아가시오, 남작. 또다시 스코틀랜드 땅에 발을 들여놓으면, 차례로 우리 칼을 받게 될 것이오」

우레와 같은 환호가 스코틀랜드 병사들의 진영에서 울려 퍼졌다. 앤드류는 땅에 무릎을 꿇고 황급히 보석을 주웠다. 알렉은 제이미를 끌어안았다. 제이미도 두 팔을 벌려 알렉의 허리를 휘감았다.

앤드류는 보석에 넋이 나갔다. 그가 다시 고개를 들었을 때 스코틀랜드인들은 자취를 감춘 후였다.

제이미는 남편을 꼭 끌어안았다. 스코틀랜드 사람들을 제대로 이해하는 데는 이십 년, 아니 삼십 년 이상이 걸릴지 모르지만, 그 과정에는 믿을 수 없는 사랑과 기쁨이 기다리고 있으리라.

'어쩌면 할머니가 된 후에야 스코틀랜드에 길들여질지도 모르겠군.'

제이미는 피식 웃으며 남편의 가슴에 얼굴을 깊숙이 묻었다.

———————— 짧은 입맞춤으로 긴 사랑을 예감하세요.

역자 후기

　살다 보면 때로는 전혀 뜻하지 않은 곳에서 뜻밖의 행운을 만나게 된다. 내가 이 소설을 접하게 된 게 바로 그런 행운 중의 하나였다. 날씨가 아주 좋았던 어느 가을날, 나는 이 책을 처음으로 접했고, 번역에 들어가기 전에 두 번이나 읽었다. 두 번이나 되풀이해 읽었는데도 나는 번역을 하면서도 또 킬킬거리며 웃었다. 두 남녀 주인공이 서로 만나기 전까지 각자의 사고 방식이나 살아왔던 삶의 방식, 전통 등이 너무 달랐기 때문에 벌어지는 해프닝과 오해가 봐도 봐도 재미있었기 때문이다. 물과 기름이 절대 합쳐지지 않는 것처럼, 처음에는 도저히 융화할 수 없을 것 같던 두 사람이 그다지 길지 않은 시간 속에서 서로 이해하게 되고 사랑하게 되는 과정이 놀라울 정도로 아름답고 감동적이었다.

　책을 읽을 때는 그렇게 재미있었는데, 막상 번역 작업에 들어가니 결코 그렇지만은 않았다. 임신 후반기라 그렇기도 했겠지만 소설 번역은 처음이었기 때문에 더욱 힘들었다. 결국 약속했던 마감 날짜보다도 훨씬 늦게 번역이 끝났지만, 원고를 넘기고 나서도 자꾸 여기는 이렇게 고치고, 저기는 저렇게 고칠걸 하는 아쉬움이 남았다.

　이미 넘긴 원고를 다시 수정해서 넘기기로 약속하고 얼마 후, 나는 예쁜 딸을 낳았다. 젖 먹는 시간만 빼고 내쳐 잠만 자는 갓난아기를 옆에 뉘어 놓고 다시 처음부터 원고를 다시 읽었다.

중간쯤 읽었을 때 갑자기 그런 생각이 들었다. 내 딸이 제이미의 순수하고 착한 마음과 건강하고 활기찬 신체를 닮았으면 좋겠다는, 그리고 언젠가는 알렉처럼 강하면서도 자상한 남자를 만나 사랑하게 되었으면 좋겠다는 그런 생각 말이다. 어떤 여자 탤런트가 딸을 낳자마자 어떤 남자에게 시집을 보내야 할까 생각했다기에 참 성급하기도 하다 했는데, 나 역시 별다를 거 없는 조급한 엄마였다.

이 책을 꼭 한 권 보관해 두었다가 내 딸이 크면 읽어 보라고 권해야겠다. 엄마가 처음 번역한 소설이라는 의미 있는 책이기도 하지만, 이 책에는 엄마가 바라는 딸의 모습이 담겨 있기도 하고, 내 딸이 만났으면 하는 남성상도 들어 있으니까.

약속했던 시간까지 손을 털지 못했는데도 너그럽게 이해해 준 현대문화센타 편집부 직원들과, 내게 좋은 기회를 만들어 주신 사장님께 감사드린다.

1999년 2월
초보 엄마 김은영

*Mary Jo Putney*를 만나면

왠지 다른 세상을 만날 것 같다.

스토리, 캐릭터, 플롯이 탄탄하게 어우러진 역사로맨스의 작가.
구제불능일 정도의 독서중독증을 타고난 메리 조 푸트니는
Syracuse University에서 영문학 및 산업디자인 학위를 취득한 후 프리랜서
디자이너 생활을 했다.

1987년 11월 이후 20여 권의 책을 출간한 그녀의 작품은 심리적인 세밀함이 뛰어나기로 정평이 높다. 알코올 중독과 그 회복과정을 세밀하게 그려낸 The Rake and The Reformer(후에 The Rake로 개작)와, 죽음에 관한 문제를 감동적이고 극적인 시각으로 그려낸 작품, One Perfect Rose가 그 대표적인 작품으로 호평을 받았다

Dancing on the Wind와 The Rake and The Reformer - RITA상 수여

River of Fire - Aphra가 주는 '올해의 작품상' 수여

One Perfect Rose - Ballantine에서 휴대용 하드커버 출간. 뉴욕타임즈 및 월스트리트 저널 베스트셀러, 워싱턴 포스트의 올해의 Top Romance에 선정.

봄이 오는 길목에서 만나는 메리 조 푸트니의 『*The Rake*』

여덟 살 때 가족을 잃고 삼촌의 고의적인 냉대와 적대심 속에서 회의감을 키워가던 래지 데이븐포트는 알코올 중독자가 되어 있다.

그러던 어느날, 사촌 리처드의 공정한 마음 덕택에 아버지의 잃었던 영지를 양도받게 된다. 방탕한 생활이 영혼을 서서히 죽여가고 있다는 것을 아는 그는 이것이 인생의 재기냐 실패냐를 판가름할 마지막 기회라고 여긴다.

스트릭랜드 영지에 도착하고 나서야 그는 저택의 집사가 여자라는 사실을 알게 된다. 진보적인 영농법과, 소작농 및 근로자들에 대한 인간적인 대우를 실시하여 4년 만에 스트릭랜드를 모범적인 영지로 바꾸어 놓은 장본인은 앨리스 웨스턴이었다.

서로를 지켜보며, 비틀린 유머와 재치가 담긴 대화를 주고받은 와중에 두 사람은 서로를 편안한 상대로 여기게 된다. 하지만 평생 독신으로 살 수 밖에 없다는 체념을 품고 지내온 앨리스와, 극복해보려고 애를 쓰면서도 술의 유혹에서 벗어나지 못하는 래기의 사이에는 늘 갈망과 체념 사이에서 괴로워하는 모습이 따라온다.

친구 이상이 되고 싶지만, 그것을 불가능하게 만드는 스스로의 마음속에 감추어진 열등감의 벽. 그러나 그 벽도 영혼이 닿는 사랑의 감정 앞에서 하나씩, 하나씩 허물어져 가는데……

Mary Jo Putney의 Book, Book, Books!

Fallen Angels Series 이 시리즈는 영국의 명문 학교인 이튼(Eaton) 동기 4명이 주축을 이루고, 그 관계가 주변으로 좀더 확장되어 총7권에 이르는 시리즈로 완성되었다.

Thunder and Roses (1993년 작 · 주인공-Nicholas)

집시 혼혈 백작인 니콜라스 데이비스와 그에게 도움을 호소하는 웨일즈 감리교도 목사의 딸의 인생 반전.

Petals in the Storm (1993년 작 · Rafe)

냉철한 통제력을 지닌 공작이자 스파이인 레이프 위트번과 미모의 스파이 마고 애쉬튼의 파리에서의 조우. - The Controversial Countess의 개작

Dancing on the wind (1994년 작 · Lucien)

스파이 우두머리 루시언 페어차일드의 마음을 빼앗아버린 수수께끼 같은 여인.

Angel Rogue (1995년 작 · Robin)

한때 스파이로 활약했던 영국 귀족 로빈 안드레빌. 어느 날 그의 앞에 나타난 작고 매력적인, 모호크 인디언의 피가 흐르는 미국 여인 맥시마 콜린스. -The Rogue and the Runaway의 개작

Shattered Rainbows (1996년 작 · Michael)

육군 장교 마이클 케넌 경과 아름다운 종군 간호사 캐서린 멜버른의 불꽃같은 사랑.

River of Fire (1996 · Kenneth)

전직 군인이자 스파이인 케니스 윌딩은 궁핍한 재정 현실의 타개책으로, 비밀임무를 사주받고 영국 거장 화가의 집에 집사의 신분을 가장하여 들어간다. 그곳에서 그림을 사랑하는 여인 레베카 시튼을 만난 후, 그는 사주 받은 임무를 완수할 것인가 아니면 레베카에 대한 열정과 사랑을 따를 것인가의 기로에서 갈등하는데……

One Perfect Rose (1998 · Stephen Kenyon)

시한부 선고를 받은 후 귀족의 신분을 숨겨 여행길에 나선 스티븐 케넌은 그 여행길에 비로소, 갈망해왔던 영혼의 동반자를 만나는데……

옮긴이 **김은영**

이화여자대학교 사범대학 졸업.
번역서로는 <그리드의 올바른 이해와 활용>
<사진연출기법> <왜 디자이너는 생각하지 못하는가> 등이 있고,
현재 월간 <에스콰이어>의 영어 기사를 번역하고 있다.

신 부

지은이 | 줄리 가우드
옮긴이 | 김은영
발행처 | 현대문화센타
발행인 | 양장목
출판등록 | 1992년 11월 19일
등록번호 | 제3-448호
주소 | 경기도 고양시 일산동구 백석동 1449-5
대표전화 | (031) 907-9690~1 | 팩시밀리 | (031) 813-0695
이메일 | hdpub@hanmail.net

초판 1쇄 인쇄일 | 1999년 03월 12일
초판 1쇄 발행일 | 1999년 03월 17일

값 12,000원

ISBN 89-7428-108-2(03840)